Von David Gerrold erschienen in der Reihe
HEYNE SCIENCE FICTION & FANTASY:

Ich bin Harlie · 06/3416, auch ↗ 06/1008
Zeitmaschinen gehen anders · 06/3478
Die Bestie · 06/3663

ZYKLUS »DER KRIEG GEGEN DIE CHTORR«:
Die biologische Invasion · 06/4304
Der Tag der Verdammnis · 06/4305
Der Zorn der Rache · 06/4306

BIBLIOTHEK DER SCIENCE FICTION LITERATUR:
(zusammen mit Larry Niven)
Die fliegenden Zauberer · 06/8

DAVID GERROLD

DER TAG DER VERDAMMNIS

Der Krieg gegen die Chtorr:
Zweiter Roman

Science Fiction

Deutsche Erstveröffentlichung

WILHELM HEYNE VERLAG
MÜNCHEN

HEYNE SCIENCE FICTION & FANTASY
Band 06/4305

Titel der amerikanischen Originalausgabe
A DAY FOR DAMNATION
Deutsche Übersetzung von Heinz Nagel
Das Umschlagbild schuf Boris Vallejo

Redaktion: Rainer Michael Rahn

Printed in Germany 1986
Umschlaggestaltung: Atelier Ingrid Schütz, München
Satz: Schaber/Wels
Druck und Bindung: Elsnerdruck, Berlin

ISBN 3-453-31303-8

Für die McCaffreys,
Anne,
Gigi,
Todd
und Alec,
alles Liebe

Ich danke:

Dennis Ahrens
Morrie Bennet
Seth Breidbart
Jack Cohen
Diane Duane
Richard Fontana
Bill Glass
Harvey und Johanna Glas
David Hartwell
Robert und Ginny Heinlein
Don Hetsko
Karen Malcor
Henry Morrison
Jerry Pournell
Rich Sternbach
Tom Swale
Linda Wright
Chelsea Quinn Yarbro
Howard Zimmerman

EINS

Der Chopper sah aus wie ein Güterwaggon mit Flügeln, nur größer. Er hockte mitten auf der Wiese wie eine trächtige Sau. Seine Zwillingsrotoren kreisten träge und erzeugten dabei ein Geräusch, wie wenn man ein Rasiermesser am Lederriemen abzieht. Selbst von hier aus konnte ich sehen, wie das hohe Gras niedergedrückt wurde.

Ich wandte mich vom Fenster ab und sagte zu Duke: »Wo zum Teufel ist *das* hergekommen?«

Duke sah nicht einmal von seinem Terminal auf. Er grinste bloß und sagte: »Pakistan.« Dabei hörte er nicht einmal mit dem Tippen auf.

»Richtig«, sagte ich. Es gab kein Pakistan mehr, schon seit zehn Jahren nicht mehr. Ich drehte mich wieder zum Fenster herum. Die riesige Maschine war wie ein Dämon. Sie strahlte Bösartigkeit aus. Und ich hatte immer gedacht, die Würmer wären ekelhaft anzusehen. Diese Maschine hatte Düsentriebwerke, die groß genug waren, daß man einen Wagen in ihnen parken konnte. Ihre Stummelflügel sahen aus wie die Schultern eines Ringers.

»Du meinst, der sei für den Pakistankonflikt gebaut worden?« fragte ich.

»Nee. Der ist letztes Jahr gebaut worden«, korrigierte Duke. »Aber die *Konstruktion* stammt noch von damals. Warte mal ...« Er beendete seine Tätigkeit am Terminal, schlug die letzte Taste mit großer Geste an und blickte zu mir auf. »Erinnerst du dich an den Vertrag?«

»Sicher. Wir durften keine neuen Waffen mehr bauen.«

»Richtig«, sagte er. Er stand auf, drehte sich um und begann die Blätter aufzuheben, die lautlos, eines nach dem anderen, aus dem Drucker glitten. »Nicht einmal die alten Waffen ersetzen durften wir«, fügte er dann hinzu. »Aber über Forschung oder Entwicklung stand nichts in dem Vertrag, oder?«

Er nahm sich das letzte Blatt, stieß den Blätterstapel auf der Schreibtischplatte zusammen und trat neben mich ans Fenster. »Ja, das muß man wirklich sagen, eine schöne Kriegsmaschine«, sagte er.

»Eindrucksvoll«, gab ich zu.

»Da – zeichne das ab«, meinte er und reichte mir die Blätter. Ich setzte mich an einen Schreibtisch und fing an, mich durch sie hindurchzuarbeiten. Duke sah mir über die Schultern zu und zeigte dabei gelegentlich auf die eine oder andere Stelle, die mir entgangen war. »Yeah«, sagte ich, »aber – wo kommt die Kiste her? Schließlich muß sie doch jemand gebaut haben.«

»Sind deine Kleider maßgefertigt?« fragte Duke.

»Sicher«, sagte ich, immer noch mit Abzeichnen beschäftigt. »Sind das heute nicht alle?«

»Mhm. Dir ist das heute selbstverständlich. Ein Computer sieht sich dich an, nimmt deine Maße und legt den Zuschnitt entsprechend fest. Ein anderer Computer steuert einen Laser und schneidet das Tuch, und dann näht ein halbes Dutzend Roboter die Stücke zusammen. Wenn die Kleiderfabrik am gleichen Ort ist, kannst du einen neuen Anzug in drei Stunden bekommen.«

»Und?« Ich unterschrieb das letzte Blatt und reichte ihm den Stapel zurück.

Er schob die Papiere in einen Umschlag, verklebte ihn, setzte seine Unterschrift darauf und reichte ihn mir zurück, damit ich ebenfalls unterschreiben konnte. »Und«, sagte er, »wenn wir das mit einem Anzug machen können, warum kann man es dann nicht auch mit einem Wagen oder einem Haus – oder einem Hubschrauber machen? Das ist es, was uns Pakistan eingebracht hat. Wir waren gezwungen, unsere Produktionsverfahren neu zu konstruieren.« Er deutete mit einer Kopfbewegung zum Fenster. »Die Fabrik, die dieses Ding gebaut hat, hat vor den Seuchen Busse hergestellt. Und ich wette mit dir, daß die Konstruktionszeichnungen und die Pläne für die Vorrichtungen und die Ablaufpläne in all den Jahren im selben Bereitschaftszustand erhalten wurden wie unsere nukleare Abschreckungsbrigade. Nur für den Fall, daß man sie irgendwann einmal *brauchen* würde.«

Ich unterschrieb den Umschlag und reichte ihn ihm zurück.

»Lieutenant«, Duke grinste mir zu, »du solltest dich hinsetzen und unseren Freunden in der Vierten Welt einen Dankesbrief schreiben. Ihr sogenannter ›Sieg der Rechtschaffenheit‹ vor zehn Jahren hat es den Vereinigten Staaten möglich gemacht, für die Reaktion auf die chtorranische Heimsuchung die bestvorbereitete Nation des Planeten zu sein.«

»Ich bin nicht so sicher, daß die das so sehen würden«, bemerkte ich.

»Wahrscheinlich nicht«, pflichtete er mir bei. »In der Vierten Welt herrscht eine gewisse Tendenz zur Paranoia.« Er warf den Umschlag in den Safe und schloß die Tür.

»Also gut«, sagte er, plötzlich wieder ernst. »Der Papierkram wäre erledigt.« Er sah auf die Uhr. »Wir haben zehn Minuten Zeit. Setz dich und mach dich klar.« Er zog zwei Stühle herbei, so daß sie einander gegenüberstanden. Ich nahm den einen und er den anderen. Er nahm sich einen Augenblick Zeit, sein Gesicht zu reiben und sah mich dann an, als wäre ich außer ihm der einzige Mensch, den es noch auf dem Planeten gab. Der Rest der Welt, der Rest des Tages, das alles hörte auf zu existieren. Sich um die Seele kümmern, nannte Duke das. Es hatte Teams gegeben, die das nicht getan hatten, ehe sie hinausgegangen waren, und sie waren nicht zurückgekommen.

Duke wartete, bis er sah, daß ich bereit war, und fragte dann einfach: »Wie fühlst du dich?«

Ich sah in mich hinein. Ich war nicht sicher.

»Du brauchst nicht ins Schwarze zu treffen«, sagte Duke. »Du kannst dich anschleichen. Wie fühlst du dich?« wiederholte er dann seine Frage.

»Gereizt«, gab ich zu. »Dieser Chopper dort draußen – der wirkt irgendwie beängstigend. Ich meine, ich glaube einfach nicht, daß etwas so Großes fliegen kann.«

»Mhm«, sagte Duke. »Das ist ja sehr interessant. Aber erzähl mir was von James McCarthy.«

»Ich bin ...«, sagte ich etwas verstimmt. Ich wußte, wie man sich klar machte. Man macht seinen Geist von allem klar, das den Auftrag irgendwie beeinträchtigen könnte.

»Da!« deutete Duke. »Was war das?«

Ich begriff, was er meinte. Ich konnte es nicht verbergen. »Ungeduld«, sagte ich. »Und Verstimmung. Langsam gehen mir diese ganzen Änderungen in der Verfahrensweise auf die Nerven. Und frustriert bin ich auch, weil das Ganze anscheinend überhaupt keinen Unterschied macht.«

»Und?« drängte er.

»Und«, räumte ich ein, ». . . manchmal habe ich Angst vor der ganzen Verantwortung. Manchmal möchte ich einfach weglaufen, und manchmal hätte ich Lust, alles umzubringen, was mir vor die Augen kommt.« Und dann fügte ich hinzu: »Manchmal denke ich, ich werde verrückt.«

Als Duke das hörte, blickte er scharf auf, aber sein Telefon summte, ehe er etwas sagen konnte. Er zog es vom Gürtel, drückte den Knopf und herrschte es an: »Fünf Minuten.« Dann legte er es auf den Tisch und sah mich an. »Was meinst du?«

»Nun ... ich bin nicht einmal sicher, ob es echt ist oder nicht«, versuchte ich mich rauszureden.

Duke sah auf die Uhr. »Komm schon, Jim – dort draußen wartet ein Chopper auf uns. Ich muß jetzt wissen, ob du mitkommst oder nicht. Was soll das Geschwätz von wegen ›verrückt‹?«

»Ich hatte da so ... Episoden«, sagte ich.

»Was für ›Episoden‹?«

»Nun, Träume. So etwas Ähnliches. Ich weiß nicht, ob ich dir das überhaupt sagen sollte. Vielleicht sollte ich mich mit Dr. Davidson unterhalten ...«

»Ja, du solltest es mir sagen!« Duke wirkte jetzt verstimmt und ungeduldig. »Weil ich nämlich, wenn du es nicht tust, ohne dich gehen werde.« Er schickte sich an aufzustehen.

Ich sagte schnell: »Ich habe – Dinge gehört.«

Duke setzte sich wieder.

»Und«, fuhr ich fort, »ich hab mich an Dinge erinnert. Meistens, wenn ich schlafe oder nur so döse, aber das sind Dinge, die ich noch nie zuvor gehört oder gesehen habe. Und – das macht einen wirklich ganz wirr. Du weißt doch, daß die meisten Leute in Bildern träumen? Nun, letzte Nacht habe ich Töne geträumt. Eine Symphonie. Es war kalt und gespenstisch. Es klang, als käme es von einer anderen Welt, von einer anderen Existenzebene. Ich dachte, ich läge im Sterben. Dann bin ich schweißgebadet aufgewacht, solche Angst hat es mir eingejagt.«

Duke studierte mich wie ein Vater. Seine Augen blickten scharf.

»Träume, hm? Das ist es also, was dich beunruhigt hat?«

Ich nickte.

Ein paar Augenblicke lang sagte er gar nichts. Er sah weg, zum Fenster hinaus, und dann sah er wieder mich an. »Ich habe die ganze Zeit Träume«, gab er dann zu. »Alpträume, um es genauer zu sagen. Ich seh die ganze Zeit die Gesichter von all den Leuten –« er hielt mitten im Satz inne. Dann senkte er den Blick und sah seine Hände an. Seine riesigen, zerschlagenen Hände. Ich überlegte, ob ich etwas sagen sollte. Und dann blickte er abrupt wieder zu mir auf und war wieder Duke – und hatte ein paar Bände voll ungesagt gelassen. »Aber ich laß nicht zu, daß mich das aufhält. Jim, hörst du, was ich sage?«

»Mhm. Es ist nur ...«

»Was?«

Es war mir peinlich, es zuzugeben. »Es ist nur, daß ich Angst habe, die Kontrolle über mich zu verlieren«, sagte ich. »Es ist fast so, als ob es Stimmen gäbe – ich meine, wenn ich nur verstehen könnte, was die sagen, würde ich die Antwort wissen und alles würde gut sein. Aber ich kriege das nie ganz mit. Es fühlt sich wie entferntes Flüstern an.« Da. Jetzt war es draußen. Ich wartete auf seine Reaktion.

Duke blickte beunruhigt. Er sah aus, als könnte er die Antwort nicht finden, die er suchte. Wieder sah er zum Fenster hinaus, wo der Chopper stand. Als sein Blick zu mir zurückkam, wirkte er unglücklich.

»Genau genommen«, sagte er, »sollte ich dich jetzt dienstunfähig erklären und eine ärztliche Untersuchung anordnen. Nur daß ich das nicht kann. Ich brauche dich für diesen Einsatz. So wird dieser verdammte Krieg geführt. Es gibt keinen von uns, der nicht ein paar Jahre Erholung verdient hätte. Aber dazu wird es nie kommen. Statt dessen lassen wir uns weiterhin von einer Krise zur nächsten treiben und haben höchstens bei den Verkehrsampeln Zeit, uns darum zu kümmern, daß wir bei Verstand bleiben.« Er studierte mich scharf. »Meinst *du*, daß du verrückt bist?«

Ich zuckte die Achseln. »Das weiß ich nicht. Jedenfalls glaube ich sicherlich nicht, daß ich normal bin.«

Plötzlich grinste er. »Na also – *das* ist normal! Niemand auf diesem Planeten ist normal, Jim. Wenn dir das klar ist, bist du nicht verrückt. Erst wenn du anfängst zu behaupten, du wärest bei Trost, sperren wir dich ein.«

Ich blinzelte und zögerte – und dann begriff ich den Witz. Bei Trost sein. Ja, wenn man glaubte, bei Trost zu sein, dann war man das wahrscheinlich nicht. Der Beweis dafür, daß man bei Trost ist, ist eben der, daß man sich fragt, ob man es ist. Darüber zu lange nachzudenken, kann einen natürlich auch verrückt machen.

»Jim«, sagte Duke, »schieb das mal alles für den Augenblick beiseite. Wozu bist du hier? Was ist unser Job?«

»Ich bin hier, um Würmer zu töten. Unser Job ist es, die chtorranische Invasion aufzuhalten. Mit allen zur Verfügung stehenden Mitteln.«

»Gut«, sagte Duke. »Und jetzt laß mich dir eine andere Frage stellen. Mußt du geistig gesund sein oder irgendeinem Standard der ›Normalität‹ entsprechen, um diesen Job zu erfüllen?«

Ich dachte darüber nach. Ich überlegte mir die Antwort. Ganz offensichtlich nicht. »Nein«, sagte ich.

»Gut. Du siehst also selbst, es ist völlig egal, ob du verrückt bist oder nicht. Ich muß nur eines wissen. Kann ich heute auf dich zählen?«

Jetzt war ich mit Grinsen an der Reihe. »Ja, du kannst auf mich zählen.«

»Absolut?«

»Absolut.« Und das meinte ich auch so.

»Gut«, sagte er. »Schnapp dir deine Tasche, und dann gehen wir.«

Ich regte mich nicht von der Stelle. Da war noch etwas. »Äh ...«

»Ist noch etwas?« Er blickte besorgt.

»Mm, eigentlich nicht. Nur eine Frage.«

»Ja, was?«

»Äh ... Duke – mit wem machst *du* denn klar?«

Das schien ihn zu verblüffen. Er wandte sich von mir ab, während er sich sein Telefon und seine Reisetasche griff. Dann drehte er sich wieder zu mir herum und sagte: »Ich spreche gelegentlich mit dem Boß.« Er deutete mit dem Daumen zur Decke – und darüber hinaus. »Dem Mann dort oben.« Und damit war er zur Tür draußen. Ich folgte ihm und schüttelte dabei staunend den Kopf. Das Universum war voll von Überraschungen.

ZWEI

Ich *hatte* unrecht.

Eine Maschine, die so groß war, *konnte* sich in die Lüfte erheben.

Sie taumelte zwar wie eine betrunkene Kuh durch die Luft, aber sie flog – und trug genügend Truppen und Gerät, um eine kleine Regierung zu stürzen. Wir hatten drei der am besten ausgebildeten Teams der Special Forces – Duke und ich hatten sie selbst ausgebildet –, einen kompletten Wissenschaftlertrupp und genügend Feuerkraft, um ganz Texas zu grillen (nun, jedenfalls ein großes Stück von Texas).

Ich hoffte nur, daß sich nicht die Notwendigkeit einstellen würde, sie auch einzusetzen.

Ich kletterte nach hinten und setzte mich zu den Männern. Alles Wehrpflichtige. Nur daß man sie nicht mehr so nannte. Der Erlaß über allgemeine Dienstverpflichtung war – übrigens zweimal – vom neuen Militärkongreß der Vereinigten Staaten neu geschrieben worden. Vier Jahre Dienst in Uniform. Keine Ausnahmen. Kein Aufschub. Keine zivilen Klassifikationen wegen ›dringend benötigter Fähigkeiten‹. Das hieß ganz schlicht – *jeder*. Man war von dem Tag an wehrpflichtig, an dem man sechzehn wurde. Und man mußte vor dem achtzehnten Geburtstag in Uniform stecken. Sehr einfach.

Um freilich zu den Special Forces zu kommen, mußte man darum *bitten*. Tatsächlich mußte man seine Chance sogar fast *fordern*. Man konnte nicht einfach zu den Special Forces geraten, es sei denn, man *wollte* dabei sein.

Und dann mußte man beweisen, daß man mit dem Job auch klarkommt.

Ich weiß nicht, wie rigoros und hart die Ausbildung war – ich war durch Zufall zu den Special Forces geraten, bevor man die Auswahlkriterien verschärft hatte, und hatte den größten Teil meiner Laufbahn damit verbracht aufzuholen –, aber daß die Ausbildung das entsprechende Ergebnis erzielte, bestätigte mir ein Blick auf dieses Team. Außerdem hatte ich gehört, daß drei Viertel von denen, die mit der Ausbildung anfingen, wieder rausflogen, ehe sie zur Hälfte vorbei war. Das hier waren die Überlebenden. Die Gewinner.

Keiner von ihnen war alt genug, um seine Stimme bei der Wahl abzugeben, und zwei von den Mädchen sahen nicht einmal alt genug aus, um schon Büstenhalter zu tragen. Aber Kinder waren es nicht. Es waren kampferprobte Truppen. Daß von diesen Soldaten noch keiner die Zwanzig überschritten hatte, war Zufall; jedenfalls waren sie der gefährlichste Verein, den die Army der Vereinigten Staaten zusammenbringen konnte. Und das konnte man an ihren Gesichtern ablesen. Sie hatten alle denselben Blick – lauernd, wie eine Schlange, die gleich zustößt.

Sie reichten eine Zigarette herum. Als sie zu mir kam, zog ich auch daran – nicht weil ich eine wollte, sondern weil ich sicher sein wollte, daß sie nicht ›gestaubt‹ war. Nicht daß ich annahm, daß von meinen Leuten welche so dumm waren, aber vorgekommen war es immerhin schon, bei anderen Teams, nicht bei meinem. Die Army hatte einen Fachausdruck für Offiziere, die zuließen, daß ihre Leute *high* waren, wenn sie in den Kampf gingen; wir nannten sie ›statistics‹.

Das Team redete nicht viel, und ich wußte warum. Das lag an meiner Anwesenheit. Ich war höchstens drei Jahre älter als der Älteste von ihnen, aber ich war der Lieutenant, und das machte mich ›alt‹. Außerdem – sie hatten vor mir Angst. Es ging das Gerücht, daß ich auf einer Wurmjagd einmal einen Mann lebend verbrannt hatte.

Wenn ich sie ansah, kam ich mir auch alt vor. Und ein wenig nachdenklich auch. Diese jungen Leute hier würden auf lange Zeit die letzten auf dem Planeten sein, die sich noch daran würden erinnern können, was eine ›normale‹ Kindheit war.

Sie hätten jetzt auf der Schule sein sollen oder vielleicht das erste Jahr auf dem College, und eigentlich hätten sie jetzt gerade irgendwo eine Turnhalle mit Luftballons schmücken sollen für irgendeinen Schultanz oder sich vielleicht über ihre Arbeiten in globaler Ethik Sorgen machen oder einfach nur irgendwo herumlungern.

Sie wußten, daß das nicht die Art und Weise war, wie die Welt eigentlich laufen sollte. Und das war ganz entschieden nicht die Zukunft, auf die sie sich eingestellt hatten. Aber sie hatte sich eben so entwickelt; es gab einen Job, der erledigt werden mußte, und sie waren es, denen die Arbeit zufiel.

Ich respektierte ihren Einsatz.

»Sir?« Das war Beckman, hochgewachsen, schlaksig und dunkel. Ich erinnerte mich, daß seine Familie aus Guam stammte. Ich sah zu ihm hinüber. »Werden wir rechtzeitig für *Derby* zurück sein?« wollte er wissen.

Ich überlegte. Wir waren nach Süd-Wyoming unterwegs. Zwei Stunden Flugzeit in beiden Richtungen. Vier Stunden auf dem Boden, höchstens. *Derby* lief um 21.00 Uhr. T. J. hatte herausgefunden, daß Stephanie aus Hongkong zurückkam. Nun mußte er sicher den verschwundenen Roboter finden, ehe Grant das tat. »Sollte klappen«, sagte ich. »Wenn wir bis sechs wieder starten. Nicht später.« Ich sah mir die anderen an. »Könnt ihr euch auch darauf einstellen?«

Sie nickten zustimmend.

»Sicher.«

»Mir soll's recht sein.«

»Dann wollen wir's versuchen.«

Ich grinste. Das war ein Trick, den ich von Duke gelernt hatte. Sei geizig mit deinem Lächeln, so als ob dich jedes ein Jahr deines Lebens kosten würde. Dann reißen sich deine Leute die Ärsche auf, um sich eines zu verdienen.

Sie sahen so begeistert aus, daß ich aufstehen und schnell nach vorne gehen mußte, ehe ich zu lachen anfing.

Duke sah mich an, als ich neben ihn trat. »Sind sie okay?«

»Sie sind wegen des verschwundenen Roboters beunruhigt.«

»Häah?«

»*Derby*. Das ist eine Serie im Fernsehen.«

»Ich seh mir das Zeug nie an«, sagte er. Er sah auf die Uhr, beugte sich nach vorne und tippte der Pilotin auf die Schulter. »Kannst jetzt Denver anrufen. Sag ihnen, wir haben Punkt Lambda passiert und fliegen weiter. Sie können den nächsten Chopper in Gang setzen.« Und zu mir meinte Duke: »Kannst jetzt anfangen, die Jeeps anzuwärmen. Ich will sofort, wenn wir auf dem Boden sind, die Luke fallen lassen und abfahren. Diese Kiste soll in dreißig Sekunden leer sein.«

»Wird gemacht«, sagte ich.

Das Einsatzgebiet war fast fünfzig Kilometer südlich von Wheatland.

Ein Scout des Büros für Landrückgewinnung hatte es fast zufällig entdeckt. Zum Glück wußte er, was er da vor Augen hatte. Er meldete es, riß seinen Jeep herum und raste, so schnell er konnte, nach Norden. Beinahe hätte er es geschafft. Das Team, das sie ausschickten, entdeckte den umgestürzten Jeep einen Tag später aus der Luft. Ein Suchtrupp schnappte sich die Logplatte des Jeeps, und die Videoaufzeichnung bestätigte den Infektionsherd. Vier Würmer. Drei ›Kinder‹ und ein ›Erwachsener‹. Normalerweise hätte man das Nest binnen achtundvierzig Stunden verbrannt oder gefroren. Nur daß Denver diesmal eine *bessere* Idee hatte.

Diesmal würden wir eine ganze Chtorranerfamilie *lebend* einfangen.

Duke und ich bekamen immer die *guten* Jobs zugeteilt.

DREI

Wir setzten mit einem Ruck auf, der kräftig genug war, um einem die Zähne aus dem Mund fliegen zu lassen. Fast im gleichen Augenblick flog die Hintertür des Choppers auf und die Ausfahrrampe knallte hinaus. Es fühlte sich an, als würde die ganze Kiste in Stücke fliegen. Der vorderste Jeep polterte bereits die Rampe hinunter auf den harten Tonboden von Wisconsin. Die Rollagons polterten dicht dahinter, dann der Rest des Konvois.

Der Jeep an der Spitze drehte sofort nach Norden ab; seine Räder wühlten die lockere Erde auf, und er hinterließ eine dicke Staubwolke. Der Staub verbreitete sich schnell – der Wind war heute kräftig, nicht gerade die besten Wetterbedingungen.

Die anderen sieben Fahrzeuge bogen ebenfalls nach Norden und bildeten eine etwas ausgefranste Diagonallinie auf der Prärie. Ich fuhr mit Duke im Befehlswagen, dem größten der Rollagons. Er sah aus wie ein Landungsboot mit Tausendfüßlerbeinen und Ballonreifen, aber er war gut gefedert und fast bequem. Neben unserem Fahrer hatten wir noch zwei Hilfstechniker und einen Einsatztrupp. Für den Augenblick war das ihr Einsatz. Duke und ich waren nur Ladung. Unsere Aufgabe war es, uns still zu verhalten und uns an den Einsatzort bringen zu lassen.

Uns stand eine ganze Reihe taktischer Bildschirme zur Verfügung. Wir konnten unsere Route auf einer Repräsentativkarte sehen oder auch als farbcodierten Radarscan des umliegenden Terrains. Dann stand uns noch ein Lenkdisplay auf Trägheitsbasis zur Verfügung und zu guter Letzt auch noch Dauerbestätigung durch Satelliten. Als wir noch zwei Kilometer entfernt waren, brachte Duke den Rollagon zum Stehen und schickte die Angriffsfahrzeuge auf ihre Positionen für Umkehrpunkt Kappa; ich setzte einen Skyball ab – eine Luftdrohne –, um uns unser Ziel vor dem Einsatz ein letztes Mal anzusehen.

Das Bild auf dem Schirm kippte und schwankte übelkeiterregend, während der Skyball über den Himmel glitt. Anscheinend bereitete die Navigation bei dem herrschenden Wind Schwierigkeiten. Aber dann wurde es besser, und das Bild stabilisierte sich.

Plötzlich konnte man das Nest auf dem Bildschirm sehen. Es war eine niedrige braune Kuppel mit einem vorgewölbten kreisförmigen Eingang.

»Ein Bilderbuchfall«, sagte ich. »Siehst du das purpurfarbene Zeug außen rum?«

Duke knurrte: »Mir kannst du den Quatsch ersparen.«

Ich nickte, betätigte mich am Tastenfeld und zog die Drohne weiter herunter. Das Bild drehte sich langsam, während der Skyball das Nest umkreiste. Ich drückte den Scanknopf. Das Bild veränderte die Farben: Blau für Kälte, Rot für Hitze, Gelb für dazwischen. Der größte Teil des Bildschirms war Orange. Ich mußte die Empfindlichkeit reduzieren.

Jetzt zeigte der Schirm vorwiegend Grün und Gelb. Eine schwache orangefarbene Spur führte zur Kuppel. Oder von ihr weg. Die Spur war wenigstens eine Stunde alt.

Ich sah zu Duke hinüber; sein Gesichtsausdruck war unergründlich. »Sieh dir die Kuppel an«, sagte er.

Wir wußten, daß die Würmer heiß waren, wenn sie aktiv waren, aber wir wußten auch, daß ihre Körpertemperatur dann, wenn sie in den starren Zustand übergingen – gewöhnlich während der heißesten Zeit des Tages –, um bis zu dreißig Grad absinken konnte. Das war der Grund, weshalb die früheren mobilen Sonden ihre Anwesenheit häufig nicht registriert hatten. Die Würmer waren zu kühl gewesen.

Jetzt wußten wir das besser.

Die Würmer gingen *tief* und wurden *kalt*. Um das herauszufinden, hatten viele Männer sterben müssen.

Der Skyball ging jetzt ganz tief und dicht heran. Die Kuppel füllte den ganzen Bildschirm. Ich setzte zusätzlich einen Ultraschallscanner ein. Dort war etwas, das stand fest – eine dunkelblaue Masse, über die ein Fleckenmuster sich schnell verändernder Farben zog. Die Masse war groß und weit unter der Oberfläche.

Der Bildschirm sagte, daß sie vier Tonnen wog.

»Eine ausgewachsene Familie«, sagte Duke. »Schaffen wir sie?«

Dasselbe fragte ich mich auch. »Denver sagt, das Gas sei gut. Das hier liegt zwar an der oberen Grenze, aber noch innerhalb.«

»Was hast du für ein Gefühl?«

»Ich sage, wir tun's.«

»Gut«, sagte Duke. »Ich auch.« Er drückte den Knopf an seinem Mikro. »Alle Einheiten. Wir packen's. Wiederhole: Wir packen's. Geht auf eure Endpositionen. Wir gehen es an.«

Damit hatten wir uns festgelegt. Weitere Umkehrpunkte gab es nicht mehr.

Duke beugte sich vor und stieß unseren Fahrer an. »Komm schon – es geht los!« Der riesige Rollagon wälzte sich nach vorne, einen schmalen Hügelkamm hinauf und dann den langen Abhang auf der gegenüberliegenden Seite wieder hinunter.

Ich zog den Skyball in die Höhe und ließ ihn auf Dauerscan um die Kuppel kreisen. Falls der Wärmepegel sich änderte, würde er sofort Alarm geben. Wir würden dann zwischen zehn und neunzig Sekunden Vorwarnzeit haben – das würde von den Würmern abhängen. Ich überprüfte meine Kopfhörer und mein Mikro. Dies war der gefährlichste Teil des Einsatzes. Bei der Anfahrt waren wir sehr verletzbar.

Ich mußte diese Kuppel schnell lesen und sagen, ob es sicher war, weiterzumachen. Wenn nicht – wenn ich das für richtig hielt –, hatte ich die Vollmacht, den ganzen Einsatz auffliegen zu lassen. Das war der letzte Umkehrpunkt. Go-NoGo, wie wir das nannten, und ich war der Wurmexperte.

Die Leute redeten sich ein, daß ich irgendeinen unheimlichen ›Wurmsinn‹ besaß. Den hatte ich natürlich nicht – und das Gerücht machte mich nervös. Aber sie wollten das glauben – für sie war das so etwas Ähnliches wie ein Amulett –, also lag mir natürlich auch nicht daran, ihnen die Idee völlig auszureden.

Und außerdem wünschte ich mir irgendwie selbst, daß die Geschichte stimmte. Dann wäre mir bei dem wenigen, was ich wußte, wahrscheinlich wohler gewesen.

Jetzt hatte der Rollagon das flache Land erreicht, und ich stand in meinem Sitz auf, um nach vorne zu spähen. Da war die Kuppel. In natura sah sie täuschend klein aus. Der größte Teil des Nests befand sich unter der Erde. Wie tief die Würmer wirklich manchmal gruben, wußten wir nicht. Es war auch nicht unsere Absicht, einer Familie so viel Zeit zu lassen, daß wir das wirklich herausfinden konnten.

Ich tippte dem Fahrer an die Schulter. »Nahe genug«, sagte ich. »Jetzt ist Spinnenzeit. Den Rest des Weges gehe ich zu Fuß.«

Der Rollagon kam mit einem unsanften Ruck zum Stillstand. Ich setzte mich wieder an meine Tastatur und aktivierte die Spinne – United States Military Spider ARAC 5714, wie die offizielle Bezeichnung lautete.

Neben mir konnte ich hören, wie Duke die Positionen der anderen Fahrzeuge bestätigte, als diese sich rund um die Kuppel postierten. Ich sparte mir die Mühe aufzublicken. Ich wußte, daß die Teams bereits dabei waren, ihre Fahrzeuge zu verlassen, die Brenner bereit. Wir waren acht kleine Inseln des Todes. Priorität Eins: *Überleben*. Tote Helden gewinnen keine Kriege.

Jetzt leuchtete das grüne Licht. Ich schob die Konsole zurück und zog mir das Kontrollbrett für die Spinne heran. Ich stülpte mir die Brille über den Kopf, wartete darauf, daß meine Augen sich an das andere Bild gewöhnten, und steckte die Hände dann in die Lenkhandschuhe.

Der übliche Moment der Unsicherheit kam und ging, und dann befand ich mich *in* der Spinne. Ich sah durch ihre Augen nach draußen, hörte durch ihre Ohren, fühlte durch ihre Hände. »Vorwärts«, sagte ich, und das Bild vor meinen Augen bewegte sich nach unten, aus der vorderen Rampe des Rollagons nach draußen, und dann nach vorne auf die ganz ruhig daliegende Kuppel zu.

Mein Gesichtssinn befand sich näher am Boden als ich das gewöhnt war, und meine Augen standen weiter auseinander, so daß alles kleiner wirkte – und die Perspektive war tiefer. Ich brauchte dieses kurze Stück zu Fuß, um mein ›Spinnenbewußtsein‹ aufzufrischen. Ich mußte mich *einstimmen*.

Bei den Militärspinnen handelte es sich um hastig durchgeführte Adaptionen der industriellen Modelle. Diese hier hatte einen Metallkörper, acht dünne Beine – von denen jedes in einem großen, schwarzen Huf endete – und einen Beobachtungsturm. Die Spinne konnte auch noch mit der halben Zahl ihrer Beine funktionieren, wenn die anderen zerstört waren; und jedes zweite Bein funktionierte auch als Arm. In jedem Huf war ein *Waldo* angebracht, der natürlich über Tastsensoren verfügte. Während der Seuchen hatte man die Spinne weitgehend in Situationen eingesetzt, in die sich Menschen nicht begeben konnten oder wollten. Sie waren in Krankenhäusern sehr nützlich gewesen und in Krematorien. Die Spinnen hatten den größten Teil der Toten eingesammelt.

»Langsamer«, befahl ich. Wir näherten uns jetzt dem Kuppeleingang. »Scan ...«

Das Bild vor mir wanderte das Spektrum hinunter. Die Farben der Gegenstände veränderten sich, veränderten sich dann noch einmal. Wieder Grün und Gelb. Etwas Orange, aber ganz schwach.

»Schallscan ...«, sagte ich und wandte meine Aufmerksamkeit dem Inneren der Kuppel zu. Die große blaue Masse war hier klarer. Fast konnte ich die Umrisse von vier riesigen Würmern ausmachen. Sie waren, falls ich das Bild richtig deutete, in einer kreisförmigen Formation ineinander verschlungen. Und sie waren immer noch kalt.

»Nun?« fragte Duke neben meiner Schulter.

»Ein schrecklich hübscher Blauton ist das«, erwiderte ich. »Ja, wir machen's.« Ich gab das Kommando. »Vorwärts.«

Die Spinne betrat die Kuppel.

Nach rechts, dann nach oben, ins Innere der Zentralkammer. Dann zu dem Loch in der Mitte. Kauere dich über das Loch. Sieh nach unten.

Nichts in der unteren Kammer?

Sieh nochmal nach.

Einmal hatte ich den Fehler gemacht, ein zweites Mal werde ich ihn nicht machen.

Die Würmer sind riesig. Es ist schwer, sie als Würmer zu sehen. Sie sehen wie ein riesiger, zottiger Teppich aus.

Scan ...

Immer noch blau.

Ich frage mich, wie es aussieht, wenn sie aufwachen – aber ich werde nicht abwarten, um das herauszufinden.

Düse absenken.

Und Kommando: »Gas!«

Ein zischendes Geräusch.

Die Farbe der Würmer wird dunkler.

Ich zog die Hände aus den Handschuhen und streifte mir die Brille von den Augen. Ich sah Duke an. »Gemacht«, sagte ich.

Duke grinste und schlug mir auf die Schulter. »Gute Arbeit.« Er wandte sich dem Kommunikationstechniker zu. »So, und jetzt hol den Chopper her. Wir sind in dreißig Minuten zum Laden bereit. Der Bulldozer soll auf Position gehen. Sag ihnen, sie sollen die Greifer herrichten und sich auf die Entgiftung vorbereiten. Alle anderen sollen ihre Positionen einnehmen.«

Der Rollagon setzte sich mit einem Ruck wieder in Bewegung; Duke hob die beiden Daumen und grinste mir zu. Er wollte gerade etwas sagen, aber ich hörte es nicht. Am Himmel knatterte jetzt gerade ein zweiter riesiger Frachtchopper heran. Er klang wie ein kosmischer Preßlufthammer – von der Art, wie Gott sie benutzt, um Erdbeben in Gang zu setzen.

Das war die Maschine, die die Würmer nach Denver zurücktragen würde.

Ich frage mich, ob sie dafür wohl groß genug sein würde.

VIER

Als wir unsere Position bezogen hatten, sah ich mir die Würmermasse noch einmal auf dem Bildschirm an. Sie waren einfach zu groß. Ich konnte das Gefühl nicht los werden, daß ich im Begriff war, hier einen Fehler zu machen. Vielleicht hätte ich am letzten Umkehrpunkt Nein sagen sollen.

In dem Augenblick fehlte nur wenig daran, daß ich Duke angesprochen hätte, aber dann ließ ich es bleiben. So war das jedesmal mit mir. Wenn es zu spät war, fing ich an, Zweifel zu bekommen. Dabei war es jetzt völlig ohne Belang, was ich dachte. Wir hatten uns entschieden und konnten nicht zurück. Ich sah mir die Würmermasse ein zweites Mal an, kalkulierte die Gasdosis nach den Massenverhältnissen, die Denver uns mitgegeben hatte, und brachte eine zweite Kapsel zur Detonation. Ich fragte mich, ob zwei die richtige Zahl war, aber lieber tötete ich die Würmer jetzt, als daß sie mir aufwachten, während wir dabei waren, sie zu verladen.

Wir ließen dem Gas volle zehn Minuten Zeit, sich zu entwickeln. Dann sah ich mir den Bildschirm noch einmal an – die Würmer zeigten die herrlichste Purpurschattierung, die ich je gesehen hatte – und holte die Spinne dann heraus.

Dann zogen wir die Kuppel von ihrem Fundament. Wir verankerten Greifer an ihrem Sockel, befestigten Schlepptrossen an einem Jeep und fuhren langsam zurück. Der ganze Bau riß ab wie ein Stück Schaumstoff. Die Würmer bauten nicht sehr stabil. Das brauchten sie nicht.

Wir mußten es zweimal machen; die Kuppel zerfetzte zu leicht. Ich kam mir wie ein Eindringling vor, wie ein Vandale. Wir mußten sie in Stücken abreißen und anschließend auch noch das obere Stockwerk.

Das war schwieriger. Wir mußten im Boden kleine Sprengladungen anbringen, um ihn zu zerreißen. Er bestand aus demselben Material wie die Kuppelwände, war aber dichter, etwa so stark wie Industriekevlar. Das mußte er schließlich auch sein, um das Gewicht einer gesunden Familie zu tragen.

Die Würmer bauten ihre Nester, indem sie Bäume zerkauten und Schaum ausspuckten. Offenbar konnten sie die Mischung genügend variieren, um aus denselben Grundbestandteilen sowohl leichte, durchscheinende Wände als auch schwere Hartholzböden herzustellen. Ein netter Trick.

Als schließlich die untere Hälfte des Nests offen dalag, stellte sich ein Augenblick des ... Zögerns ein. Die Teams – Männer wie Frauen – versammelten sich stumm um den Nestrand und blickten auf die jetzt frei daliegenden Würmer hinunter.

Sie waren riesig. Bloß von den Bildern auf dem Schirm zu wissen, daß sie riesig waren, war nicht das gleiche, als wenn man sie tatsächlich körperlich vor sich sah. Selbst der Kleinste war einen Meter dick und drei Meter lang. Der ›Erwachsene‹ war allein vom Kopfansatz an zwei Meter hoch und insgesamt zweimal so lang wie das Baby. Jetzt wünschte ich mir, ich hätte ihnen eine dritte Gaskapsel verpaßt.

Die Würmer waren ineinander verschlungen wie Liebende, Kopf an Schwanz, Schwanz an Kopf, in kreisförmiger Formation. In der unteren Nesthälfte lag Schatten. Trotzdem strahlte ihr Pelz in grellem Rot. Beinahe anziehend sah das aus.

Duke trat neben mich, um sie sich auch anzusehen. Sein Gesichtsausdruck wirkte angespannt, aber er sagte nichts.

»Sieht so aus, als ob wir eine chtorranische Orgie unterbrochen hätten«, sagte ich.

Duke knurrte bloß.

»Das Baby ist an die dreihundert Kilo schwer«, meinte ich. »Papa Bär wahrscheinlich tausend.«

»Mindestens«, sagte Duke. Ihm gefiel das nicht, das erkannte ich. Er war zu schweigsam.

»Zu groß?« fragte ich.

»Zu teuer«, brummte er. »Was du da siehst, kostet fünfzehn Kühe die Woche. Das ist eine ganze Menge Hackfleisch.« Er klickte mit der Zunge und wandte sich ab. »Also«, schrie er, »an die Arbeit! Hinunter mit euch!« Er deutete auf einen Mann mit Kopfhörer. »Sag dem Chopper, er soll die Seile runterlassen. Los jetzt.«

Beim Laden gab es ein Problem.

Wir fingen mit dem Baby an. Ein Trupp stieg in die Grube hinunter, während die zwei anderen Teams oben mit Flammenwerfern, Bazookas und Leuchtspurmunition bereitstanden. Der Wurm war zu groß, um ihn einfach in eine Schlinge hineinzurollen. Man mußte ihn anheben, um die Plane unter ihm durchzuziehen.

Der Trupp in der Grube schob schnell eine Anzahl Stäbe aus rostfreiem Stahl unter den kleinsten Wurm und bildete daraus ein Gitterwerk aus Längs- und Querstreben. Anschließend verbanden sie sie an den Enden mit zwei längeren Stangen, die längs neben den Wurm gelegt wurden. Jetzt ruhte das Baby auf einem leiterförmigen Bett.

Der Chopper war unterdessen bereits dabei, klappernd und ratternd darüber Position zu beziehen, wobei er uns mit Wind und Lärm peitschte. Die Kabel sanken bereits herunter. Das Team versuchte gar nicht erst, die freihängenden Enden zu schnappen – vielmehr warteten sie, bis die Trossen den Boden berührten und etwas durchhingen. Dann schnappten sie sich die Kabel und rannten, um sie an der Leiter unter dem Wurm zu befestigen. Beckman gab mit dem Daumen nach oben ein Zeichen, und der Chopper begann, die Kabel anzuziehen. Sie spannten sich sichtbar. Die Leiter zitterte und begann sich zu heben.

Einen Augenblick lang leistete der Wurm Widerstand – er war einfach nur ein Sack aus scharlachrotem Pudding –, dann wurde die Verbindung zu den anderen Würmern unterbrochen und der Wurm in die Luft gehoben.

Und in dem Augenblick fing jeder Wurm in der Grube an, sich zu bewegen.

Papa Wurm grunzte unruhig. Die anderen beiden zirpten und brummten. Aber Baby Wurm war der schlimmste. Er wand sich, als empfände er Schmerz und gab einen langgezogenen Klagelaut von sich. Er ringelte sich und richtete sich auf wie ein Regenwurm, den man auseinandergeschnitten hat. Die Leiter schwankte gefährlich. Die Kabel ächzten. Und dann riß er plötzlich die Augen auf. Sie waren riesengroß und schwarz und rund – sie schoben sich hin und her, nicht fokussiert, ohne etwas zu sehen.

Das Team sprang zurück, preßte sich gegen die Nestwand.

»Nicht schießen!« schrie ich. »Nicht schießen, verdammt noch mal!« Irgendwie schaffte ich es, mir trotz des Lärms Gehör zu verschaffen. »Der ist immer noch bewußtlos! Das sind automatische Reaktionen!«

Tatsächlich war das Baby bereits dabei, sich wieder zu beruhigen. Seine Augen glitten zu, und es ringelte sich – versuchte, sich zu ringeln – zu einem angeschwollenen roten Ball zusammen, immer noch über dem Nestboden hängend.

»O Jesus!« stieß einer hervor. »Ich kann das einfach nicht ...« Er schickte sich an, aus dem Nest zu klettern. Die zwei Männer, die links und rechts von ihm standen, blickten unsicher ...

Duke ließ ihnen keine Chance, Angst zu haben. Er sprang zu ihnen in die Grube hinunter und fing an, Befehle zu erteilen. »Kommt schon – seht zu, daß ihr diesen Bastard auf die Matte bekommt. Kommt schon, los!« Er packte den Soldaten, der angefangen hatte, in Panik zu geraten, und stieß ihn auf den Wurm zu. »Du fährst mit ihm hinauf, Gomez. Danke, daß du dich freiwillig gemeldet hast.« Gomez bewegte sich in die Richtung, in die Duke ihn gestoßen hatte. Das war sicherer.

»Los jetzt! Bewegt mir diese Matte! Zieht sie darunter! Darunter – verdammt noch mal! *Darunter!* Gut! So ist's recht!« Duke deutete auf den Kommunikationstechniker oben, immer noch mit den Armen fuchtelnd und schreiend: »Runter! Runter damit!« Und dann wieder zu dem Trupp in der Grube: »So! Und jetzt raus mit den Stangen! Die Kabel befestigen! Los! Verdammt noch mal! Jetzt! Los!«

Die Leute bewegten sich wie die Teufel, lösten die Kabel von den Stangen und befestigten sie schneller an der Plane als Duke fluchen konnte. Sie zogen die Stangen unter dem Wurm heraus und machten schnell Platz. Jetzt spannte sich das Kabel – nur ein wenig, um die Ränder der Plane in die Höhe zu ziehen – und der Wurm hing fest. Jetzt wurden zwei von den Stangen durch Schlaufen geschoben, um den Wurm in einen Kokon aus Stahl und Segeltuch einzubinden, und an den Enden dieser Stangen wurden vier weitere Kabel befestigt. Das war ebenso zu *seinem* Schutz wie zu dem unseren. Wir wollten die Biester nicht im Inneren des Choppers herumfliegen lassen. Die Würmer würden während des ganzen Fluges angeschnallt hängen bleiben.

»So! Rauf jetzt!« brüllte Duke und winkte. Das Klappern des Choppers übertönte seine Worte, und der Wind peitschte ihm ins Gesicht. Er sah nicht einmal hin, sondern hatte sich bereits dem nächsten Wurm zugewandt. »Worauf wartet ihr Faulpelze denn? Los, schiebt die Stangen unter ...«

Bei den anderen drei Würmern war es leichter – aber nicht viel.

Wenigstens wußten wir jetzt, daß sie reagierten, wenn wir sie trennten. Aber sie würden nicht aufwachen. Damit kamen wir klar. Die Teams arbeiteten jetzt schneller.

Der Chopper hing grollend und polternd über uns, und wir hoben die Würmer einen nach dem anderen in seine riesige Ladebucht. Die mächtigen Geschöpfe hingen in den ächzenden Trageschlaufen gefährlich durch.

Eine Arbeit, bei der einem übel werden konnte!

Jetzt nahm der Wind zu, und der Chopper begann seitlich abzugleiten. Ich fragte mich schon, ob wir zurückkehren mußten, ohne alle vier einpacken zu können – aber die Pilotin drehte ihre Maschine in den Wind und sagte uns, wir sollten weitermachen. Wer auch immer sie war, sie verstand ihr Handwerk.

Einmal schlug der Wurm in der Schlinge gegen die Nestwand und stöhnte im Schlaf. Ein dunkel-purpurnes Grollen der Verzweiflung. Der Trupp in der Grube drehte sich um, und man konnte die Verwirrung und die Angst in den Gesichtern sehen. Das Monstrum zirpte wie eine weinende Frau, ein *erschütterndes* Geräusch. Plötzlich war dieses Geschöpf ein Gegenstand des *Bedauerns.* Dann löste der Wurm sich von der Nestwand und erhob sich schnell in die Luft, und Duke deutete und gestikulierte wieder.

Papa Wurm war der letzte. Als das Monstrum in die Höhe gehoben wurde, spiegelte sich das Licht der Nachmittagssonne in seinem hellroten Fell. Tausend flackernde Farben huschten darüber. Es sah aus wie eine himmlische rosafarbene Aura. Ich mußte das einfach bewundern – das war die schönste Farbe, die ich je gesehen hatte ...

Das Geschöpf hob sich in den Himmel wie ein großer, rosafarbener Fesselballon. Ich folgte ihm mit den Augen bis ganz nach oben. Jetzt verschwand er im Bauch des Choppers, und die mächtigen schwarzen Türen schlossen sich mit einem dumpfen Dröhnen.

Duke gab dem Techniker ein Signal, der Techniker sagte etwas in sein Mikrofon, und der Chopper brauste lärmend auf Südkurs davon.

»So«, sagte er. »Und jetzt fahren wir nach Hause zum Fernsehen. Wird T. J. jetzt Stephanie etwas über den verschwundenen Roboter sagen oder nicht?«

FÜNF

Stephanie blieb in Hongkong, wo plötzlich ein Gespräch mit dem chinesischen Botschafter angesagt worden war, also sagte ihr T. J. nichts von dem Roboter. Grant fand heraus, wer *wirklich* der Vater des Babys war, und konfrontierte Karen mit der Lüge. Der Roboter blieb verschwunden.

Wie daraus zu entnehmen ist, hatten wir es rechtzeitig geschafft.

Gegen Ende des Stücks kam eine Ordonnanz herein und tippte Duke auf die Schulter. Der stand auf und ging leise hinaus. Ich bemerkte es, folgte ihm aber nicht. Wenn Duke mich brauchte, würde er es mir schon sagen.

Ein paar Minuten später kam die Ordonnanz zurück und tippte mich an. »Duke will Sie sprechen.«

Ich dankte ihr und ging ins Büro hinauf. Duke sah unglücklich aus. Er saß vor seinem Terminal und starrte mürrisch auf den Bildschirm. Seine Hände zögerten über der Tastatur.

»Was ist denn?« fragte ich.

Er gab keine Antwort, betätigte bloß ein paar Tasten und studierte die neue Anzeige auf dem Schirm mit finsterer Miene.

Ich ging um ihn herum und sah ihm über die Schulter. Er sah sich die Liste von Zielen für den gerade abgeschlossenen Einsatz an.

»Das sind die Alternativziele, Duke. Hast du einen weiteren Einsatz vor?«

Er schüttelte den Kopf. »Nein, ich seh sie mir bloß an.« Er hob die Hände von den Tasten und hielt inne. »Ich weiß nicht, was wir hätten anders machen können. Wir haben die beste Wahl getroffen, die wir konnten.« Er drehte sich herum und sah mich an. »Oder bist du anderer Ansicht?«

»Nein«, sagte ich. »Wir haben das richtige Nest gewählt.« Ich stand da und wartete.

»Was hältst du von der Position Lake Hattie?« fragte er. »Würdest du empfehlen, dort hinzugehen?«

»Du bist dabei, einen weiteren Einsatz zu planen. Was ist denn passiert? Sind unsere Würmer an dem Gas krepiert?«

»Das würde ich mir wünschen«, sagte Duke bitter. Er lehnte sich in dem Sessel zurück und verschränkte die Arme. »Nein. Das Gas hat zu früh seine Wirkung eingestellt. Sie sind im Chopper aufgewacht. Dreißig Minuten vor Denver.«

»O nein!« Plötzlich überkam mich eine Welle der Schwäche. Ich wollte mich setzen. Mir war übel. Lebende Würmer an Bord eines Choppers?

»Der Chopper ist in den Bergen abgestürzt«, sagte Duke. »Es gab keine Überlebenden.« Er studierte mich ein paar Augenblicke lang, als wüßte er, was ich dachte – und drehte dann seinen Stuhl herum, um durchs Fenster in die finstere Nacht hinauszublicken.

Ich wollte etwas sagen, wußte aber nicht, was. Ich hatte ein Gefühl, als hätte mich jemand mit einer Machete aufgeschlitzt und als würden mir die Eingeweide auf den Boden herausfließen.

Duke sagte: »Falls es das leichter macht – die meinen, es hat etwas mit der Höhe zu tun gehabt.«

»Nein«, sagte ich. »Das macht es nicht leichter.«

Ich ging an den Wasserkühler und füllte einen Plastikbecher. Ich hatte keinen Durst, aber ich mußte irgend etwas tun.

Hinter mir sagte Duke: »In der untersten Schublade des Karteischranks ist eine Flasche Scotch. Gib mir auch einen.«

Ich reichte Duke den Becher, fand einen Stuhl und setzte mich ihm gegenüber.

»Ich hab Mist gebaut«, sagte ich. »Ich hätte meinem Instinkt folgen sollen. Ich hab mir diese Würmer angesehen und da war mir, also sollte ich jede Kapsel, die ich in der Spinne mithatte, detonieren lassen. Ich wünschte, ich hätte es getan. Statt dessen habe ich die Anweisungen befolgt.«

»Stimmt«, sagte Duke. »Damit ist es ein Fehler von Denver. Irren ist menschlich. Dem anderen die Schuld zu geben, ist noch menschlicher. Ich bin froh, daß du es so gelassen aufnimmst.«

Ich ignorierte seine Bemerkung. Ich war immer noch damit beschäftigt, die Stücke wieder zusammenzusetzen. Jetzt sagte ich langsam: »Ich befolge die Anweisungen von Denver, weil ich mir gerne einbilde, daß die wissen, was sie tun. Aber das tun sie nicht – in Wirklichkeit tun sie es nicht. Das wissen wir beide!« Ich tat so, als ließe mich das alles kalt, das wußte ich, aber Duke reagierte nicht und versuchte auch nicht, mich daran zu hindern, also ließ ich mich einfach treiben. Ich wollte das alles heraushaben, ehe mir der Dampf ausging. »Das ist einfach verrückt. Die sind von der vordersten Front dieses Krieges so isoliert, daß sie bloß in ihren Theorien und Spekulationen leben. Und auf diese Theorien bauen sie ihre Politik auf. Und wenn das alles wieder bis zu uns durchfiltert, müssen wir hier auf der Basis dieser Politik Entscheidungen über Leben und Tod treffen und hoffen, daß es die richtigen sind. Und manchmal sind sie das auch! Die kriegen das gerade oft genug hin, daß wir ihnen weiter vertrauen.«

»Das habe ich alles schon einmal gehört, das weißt du ja«, sagte Duke. »Keiner von uns ist da originell. Jeder Lieutenant macht das durch.« Er sah auf die Uhr. »Das kommt bei dir genau planmäßig.«

Er tat so, als wäre das alles ein großer Spaß, aber er hatte recht. Natürlich hatte er recht. Schon wieder.

Jetzt war ich verlegen. Ich wußte nicht, was ich sagen sollte und fing an, unsicher zu werden.

Ich sah auf meinen Becher und nahm einen Schluck. »Duke ...« meine Stimme wurde brüchig. Die Wut war mir ausgegangen; ich kam mir ausgepumpt vor. »Duke«, sagte ich. »Ich bin dabei, es zu verlieren. Wirklich. Jetzt sind das *alles* Stimmen ohne Sinn. Ich meine, ich, ich weiß nicht, ob ich noch *irgendwelche* Befehle befolgen kann. Ich meine – wenn sonst auch keiner weiß, was er macht, Duke – und am Ende *ich* der Bursche bin, der die Verantwortung trägt, dann bin doch auch ich der Bursche, der es *genau* wissen muß. Und ich weiß, daß es nicht so ist. Also befolge ich Anweisungen – nicht weil das das Sicherste ist, sondern, weil mir nichts *Besseres* einfällt! Und das läuft einfach nicht. Menschen sterben immer noch, und es ist *immer noch* meine Schuld. Ich habe die

Crew dieses Choppers nicht einmal gekannt! Nicht einmal ihre Namen habe ich gekannt ...«

»Wolfman. Wein.«

»... wie auch immer. Sie sind immer noch tot, und es ist meine Schuld. Ganz gleich, wie du es auch ansiehst, es stinkt einfach.«

»Und ...«, sagte Duke, als wolle er mir damit einen Einsatz geben.

»Und es paßt mir nicht!« endete ich lahm. Ich wünschte, es wäre etwas profunder gewesen, aber wenigstens war es die Wahrheit.

Duke hatte sich meinen Ausbruch stumm angehört; er war die ganze Zeit dagesessen, ohne sich irgendeine Gefühlsregung anmerken zu lassen. Jetzt sah er mich mit einem seltsamen Ausdruck an. »Ich will dir etwas sagen, Jim.« Er holte Atem. »Was dir paßt oder nicht, ist unwichtig. Ich weiß, daß es dir nicht einmal paßt, dir das anzuhören, aber es stimmt. Ob es dir paßt oder nicht, ist am Ende völlig ohne Belang. Die Sache muß einfach erledigt werden. Und dabei werden immer Fehler gemacht werden – wiederum ob es dir paßt oder nicht.«

Er zögerte einen Herzschlag lang, als überlegte er seinen nächsten Satz. Jetzt sah er nachdenklich in seinen Becher, und seine Augen waren umschattet. Als er weitersprach, war seine Stimme etwas tiefer. »Ich weiß, daß es einen frustriert. *Immer* frustriert es einen. Das wird es auch weiterhin. Glaubst du, ich hätte das nicht durchgemacht? Das Ganze hier ist bloß ein neues Pakistan – nur daß ich diesmal weiß, wie dick die braune Sauce ist. Willst du wissen, was wirklich verrückt ist? Fast all unsere Vorgehensweisen sind aus einem Krieg abgeleitet, der vor zwölf Jahren *verloren* wurde. Das ist das Verrückte. Aber«, er zuckte die Achseln, »es läuft immer wieder auf dasselbe hinaus. Die Sache muß trotzdem erledigt werden.«

»Ich weiß nicht ...«, sagte ich. »Ich meine, ich weiß nicht, ob ich so weitermachen kann.« Ich sah ihn dabei nicht an.

»Jim, sei nicht blöd.« Plötzlich war eine Andeutung von Stahl in seiner Stimme. »Glaubst du denn nicht, daß wir *alle* das schon einmal durchgemacht haben? Ich. Shorty. Das ist

Teil der Verantwortung. Du kommst an den Punkt, wo du Fehler machst. Du kannst nichts dagegen tun. Das gehört mit zum Menschen. Und jetzt werde ich dir das andere sagen. Du hast kein Recht, deine Fehler als Ausrede zum Abhauen zu benutzen.«

»Tut mir leid. Ich sehe das nicht so.«

»Dann übersiehst du etwas sehr Wichtiges. Wenn wir jeden Mann und jede Frau entlassen würden, die je einen Fehler gemacht haben, dann hätten wir in der ganzen Army keinen Offizier mehr übrig. Mich eingeschlossen.«

»Ja, aber meine Fehler kosten Menschen das Leben.«

»Die meinen auch«, sagte er leise. Seine Augen waren jetzt hart und eisig. »Denkst du denn, daß du darauf das Monopol hast?«

Ich gab keine Antwort, ich hatte mich bereits genügend zum Narren gemacht, warum es noch schlimmer machen?

Duke stellte seinen Becher neben sich auf die Schreibtischplatte. »Hör mir zu, Jim. In Wahrheit ist ein jeder Fehler bloß eine weitere Chance, eine Korrektur anzubringen. Das ist keine Keule, mit der man sich selbst schlagen sollte. Nur etwas, um daraus zu lernen. Das einzig *echte* Versagen ist, wenn man aufgibt. Damit werden Leben vergeudet. Diese Piloten – Wein und Wolfman – die haben das Risiko gekannt. Sie waren bereit, es einzugehen.«

»Sie haben auf mein Urteil vertraut.«

»Und? Das tue ich auch. Und was weiter?«

»Und wenn es nun nächstesmal du bist?«

Duke zuckte die Achseln. »Ebenso leicht könntest du es sein, Jim. Ich muß dir vertrauen. Du mußt mir vertrauen. Das gehört mit zu unserem Job. Und? Ich meine, was weiter? Willst du dich selbst bedauern oder willst du weiterarbeiten? Du willst doch Würmer töten, oder?«

»Sei nicht albern!«

»Nun denn – dann ist das jetzt der Punkt, wo du lernst, die Stücke aufzuheben und weiterzumachen. Betrachte es als einen Teil deiner Ausbildung zum Captain. Es ist der Teil, wo du die Verantwortung für die Entscheidungen akzeptierst, die *weh tun.*«

»Aber es tut weh ...«, ich wußte schon, während ich es

sagte, daß es dumm war, sagte es aber trotzdem, »... und ich weiß nicht, was ich *tun* soll.«

»Nichts«, sagte er. »Zu tun gibt es gar nichts. Laß es weh tun. Bis es aufhört. Du brauchst es nicht einmal zu dramatisieren. Du kannst mir das Heulen und Wehklagen ersparen. Ich hab schon andere heulen und wehklagen sehen. Besser als du.«

Und dann fügte er ruhig hinzu: »Ich weiß, daß es dir weh tut, Jim. Ich würde mir Sorgen um dich machen, wenn es nicht so wäre. Was du jetzt wissen mußt, ist nur, daß es ganz in Ordnung ist, daß es weh tut.« Seine Augen waren jetzt gar nicht mehr hart, sondern überraschend mitfühlend.

Ich empfand ein Gefühl der – ja, der Dankbarkeit. Aber ich war zu verlegen, ihm in die Augen zu sehen. Ich sagte nur »Danke« und sah schnell weg.

»War es das?« fragte Duke. »Oder willst du mir noch etwas sagen?«

Ich schüttelte den Kopf. »Ich glaube, das ist alles.« Ich trank meinen Scotch aus und überlegte mir, ob ich noch einmal eingießen sollte. Ich hatte ein Anrecht darauf, mich heute abend zu betrinken. Nur – ich wußte, daß es mir in Wirklichkeit nichts helfen würde. Das war etwas, durch das ich mich ganz alleine durcharbeiten mußte. Einen Tag nach dem anderen. Verdammt. Ich fing an, rationaler zu denken als es mir guttat.

»Also gut.« Ich seufzte und schob meinen Stuhl vor ein anderes Terminal. »Ich schätze, ich fange jetzt wohl besser damit an, eine weitere Operation vorzubereiten. Zumindest haben wir bewiesen, daß wir sie lebend aus dem Boden holen können.«

Duke sagte: »Langsam, Jim. Die *schlechten* Nachrichten kennst du ja noch gar nicht.«

Ich blickte von der Tastatur auf und sah zu ihm hinüber. »Wird es noch schlimmer?«

Er nickte. »Man holt uns weg.«

»Das ganze Team?«

»Nein. Nur dich und mich. Der Chopper ist bereits unterwegs. Er wird in einer Stunde hier sein.«

»Wo geht es hin? Nach Denver?«

»Oakland.«

»Oakland?!! Was zum Teufel ist denn in Oakland?«

»Die Gedenkplatte für Gertrude Stein«, sagte Duke. Er stand auf. »Unter anderem. Du hast eine Stunde zum Pakken. Sei um 23.30 Uhr auf dem Feld. Wir bekommen unser Briefing in der Luft.«

Ich sah wieder auf den Bildschirm. »Aber«, sagte ich hoffnungslos, »ich wollte zum Lake Hattie!«

»Falls es dir ein Trost ist, ich auch.« Er drückte seinen Becher zusammen und warf ihn im Hinausgehen nach dem Papierkorb. Der Becher verfehlte sein Ziel und rollte in eine Ecke.

Ich hob ihn auf und warf ihn hinein.

Verdammt.

SECHS

Der Chopper verspätete sich eine Stunde, und dann dauerte es eine weitere Stunde, bis wir starten konnten. Und dann gab es über dem größten Teil von Utah einen Frühlingssturm, und so entschloß die Pilotin sich dazu, nach Süden auszuweichen. Ehe wir in Kalifornien landen würden, würde es dort Tag sein.

Und der einzige Lesestoff, den es an Bord gab, war das Buch mit der Einsatzbeschreibung. Es war unvollständig, und ich brauchte nur zwanzig Minuten, um es durchzulesen. Im wesentlichen handelte es sich um Hintergrundmaterial – nichts über unseren Einsatz –, und ich konnte dem Buch auch nichts entnehmen, was ich bereits wußte. Die Plage breitete sich schneller aus, als wir sie ausbrennen konnten.

Aber eine interessante Fußnote fand ich. Oakland hatte jetzt zwei Würmer, aber sie wußten in Wirklichkeit nicht, was sie mit ihnen machen sollten, weil sie nicht wußten, wie sie ihr Verhalten interpretieren sollten.

In der Fußnote stand, daß sie einen Wurmexperten brauchten, jemanden, der die Geschöpfe in ihrem normalen Habitat kannte.

Ich wies Duke darauf hin, daß sie das Wort ›normal‹ benutzt hatten. Als er es sah, rümpfte er ebenfalls die Nase.

»Nicht wenn ich etwas dazu zu sagen habe«, fügte er hinzu. Dann schloß er wieder die Augen und schien weiterzuschlafen.

Ich beneidete ihn. Ich kann in Flugzeugen nicht schlafen. Ich kann dösen, aber wache immer wieder plötzlich auf. Jedes noch so kleine Geräusch, jeder winzige Stoß, jede Veränderung im Motorengeräusch, und ich bin sofort hellwach und frage mich, ob alles in Ordnung ist. Ich steige immer völlig erschöpft aus Flugzeugen.

Ich starrte zum Fenster hinaus und sah mir die Blitze in der Ferne an. Es handelte sich um einen ziemlich ekelhaften Sturm. Die Wolkenbänke türmten sich auf wie die Wände eines Canyons – eines gigantischen Canyons. Das Mondlicht verlieh ihnen eine gespenstische blaue Färbung. Alle paar Sekunden knatterte die eine oder andere dieser Wolkenmassen, flammte dann auf und beleuchtete den ganzen Himmel. Wunderschön – und erschreckend.

Ich dachte über die Leute unten nach.

Ob dort draußen noch irgend jemand lebte?

Wir waren ein Planet verstreuter Überlebender, die sich alle wie die Irren abschufteten, lang genug am Leben zu bleiben, um die Ernte einzubringen. Irgendwo zwischen siebzig und neunzig Prozent – man konnte das einfach nicht genau feststellen – der menschlichen Rasse waren in den ersten drei Jahren umgekommen. Man konnte unmöglich wissen, wieviele durch die Seuchen umgekommen waren und wieviele durch damit in Verbindung stehende Katastrophen und Nachwirkungen. Ich hatte ein unbestätigtes Gerücht gehört, daß die Selbstmordrate immer noch am Steigen war.

Auch darüber dachte ich nach. Wenn man alles verloren hat und nichts mehr hat, für das es sich zu leben lohnt – ich fragte mich, wie nahe ich dem Punkt war.

Es war ein langer Flug.

Am Ende färbte die Sonne den Horizont hinter uns, und wir begannen, auf Oakland herunterzusinken. Ich saß auf der falschen Seite, um San Francisco sehen zu können. Darüber war ich enttäuscht – ich wollte sehen, wie schlimm es aus der Luft aussah. Es hieß immer, die Stadt sei immer noch in ziemlich üblem Zustand. Ich hatte natürlich Bilder gesehen, aber das war nicht dasselbe. Außerdem war mein Vater in San Francisco gestorben.

Nun, jedenfalls verschwunden ...

Unten wartete ein Wagen auf uns, aber wir wurden durch die unvermeidlichen Entseuchungsbäder aufgehalten – wer wußte schon, was da immer noch für Viren herumschwirrten – und mußten dann wieder warten, bis man uns die entsprechenden Impfungen verpaßt hatte.

Es dauerte eine weitere Stunde, bis wir im Jeep saßen und uns auf dem Weg nach Süden befanden. Wir hatten keinen Fahrer – der Wagen kannte den Weg auch ohne Chauffeur. Auf dem Bildschirm stand der übliche auf Band aufgezeichnete Willkommensgruß, den Duke und ich ignorierten, und in der Wärmebox waren eine Thermosflasche mit Tee und ein Behälter mit Brötchen. Der Tee war bereits lauwarm; die Brötchen altbacken.

Der Jeep lieferte uns im Special Forces Offiziersquartier ab – dem ehemaligen Oakland Holiday Inn. »Wahrscheinlich, weil sie nichts Schlechteres finden konnten«, erklärte Duke. Auch hier gab es keine Menschen, die Dienst taten – nur ein paar Terminals, einen Pagenkarren und einen geistlosen Roboter, der unter viel Lärmentwicklung den Boden in der Halle polierte. Wir mußten um ihn herumgehen, um ans Empfangspult zu kommen.

Das Terminal summte und gluckste, überprüfte unser ID, verpaßte uns Schlüsselkarten und wünschte uns einen angenehmen Aufenthalt. Er sprach uns übrigens mit »Mr. und Mrs. Anderson« an.

Duke fand das gar nicht komisch.

»Das Ding muß gehört haben, was du gesagt hast«, meinte ich. Wir folgten jetzt dem Pagenkarren den Korridor hinunter. »Du weißt schon, all diese Maschinen reden miteinander. Sie vergleichen ihre Notizen.«

Duke warf mir einen niederschmetternden Blick von der Seite zu. Ich beschloß, den Mund zu halten. Eines Tages würde ich lernen, daß Duke nichts von solchen Späßen hielt.

»Mach dich schnell frisch«, sagte er.

»Und schlafen?«

»Schlafen kannst du im Oktober. Vergiß nicht, daß wir Krieg haben.«

Damit hatte er recht.

Eine heiße Dusche und eine Rasur später – dem zweitbesten Ersatz für sechs Stunden Schlaf (der beste ist natürlich *acht* Stunden Schlaf) – reichte Duke mir meine Befehle. »Um zehn Uhr findet ein Kolloquium über die Würmer statt. Du bist bereits dafür freigegeben. Ich möchte, daß du ganz besonders darauf achtest, ob jemand schon etwas über ihre Nestgewohnheiten weiß. Die haben die Disketten von dem gestrigen Einsatz bereits. Finde heraus, ob sie sie sich angesehen haben. Ich glaube, wir erleben da gerade eine weitere Veränderung in ihrem Verhalten. Oh, und noch eins – sei höflich. Diese Boys von der Wissenschaft fangen an, unruhig zu werden, wenn sie zuviel Militär um sich herum haben.«

»Geht in Ordnung.«

So sehr mich auch die chtorranische Ökologie interessierte, hätte ich es doch vorgezogen, schlafen zu dürfen. Mit etwas Glück würde ich während des Vortrags schlafen können – so lange die mich nicht in die erste Reihe setzten.

Die Sektion Oakland der U.S. Ökologie-Behörde war hinter einer langen Kette sanfter Hügel verborgen. Der Jeep mußte ziemlich ächzen, als er die kurvige Straße hinaufrollte. Als wir die höchste Stelle der Hügelkette erreicht hatten, sah ich, daß die meisten Gebäude aufblasbare gehärtete Kuppeln waren. Sie waren groß und geräumig und irgendwie unförmig. Eine Schar von zwanzig blitzenden Robotern war damit beschäftigt, den Rasen rings um die Gebäude zu mähen. Rasen! Ich wußte nicht, ob ich über diese Extravaganz lachen oder mich über die Energievergeudung ärgern sollte. Aber das Gras war grün und sah irgendwie fett aus.

Ich zeigte dem Wachroboter am Eingang meine Papiere – er überflog sie mit böse blickendem Auge; die Maschinen waren nicht auf Freundlichkeit programmiert – und ließ mich dann passieren. Bis jetzt hatte ich immer noch kein menschliches Wesen zu Gesicht bekommen.

Der Jeep nahm Kurs auf die größte der Kuppeln. Er rollte in das Gebäude hinein und lieferte mich vor einer mächtigen stählernen Doppeltür und einem bewaffneten Sergeant in einer Glaszelle ab. Das Glas sah dick aus, und der Sergeant trug eine grimmige Miene zur Schau.

Der Jeep tutete. Etwas klickte. Die roten Lichter über den Türen gingen an. Überwachungskameras begannen sich zu bewegen und mich anzusehen – und auch andere Geräte, die nicht Kameras waren.

Vielleicht würde das gar nicht so einfach sein, wie ich gedacht hatte.

Der Sergeant blickte auf, sah, daß ich ein Offizier war und salutierte beiläufig. Dann wies er mich an, auf seine Glaskabine zuzugehen und mich auf die weiße Plattform davor zu stellen.

Nachdem er mich gescannt hatte, ließ der Sergeant mich

zwei Schritte vortreten, damit ich sagen konnte, was ich wollte. Er studierte einen Augenblick lang seine Bildschirme, nickte und drückte einen Knopf. Die roten Lichter gingen aus, die Überwachungskameras verschwanden in ihren Gehäusen, ebenso die anderen Geräte – und ich entspannte mich. Etwas.

Der Sergeant drückte einen weiteren Knopf, und die Stahltüren glitten ächzend auseinander und gaben den Blick auf ein hellerleuchtetes Labyrinth von Türen, Gängen, Treppen, Korridoren und Aufzügen frei. Überall gab es Rohre und Leitungen, alle grellbunt und mit großen Buchstaben und Ziffern in Blockschrift beschriftet. Es sah so aus, als hätten sie die Innenwände des Gebäudes vergessen.

Ich sah den Sergeant mit einem Ausdruck an, von dem ich hoffte, daß er fragend wirkte.

Der Sergeant nickte – er sah diesen Ausdruck offensichtlich nicht das erstemal – und deutete auf eine Tür. Er dirigierte mich einen langen Korridor hinunter – ›Folgen Sie dem roten Streifen auf dem Boden‹ –, in ein Vorzimmer, durch die Doppeltüren und ...

Eine Dame in einem weißen Mantel blickte von ihrem Schreibtisch auf und begrüßte mich mit einem Stirnrunzeln. »Sie sind?«

»McCarthy, James Edward, Lieutenant, Special Forces.«

Sie sah wieder auf ihren Terminal. »Sie stehen nicht auf *meiner* Liste.«

»Ich bin gerade vor zwei Stunden in Oakland eingetroffen ...«

»Das muß ich überprüfen.« Sie war bereits dabei, nach dem Telefon zu greifen.

Da sagte ich den Zauberspruch: »... und ich gehöre zur Onkel-Ira-Gruppe.«

Sie legte den Hörer wieder säuberlich auf die Gabel. »Richtig.« Sie schob ihren Stuhl zurück und stand auf. Ich sah, daß sie zum Gehen einen Stock benötigte. »Folgen Sie mir bitte.«

Durch zwei weitere Doppeltüren und einen weiteren Korridor hinunter – warum die sich überhaupt die Mühe mit Sicherheitsvorkehrungen machten, fragte ich mich; sie brauchten doch bloß alle Streifen zu übermalen, dann findet keiner etwas – und in einen kleinen rechteckigen Vortragssaal, der bereits abgedunkelt war. Die Sitze waren in steilen Reihen angeordnet mit Blick auf eine verhängte Wand. Eine jung aussehende Frau in einem Labormantel stand auf dem Podium. Ich sah eine Menge Uniformen und Labormäntel und grimmige Gesichter. Ich suchte nach einem Platz hinten im Saal, vorzugsweise einen bequemen ...

»Dort unten ist einer, Lieutenant«, sagte die Frau auf dem Podium. Sie kam mir irgendwie bekannt vor.

Ich bahnte mir meinen Weg nach vorne in die erste Reihe. Verdammt.

»Oh – das ist ja McCarthy. Ich hatte mir schon gedacht, daß ich Special Forces sehe.«

Jetzt erkannte ich sie. Ich erwiderte ihr Lächeln – schwach. Ihr Name war Fletcher – aber sie hatte sich einmal als Lucrezia Borgia vorgestellt. Ihren Vornamen kannte ich nicht. Als ich meinen Platz einnahm, sagte sie: »Nett, Sie wiederzusehen, Lieutenant.«

Der Mann in dem Stuhl neben mir sah mich neugierig an. Ich wurde vor Verlegenheit rot.

»Also«, sagte Dr. Fletcher. »Wir wollen weitermachen. Dr. Abbato im Institut von Kairo hat eine interessante Frage bezüglich der Gastropeden aufgeworfen – und ihres Platzes in ihrer eigenen Ökologie – und das hat uns eine sehr interessante und vielleicht sehr ergiebige Zielrichtung für weitere Untersuchungen eröffnet. Ich glaube, Sie werden die heutige Demonstration als sehr ...«, sie gestattete sich ein Lächeln, »... interessant empfinden.«

Ich stützte meinen Ellbogen auf die Armlehne des Sessels und das Kinn auf meine Knöchel und versuchte, wach auszusehen.

Dr. Fletcher hatte kurzgestutztes dunkles Haar. Sie hatte hohe Backenknochen und trug eine Brille mit einem ganz dünnen Gestell – und sie hatte dieses ganz besondere *professionelle* Aussehen, weder hübsch noch langweilig. Kompetent sah sie aus. Wahrscheinlich lag das an der geschäftsmäßigen Art, mit der sie auftrat.

Dr. Abbato hatte die Frage gestellt – was für eine Art von Ökologie konnte wohl Geschöpfe wie den chtorranischen

Wurm hervorbringen? Wie ist sein Heimatplanet beschaffen? An diesem Punkte begann er seine Forschungen.

»Gut – und das sind die *heutigen* Antworten:

Stärkere Schwerkraft, das wissen wir. Die Muskulatur der chtorranischen Geschöpfe, die Stärke ihrer Skelette und Panzer, die Dicke der chtorranischen Pflanzenstengel – wir gehen von der Annahme aus, daß Chtorr mindestens das 1,1fache der irdischen Normalschwerkraft und höchstens das 1,5fache besitzt. Die letztgenannte Zahl liegt vermutlich etwas hoch, aber wir lassen uns da etwas Spielraum.

Eine dickere Atmosphäre natürlich, aber wir wissen in Wirklichkeit nicht, wie sie sich zusammensetzt. Die chtorranischen Pflanzen und Tiere verstehen sich außergewöhnlich gut darauf, dieser Atmosphäre Sauerstoff zu entziehen. Wir gehen daher von der Annahme aus, daß die chtorranische Luft etwas weniger freien Sauerstoff hat.

Wir glauben, daß das Zentralgestirn Chtorrs ein roter Stern ist. Sehr alt. Wahrscheinlich nahe dem endgültigen Kollaps. Die chtorranischen Pflanzen scheinen rotes Licht vorzuziehen, je mehr Rot, um so besser. Und chtorranische Augen scheinen am besten im roten Bereich des Spektrums zu funktionieren.

Und zu guter Letzt glauben wir, daß die chtorranische Ökologie wenigstens eine halbe Milliarde Jahre älter als die unsere ist. Das bedeutet – wenn die Entwicklung Chtorrs auch nur die geringste Ähnlichkeit mit der Erde hat –, daß es auf Chtorr bereits das Äquivalent von Säugetieren oder sogar noch weiter fortgeschrittenen Lebensformen gab, als unser Planet als bestes nur Schleim anzubieten hatte, der sich nicht einmal so weit spezialisiert hatte, daß sich daraus interessante Fossilien hätten entwickeln können. Das bedeutet, daß die chtorrianische Ökologie im Rennen der Evolution wenigstens einen Vorsprung von einer halben Milliarde Jahren hat.«

Ich versuchte, ein Gähnen zu unterdrücken. All das wußte ich schon.

Dr. Fletcher sah zu mir herüber. »Es wird gleich interessant, Lieutenant. Versuchen Sie, bis dahin wachzubleiben, wenn es geht.«

Mein Gesicht rötete sich verlegen, und ich richtete mich in meinem Sitz auf.

Dr. Fletcher fuhr fort: »Wenn dieselben Evolutionsprozesse auch für Chtorr gegolten haben, dann sollte der Planet eine besonders ekelhafte und selektive Nahrungskette entwickelt haben – und bis jetzt haben wir auch genau das zu sehen bekommen.

Wenn wir unsere eigene Ökologie als Modell benutzen – die einzige Ökologie, die uns dafür zur Verfügung steht –, dann wissen wir, daß der Evolutionsprozeß ein Prozeß ist, in dem der Nahrungskette dauernd weitere Glieder hinzugefügt werden. Die Reptilien haben sich aus den Fischen entwickelt, um Fische zu essen – und dann einander. Die Säugetiere haben sich aus den Reptilien entwickelt, um Reptilien *und* Fische zu essen – und einander.

Was kommt nach den Säugern? Und was danach? Und danach? Und was immer danach kommt – ist es vermutlich, was Chtorr beherrscht. Was auch immer es ist, es *muß* sich an der Spitze seiner Nahrungskette befinden.

Das war die *anfängliche* Hypothese. Ich will Ihnen eine Minute Zeit lassen, um darüber nachzudenken. Die Implikationen sind interessant. Dr. Abbato hat darüber einige Betrachtungen angestellt.«

Dr. Fletcher studierte ihre Aufzeichnungen einen Augenblick lang und blickte dann mit einem Lächeln auf. »Die erste Hypothese ist die, daß sich eine vernunftbegabte Spezies an der Spitze ihrer Nahrungskette befinden muß. Anders kann es nicht sein. Denken Sie darüber nach. Neue Lebensformen treten immer auf, um die alten aufzufressen. Was sollen sie denn sonst fressen? Die oberen Etagen müssen Räuber sein. Und Räuber sind die Lebensformen mit der höchsten Wahrscheinlichkeit für die Entwicklung von Intelligenz. Wahrscheinlich sind Sie alle mit Dr. Cohens berühmter Bemerkung vertraut: ›Die Intelligenz entwickelt sich zuerst in den Räubern. Wieviel Gehirn braucht man schließlich, um sich an einen Grashalm anzuschleichen?‹«

Ein paar schmunzelten höflich. Der Witz war alt.

Aber Dr. Fletcher war nicht an Beifall interessiert. Sie fuhr fort. »Es ist ziemlich klar: Je höher das Niveau des Räubers ist, desto höher ist auch seine Kapazität für Intelligenz. Und wenn man diesen Gedanken logisch fortführt, so liegt nahe, daß, wie wir meinen, Vernunftbegabtheit sich mit größter Wahrscheinlichkeit zu einem Allesfresser obersten Grades entwickelt.«

Dr. Fletcher gestattete sich ein verschmitztes Lächeln. »Wir sind uns natürlich darüber im klaren, daß wir bei dieser Annahme von einem gewissen Vorurteil geleitet werden – weil wir selbst der einzige Beweis sind, den wir dafür besitzen.

Aber wir glauben, daß wir diesen Beweis auch bei der vernunftbegabten chtorranischen Spezies finden werden. Wenn wir ihr begegnen. Wir vermuten, daß es sich dabei um nichts weniger als den raffiniertesten und höchstentwickelten Räuber aller chtorranischen Lebensformen handeln kann. Und das impliziert natürlich – angesichts eines evolutionären Vorsprungs von einer halben Milliarde Jahre, der bei den Chtorr gegeben ist –, daß die primäre Vorstellung, die diese Wesenheit von uns haben kann, ganz speziell von unserer Ökologie, die Vorstellung von *Beute* sein wird. Nahrung. Eine Art Imbiß. Bestenfalls Mittagessen.

Tatsächlich kann man davon ausgehen, daß der Rest der chtorranischen Ökologie in Anbetracht jenes Vorsprungs von einer halben Milliarde Jahre genauso operieren wird. Für sie sind wir nichts als Brennstoff – und wahrscheinlich nicht einmal sehr effizienter Brennstoff, zumindest nicht so effizient, wie das, was sie gewöhnt sind, was wahrscheinlich der Grund ist, weshalb sie so viel davon – von uns – verbrennen müssen. Tatsächlich hat die chtorranische Ökologie eine Gefräßigkeit an den Tag gelegt, die nichts weniger als atemberaubend ist. Das deutet natürlich auch darauf hin, daß die chtorranische Ökologie in geradezu unwahrscheinlichem Maße Mittel zur Lebenserhaltung produzieren muß, um ihrer Primärspezies Treibstoff zu liefern.

Und angesichts all dieser Tatsachen und Hypothesen gehen wir davon aus – ebenso wie Dr. Abbato –, daß die chtorranischen Spezies', die wir bis jetzt zu sehen bekommen haben, nur die Vorhut einer viel größeren Invasion sind, die uns noch bevorsteht. Unsere Annahme ist, daß wer oder was auch immer für diese Invasion verantwortlich ist, von diesen

Lebewesen zur Erhaltung des eigenen Lebens abhängig ist – *und* daß wir die Ankunft der nächsthöheren Niveaus erst dann erleben werden, wenn dieses Niveau der Lebenserhaltung sicher und solid etabliert ist. Tatsächlich war unser ganzer Kriegseinsatz bislang nicht auf Vernichtung ausgerichtet – wir verfügen nämlich weder über das dazu notwendige Wissen noch über die Ressourcen –, sondern darauf, die Beziehungen innerhalb der bisher aufgetretenen Invasionsgruppen zu destabilisieren. Und das wiederum bringt uns am Ende zurück zu Dr. Abbato. Und zu den Fragen, vor die er sich gestellt sah.

Dr. Abbato hat sich gefragt: ›Wenn all diese Annahmen tatsächlich zutreffen, welchen Zweck erfüllen dann die Gastropeden in der chtorranischen Nahrungskette? Welche *Funktion* erfüllen sie?‹«

Ich fragte mich, ob sie darauf eine Antwort besaß – und ob wir sie heute noch hören würden. Ich warf einen verstohlenen Blick auf meine Uhr.

»Dies ist eine jener Fragen, die zunächst sehr harmlos erscheinen, bis man sich näher mit ihnen befaßt – um festzustellen, daß sie dazu beitragen, die Problemstellung in einem ganz neuen Licht erscheinen zu lassen. Diese Frage zwingt uns, alles, was wir wissen, neu zu überdenken. Passen Sie also hier auf. Sie auch, Lieutenant ...«

Der Frau entging wirklich nichts! Nie mehr ein Sitz in der vordersten Reihe.

»Wir haben angenommen, daß die Würmer die oberste Position in der chtorranischen Nahrungskette einnehmen – das heißt, diese ganz spezielle Unterabteilung davon. Bis jetzt haben wir noch keine Wurmräuber gefunden. In Anbetracht der Gefräßigkeit der Würmer bin ich auch gar nicht sicher, daß wir eine solche nächste Stufe sehen wollen. Schließlich wissen wir ja noch gar nicht, wie wir mit dieser hier zu Rande kommen sollen. Aber wenn die Würmer sich tatsächlich auf der obersten Stufe der Nahrungskette befinden, dann müßten sie auch die vernunftbegabteste Spezies sein – und bislang gibt es dafür keinerlei Beweis. Tatsächlich gibt es eine ganze Menge Beweise, die eher auf das Gegenteil hindeuten. Also sind wir ziemlich sicher, daß die nächste Stufe sich noch nicht gezeigt oder etabliert hat. Was uns wiederum zu Dr. Abbatos Frage zurückführt. Was *sind* die Würmer?

Tatsächlich scheinen die Würmer so etwas wie eine Anomalie zu sein, selbst in ihrer eigenen Ökologie. Zum Beispiel, wovon ernähren sich die Würmer?«

Sie essen Menschen, antwortete ich. Aber ich sagte es nicht laut.

»Wir können keine Beutespezies identifizieren«, sagte Dr. Fletcher. »Ja, wir haben gesehen, wie die Würmer Millipeden und andere chtorranische Lebensformen fressen – das ist zu erwarten –, aber zum größten Teil haben sich die Würmer von der Ökologie des Wirtsplaneten ernährt: Vieh, Schafe, Pferde, Hunde – und unglücklicherweise Menschen.

Wir haben den Proteinbedarf eines Wurms von durchschnittlicher Größe analysiert und ihn mit der Zahl von Millipeden und anderen chtorranischen Lebensformen verglichen, die er konsumieren müßte, um die entsprechende Menge an Protein zu erzeugen, und das Verhältnis funktioniert einfach nicht. Die Würmer können nicht genug Millipeden und Taumelbüsche und Libbits fressen, um zu überleben. Diese chtorranischen Lebensformen befinden sich einfach nicht genug weit oben auf der Kette, um primäre Nahrungsquelle für die Würmer zu sein. Die Würmer sind nicht die Räuber für diese chtorranischen Spezies', und diese Spezies' sind nicht die Beute für die Würmer. Wenn dies eine Nahrungskette ist, wie wir sie begreifen, dann gibt es Glieder, die in dieser Nahrungskette *fehlen!* Und das bringt uns zu dieser sehr wichtigen Frage: Wenn die Würmer die Räuber sein sollen, wo – oder *was* – sind dann die Geschöpfe, von denen sie sich ernähren?

Dr. Abbato hat da eine sehr interessante Hypothese vorgelegt – wenn auch eine unangenehme – nämlich, daß *wir* die dafür vorgesehene Beute sind.«

Häh? Ich saß wirklich ganz aufrecht da.

Dr. Fletcher hatte eine Pause eingelegt, bis das Murmeln zu ihren Seiten sich gelegt hatte. Ihr Blick schweifte über den Saal. Jetzt deutete sie abrupt auf jemanden hinter mir. »Sie haben eine Frage?«

Ich drehte mich in meinem Sitz um, um den Frager zu sehen. Es war ein hochgewachsener Mann in Army-Uniform. Ein finster blickender Colonel. Er hatte einen schmalen, zusammengekniffenen Mund, und ich fragte mich, ob Colonels eine Sonderausbildung bekommen, um eben diesen Gesichtsausdruck zu meistern. Er fragte: »Können Sie das beweisen?«

Dr. Fletcher nickte und rieb sich nachdenklich den Hals. Sie sah so aus, als überlegte sie, ob sie die lange oder die kurze Antwort geben sollte. Sie sah den Rest ihrer Zuhörer an. »Die Frage ist, woher wissen wir, daß es der Zweck der Würmer ist, Menschen zu essen? Die Antwort darauf ist: Weil das genau das ist, was sie tun.«

»Das ist nicht die Art von Antwort, die ich erwartet hatte«, sagte der Colonel.

Dr. Fletcher nickte zustimmend. »Ich weiß, es klingt flapsig«, sagte sie. »Es tut mir leid, aber Dr. Kinsey hat schon vor langer Zeit das tierische Verhalten zusammengefaßt, indem er sagte, der einzig unnatürliche Akt sei der, zu dem man nicht imstande ist. Wenn die Würmer keine terranischen Lebensformen essen könnten, würden sie das nicht tun.«

Ich hielt den Mund; was sie sagte, war vernünftig. Viel zu vernünftig. Und diese Erkenntnis verursachte mir Leibschmerzen.

»Dr. Abbato hat auf dieser Tatsache eine sehr interessante Hypothese aufgebaut. Er behauptet, dieser Umstand sei *nicht* zufällig. Er behauptet, daß der *wirkliche* Zweck der Würmer eine Säuberung der obersten Etage der terranischen Ökologie ist. Die Würmer sind *ganz spezifisch* darauf abgestimmt, jene Menschen zu fressen, die die Seuchen überlebt haben.«

Mein Magen fühlte sich an, als wolle er sich zusammenziehen. Beinahe hätte ich nicht gehört, was sie als nächstes sagte.

»Dr. Abbato glaubt, daß es unwahrscheinlich sei, daß die Würmer Nahrung für die nächste Stufe der Invasion sind. Dafür sind die Würmer ein *zu* effizienter Räuber. Zu spezialisiert, um vernunftbegabt zu sein? Er ist eher der Ansicht, daß die Würmer eine Partnerspezies sind, und daß sie am Ende eine Art Hilfsfunktion für die wirklichen Invasoren übernehmen werden.« Sie hielt inne und sah sich eine Weile im Saal um. »Haben Sie verstanden? *Die Würmer sind domesti-*

zierte Lebewesen! Dr. Abbato vermutet, daß sie das Äquivalent von Schäferhunden sind; sie fungieren als Bewacher des Eigentums der Wirtsspezies.«

Puuh. Ich rutschte unbehaglich auf meinem Stuhl herum. Das war etwas, was ich nicht wissen wollte. Mein Leib schmerzte.

»Wenn das so ist«, meinte Dr. Fletcher, »dann bedeutet das, daß man die Würmer *zähmen* kann.« Sie hielt inne und sah uns an. »Denken Sie darüber nach. Denken Sie über die Möglichkeiten nach. Wenn wir sie zähmen können, dann können wir sie vielleicht zu Verbündeten machen. Vielleicht können wir sie sogar als die erste Verteidigungslinie gegen die Geschöpfe benutzen, die sie hierhergebracht haben.«

Das bezweifelte ich, aber meine Aufmerksamkeit hatte sie. Nicht einmal mit einer Dynamitladung hätte man mich jetzt aus meinem Stuhl verjagen können. Trotz aller Leibschmerzen.

»Die Frage ist: Wie zähmt man einen Wurm?

Aber wir wollen etwas weiter vorne beginnen: Wie kommuniziert man mit einem Wurm? Oder: *Können* wir mit den Würmern kommunizieren? Tatsächlich ist, um noch weiter nach vorne zu gehen, die Frage sogar die: Wie *intelligent* sind die Würmer? Das ist es, was wir als erstes wissen müssen – und das ist das Ziel der heutigen Demonstration.«

Häh? Demonstration? Hatte ich etwas verschlafen?

Sie nahm ihr Rednerpult und trug es zur rechten Seite der Bühne. »Ich werde den Vorhang in einer Minute öffnen, und dann können Sie das Exemplar sehen, mit dem wir augenblicklich arbeiten. Wir nennen es ›Tiny‹.* – Sie werden gleich sehen, daß es alles andere als das ist. Ich glaube, Sie werden auch erkennen, daß die Frage der Intelligenz durch diese Demonstration sehr deutlich beantwortet wird.

Tiny ist gegen Ende letzten Jahres in der Nähe von Mendocino eingefangen worden. Damals betrug seine Masse vierhundertfünfzig Kilo. Inzwischen wiegt es doppelt soviel. Tiny ist der lebende Beweis dafür, daß die Gastropeden eine unglaubliche Wachstumsgeschwindigkeit haben. Sie werden übrigens feststellen, daß wir sorgfältig darauf achten, weder

---

* Tiny = winzig – *Anm. des Übersetzers*

das Pronomen ›er‹ oder ›sie‹ zu benutzen, wenn wir von den Würmern sprechen. Wir sind uns ihrer Sexualität noch nicht sicher und wollen nicht unsere eigenen Wahrnehmungen präjudizieren.«

Sie drückte einen Knopf an ihrem Rednerpult, und der Vorhang hinter ihr glitt auseinander, so daß man eine von rosafarbenem Licht erfüllte Kammer sehen konnte. Der Zuschauersaal bot den Ausblick auf einen Raum mit tiefen Wänden, groß und fast ohne Merkmale; wir blickten in ihn hinab. »Die Farbe des Lichts liegt etwa in der Mitte zwischen Erdnorm und dem, was wir für Chtorr-Normal halten.«

Dr. Fletcher berührte einen weiteren Knopf, und ein Paneel an der gegenüberliegenden Wand der Kammer schob sich zur Seite. Dahinter lag Dunkelheit. »Das ist Tiny«, sagte sie. Ein mittelgroßer Wurm glitt aus der Dunkelheit heraus und sog prüfend die Luft ein, während er sich bewegte. Er war dick und rot. Die Gehirnausbuchtung an seinem Rücken war sehr ausgeprägt, und seine Augen waren hoch und aufmerksam. Sie pendelten vor und zurück, auf und ab, suchten den ganzen Raum ab. Der Wurm zögerte, blinzelte, hielt inne und blickte zu uns herauf.

Ich hatte schon früher Würmer auf solchen Bühnen wie dieser hier gesehen. Ich hatte immer den Eindruck gehabt, daß sie irgendwie durch das Glas sehen konnten, daß sie wußten, daß wir hier draußen waren. Auch diesmal war es nicht anders. Tiny wirkte *neugierig*. Seine langen, dunklen Arme waren zwar noch gegen die Kopfausbuchtung gefaltet, aber seine Klauen zuckten sanft. Ich hätte gesagt, daß das Geschöpf ein wenig ungeduldig war.

»So«, sagte Fletcher, »Sie müssen jetzt wissen, daß Tiny im Wesen ein Kind ist, ein Junges, und wie alle Angehörigen seiner Altersklasse mag Tiny gelegentlich eine Leckerei. Bei Delphinen benutzt man dazu Fische, bei Schimpansen Trauben – und wir benutzen bei Tiny Hasen.«

Sie berührte einen weiteren Knopf, worauf sich eine weitere Schiebetür an der Wand öffnete. Auf Tinys Augenhöhe war ein fetter, brauner Feldhase in einem gläsernen Käfig zu sehen. Unter dem Käfig konnte man eine komplizierte Anordnung aus Stäben, Rädern und Hebeln erkennen. Vorne sah man ein Brett mit verschiedenen Knöpfen und Schaltern; alle dick und schwer aussehend.

»Das ist unsere Testanordnung«, sagte Fletcher. »Ein Rätsel. Jeder einzelne dieser Knöpfe und Hebel kontrolliert einen anderen Bestandteil des Schlosses. Wenn Tiny sie alle in der richtigen Reihenfolge betätigt, wird sich der Glaskäfig öffnen, und es kann seinen Leckerbissen haben.«

Tiny drehte die Augen zur Seite und sah den Hasen an. Der Hase kauerte in der Ecke des Käfigs. Tiny drehte die Augen in die entgegengesetzte Richtung und studierte den Hasen aus einem anderen Winkel. Diese Bewegung verlieh dem Wurm den Ausdruck einer Handpuppe. Wenn ich nicht gewußt hätte, wie gefährlich Würmer sein konnten, wäre mir dieser Ausdruck beinahe komisch vorgekommen.

Tiny schob sich vor, um den Käfig, das Schloß und die Schalter aus größerer Nähe zu inspizieren. Durch die Lautsprecher konnten wir hören, wie seine Kiefer nachdenklich klickten. Ein grunzendes Geräusch, und dann schob der Wurm sich auf das Brett mit den Knöpfen und Schaltern zu.

Der Wurm entfaltete seine Arme, bog sie über seine Augen und auf das Rätsel herunter. Jetzt strichen die Klauen nachdenklich über die Schloßkontrollen, bis sie schließlich eine davon auswählten.

»Zu Ihrer Information«, erklärte Dr. Fletcher, »Tiny hat dieses Rätsel noch nie gesehen. Es ist keineswegs das komplizierteste, das wir gebaut haben, weil wir glaubten, es für den Zweck dieser Demonstration kurz halten zu müssen. Alle unsere Rätsel sind so konstruiert, daß Tinys Bewegungen aufgezeichnet werden; und sobald Tiny sich an die Arbeit macht, kann man die Lebenserwartung des Hasen in Minuten messen. Die längste Zeit, die Tiny je gebraucht hat, war eine halbe Stunde.«

Tiny war bereits emsig am Werk, drehte Knöpfe und beobachtete, welche Auswirkungen sie auf den Mechanismus hatten, schob die Hebel hin und her und sah das Schloß immer wieder von der Seite an.

»Wie Sie sehen können«, sagte Fletcher, »hat Tiny ein hohes Maß manipulierender Neugierde. Wir glauben, daß das auf einen recht guten Raumsinn aller Würmer deutet; aber auch das ist nur eine Extrapolation und noch keineswegs eine erwiesene Tatsache.«

»Eine Frage.« Das war wieder der Colonel mit dem grimmigen Gesicht.

»Ja?« fragte Fletcher.

»Wie bewältigt ein menschliches Wesen dieselben Aufgaben?« wollte er wissen.

»Eine gute Frage«, nickte Fletcher. »Wir haben keine direkten Vergleiche vorgenommen, aber ich kann Ihnen sagen, daß Menschen gewöhnlich mindestens fünfundvierzig Minuten brauchen, selbst bei den einfachen.«

»Sie sagen also, daß diese Würmer klüger als Menschen sind?«

»Ganz und gar nicht, Colonel. Sie haben nur einen hochentwickelten Handhabungssinn. Sie dürften sehr gut mit Werkzeugen umgehen können, aber ...«, fügte sie hinzu, »bis jetzt haben wir nicht viele Hinweise darauf gefunden, daß sie Werkzeuge gebrauchen.«

»Mhm«, sagte der Colonel. Er war nicht beeindruckt.

Eine Glocke ertönte und dann ...

»Das bedeutet, daß Tiny das Rätsel gelöst hat«, sagte Fletcher.

... klappte der Glaskäfig auf.

Tiny schnappte sich den Hasen mit einer dunklen Klaue, hob ihn in die Höhe – er *quietschte*, ich wußte nicht, daß Hasen schreien können – und stopfte sich das Tier in sein gähnendes Maul. Ein feuchtes, schlabberndes, knirschendes Geräusch war zu hören, und dann gab Tiny einen weichen, Vergnügen andeutenden, trillernden Laut von sich und sah sich nach mehr um.

Ich konnte spüren, wie der Raum hinter mir erstarrte. Es war nicht angenehm, einem Wurm beim Fressen zuzusehen. Ich durfte nicht daran erinnert werden.

Dr. Fletcher berührte einen Knopf, und die Schiebetüre mit dem Rätsel schob sich zu. Dann sagte sie: »Tiny hat elf Minuten gebraucht, um dieses Problem zu lösen. Wir werden die Aufgabe jetzt neu einstellen. Das wird etwa zwei Minuten in Anspruch nehmen. Hat jemand jetzt eine Frage? Ja ...«

Ein dunkelhäutiger Mann mit indischem Akzent: »Ihre Arbeit ist bemerkenswert fortgeschritten, Dr. Fletcher. Ich bin sehr beeindruckt. Darf ich Sie fragen, wie die Würmer sich vermehren?«

»Das wissen wir nicht. Es tut mir leid, ich kann Ihnen nicht einmal eine Mutmaßung liefern. Es gibt keine. Der Nächste? Ja –« Sie deutete.

»Dr. Fletcher, warum nennt man diese Dinger Würmer?« fragte ein breiter Mann mit gerötetem Gesicht. »Für mich sieht das eher wie eine große, rosafarbene Raupe aus. Zum Teufel, ich hab schon Raupen von meinen Rosen gezupft, zu Hause in Amarillo.« Freundliches Lachen war im Raum zu hören.

Selbst Dr. Fletcher lächelte. Sie antwortete: »Die erste verläßliche Sichtung eines Wurms ereignete sich tatsächlich etwa ein Jahr vor dem Ausbruch der ersten Seuchen. Einige von Ihnen erinnern sich vielleicht sogar. Es geschah in Nordkanada. Ein Pfadfindertrupp befand sich auf einem dreitägigen Ausflug zu Pferde. Eines der Mädchen hatte sich vom Rest der Truppe entfernt. Sie hatte anhalten müssen, um den Sattelriemen neu zu schnallen. Etwas griff ihr Pferd an. Der Rest der Truppe hörte ihre Schreie und eilte zu ihr zurück. Sie fanden sie auf halbem Wege. Sie war so hysterisch, daß es ihnen beinahe nicht gelungen wäre, sie einzufangen, um sie zu beruhigen. Alles, was sie aus ihr herausbekommen konnten, war, daß es groß war, dunkel, und wie ein riesiger Wurm aussah. Und immer wieder: ›Chtorrr! Chtorrrr!‹ schrie.«

Dr. Fletcher fügte hinzu: »Der Truppführer und zwei der Jungen sind umgekehrt, um sich umzusehen. Sie fanden das Pferd – es war halb aufgefressen. Einen Wurm sahen sie nicht. Sie hörten auch niemand ›Chtorrrr!‹ schreien. Später suchte die Royal Canadian Mounted Police die Gegend so gründlich wie möglich ab – es war in der Gegend der kanadischen Rockies –, fand aber nichts.

Die Medien machten sich natürlich darüber lustig. Es war ein ziemlich ereignisloser Sommer, und so kam es, daß der Riesenwurm der Rocky Mountains ziemlich viel Furore machte – in einer Zeit, in der es sonst nicht viele Neuigkeiten gab. Als dann freilich die Seuchen ausbrachen, geriet er schnell in Vergessenheit. Erst viel später erkannten wir, daß dieses Ereignis – und einige andere ähnliche – tatsächlich Vorboten dessen waren, was später geschah.

Wir wissen jetzt, daß die Würmer einen ziemlich dicken Pelz haben, und daß der Name ›Wurm‹ in der Tat falsch gewählt ist. Wir glauben, daß das, was wir gesehen haben, eine weitere chtorranische Adaption an unseren Planeten ist. Die ersten Würmer, die auftauchten, hatten nur sehr wenig Pelz und sahen wirklich wie Würmer aus. Im Laufe der letzten drei Jahre haben wir dann miterlebt, wie sie immer dickeren und dickeren Pelz entwickelten. Aber was das bedeutet, kann ich Ihnen nicht sagen. Tatsächlich handelt es sich gar nicht um Pelz – vielmehr um eine Art sensorischer Antennen. Das Geschöpf ist mit Nervenfasern bedeckt. Also ist das, was wir sehen – entschuldigen Sie den Ausdruck – vermutlich ein wesentlich sensitiverer Wurm. Und, ja, Sie haben recht, sie sehen tatsächlich wie Raupen aus.«

Sie blickte auf den kleinen Bildschirm auf ihrem Rednerpult. »Ich sehe, daß man die Aufgabe neu eingestellt hat.«

Ich sah wieder in die Kammer hinunter. Tiny wartete immer noch vor dem Brett. Offenbar hatte der Wurm gelernt, eine zweite Chance vorherzusehen. Die Schiebetür öffnete sich vor ihm. In dem Käfig befand sich ein neuer Hase. Der Mechanismus war neu eingestellt worden. Tiny glitt schnell nach vorne und begann, die Hebel und Knöpfe zu betätigen. Seine Klauen bewegten sich mit einer Sicherheit, die man vorher nicht hatte feststellen können.

Die Glocke ertönte. Die Käfigtür flog auf.

Im Raum war erschrecktes Atmen zu hören.

»Dreiundvierzig Sekunden«, sagte Dr. Fletcher trocken. Tiny war bereits damit beschäftigt, den Hasen zu verspeisen. Das Geräusch, das er dabei erzeugte, war widerwärtig. Ich erinnerte mich an den Saal in Denver. Und an die Hunde. Und die Leute, denen es Spaß bereitet hatte, dabei zuzusehen.

Dr. Fletcher wartete schweigend, bis Tiny fertig war, berührte dann einen weiteren Knopf an ihrem Rednerpult und öffnete damit die Tür zu der Zelle. Der Wurm glitt gehorsam hinein. Sie bemerkte: »Wir haben festgestellt, daß Tiny überraschend kooperativ ist. Es scheint mit der Disziplin einverstanden zu sein.« Mir fiel auf, daß sie ›es‹ gesagt hatte, so wie sie es uns angekündigt hatte. Sie vergewisserte sich, daß der Gang frei war, und schloß dann die Schiebetür – und anschließend den Vorhang.

Sie blickte ruhig ins Auditorium. »Ich glaube, das beantwortet die Frage recht gut, wie intelligent ein Wurm ist. Die Antwort darauf lautet: ›sehr‹. Und sie lernen schnell. Wie Sie gesehen haben, sogar unglaublich schnell. Unsere Tests mit dem zweiten Exemplar bestätigten, daß Tinys Reaktionen *nicht* atypisch sind. Der andere Wurm ist sogar noch schneller als Tiny – und sobald weitere Exemplare für Tests hereinkommen, rechnen wir damit, dieselbe Fähigkeit auch bei ihnen vorzufinden.

Wir beginnen am nächsten Montag eine weitere Testserie, diesmal mit einem völlig anderen Problemtyp. Wir werden die Fähigkeit der Würmer zur Konzeptualisierung weiter erforschen. Konzeptualisierung ist der Schlüssel zur Kommunikation. Für uns steht es fest, daß die Würmer, wenn sie konzeptualisieren können, auch kommunizieren können. Aber lassen Sie sich von mir warnen – verwechseln Sie nicht Konzeptualisierung mit Vernunft. Selbst ein Hund kann konzeptualisieren; das hat Pavlow bewiesen. Und ich glaube, die meisten von Ihnen werden mir darin zustimmen, daß ein Hund auf einer bestimmten rudimentären Ebene zur Kommunikation fähig ist. Wenn ich von Kommunikation mit den Würmern spreche, dann spreche ich von diesem hundeähnlichen Niveau der Kommunikation. Ich spreche davon, sie zu *zähmen*.

Und das ist tatsächlich die nächste Frage, die beantwortet werden muß. Wie können wir eine Beziehung zu einem Wurm herstellen, die in ihm die *Bereitschaft* zur Kommunikation erzeugt? Mit anderen Worten, wie *domestizieren* wir einen Wurm? Ich wäre Ihnen sehr dankbar, wenn Sie sich mit diesem Problem befassen würden.« Sie sah auf die Uhr. »Der Diskussionsteil dieser Sitzung findet heute nachmittag um fünfzehn Uhr statt. Dr. Larson übernimmt die Moderation. Ich danke Ihnen für Ihre Zeit und Ihre Aufmerksamkeit.«

Ich begab mich auf schnellstem Wege auf die Herrentoilette und übergab mich dort.

SIEBEN

Ich fand Dr. Fletcher in ihrem Büro. Sie blickte auf, als ich eintrat. »Oh, McCarthy – wie geht's? Danke, daß Sie heute morgen wachgeblieben sind.« Sie musterte mich vorsichtig. »Bei Ihnen alles in Ordnung?«

»Ja, schon gut.« Ich winkte ab. »Nur ein verdorbener Magen.«

»Mhm«, sagte sie. »Das Problem haben viele Leute, nachdem sie einem Wurm beim Fressen zugesehen haben.«

Ich ging nicht darauf ein. »Ich habe eine Frage für Sie.«

»Die Antwort darauf lautet: ›Ich weiß nicht.‹ Wie lautet die Frage?« Sie sah auf ihre Uhr.

»Wir haben gestern nachmittag ein Nest mit Würmern vergast. Vier insgesamt waren es. Sie waren alle zu einem Knoten verknüpft.«

Sie nickte. »Ihre Videos sind gestern abend hereingekommen.«

»Dann haben Sie es also gesehen? Jedesmal, wenn wir einen wegzogen, haben sie reagiert, als würden wir eine Verbindung unterbrechen.«

Sie runzelte die Stirn und preßte dann die Lippen zusammen. Schließlich stieß sie sich von ihrem Terminal ab und drehte ihren Sessel herum, um mir ins Gesicht zu sehen. Sie beugte sich vor und sah mich eindringlich an. »Wie hat es für Sie ausgesehen – genau?«

»Es sah aus, als – als würden sie sich vor Schmerz winden. Sie haben geschrien. Es war ein ... unheimliches Geräusch. Und zwei von ihnen haben tatsächlich die Augen aufgemacht und uns angesehen. Es war sehr beunruhigend«, gab ich zu.

»Ich wette, daß es das war! Was glauben Sie, daß geschehen ist?«

»Das wollte ich Sie fragen.«

»Ich möchte zuerst Ihre Beobachtungen hören«, sagte sie.

»Nun«, sagte ich, »es sah aus wie – ich meine, so wie sie

sich drehten und wanden –, ich mußte dabei unwillkürlich an Regenwürmer denken, die man auseinandergeschnitten hat. Nur daß dies ein riesig großer war, den man in vier schreiende Stücke zerschnitten hatte.«

»Mmm«, machte Dr. Fletcher und wirkte dabei eher desinteressiert. »Interessant.«

»Was meinen Sie, daß es war?«

Sie schüttelte den Kopf. »Keine Ahnung. Das Beste, was die meisten hier dachten, war, daß es irgend etwas Sexuelles war. Irgendeine Art Paarungsverhalten vielleicht. Und daß sie deshalb so heftig reagiert haben. Wie würden Sie denn reagieren, wenn jemand Sie unterbrechen würde?«

Ich blinzelte. »Haben die Würmer vier Geschlechter?«

Sie lachte – ein kurzes, scharfes, bellendes Geräusch. »Das wohl kaum. Zumindest kann man das nicht mit ihren Chromosomen beweisen. Bis jetzt sind alle Gewebeproben, die wir untersucht haben, genetische Alpträume – wir haben keine Ahnung, was für ein Modell sie enthalten –, aber wir können die Chromosomstrukturen identifizieren, und die scheinen von einem Exemplar zum nächsten weitgehend identisch. Keine X- oder Y-Chromosomen – oder äquivalente. Wenn man danach geht, haben die Würmer nur ein Geschlecht. Das ist bequem, denke ich; das verdoppelt ihre Chancen, jemanden zu finden, mit dem sie sich für Samstagabend verabreden können. Aber – das klingt auch langweilig. Außer natürlich, man ist selbst auch ein Wurm.«

»Aber – das führt dann zu einer weiteren Frage.«

Sie sah wieder auf die Uhr. »Hoffentlich ist das eine kurze.«

»Störe ich irgendwie?«

»Hm, irgendwie. Ich muß nach San Francisco.«

»Hä? Ich dachte, die Stadt sei geschlossen.«

»Ist sie auch. Für die meisten Leute.«

»Oh.«

»Aber ich bin im Beirat«, erklärte sie.

»Oh«, sagte ich noch einmal, enttäuscht.

Dr. Fletcher studierte mich mit prüfender Miene. »Ein Angehöriger? Ihre Mutter? Nein – Ihr Vater, stimmt's?«

»Mein Vater«, nickte ich. »Wir haben nie wieder etwas gehört. Überhaupt nichts. Und, äh – ich weiß, daß das albern ist …«

»Nein, das ist es nicht«, sagte sie.

»… aber mein Vater war immer ein … ein Überlebenstyp. Ich kann mir einfach nicht vorstellen, daß er tot ist.«

»Sie glauben, er lebt noch irgendwo?«

»Ich … wünschte mir nur, ich wüßte es genau. Das ist alles.«

»Mhm«, machte sie. »Tatsächlich wollen Sie hin und selbst nachsehen. Sie glauben, Sie könnten ihn finden, stimmt's?« Sie fixierte mich mit grünäugigem Blick. Sie gab sich verblüffend direkt, und das brachte mich aus dem Gleichgewicht.

Ich zuckte die Achseln. »Ja«, gab ich zu.

»Mhm. Da wären Sie nicht der erste, Lieutenant. Ich erlebe das immer wieder. Die Leute glauben es einfach nicht, bis sie es selbst gesehen haben. Nun gut.«

»Häh?«

»Sie wollen San Francisco sehen?« Sie rollte an ihr Terminal zurück und fing zu tippen an. »Ich besorge Ihnen einen Passierschein. McCarthy … James Edward, Lieutenant …« Sie sah den Bildschirm mit gerunzelter Stirn an. »Wann haben Sie das *Purple Heart* bekommen?«

»Denver. Erinnern Sie sich nicht?«

»Oh, das.«

»Hey!« protestierte ich. »Ich hab die Narben immer noch. Und ein schlimmes Knie! Und außerdem ist es am Tag *nach* meiner Beförderung passiert. Es ist völlig legal.«

»Mhm«, machte sie gleichgültig. »Aber Sie haben ein perfektes Exemplar zerstört.«

»Es hat doch überlebt, oder?«

»Nur mit Mühe«, sagte sie. »Haben Sie je einen verstörten Wurm gesehen?«

»Oft …«

»Nein, das waren *normale* Würmer. Dieser war verstört.« Ihre Finger spielten über die Tasten. »Hey?« Sie hielt plötzlich inne. »Das ist ja interessant.«

»Was ist interessant?«

»Ach – eigentlich nichts. Ich sehe das nicht das erste Mal. Ein Teil Ihrer Akte ist gesperrt.« Sie fing wieder zu tippen an.

»Äh – stimmt schon.« Ich hatte so eine Ahnung, was das zu bedeuten hatte, etwas, das mit Onkel Ira zu tun hatte. Colonel Ira Wallachstein. Der *verstorbene* Colonel Ira Wallachstein. Aber ich erklärte es ihr nicht.

»Also gut«, sagte sie. »Jetzt habe ich Ihre Freigabe – unter *meiner* Verantwortung. Sie werden sich also benehmen müssen, und das tun, was ich Ihnen sage. Geht das klar?«

»Das geht klar.«

»Gut. Wir werden schon noch ein menschliches Wesen aus Ihnen machen.« Sie schlüpfte aus ihrem Labormantel und warf ihn in einen Wäschekorb. Darunter trug sie einen dunkelbraunen Overall. Er paßte zu ihrer Haarfarbe; es war gut geplant, entweder von ihr oder seitens der Regierung.

Ich folgte ihr zu einem Fahrstuhl. Sie ließ eine Schlüsselkarte vor dem Scanner aufblitzen, worauf die Tür einen Glockenschlag von sich gab und sich öffnete. Der Fahrstuhl sank in die Tiefe; wieviele Stockwerke, konnte ich nicht sagen, weil man keine Ziffern lesen konnte.

Fletcher mußte ihre Karte noch vor zwei weiteren Türen aufblitzen lassen, dann befanden wir uns auf einer Rampe, die nach unten in die Garage führte. »Der da gehört mir«, sagte sie und deutete auf einen Jeep. Woher wußte sie das? Für mich sahen sie alle gleich aus. Sie ging vorne um den Wagen herum, während ich auf der Beifahrerseite einstieg.

»Warum all die Sicherheitsmaßnahmen?« fragte ich.

Sie schüttelte den Kopf. »Politisch, denke ich. Das hat etwas mit der Vierte-Welt-Allianz zu tun. Wir tauschen keine Informationen mit ihnen aus, bis die ihre Grenzen für Inspektionsteams öffnen. Ich glaube, daß es ein Fehler ist. Auf lange Sicht betrachtet, schaden wir uns nur selbst.« Sie ließ den Jeep anrollen und steuerte auf die Ausfahrt zu. Als wir an der letzten Kontrolle vorbeirollten, fügte sie etwas leiser hinzu: »Hier ist jeder sehr ... *vorsichtig*. Besonders im Augenblick.« Sie sah zu mir herüber. »Hm, wir wollen es einmal so ausdrücken. Die Agency ist für die Unterstützung der Militärs dankbar – besonders der Special Forces – aber, äh ... es gibt da immer noch gewisse individuelle Reibungen. Die Militärs betreiben ein wenig zu viel Geheimnistuerei. Wir stecken alle in einem riesigen Sack mit der Aufschrift TOP SECRET.«

Ich dachte über das nach, was sie gesagt hatte. Sie war bemerkenswert offen. Eigentlich war das ein Kompliment für mich. Ich antwortete vorsichtig: »Vom wissenschaftlichen Standpunkt aus betrachtet, gibt es ganz sicher keinen Sinn. Wir sollten die Informationen teilen, nicht verbergen.«

Dr. Fletcher sah so aus, als wollte sie mir recht geben. »Das Ganze ist Dr. Zymphs Idee. Sie hat bei der biologischen Kriegführung angefangen, wie Sie wissen; ihre ganze Laufbahn hatte also mit Geheimhaltung zu tun. Ich nehme an, sie hält das immer noch für notwendig. Aber es erschwert einem die Arbeit schrecklich.« Und dann fügte sie abrupt hinzu: »Manchmal weiß ich nicht, was diese Frau wirklich will. Sie macht mir Angst.«

Dr. Zymph war die Vorsitzende der Ökologie-Behörde. Ich sah überrascht zu Dr. Fletcher hinüber. »Ich dachte immer, Sie würden sie bewundern.«

»Das habe ich einmal. Aber das war, ehe sie Politikerin wurde. Als Wissenschaftlerin war sie mir lieber.«

Darauf gab ich keine Antwort. Irgendwie störte mich das, was Dr. Fletcher gesagt hatte. Dr. Zymph hatte ich zum ersten Mal in Denver in Aktion gesehen – und war von ihr beeindruckt gewesen. Es war ... irgendwie verwirrend, das zu hören.

Die Straße bog nach Westen ab und anschließend nach Norden. Links von uns lag der metallische Schimmer der Bucht von San Francisco. Die Sonne spiegelte sich eigenartig in ihr. Das Licht ließ farbige Funken tanzen.

»Das Wasser hat aber eine komische Farbe«, sagte ich.

»Wir hatten etwas Meerschlamm«, sagte die Fletcher, als wäre das die selbstverständlichste Sache der Welt. »Wir mußten den Schlamm mit Öl besprühen und verbrennen. Die Bucht ist immer noch dabei, sich zu erholen.«

»Oh.«

»Jetzt warten wir ab, ob der Schlamm wiederkommt. Wir denken, wir haben ihn vielleicht besiegt, aber es ist nur ein kleiner Sieg.«

»Äh – Sie haben da vorher etwas gesagt. Über den Wurm in Denver. Sie sagten, er sei ... verstört. Was haben Sie damit gemeint?«

»Nun – wären Sie denn nicht verstört, wenn jemand Sie so zurichten würde? Sie haben ihm die Augen ausgeschossen, sein Maul in Mus verwandelt und ihm beide Arme gebrochen. Das verschafft einem nicht gerade ein gesundes Weltbild. Und nachdem ihm das Fell ausgegangen ist, ist das arme Ding autistisch geworden.«

»Das Fell ist ihm ausgegangen?«

»O ja, stimmt. Man hat den Bericht zurückgehalten. Sie können ihn ja nicht gesehen haben. Und dann, als ob diese Verletzungen noch nicht genug gewesen wären, fing das arme Biest an, alle möglichen Symptome zu zeigen. Wir dachten, es hätte sich infiziert, und haben es mit Terramycin behandelt. Das Fell ging ihm büschelweise aus. Es sah scheußlich aus; wirklich wie ein großer, roter, stachliger Wurm.«

»Das *ganze* Fell ist ihm ausgegangen?«

Sie schüttelte den Kopf. »Nein, nur die helleren Stellen. Sie wissen ja, daß der Pelz seine sensorischen Nerven sind, nicht wahr? Wir haben uns später überlegt, was passiert ist. Terramycin kann auch menschliches Nervengewebe beschädigen. Offenbar sind die rosa Fasern extrem empfindlich. Jedenfalls hat der Gastropede nachher ebensoviel Intelligenz an den Tag gelegt, wie ein terranischer Regenwurm. Es blieb einfach liegen, wo es war, und zuckte.« Sie schüttelte bei dem Gedanken daran den Kopf. »Es war scheußlich anzusehen, übel konnte einem davon werden.«

»Wie kommt es, daß wir den Bericht nicht zu sehen bekommen haben? Das könnte eine Waffe sein!«

Dr. Fletcher seufzte und zitierte: »›Informationen über Mittel und Wege, um die chtorranische Invasion zu bekämpfen oder ihr Widerstand zu leisten, dürfen nichtalliierten Nationen oder ihren Vertretern nicht zugänglich gemacht werden.‹ So lautet die Vorschrift – zumindest bis die Vierte-Welt-Allianz den Vereinigungsvertrag unterzeichnet.«

»Das gibt doch keinen Sinn.«

»Politisch schon. Wenn die Würmer – oder was auch immer sonst – ein zu großes Problem werden, als daß die Mitgliednationen der Vierten Welt alleine damit zu Rande kommen, dann erscheint ihnen vielleicht eine Unterschrift auf einem Blatt Papier kein zu hoher Preis für das Überleben. Im Augenblick ziehen sie es vor, Recht zu behalten. Überrascht Sie das?«

»Und Sie stimmen dem zu?«

Sie schüttelte den Kopf. »Nein, aber ich verstehe es. Die Vereinigungsmächte spielen ihr politisches Spiel mit dem Krieg. Haben Sie erwartet, daß wir das *nicht* tun würden? Lesen Sie doch unsere Geschichte. Schließlich haben wir zwanzig Jahre Demütigung abzuarbeiten. Mindestens. Also gibt es jetzt Leute, die bereit sind, die Würmer alleine an der Vierten-Welt-Allianz kauen zu lassen.«

»Und unterdessen setzt die Invasion sich weiter fest.«

»Richtig. Manche Leute haben eben andere Prioritäten. Jedenfalls«, fügte sie hinzu, »wäre Terramycin keine wirksame Waffe.«

»Warum nicht?«

»Die Nachwirkungen würden Ihnen nicht gefallen. Zwei oder drei Wochen später fing das Fell des Wurmes an, wieder nachzuwachsen – nur sehr dunkel. Hauptsächlich rote und purpurfarbene und schwarze Fasern. An dem Punkt fing der Wurm an, gewalttätig zu werden. Je mehr dunkler Pelz nachwuchs, desto gewalttätiger wurde es. Offenbar veränderte sich seine Wahrnehmung der Welt. Schließlich mußten wir es töten, so verstört war es. Wir waren nicht sicher, daß wir es noch lange würden bändigen können.« Sie schnalzte mit der Zunge. »Glauben Sie, daß die Würmer jetzt häßlich sind? Infizieren Sie ein paar und warten Sie ab, was dann passiert.«

Darauf gab ich keine Antwort. Es war einfach zuviel, und ich mußte erst darüber nachdenken. Ich hatte gewußt, daß der Pelz eine Art von Nerv war. Unser Gas hatte auf dieser Tatsache beruht. Aber warum sollte die *Art* von Nervenzellen einen Wurm friedlich oder gewalttätig machen?

»Haben Sie jemanden darauf angesetzt, Wurmpelz zu studieren?« fragte ich.

Sie schüttelte den Kopf. »Das würde ich gerne – aber wir haben nicht genügend Leute dafür. Es gibt um die fünfzehn andere Bereiche, die wir uns gerne vorher ansehen möchten.«

»Mir scheint, daß das für die Frage der Zähmbarkeit wichtig ist.«

»Ja«, pflichtete sie mir bei. »Deshalb sind wir auf der Suche nach Albinos ...«

Der Jeep verlangsamte jetzt seine Fahrt, als wir uns der Oakland Bay Brücke näherten. Dr. Fletcher ließ einen Scanner ihre Karte sehen, und die Sperren schoben sich für uns auseinander. Über den leeren Häuschen, an denen man früher die Brückengebühr entrichtet hatte, hing eine riesige Tafel: AUF ANWEISUNG DES MILITÄRGOUVERNEURS VON KALIFORNIEN WIRD DIE STADT SAN FRANCISCO HIERMIT ZUR SCHWARZEN ZONE ERKLÄRT. ZUTRITT AUF EIGENE GEFAHR.

»Das sieht ja sehr beruhigend aus«, sagte ich, als wir unter der Tafel durchrollten.

»Aber ungefährlich«, sagte sie.

»Weshalb sind Sie da so sicher?«

»Ich sagte Ihnen doch, daß ich im Beirat bin. Für den Augenblick ist San Francisco für nichts anderes als für Politik geeignet.«

»Wie bitte?«

»Das ist wieder eine von den guten Ideen der Behörde. San Francisco könnte eine sehr gute, gefahrlose Stadt sein. Es ist an drei Seiten von Wasser umgeben. Unglücklicherweise gibt es eine Menge Ruinen, die zuerst eingerissen oder freigegeben werden müßten – und wir haben militante Denkmalsschützer, die sich um jeden Laternenpfahl streiten. Also hat der Gouverneur sie ausgesperrt. Die zahlen mir zehn Riesen im Monat dafür, daß ich beeide, die Stadt sei immer noch ein Seuchengebiet.«

»Und ist sie das?«

»Die Wahrheit ist – ja, das ist sie.«

Inzwischen hatten wir den höchsten Punkt der Brücke erreicht, und die Stadt breitete sich vor uns aus – das, was von ihr übrig geblieben war. Ein gespenstischer Anblick. San Francisco war ein Skelett. Die Stadt war verwüstet worden. Der Stummel des Transamerica-Turms ragte wie ein abgebrochener Zahn in die Höhe. Der Coit-Turm stand immer noch, aber von Feuer geschwärzt. Sonst erkannte ich nicht viele Gebäude. Dort, wo sie hätten sein sollen, waren Ruinen und Schutt. »O mein Gott ...« Ich erstickte fast an den Worten.

»Ich weiß«, nickte sie.

»Ich habe die Bilder gesehen«, keuchte ich. »Aber – ich hatte ja keine Ahnung – das ist *schrecklich*.«

»So wirkt es beim ersten Mal auf jeden. Mir schnürt es noch immer die Kehle zu, wenn ich über die Brücke komme.«

»Da ist ja ... nichts übrig.«

»Feuersturm«, sagte sie. Das eine Wort erklärte alles.

Dr. Fletcher löste die Verriegelung des Steuerrades, zog es zu sich hinüber und schaltete den Jeep damit auf Handsteuerung. Autopiloten waren auf gepflasterten Straßen ganz in Ordnung. Mit Schutt hatten sie Probleme. Wir rollten von der Brücke herunter, in ein gespenstisches Schweigen hinein.

»Erinnern Sie sich an City Hall?« fragte sie.

»Ja. Davor war ein großer Platz.«

»Der ist immer noch da«, sagte sie. »Aber von City Hall nicht viel.«

Sie steuerte vorsichtig durch die Schluchten aus Stahl und Ziegel der unteren Market Street. Hier waren die Feuer längst erloschen. Trotzdem – es gab immer noch Stellen, wo die Häuser von der Hitze versengt, ja *geschmolzen* aussahen. Eine Tafel mit der Aufschrift SAN FRANCISCO HEXER VERWALTUNG fiel mir auf – und ich fragte mich, ob es in Kalifornien überhaupt noch irgendwelche Hexer gab.

Wir hatten gedacht, die Seuchen wären vorbei. Wir waren aus den Hügeln heruntergekommen, aus unseren Verstekken. Wir hatten geglaubt, wir hätten Impfstoffe. Die Regierung hatte gesagt, es sei ungefährlich. Wir hatten alle möglichen Begründungen, die allerbesten, in die Städte zurückzukehren.

Aber die Seuchen waren noch nicht vorbei, und die Impfstoffe funktionierten nur manchmal, und die Städte waren immer noch ein Gefahrenherd. Die Seuchen kamen zurück – stärker denn je.

Panik herrschte. Feuersbrünste.

Und ein Feuersturm.

Und als er vorbei war, war es mit San Francisco auch vorbei.

Es war, als führe man durch einen Friedhof.

»Ich dachte, Sie hätten gesagt, das Militär sei hier am Werk«, sagte ich.

»Die meisten Arbeiten liegen außerhalb des Korridors«, sagte Dr. Fletcher. »Und eine Menge davon wird von Robotern erledigt.« Plötzlich hob sie die Hand und zeigte auf etwas. »Da, schauen Sie ...«

»Was?« Und dann sah ich es. Sie deutete auf einen Zombie. Sie verlangsamte die Fahrt des Jeeps.

Er war dünn wie Papier – abgesehen von einer ausgefransten Decke, die er wie einen Poncho trug. Er hatte fast kein Fleisch auf den Knochen. Er sah aus, als wäre er hundert Jahre alt. Es war unmöglich zu erraten, wie alt er wirklich sein mochte – er war grau und hager, und das weiße Haar hing ihm als zottige Masse bis auf die Schultern.

Das Gesicht des Zombie sah mechanisch belebt aus. Sein Ausdruck war eigenartig leer, aber seine Gesichtszüge waren in fast dauernder Bewegung. Sein Mund arbeitete beständig. Seine Kinnlade bewegte sich auf und ab, und ein dünner Speichelfaden rann ihm aus den Mundwinkeln. Die geschwärzte Zunge hing ihm heraus, wie bei einem geistig zurückgebliebenen Kind. Und dann zog er sie wieder hinein. Er sog die Backen ein und blies sie dann wieder auf. Das Gesicht bewegte sich so, als würde es sein eigenes Leben haben, niemandem mehr gehören. Er sah aus wie ein Fisch, der an der Glaswand des Aquariums saugt.

Jetzt drehte der Zombie sich um und sah uns an – und einen kurzen Augenblick lang war es, als ob er, wer auch immer einmal in jenem Körper gelebt hatte, sich bemühte, ihn wieder mit Leben zu erfüllen. Der Ausdruck wurde einen Moment lang neugierig, seine Augenlider flatterten wie Motten in einer Falle. Und dann wurde der Blick wieder konfus. Er schien hin- und herzuwandern, zu fokussieren und dann wieder unscharf zu werden – und außerdem hatte er Schwierigkeiten, sein Gleichgewicht zu halten. Er hielt sich an der Vorderseite des Jeeps fest und starrte durch die Windschutzscheibe, ließ den Blick – den glasigen Blick – zwischen Fletcher und mir hin- und herwandern. Er blinzelte und blinzelte wieder, als er uns anstarrte. Sein Gesicht legte sich in verwirrte Falten.

»Er sieht so aus, als würde er versuchen, uns zu erkennen«, flüsterte ich.

Dr. Fletcher nickte. »Das kann er nicht. Er hat seine Fähigkeit, sich zu erinnern, verloren.«

»Wie?«

»Ein Zombie existiert nur in der Gegenwart. Er weiß nur so lange, daß etwas existiert, als er es ansieht.«

Wie um das zu bestätigen, verwandelte sich die Verwirrung des Zombie in Schmerz. Er sah aus, als wollte er weinen, wüßte aber nicht, wie man es anstellt. Seine Finger flatterten auf Fletcher zu und dann auf mich – und dann klammerte sich sein Blick plötzlich an seiner Hand fest, einem grauen, klauenähnlichen Ding am Ende seines Armes – so als hätte er sie noch nie zuvor gesehen. Er vergaß uns und blinzelte konfus. Seine Hand sank herunter. Er drehte sich um und entfernte sich ohne Ziel, wieder zum seelenlosen Ding geworden. Er schlurfte davon, nach Westen.

»Ist es das?« sagte ich. »Ich habe schon früher Zombies gesehen. Ist es das, was den herumirrenden Verwundeten widerfährt, wenn sie in den Zustand unterhalb der Verzweiflung sinken? Sobald sie das Zombie-Niveau erreicht haben, kann man sie nicht wieder zurückholen.«

Dr. Fletcher sah mich an, als wollte sie etwas darauf sagen. Aber dann ließ sie es bleiben und setzte den Wagen wieder in Bewegung.

Während wir die Market Street hinaufrollten, sahen wir weitere herumschlurfende Zombies. Die meisten bewegten sich in westlicher Richtung. Alle waren sie dünn und schmutzig. Die meisten trugen Lumpen oder noch weniger. Ihre Bewegungen waren desorganisiert, fragmentiert und surreal. Sie sahen aus, als wären sie Auschwitz oder Buchenwald entkommen – mit Ausnahme ihres Ausdrucks. Die Überlebenden der Konzentrationslager hatten zumindest *Leben* in ihren Augen gehabt, waren sich des Schreckens und der Hoffnungslosigkeit ihrer Situation bewußt gewesen. Die Zombies hatten nichts.

Die Zombies waren ... losgelöst. Losgelöst von der Welt, von allem – von ihren eigenen Körpern. Sie blickten neugierig und ihre Augen bewegten sich in schnellen, ruckartigen Blicken; aber ihre Aufmerksamkeit konnte sich auf nichts konzentrieren. Ihre Gesichter waren leer. Sie bewegten sich wie vom Schlag gerührt.

Jetzt verlangsamte Dr. Fletcher unsere Fahrt, um den Trümmern auszuweichen. Die meisten Zombies ignorierten uns. Ein schmutziges Geschöpf – männlich oder weiblich, es war unmöglich, das festzustellen – schlurfte an uns vorbei. Seine eine Hand strich über die Motorhaube des Wagens. Sein Gesichtsausdruck war ... beinahe glücklich.

»Der da sieht aus, als wäre er high«, sagte ich.

»Ja«, nickte Dr. Fletcher. Sie manövrierte den Jeep zwischen zwei Ziegelhaufen hindurch, eine Seitengasse hinauf. Ich erkannte auf der linken Seite die Überreste von Brooks Hall. Auf der zerfetzten Markise stand: SAINT FRANCIS WINDET SICH WIEDER. Ich fragte mich, wer die Schrift angebracht hatte.

Vor einem weiten, schmutzigen Feld hielten wir an. Am anderen Ende ragte das, was von City Hall übrig geblieben war, wie ein zerstörtes Schloß auf. Man konnte immer noch die breiten, steinernden Stufen erkennen. Früher einmal war das ein großer Platz gewesen; jetzt war es eine graue Wüste aus Staub und zerbrochenem Beton. Hier wuchs nichts mehr.

»Okay«, sagte ich. »Was jetzt?«

»Jetzt steigen wir aus und sehen uns um.«

»Was?«

»Das ist ungefährlich.« Sie tätschelte mir die Hand und kletterte aus dem Jeep. Ich hatte keine andere Wahl, als ihr zu folgen.

Auf dem Platz waren ... Leute. Irgendwie sahen sie ein wenig gesünder aus als die, die wir auf der Market Street passiert hatten. Zombies? Nicht ganz. Die meisten von ihnen waren ziemlich jung – in den Zwanzigern und Dreißigern. Auch ein paar Teenagers, aber nur ein paar Kinder. Und nur sehr wenige in mittleren Jahren.

Die meisten waren irgendwie wahllos gekleidet. Oder vielleicht sollte ich sagen, wahllos *ent*kleidet. Sie bewegten sich, ohne sich um ihre Kleidung zu kümmern. Es war, als ob irgendein anderer sie mit Kleidern behängt hätte, oder vielleicht hatten sie sich mit dem, was gerade zur Verfügung stand, behängt. Und die Kleidung, die sie trugen, schien mehr dem Wärmeschutz als der Bedeckung ihrer Blößen zu dienen.

»Und?« Ich wandte mich zu Dr. Fletcher. »Ich sehe das das erste Mal. Das sind Wundgänger.«

»Sind sie das?« fragte sie.

Nun, sicher – wollte ich sagen. Und dann hielt ich inne. Ich sah sie an. »Sind sie etwas anderes?«

»Sehen Sie nach«, meinte sie. »Versuchen Sie, mit ihnen zu reden.«

Ich sah sie an, als wäre sie plötzlich verrückt geworden. Mit ihnen reden?

»Das ist ungefährlich«, versicherte sie mir.

Ich wandte mich wieder um und studierte die sich ziellos bewegenden Körper. Sie bewegten sich ohne Ziel und Zweck, aber sie schlurften nicht. Sie ... bewegten sich einfach.

Ich pickte mir einen jungen Mann heraus. Er war vielleicht siebzehn. Vielleicht war er auch fündundzwanzig. Ich konnte das nicht unterscheiden. Er hatte langes, braunes Haar, das ihm bis über die Schultern hing. Er trug ein altes, graues Hemd, sonst nichts. Er hatte große, dunkle Augen. Früher war er einmal sehr attraktiv gewesen.

Ich ging auf ihn zu und berührte ihn an der Schulter. Er drehte sich mit einem irgendwie erwartungsvollen Ausdruck zu mir herum. Seine Augen waren unergründlich tief. Er studierte mein Gesicht einen verwirrten Augenblick lang und schickte sich dann – als er nichts fand – an, sich abzuwenden.

»Warten Sie«, sagte ich.

Er drehte sich zurück.

»Wie heißen Sie?«

Er sah mich blinzelnd an.

»Ihr Name?« wiederholte ich.

Jetzt begann sein Mund zu arbeiten. »Na-na-na-na ...?« sagte er. Er versuchte, meine Laute zu imitieren. Er lächelte über die Geräusche, die er erzeugte. »Na-na-na-na-na-na …«, wiederholte er.

Ich legte ihm die Hände auf die Schultern und sah ihm in die Augen, versuchte durch den Augenkontakt irgendein Gefühl der *Beziehung* herzustellen. Der Junge versuchte wegzublicken – ich zog sein Gesicht zu mir zurück und starrte wieder in seine Augen. »Nein. Dableiben«, sagte ich fest.

»Wer sind Sie?« fragte ich ihn.

»Bub«, sagte er.

»Bub? Bob?«

»Bub-bub-bub …«, er lächelte glücklich. »Bub-bub-bub-bub …«

»Nein«, sagte ich. »Nein.« Ich zog sein Gesicht wieder zu mir her.

»Nein-nein-nein …«, sagte er. »Nein-nein-nein …« Und dann: »Bub-bub-bub … bub-bub-bub …«

Ich ließ seine Schultern los und ließ ihn weggehen, immer noch vor sich hinplappernd.

Ich wandte mich wieder Dr. Fletcher zu. »Also gut. Was?«

Sie schüttelte den Kopf. »Nein. Machen Sie weiter.«

Diesmal wählte ich ein kleines Mädchen aus. Sie trug nur einen Schlüpfer. Was hatte es mit diesen Leuten und der Kleidung eigentlich auf sich? Sie war sehr dünn, sehr unterentwickelt. Ebensogut hätte sie ein Junge sein können.

Ich hielt sie auf und sah ihr ins Gesicht. Es war ebenso ausdruckslos wie das der anderen.

»Wer bist du?« fragte ich. »Wie ist dein Name?«

»Mein Name …?« sagte sie. »Mein Name?« Sie blinzelte. Wie bei dem Jungen war auch ihr Ausdruck unsicher und verwirrt.

»Richtig. Wie ist dein Name?«

»Mein Name, mein Name … Tantchen Mame. Mein Name ist Dame, mein Name, mein Name …« Sie plapperte vergnügt weiter und lächelte, weil ihr der Klang ihrer Worte offenbar Freude bereitete. Jetzt hatte sie ein neues Spiel. »Der Name der Dame ist Mame …«

Ich ließ sie los und wandte mich den anderen zu.

»Also«, sagte ich zu Dr. Fletcher, »ich hab's kapiert. Das sind keine Zombies. Man kann zu ihnen sprechen und eine

Art Beziehung herstellen. Aber sie haben ihr Sprechvermögen verloren, also sind sie auch keine Wundgänger. Sie sind eine Zwischenstufe. Ist das alles?«

»Teilweise«, sagte sie.

»Was ist es?« fragte ich. »Eine Auswirkung der Seuche? Hirnbrandfieber?«

»Hirnbrandfieber ist tödlich«, sagte Dr. Fletcher grimmig. »Wenn das hier eine Wirkung der Seuche ist, dann eine, die wir nicht identifizieren können. Sehen Sie den Burschen dort?« Sie wies auf einen hochgewachsenen, breitschultrigen Mann. »Das war einmal einer der besten Biologen an der Universität. Er war am Südpol, als die Seuchen ausbrachen. Er war ihnen nie ausgesetzt. Und vor seiner Rückkehr hat man ihn gründlich geimpft. Wenn es eine Auswirkung der Seuche ist, dann eine geistige.«

»Wie kam es dazu, daß er hier endete?« fragte ich.

Sie senkte die Stimme. »Er hat sie studiert.« Sie machte eine Handbewegung, die auf die wandernden Körper deutete. »Er glaubte, Herdenmuster erkennen zu können – so etwas Ähnliches wie bei den Kaiserpinguinen. Er hat viel Zeit mit ihnen verbracht, unter ihnen gelebt, sich zwischen ihnen bewegt. Eines Tages kam er nicht zurück. Als wir schließlich anfingen, uns Sorgen zu machen, kamen wir hierher und fanden ihn mit dem Rest von ihnen herumwandern. Er konnte nicht viel mehr sagen als sie. Er war einer von ihnen geworden.«

Ich dachte darüber nach. Ehe ich die Frage stellen konnte, sagte Dr. Fletcher: »Wir sind nicht in Gefahr. Dazu muß man ihnen länger ausgesetzt sein.«

»Oh«, sagte ich. Beruhigt war ich keineswegs.

Auf dem Platz waren jetzt ein paar hundert Körper. Ich stand einen Augenblick da, beobachtete sie und versuchte, mir darüber klarzuwerden, weshalb sie mir so ... so *interessant* erschienen.

»Die haben irgend etwas an sich«, sagte ich. »Ich kann mir keinen Reim darauf machen. Aber irgend etwas geht hier vor. In dem Augenblick, wo man sie ansieht, weiß man, daß sie nicht *normal* sind. Was ist das?« fragte ich Dr. Fletcher. »Was ist das für ein Signal, das ich da aufnehme?«

»Das müssen Sie mir sagen«, meinte sie. »Sagen Sie mir, was Sie sehen?«

»Körper sehe ich, rosafarbene Körper. Das ist ein Teil davon, nicht wahr? Sie tragen nicht viel Kleidung.«

»Wenn es Sommer wird, werden sie alle nackt sein – aber das ist es auch nicht. Dieser Platz hat schon früher Scharen von Nackten gesehen. Am Freedom Day Festival wurde hier sicher noch weniger Kleidung als jetzt getragen.«

»Das weiß ich nicht. Mein Dad hat mich da nie hingelassen.«

»Schade. Jedenfalls ist Nacktheit nur ein Teil davon. Was sonst noch?«

»Äh – ihre Haut. Als ich sie berührte, fühlte ihre Haut sich glatt an. Nicht ganz ölig. Irgendwie schlüpfrig. *Anders.*«

»Mhm. Aber das ist es auch nicht. Man läuft nicht herum und berührt Leute, um zu sehen, ob sie anders sind.«

»Das stimmt.« Wieder studierte ich die Menge um uns.

»Ich will Ihnen einen Tip geben«, sagte sie. »Was *fehlt?*«

»Fehlt? Hmm. Das Reden. Es wird nicht viel geredet. Ein paar von ihnen plappern vor sich hin, aber es ist nicht laut und aufdringlich. Sie plappern wie Babys, denen die Geräusche, die sie machen, Freude bereiten – Augenblick.« Ein Gedanke begann sich zu formen. »Was fehlt, ist ... *Intensität*. Sie haben etwas Unschuldiges an sich. Sie sind wie Kinder, nicht wahr? Es ist, als hätten sie alles wieder vergessen, was sie einmal über das Erwachsensein gelernt haben, um wieder zur Unschuld der Kinder zurückzufinden. Ist es das?«

»Weiter«, ermunterte sie mich, aber sie lächelte. Ich war auf der richtigen Spur.

»Sie können Schmerz ohne Zorn fühlen – aber sie tragen ihn nicht mit sich herum. Erwachsene tun das. Wenn man uns verletzt oder zornig macht, tragen wir das wochenlang mit uns herum und geben es an jeden weiter, dem wir begegnen. Haben Sie sich einmal *Aroundabout* im Fernsehen angesehen? Einmal haben die nichts anderes getan, als willkürlich auf einer Straße in einer Stadt Gesichter zu fotografieren. Fast jeder Mensch, den sie zeigten, sah so aus, als würde er eine Maske tragen. Ihr Ausdruck war verkniffen und angespannt. Aber diese ... Leute – so sollte ich sie wohl nennen –

diese Leute, ihre Gesichter sind entspannt, und sie haben den Schmerz aufgegeben.«

Ich erkannte noch etwas und verstummte plötzlich.

»Was war das?« fragte Dr. Fletcher.

»Äh – eigentlich nichts. Ich habe gerade erkannt, wie traurig es doch sein muß, wenn man seine Intelligenz aufgeben muß, um frei von Schmerz zu sein.« Ich sah sie an. Ich merkte jetzt, daß sie unter der gleichen Erkenntnis litt. Ihre Augen waren feucht. »Ist es das, was ich sehen sollte?«

»O nein«, sagte sie. Sie schluckte, wirkte irgendwie unbehaglich. »Es hat noch nicht einmal angefangen.«

ACHT

Ich sah mir die Körper noch einmal an. »Das ist eine Herde, nicht wahr?«

»Mhm«, machte sie. »Letzten Sommer zählte sie über zwölfhundert. Im Winter ist die Zahl auf etwa dreihundert gesunken. Jetzt wächst sie wieder. Wir haben hier etwa siebenhundertfünfzig. Das ist die größte Herde im nördlichen Kalifornien.«

»Was ist aus den anderen geworden?«

»Die meisten sind gestorben«, sagte sie ausdruckslos. »Ein paar wandern jede Nacht ab. Das Schema ist folgendes: Zuerst hat man einen Schock, und dann ist man einer der Wundgänger. Für die Wundgänger ist Hoffnung. Aber nur, wenn man schnell behandelt wird. Sonst sinkt man immer tiefer.

Hier ist ein Instinkt am Werk. Die Leute suchen ihresgleichen, suchen Aktivität, also ist das hier –«, sie deutete, »unvermeidbar. Die Wundgänger sammeln sich in Herden. Ich nehme an, das ist eine Illusion der Sicherheit. Aber einige von ihnen sind schon so weit abgesunken, daß sie nicht einmal in einer Herde leben können. Die sondern sich dann ab und werden Zombies. Die Lebenserwartung eines Zombie beträgt sechs Wochen. Es überrascht mich sogar, daß sie so groß ist.«

Ich sah sie an. »Sie haben das genau studiert, nicht wahr?«

Sie nickte. »Vielleicht sehen Sie hier die Zukunft der menschlichen Rasse vor sich. Bei der Geschwindigkeit, mit der diese Herde wächst, könnten wir bis Juli zweitausendfünfhundert erreichen. Falls das geschieht, rechnen wir damit, daß sie sich in zwei Herden aufspaltet.« Sie deutete über den Platz. »Sehen Sie die zwei Trucks dort drüben? Das sind die – Sie müssen den Ausdruck verzeihen – Cowboys. Sie halten die Herde unter Kontrolle. Früher hielten wir sie im Golden Gate Park, aber da haben wir jede Nacht zu viele verloren, also haben wir sie hierher verlegt. Wir können sie in Brooks Hall schlafen lassen.«

Die Mittagssonne wurde jetzt wärmer. Ich bemerkte, daß immer mehr Mitglieder der Herde die wenige Kleidung, die sie am Leib hatten, ablegten.

Fletcher folgte meinem Blick. »Yeah«, sagte sie. »Das passiert. Früher hatten wir einmal ein paar alte Damen, die nichts anderes taten, als der Herde zu folgen und ihnen die Kleider wieder anzuziehen. Da ist eine von denen. Sie hat schließlich aufgegeben.« Sie deutete auf eine kleine, eingeschrumpelte alte Dame, die nichts außer einem Lächeln und ihren Krampfadern trug. Sie sah wie eine Straßenkarte des Bundesstaates Pennsylvania aus. Sie trug einen Sonnenschirm, um sich vor der Sonne zu schützen.

»Manchmal denke ich, Jennie simuliert«, sagte Fletcher, »aber Sie werden sie nie dazu bringen, es zuzugeben. Wahrscheinlich hat es ohnehin nichts zu bedeuten.«

»Simulieren denn überhaupt welche?« fragte ich.

Sie schüttelte den Kopf. »So etwas kann man nicht lang simulieren. Es kommt immer wieder vor, daß sich Zivilisten hier einschleichen und sich einbilden, sie könnten irgendwelchen Nutzen aus der Herde ziehen – Sie wissen schon, so etwas wie sexuelle Selbstbedienung. Aber ... dann passiert etwas mit ihnen. Sie gehen nicht mehr. Man kann das nur begrenzte Zeit vortäuschen. Selbst das Simulieren ist Teil des Vorgangs, der ... Einschreibung.« Und dann fügte sie hinzu: »Andererseits könnten sie natürlich *alle* simulieren – aber selbst wenn das so wäre, wäre es doch ein *echtes* Phänomen. Was auch immer es ist, bis jetzt haben wir es noch nicht wirklich ergründet.«

»Ich beginne ein Schema zu erkennen«, sagte ich. »Hier geht etwas sehr Faszinierendes vor sich. Aber einfach herumzustehen und zuzusehen reicht nicht. Es ist wie – wie ein anthropologisches schwarzes Loch. Je näher man ihm kommt, desto wahrscheinlicher ist es, daß man hineingezogen wird.«

»Ja«, nickte Dr. Fletcher. »Das ist ein Teil des Problems. Diese Herde begann einfach nur als eine weitere Gruppe von Wundgängern. Aber jetzt zieht sie schon die Beobachter an und absorbiert sie. Fast jeden, der ihr nahekommt. Die Cowboys dürfen nur einen Tag pro Woche arbeiten, und selbst das könnte schon zuviel sein.«

Sie schien einen Augenblick zu überlegen und fügte dann hinzu: »Diese Herde ist einer der Hauptgründe, weshalb wir diese Stadt geschlossen halten. Wir wissen nicht, was wir tun sollen. Wir haben uns sogar ... Euthanasie überlegt.«

»Das ist nicht Ihr Ernst.«

Sie schüttelte den Kopf. »Doch. Ich habe mich natürlich dagegen ausgesprochen. Hier ist etwas, das wir begreifen müssen.« Sie hob die Hand. »Kommen Sie.«

»Was? Wo gehen wir hin?«

»Wir werden uns zwischen ihnen bewegen. Das ist ganz ungefährlich.«

Ich starrte sie an. »Sie haben mir gerade gesagt, daß jeden Tag Leute in diese Herde hineingesogen werden, und jetzt wollen Sie, daß ich mitten durch sie hindurchgehe?«

»Ich werde bei Ihnen sein.«

»Das ermutigt mich aber nicht.«

Sie hob ihre Hand und deutete auf ihre Armbanduhr. »Stellen Sie Ihre Uhr. Wenn Sie anfangen wegzutreten, wird der Summer Sie wecken. Ich verspreche Ihnen, es dauert mehr als eine Stunde, um Sie zu verzaubern.«

»Verzaubern?«

»Mhm. So sagt man. Verzaubern. Sie werden sehen.«

Ich brummelte etwas über die guten Ideen anderer Leute und stellte meine Uhr. Als ich wieder aufblickte, war Dr. Fletcher bereits zur Mitte des Platzes unterwegs. Ich mußte mich beeilen, um sie einzuholen.

»Schsch«, sagte sie. »Nicht laufen. Das macht sie unruhig. Einmal hatten wir eine Panik. Das war schrecklich. Bleiben Sie einfach stehen und versuchen Sie, das Gefühl wahrzunehmen, in der Herde zu sein. Sprechen Sie nicht. Sehen Sie sich einfach um und lauschen Sie.«

Wir standen nebeneinander da, drehten uns langsam und beobachteten die anderen, die uns umkreisten. Ihre Gesichter waren *zufrieden*. Es war entnervend. Ich fühlte mich unbehaglich. Ich konnte spüren, wie mir der Schweiß aus den Achselhöhlen herunterrann.

Die Sonne war heiß. Das fühlte sich gut an. Ich knöpfte die obersten beiden Hemdenknöpfe auf.

Vor mir stand ein nacktes Mädchen und studierte mich. Sie hatte rotes Haar und ein schmutziges Gesicht. Sie hätte Peter Pans kleine Schwester sein können. Sie lächelte, blickte aber zugleich irgendwie verwirrt. Sie trat vorsichtig auf mich zu und streckte eine Hand aus. Sie berührte mein Hemd, betastete den Stoff, schnüffelte daran. Dann blickte sie zu mir auf und beschnüffelte mich. Sie berührte mein Gesicht, ließ ihre Finger über mein Kinn streichen, meinen Hals hinunter und über meine Brust. An meinen Hemdenknöpfen hielt sie inne und studierte sie. Sie brauchte nicht lang, um zu begreifen. Jetzt knöpfte sie den nächsten Knopf auf. Sie lächelte voll Freude über ihre eigene Geschicklichkeit.

Sie nahm eine meiner Hände in die ihren und studierte meine Finger. Dann drehte sie meine Hand immer wieder herum, schnüffelte daran. Das, was sie roch, mußte ihr gefallen, denn sie leckte meine Finger. Sie nahm meine Hand und strich mit meinen Fingerspitzen über ihre Brüste. Ihr Busen war klein, ihre Brustwarzen hart.

Sie ließ meine Hand los; meine Finger blieben, wo sie waren. Wieder suchte ihr Blick mein Gesicht, musterte es neugierig.

Dann trat sie abrupt zurück und ließ sich auf den Boden fallen. Sie ging auf Hände und Knie nieder und präsentierte mir ihr Hinterteil. Sie blickte zu mir zurück, lächelte und wackelte mit dem Hintern.

»Äh ...« Ich sah zu Dr. Fletcher hinüber. Ich konnte spüren, wie ich vor Verlegenheit rot wurde.

»Nur zu«, nickte Fletcher mir zu, »wenn Sie so etwas mögen. Das ist nur der erste Schritt dazu, sich der Herde anzuschließen.«

»Ich passe für den Augenblick, danke«, sagte ich.

»Das tun die meisten Männer. Das erstemal jedenfalls.«

»Was meinen Sie damit?«

Sie zuckte die Achseln. »Sie kommuniziert auf einer sehr direkten Ebene. Viel direkter als die meisten von uns es gewöhnt sind. *Das* ist sehr schwer zu ignorieren. Es ist fast unmöglich, es zu vergessen.«

Das Mädchen sah mich wieder an, verwirrt. Jetzt stand sie auf und sah mich erneut an. Sie wirkte verletzt. Jetzt ging sie traurig weg. Sie tat mir leid, aber im nächsten Augenblick präsentierte sie sich einem halbwüchsigen Jungen. Der Junge bestieg sie von hinten und nahm sie schnell. Sie stöhnte und lachte, und er auch.

»Vom anthropologischen Standpunkt aus betrachtet ...«, begann ich. Plötzlich wurde meine Stimme brüchig, meine Kehle war trocken. Ich räusperte mich und versuchte es noch einmal. »Entschuldigen Sie. Ich wollte sagen, daß das, was wir sehen, ein irgendwie atypisches Verhalten ist.«

»Gelinde gesagt«, sagte Dr. Fletcher, ohne eine Miene zu verziehen.

»Ich meine ... wenn man Affenkolonien studiert. Promiskuität ist dort doch nicht sehr oft zu sehen, oder?«

»Nicht so. Aber vielleicht ist das für eine Menschen-Affenkolonie gar nicht atypisch. Das wissen wir nicht. Wir verfügen noch nicht über genügend Daten über menschliche Herden. Meine eigene Theorie ...« Sie hielt plötzlich inne.

»Nein, fahren Sie fort«, sagte ich.

»Nun ...«, sagte sie langsam. »Ich wollte sagen, meine eigene Theorie ist, daß das, was wir hier sehen, eine ... eine Destillation oder eine Reflexion unserer eigenen Kultur ist, aber auf das Niveau von Affen zurückgeführt.«

»Sind sie deshalb alle so geil?«

Sie nickte. »Könnte sein. Unsere Kultur neigt zu einer Überbetonung des Sexuellen. Diese ... Affen haben die Lektion gut gelernt.« Und dann sagte sie: »Außerdem glaube ich, daß sie immer noch die Traumata der Kulturisierung nachvollziehen – die Anpassungen, die das menschliche Lebewesen vollziehen mußte, um sich seinen Verstand und seine Vernunft zu erwerben. Obwohl sie allem Anschein nach die Vernunft aufgegeben haben, spielen sie immer noch die Rollen und die erlernten Verhaltensweisen.«

»Ich bin nicht sicher, daß ich das verstehe.«

»Also schön. Versuchen Sie es einmal so. Das Bewußtsein hat seine eigenen Ziele. Das Bewußtsein pervertiert das instinktive Verhalten, um diese Ziele zu erreichen. Als Spezies sind wir alle verrückt – weil wir unsere natürlichen Stammesverhaltensweisen unterdrückt haben, um zu versuchen, vernünftig zu sein. Die meisten von uns sind so damit beschäftigt *vorzugeben*, vernünftig zu sein, daß wir ganz bewußt unseren eigenen Körper und unsere eigenen Gefühle übertönen. Wir haben uns von uns selbst losgelöst. Die meisten sogenannten zivilisierten menschlichen Wesen handeln, als lebten sie durch Fernsteuerung. Sie operieren wie Maschinen.

Ich glaube, was hier geschieht ist eine Art ... Reaktion. Die Seuchen haben das Weltbild dieser Menschen so beschädigt, daß sie ihr Bewußtsein aufgegeben haben. Die Vernunft hat nicht mehr funktioniert – also haben sie sie aufgegeben. Was wir hier sehen, ist das verbleibende Stammesverhalten. Und es wird nicht länger versteckt ausgedrückt. Es findet im Freien statt, in aller Offenheit. Diese ... Leute sind Geschöpfe reiner sensorischer Wahrnehmung geworden. Sie operieren stets in der Gegenwart, im Hier und Jetzt. Sie haben keine Vergangenheit und keine Zukunft, keine Zeitbindung. Sie sind einfach *hier* und fühlen. Wenn sie sich traurig fühlen, fühlen sie sich traurig – bis sie damit fertig sind. Dann hören sie auf und fühlen etwas anderes.«

Sie hielt abrupt inne und sah mich an. »In gewisser Weise haben sie Glück. Wenn wir traurig sind, tragen wir das immer mit uns herum. Die meisten von uns schleppen immer noch die Leichen aus unserer Vergangenheit herum.« Sie blickte einen winzigen Augenblick lang traurig und verbarg ihre Trauer dann wieder unter einer Fassade der Geschäftsmäßigkeit. »Kommen Sie hierher.« Sie deutete.

Drei riesige Lkw's mahlten sich langsam auf den Platz. Die Herde begann, sich auf sie zuzubewegen. Ich mußte an eine Rinderherde denken, die einer Weide zustrebt. Die Trucks kamen zum Stillstand. Die Ladeklappen öffneten sich, und aus jedem fielen ein Dutzend riesige Ballen von ... etwas Gelbem.

Wieder sah ich Dr. Fletcher an.

»Mittagessen«, erklärte sie. »Wollen Sie welches?«

»Was?«

»Kommen Sie.« Sie nahm meine Hand und führte mich durch die Menge. Es war nicht schwer, sich einen Weg durch die vielen Körper zu bahnen. Ich bemerkte, daß sie einen strengen, ausgeprägten Geruch an sich hatten, und erwähnte das beiläufig.

»Herdengeruch«, sagte Dr. Fletcher. »Ich glaube, damit schaffen sie es, beisammen zu bleiben. Nach einer Weile kommt man soweit, daß man die Herde allein durch den Geruch findet.«

Wir arbeiteten uns in die Nähe eines der Ballen. Er sah aus wie aus lauter gelben Brotbrocken zusammengesetzt und roch heftig und fettig.

»Das Zeug ist mit Vitaminen und Antibiotika und weiß Gott was sonst noch imprägniert«, sagte Dr. Fletcher.

Die Herde hatte sich inzwischen um den Ballen versammelt und begann, Stücke davon abzureißen, wie Brotstücke. Sie trugen ihr Essen weg, aßen es erst, wenn sie einen ruhigen Platz gefunden hatten. Dann setzten sie sich hin und kauten still. Ihr Gesichtsausdruck blieb undurchsichtig. Der ganze Vorgang war ordentlich und bemerkenswert ruhig.

Einige von ihnen saßen in kleinen Grüppchen zusammen und fütterten sich gegenseitig mit den Fingern. Ich sah eine Mutter, die ihr Kind fütterte – zumindest nahm ich an, daß es ihr eigenes war, aber vielleicht war es das gar nicht. Zwei halbwüchsige Mädchen teilten sich kichernd die Mahlzeit. Ein alter Mann kauerte alleine da und kaute nachdenklich.

Ein großer, bärenartiger Mann trug ein Stück von dem Laib, das groß genug aussah, um wenigstens ein Dutzend Leute damit zu füttern. Ein anderer Mann kam auf ihn zu und riß ein Stück davon ab. Der bärenähnliche Mann protestierte nicht; vielmehr stemmte er die Füße ein, um beim Zerreißen des Brockens mitzuhelfen.

Nirgends in der Herde gab es Feindseligkeit oder Habgier oder Ungeduld. Sie bewegten sich wie Vieh. Sie kauten wie Vieh.

»Sind in dem Zeug irgendwelche Drogen?« fragte ich.

Sie schüttelte den Kopf. »Jetzt nicht mehr. Wir haben das einmal versucht. Es hat sie nur verrückt gemacht. Noch verrückter. Die brauchen keine Drogen.«

Einer der Cowboys auf der Ladebrücke des Trucks winkte uns jetzt zu. »Hey, Fletch!« rief er. »Auch mal wieder da?«

Fletcher grinste und winkte zurück. »Wie geht's denn, Jake?«

»Prima«, sagte der. »Aber paß bloß auf, sonst hängst du auch noch die Titten in die Sonne, wie die anderen hier.«

Fletch grinste und winkte zurück. »Nicht, so lange das Essen nicht ein wenig besser wird. Ich bin noch nicht bereit, meine Steaks aufzugeben.«

Der Cowboy fetzte ein Stück von dem Ballen herunter. »Da – probier's mal. Wir haben das Rezept wieder geändert. Vielleicht schmeckt's und du kommst zu uns.« Er warf uns die brotähnliche Masse hin.

Ich trat vor und fing das Zeug in der Luft auf und bot Fletcher davon an. Sie brach sich ein kleines Stück ab und kostete. »Nicht schlecht«, rief sie, »aber ein Steak ist es immer noch nicht.« Sie hielt mir den Rest hin und drückte mir das Zeug praktisch in den Mund. Es war weich, warm, frisch und butterig. Und man mußte gerade genug kauen, daß es ... irgendwie angenehm war. Ich nahm noch einen Bissen.

»Vorsichtig, Jim.« Fletcher nahm mir den Rest weg. »So hat es bei manchen Leuten angefangen.« Sie reichte es einem traurig blickenden Jungen, der sich etwas von der Hauptmasse der Essenden abgesondert hatte. Sein Gesicht leuchtete sofort auf, und er rannte an einen abgelegenen Platz, um zu essen. »Das ist Willie die Heulsuse«, sagte sie. »Er zieht es vor zu betteln. Gott allein weiß, wie er war, als er noch ein Mensch war.« Sie schüttelte traurig den Kopf. »Es gibt viele Möglichkeiten, wie man hineingezogen werden kann. Meistens wird man nur des Alltaglebens müde. Manchmal kann es erschöpfend sein, für sich selbst verantwortlich zu sein.« Sie hielt inne und sah mich an. »Diese ganze Geschichte ist gefährlich. Sie saugt Energie auf. Selbst sie zu studieren, ist gefährlich. Das ist wie ein sozialer Krebs. Das wächst und frißt und verwandelt gesunde Zellen in kranke. Und dann muß man sich um die kranken Zellen kümmern, also noch mehr gesunde Zellen dem Krebs aussetzen. Ein endloser Prozeß ist das.«

»Ich habe die Berichte gelesen«, sagte ich.

»Da ist aber noch etwas. Etwas, das nicht in den Berichten stand – weil wir nicht wissen, was wir davon halten sollen.

Und das ist es, was ich Ihnen zeigen möchte.« Dr. Fletcher wischte sich das dunkle Haar aus den Augen. Sie blickte grimmig.

»Also schön«, fragte ich, »wann bekomme ich es dann zu sehen?«

»Dauert nicht mehr lang. Aber kommen Sie, ich möchte Sie aus der Mitte hier wegholen. Es kann ein wenig ... überwältigend werden.« Sie führte mich zu unserem Jeep zurück. »Sie haben schon etwas glasige Augen.«

»Waaas?«

»Ich sagte – schon gut. Bleiben Sie hier stehen. Erzählen Sie mir einen Witz.«

»Hm?«

»Einen Witz sollen Sie mir erzählen«, wiederholte sie.

»Äh, warum hat der Chtorraner die Straße überquert?«

»Weil das kürzer war, als um sie herumzugehen. Erzählen Sie mir einen, den ich noch nicht kenne.«

»Warum?«

»Ich versuche herauszufinden, ob Sie noch zu Hause sind. Humor ist ein guter Test; er erfordert intellektuelle Stabilität. Also, los.«

»Meinetwegen. Schön. Was macht ein Chtorraner, wenn er morgens aufwacht?«

Sie zuckte die Achseln. »Was?«

»Er spricht sein Tischgebet.«

Sie schmunzelte und nickte dann. »In Ordnung.« Sie drehte mich herum, so daß ich wieder auf die Herde sah.

»Also gut. Und was jetzt?«

»Wir warten.«

Wir brauchten nicht lange zu warten. Das Mittagessen war vorüber. Jetzt begannen die Mitglieder der Herde zu spielen. Einige der jüngeren Mitglieder spielten eine Art von Haschen. Sie erinnerten mich an junge Hündchen, aber sie spielten stumm, gaben nur gelegentlich quietschende oder knurrende Laute von sich, Worte waren keine zu hören.

Die Herde begann jetzt, aktiver zu werden. Einige Paare bildeten sich – etwas sexuelle Aktivität. Ich vermerkte, daß die Kopulationen äußerst beiläufig erfolgten. Niemand schien besonders auf Alter oder Geschlecht zu achten. Eine

Frau in mittleren Jahren spielte mit einem halbwüchsigen jungen Mann. Ein Mann, der wie fünfundzwanzig aussah, hielt ein etwa dreizehnjähriges Mädchen an der Hand. Es gab auch einige homosexuelle Paare, männliche ebenso wie weibliche.

Aber dann gab es auch andere Gruppierungen, die ganz spezifisch asexuell wirkten. Eine Anzahl jüngerer Kinder drängte sich zusammen und plapperte »ba-ba-ba-ba-ba ...«. Jetzt begannen sich andere Gruppen zu bilden, Gruppierungen aus drei oder fünf oder auch mehr. Einige der stärkeren Männer umkreisten jetzt den Platz und trieben die Nachzügler nach innen.

»Jetzt fängt es an, nicht wahr?« sagte ich.

»Mhm.«

Ich sah fasziniert zu, wie die Herde anfing, sich als eine Masse zu gruppieren. Die Paare, die mit ihren Sexspielen begonnen hatten, unterbrachen diese jetzt, um sich den Massen anzuschließen. Es fiel mir schwer, die Herdenmitglieder noch als Menschen zu erkennen. Sie waren ... rosafarbene Affen. Tiere.

Ich schauderte. Ein gespenstisches Gefühl hatte mich erfaßt. »Das ist ... unheimlich«, sagte ich. »Ich komme mir hier wie ein *Alien* vor. Mir ist, als wären sie die menschliche Rasse und ich der Außenseiter.«

Dr. Fletcher nickte. »Ich kenne das Gefühl.«

Ich ließ ihren Arm nicht los. Es war für mich wichtig, sie zu berühren. Die Herde drängte sich jetzt noch enger, sie wurde zu einer kreisenden, kompakten Masse.

»Hören Sie!«

Das Geräusch war zuerst formlos. Sie murmelten untereinander. Individuelle Stimmen hoben sich über die der anderen. Aber jetzt begann das Murmeln ineinander überzugehen, und all die Stimmen verschwanden in einem alles durchdringenden, atonalen Chor. Er war völlig ohne Struktur, ohne ein Gefühl der Harmonie oder des Rhythmus', nicht einmal eine bestimmte Tonlage war zu erkennen. Es war einfach ein mächtiges, alles umfassendes Geräusch. Und es wuchs immer noch an.

Ein faszinierendes Geräusch war es – voll von Andeutungen und Bedeutung. Ein beunruhigendes Geräusch. Sinnlos und leer. Gleichmäßig in seiner Intensität und doch ungleichmäßig in seinen Bestandteilen. Die Stimmen flüsterten, wie die Stimmen in meinen Träumen; wenn ich nur hören könnte, was sie sagten.

»Es klingt und fühlt sich an wie das Poltern der Maschinen, die unter der Welt laufen«, sagte ich. »Es klingt ... wie ...«

»Jim, Sie sollten Ihre Stimme hören«, sagte Dr. Fletcher.

»Wie?«

»Sie zittert – wie dieser Ton dort draußen. Es wirkt auf Sie.« Sie riß sich zusammen. »Und auf mich auch.« Ich konnte jetzt die wachsende Erregung ihrer Stimme hören.

»Aber das ist – unglaublich!« sagte ich und wandte mich ihr zu.

»Sind Sie in Ordnung?«

Ich nickte. »Ja, doch. Es ist nur ... ich kann die Resonanz dieses Tons in meinem ganzen Körper spüren.« Ich hielt immer noch ihren Arm fest. »Ich kann fühlen, wie ich mitschwinge. Ich will es widerhallen lassen. Fühlen Sie es? Es fühlt sich an, als wären ... als wären wir eingeschlossen, als wären wir ... als wären wir auch ein Teil der Herde.«

»Wir *sind* Teil der Herde«, sagte sie. »Wir sind der Teil der menschlichen Herde, der sich selbst beobachtet. Wir sind die Teile des Stammes, die sich losgerissen haben, um von draußen zurückzublicken.«

»Aber wir können nicht immer hier draußen bleiben, nicht wahr?« Aber sie hörte mich nicht. Ich ließ ihren Arm los.

»Dieses Phänomen«, sie deutete erregt, »könnte genau der Ort sein, wo wir das *Zuhause* erleben. Sie wissen schon, das Zuhause, zu dem zurückzukehren wir uns immer sehnen, das wir aber nie finden können. Das könnte es sein.« Sie packte meine Hand und zwang mich, ihr in die Augen zu sehen. »Welcher ›Raum des Bewußtseins‹ auch immer dort drüben geschaffen wird – er schließt auch uns ein! Allein durch das Zuschauen werden wir schon zum Teil der Herde! Und in dem Maße, in dem wir uns in jener Masse erkennen können, schwingen wir mit ihr mit. Sehen Sie jetzt, weshalb es so gefährlich ist?«

»Mhm. Gefährlich ...« Ich fragte mich, weshalb sie schrie.

Warum war sie so eindringlich? Das brauchte sie nicht. Es war hübsch hier draußen. Die Herde schien angenehm.

»Unsere Vernunft, unser Bewußtsein, unser Selbst sind es, die uns erlauben, losgelöst zu bleiben. Dieser Chor ist ein – ein Ruf, Jim. Eine Kommunikation ohne Symbole. Um ihm zu lauschen, müssen Sie jegliches Konzept aufgeben und statt dessen nach ... Erfahrung lauschen. Es ist zu mächtig! Es erregt, verärgert, fasziniert, *verzaubert*. Es muß einfach eine Wirkung auf uns haben, so wie es über uns hinwegspült. Wir dürfen – wir dürfen einfach nicht zulassen, daß wir ... daß wir ...« ihre Stimme begann undeutlich zu werden, »... daß wir uns gehen lassen ... wir uns gehen lassen ... Jim ...?«

Ich war froh, daß sie zu reden aufgehört hatte. Ihre Worte gaben keinen Sinn mehr. Sie waren einfach nur aneinander gehängte Geräusche. Sie hinderte mich daran, mich auf das Geräusch der restlichen Herde zu konzentrieren. Es war ein unglaubliches Geräusch, das sie da erzeugten. Alle zusammen erzeugten sie Geräusche, die ein Schema abgaben. Irgendwo hatte ich dieses Geräusch schon einmal gehört – in einer Zeit vor meiner Geburt. All die Stimmen in der Welt, die in Worten über etwas sprachen, die keine Worte waren, weil man die Worte noch nicht erfunden hatte.

Mein Mund bewegte sich mit ihnen. Ich erzeugte selbst murmelnde Geräusche, versuchte zu ... *verstehen*, versuchte ein Teil zu sein ...

Was ging hier vor?

Es ging vor. Herde. Rufe. Alle Stimmen sangen. Lachen. Jungen und Jungen zusammen. Mädchen und Mädchen. Jungen und Jungen und Mädchen und Mädchen und wir alle. Rufen. Jemand hielt meine Hand. Ich konnte mich nicht mehr bewegen. Rief. Das Rufen wurde lauter. Was?

Etwas zog mich nach hinten. Meine Füße bewegten sich, bewegten sich, bewegten sich immer weiter.

Ich stolperte. Jemand packte mich, zog mich in die Höhe. Jemand sagte etwas. Ich erkannte den Laut. Ganz purpurn. »Schim! *Schim!*«

Er rief mich ...

Plötzlich Schmerz im Gesicht. Klatschen.

Nicht Schim. Jim.

Ich.
»Wer?«
»Jim ...!«
»Wer ...?« Ich konnte den Gedanken nicht zu Ende denken.
»Bleiben Sie bei mir«, sagte die Stimme. »Jim!«
»Äh ... ich muß wissen, wer ...?«
»Wer was?«
»Da war jemand – ich ... jemand rief nach mir ...«
»Das war ich. Ich habe die ganze Zeit Ihren Namen gerufen.«
»Nein, nicht Sie. Es war jemand anderer. Jemand auf einer anderen ...« Ich rieb mir den Kopf. Ich hatte kein Wort für diesen anderen *Ort*. Ich wußte nur, daß es nicht *hier* war. »Fast ... hatte ich es ...«
»Jim!«
»Wenn ich nur ...«
»Jim, hierbleiben. Sehen Sie mich an.«
Ich sah Fletcher an. Ihr Gesicht war rot und eindringlich.
»Ich war dabei ... wegzutreten ... wegzutreten ... nicht wahr.«
»Sie waren *weg*.«
»Es – es tut mir leid.« Ich blinzelte. Ich sah mich um. »Wo sind wir?«
»Market Street.«
»Market ... Street ...?«
Sie nickte.
»O mein Gott ...« Ich vergrub mein Gesicht in den Händen. Ich war überwältigt. »Ich hatte keine Ahnung, daß es so mächtig war. Du liebe Güte ...«, ich sah mich um. »Sind die immer noch dabei?«
»Sie lösen sich gerade voneinander.«
»Oh.« In meiner Stimme klang Enttäuschung. Ich konnte es selbst hören.
»Jim, bleiben Sie hier. Bleiben Sie bei mir.«
»Ja. Ich bleibe.«
»Was war es? Beschreiben Sie es.« Sie zwang mich, sie anzusehen, ihr in die Augen zu sehen. »Können Sie es beschreiben?«

»Wir ... haben nicht die richtigen Worte dafür ...«, sagte ich. »Äh ... nein, das ist nicht richtig. Wir haben Worte dafür.« Ich deutete in die Richtung der Herde. »*Sie* haben die Worte. Die Worte sind ... sie ...«

»Bleiben Sie bei mir, Jim!«

»Was die tun ... es ist ...« Ich packte ihre Hand. »Nein, nicht wieder schlagen. Lassen Sie mich das sagen. Es gibt ... Worte jenseits der Worte. Ich weiß, das gibt keinen Sinn, aber wenn Sie sie gehört haben, schon.« Ich ließ den Gedanken jetzt in mir emporsteigen. Er schwebte ganz deutlich mitten in meinem Nebel? Nein, Nebel war es nicht.

Ich schluckte und sagte: »Sie haben recht. Sie kommunizieren, aber sie kommunizieren nicht in Konzepten.« Ich hielt inne, um Atem zu holen, aber ich mußte die Worte schnell herauspressen, ehe sie ihre Bedeutung verloren, ehe ich den Sinn verlor. »Hier drüben sprechen wir in Worten. Worte sind Konzepte, Symbole. Wir können Symbole kommunizieren. Wir tauschen vereinbarte Symbole. Sie tun das nicht. Sie sprechen in Geräuschen. Nein – sie sprechen in ... Musik. Sie machen Musik und stimmen sich in die Musik ein. Sie – ich empfange das. Für mich gibt das keinen Sinn, aber das ist es, was ich gefühlt habe. Sie kommunizieren in Erfahrung. Sie kommunizieren, indem sie gemeinsam Erfahrungen schaffen und ... sich ... irgendwie ... aufeinander einstimmen, indem sie irgendwie die Zellen eines ... größeren Organismus werden, der Herde ... und ...«

O Gott, jetzt konnte ich es ganz klar sehen.

»Sie haben keine Identität mehr«, sagte ich. »Das ist es, was sie aufgegeben haben. Sie haben die Fähigkeit, sich zu erinnern, aufzugeben. Sie haben keine Erinnerung, und ohne Erinnerung können sie keine Identität haben. Die einzige Identität, die sie haben können, ist die Herde. Sie bleiben zusammen für Nahrung und Sex, aber größtenteils um der Identität willen. O mein Gott, das hier ist tatsächlich eine völlig neue Art der Menschheit, was wir hier vor uns sehen, nicht wahr!«

Die Erkenntnis war erschütternd.

Ich zitterte. Es lief mir eisig über den Nacken, und ich fröstelte. »Kann man sich hier irgendwo setzen?« fragte ich. Ich wischte mir die Stirn. Ich sah mich um, verwirrt. Mir war schwindlig.

Fletcher führte mich zu einer Steinbank, die irgendwie den Feuersturm überlebt hatte, und setzte mich darauf. Sie nahm neben mir Platz.

»Warum haben Sie mich nicht gewarnt?« fragte ich; meine Stimme klang dabei heiser.

»Das wußte ich nicht«, entschuldigte sie sich. »Es wirkt auf jeden anders.« Ihre Augen waren feucht.

Ich sah weg, blickte zu Boden. Der Beton hatte hier Blasen geworfen. Ich schluckte kräftig und gab dann zu: »Ich fühle mich ... im Augenblick sehr konfus. Und erregt. Ich fühle mich, als wenn man ...« Ich machte ein frustriertes Gesicht. »Ich fühle mich ... abgerissen. Aufgerissen. Zerrissen. Scheußlich ist mir. Ich fühle mich, als – als hätte ich etwas Wichtiges verloren.« Und dann ließ ich die Tränen kommen. Ich schluchzte in meine Hände und hatte überhaupt keine Ahnung, weshalb ich weinte. Ich konnte einfach nicht aufhören zu weinen.

NEUN

»Geht's besser?« fragte Fletcher. Sie hielt mir ein Taschentuch hin.

Ich wischte mir die Augen und blickte zu ihr auf. »Wie machen Sie das?« fragte ich. »Wie wehren Sie sich gegen die ... Anziehung?«

Sie zuckte die Achseln. »Ich weiß nicht, ob ich mich wehre. Ich glaube, meine Art, daran teilzunehmen, besteht darin, daß ich zusehe, daß ich zu verstehen versuche. Denn das ist es, was ich überall in meinem Leben tue. Ich beobachte. Ich halte mich zurück und beobachte. Vielleicht ist das der Grund, weshalb ich ... mich so zwischen ihnen bewegen kann, wie ich das kann.«

Ich reichte ihr das Taschentuch zurück. Ich fühlte mich immer noch leer, ausgepumpt. Ich fühlte mich so schlaff wie ein nasser Sack. Sie reichte mir die Hand, und ich zog daran – versuchte, mich in die Höhe zu ziehen. Sie griff nach meinem Ellbogen und zog mich von der Bank hoch. »Kommen Sie«, sagte sie. »Gehen Sie einfach.«

Ich sah sie an, wie sie mich führte. Ihr Mund wirkte gerade und fest. »Danke«, sagte ich. Wir gingen zum Jeep zurück.

Die Herde wirkte jetzt nicht mehr wie ein zusammenhängendes, einziges Lebewesen. Die *Versammlung* war vorüber, und die einzelnen Mitglieder der Herde verteilten sich über den Platz. Auf dem trockenen Gras des Rasens kopulierten Paare.

Ich fragte Fletcher: »Ist es immer so?«

Sie zuckte die Achseln. »Das wechselt. Manchmal sind sie wie in Ekstase. Die Intensität kann solche Ausnahme annehmen, daß wir schon ein paar mit Herzattacken verloren haben. Manchmal ist es irgendwie schlaff. Das hier war etwa ... durchschnittlich, denke ich.«

»Geschieht das jeden Tag?«

Sie runzelte die Stirn. »Etwa drei- oder viermal die Woche jetzt. Als es anfing, war es nur ein- oder zweimal im Monat.

Und dann geschah es immer öfter. Jetzt ... geschieht es fast jeden zweiten Tag. Ich vermute, daß es in einem Monat jeden Tag sein wird. Ich denke – und das ist nur eine Vermutung meinerseits – aber ich denke, das ist eine Art von ... Anwerbungsphänomen. Seit es angefangen hat, ist die Herde viel schneller gewachsen, als wir das erwarteten. An dem Phänomen ist etwas, das die Leute anzieht – so wie Sie das erlebt haben.«

Ich nickte.

Und sie fügte hinzu: »*Und*, ich glaube, es bestärkt die Mitglieder auch dabei, in der Herde zu *bleiben*. Letztes Jahr hatten wir Abgänge. Und Leute, die tatsächlich *zurückgekommen* sind. Sie waren konfus, und sie brauchten Therapie, aber sie lebten wieder bewußt. Dieses Jahr – hatten wir überhaupt keine Abgänge. Nicht seit das hier angefangen hat.«

»Sagen Sie mir mehr über die Abgänge«, bat ich. »Wie geht das?«

»Nun – gewöhnlich irgendeine Art von Schock. Da war ein junger Mann, der sich das Bein brach. Der Schmerz war so schlimm, daß er zu schreien anfing. Und plötzlich, mitten in seinen Schreien rief er nach einem Arzt. Sein Überleben stand auf dem Spiel. Er mußte etwas tun. An dem Herdenverhalten, das er sich angeeignet hatte, war da nichts, was ihm helfen konnte, und so kratzte er etwas aus seinen Erinnerungen zusammen. Unglücklicherweise für ihn kam auch alles andere, das mit dieser Erinnerung zusammenhing, wieder an die Oberfläche. Er mußte anfangen, mit uns zu kommunizieren, um uns zu sagen, wo es wehtat und so weiter. Also ... mußte er seine Selbstwahrnehmung wieder aufnehmen.«

»So kann man also die Herde zerbrechen«, sagte ich. »Indem man allen die Beine bricht.«

Fletcher lachte. »Ich glaube nicht, daß es so leicht ist. Ich wünschte, es wäre so. Einige von ihnen kann man durch Schock dazu bringen, aber die meisten nicht. Sie nehmen wahr, aber nicht selbst, und das wollen sie auch nie wieder.«

»Hm«, machte ich. An diesem Gedanken war etwas, das es verdiente, daß man ihn sich genauer betrachtete. Mein Bewußtsein hielt ihn bereits ans Licht, drehte ihn herum, suchte nach den Implikationen, die er an sich hatte, und den Extrapolationen, die man herausschütteln konnte.

Ich hielt inne und sah nachdenklich zu der Herde hinüber. Da war noch etwas *anderes* – etwas, das mein Begriffsvermögen noch überstieg, ganz zu schweigen von meiner Kommunikationsfähigkeit. Ich runzelte die Stirn.

Fletcher folgte meinem Blick. Sie fragte leise: »Denken Sie über Ihren Vater nach? Glauben Sie immer noch, daß er lebt? In der Herde?«

Ihre Frage holte mich in die Wirklichkeit zurück. Ich sah mir den Gedanken einige Augenblicke lang an. Dann schüttelte ich den Kopf. »Nein. Ich kann mir nicht vorstellen, daß mein Vater seine Vernunft aufgibt – dafür. Da ist es leichter, ihn sich tot vorzustellen.« Ich drehte mich zu ihr herum. Ich fühlte mich bemerkenswert vollkommen. »Jetzt kann ich es glauben. Ich danke Ihnen.«

Fletcher berührte mich an der Wange. »Ich weiß, daß es ein Schock war, Jim. Es ist gut, daß Sie ...« Sie sah etwas hinter mir, und ihr Gesicht verhärtete sich plötzlich.

Ich drehte mich um und sah einen hochgewachsenen, breitschultrigen Mann, der auf uns zukam. Er war nackt und er hatte einen Brustkasten wie eine Wand. Und Muskeln wie ein Bulle. Seine Haut war von der Sonne gebräunt, und der Schweiß glänzte auf seinem Körper. Er war ein Hengst. Ein Bulle. Seine Augen leuchteten hell – er hatte einen sehr direkten Blick im Gesicht. Und außerdem eine verblüffende Erektion, die man unmöglich ignorieren konnte.

»Ist das nicht Ihr verschwundener Wissenschaftler?« wollte ich fragen, aber Fletcher zog mich schnell beiseite.

Sie trat vor, fletschte die Zähne und knurrte tief in ihrer Kehle.

Er zögerte.

Sie knurrte wieder.

Der Bulle begann etwas von seiner Bullenhaftigkeit zu verlieren.

Fletcher begann, zornige Grunzlaute zwischen ihr Knurren zu schieben. Der Bulle zog sich vor ihrem Zorn zurück. Sie legte die Zähne frei und schrie »Na-na-na-na!«. Der Bulle machte kehrt und zog sich hastig zurück.

Ich sah sie an und wollte sagen »Sehr wirksam«, aber ihr Ausdruck war aschfahl. »Was ist?«

»Nichts«, sagte sie.

»Bockmist«, sagte ich. »Sie sind eine lausige Lügnerin.«

Sie versuchte, mich wegzuwinken – aber ich packte ihren Arm. »Hey! Mir machen Sie nichts vor.«

Sie riß ihren Arm von mir los und wandte sich ab. Sie griff sich mit den Händen an die Augen, und ihre Schultern zitterten einen Augenblick lang. Jetzt suchte sie nach einem Taschentuch. Sie sah sich zu mir um und wischte sich die Augen. »Wir haben uns geliebt«, gestand sie. »Ich – äh – es fällt mir immer noch schwer, ihn so zu sehen. Besonders ... wenn er *das* tut. Es tut mir leid.«

Ich wußte nicht, was ich sagen sollte, also sagte ich nichts. Ich griff nach ihrer Hand und führte sie zum Jeep zurück. Wir stiegen ein, aber sie ließ den Motor nicht an. »Deshalb interessiert die Herde Sie so, nicht wahr?«

Sie nickte. »Ich will sicher sein, daß ihm nichts fehlt. Das – das bin ich ihm schuldig.«

»Und?« drängte ich.

Sie atmete tief. »Und ... ich hoffe immer noch, daß ich es mir einmal zusammenreimen kann. Die Herde. Und daß ... ich ihn wiederbekomme.« Sie rieb sich die Nase. Ihre Augen waren sehr rot.

»Er bedeutet Ihnen sehr viel, nicht wahr?«

Sie nickte. »Er war – er *ist* etwas ganz Besonderes. Ein unglaublich *sanfter* Mann.« Sie blickte hinaus über das Gewirr von Körpern. »Manchmal ...«, sagte sie. Sie führte den Satz nicht zu Ende.

Ich folgte ihrem Blick.

»Die Versuchung ist sehr groß«, gab sie dann zu. »Sie leben in Frieden. Und sie empfinden Freude.« Und nach einer Weile fügte sie hinzu: »Vielleicht sind sie die einzigen auf dem ganzen Planeten, die Freude empfinden.«

»Ich frage mich nur«, sagte ich, »wie lange werden sie aushalten, wenn es niemanden mehr gibt, der sich um sie kümmert?« Ich sah sie an. »Ihre Freude ist ein sehr *gefährlicher* Luxus. Ich glaube nicht, daß wir uns noch Freude leisten können. Zumindest nicht so.«

Sie gab keine Antwort. Ihr Blick ruhte auf der Erde. Der Bulle hatte jemanden für den Nachmittag gefunden. Einen halbwüchsigen Jungen, der mit bewundernden Augen zu ihm aufblickte. Offenbar war der Bulle nicht besonders wählerisch. Ich sah Fletcher an. Ihre Augen waren hart, also sagte ich nichts.

Sie ließ den Jeep an, und wir fuhren nach Oakland zurück.

Sie sagte kein Wort, bis wir mitten auf der Brücke waren. »Tun Sie mir einen Gefallen?« fragte sie.

»Sicher.«

»Sagen Sie niemandem etwas davon.«

»Ich war nicht einmal hier.«

»Danke.« Sie lächelte dankbar.

Ich meinte: »Außerdem wäre es mir lieber, wenn Duke nicht erfährt, daß ich – daß es auf mich gewirkt hat.«

Sie schaltete den Jeep auf Autopilot und schob das Steuerrad von sich weg. »Von mir wird er es nicht erfahren.«

»Danke«, sagte ich.

Sie griff herüber und tätschelte meine Hand. Wir hatten Geheimnisse ausgetauscht. Alles war jetzt in Ordnung.

Fletcher setzte mich bei der Kaserne ab, winkte mir zu und versprach, mich auf die Liste der Dauerpassierscheine für das Labor zu setzen. Ich blickte ihr nachdenklich nach. Wie oft fuhr sie wohl über die Brücke nach San Francisco?

Nun … vielleicht ging es mich nichts an.

Duke war nicht da, hatte mir aber eine Nachricht hinterlassen: Geh bald zu Bett, wir fahren um sechs.

Auf meinem Bett lag ein neues Einsatzbuch. Ich las es beim Abendessen. Ein Sucheinsatz? Dafür hatten die uns aus Colorado rausgeholt?

Es gab keinen Sinn.

Als ich zu Bett ging, war ich immer noch ganz durcheinander.

Die Nacht war unruhig und voll Stimmen. Aber sie sagten mir auch nichts.

ZEHN

Der Morgen kam zu schnell.

Ich schaltete meinen Körper auf Autopilot und ließ ihn laufen. Im Jeep holte ich ihn dann wieder ein; der Lärm war es, der mich weckte. Wir rollten über die zersprungene, ölige Piste des Flughafens von Oakland. Ganz hinten an der Runway wartete eine vollbewaffnete Banshee-6 auf uns. Ihre Motoren heulten bereits.

Duke fuhr bis an den Fuß der Rampe. Mir die Ohren zuhaltend, folgte ich ihm rennend die Stufen hinauf. Wir kletterten in den Düsenchopper, und die Tür knallte hinter uns zu. Die Pilotin wartete nicht einmal, bis wir Platz genommen hatten; sie griff nach oben, löste einen zweihändigen Griff, und schon rollten wir. Ich warf meine Tasche nach hinten und hastete auf den Sitz Duke gegenüber zu. Die Dame riß uns so schnell in die Luft, daß ich nicht einmal Zeit hatte, meine Sicherheitsgurte anzulegen.

Jetzt sprach sie ins Mikrofon: »... Kurs drei fünf zwo. *Enterprise,* Sie können jetzt Ihre Vögel in Gang setzen. Wir schnappen sie uns über der San Pablo Bucht.«

Die Stimme kannte ich. Lizard Tirelli! Eigentlich hätte ich sie schon an diesem Start erkennen müssen. Ich beugte mich zu Duke hinüber. »Erinnerst du dich daran, wie Ted und ich Alpha Bravo verließen?« Er nickte. Ich deutete mit einer Daumenbewegung nach vorne. »Das ist dieselbe Pilotin.«

Sie schaltete die Maschine auf Autopilot und drehte dann ihren Sitz zu uns herum. Sie war genauso hübsch, wie ich sie in Erinnerung hatte, und ich wünschte, sie würde nicht diesen Helm tragen. Ich sah gerne Rothaarige. »Ich bin Colonel Tirelli«, sagte sie. »Sind Sie Captain Anderson?« Duke nickte. »Und Lieutenant McCarthy natürlich.«

Ich nickte. »Gratuliere zur Beförderung, Colonel.«

Das ignorierte sie. Sie sah Duke an. »Ich kann mir vorstellen, daß Sie über die plötzliche Versetzung erstaunt sind. Ich habe ausdrücklich darum gebeten, daß Sie beide mir wieder zugeteilt werden.«

»Eh?« Das war Duke.

Colonel Tirelli erklärt: »Ihre Daten gefallen mir. Sie sind effizient. Der Rocky Mountain-Distrikt ist heute wieder kontrollierbar. Das verdanken wir Ihrem geschickten Einsatz im letzten Jahr.«

»Die Arbeit hat noch nicht einmal angefangen«, sagte Duke. Ich konnte aus seiner Stimme heraushören, daß ihm etwas nicht paßte. Ob Lizard das auch konnte, wußte ich nicht.

»Ich weiß, in welchem Zustand sich das Territorium befindet. Ich habe Ihre Berichte gelesen. Aber jemand anderer wird es übernehmen müssen. Sie werden hier gebraucht.«

Duke blickte unglücklich, sagte aber nicht, was er dachte. Das brauchte er nicht. Offenbar konnte Lizard ebensogut Gedanken lesen, wie sie fliegen konnte. Sie sagte leise: »Ich weiß, Captain – aber das ist einer von Onkel Iras Jobs.«

»Oh«, sagte Duke. Damit war das Thema abgeschlossen.

Ich hatte Colonel Ira Wallachstein kennengelernt – am Tag vor seinem Tod. Ich hatte den Wurm erledigt, der ihn tötete. Gemocht hatte ich ›Onkel Ira‹ nicht gerade, aber er war so etwas wie der Pate der Special Forces gewesen, also respektierte ich sein Andenken.

Lizard verfiel jetzt in einen etwas freundlicheren Tonfall. »Sie werden als Beobachter für diesen Einsatz eingesetzt. Hat man Sie informiert?«

Duke sagte: »Wir haben das Einsatzbuch gestern abend bekommen.«

»Haben Sie es gelesen?«

Duke und ich nickten.

»Gut. Es tut mir leid, daß Sie nicht mehr Zeit dafür hatten. Seien Sie froh, daß Sie es überhaupt bekommen haben. Die Verbindungen sind heute lausig – und werden so bleiben, bis wir den Rest unserer Bodenstationen zurückgewonnen haben. Gott alleine weiß, wann das sein wird.« Sie sah angespannt und enttäuscht, aber keineswegs besiegt aus. Ohne zu zögern, fuhr sie fort: »Okay, wir haben in dem Waldbereich von Nordkalifornien so etwas, das wie eine größere

Chtorrkonzentration aussieht. Wir werden sie erledigen – aber es gibt da ein paar Anomalien. Nester der zweiten und dritten Stufe ...«

»Dritte Stufe?« sagte Duke.

Lizards Gesichtsausdruck ließ erkennen, daß ihr die Unterbrechung nicht recht war, aber sie nickte grimmig.

Duke und ich tauschten Blicke. So schlimm war es also? Wir hatten Skyballbilder von Nestern des zweiten Stadiums gesehen: sechseckige Kuppeltrauben, sechs um eine in der Mitte herum. Jedes Kind mit einem Zirkel konnte den Grundriß dafür zeichnen. Aber *drittes* Stadium? Ich konnte mir nicht vorstellen ...

Lizard sagte: »Wenn Sie es sehen, verstehen Sie sofort, was das ist. Captain, Sie nehmen die linke Kuppel; McCarthy, Sie die rechte. Wenn Sie irgend etwas Rotes sehen, feuern Sie ein Signal ab. Die Reinmache-Crew wird dreißig Sekunden hinter uns sein. Die werden dann die entsprechenden Reinigungsmittel abwerfen. Auch kurzlebige radioaktive Partikel, Taconitestaub, Bakterienüberträger, selektive X-Kampfstoffe und abbaufähige Biocide. Wir werden kein Feuer einsetzen. Gegen Kuppeltrauben von mittlerer Größe aufwärts setzen wir gezielt Explosivstoffe ein. Diese werden von einer zweiten Welle, die sechzig Sekunden nach der ersten fliegt, eingesetzt werden. Irgendwelche Fragen?«

»Wieweit nördlich?« wollte Duke wissen.

»Eineinhalb Stunden.«

Duke blickte überrascht. »So nahe?«

»Noch viel schlimmer. Wir haben außerdem auch noch Renegatenaktivität in dem Bereich.«

»In der Nähe einer Chtorrkonzentration?« Duke hob eine Augenbraue.

Lizard nickte. »Das kommt vor.«

Duke kratzte sich am Kopf. »Wenn Sie es sagen; aber mir fällt es ziemlich schwer, das zu glauben.«

»Das geht den meisten Leuten so«, sagte Lizard. »Es hat letztes Jahr angefangen. Die ersten Stämme haben wir in Oregon gefunden. Es gibt überall Gruppen von Überlebenden. Eigentlich hätten wir damit rechnen müssen, daß ein paar von ihnen etwas ungewöhnlich reagieren. Die Leute tun, um zu überleben, was ihnen gerade in den Sinn kommt. Aber ein paar von diesen Gruppen haben ihre eigenen Regierungen errichtet.

Diese spezielle Gruppe hatte fast dreihundert Mitglieder. Sie haben ihre Unabhängigkeit erklärt. Sie sagten, die Vereinigten Staaten seien jetzt eine ›wertlose Übereinkunft‹.« Ihre Stimme klang scharf. »So bezeichnen sie eine Regierung als eine ›Absichtsübereinkunft‹. Sie sagten, die Absicht der Vereinigten Staaten hätte keinen Wert mehr, und es sei daher ihr Ziel, die Übereinkunft für eine neue Absicht zu schaffen.«

»Haben sie gesagt, was das für eine Absicht ist?« fragte Duke.

»Nach einer Weile wurde das offenkundig«, erwiderte Lizard.

»Das klingt so, als hätten sie immerhin etwas geschafft«, sagte ich. »Zumindest in dem Ausmaß, daß dreihundert von ihnen damit übereinstimmten. Das ist eine ganze Menge.« Das interessierte mich.

Lizard zuckte die Achseln. »Ja – nun, solcher Quatsch klingt für einfache Geister immer ganz gut; aber ich halte nichts von diesem Gerede. Ich trage immer noch die grüne Uniform der Vereinigten Staaten – und von dort kommt auch meine Bezahlung. Bessere Angebote habe ich noch keine gesehen.«

»Es gab also Ärger, stimmt's?«

»Beide Male.« Lizard runzelte die Stirn und rieb sich angewidert die Nase. »Wir haben sie gebeten, die Gegend zu räumen. Zu ihrem eigenen Schutz. Sie lehnten ab. Wir sagten ihnen, daß sie keine Wahl hätten. Sie sagten, sie lehnten es sogar ab, die Autorität der Vereinigten Staaten anzuerkennen. Hören Sie ...« Lizard unterbrach sich selbst. »Mir ist es egal, was die Leute glauben wollen. Meine Eltern waren Shamisten – Spirituelle Harmonie aller Menschen. Ich habe also durchaus die ›Vorbildung‹, so gut wie alles zu akzeptieren. Wenn Leute sich blau bemalen wollen und sich mit Zwergen und Elefanten paaren, ist mir das gleichgültig. Und ich sage Ihnen ganz ehrlich, einige der Dinge, die diese Stämme angestellt haben, würden Sie mir nicht glauben. Das Problem war, daß sie Eigentum der Vereinigten Staaten ›befreit‹ hatten, das heißt also, ›sich angeeignet‹. ›Im Namen des Volkes‹ sagten sie. Natürlich waren sie ›das Volk‹, das sie damit meinten.«

»Was für Eigentum?«

»Militärisches natürlich. Ich kann Ihnen sagen, das war keine nette Operation. Irgendwie hatten die sich ein paar technisch recht hoch entwickelte Dinger beschafft. Wir mußten einen größeren Lufteinsatz fliegen, um sie fertigzumachen. Ich habe selbst die ersten Bodeneinheiten eingeflogen.«

Duke blickte erstaunt. »Und es gab keine Alternative?«

»Die hatten Boden-Luft-Raketen! Und Tanks! Und sie waren zu einem Nuklearsilo unterwegs!«

Gut. Einer weiteren Erklärung bedurfte es nicht.

»Ich hatte gehört, daß die Stämme anfingen, stärker zu werden«, sagte ich. »Wie schlimm das geworden war, war mir aber nicht klar. Es muß eine schwierige Situation gewesen sein.«

»Das können Sie laut sagen«, sagte Lizard. »Sie hatten ihren Kindern beigebracht, Maschinengewehre zu bedienen. Haben Sie je erlebt, welche Wirkung das auf einen Soldaten hat, wenn ihm klar wird, daß sein Gegner ein zwölfjähriges Mädchen ist? Das ist erschütternd.«

Duke sah so aus, als wollte er das Thema wechseln. Er fragte schnell: »Warum suchen sich die ihre Stützpunkte in der Nähe von chtorranischen Konzentrationen?«

»Wir halten es für möglich, daß sie die Würmer als Dekkung benutzen«, antwortete Lizard.

»Sie meinen, die haben eine Möglichkeit zur Koexistenz gefunden?« Ich konnte einfach nicht anders, ich mußte die Frage stellen.

Duke blaffte mich an: »Für die Koexistenz mit einem Wurm gibt es nur eine Möglichkeit: die von innen.«

Lizard sagte: »Es ist sehr einfach. Die infizierten Regionen sind Niemandsland und liegen effektiv außerhalb der Jurisdiktion der Regierung der Vereinigten Staaten – zumindest jetzt und wahrscheinlich noch auf lange Zeit. Die Stämme wissen, daß sie, wenn sie von draußen hereinkommen, in dem Augenblick, wo sie die Sperren überschreiten und eine sichere Stadt betreten, nicht nur den Schutz, sondern auch die Autorität der Regierung akzeptieren müssen. Und das bedeutet die Aufgabe ihrer ›Unabhängigkeit‹«, schloß sie.

»Aber wie verteidigen sie sich vor den Würmern?« fragte ich.

»Das ist eines der Dinge, die wir gerne herausfinden würden«, sagte sie.

»Haben Sie denn die Überlebenden nicht verhört?« Duke blickte verwirrt.

»Es hat keine gegeben.« Sie sagte das so, wie wenn man eine Türe zuknallt.

Duke sah sie mit neuem Respekt an. Sie erwiderte seinen Blick kühl. Es war offensichtlich, daß sie nicht gerne über das Thema sprach. Das machte sie hart. Duke senkte den Blick und studierte nachdenklich den Boden. Er wußte, was sie in diesem Augenblick durchmachte. Er hatte es selbst durchgemacht.

Aber ich wußte, daß er nicht wußte, wie er das ausdrücken sollte.

Colonel Tirelli sprach als erste wieder. Sie sagte: »Wir glauben nicht, daß es die Stämme sind. Wir glauben, es sind die Würmer. Irgend etwas geht da vor. Eine Art Verhaltensänderung. Wir erleben weniger Angriffe auf menschliche Wesen. Möglicherweise vollzieht sich da eine Art von Anpassung. Eine der Theorien, die man dazu aufgestellt hat, ist, daß die Würmer jetzt, wo sich mehr chtorranisches Pflanzenleben etabliert hat, es vielleicht vorziehen, sich von ihrer eigenen Ökologie zu ernähren, anstatt von der unseren. Vielleicht nehmen Menschen also nicht mehr den ersten Platz auf ihrer Speisekarte ein. Aber bis jetzt ist das reine Spekulation. Persönlich würde ich nicht die Probe aufs Exempel machen wollen.«

Der Funk stieß plötzlich ein piependes Geräusch aus, und sie drehte sich nach vorne, um sich zu melden. »Hier Tirelli.«

»Banshee-6, haben Sichtkontakt hergestellt. Wir folgen Ihnen jetzt wie brave kleine Kinder.«

Lizard sah nach links zur Luke hinaus. »Ich sehe Sie.« Dann runzelte sie die Stirn. »Wieviel von euch kleinen Entlein sind denn gestartet?« fragte sie.

»Die ganze Staffel, Colonel.«

»Wie kommt es dann, daß ich nur sechs sehe?«

»Die zweite Welle fliegt den Highway 101 hinauf. Wir treffen uns nördlich von Santa Rosa.«

»Wer hatte denn diese gute Idee?«

»Captain Caswell, Colonel.«

»Geht in Ordnung. In Ordnung, Boys. Seid ihr bereit, ein wenig zu arbeiten?«

»Wir brennen geradezu darauf, Colonel. Wir sind bereit, von hier bis Klamath Tod und Vernichtung zu verbreiten.«

»Heute nur das Zielgebiet, bitte.«

»Roger, out.«

Ich wechselte auf Dukes Seite hinüber und lehnte mich hinunter, um durch die Beobachterkuppel hinter seinem Sitz zu sehen. Ich konnte sechs dunkle Silhouetten sehen, die in Reih und Glied hinter uns flogen. »Hey! Das sind doch Scorpions!«

»Stimmt genau«, sagte Lizard. »Das sind sie allerdings.« Sie drehte sich herum und sah uns wieder an. »Irgendwelche Fragen dazu?«

»Ja, ich.« Ich sah zuerst Duke und dann wieder Lizard an. »Ich dachte, die hätten wir aufgeben müssen? Das war doch Teil der Moskauer Verträge. Wir mußten unsere Kampfhubschrauber versenken.«

»Haben wir auch. Jeden einzelnen.«

»Aber wie ...?« Ich sah wieder durch die Sichtkugel hinaus. Das waren ganz eindeutig Scorpions.

Lizard schien mit sich sehr zufrieden. »Oh, wir haben sie schon versenkt. Jeden einzelnen. Aber vorher haben wir sie in Acryl versiegelt. Auf die Weise sind sie hübsch trocken geblieben, bis wir sie wieder brauchten. Letztes Jahr haben wir angefangen, sie wieder heraufzuholen.« Sie sah durch ihr Fenster hinaus. »Sehen gut aus, wie?« Sie grinste.

Ich konnte es nicht leugnen. Sie waren groß, schwarz und böse. Mit ihren roten Scheinwerfern würden sie Angst und Schrecken verbreiten.

»Allright«, sagte Lizard. »Lassen Sie mich Ihnen etwas Hintergrundmaterial liefern, oder besser gesagt, *viel* Hintergrundmaterial. Ohne Quellenangabe. Dafür aber hundertprozentig verläßlich. Denver fängt an, zu verletzlich zu werden. Das Militär überlegt, die Bundesregierung erneut zu verlegen.«

»Wohin?« platzte ich heraus. »Es gibt doch fast keinen Ort mehr, der nicht verletzlich ist.«

»Hawaii, zum Beispiel«, sagte Lizard. »Bis jetzt sind noch auf keiner der Inseln Chtorraner gesichtet worden, und wir erwarten, daß das auch so bleibt. Um das zu garantieren, werden nicht einmal Forschungslabors zugelassen. Nicht einmal auf den künstlichen Inseln oder in den Seekuppeln.«

Duke schüttelte den Kopf. »Das verkauft sich nicht. Das sieht aus wie ein Rückzug.«

Lizard nickte. »Wenn es dazu kommt, *wird* es ein Rückzug sein.«

»Hawaii ist zu klein«, sagte Duke. »Wer bleibt dort zurück?«

»Hawaii ist nur Phase Eins. Phase Zwei ist Australien und Neuseeland. Keine der beiden Landmassen ist bis jetzt infiziert worden. Die Verhandlungen sind bereits im Gange. Die würden sogar froh sein, uns aufzunehmen – insbesondere, wenn wir von unserer Industriekapazität mitbringen, was wir in Kisten verpacken und versenden können.« Sie griff in die Kühlbox neben sich und holte eine Cola heraus. Sie warf Duke und mir eine zu und nahm sich dann selbst eine. »Aber das augenblickliche Ziel ist jetzt totale Zentralisierung binnen achtzehn Monaten. Der Präsident wird das vor Ende des Monats ankündigen. Wir errichten eine Kette von Sicheren Städten, jede von einem Verteidigungsring von einem Kilometer Breite umgeben. Wir glauben, daß wir es schaffen, jede Stadt innerhalb eines Jahres autark zu machen. Natürlich werden wir dazu eine Menge Robotarbeit einsetzen. Jede Stadt kann dann als Basis für Militäroperationen in dem umliegenden Distrikt fungieren.«

»Das klingt, als würden sie das Land aufgeben«, sagte ich.

Sie schüttelte den Kopf. »Nein. Vorher retten wir die Leute. Wir können ohne Front keinen Krieg führen.«

»Und was hat das alles mit Kalifornien zu tun?« fragte Duke.

»Highway 101«, erwiderte Lizard. »Das ist das Rückgrat der Westküste. Wir müssen diese Straße freihalten. Seattle und Oakland werden beides Sichere Städte sein. Wir hoffen auch San Francisco, vielleicht auch Portland, aber die Entscheidung ist noch nicht endgültig. Die Frage ist, ob es verteidigt werden kann. Außerdem wollen wir auf der Route noch einige Festungen errichten. Wir eröffnen hier einen größeren Feldzug und müssen uns den Zugang zum Meer freihalten. Die Optionen Hawaii und Australien hängen beide davon ab. Ist das klar?«

Duke nickte. Ich auch.

»Gut.« Wieder ein Piepen aus dem Funkgerät, und Colonel Tirelli wandte sich wieder ihren Kontrollen zu. Wir überflogen jetzt Geyserville, und die zweite Hälfte unserer Staffel war soeben zu uns gestoßen.

Ich stieg in die rechte Sichtkuppel hinunter und sah zu, wie die Landschaft unter uns vorbeizog. Wir flogen tief, nicht ganz in Höhe der Baumwipfel, aber nahe genug, um in mir ein recht komisches Gefühl zu erzeugen. Lizard ging noch tiefer, und jetzt fingen wir an, der Landschaftskontur zu folgen, einen Hügel hinauf und den nächsten hinunter. Kalifornien hatte eine Landschaft wie eine zerwühlte Decke.

Die Hügel hätten jetzt grün vom Aprillaub sein sollen, aber das waren sie nicht. Die Bäume und Büsche, die unter uns vorbeizogen, wirkten gelblich und krank. Dazwischen waren rosafarbene Flecken zu erkennen. »Ich weiß, das sieht wie Moos aus«, sagte Lizard, »aber das ist es nicht. Das ist nur eine andere Form des Meeresschlamms. Ich brauche wohl nicht eigens zu erwähnen, daß die Nebenprodukte für die lokalen Lebensformen nicht freundlich sind. Besonders die Redwoods werden davon angegriffen. Das Zeug wächst am schnellsten in Tümpeln. Diese hellen Flecken sind die Stellen, die nach den Februarstürmen am langsamsten ausgetrocknet sind. Uns steht noch eine ganze Menge Regen bevor. Wenn es schlimm wird, könnte diese ganze Gegend bis zum Ende des Sommers rot sein. Denver ist bereits dabei, spezifische Biocide zu erproben, aber es sieht nicht gut aus.«

»Danke«, sagte ich. »Noch irgendwelche guten Nachrichten?«

»Ja«, sagte Lizard. »Weiter vorne wird es noch schlimmer, warten Sie nur. Wir erreichen jetzt gleich Clear Lake.« Sie drückte den Sendeknopf an ihrem Funkgerät. »Allright, Entchen. Hier Banshee-6. Wir fangen jetzt an. Auf Signalraketen achten.«

Plötzlich waren wir über Wasser. Die klare Wasserfläche war hell wie der Himmel, ein schimmernder, silberner Spiegel. Ich konnte den dunklen Schatten der Banshee unter uns zittern sehen. Nicht weit dahinter waren die Schatten der Scorpions zu erkennen. Sie waren größer und sahen unheilverheißender aus. Wie fliegende Drachen brausten sie hinter uns her. Vom Boden aus mußten sie erschreckend aussehen.

Wir überquerten das Nordufer des Sees, und plötzlich blickte ich in einen belebten Alptraum hinunter. Die Farben waren so grell, daß meine Augen schmerzten; ich merkte, daß sie zu tränen begannen. Ich blinzelte verwirrt. Ich konnte nicht sagen, was das war, was ich da sah. Es war alles ein brennendes Durcheinander von Farben. Ich hatte noch nie etwas so Grelles und Helles gesehen. Ich zog mir die Schutzbrille über die Augen und drehte sie herunter.

Es half nichts. Alle Farben waren rot – alle Schattierungen von Rot. Ein Kaleidoskop von karmin- und purpurfarbenen Blüten, scharlachroten Bäumen und einem königlichen Feuerwerk. Das Auge war einfach nicht imstande, die Information aufzunehmen. Das Gehirn konnte ihr keinen Sinn abgewinnen. Alle nur vorstellbaren Intensitäten von Rot waren hier aufgemalt – alle über eine rosafarbene, fast wie Fleisch aussehende Landschaft hingespritzt. Da war Umbra, Orange, Ocker und Magenta – die Farben schienen ohne Form zu schweben.

Dann verschwamm mir alles vor den Augen und ich sah die Erde als gigantisches lebendes Geschöpf. Ihre hellrosafarbene Haut war aufgebrochen, zerrissen. Ich blickte hinunter in tiefe und blutige Eruptionen. Hier waren offene Geschwüre und schwärende Wunden zu sehen. Ströme warmen, dunklen Bluts sprudelten an die Oberfläche, flossen und bildeten kleine Pfützen.

Ich schob mir die Brille auf die Stirn, rieb mir die Augen und sah erneut hin.

Unter dem Chopper war eine atemberaubende Vision der Hölle zu sehen. Grell orangefarbene Büsche sprangen wie

Flammen in die Höhe. Hohe Mammutbäume, mit Rot bedeckt, sahen aus wie karminfarbene Rauchsäulen. Purpurfarbene Bänder hingen von den Bäumen wie zerfetzte Spinnennetze. Und darunter schwarze, spinnenartige Gewächse – sie kauerten in den Schatten. Rote Kriechpflanzen streckten sich über den Boden. Sie sahen aus wie zupackende Klauen. Der Boden selbst war rosa.

Er sah aus, als bestünde er aus Zuckerwatte. Die Hügel waren Dünen aus Zucker. Willkommen im Wunderland – oder im Wahnsinn. Der Boden war mit fahlen blauen Streifen durchsetzt – oder brachen da gelbe, kugelförmige Gebilde aus ihm heraus? Die Farben zeichneten fremde Strukturen ab. Ich konnte nicht sagen, was ich da sah. Die Hügel waren mit purpurnen Fäden überzogen – und auch weißen; sie sahen aus wie eine Brokatstickerei; sie waren ein verrücktes Durcheinander aus blendend grellen Farbtönen.

Die Bäume – das was von ihnen übriggeblieben war – waren schwarze Türme, die anklagend in den Himmel ragten. Sie sahen aus, als wären sie kahlgebrannt worden. Ich sah die Ruinen von Gebäuden – ein paar hohle Schalen, die unter ihren Mänteln aus karminfarbenem Efeu zerbröckelten.

Wir waren in eine völlig neue Welt eingetreten – eine Welt, aus der die Farbe *Grün* völlig verbannt worden war. Und alles andere, das in jener grünen Welt gelebt hatte, auch.

Ich sah hin und wußte es. Ich brauchte mir keine Sorgen mehr um Renegatenstämme zu machen. Ich brauchte mir überhaupt keine Sorgen mehr um die Menschheit zu machen.

Ich starrte in die Zeit hinein. Jenseits der Sichtkuppel war die Vision der Zukunft der Erde. Wieviele Jahre entfernt? Es war nicht wichtig. Wir waren kein Teil von ihr. Nicht einmal Knochen. Es würde keinen Platz für die Menschheit geben. Nicht hier.

Und jetzt veränderte sich das Brausen der Motoren der Banshee – wir verlangsamten unseren Flug. Wir hatten das Zielgebiet erreicht.

ELF

Fast im gleichen Augenblick sahen wir die ersten Kuppelanordnungen.

Und viele davon waren Nester der zweiten Stufe.

Das Schema war das übliche. Eine Zentralkuppel und sechs weitere derselben Größe, die im Sechseck darum angeordnet waren. So etwas hatten wir im Rocky Mountain-Distrikt ebenfalls gesehen, hatten aber bis jetzt noch keine Ahnung, wie viele Chtorraner eine solche Kuppelsammlung wohl beherbergte. Eine einzelne Kuppel enthielt nie mehr als vier; das war offensichtlich eine Erweiterung – aber für wie viele? Dies waren die ersten Trauben, die ich vor Augen bekam, wo die Konstruktion komplett war.

Wir registrierten die ersten paar, gaben es dann aber auf. Es waren zu viele. »Sparen Sie sich die Marker«, sagte Lizard. »Es gibt noch eine Menge mehr zu sehen.«

»Jim!« sagte Duke. »Direkt unter uns.«

Ich lehnte mich in der Beobachtungskuppel so weit nach vorne, wie es ging. Unter uns strömten wenigstens ein Dutzend hellroter Würmer über die Erde, mehr als ich je an einer Stelle gesehen hatte – und sie waren *riesig!* Der eine, der den Schatten unseres Choppers verfolgte, war mindestens so groß wie ein Greyhound-Bus.

Eine schreckliche Einsicht eröffnete sich mir. Jedesmal, wenn das Ausmaß der Infektion sich ausweitete, geschah das gleiche mit der Größe der Würmer. Gab es denn überhaupt keine Grenzen für ihr Wachstum?

Bei der Vorstellung, wie winzig wir im Vergleich zu ihnen wirklich waren, wurde mir ganz übel. Wie groß würden die noch werden? Und – wie war ihre Wahrnehmung von *uns?* Die Würmer drehten sich herum, um zu uns heraufzusehen, wobei sie manchmal ein Drittel oder mehr ihrer Körperlänge vom Boden abhoben. Sie fuchtelten erregt mit den Armen, aber ich konnte nicht hören, ob sie kreischten.

Die verstreuten Kuppeltrauben nahmen jetzt an Zahl zu. Die Vorstellung eines Dorfes oder einer kleinen Ortschaft drängte sich mir auf. Ich sah Kuppeln und Pferche und seltsam aussehende spitz zulaufende Gebilde wie Türme. Ich erinnerte mich an den Totempfahl, den ich vor der allerersten Kuppel gesehen hatte, die ich je niedergebrannt hatte. War das hier dasselbe? Ich wünschte, ich hätte hinuntergehen und sie mir aus der Nähe ansehen können. Ich fragte mich, wie eine chtorranische Ortschaft wohl aussehen mochte, wenn sie fertig war. Die meisten dieser Gebilde befanden sich noch in verschiedenen Baustadien. Überall waren halb fertiggestellte Kuppeln zu sehen – und manchmal waren sie entlang an Serpentinenwegen angelegt, manchmal im Kreis. Die Anordnung ließ ein gewisses Muster erkennen – aber es war noch nicht ganz klar. Ich mußte mehr sehen.

Aber als wir dann weiterflogen, schwächte sich das Gefühl ab, es mit einem Muster zu tun zu haben. In dem Maße, wie die Dichte der Trauben zunahm, nahm auch die Zahl der Kuppeln, aus denen die Trauben bestanden, zu – aber die sorgfältige geometrische Anordnung der Kuppel schien dabei verlorenzugehen, so als stünden die Erbauer unter Druck. Es war gerade, als ob irgendeine instinktive Blaupause nicht mehr funktionierte. Jetzt konnte man um jeden Kern zusätzliche, zusammengedrängte Kuppeln sehen, manchmal bis zu neun oder zehn. Sie waren so eng aneinandergequetscht, daß die einzelnen Kuppeln verformt waren, so als hätte der Druck sie verformt. Ich spürte einfach, daß das *unpassend* war.

Hinter uns konnte ich jetzt die ersten Explosionen hören. Die Scorpions hatten ihre Arbeit begonnen. Sie setzten ›kluge‹ Bomben ab, um die großen Trauben zu erledigen. Ich konnte sehen, wie sich die Würmer unter uns erregt bewegten. War das chtorranische Panik? Sie strömten aus den Kuppeln. Aus der Luft sahen sie aus wie pelzige, rosafarbene Raupen, die sich aufbäumten und wie irr hinter uns her strömten. Ich bildete mir ein, ihre schrillen Schreie trotz des Düsenlärms zu hören. *»Chtorrrr! Chtorrrrr!«*

Unsere Maschine bäumte sich auf, als die Schockwellen der Explosionen uns erreichten. Lizard rief irgend etwas, und wir rasten höher. Ich blickte zurück und sah, wie sich am Horizont hinter uns eine häßliche gelbe Wolke ausbreitete. Eine Welle von vierundzwanzig Scorpions legte hinter uns eine Schneise des Todes. Der Gedanke dabei war, den Boden zu sterilisieren, ihn für Würmer unbewohnbar zu machen – nicht nur für Würmer, allerdings.

Tatsächlich hatten wir keine Ahnung, wie wirksam irgendeine unserer Maßnahmen tatsächlich war. Die chtorranische Ökologie erholte sich zu schnell. Sobald die kurzlebigen Radioaktivstoffe zu wirken aufhörten und die abbaufähigen Biozide abgestorben waren, tauchten binnen Wochen die chtorranischen Pflanzen und Insektengeschöpfe wieder auf. Sie etablierten sich schneller als irgendeine irdische Spezies das konnte. Diese Gegend würde regelmäßig besprüht werden müssen – bis wir etwas Dauerhafteres fanden. In Denver war die Rede von längeren Halbwertzeiten.

Lizard brüllte etwas zu mir herunter. »McCarthy! Da, aus Richtung zwei Uhr. Was ist das?«

Es war auf meiner Seite der Banshee: die größte Kuppeltraube, die ich je gesehen hatte! Eine Traube aus Trauben – das Schema hatte sich noch einmal erweitert! Das ursprüngliche Sechseck aus Kuppeln war der Kern eines größeren Rades aus Sechsecken – ein chtorranisches Mandala! Ein Nest der dritten Stufe! Hier war das Muster wieder sehr klar. Es war, als wäre dieses riesige Rad aus Kuppeln so etwas wie ein chtorranisches Modelldorf – und so als beschleunigten die anderen Dörfer ihr Wachstum, um aufzuholen, so als machten sie dabei etwas falsch! Und dieser Druck zeigte sich in den krebsartig aussehenden Kuppeln.

Als wir die Mandala überflogen, konnte ich erkennen, daß sie immer noch im Wachsen begriffen war. Die Kuppeltraube in der Mitte wurde zu einer riesigen Kuppel ausgedehnt – und am Umfang wurden sorgfältig andere Kuppeln aufgebaut. Das Mandala fügte einen weiteren Kreis hinzu.

Ich schrie Lizard zu: »Bingo! Jetzt haben wir gerade die Cityhall der Chtorraner gefunden!« Ich feuerte einen Marker darauf ab, und dann noch einen, um sicherzugehen. Dann beugte ich mich in meine Sichtkuppel, um nach hinten zu sehen. Ich wollte sehen, wie sie explodierte. Ich konnte die Würmer aus ihr strömen sehen, als sie in Flammen aufging.

Aus dem Boden brachen jetzt Chtorraner hervor – es sah so aus, als blute er. So viele waren das. In allen Größen. Größer als ich sie je gesehen hatte. Kleiner als ich sie je gesehen hatte. Und auch in allen Farben von hellem Purpur bis zum flammenden Orange. Ich sah alles, angefangen von babyrosafarbenen Chtorranern bis zu riesengroßen scharlachroten Würmern. Ein wahrer Aufruhr des Rot! Ich war jetzt nicht mehr imstande, sie als individuelle Geschöpfe zu sehen. Es waren einfach nur rote Streifen auf einer Alptraumlandschaft in Fleischtönen. Sie strömten wie Öl. Sie sahen aus wie Feuerpartikel. Und es gab so viele von ihnen, die alle zusammenflossen, daß ich das Schema ihrer Panik als einen purpurnen Fluß sah, der schrecklich unter uns dahinschoß. Es war Wahnsinn! Unwirklich …

Das ganze Lager war in Bewegung – in wütender Panik. Und die ganze Zeit kamen neue Würmer hinzu. In ihrer blinden Furcht drängten die größeren die kleineren beiseite oder strömten über sie hinweg, ließen sie zuckend und verletzt liegen, bis sie unter den wie wahnsinnig heranströmenden Leibern der Gefährten verschwanden. Ich konnte sie schreien hören. Sie alle. Das Geräusch war ein schrilles Kreischen, wie wenn man Metall zerreißt. Ich konnte es hören, obwohl über uns die Rotorblätter des Choppers donnerten und die Düsen ihr infernalisches Geräusch erzeugten.

Jetzt, als wir über sie kamen und dann hinter uns der Lärm der Scorpions lauter wurde, wirbelte der karminrote Fluß wirr durcheinander, als hätte ihn die Turbulenz der Rotorblätter erfaßt. In einem Chaos erschreckten Durcheinanders drehten sich die kreischenden Würmer hin und her – bis die schwefelgelben Wolken der Scorpions sie einhüllten. Die großen, schwarzen Bestien brüllten hinter uns heran, wie die rächenden Engel des Todes.

Plötzlich war der Boden unter uns felsiger. Die Hüttentrauben verschwanden wie ein Traum – so abrupt, als hätten die Würmer selbst eine Grenze gezogen. Und jetzt ergossen sich auch keine karminfarbenen Schrecken mehr aus der Erde, und da waren auch keine, die den Schatten des Choppers verfolgten. Die letzten von ihnen fielen hinter uns zurück und verschwanden unter dem Zorn der Scorpions.

Ein paar Meilen weiter, und die schwärende rote Landschaft verschwand ebenfalls. Die Hügel wurden wieder grün und braun. Hier gab es auch Fichten – und Redwoods und Mammutbäume.

Einen Augenblick lang herrschte Stille in der Maschine. Nur das gleichmäßige Poltern der Rotorblätter und das Pfeifen der Düsen erfüllte die Kabine, und das war kein Geräusch, das war nur eine Präsenz, dauernd und unangenehm.

Und jetzt gab Lizard einen Laut von sich – etwas wie ein Knurren und auch ein wenig wie ein Kreischen. Es fing ganz tief an und wurde schnell höher. Es war ein Lösen von Spannung, ein kontrollierter Schrei wie das Pfeifen einer Dampfmaschine. Ihr Gesicht war angespannt.

Und dann hielt sie inne und atmete tief durch. Und zog die Maschine in die Höhe.

ZWÖLF

Ich drehte mich um und sah Duke an. Der blickte weg, wich meinen Augen aus. Verdammt. So machte er das jedesmal, wenn wir gegen die Wand rannten – jedesmal, wenn wir daran erinnert wurden, wie total unsere Niederlage war. Er war nicht bereit, den Schmerz zu teilen, er staute ihn in sich auf. Wenn er so war, machte er mir Angst. »Verdammte Würmer.« Er sagte es voll Bitterkeit.

Ich wußte, daß er irgendwohin gehen mußte, um eine Weile mit sich alleine zu sein – dann würde er wieder in Ordnung sein. Bis zum nächsten Mal. Aber bis sich ihm dafür eine Gelegenheit bot, würde er bitter sein und diese Bitterkeit an uns anderen auslassen.

Meine eigene Reaktion –

Ich fühlte mich wie ausgequetscht. Jeder einzelne Einsatz hatte nur die Wirkung, mir die völlige Hoffnungslosigkeit der Aufgabe noch deutlicher zu machen. Dieser hier war der schlimmste. Ich wußte nicht, was ich hier verloren hatte.

Die Würmer verwirrten mich. Sie jagten mir panischen Schrecken ein. Zur gleichen Zeit faszinierten sie mich. Ich wollte alles über sie wissen, was es zu wissen gab. Das Schreckliche zog mich an – paralysierte mich.

Und dann war da noch ein anderes Gefühl, ein gelegentliches heißes, rotes Aufblitzen von Erinnerung, als wäre da etwas, was ich einmal gewußt, inzwischen aber vergessen hatte; und doch hallte der Nachklang davon noch in meinem Kopf nach.

Immer wenn mich diese Gefühle überkamen, stellte sich zugleich auch ein tiefer Ekel gegenüber meiner eigenen Spezies ein. Die Menschen waren im Begriff, sich in etwas zu verwandeln, das noch monströser als die Invasoren war.

Es war all das Töten.

Ich wußte, daß es Leute gab, die mich jetzt mit Schrecken betrachteten – weil in meinen Augen der Tod war. Auch in

Dukes Gesicht konnte ich das sehen. Wir alle, die wir den Würmern von Angesicht zu Angesicht gegenübergetreten waren – wir alle trugen denselben Ausdruck.

Wir waren Tötungsmaschinen. Der einzige Unterschied zwischen uns und den Würmern war, daß die Würmer keine Wahl hatten. Wir schon. Wir hatten die Wahl getroffen *zu töten*. Wir würden uns sogar selbst töten, wenn das den Chtorranern Schaden zufügen könnte.

Wieder verspürte ich den Druck in meiner Brust.

Der Chopper holte mich aus meinen brütenden Gedanken. Wir begannen schneller zu werden. Ich sah Lizard an. Ihr Gesicht war militärisch ausdruckslos. Abgesehen von jenem einen Augenblick, indem sie sich schreiend Erleichterung verschafft hatte, war sie die perfekte Soldatenmaschine; ein Pilotending – kein menschliches Wesen.

Ich fragte mich, ob sie je eine wirkliche Frau gewesen war, und schob den Gedanken dann von mir. Ihr Gesicht wirkte, als wäre es aus Stahl. Ich konnte mir einfach nicht vorstellen, daß sie lachen konnte oder sich amüsieren, ganz zu schweigen von noch intimeren Dingen. Sie trug ihren Körper wie einen Panzer, und die Wirkung war unmenschlich, fast abstoßend. Ich konnte sie mir nicht nackt vorstellen – noch daß sie einem anderen menschlichen Wesen genügend vertrauen würde, sich ihm zu öffnen. Nein, sie war einfach nur eine weitere monströse Maschine. Alle waren wir das jetzt.

Sie überprüfte ihren Einsatzplan. »Allright, das war jetzt das Schlimmste. Wir werden es der Navy überlassen, hier sauber zu machen. Ich möchte mir Red Bluff ansehen, ehe wir umkehren. Dann kehren wir um und fliegen die Küste hinunter und suchen nach Meerschlamm.«

»Setzen Sie denn keine Skyballs ein?« fragte Duke. Seine Stimme und sein Ausdruck waren wieder normal – hart und abgehackt.

»Doch, das haben wir schon – aber irgend etwas hat sie heruntergeholt.«

»Und Sie wollen nachsehen, was das war?« fragte ich. Meine Stimme muß dabei ungläubig geklungen haben.

Lizard ignorierte mich und meinte, zu Duke gewandt: »Wir haben nicht mehr genug Skyballs übrig, um regelmäßige Patrouillenflüge einzusetzen. Das geht erst dann wieder, wenn Lockheed wieder zu liefern anfängt.«

»Und was ist mit Satelliten?«

»Die liefern uns eine ziemlich gute Auflösung, können aber nicht durch Wolken sehen. Und außerdem sind sie natürlich nicht lenkbar. Wir müssen herausfinden, was dort vor sich geht.«

Lizard drückte ihren Funkknopf. »Allright, Entchen. Hier Banshee Sechs. Ihr habt eure Sache gut gemacht. Ich biege jetzt nach Osten. Fliegt hinter mir her und haltet die Augen offen.«

»Roger!«

Der Horizont kippte ab, als Lizard die Maschine auf Ostkurs steuerte. Jetzt flogen wir wieder über zerknautschten Hügeln.

»Diese Gegend sieht grün aus«, meinte Lizard und deutete in die Tiefe. »Aber auf der Karte ist sie rot. Wir entdecken jetzt in diesen Wäldern jeden Tag Würmer. Der Gouverneur hat sämtliche Holzverarbeitungsbetriebe abgezogen.«

Und bitter fügte sie hinzu: »Wir werden die nördliche Hälfte des Staates verlieren. Sie ist zu wild, um sie unter Kontrolle zu halten. Sie werden niemanden dazu bringen, das offiziell zuzugeben, aber es ist nur eine Frage der Zeit. Wird schon schwierig genug sein, allein die Straße offenzuhalten. Wir führen den Verkehr jetzt in Konvois durch, und das scheint zu funktionieren. Aber ich weiß nicht, wie es in zwei Jahren sein wird. Zum Teufel, wir wissen ja nicht einmal, wie die Würmer in zwei Jahren aussehen werden.« Und dann fügte sie, etwas ruhiger, hinzu: »Oder die Menschen, was das betrifft. Scheiße.« Sie flog schweigend weiter.

Ich sah zu Duke hinüber. Er beugte sich vor, starrte aus seiner Sichtkuppel nach unten. Alles, was ich sehen konnte, war sein Rücken. Er hielt das Gesicht mit beiden Händen bedeckt. Woran erinnerte er sich gerade? Er würde mir das wahrscheinlich nie sagen.

Ich wandte mich wieder meinem Fenster zu und starrte ebenfalls nach unten. Die Verzweiflung, die alles erfaßt hatte, war ansteckend.

Die Hügel begannen jetzt flacher zu werden. Die Hänge

waren üppig und grün und dicht bewaldet. Einige der Bäume sahen aus, als hätten sie irgendeinen weißen Glanz an sich. Aber ich kam nicht dahinter, was es war.

»Zeit, wieder nach Norden abzubiegen«, sagte Lizard und kippte den Chopper nach links ab. Ich fragte mich, ob wir nahe genug an dem Meteorkrater von 1996 waren, der jetzt Red Lake hieß. Irgendwo hier in der Gegend mußte er sein. Während wir das Wendemanöver flogen und unseren neuen Kurs aufnahmen, versuchte ich, unter uns etwas zu erkennen – aber der nördliche Horizont war von rosafarbenen Wolken verdeckt.

Ich blickte nach hinten, konnte aber die Scorpions nicht mehr sehen. Ich kletterte nach vorne und setzte mich auf den Platz des Kopiloten. »Sind die anderen Chopper noch da?«

Lizard sah auf ihre Anzeigen. In der Mitte des Armaturenbretts war ein Bildschirm. Sie tippte ihn an. »Sehen Sie diese roten Punkte da? Sie sind fünf Minuten hinter uns. Machen Sie sich um die keine Sorge, die fliegen nur einen weiteren Bogen. Sie werden uns hier einholen.« Sie tippte wieder an den Bildschirm. »Wenn der Treibstoff reicht, sehen wir uns auch noch in der Gegend von Redding um.«

»Oh, verstehe. Danke.«

»Keine Ursache.«

»Darf ich Sie etwas fragen, Colonel?«

»Sie dürfen mich fragen, was Sie wollen. Ich kann Ihnen nur keine Antwort versprechen.«

»Es ist wegen Denver ...«

Ihr Tonfall klang jetzt vorsichtig. »Ja, nur zu.«

»Nun ... ich erinnere mich daran, daß ich immer der Meinung war, die Leute von den Special Forces wären alle so – nun, so hart.«

»Mhm«, sagte sie. »Das braucht es auch, um einen Krieg zu gewinnen.«

»Das weiß ich inzwischen«, sagte ich. »Tatsächlich denke ich sogar manchmal, daß wir noch nicht hart genug sind. Aber das ist nicht meine Frage. Was ich wissen möchte, ist – nun, Sie waren einer der ersten Menschen, die nett zu mir waren. Auf Ihre eigene, etwas schroffe Art zwar, aber immerhin. Macht es Ihnen etwas aus, wenn ich Sie frage, warum?«

»Ich kann mich wirklich nicht erinnern.« Sie zögerte, runzelte die Stirn, als sie die näherziehende Wolkenbank sah. »Vielleicht hatte ich einen schlechten Tag.« Dann zuckte sie die Achseln. »Ich hab früher oft verlaufene junge Hündchen aufgenommen, bis ich festgestellt habe, daß sie später alle zu ausgewachsenen Hundesöhnen wurden.« Sie blickte zu mir herüber. »Sonst noch Fragen?«

»Äh, nein – danke.«

Das nächstemal würde ich mir solche Fragen sparen.

Das Tageslicht hatte jetzt eine eigenartige rosa Tönung angenommen; der Himmel wirkte seltsam hell. »Fliegen wir in eine Regenzone?« fragte ich.

»Nein.« Lizard schien verblüfft. »Es ist Sonnenschein. Kräftige Winde vom Meer her wurden vorhergesagt.« Sie sah auf ihre Instrumente. »Das ist auch keine Feuchtigkeit, was immer sonst es ist. Es ist zu dicht.«

»Vielleicht ist es Meerschlamm«, riet ich. »Von den Wolken mitgetragen?«

»Unmöglich. So weit nördlich gibt es keinen Meerschlamm.«

Jetzt kam Duke nach vorne und lehnte sich zwischen unsere beiden Sitze. »Sandsturm?«

»Kann nicht sein. Wo käme der her? Der nördliche Teil des Staates besteht nur aus Wald und Wiesen.« Sie blickte verwirrt auf den Schirm.

Die Wolken waren jetzt eine große flauschige Barriere, nur noch ein paar Kilometer von uns entfernt. Sie rollten wie ein Bulldozer über das Land. Der Boden unter ihnen verdunkelte sich. Sie sahen massiv aus. Sie sahen solid aus. Sie sahen *zu* rosa aus.

»Diese Farbe gefällt mir nicht«, sagte Duke.

»Es sieht aus wie Zuckerwatte.«

Lizard drehte am Radargerät herum und studierte die Anzeige auf dem Bildschirm. »Was auch immer es ist, es türmt sich schrecklich hoch auf.«

»Können wir darüber wegfliegen?« fragte ich.

»Es ist ein wenig steil ...«

»Nein«, sagte Duke ziemlich leise. »Drehen Sie um. Jetzt gleich!«

»Wie?«

Er deutete über ihre Schulter. »Da, sehen Sie ...«

Etwas klatschte gegen die Windschutzscheibe. Es waren kleine, runde Flecken, rot und irgendwie klebrig wirkend.

»Sie haben recht«, sagte Lizard. Sie drehte die Maschine scharf herum. Mein Magen bäumte sich auf. Ich griff nach meinem Sitzgurt.

Weitere Flecken tauchten auf der Windschutzscheibe auf. Wir befanden uns in den Randbereichen einer Wolke. »Was ist das?« sagte Lizard.

»Ich glaube nicht ...« Ich beugte mich vor, um besser sehen zu können. Ich konnte in den Flecken keine Einzelheiten erkennen. Es waren einfach kleine, rote Pusteln auf der Glasfläche. Regen war es nicht. Das rote Zeug lief auch nicht ab. Das Fenster füllte sich schnell mit roten Tupfen. Es wurde undurchsichtig.

Jetzt veränderte sich das Motorengeräusch, wurde zu einem schrillen Pfeifen. Vor Lizard ging ein rotes Licht an, und eine elektronische Stimme sagte: ›Maschinen überhitzen sich.‹ Etwas fing zu piepen an. Lizard sagte etwas Unflätiges und riß einen doppelhändigen Hebel herunter. Der Chopper schwankte, als die Motorleistung zurückging.

Jetzt betätigte sie ein paar Schalter, und wir hingen einen Augenblick lang in der Luft. Der Rotor patschte gleichmäßig vor sich hin. »Ich weiß nicht, ob wir ohne Düsen hier rauskommen.« Sie überprüfte eine Anzeige auf ihrem Armaturenbrett. »Ich such' uns jetzt einen Platz zur Landung.«

Etwas kreischte und dann gab es über uns ein kräftiges SPÄNNGG! Wir kippten zur Seite!

»Scheiße! Wir haben den Rotor verloren!« Lizard schob den zweihändigen Hebel nach oben und zog die Maschine himmelwärts. »Ich brauche Höhe!«

Die Düsen brüllten auf – eine Wand aus Luft preßte mich in meinen Sitz. Hinter mir konnte ich Duke nach hinten rutschen hören, während wir steil in die Höhe stiegen.

Lizard löste einen Sicherheitsschalter und schlug auf den roten Knopf darunter – und dann passierte alles gleichzeitig! Zuerst war ein lautes BÄNG vom Dach des Choppers zu hören, als der Sprengsatz das Leitwerk abriß. Die Rotorblätter flogen weg. Dann ein WUMM von rechts, als die Maschinen auf der Seite plötzlich in Flammen standen.

Im nächsten Augenblick war unser Chopper in Feuer gehüllt! Die Luft war heiß und orangerot! Neben mir konnte ich Lizards verblüfften Ausruf: »Was, zum Teufel ...« hören. Aber sie schlug bereits auf den Trennhebel.

Ein *BÄNG* war zu hören, das unsere Maschine wie eine Bombe erzittern ließ. Ich dachte einen Augenblick, unser Treibstoff würde explodieren – aber es waren nur Sprengbolzen, die detonierten und die Motoren absprengten. Ein etwas weniger lauter Knall riß den Heckrotor ab.

Wir stürzten – ich war zu erschreckt, um zu schreien. Lizard sprengte das Seitenleitwerk ab. Ich hörte, wie es sich löste – etwas machte WUMM! – und dann füllte es sich mit Luft und eine riesige Hand packte uns und wir segelten lautlos durch die Luft, glitten wie ein zur Landung ansetzender Adler durch den rötlichen Dunst.

»Duke! Bist du okay?«

Keine Antwort.

»Sorgen Sie sich später um ihn!« herrschte Lizard mich an. »Sehen Sie, ob Sie irgendwo eine Lichtung erkennen können!« Sie redete jetzt auf ihr Radio ein. »Entchen! Kehrt machen! Haltet euch von den rosa *Wolken* fern! Hier Banshee-6! Wir stürzen ab! Ich wiederhole: Kehrtmachen! Rosa Wolken ausweichen! Ist irgendeine Art von Staub! Davon krepieren die Motoren, und es brennt wie die Hölle! Ich fliege jetzt hinein. Halten Sie ...«

Ich deutete nach unten. »Sanddünen – denke ich.«

»Das müßte reichen«, sagte Lizard. »Alles festhalten!«

Irgendwie schaffte sie es, den Chopper in einem engen Bogen herumzureißen. Jetzt zielte sie auf die Längsachse der Dünen. Zu spät sah ich, daß die Dünen gar kein Sand waren – sie waren rosa! Wir prallten mit einem *WUFF* und einem *BÄNG* auf.

DREIZEHN

Und dann war alles still.

Und rosa. Das Licht war rosa. Die Fenster waren rosa.

Wir lagen schräg nach vorne gekippt. Wir waren einmal mit dem Bauch aufgeprallt, gegen die rosafarbenen Dünen geklatscht, woraus auch immer sie bestehen mochten, und waren dann in die Höhe geschleudert worden, von der windgefüllten Fallschirmfolie mitgerissen – und dann waren wir wieder hart aufgeprallt und nach vorne geglitten, bis die Nase sich in irgend etwas verfing und wir uns unseren Weg pflügten. Aber der Schwanz blieb nicht stehen. Er schwang in die Höhe und nach vorne und kippte uns so in einen noch steileren Winkel. Wir konnten von Glück reden, daß wir nicht ganz umgekippt waren.

Irgend etwas roch süßlich.

Ich fragte mich, in was wir wohl gelandet sein mochten.

Die Stille war unglaublich – als wären wir mit Sirup zugedeckt. Das Geräusch meines Atems schien unnatürlich laut.

»Colonel?«

»Ich bin in Ordnung. Sie?«

»Ich auch.« Ich fing an, den immer noch halb aufgeblasenen Airbag von mir wegzuschieben. Ich konnte hören, wie dabei Luft entwich. »Duke?« rief ich.

Er gab keine Antwort.

»Können wir nicht etwas Licht bekommen?«

»Warten Sie mal.« Das Geräusch von Schaltern war zu hören. Und dann hörte ich, wie Lizards Hände über die Konsole strichen. »Probieren wir mal den hier ...«

Was auch immer es war, es funktionierte. Die Armaturen vor uns erwachten wieder zum Leben. Die Skalen leuchteten auf, die Schirme begannen zu glühen. Einige kleine Alarmsignale fingen zu piepen an.

»Ruhig, verdammt!« sagte Lizard. Sie drückte Knöpfe. Sie verstummten. »So, und jetzt ein wenig vorbeugende Feuerbekämpfung ...«

Ein zischendes Geräusch. Plötzlich fühlte sich die Luft feucht an und roch nach Menthol.

Sie schaltete ihr Funkgerät ein. »Entchen, hier Banshee-6. Wir sind unten und in Sicherheit. Mögliche Verletzungen bei einem Mitglied unserer Gruppe. Versucht nicht – wiederhole: *nicht* – uns zu bergen. Die rosa Wolken sind gefährlich. Kapieren Sie?«

Einen Augenblick lang waren Störgeräusche zu hören, dann meldete sich eine militärische Stimme. »Wir kapieren.« Und dann persönlicher: »Sind Sie in Ordnung, Colonel?«

»Ich bin ein wenig verstimmt.«

»Verstanden. Halten Sie Ihren Kanal offen. Wir versuchen, Sie anzupeilen. Was ist passiert?«

»Wir sind auf eine harte Wolke getroffen.«

»Yeah, die können wir sehen. Sie wälzt sich nach Süden wie ein großer rosa Teppich. Danke für die Warnung. Wir fliegen jetzt in Richtung Ozean, um ihr auszuweichen. Was, zum Teufel, ist das für Zeug?«

»Das weiß ich noch nicht – aber es läßt Motoren hochgehen. Wir haben den Rotor und beide Turbinen verloren. Wir sind mit dem Fallschirm heruntergekommen.« Sie zögerte eine Sekunde lang und fügte dann hinzu: »Hören Sie, ich bin ziemlich sicher, daß das irgend etwas Chtorranisches ist. Sie müssen Denver verständigen. Das ist es, was unsere Skyballs vom Himmel holt. Es ist genauso, wie wenn man gegen eine Wand aus Zuckerwatte prallt.« Sie schnüffelte. »Es riecht sogar wie Zuckerwatte.«

»Allright, jetzt haben wir unsere Peilung. Wir schicken eine Rettungsmaschine, sobald die Zuckerwattewolken vorübergezogen sind.«

»Danke. Ich werde diesen Kanal offenhalten, so lange ich Saft habe. Ende.«

Lizard fummelte unter ihrem Sitz herum. »Da!« Sie reichte mir etwas herüber, eine Taschenlampe. »Sehen Sie mal nach, was mit Duke passiert ist. Und seien Sie vorsichtig. Es ist steil. Ich will versuchen, das Notaggregat einzuschalten.«

Ich konnte meinen Sitz nicht nach hinten drehen, wenigstens nicht, so lange der Chopper so schräg stand. Ich vermutete, daß wir in einem dreißig-Grad-Winkel abgekippt waren.

Ich schnallte meinen Sicherheitsgurt los und wäre fast nach vorne auf die Kontrollen gefallen.

»Ich hab Ihnen doch gesagt, Sie sollen aufpassen.«

»Ja, mach ich.« Ich stemmte mich hoch und ließ den Lichtkegel meiner Taschenlampe über die hintere Hälfte des Choppers wandern. Duke lag in der rechten Seitenkuppel – besser gesagt, er hatte sich in ihr verfangen. Sein Gesicht konnte ich nicht sehen, sein Kopf war unter dem Niveau des Decks, er hing fast im Sitz nach unten. Ich fing an, auf ihn zuzuklettern.

Es war schwer, irgendwo einen Halt zu finden. Ich mußte meinen Sitz und den Lizards zum Klettern benutzen. Als ich an den Sitzen vorbei war, fand ich zu beiden Seiten Ringe im Deck, die dazu dienten, Ladung festzuzurren. Ich tastete nach denen auf Dukes Seite. Als ich die Hälfte des Weges nach oben zurückgelegt hatte, schwankte der Chopper – und verlagerte sich. Das Metall ächzte. Ich bildete mir ein, Duke stöhnen zu hören. Ich erstarrte an der Stelle, wo ich mich gerade befand.

»Das ist Ihr Gewicht«, sagte Lizard. »Sie kippen den Schwanz nach unten. Nur weiter.«

Ich fing wieder zu klettern an, diesmal noch vorsichtiger. Der Chopper ächzte erneut und bewegte sich – und kam dann zum Stillstand.

»Ich glaube, das wär's jetzt«, sagte Lizard. »Das fühlt sich jetzt ziemlich solid an.« Ich hatte unseren Winkel auf fünfzehn Grad verringert.

Dukes Augen waren geschlossen. Ich hob ihn aus der Kuppel und streckte ihn auf dem Boden aus. Er hatte Blut im Gesicht; es rann aus seiner Nase und einer unangenehm aussehenden Schnittwunde an seiner Stirn, aber er atmete.

»Duke?«

»Auf dem Boden ist eine Platte mit einer roten Markierung«, sagte Lizard. »Öffnen Sie sie. Das ist der Erste-Hilfe-Kasten.«

Ich fand die Platte, von der sie sprach, und zog sie auf. Dahinter waren drei Plastikbehälter verstaut. Einer trug die Aufschrift WASSER, einer LEBENSMITTEL. Der dritte trug einfach nur ein rotes Kreuz.

Ich holte eine Ampulle mit Salmiak heraus und zerbrach sie unter Dukes Nase. Einen Augenblick lang kam keine Reaktion – dann wandte er das Gesicht ab und fing an zu husten. Es dauerte nur ein paar Sekunden, dann hustete er noch einmal und blickte zu mir auf. Jetzt hob er den Kopf und sah sich in dem dunklen Chopper um. Sein Blick wanderte zu Colonel Tirelli und dann wieder zu mir zurück. Er hustete noch einmal und sagte: »Ich hoffe bloß, daß die besser bumsen kann als fliegen.«

Ich sah nach vorne, um zu sehen, ob Lizard das gehört hatte. Sie hielt sich die Kopfhörer an die Ohren gepreßt und konzentrierte sich auf irgend etwas. Sie hatte es nicht gehört. Gut.

Ich wandte mich wieder Duke zu. »Ich sag dir Bescheid, wenn ich es herausgekriegt habe«, flüsterte ich.

Er grinste. »Nein, ich sag *dir* Bescheid.«

Ich setzte mich hin. »Ich wollte fragen, ob du okay bist«, sagte ich, »aber das bist du ja offensichtlich.«

Duke schloß die Augen einen Moment, als würde er im Geist etwas zählen. »Ich mache Inventur«, sagte er. Dann schlug er die Augen wieder auf. »Alles hier.«

»Bist du auch sicher? Das hat ja so ausgesehen, als hättest du einiges abgekriegt.«

Er stemmte sich halb in die Höhe. »Es hat mächtig weh getan, wenn du das meinst, aber alles funktioniert noch so, wie es soll.«

Jetzt kam Lizard zu uns nach hinten. Sie kauerte neben Duke nieder und griff an seine Schlagader. »Puls ist in Ordnung«, sagte sie. Sie holte eine Taschenlampe aus der Hemdtasche und sah in Dukes Augen. »Reflexe sehen normal aus. Reichen Sie mir die Sanitätsbox, Lieutenant.«

Duke runzelte die Stirn, als sie die Sensoren an seine Schläfen führte. Sie sahen aus wie Spielmarken. »Ist das notwendig?« knurrte er.

Colonel Tirelli ignorierte die Frage; sie drückte ihn einfach auf das Deck zurück und fuhr fort, Chips aufzukleben. Jetzt knöpfte sie ihm das Hemd auf und befestigte drei weitere Chips auf seiner Brust.

Ich reichte ihr die Konsole. »Schsch«, machte sie, während

sie sie anknipste. Dann studierte sie nachdenklich den Bildschirm. »Mhm«, machte sie dann und sah Duke wohl zum erstenmal als eine Person an. »Sie haben ein paar Kratzer abbekommen, aber sonst sind Sie in Ordnung.«

Duke meinte trocken: »Das hätte ich Ihnen auch *ohne* die Sanibox sagen können.«

»Ja, ist aber doch ganz nett, wenn man noch eine zusätzliche Meinung hat, nicht wahr?« Sie stand auf. »Hinten sind saubere Overalls. Ich hol Ihnen einen.«

Duke sah mich an und schüttelte den Kopf. »Ich hab mir das ein wenig lustiger vorgestellt.« Er setzte sich auf, schnitt eine Grimasse und fing an, sich die wie Pokermarken aussehenden Sensoren abzuzupfen.

Lizard kehrte mit einer Sanibox und einem in Plastik verpackten Overall zurück. Duke dankte ihr. Sie nickte nur und kehrte nach vorne zurück.

»Brauchst du Hilfe?« sagte ich.

Der Blick, den Duke mir zuwarf, ließ mich bedauern, daß ich gefragt hatte.

»In Ordnung«, sagte ich und folgte Lizard nach vorne. Ich kletterte wieder auf den Sitz des Kopiloten. Selbst bei dieser geringeren Neigung war das nicht besonders bequem. Ich hatte immer noch das Gefühl, als würde ich jeden Augenblick herausgekippt werden. Ich sah Lizard an. »Wie geht's Ihnen denn?« fragte ich. »Bei Ihnen alles in Ordnung?«

»Verletzt ist nur mein Stolz«, sagte sie. Sie überprüfte mit säuerlicher Miene ihre Kontrollen. »Bis jetzt habe ich noch nie eine Maschine zertöppert.«

»Wirklich?« Das war mir herausgerutscht, ehe ich es verhindern konnte.

Sie sah mich mit einer hochgezogenen Augenbraue an. »Wollen Sie damit etwas darüber sagen, wie ich fliege?«

»Äh – hm – tut mir leid«, stotterte ich. Ich deutete auf die Kontrollen. »Wie schlimm ist es denn?«

»Wir haben den Kiel gebrochen. Dadurch sind die meisten Kabel erledigt. Wir haben vorne Licht, achtern nichts. Achtern ist überhaupt kein Strom. Ich kann eine Notleitung zur Tür legen, oder wir können sie von Hand öffnen, wenn es sein muß. Sonst weiß ich nichts.« Sie rieb sich die Augen. Einen Moment lang sah sie müde aus. Mir tat sie leid. Ich erinnerte mich daran, wie mir zumute gewesen war, als ich meinen ersten neuen Wagen zu Schrott gefahren hatte, zwei Wochen nachdem ich ihn gekauft hatte. Ich wäre damals am liebsten gestorben. Wahrscheinlich war ihr in bezug auf diesen Chopper genauso zumute.

Ich sah höflich weg. Es gab wirklich nichts, was ich hätte sagen können, das ihr geholfen hätte. Wahrscheinlich war es das Beste, wenn ich ihr eine Weile aus dem Weg ging. Ich starrte zum vorderen Fenster hinaus.

Jetzt, wo wir nicht mehr so schräg standen, konnte ich durch die vordere Windschutzscheibe hinaussehen. Mein Blick fiel auf eine frostig rosafarbene Landschaft. Bäume von frostigem Rosa und ebensolche Büsche – alles war von frostig rosafarbenen Schneewehen bedeckt. Die Welt sah aus, wie die Oberseite einer besonders kitschigen Nachspeise – eine von diesen Überraschungen, wie sie meine Mutter gewöhnlich am Valentinstag machte; wir wußten nie, was sich unter der dicken rosafarbenen Schlagsahne verbarg. Wir haßten das Zeug und fanden, es sei klebrig. Daran erinnerten mich diese frostigen Schneewehen jetzt. Ich hatte das Gefühl, als müßten auf jedem einzelnen dieser zuckrig aussehenden Berge Maraschinokirschen sitzen. Und das ließ mich an Brüste denken.

Ich sah Lizard prüfend an. Die war mit ihrem Radarschirm beschäftigt. Sie hatte nette Brüste. Es hätte mir gar nichts ausgemacht, sie besser sehen zu können.

Sie blickte auf und ertappte mich dabei, wie ich sie beobachtete. »Was ist denn?« fragte sie.

»Äh – wie lange glauben Sie denn, daß wir warten müssen?«

»Das kommt darauf an, wie groß die Wolken sind und woher sie kommen. Wir sind an der Vorderseite der Wolkenbank heruntergekommen, also müssen wir warten, bis die ganze Masse vorübergezogen ist. Ich hab' das Wetternetz nach Satellitenfotos angezapft, aber die brachten auch nichts, was wir nicht schon wußten. Ich nehme an, man wird uns herausheben müssen, und das wahrscheinlich nicht vor morgen.«

»Und Sie meinen, daß wir bis dahin okay sind?«

»Oh, sicher. Diese Kiste wird nie mehr fliegen – aber die meisten Geräte funktionieren noch. Uns reicht das.« Lizard tätschelte liebevoll ihre Konsole. »Hast du gut gemacht, Baby.« Und dann fügte sie hinzu: »Ein Bergungschopper kann sie nach Oakland schaffen, damit die brauchbaren Teile ausgebaut werden können. Dann können wir den Rest einschmelzen und es noch mal versuchen.« Sie tippte mit der Hand an die Wand. »Das meiste ist geschäumtes Kevlar. Die Karosserie dieser Chopper ist am einfachsten herzustellen. Während des Pakistankonflikts hat Lockheed zweihundertvierzig Karosserien pro Tag hergestellt. Das sind beinahe zweitausend Maschinen die Woche. Unglaublich. Eine solche Flotte hatte es noch nie gegeben. Sie hätten all die Luftkämpfe sehen sollen. Diese Vögel sind leicht, billig und massiv – und schnell zu bauen. Die meisten Teile sind Baukastenteile, die von Robotern montiert werden können. Das ist gut, weil wir wahrscheinlich eine ganze Menge mehr davon brauchen werden, und zwar sehr bald.«

»Warum denken Sie das?« fragte ich.

»Nun ...« Sie deutete zum Fenster. »Zum einen scheint die chtorranische Ökologie Düsenmaschinen nicht zu mögen. Zum anderen – wir werden sie brauchen, um die Invasion einzudämmen. Dieses Nest, das wir uns vorgenommen haben, ist in ein paar Wochen wieder wie neu. Wir werden die zehnfache Zahl von Choppers brauchen, wenn wir sie zurückhalten sollen. Und dabei ist diese Kolonie hier noch nicht einmal die schlimmste, die ich gesehen habe.«

»Wir haben nicht genug Piloten, oder?«

Lizard schüttelte den Kopf. »Nein, die haben wir nicht. Wahrscheinlich müssen wir anfangen, Drohnen auszuschikken. Aber diese Maschinen können programmiert werden. Ein guter Pilot kann eine ganze Staffel unter Kontrolle halten.« Sie blickte verärgert. »Ich schlage das schon seit einem Monat vor. Vielleicht überzeugen sie die heutigen Videos. Es ist ja weiß Gott keine Geldfrage mehr.« Sie schaltete den Schirm ab. »Nun, sonst kann ich hier jetzt nichts mehr machen. Ich muß mich draußen umsehen.«

Wir kletterten nach hinten, und Duke kam mit uns zur

Luke, wobei er den Reißverschluß seines Overalls hochzog. Lizard öffnete eine Platte in der Rumpfwand, griff nach einem Hebel, drückte und – schnitt eine Grimasse. »Verdammt! Die Karosserie muß sich verzogen haben.« Sie atmete tief und drückte wieder. Der Hebel leistete noch einen Augenblick lang Widerstand und schnappte dann laut ein. »Okay, jetzt sind wir auf Handbetrieb.«

Sie drückte die Platte in der Wand wieder zu und schlug mit der Faust auf den großen roten Knopf daneben. Die Luke flog knallend auf. Sie schwang nach draußen und unten. Die Rampe fiel in den weichen, rosafarbenen Staub und verschwand. Eine rosafarbene Rauchwolke stieg um sie herum auf.

Wir starrten nach unten. Wie tief war dieses Zeug wohl? Wir konnten seinen süßen Geruch riechen. Er war dick und butterig.

»Hm«, sagte Lizard, »das riecht wie frisches Brot.«

»Nee«, machte Duke. »Zu viel Zucker. Es muß Kuchen sein.«

»Na und?« fragte ich. »Wer will der Erste sein?«

Weder Lizard noch Duke gaben Antwort. Die intensiv rosafarbene Landschaft war irgendwie beängstigend. Wir studierten sie stumm. Die Wächten bewegten sich die ganze Zeit und brachen immer wieder unter ihrem eigenen Gewicht zusammen. Wir befanden uns in der Mitte einer wogenden See aus pulvrigen Dünen.

Mir wurde klar, daß mein Vergleich nicht stimmte. Das waren keine Schneewächten, das war Staub, so fein wie Rauch, und so zart und fein aufgehäuft wie Spinnenseide. Der rosa Puder war so fein, daß das Licht glitzerte und funkelte, so als bestünden die Dünen aus Zauberei. Es war unmöglich, sie klar zu sehen. Sie waren hell und vage, und es war schwer, sie exakt mit dem Blick zu erfassen.

In der Luft schwebten winzige Staubkörnchen. Ich konnte spüren, wie meine Augen zu tränen begannen. Aber ich hatte einen eigenartigen Gedanken in bezug auf dieses Zeug – ich mußte es ausprobieren.

Ich ging die Rampe hinunter. Drei Stufen, vier – kniete nieder, schöpfte eine Hand voll von dem Zeug. Es fühlte sich wie Talkum an – glatt und puderig – aber eigenartig seidig. Fast flüssig wirkte es.

Ich ließ mir ein wenig davon durch die Finger rinnen, bis meine Hände wieder leer waren. »Es ist ganz schwach körnig. Es muß auch größere Partikel darin geben. Ich weiß nicht.« Ich führte die Fingerspitze zum Mund, leckte daran. Das Zeug schmeckte süß. Ich blickte nach oben. Lizard und Duke beobachteten mich mit eigenartiger Miene. »Es schmeckt ebensogut wie es riecht.«

Ich schöpfte noch einmal eine Hand voll von dem Zeug und blies hinein. Es flog weg wie Rauch – wie die Samen von Löwenzahn. Ich hatte richtig vermutet.

Ich ging die Rampe wieder hinauf, trat in den Chopper und wischte mir das Zeug dabei von den Händen. »Jetzt weiß ich, was das für Zeug ist«, sagte ich zögernd.

Lizard und Duke sahen mich an.

»Können Sie sich an Dr. Zymph's Vortrag erinnern?« sagte ich zu Lizard. »An den, wo sie einige der verschiedenen Geschöpfe der chtorranischen Ökologie aufgezählt hat? Nun, das hier sind die Flockenbälle! Oder das, was von ihnen übriggeblieben ist – sie lösen sich auf wie Löwenzahn.«

»Aber so viel?« wunderte sich Lizard. Sie blickte wieder auf die gefrorene rosafarbene Landschaft hinaus.

Ich zuckte die Achseln. »Ich denke, sie sind alle gleichzeitig hochgegangen. Die richtige Kombination aus Hitze und Sonne und Wind und wer weiß was sonst noch alles, und Sie bekommen Flockenbälle. Aber sie sind praktisch reines Protein«, sagte ich. »Man kann davon essen, soviel man will. Das Zeug ist harmlos.«

»Harmlos für alles mit Ausnahme von Präzisionsmaschinen«, sagte Lizard. »Verdammt. Das einzig Anständige in der chtorranischen Ökologie, und es holt Flugzeuge vom Himmel.«

»Haben Sie einen Laborkasten mit?« fragte ich. »Ich will etwas davon mitnehmen.«

»Ja, Augenblick.« Ich folgte ihr nach hinten. Sie öffnete eine weitere Klappe in der Wand und holte ein Päckchen für mich heraus. Ich ging mit einem Plastikbeutel zur Luke zurück.

»Das Zeug ist widerwärtig«, hustete Duke und trat um mich herum. »Wir werden Masken brauchen.«

»Ich bin schon dabei, sie zu holen«, rief Lizard. »Und Schutzbrillen auch.«

»Die Flockenbälle werden zu Pulver, sobald sie den Boden berühren«, meldete ich. Ich ging noch einmal die Rampe hinunter. Jetzt trieben neue Flockenbälle heran – die große Wolkenwand stand jetzt dicht über uns. Einige von den Flockenbällen waren so groß wie Aprikosen – aber so ätherisch anzusehen, daß sie kaum wahrzunehmen waren. Sie waren einfach nur kugelförmige Andeutungen in der Luft, die wie Seifenblasen zerplatzten, wenn sie einander oder sonst irgend etwas berührten.

»Sie können nicht einmal ihr eigenes Gewicht tragen«, rief ich. »Das Zeug muß sich unter jeder neuen Schicht zusammendrücken.« Ich begann, den Plastikbeutel zu füllen.

»Da ist eine Maske«, sagte Lizard, die jetzt wieder unter der Tür erschien. Ich stieg die Rampe hinauf, um sie mir zu holen; sie reichte mir eine Maske mit Schutzbrille. Und Sauerstoffflaschen. »Das Zeug ist ziemlich fein«, erklärte sie. »Es ist besser, wenn Sie Ihre eigene Luft tragen.«

»Richtig gedacht«, sagte Duke, der bereits damit beschäftigt war, sich die Maske über den Kopf zu ziehen. »Wie sieht es mit Waffen aus?«

»Was wollen Sie?«

»Was haben Sie?«

»Kommen Sie, sehen Sie selbst.«

Duke folgte ihr nach hinten. Ich hörte, wie eine Bodenklappe in die Höhe gezogen wurde. Dann stieß Duke einen Pfiff aus. »Heiliger Jesus! Diese Kiste ist ja besser ausgestattet als ein Mann mit drei Eiern!«

»Ich bin gern vorsichtig«, hörte ich Lizard sagen.

Mich überraschte das nicht. Ich erinnerte mich an meinen letzten Besuch in Denver. Diese Frau war unmenschlich. Mich hätte es nur überrascht, den berühmten Colonel Tirelli *unvorbereitet* zu finden. Ich hoffte, daß ich nie dabei sein würde, wenn das passierte. Ich bezweifelte, ob es Überlebende geben würde.

Ich trat wieder auf die Rampe hinaus und sah mich um.

Etwas bewegte sich.

Auf der anderen Seite der Düne, dicht hinter diesem rosafarbenen Busch. Etwas Kleines.

Ich glaubte, Augen zu sehen. Ein Gesicht. Es starrte mich an.

Ich wollte Duke rufen, hatte aber Angst, ich könnte es verscheuchen. Statt dessen ging ich einen weiteren Schritt die Rampe hinunter. Langsam.

Das Gesicht bewegte sich nicht. Nur die Augen.

Ich fragte mich, was Duke und Lizard wohl tun mochten. Ich wünschte, ich hätte sie warnen können, ohne irgendwelche plötzlichen Bewegungen oder laute Geräusche zu machen.

Ich tat einen weiteren Schritt. Ganz langsam. Ich hielt mir die Hand vor die Augen, um sie vor der Sonne und dem glitzernden rosa Staub zu schützen.

Die Augen hinter dem Busch waren groß. Und golden. Das Gesicht war rosa. Und mit Pelz bedeckt. Aber es war kein Wurmgesicht. Würmer hatten keine Gesichter. Würmer hatten zwei Augen, wenn man sie so nennen wollte, und einen Mund, wenn man ihn so nennen wollte, aber das gab zusammen immer noch kein Gesicht. Ein Wurm hatte ebensowenig ein Gesicht wie eine Schnecke. Das hier war ein Gesicht. Fast ... menschlich. Ich konnte nicht sagen, ob der Pelz wirklich rosa oder nur mit Staub bedeckt war, aber ich hätte gewettet, daß letzteres der Fall war.

Ich tat einen weiteren Schritt nach unten. Jetzt befand ich mich auf der untersten Stufe der Rampe. Noch einen Schritt ...

VIERZEHN

Und dann erschien Duke hinter mir. »Was willst du, Jim – den Brenner oder den Freezer?«

Die Augen verschwanden. Ich konnte noch einen kurzen Blick auf einen pelzbedeckten Körper erhaschen, aber das war alles. Etwas huschte davon, und dann war nur noch rosafarbener Rauch zu sehen.

»Scheiße!«

»Was war das?« sagte Duke.

»Dort draußen war irgendein Humanoider!«

»Wo?«

»Dort drüben!« Ich trat von der untersten Treppenstufe der Rampe und sank brusttief in den rosafarbenen Puder ein. Eine mächtige Wolke davon wirbelte um mich auf. Ich ignorierte sie und arbeitete mich auf den Busch zu, hinter dem sich das unbekannte Geschöpf verborgen hatte. Der Puder war so leicht wie Zuckerwatte. Er ließ sich wie Spinnenweben wegschieben. Er war kaum vorhanden.

»Jim – warte! Es könnte ein Wurm sein!«

»Das war kein Wurm! Einen Wurm erkenne ich, wenn ich einen sehe! Das war ein humanoides Lebewesen!«

»Da! Nimm den Freezer!« Er kam hinter mir die Rampe herunter, blieb aber auf der untersten Stufe stehen. Er trug ein Rohr mit einer langen Düse und einem Paar kleiner Tanks. Flüssiger Sticksoff. Das Rohr war fast so lang wie ich groß war und mit einem steifen, silbernen Schlauch mit den Tanks verbunden. Ich hatte schon früher tragbare Einheiten dieser Art benutzt. Ich schnappte mir die Waffe von Duke und schlüpfte schnell in das Geschirr. Die Tanks ruhten jetzt auf meinem Rücken, und ich konnte das Rohr dazu benutzen, einen Strahl sofortiger Superkühlung abzugeben. Ein hervorragendes Werkzeug, um Musterexemplare einzusammeln.

Duke griff nach hinten und nahm sich den Flammenwerfer. »Allright. Gehen wir.« Er sprang in den Staub und wirbelte eine Wolke auf.

Lizard erschien mit einer Laserpistole unter der Tür. Duke winkte sie zurück. »Nein, Sie bleiben beim Chopper! Schalten Sie den Funk ein. Das könnte etwas sein.« Ich wußte, was er damit meinte. Es könnte sein, daß wir nicht zurückkamen. Aber für die, die nach uns kamen, konnten wir immerhin einen Hinweis hinterlassen.

Lizard verstand; sie nickte. »Ich gebe Ihnen aus der Kapsel Feuerschutz.«

»Gut. Gehen wir, Jim.« Wir setzten uns in Bewegung. Der Staub war fast hüfttief.

Ich sah mich einmal um und winkte in Richtung auf den Chopper. Ob Lizard zurückwinkte, konnte ich nicht erkennen. Ich mußte mich ganz darauf konzentrieren, wo ich hintrat.

Jetzt entdeckte ich etwas Interessantes an dem rosafarbenen Puder, auf dem wir uns zu bewegen versuchten. Er war nur oben locker. Tiefer unten wurde er dichter. Je mehr ich mich mühte, desto tiefer sank ich – und ich sank bei jedem Schritt tiefer. Es war wie der Mondstaub, der fast den Astronauten ›Free Fall‹ Ferris umgebracht hätte. Die Ähnlichkeit konnte einem Angst machen. Ich begann mich zu fragen, ob das, was ich hier tat, wirklich eine so gute Idee war. Ich hob die Sprühdüse über meinen Kopf, um sie zu schützen – und dann kam mir plötzlich etwas in den Sinn.

Ich stellte die Düse auf Breitstrahl, richtete sie nach vorne und tippte leicht den Abzug an. Eine kalte, weiße Wolke zischte hinaus, kühlte die Luft um uns plötzlich ab. Der rosafarbene Puder knackte und spritzte und verfestigte sich.

»Das ist heißer Stoff!« schrie ich.

»Wie?« machte Duke.

»›Heißer Stoff‹ ist das, habe ich gesagt! Dieser flüssige Stickstoff ist Klasse!« Ich schritt über knackendes Eis weiter.

Duke folgte mir. Er brummelte etwas vor sich hin und schüttelte den Kopf. »Flüssiger Stickstoff ist alles andere als ›heiß‹.«

»Du weißt schon, was ich meine.«

Als Antwort darauf brummte er etwas Unverständliches.

Ich forderte ihn nicht auf, es zu wiederholen. Der flüssige Stickstoff hatte eine Kruste in das Pulver hineingefroren. Wo der Puder am leichtesten war, bröckelte er einfach ab, aber weiter unten, wo er fast dicht genug war, daß man darauf gehen konnte, verwandelte die Superkälte den staubigen Flugsand in etwas, das eher an trockenen Schnee erinnerte, auf dem wir gehen konnten. Jetzt verspürten wir Widerstand. Der gefrorene Puder knirschte unter unseren Füßen. Alle paar Schritte blieb ich stehen und fror wieder ein Stück vor uns ein. Wir gruben uns eine tiefe Furche durch die hohen Dünen.

Rings um uns waren nichts als rosafarbene, pudrige Wächten zu sehen. Sie waren wie Mauern aufgetürmt. Offenbar waren wir ziemlich in der Mitte einer großen, flachen Senke heruntergekommen – vermutlich ein altes, ausgetrocknetes Flußbett. Wir befanden uns in der Mitte und konnten nicht hinaufsehen – immer vorausgesetzt, daß es etwas zu sehen gab, das nicht rosa war. Der Busch, auf den wir uns zubewegten, befand sich auf einer Bodenerhebung. Während wir durch den Staub darauf zukletterten, stellten wir fest, daß wir zugleich auch aus dem Puder herauskletterten. In der Nähe der höchsten Stelle war er nur noch hüfttief.

Vielleicht war dieser Abhang das Westufer des Flußbettes, das war schwer zu sagen. Einige dieser kalifornischen Flußbetten konnten bis zu einem Kilometer breit sein. Das hier fühlte sich so an, als befänden wir uns mitten in einer Wüste. Oder in einem Mondkrater. Oder auf einem anderen Planeten. Ich fragte mich, ob es auf Chtorr wohl solche Plätze gab.

Die Luft um uns war rosa vor Rauch. Der Wind trieb kleine, pudrige Wirbel auf, die hochstiegen und sich in der Luft verteilten. Die Wolken verbreiteten sich und wurden zu einem sanften Dunst. Ich blickte auf. Der Himmel nahm eine rosige Färbung an.

Und es war unmöglich, den Horizont zu sehen. Alles verschwamm einfach in der Ferne. Der einzige Unterschied war, daß der Himmel etwas heller als der Boden war, und in der Mitte von allem war die Sonne zu sehen, als ein hellrosa Licht.

Ich sah mich nach dem Chopper um. Er hatte eine lange,

unregelmäßige Furche durch die rosafarbenen Dünen gepflügt. Ich konnte jetzt auch die Stelle sehen, wo wir abgeprallt waren. Aber die Seiten der weichen, rosafarbenen Narbe waren bereits wieder dabei, zusammenzubrechen und nach innen zu gleiten. Das Flugzeug selbst war leicht nach vorne geneigt, seine Nase zur Hälfte in einer der höchsten Dünen vergraben. Die seidige Hülle des Fallschirms hatte sich vor der Maschine über den Abhang drapiert. Der rosafarbene Staub war bereits dabei, darüber hinwegzuwehen und das Gewebe zu begraben. Seine Linien waren schon jetzt kaum mehr zu sehen.

Und hinter dem Chopper …

… war nur endloses Rosa. Dünen aus rosa Schlagsahne und rosafarbener Himmel, und alles zusammen verschwamm zu einem widerwärtigen, hellen, rosafarbenen Schimmern. Alles war rosa.

Wir hatten jetzt den höchsten Punkt erreicht – der Puder war hier nur knietief – und bewegten uns auf die andere Seite des Busches zu. »Da – da sind seine Spuren.«

»Sieht wie eine Art Paddelfuß aus«, sagte Duke. »Vier Zehen. Die zwei in der Mitte sind die längsten.« Er spreizte die Finger seiner Hand und hielt sie zum Vergleich über einen der Abdrücke. »Er ist ziemlich klein, was auch immer er sein mag. Meine Hand bedeckt diesen Abdruck fast ganz.«

»Er ist dort hinuntergegangen«, deutete ich. Ich folgte den Spuren auf die Bäume zu.

»Jim, ich glaube nicht, daß das eine besonders gute Idee ist.«

»Warum nicht?« Ich blieb stehen und blickte zurück.

»Wir sollten uns besser nicht zu weit von dem Chopper entfernen«, sagte Duke. »Wenn wir uns verlaufen, finden wir nie zurück.«

»Wir folgen unseren eigenen Spuren«, sagte ich.

Duke schüttelte den Kopf und deutete in die Richtung zurück, aus der wir gekommen waren. »Schau!« Der Staub war bereits dabei die Furche wieder zu füllen, die wir uns gegraben hatten. »Er kommt immer noch herunter. Wir merken das nicht, weil wir so viel davon aufwirbeln. Aber wenn du etwas ansiehst, das sich nicht bewegt, dann kannst du deutlich sehen, daß diese Kacke hier tiefer wird. Diese Wolke«, er deutete zum Himmel, »wirft den größten Teil ihrer Ladung genau hier ab. Dieses Zeug kann nicht über die Sierras hinweg. Der Wind trägt nicht soviel davon. Irgendwo muß das herunter. Und das hier ist der Ort.«

»Verdammt«, sagte ich. »Wir müssen uns beeilen. Komm.«

»Inzwischen kann dieses Ding überall sein«, meinte Duke.

»Das müssen wir eben riskieren. Wir müssen doch sehen, was das für ein Biest war! Du kannst ja umkehren, wenn du willst.« Ich war bereits dabei, tiefer in den rosafarbenen Wald einzudringen. Das unbekannte Geschöpf hatte sich genau wie wir eine Furche durch den Staub gepflügt. Sie verlief im Zickzack zwischen den Büschen.

Duke brummelte etwas, zuckte aber dann die Achseln, seufzte und folgte mir.

Es hat seine Nachteile, wenn man einen starrköpfigen Wissenschaftsoffizier hat. Wir arbeiteten uns zwischen den frostigen Bäumen durch, wobei Duke die ganze Zeit Obszönitäten vor sich hinmurmelte.

»Das habe ich jetzt davon, daß ich mir dich habe zuteilen lassen«, sagte er.

»Du hast mich doch *angefordert.*« Das war nicht das erstemal, daß wir diese Auseinandersetzung führten.

Er wischte sie weg. »Du warst das kleinere von zwei Übeln. Die Alternative war ein moralisch zurückgebildeter Asozialer, der seinen kommandierenden Offizier kaltgemacht hatte. Der einzige Grund, daß die ihn nicht erschossen haben, war, daß sie nicht beweisen konnten, daß er tatsächlich die Granate geworfen hatte. Offen gestanden, lege ich keinen großen Wert darauf, solche Typen unter meinem Kommando zu haben.« Jetzt wechselte Dukes Tonfall und er wurde ernster: »Hör zu – was auch immer es war, es taucht ganz bestimmt wieder auf. Jemand wird eines entdecken. Du brauchst doch nicht der Bursche sein, der sämtliche Tierchen hereinbringt. Außerdem ist es wahrscheinlich erschrocken und rennt jetzt, so schnell seine fetten kleinen Füße es tragen, auf die Hügel zu.«

»Das glaube ich nicht«, sagte ich, unverwandt den Spuren folgend. »Es hat uns studiert. Was ich da gesehen habe, war nicht einfach nur ein Tier. In diesen Augen konnte man Intelligenz lesen. Und wo eines ist, sind wahrscheinlich mehr. Wahrscheinlich werden wir im Augenblick von allen Seiten beobachtet.« Ich blieb stehen und deutete. »Schau – ich hatte recht. Da ist noch eine Spur.« Eine zweite Linie der vierzehigen Spuren überquerte die erste. An dem Staub konnte man erkennen, daß wir den älteren Abdrücken folgten. Ich bog zur Seite ab, um der neueren Furche zu folgen. Sie drehte und wand sich wie die erste.

»Glauben diese Geschöpfe nicht an gerade Linien?« fragte ich.

»Vielleicht stammen sie von Politikern ab«, antwortete Duke.

»Oder von Clowns«, sagte ich.

Ich ging um etwas herum, was früher vielleicht einmal eine Fichte gewesen war, und blieb stehen. Duke kam neben mir zum Stillstand. Die Furche, der wir folgten, wies geradewegs in die Mitte einer weiten Lichtung ...

... und in einen ganzen Rangierbahnhof sich überlagernder Wege! Es war unmöglich, die Spuren voneinander zu unterscheiden.

»Verdammt!« sagte Duke. »Ich hab's doch gewußt.«

Ich sah ihn an. Es war unmöglich, hinter seiner Schutzbrille und der Maske seinen Gesichtsausdruck zu erkennen. »Wovon redest du denn?« fragte ich. »Das ist unglaublich! Das muß ja eine ganze Kolonie von diesen Geschöpfen sein.«

»Es sei denn, er hat kehrtgemacht.«

»Warum sollte er so etwas tun?«

»Um uns zu verwirren«, sagte Duke. »Bist du verwirrt?«

»Äh ... ich denke nicht.«

»Aha.« Duke sah mich seltsam an. »Wohin geht's dann zurück?«

Ich deutete über seine Schultern. »Dort.«

»Bist du sicher?«

Ich sah ihn fragend an. »Weißt du etwas, was ich nicht weiß?«

Er drehte sich langsam um und studierte die Dünen. »Erinnerst du dich an Shorty? Er und ich waren zusammen in Pakistan. Die Boys in den schwarzen Schlafanzügen hatten genau denselben Trick. Einer von denen ließ sich sehen und verschwand sofort zwischen den Bäumen, wenn man ihn entdeckt hatte. Es gab immer wenigstens einen Blödmann, der dumm genug war, auf ihn Jagd zu machen, und deshalb hinterließ er die komplizierteste, verschlungenste Zickzack-Spur, die er konnte – sorgte aber die ganze Zeit dafür, daß man sie deutlich erkennen und ihr folgen konnte. Und wenn man dann lang genug hinter ihm hergelaufen war, um nicht mehr zu wissen, wo es zurückging, war die Spur zu Ende. Und dann kamen seine Freunde heraus, um mit einem zu spielen. Auf die Weise haben wir eine ganze Menge Blödmänner verloren.«

Ich sah mich nervös um. Eine gleichmäßige Brise kräuselte die Oberfläche des Staubs und wirbelte feine rosafarbene Staubteufel auf. Alles sah rosa aus. Es gab keinen Horizont mehr, keinen Himmel, keinen Boden – nur einen feinen, rosafarbenen Dunst. Und dann noch ein paar unfreundlich aussehender Büsche und Dünen. Sonst nichts.

Ich schauderte. Aus irgendeinem Grund wirkten frostige, rosafarbene Dinger gar nicht mehr bezaubernd. Ich sah mich nach Duke um. »Glaubst du, daß das hier auch passiert?«

Duke blickte grimmig. »Ich weiß nicht. Ich hab' dein humanoides Wesen nicht gesehen und habe keine Ahnung, was es will oder wie sein Verstand funktioniert. Und das ist nicht Pakistan. Nur daß ich dauernd an Pakistan denken muß. Tut mir leid, Junge – das ist das einzige, womit ich es vergleichen kann: Pakistani Poker.«

Ich dachte darüber nach. Duke sprach mich nur dann als ›Junge‹ an, wenn er dachte, daß etwas besonders wichtig war, und wollte, daß ich besser hinhörte als sonst.

»Kehren wir um«, sagte ich.

»Ich dachte, daß du mir zustimmen würdest.« Er deutete. »In die Richtung geht es.«

»Geh du voran«, sagte ich. Ich schloß mich ihm an.

Unser Weg wand sich zwischen den Büschen dahin. Ich erinnerte mich nicht daran, so viele Haken geschlagen zu haben.

Plötzlich blieb Duke stehen und deutete nach vorne. »Schau!«

Die vierzehigen Fußstapfen waren über unsere ursprünglichen Spuren so oft hin- und hergewandert, daß man die nicht mehr sehen konnte. Etwas war uns gefolgt. »Puh …«, machte ich.

Duke ließ seinen Brenner langsam im Kreis wandern, über die Büsche rings um uns. »So, jetzt wissen die Bescheid, daß *wir* Bescheid wissen.« Seine Augen verengten sich hinter seiner Schutzbrille. »Wenn die angreifen wollen, wäre jetzt der Augenblick.«

»Nun, dann laß uns nicht herumstehen und darüber reden. Gehen wir weiter!«

»Augenblick!« Duke zog eine kleine Plastikscheibe von seinem Gürtel. »Den Piepser werden wir jetzt brauchen.« Er studierte ihn eine halbe Sekunde lang und setzte sich dann in eine andere Richtung in Bewegung. »Komm.«

Der Staub kam jetzt dichter herunter. Wir konnten ihn wie Schneeflocken heranschweben sehen. Die Partikel waren jetzt größer – große, rosafarbene Klumpen, die sich drehten, während sie herabschwebten. Sie sahen wie Löwenzahn aus. Ich wollte einen davon fangen, aber er verschwand, als meine Hand ihn berührte. Er zerplatzte einfach zu Staub und war verschwunden, so leicht war er.

»Wir sind mitten im Sturm«, sagte ich.

»Mhm – und der Wind nimmt noch zu. Wir sollten uns besser beeilen. Jetzt reichen bald unsere Masken nicht mehr.«

Ich nickte und folgte ihm. Die Sicht wurde immer schlechter. Ich konnte jetzt kaum mehr zwanzig Meter weit sehen.

»Jim, das fängt an, tiefer zu werden. Du solltest besser wieder anfangen zu frieren.«

»Richtig.« Ich trat neben Duke und sprühte eine schnelle, eisige Kältewolke vor uns. Der flüssige Stickstoff sah wie Dampf aus, als er zischend die Luft berührte. Der Staub knackte und brach, als wir uns durch ihn bewegten. Die gefrorene Kruste unter unseren Füßen knirschte.

Duke sah auf seinen Piepser und deutete. Ich trat vor ihn und sprühte wieder. Wir bewegten uns vorsichtig weiter.

»Glaubst du, daß die in diesem Staub angreifen können?« fragte ich.

»Das ist ihr natürliches Element«, sagte Duke. »Und die

scheinen keine Probleme zu haben, sich in ihm zu bewegen. Ich fühl' mich erst dann sicher, wenn wir wieder im Chopper sind.« Wieder überprüfte er seinen Piepser. »Mehr nach links, Jim. Wir sollten fast am Abhang sein.«

»Da!«

»Was ist denn?«

Ich blieb stehen und deutete. Duke trat neben mich und spähte durch den rosafarbenen Dunst.

Es waren drei.

Sie sahen wie Osterhasen mit Schlappohren aus. Oder wie junge Hunde. Sie hatten kleine, wabblige Köpfe, die mit frostigem rosafarbenen Pelz bedeckt waren. Ich konnte nicht sagen, ob das nur der Staub oder ihre natürliche Farbe war.

Sie schienen große, runde Gesichter und kurze, stumpfe Schnauzen zu haben. Der rosafarbene Pelz, der alles bedeckte, ließ das nur schwer erkennen. Ihre Nasen und Münder waren unsichtbar, und ihre Augen waren wegen des pudrigen Staubs zusammengekniffen. Sie waren völlig davon bedeckt und standen hüfttief in dem rosafarbenen Puder. Sie sahen wie kleine chinesische Osterhasen in einer Zuckerwattefabrik aus.

Ohren wie Osterhasen. Hundegesichter. Nicht gerade meine Vorstellung von Aliens aus dem Weltraum. Und ganz bestimmt nicht das, was ich mir unter chtorranischen Intelligenzwesen vorstellte.

Ich konnte nicht sagen, ob sie freundlich, feindlich oder einfach nur neugierig waren. Aber sie starrten uns an. Daran, daß uns ihre Aufmerksamkeit galt, war kein Zweifel.

Ich sah Duke an – und dann wanderte mein Blick voll Schrecken an Duke vorbei. Fünf weitere von den kleinen Bunnydogs kamen jetzt hinter uns herangekrochen.

Ich wirbelte herum – aus den Büschen hinter mir kamen gerade weitere hervor. Von allen Seiten kamen sie jetzt heraus, zu viele, als daß man sie zählen konnte.

Da waren Bunnydogs links von uns und Bunnydogs zur Rechten.

Wir waren umzingelt.

FÜNFZEHN

Duke fand die Sprache als erster wieder. »Nun ...«, sagte er sehr leise. »Da hättest du mich wieder einmal ganz schön ins Schlamassel hineingeritten.«

Ich sah zu ihm hinüber. »Ich muß sagen, du nimmst das eigentlich recht gut auf.«

Duke ignorierte meine Bemerkung. Er studierte die Bunnydogs und versuchte herauszufinden, welcher von ihnen der Anführer war. »Du willst doch Wissenschaftler sein«, sagte er. »Was heißt ›Freund‹ auf chtorranisch?«

»Das einzige chtorranische Wort, das ich kenne, ist mit ›Mittagessen‹ zu übersetzen.«

»Besser nicht«, sagte Duke. »Nicht so lange wir nicht wissen, was diese Biester essen.«

»Nun ... Pflanzenfresser sind es nicht«, sagte ich.

»Woher weißt du das?«

»Sie haben die Augen vorne am Kopf. Räuber brauchen stereoskopische Sicht, um ihre Beute aufzuspüren. Beutetiere brauchen Augen an der Kopfseite, um den Räubern auszuweichen. Zumindest hat sich das auf diesem Planeten so entwickelt. Ich könnte mich natürlich irren. Aber ... wenn sie Fleischfresser sind, dann gibt es auch ein Potential für Intelligenz.«

»Warum?«

»Wieviel Verstand braucht man denn dazu, um sich an einen Grashalm anzuschleichen?« antwortete ich. Später würde ich ihm sagen, wo ich den Witz her hatte.

Duke dachte darüber nach und nickte dann. Die Bunnydogs hatten sich die ganze Zeit nicht bewegt. Sie saßen einfach da und starrten uns an.

Ich fügte hinzu: »Ich will nur hoffen, daß diese Biester Allesfresser sind. Nach dem Cohen-Modell entwickelt sich die Intelligenz zuerst bei Jägern, überlebt aber in Lebewesen, die nicht völlig von der Jagd abhängig sind.«

»Und?« fragte Duke. »Kriegen wir jetzt hier Ärger oder nicht?«

»Nun ... sie tragen keine Waffen. Wenn sie intelligent sind, sollten sie in bezug auf uns etwa ebenso neugierig sein wie wir in bezug auf sie.«

Duke drehte sich langsam herum und studierte den Kreis kleiner rosafarbener Eskimowesen. Es waren erstaunlich geduldige kleine Lebewesen. Jetzt sagte Duke langsam: »Vielleicht machst du hier eine falsche Unterstellung.« Ich drehte mich in die entgegengesetzte Richtung, ebenfalls damit beschäftigt, die Bunnydogs zu studieren. »Und die wäre?« fragte ich.

»Du unterstellst, daß diese Biester hier vernunftbegabt sind. Was, wenn sie das nicht sind? Was, wenn das einfach nur ein Wolfsrudel ist?«

Die Vorstellung verblüffte mich. Duke hatte recht. Ich hatte die Bunnydogs vom ersten Augenblick anthropomorphisiert. Ich hatte einfach ganz natürlich angenommen, daß alles, was menschliche Gestalt hatte, auch intelligent sein müßte. »Du hast recht. Es tut mir leid.«

»Für Entschuldigungen ist später Zeit. Sehen wir zuerst einmal zu, daß wir hier rauskommen.«

In dem Augenblick bewegte sich einer der Bunnydogs. Er verlagerte sein Gewicht etwas zur Seite und begann, sich träge mit einem seiner Hinterbeine am Ohr zu kratzen. Einen Augenblick lang sah er wie ein fettes, kleines, junges Hündchen aus. Verdammt! Diese Biester waren einfach zu nett, um gefährlich zu sein!

Ich sah Duke an. »Glaubst du immer noch, daß das ein Wolfsrudel ist?«

»Keine weiteren Unterstellungen mehr, bitte«, warnte er mich. Er setzte sich langsam in Bewegung, wobei seine Schritte in dem immer noch gefrorenen Puder knirschten. Er hatte teilweise zu tauen begonnen und verwandelte sich in Schlamm. Ich konnte die schmatzenden Geräusche hören, die seine Stiefel in dem Zeug verursachten. Er machte drei Schritte und hielt dann inne. Die zwei Bunnydogs unmittelbar vor ihm standen auf, schnatterten aufgeregt und fuchtelten mit den Händen. Duke sah mich an. Was jetzt?

Die zwei Bunnydogs sahen einander an. Sie begannen, wie Bariton-Eichhörnchen aufeinander einzuschnattern. Einer der beiden machte eineinhalb Hopser auf den anderen zu und begann zu gestikulieren. Er rang die Hände – winzige Affenpfötchen. Dann legte er die Fäuste aneinander und schüttelte sie, als würde er einen Martini mixen. Er hopste auf und ab, so daß rings um sie Wolken aus rosafarbenem Puder aufwirbelten. Und dann packte er sogar seine kleinen Bäckchen und zog sie mit den Händen heraus, was zu einer grotesk komischen Grimasse führte.

Der andere verzog das Gesicht und schnatterte etwas zurück. Es sah so aus, als wären sich die beiden nicht einig. Er gestikulierte mit beiden Fäusten über seinen Kopf und gab dabei schnatternde Laute von sich. Dann stampfte er mit den Füßchen im Staub auf und jagte noch größere Wolken in die Höhe.

Der erste Bunnydog schien sichtlich ungehalten. Jetzt kniff er den anderen in die Backen und zog daran. Als er wieder losließ, konnten wir fast hören, wie sie zurückschnappten. Der zweite Bunnydog schien davon in keiner Weise beeindruckt. Er schüttelte seine Finger vor dem ersten und bewegte sie wie kleine Tentakel.

Das Ganze entwickelte sich offenbar zu einer Auseinandersetzung. Ihre Stimmen wurden jetzt schriller und höher, wie wenn man eine Schallplatte schneller laufen läßt. Und dann war der Streit ebenso plötzlich vorbei. Die zwei Bunnydogs fingen an, sich zu versöhnen, wie ein Liebespaar. Sie berührten einander an den Händen und im Gesicht, gurrten wie Tauben, sahen einmal uns an, streichelten sich gegenseitig die Wangen, schnatterten noch einen Augenblick lang – aber jetzt wesentlich leiser – und drehten sich schließlich herum und sahen wieder uns an.

»Und die soll ich jetzt ernst nehmen?« fragte Duke. »Nach diesem kleinen Auftritt?«

Ich zuckte die Achseln. »Jedenfalls sind sie uns gegenüber in der Mehrzahl.« Ich sah mich wieder im Kreis um. Inzwischen waren noch mehr Bunnydogs dazugekommen, und es tauchten immer noch weitere auf. »Jetzt oder nie, Duke, sagte ich.

»Da bin ich ganz deiner Meinung.« Er trat einen weiteren Schritt vor.

Diesmal fingen sämtliche Bunnydogs an, uns anzuschnattern. Sie hüpften, plapperten und quietschten auf und ab. Die Wirkung war lächerlich – und zugleich erschreckend.

»Verpaß ihnen ein bißchen Kälte«, sagte Duke. »Wollen mal sehen, ob sie sich zurückziehen.«

Ich nickte und richtete die Düse auf den Raum zwischen uns und den vordersten Bunnydogs. Ich tippte den Abzug ganz kurz leicht an – und gab damit einen *Wuschsch* pudriger Kälte in die Luft ab.

Die Bunnies sprangen davor zurück, erschreckt schnatternd – aber sie gerieten weder in Panik noch flohen sie. Sie beschnüffelten die Luft, rümpften die Nasen, als sie die unangenehme Kälte wahrnahmen, und begannen dann wieder nach vorne zu hopsen, wieder Position zu beziehen.

»Ich könnte ein paar von ihnen einfrieren«, schlug ich vor. »Aber für unsere künftigen Beziehungen wäre das vielleicht gar nicht so gut.«

Duke überlegte. Dann schüttelte er den Kopf. »Vielleicht statt dessen ein wenig Feuer.« Er entsicherte seinen Brenner und hob ihn, richtete ihn bewußt in die Höhe ...

Ich sah etwas. »Duke! Warte!«

Duke erstarrte in seiner Bewegung.

Etwas Großes, Dunkles bewegte sich durch den Staub auf uns zu. Ich wußte, noch ehe es aus der Düsternis herauskam, was es war. Deshalb also hatten die Bunnies uns hier festgehalten. Sie hatten darauf gewartet.

Der Wurm war von Papagröße. Er war fünf Meter lang und an den Schultern fast zwei Meter dick. Er hatte die Augen gegen den Staub zugekniffen.

Und dann sah ich ...

Auf der Bestie ritten Bunnydogs. Der größte kauerte auf der Hirnkuppel und steuerte den Wurm mit zirpenden Geräuschen und kleinen Schlägen. Er war ein untersetzter, dicklicher Bursche – er sah aus und verhielt sich auch wie ein fetter kleiner Busfahrer. Weiter hinten auf dem Wurm ritten drei weitere Bunnydogs. Sie sahen wie Touristen aus. Bloß die Kameras fehlten ihnen noch. Wenn sie nicht auf einer zweitausend Kilo schweren Freßmaschine geritten wären, wären sie mir richtig niedlich vorgekommen. Der Wurm kam zu einem fließenden Halt und sah uns an. Er blinzelte – *sput – fwut* – und gab einen leisen Laut von sich. »Trllp?« Dann klappte er die Augen wieder zu. Er sah aus, als würde er dösen.

Ich sah Duke an. Ich hatte noch nie ein solches Verhalten an einem Wurm gesehen. Er erwiderte meinen Blick und zuckte die Achseln. Aber den Brenner hielt er schußbereit.

Der Bunnydog auf dem Wurm gab ein paar plappernde Geräusche von sich, die die Bunnies auf dem Boden erwiderten. Einige von ihnen erkletterten den Rücken des Wurms, um sich von Angesicht zu Angesicht mit den Neuankömmlingen zu unterhalten.

Duke ließ seinen Brenner etwas sinken. »Jim«, sagte er, »was ist das, was wir da sehen?«

»Ich weiß nicht. Ich würde ja gerne glauben, daß die Bunnydogs intelligent sind, vielleicht sogar die Intelligenz, die hinter den Würmern steht. Aber ...«, sagte ich, »es könnte auch genau andersherum sein. Der Wurm könnte die Intelligenz sein und die Bunnies könnten sein Hunderudel sein. Wir könnten die Ehrengäste bei einer Fuchsjagd sein.«

Duke akzeptierte das nachdenklich. »Nun, wir müssen uns schnell entscheiden. Mit einem Wurm kommen wir klar. Mit einer ganzen Familie nehmen wir es nicht auf.«

Ich nickte. »Wir werden uns wohl den Weg freibrennen müssen, oder?«

Duke gab keine Antwort. Er umfaßte nur seinen Brenner etwas fester und stemmte die Füße ein.

Und dann wachte der Wurm abrupt auf. Seine Augen klappten auf und starrten direkt Duke an. Im gleichen Augenblick stießen sämtliche Bunnydogs auf seinem Rücken schrille Laute auf und sprangen herunter. Erteilten sie ihm einen Befehl? Oder gingen sie ihm nur aus dem Weg?

Der Wurm sagte: »Chtorrllpp?« Er sah Duke *fragend* an und setzte sich dann gleitend nach vorne in Bewegung ...

»*Nein!*«

... und Duke feuerte.

Die Feuchtigkeit, die in der Luft lag, rettete ihn, dessen bin ich mir ganz sicher. Die Kälte, die noch von dem flüssigen Stickstoff in der Luft hing.

Einen Augenblick lang hing die Flamme in der Luft – dann sprang sie nach *hinten* und hüllte ihn ein. Er hatte nicht einmal Zeit zu schreien – er war ein orangeroter Feuerball.

Es war der Staub. Er war so fein, daß er nicht brannte – er explodierte. Wenn es sich um pulverisierten Wasserstoff gehandelt hätte, hätte es auch nicht gefährlicher sein können.

Ich überlegte nicht, sondern richtete einfach den Freezer auf Duke und feuerte. Die Flammen verschwanden fast im selben Augenblick. Mächtige Wolken aus kaltem Dampf erhoben sich knisternd in die Luft. Und Duke war irgendwo in der Mitte dieser Wolken.

Ich mußte es tun.

Wenn ich es nicht getan hätte, wäre das ganze Pudermeer explodiert. Es hätte einen Feuersturm gegeben. Ich hatte keine Wahl.

Wo Duke gestanden hatte, stand jetzt ein geschwärztes, verbranntes Etwas. Es kippte in den Puder.

Die Bunnydogs waren verschwunden – in dem hellrosa Schimmer verschwunden. Ebenso der Wurm – ich hatte nicht einmal gesehen, wie er sich bewegte.

Nur ich und Duke waren da, Duke immer noch knisternd in der Mitte eines schwarzen Kraters.

Ich fing zu schreien an.

»Du verdammtes Arschloch!« Ich arbeitete mich bereits durch den Schlamm auf ihn zu. »Ich hab dir doch gesagt, daß du warten sollst! Hat dir nie einer etwas von Kornaufzügen gesagt? Und Staub! Du blödes Arschloch!« Ich riß ihm die Brennertanks herunter und rollte ihn auf den Rücken. Er lebte immer noch. Sein Atem kam in großen, keuchenden Zügen. Die Maske hatte sein Gesicht und seine Lungen geschützt. Er hatte eine Chance. Vielleicht.

Ich packte ihn an den Halterungen seiner Kanister, schlang mir einen der Gurte um den Unterarm und fing an, ihn nach vorne zu zerren. Schleppen konnte ich ihn durch diesen Puder nicht, aber ziehen. Das würde reichen müssen. Und bei jedem Schritt, den ich machte, verfluchte ich ihn.

Und dann blieb ich stehen.

Die ganze Welt war zu einem rosafarbenen Nebel geworden, vage und undeutlich. Selbst die Sonne war verschwunden. Himmel und Erde waren verschwunden. Nichts als Rosa umgab mich. Nicht einmal meine eigenen Hände konnte ich mehr sehen. Wenn ich Duke losließ, würde ich ihn nicht mehr wiederfinden.

Ich hatte von Whiteouts in der Antarktis gehört – aber das hier war noch schlimmer; das war ein kalifornischer Pinkout.

Ich wußte nicht, wo ich war.

Schlimmer noch, ich wußte nicht, wo der Chopper war.

SECHZEHN

Ich erstarrte.

Ich wußte, daß ich zurück mußte. Aber mein Richtungssinn hatte völlig versagt.

Ich hatte Angst, auch nur einen Schritt in *irgendeine* Richtung zu machen, aus Furcht, die falsche Richtung einzuschlagen. Möglicherweise war ich nur ein paar Meter von der Maschine entfernt und unfähig, sie zu sehen.

Die falsche Entscheidung würde uns töten.

Ich stand da, zitternd und von meiner eigenen Angst gelähmt. Ich mußte etwas tun! Jemand mußte sich *jetzt* um Duke kümmern. Keiner von uns beiden hatte mehr viel Luft übrig.

Ich wußte nicht, wo der Piepser war. Duke hatte ihn nicht in der Hand und auch nicht an seinem Gürtel. Ich hatte danach gesucht, als ich ihn gepackt hatte. Das war noch, ehe um uns alles rosa geworden war. Und jetzt verstärkte sich das sogar noch. Da war nichts außer Rosa. Jetzt war es hüfthoch.

Ich mußte etwas unternehmen. *Jetzt.*

Selbst wenn es das *Falsche war.*

Ich hatte mich nicht gedreht, seit ich Duke gepackt hatte, also sollte ich immer noch in die richtige Richtung sehen. Ich wußte nicht, was ich sonst hätte tun sollen. Ich hielt den Freezer in der linken Hand und sprühte damit nach vorne. Ich konnte das Zischen hören. Ich sah nichts – aber die Kühle in der Luft konnte ich fühlen.

Das war verrückt. Es konnte nicht funktionieren. Ich bewegte mich trotzdem nach vorne. Langsam. Und bei jedem Schritt prüfte ich den Boden, ehe ich mein Gewicht auf meinen Fuß verlagerte.

Plötzlich gab das Rosa unter mir nach. Ich stieß einen Schrei aus – ich klammerte mich an Duke fest – und dann glitten wir einen langen Puderhang hinunter …

Wir kamen unten zum Stillstand, eingehüllt von dem rosa Zeug. Ich konnte die Stelle nicht finden, wo der Boden endete und die Luft anfing. Wir waren in Spinnweben eingehüllt. Jetzt war ich nicht einmal mehr sicher, wo oben und unten war. Ich feuerte den Freezer in die Richtung ab, von der ich glaubte, daß sie vorne war. Die Kälte weckte mich.

Ich hielt den Atem an und setzte mich auf. Irgendwie schaffte ich es aufzustehen. Der Gurt von Dukes Tragegestell war immer noch um meinen Arm geschlungen. Mein Gott! Er war immer noch bei mir.

Ich fing wieder an, nach vorne zu drängen.

Ich war enttäuscht – zornig war ich!

Verdammt noch mal! Das hier ist Jim McCarthy! Ich hab keine Lust, so zu sterben! Nicht so jung! Ich bin erst vierundzwanzig! Mein Leben hat mir gefälligst noch mehr zu bieten! Ich bin wichtig! Ich bin Teil des Kriegs gegen die Chtorr! »Hey, Gott! Hör zu! Hier ist James Edward McCarthy! Es ist zu früh! Ich hab den Rest meines Lebens noch nicht erlebt!

Hey, Gott, komm schon – wir wollen doch vernünftig sein.« Ich taumelte weiter, zerrte dabei Duke neben mir her und besprühte die Luft vor mir mit Kälte und versuchte, den Boden nicht unter den Füßen zu verlieren. Ich wußte nicht, in welche Richtung ich mich bewegte. »Hey, Gott, gib mir ein Zeichen, irgend etwas. Bitte. Du mußt mich retten. Und Duke auch. Wenigstens Duke mußt du retten. Ich hab schon Shortys Tod auf dem Gewissen. Ist das nicht genug? Laß mich Duke retten – dann kannst du ja mich haben, wenn du mich haben willst. Ich habe Angst vor dem Sterben, Gott!« Daran hätte ich mich beinahe verschluckt. »Und es tut mir leid, daß ich ein solches Arschloch war. Bitte – Gott, ich hatte immer gedacht, du hättest größere Pläne mit mir. Schließlich soll es doch nicht so ausgehen, oder?« Meine Kehle fing an auszutrocknen. Meine Stimme wurde brüchig. Ich wußte nicht, warum ich all das Zeug redete. Vielleicht war es bloß, um überhaupt etwas zu sagen, während ich mich weiterarbeitete.

Und dann geschah etwas.

In mir.

Etwas verschob sich.

Ich begriff plötzlich, was ich tat. Ich erinnerte mich an etwas, was Duke einmal zu mir gesagt hatte. »Du solltest es einmal versuchen.«

Ich schluckte wieder.

Das war albern. Aber ...

Ich konnte spüren, wie ich anfing, es wirklich zu *wollen*. Wie ich wirklich Kontakt herstellen wollte.

Wenn es möglich wäre.

»Äh – ich weiß nicht, wie man das macht, wirklich nicht. Ich denke, ich sollte einfach reden, oder nicht? Also, äh – laß mich von vorne beginnen. Ich mache das wirklich für Duke. Ich bin sehr eigensüchtig gewesen und – ach, zum Teufel, ich weiß, daß du Duke nicht retten kannst, ohne mich auch zu retten, aber ...«

Meine Füße bewegten sich. Mein Mund arbeitete. Und dabei ging ich immer weiter.

Und *betete*.

»Gott, ich weiß nicht einmal, ob ich an dich glaube. Ich weiß nicht, ob du existierst. Ich hab nie darüber nachgedacht. Also – schätze ich, daß ich bloß ein weiterer verdammter Heuchler bin, der nur dann an dich glaubt, wenn es keine andere Hoffnung mehr gibt. Ich werd' hier verrückt, Gott – das ist einfach nicht fair. Ich hatte immer gedacht, daß ich eines Tages einmal die Chance haben würde herauszufinden, was das alles zu bedeuten hat. Hörst du mir überhaupt zu, Gott?« In dem Augenblick stolperte ich und fiel nach vorne in das Rosa, und irgendwie löste sich der Gurt von Dukes Tragegestell von meinem Arm. Ich spürte, wie er herunterglitt.

Und dann war er weg.

Und ich lag wie paralysiert in dem Puder.

Duke war nur wenige Zoll von mir entfernt. Wenn ich mich bewegte, konnte sein, daß ich ihn verlor. Ich mußte vorsichtig sein. Sehr vorsichtig.

Ich richtete mich auf den Knien auf, griff nach hinten, nach hinten, immer weiter hinter – fummelte im Staub herum. Bitte, Gott – laß mich Duke finden. Sonst gar nichts – laß mich nur Duke finden.

Ich ignorierte das Geräusch in meinen Ohren. Ich mußte Duke finden. Vorsichtig drehte ich mich um und betete, daß ich dabei nicht seitwärts einen anderen Abhang herunterrutschen möge, oder mich in die falsche Richtung drehen. Ich tastete herum. Flach ausgestreckt tastete ich nach vorne – meine Hand berührte etwas – ich packte es –

Es war Dukes Arm. Oh, danke dir, Gott!

Ich tastete nach seinem Gesicht. Ich fand es. Ich war blind. Die Welt war rosa. Mir war völlig gleichgültig, ob ich je wieder etwas sah. Laß nur ihn am Leben sein! Ich schob mein Gesicht dichter an das von Duke und lauschte. *Versuchte* zu lauschen. Konnte nicht. Da war zu viel Lärm. Aber seine Maske erzeugte schnarrende Geräusche! Er atmete noch! O lieber Himmel – danke dir Gott! Und jetzt bitte: Laß mich ihn zum Chopper bringen!

Das Geräusch in meinen Ohren wurde immer lauter. Lästig. Beharrlich. Was, zum Teufel, war das? Es klang wie eine Sirene.

Ich blieb stehen, um zu verschnaufen. Und lauschte.

Das Geräusch war vom Staub halb verdeckt. Es war ganz in der Nähe und klang doch weit entfernt. Eine Art Tuten.

Es *war* eine Sirene! Es kam aus dem Rosa als eine gleichmäßige Folge kurzer, scharfer, ansteigender Laute.

Der Chopper? Das mußte es sein.

Aber was hatte er dort drüben, links von mir zu suchen? Ich hatte mich in der falschen Richtung bewegt! Doch das war jetzt gleichgültig. Danke dir, Gott! Wir konnten es schaffen!

Ich schlang mir Dukes Gurt wieder um die Hüfte und richtete mich taumelnd auf. Ich bewegte mich auf die Sirene zu, zerrte Duke hinter mir her und konzentrierte mich ganz auf das Geräusch.

Wie ein Dämon tutete es jetzt. Wie jemand, der einen Bassethund schlägt. Die Schläge waren scharf und gleichmäßig, ein klapsendes, purpurnes Geräusch. Das Einzige in der Welt, was nicht rosa war. Und ich arbeitete mich darauf zu.

Ich sprühte vor mir flüssigen Stickstoff und knirschte durch Staub. Ich arbeitete mich durch etwas knisterndes, spinnwebenartiges Weiches. Alles war rosa. Aber ich konnte die Sirene hören und wußte, daß wir gerettet waren! Dank dir Gott, danke.

Und es gibt doch noch etwas für mich zu tun, oder?

SIEBZEHN

Ich fand den Chopper, indem ich gegen ihn stieß.

Wie ich die Tür fand, weiß ich nicht. Ich fing einfach an, mich an der Maschine entlangzutasten, wobei ich die ganze Zeit pochte und rief. Der Chopper saß so tief in dem Puder, daß ich auf sein Dach klopfte. »Lizard! Machen Sie die verdammte Tür auf!«

Und dann sprang plötzlich die Tür vor mir auf, und ich fiel hinein. Ich konnte sie nicht sehen, fiel einfach hinein und zerrte Duke mit mir. Der Staub strömte über uns. Jemand zog mich nach vorne. »O mein Gott!«

»Sie müssen Duke retten!« schrie ich. »Um mich brauchen Sie sich keine Sorgen zu machen! Mir fehlt nichts! Kümmern Sie sich um Duke!«

»Warten Sie! Ich muß die Tür schließen!« brüllte Lizard zurück. »Der Staub strömt herein.« Sie hustete und verschwand.

Ich lag auf dem Boden des Choppers und lauschte auf meinen Herzschlag, lauschte auf das hartnäckige Heulen der Sirene, lauschte meinem eigenen erleichterten Schluchzen. Ich konnte mich nicht bewegen. Ich mußte mich bewegen. Und da war noch etwas zu tun. Ich zog mich auf die Knie hoch. Ich hörte das Geräusch der Tür, die sich zischend schloß. Irgend etwas stimmte nicht an dem Geräusch. Ich konnte immer noch nichts sehen. Aber zumindest war es nicht mehr rosa. Es war dunkel und verschwommen. Ich wischte an meiner Schutzbrille.

»Lassen Sie die Maske auf!« Lizard war jetzt wieder vor mir. »McCarthy, können Sie mich hören? Verstehen Sie? Behalten Sie Ihre Sauerstoffmaske auf!«

Ich schaffte es, zu nicken und hervorzustoßen: »Wasser!«

Sie drückte mir einen Behälter mit irgend etwas in die Hand und war dann wieder verschwunden. Ich sog gierig an der Feuchtigkeit. Es war süß. Alles war süß. Plötzlich konnte ich wieder den Puder riechen. Frisch gebackene Croissants.

Ballongummi. Marshmallows. Etwas Butteriges. Süße Kartoffeln. Und Zuckerwatte. Immer Zuckerwatte.

»McCarthy!« Das war wieder Lizard. »Wir haben ein Problem mit der Tür! Ich kann sie nicht schließen! Der Staub ist im Weg! Die Tür ist verklemmt!«

»Scheiße!« Ich tastete herum, an Duke vorbei. »Ich kann überhaupt nichts sehen. Wo ist mein Freezer!«

»Da!« Sie drückte mir etwas Langes, Kaltes in die Hand.

»Drehen Sie mich zur Tür herum und machen Sie Platz. Und schaffen Sie Duke auch aus dem Weg!«

Ich fühlte ihre Hände an meinen Schultern, spürte, wie sie mich herumdrehte, mit mir zielte.

»Augenblick!« sagte sie. Ich hörte, wie etwas Schweres über das Deck gezogen wurde. »So, jetzt ist's gut ...«

Ich feuerte. Der Strahl war zu laut. Die Kälte war schrecklich und bitter. Etwas knisterte. Besonders schlau war das nicht gewesen. Ich konnte spüren, wie rings um mich Wolken aus kaltem Dampf aufwallten. Der flüssige Stickstoff reagierte immer kräftig auf normale Lufttemperaturen.

Lizard schob sich an mir vorbei, ging in den vorderen Teil der Maschine. Wieder hörte ich das Geräusch der Tür – nur daß ich diesmal auch hörte, wie der Puder wegknisterte, ja sogar explodierte, als er mit dem wärmeren Metall der Tür in Kontakt kam.

Und dann war die Tür geschlossen.

Im nächsten Augenblick schaltete Lizard die Sirene ab.

Und alles war schwarz und stumm.

»Gibt es irgendwo Licht?« schrie ich. »Ich kann immer noch nichts sehen!«

»Bleiben Sie einfach, wo Sie sind – Augenblick!« Ich hörte, wie sie vorne in der Maschine etwas tat. Im nächsten Augenblick kam sie zurück. Ich sah vor meinen Augen ein helles Leuchten. »Können Sie etwas sehen?«

»Etwas Verschwommenes, Helles. Es bewegt sich.«

»Das ist eine Taschenlampe.« Sie wischte über meine Schutzbrille. »Behalten Sie Ihre Maske auf. Ich blase nur etwas von dem Staub weg. Können Sie jetzt etwas sehen?«

»Es ist heller ...«

»Ganz ruhig. Hier drinnen ist eine Menge Rauch. Ich kann

die Ventilatoren nicht einschalten. Die würden sich sofort festfressen. Warten Sie eine Minute, ich glaube, jetzt, wo Sie Ihren Freezer eingesetzt haben, legt sich das Zeug.«

»Ich glaube, ich fange wieder an, etwas zu sehen«, sagte ich. »Das ist ein unheimliches Gefühl.«

»Ja, macht riesigen Spaß.« Und dann stieß sie, ohne es zu wollen, einen Schrei aus. »Mein Gott! Was ist denn mit Duke passiert?«

Ich versuchte, meine Augen zu fokussieren. Ich konnte ihn gerade erkennen.

Duke war eine Mumie. Duke war ein rosa verkrusteter Körper. Duke war ein Kokon. Duke war über und über verbrannt und mit rosa Puderzucker bestäubt. Duke lag auf dem Boden und rang keuchend nach Luft.

Meine Lungen schmerzten auch. Trotz der Masken mußten wir beide ein paar Kilo von dem Staub eingeatmet haben. Ich wollte einfach nicht weitermachen. Ich wollte mich nur hinlegen und sterben. Aber das tat ich nicht. Noch nicht. Ich fing an, nach hinten zu kriechen und suchte nach der Kassette mit dem roten Kreuz darauf. Lizard kam mit. Wir wußten beide, was zu machen war.

Wir versuchten gar nicht, ihm den Overall herunterzuziehen. Wir mußten ihn aufschneiden. Teile davon waren verbrannt. Teile davon waren noch gefroren. Und mit dem Stoff lösten sich Stücke verkohlter Haut ab. Der Staub bedeckte alles.

Ich konnte nicht sagen, wie schwer Duke verletzt war. Wir zogen ihm das Hemd herunter, und ich fing an, Monitore von der Größe von Spielmarken auf seine Brust zu kleben. Die letzten drei verpaßte ich ihm auf der Stirn und an den Schläfen. Dann hüllten wir ihn in eine Medi-Decke. Ich fand eine weitere Sonde und brachte sie an seiner Armbeuge an. Dann befestigte ich einen Druckbehälter an seinem Oberarm und gab ihm einen halben Liter künstliches Blut. Und dann fing ich mit Glukose und Antibiotika an.

Als das geschehen war, zog ich ihm die Schutzbrille und die Maske herunter. Seine Augen waren geschwollen, und er blutete aus der Nase. Lizard wischte ihm vorsichtig mit einem feuchten Tuch das Gesicht ab. Ich fand eine saubere

Sauerstoffmaske und vertauschte sie vorsichtig gegen seine gebrauchte. Wir hatten den Chopper gerade noch rechtzeitig gefunden. Der Tank war beinahe leer.

Die Konsole sagte, daß er sich im Schockzustand befand. Der Ultraschallscanner in der Decke lieferte eine sehr konfuse Angabe. Dann gab er auf und ließ einfach eine einfache rote Warnung blitzen AUF HILFE WARTEN.

Aber seine Gehirnwellen waren gleichmäßig. Das war ein gutes Zeichen. Und sein Herz auch.

Erst jetzt setzte ich mich hin, zog meine O-Maske herunter und warf sie nach hinten in die Maschine. Alles war mit dem rosa Zeug bedeckt. Wo die Maske auftraf, flog eine Staubwolke auf.

Ich wollte immer noch sterben. »Geben Sie mir eins von diesen Tüchern?«

Lizard schälte eine neue Packung auf und klatschte sie mir in die Hand. Ich faltete das Tuch auseinander und vergrub mein Gesicht in seiner kühlen Frische. »Danke«, sagte ich. »Danke für das Tuch. Danke für die Sirene. Danke, daß Sie hier sind. Danke, daß Sie Dukes Leben retten.« Ich wußte nicht, ob ich Lizard oder Gott dankte, wahrscheinlich beiden. »Danke.« Beim letzten Danke versagte mir die Stimme. Lizard reichte mir einen weiteren Behälter mit Wasser.

»Was ist geschehen?« fragte sie.

Ich sank gegen die Kabinenwand hinter mir. Ich sog einen Augenblick lang Wasser aus dem Behälter und sah sie dann an. Sie zog die Maske herunter. Sie war ebenfalls über und über mit rosa Puder bestäubt – nur die Augen und der Mund nicht. Es sah schrecklich aus. Wir sahen beide grotesk aus. Sie lehnte sich mir gegenüber gegen die Kabinenwand und wartete.

Ich atmete aus. Meine Brust schmerzte. Ich trank wieder Wasser. Ich wollte nicht reden. Dann sagte ich: »Sie sehen das größte Arschloch auf der ganzen Welt vor sich. Ich habe größeren Mist gebaut als je zuvor.«

»Das ist mir bereits bekannt«, sagte Lizard. »So viel ist offensichtlich. Erzählen Sie mir das, was ich nicht weiß.«

»Tut mir leid«, sagte ich. »Ich habe uns in eine Falle geführt. Zumindest fand Duke, daß es wie eine Falle aussah.

Ich bin immer noch nicht sicher, daß es eine war. Aber die Wirkung war dieselbe.« Ich saugte an dem Wasser. Herrgott, hatte ich Durst! Was hatte es mit diesem Staub denn überhaupt auf sich? Ich sah wieder Lizard an und fuhr mit leiser Stimme fort. »Jedenfalls, es *gibt* dort draußen Lebewesen. Wir haben sie gesehen. Sie haben uns umringt. Sie sehen aus wie kleine pelzbedeckte Männer. Sie haben die Form von Enten. Sie watscheln. Sie haben runde Gesichter und Schlitzaugen und Schlappohren. Sie reden wie Eichhörnchen. Sie schneiden einander Grimassen. Beim Reden verwenden sie die Hände. Sie sind einfach zu nett, um echt zu sein. Ich nehme an, sie sind aus Disneyland entkommen. Sie haben uns umringt und wollten uns nicht vorbeilassen. Sie hielten uns für irgend etwas fest. Einen Wurm. Und dann sind drei weitere von ihnen – nein, vier – auf einem Daddywurm angeritten gekommen. Sie hielten eine Konferenz. Und dann bewegte sich der Wurm auf Duke zu. Für mich sah es nicht wie ein Angriff aus, aber Duke feuerte trotzdem. Und sein Brenner explodierte. Es muß der Staub gewesen sein. Er ist zu fein. Er explodiert.« Ich schauderte bei der Erinnerung daran. Ich wollte nicht mehr reden. Ich wollte ihr den Rest nicht erzählen.

Lizard bedrängte mich nicht. Sie saß einfach da und musterte mich still.

Und ich musterte sie auch.

Ich wußte nicht, wie ich mich ihr gegenüber verhalten sollte. Ich war in diesen Chopper gefallen, und mir war danach, zu heulen wie ein kleines Kind. Ich wollte mich an der Schulter von irgend jemand ausweinen. Das war immer die Vorstellung gewesen, die ich von Frauen gehabt hatte. Daß sie für die, die es brauchten, eine unbegrenzte Zahl von Schultern zum Ausweinen hatten. Weil ich immer einer von denen gewesen war, die es brauchten.

Aber hier gab es keine Schultern zum Weinen.

Nicht bei Lizard. Lizard war ganz Militär. Lizard war so glatt und faltenlos wie eine nagelneue Banknote. Sie machte mir Angst.

Ich nahm wieder einen Zug aus dem Wasserbehälter. Er war leer.

Lizard ging nach hinten, um in den Vorräten herumzuwühlen und reichte mir einen neuen. Ich nahm ihn und biß den Nippel ab. Während ich trank, fragte sie leise: »Hatten Sie Angst?«

»Das ist das *Komische* daran. Nicht während es passierte. Jetzt ...« Ich streckte meine Hand aus, um es ihr zu zeigen. »Jetzt zitterte ich immer noch.«

Sie nickte. »Ich kenne das, Leute, die es nicht kennen, nennen es Courage.«

»Ja«, sagte ich. »Courage war es nicht. Es war nur – nun, ich habe eben getan, was ich tun mußte, weil mir nichts anderes in den Sinn kam.«

Ihre Augen waren zu durchdringend. Ich sah weg. Blickte zu Boden, auf die Wände, die Decke des Choppers.

Merkte sie denn nicht, wie nahe an der Panik ich immer noch war? Sie fing wieder zu reden an, ganz ruhig. »Ich hab einmal gesehen, wie ein alter Hangar der Air Force in die Luft flog. Ich war nur zehn Meter davon entfernt, als das Feuer anfing. Zuerst war es nur ganz klein. Es fing in einer Mülltonne an – irgend so ein Idiot hatte eine brennende Zigarette hineingeworfen, aber plötzlich kletterten die Flammen an der Wand hoch. Ich drehte mich zur Tür um, als das Feuer den ersten Laufgang erreicht hatte. Oben im Gebälk war der Staub von fünfzig Jahren. Bis ich mich umgedreht hatte, hatte das Feuer mich bereits überholt. In weniger als drei Sekunden hatte es die ganze Decke erfaßt. Jemand schrie mich an, also rannte ich los. Bis ich es zur Tür geschafft hatte, war da schon ein heißer Wind, der mich hinausschob. Dann war ich draußen, rannte zwanzig Meter, drehte mich um und sah, wie die ganze Wand nach außen explodierte. Ich machte wieder kehrt und rannte weiter. Als ich mich das nächstemal umsah, löste sich gerade das ganze Dach in einem Ball orangeroter Flammen. Das Ganze dauerte weniger als zehn Sekunden. Und seitdem lebte ich immer in der Angst, daß so etwas wieder passieren würde. Ich erinnere mich nicht, ob ich damals Angst hatte. Aber seitdem hatte ich immer welche.«

»Ja –«, sagte ich. Der Behälter war leer. Ich stellte ihn weg. »Das ist dort auch passiert. Ich hatte keine Zeit, darüber nachzudenken – als es passierte, meine ich. Und jetzt kann ich nicht *aufhören,* daran zu denken. Es ist wie ein Video, das die ganze Zeit immer wieder in meinem Kopf abläuft, und ich stecke mitten drinnen. Und ich weiß nicht, wie ich es anhalten soll. Ich sehe die ganze Zeit die Flammen. Und den Staub. Und den Wurm. Und die Bunnydogs. Und wünsche mir die ganze Zeit, ich hätte etwas tun können.«

Etwas wie Verstimmung huschte über ihr Gesicht, und dann sah sie mich streng an. »Was ist geschehen?«

»Die Flammen sprangen nicht aus dem Brenner heraus, wie sie das hätten tun sollen. Sie sprangen *zurück.* Sie hüllten Duke in einen Feuerball. Ich überlegte nicht – ich richtete einfach den Freezer auf ihn und besprühte ihn mit flüssigem Stickstoff. Die Flammen verschwanden fast im gleichen Augenblick. Ebenso der Wurm und die Bunnydogs. Ich weiß nicht, wie die sich in dem Zeug zurechtfinden. Ich konnte es jedenfalls nicht. Ich war verloren. Ich packte Duke und fing an, in die Richtung zu taumeln, in der ich dachte, daß der Chopper wäre. Und ich hatte wieder unrecht. Wenn Sie nicht die Sirene eingeschaltet hätten, wäre ich immer noch dort draußen und würde ihn herumzerren. Oder ich wäre tot. Inzwischen wäre uns die Luft ausgegangen«, fügte ich hinzu.

Lizard nickte. Dann meinte sie: »Tatsächlich haben Sie genau das Richtige getan. Dieser Overall ist feuerresistent. Ebenso die Maske und die Schutzbrille. Es gab gar nichts anderes, was Sie hätten tun können. Sie sind am Leben, er ist am Leben. Sie haben es richtig gemacht.«

Ich schüttelte den Kopf. »Aber es *fühlt* sich nicht richtig an. Es fühlt sich wie eine Wiederaufführung von Shorty ...«

»Mhm«, nickte sie. »So sieht es für Sie aus. Ist Ihnen das noch nie aufgefallen? Nichts ist je genau das, was es ist? Es ist immer wie etwas anderes. Was auch immer passiert, es erinnert einen immer an etwas, das früher passiert ist. Stimmt's?«

Sie hatte recht. »Äh – ja!« Ich ertappte mich dabei, daß ich lächelte.

»Mir geht das genauso.« Sie erwiderte mein Lächeln. Und dann lachte sie – ein irgendwie flüssig wirkendes Lachen, das mich verblüffte. »Sie haben mir Ihre Geschichte erzählt«, sagte sie, »also habe ich die meine erzählt. Wissen Sie, daß die meisten Gespräche nichts anderes sind als zwei Leute, die sich gegenseitig ihre Geschichten erzählen?«

Etwas an der Art und Weise, wie sie das sagte, ließ mich an Dr. Fromkin denken. Aber ich bekam keine Gelegenheit, sie zu fragen.

Duke stöhnte.

Wir sahen beide zu ihm hinüber und eilten dann zu ihm, um nachzusehen, ob bei ihm alles in Ordnung war.

»Duke?« Ich legte mein Gesicht dicht an das seine.

Wieder stöhnte er. »Das tut weh.«

»Das ist gut, Duke. Das ist ein gutes Zeichen.«

Die Medikonsole piepste und blitzte dann auf: PATIENT BRAUCHT SEDATIVUM.

Ich fand eine rote Ampulle und stöpselte sie in das Druckgerät an seinem Arm. Ein paar Augenblicke später ging Dukes Atem leichter. »Jetzt hat er den Schock überwunden«, sagte ich. Ob das stimmte oder ob ich das nur glauben wollte, wußte ich nicht. Ich versuchte, mich selbst zu überzeugen. »Die Medibox würde doch keine Sedativa verlangen, wenn er sich noch im Schock befände, oder?«

»Ich weiß nicht«, meinte Lizard und zuckte die Achseln. »Ich schalte die Konsole mal auf Oakland und will sehen, was die vorzuschlagen haben.« Sie kletterte nach unten auf die Nase der Maschine zu.

Ich blieb noch eine Weile bei Duke sitzen und wünschte, daß da noch etwas wäre, was ich für ihn tun konnte. Ich fragte mich, ob er wohl überleben würde. Und wenn ja – wie er dann aussehen würde?

Diesen Gedanken mußte ich möglichst schnell verdrängen. Das wäre die beste Art und Weise, mich selbst verrückt zu machen. »Duke«, flüsterte ich ihm zu. »Es tut mir leid. Ich wußte nicht, was ich sonst hätte tun sollen. Ich mag dich, Duke. Das habe ich dir noch nie zuvor gesagt, aber ich mag dich wirklich, ich brauche dich. Bitte, bleib bei mir.«

Ich wußte, daß er keine Antwort geben konnte. Wahrscheinlich konnte er mich nicht einmal hören. Aber das war jetzt nicht wichtig. Ich wußte einfach, daß ich es sagen mußte.

Nach einer Weile stand ich auf und ging nach vorne zu Lizard. Sie hatte sich in ihrem Sitz zusammengekuschelt, hatte das Kinn auf die Faust gestützt und studierte eine Wetteranzeige auf dem Bildschirm. Sie blickte grimmig. Ich setzte mich stumm neben sie. Der rosafarbene Staub hatte sich fast bis zur Oberkante der Windschutzscheibe aufgetürmt. Es fing an, im Inneren des Choppers sehr dunkel zu werden.

»Haben Sie Verbindung mit Oakland bekommen?«

»Mhm. Die überwachen jetzt und sagen uns Bescheid.«

Ich deutete auf die Windschutzscheibe. »Das Zeug kommt immer noch herunter?«

»Mhm. Das wird es die ganze Nacht.« Sie deutete auf den Bildschirm vor sich. »Der Hauptteil der Wolke muß immer noch über uns hinwegfliegen. Wir werden in diesem Zeug begraben werden – und ich habe keine Ahnung, wie tief es werden wird.«

ACHTZEHN

Ein Gedanke drängte sich mir plötzlich auf. »Werden wir genug Luft haben?«

Lizard zögerte. »Ja – wir haben ein paar Sauerstofftanks bei den Vorräten. Die können wir öffnen. Theoretisch sollten wir eineinhalb Tage aushalten können. Aber darauf angewiesen sein, möchte ich nicht gerne.«

Sie zog die Kopfhörer herunter und warf sie vor sich auf das Armaturenbrett. »Scheiße«, sagte sie.

»Was ist denn?«

»Oh, nichts. Ich hatte nur für heute abend etwas vor. Und zwar nicht gerade, mich lebendig begraben zu lassen.«

»Oh«, sagte ich. Ich konnte mir Colonel Lizard Tirelli einfach nicht als jemanden vorstellen, der eine Verabredung hatte. »Tut mir leid.«

»Wofür entschuldigen Sie sich denn? Das ist doch nicht Ihre Schuld.«

»Äh, ich wollte nur zum Ausdruck bringen, daß es mir leid tut.«

»Ja, nun, dann vielen Dank für Ihr Mitgefühl. Ich habe den ganzen Tag an nichts anderes als Steak und Hummer gedacht.«

»Hummer?«

»Mhm. Die Zuchtanstalten in Arizona liefern jetzt wieder. Sie sollten sehen, was die manchmal für Trümmer anbringen. So groß –« Sie zeigte es mir, indem sie die Hände einen Meter auseinanderhielt. Und dann fügte sie nachdenklich hinzu: »Ist auch nicht schwer, Arizona sauber zu halten. Dort gibt es nicht viel Futter und auch keine Deckung für die Würmer. Dort zumindest sollte es uns möglich sein, sie ziemlich lang fernzuhalten.«

»Ist das ein Teil der Langzeitplanung?«

»Bis jetzt noch nicht. Aber dazu kommt es noch.«

»Werden Sie dem Ausschuß angehören?«

»Man hat mich eingeladen. Es ist eine Frage der … Prioritäten.« Sie zuckte die Achseln. »Was nützt denn Langzeitplanung, wenn man sich nicht um die Gegenwart kümmert?«

»Andererseits«, sagte ich, »das, was man in der Gegenwart tut, sollte ja eine Funktion der langfristigen Ziele sein, nicht wahr?«

Sie sah mich scharf an. »Haben Sie mit Dr. Fromkin gesprochen?«

»Äh – nein. Warum?«

»Weil das ganz nach ihm klingt. Das ist übrigens ein Kompliment. Aber Sie haben recht. Ich muß dorthin gehen, wo ich am effektivsten tätig sein kann.« Sie lächelte. »Und das bedeutet, daß ich wahrscheinlich dem Ausschuß beitreten werde. Ich fürchte nur, daß ich dann nicht mehr soviel zum Fliegen komme. Und das Fligen will ich nicht aufgeben.«

»Ich würde meinen, daß Sie noch mehr fliegen müssen, wenn Sie dem Ausschuß angehören – Sie wissen schon, Beobachtungen vor Ort.«

»Das ist eine gute Idee«, gab sie zu. »Aber ich weiß nicht, ob es so laufen würde.« Jetzt blickte sie zum Fenster. »Geben Sie mir mal die Lampe.«

Ich reichte sie ihr, und sie richtete den Lichtstrahl auf den oberen Rand der Windschutzscheibe vor ihr. Die Scheibe war jetzt völlig rosa. »Ja, so habe ich mir das gedacht. Die Scheibe ist jetzt völlig zugedeckt. Das Zeug kommt immer schneller herunter.«

Sie stemmte sich aus ihrem Sitz und fing an, sich nach hinten durchzuarbeiten. Ich folgte ihr. Sie öffnete eine Klappe in der Wandvertäfelung und brachte eine weitere Taschenlampe und eine Notlampe zum Vorschein. Die Lampe hängte sie an einen Haken in der Decke. »So – jetzt ist's besser.« Sie reichte mir die zweite Taschenlampe.

Dann stieg sie an Duke vorbei und ließ den Lichtkegel ihrer Lampe im hinteren Bereich des Choppers herumwandern. Ich wußte nicht, was sie suchte. Sie schob den Kopf in die hintere Beobachtungskuppel und suchte mit der Taschenlampe darin herum. »Mhm. Jetzt sind wir völlig begraben. Ich hoffe nur, daß dieses Mistzeug nicht isoliert. Dann könnte es hier drinnen nämlich schrecklich warm werden.«

»Ich dachte, Banshees haben Hitzekacheln.«

»Haben sie auch – aber wenn wir zugedeckt sind, kann die Wärme nirgends hin.« Sie kletterte weiter nach hinten. »Haben Sie Hunger?«

»Ja.«

»Gut. Holen Sie die Notrationen raus.«

Ich sah mir Duke noch einmal an, der keine Veränderung zeigte, und holte dann die Rationsbox. Wir trafen uns wieder im vorderen Teil des Choppers und drehten die Sitze so herum, daß wir nach hinten blickten. Es war besser, wenn einen der fünfzehn-Grad-Winkel, in dem die Spitze nach vorne abgekippt war, festhielt, statt einen aus dem Stuhl zu kippen. Ich lehnte mich zurück und legte die Füße aufs Deck. Die Konzentratstangen waren ziemlich klebrig und man hatte einige Mühe mit ihnen.

Plötzlich fragte sie: »Hat man Sie je zu einer Blauen Messe eingeladen?«

Ich schüttelte den Kopf. »Ist das eine Einladung?« fragte ich.

Sie warf mir einen säuerlichen Blick zu. »Ich wollte nur wissen, ob Ihnen etwas darüber bekannt ist.«

»Tut mir leid«, sagte ich. »Soweit ich gehört habe, sind die bei der Anwerbung neuer Mitglieder recht aggressiv.«

Sie nickte. »Mich hat man letzte Woche eingeladen. Die halten sie jetzt jedes Wochenende ab. Hunderte von Leuten nehmen teil und zahlen jeder tausend Caseys für das Privileg, teilnehmen zu dürfen.« Dann wurde Lizards Tonfall etwas weicher. Sie sagte: »Ich habe mich nur gefragt – ich hab da alle möglichen Geschichten gehört, aber noch nie von einem der teilgenommen hat. Offensichtlich gibt es da so etwas wie ein Vertraulichkeitsabkommen. Aber ich höre, daß ... es ungeheuer entspannend ist. Alle lassen sich gehen. Ich weiß nicht, was das bedeutet. Wohl auch eine Menge Sex.«

Sie ließ den Gedanken eine Weile zwischen uns in der Luft hängen und meinte dann: »Ich weiß nicht, ob es der beste Weg aus dem Wahnsinn ist, sich halb um den Verstand zu vögeln, aber offensichtlich funktioniert das für manche Leute. Also ... frage ich mich manchmal, ob es für mich funktionieren würde. Ich komme einfach von der Frage nicht los, ob vielleicht all diese Leute wirklich etwas gefunden haben.«

Jetzt wurde ihre Stimme ganz weich. Ich hatte Mühe, das zu hören, was sie als nächstes sagte.

»Manchmal ist die Versuchung sehr stark. Was, wenn es wirklich funktioniert? Wäre ich dann nicht blöd, nicht hinzugehen? Es wäre nett, zu vergessen – selbst für eine kurze Weile. Deshalb würde ich hingehen. Um zu vergessen.«

Mir war das ungeheuer peinlich. Ich wollte etwas sagen, wußte aber zugleich, daß, was auch immer ich sagte, automatisch falsch sein würde.

»Nur«, fuhr Lizard fort, »ich weiß, daß es eine Falle ist. Es ist wie Drogen. Einfach Flucht aus der Realität. Und sobald man einmal zu fliehen versucht, dauert es nicht lange, bis man wirklich davonrennt. Ich hab das schon an zu vielen Leuten miterlebt. Und ich will nicht, daß es mir passiert.« Dann verstummte sie abrupt.

Ich sah zu ihr hinüber. Sie starrte in Gedanken versunken auf ihren Konzentratriegel.

Ich sah den meinen an. »Hummer ist das ganz sicher nicht, wie?«

»Das stimmt; erinnern Sie mich nur daran.« Sie klang bitter.

»Tut mir leid.« Und da traf ich meine Entscheidung. Ich mußte fragen. »Colonel?«

Sie blickte nicht auf.

»Äh, manchmal hab ich dieselben Gefühle, und – äh – ich kann mir vorstellen, daß ich wahrscheinlich nicht der einzige bin. Also denke ich, daß die Bonzen da oben darüber Bescheid wissen. Ich meine, es muß doch irgend etwas geben ..., um sich zu entspannen. Nicht wahr?«

Sie gab nicht gleich Antwort. Ich fing schon an, mich zu fragen, ob sie überhaupt antworten würde, als sie plötzlich sagte: »Ja, die Bonzen wissen, daß die meisten Männer und Frauen in Uniform nahe am Abgrund sind, aber es gibt keine Lösung. Zumindest nicht die Art, die Sie suchen – die einfache.«

Und plötzlich war sie wieder Colonel Tirelli, militärisch und stramm. Unter Kontrolle. »Erinnern Sie sich an Dr. Fromkin? Er arbeitet im Augenblick an diesem Problem. Der Präsident hat ihn dazu aufgefordert. Bis jetzt hat er nur von sich gegeben, daß die einzige Antwort eine unbefriedigende sei. Er sagt, jeder von uns sei für das verantwortlich, was in seinem eigenen Kopf vor sich geht. Deshalb ist auch jeder von uns dafür verantwortlich, sein eigenes Gleichgewicht aufrechtzuerhalten.«

»Aber wie?«

Sie zuckte die Achseln. »Das ist es ja, woran er arbeitet. Ich nehme an, irgendeine fortgeschrittene Form der Mentalausbildung. Aber ich weiß es nicht. Hören Sie«, fügte sie hinzu, »Sie sind doch bei den Special Forces, der Onkel-Ira-Gruppe. Sie können ja immer Dr. Davidson in Atlanta anrufen.«

»Sprechen Sie mit ihm?« fragte ich.

»Jetzt werden Sie persönlich«, sagte sie.

»Tut mir ...«

»Da, jetzt fangen Sie schon wieder an, sich zu entschuldigen.« Sie sah mich an, mit einem seltsamen Ausdruck im Gesicht. »Tun Sie nie etwas anderes?«

»Oh, tut mir leid – ich meine, ja – ich baue Mist.« Ich erwiderte ihren Blick. »Um etwas zu haben, wofür ich mich entschuldigen kann. Manchmal denke ich, daß das die einzige Sozial-Transaktion ist, auf die ich mich verstehe.« Ich grinste nachsichtheischend.

»Schlemiel nennt man das«, sagte sie. »Das ist ein Spiel. Man gewinnt, indem man die Leute dazu bringt, einem zu verzeihen. Man kann es immer spielen, so lange es Leute gibt, die man mit Suppe bespritzen kann.« Sie blickte säuerlich auf ihren Konzentratriegel. *»Aber mich langweilt es zu Tode.«*

Ich wußte nicht, was ich sagen sollte. Trotzdem machte ich den Mund auf. Worte fielen heraus. »Nun, dann bitte ich Sie um Nachsicht dafür, daß ich mich auf demselben Planeten mit Ihnen befinde. Und dafür, daß ich derselben Spezies angehöre.«

»Ich bin gar nicht so sicher, *daß* wir derselben Spezies angehören«, sagte sie. »Da würde ich gerne noch eine zweite Meinung dazu hören.«

Jetzt war ich verwirrt. Wenn ich hätte aufstehen und weggehen können, hätte ich das getan, aber wo hätte ich hingehen sollen. Wie sollte ich ihr *antworten?* Ich sagte: »Ich weiß nicht, was ich mit Ihnen machen soll! Vor ein paar Minuten haben wir wie zwei menschliche Wesen miteinander geredet, und jetzt behandeln Sie mich, als wäre ich irgendein – *Ding!*«

Sie gab nicht gleich Antwort, sondern biß von ihrem Riegel ab und kaute ruhig. Als sie dann wieder sprach, blieb ihre Stimme ganz ruhig. »Ich behandle Sie so, wie Sie sich verhalten, *Lieutenant*«, sagte sie. »Sie verhalten sich wie ein verzogenes kleines Kind. Das ist langweilig. Ich bin es leid, mir Ihre Entschuldigungen anzuhören. Ich bin es leid, daß Sie die Schuld für alles auf sich nehmen, das auf der Welt schiefgeht.«

»Nun, aber ...«

»Nein. Halten Sie den Mund und hören mir zu. Sie schreiben sich die Dinge, die Sie richtig gemacht haben, nicht zu.«

»Ich glaube nicht, daß ich irgend etwas richtig gemacht habe!«

»Genau. Sie *glauben nicht!* Sie sind in den Staub hinausgegangen und haben sich ein paar bislang unbekannte chtorranische Lebewesen aus der Nähe angesehen. Sie haben Dukes Leben gerettet. Ich räume ein, Sie haben das in äußerst unorthodoxer und wahrscheinlich nicht empfehlenswerter Art und Weise getan, aber Sie *haben* ihm das Leben gerettet. Und dann haben Sie ihn ganz allein zum Chopper zurückgeschleppt. Ich kenne eine ganze Menge Leute, die das nicht getan hätten, die hätten eher aufgegeben. Sie haben nicht aufgegeben! Und als Sie hierherkamen, haben Sie noch nicht aufgehört. Sie haben überhaupt nichts für sich selbst getan, bis Sie alles, was Sie konnten, für Duke getan hatten. Ich war auch hier. Erinnern Sie sich vielleicht daran? Ich habe es gesehen! Wissen Sie, für so etwas gibt es Orden. Sie sind ein gottverdammter Held, McCarthy!«

»Nein, das bin ich nicht!«

»Aber Sie wollen es nicht glauben, weil Sie in Ihrem Schädel irgendein Bild davon haben, wie Ihrer Ansicht nach ein Held aussieht, und das sind Sie nicht! Stimmt's?«

»Äh ...«

»Stimmt's?« bohrte sie. »Habe ich recht?«

»Äh – ich weiß, daß ich kein Held bin. Ja, Sie haben recht.«

»Ja«, nickte sie. »Also laufen Sie herum und entschuldigen

sich für das, was Sie sind. Und in der Zwischenzeit vergessen Sie völlig, daß das, was Sie sind, gar nicht so schlecht ist. Wissen Sie, wenn Sie nicht ein solcher Tolpatsch wären, wären Sie sogar irgendwie nett.«

»Wie?«

Sie wurde rot und streckte die Hände in die Luft. »Jetzt kennen Sie mein Geheimnis. Ich finde, daß Sie nett sind. Ein Arschloch zwar, aber ein nettes.«

»Hören Sie schon auf! Ich mag es nicht, wenn man sich so über mich lustig macht! Ich hatte schon auf der High School genug davon!«

»Ich mache mich nicht lustig.« Jetzt war sie todernst.

»Wie?« Dieses Gespräch gab einfach keinen Sinn ab. »Ist das Ihr Ernst? Sie finden, daß ich nett bin?«

»Ja.« Sie nickte. *»Sie.«*

»Äh – nein. Das bin ich nicht. Ich habe eine gebrochene Nase, die nie richtig zusammengewachsen ist. Und zu klein bin ich auch. Und zu dünn. Und ...«

»Da, da haben wir es schon wieder. Können Sie es nicht einfach akzeptieren und danke sagen?«

»Äh ...« Das war sehr schwierig. »Ich bin – so etwas nicht gewohnt. Komplimente meine ich. Niemand hat mir je – ich meine ...« Und dann verstummte ich. Mir war das ungeheuer peinlich. Dabei fühlte ich mich herrlich. Lizard war wirklich eine schöne Frau!

»Danke«, sagte ich.

»Gut.« Sie strahlte. »Sehr gut.« Sie sah sich an, was von ihrem Notrationsriegel übriggeblieben war. »Aber in einem Punkt haben Sie recht, wissen Sie.«

»Wo habe ich recht?«

»Hummer ist das ganz bestimmt nicht.«

NEUNZEHN

Ich wurde von Lizards Stimme geweckt. Mein Hals fühlte sich an, als wäre er voll Baumwolle. Ich versuchte, mich zu räuspern, ihn freizubekommen, schaffte es aber nicht.

»Nein, wir sind immer noch verschüttet. Hier drinnen ist's dunkler als im Bauch eines Bären.«

Ich öffnete die Augen. Sie sprach wieder am Funkgerät. Ich versuchte, Atem zu holen. Meine Brust schmerzte.

»Nein, ich kann nicht sagen, wie tief. Aber ich glaube, die Sonne kommt etwas durch. Im Turm und ganz oben an der Windschutzscheibe ist ein schwaches Leuchten, aber ich bin nicht sicher, daß das etwas zu bedeuten hat. Das Zeug ist durchscheinend. Und wenn es sich zu Wächten auftürmt, wird es nicht sehr dicht, läßt also eine Menge Licht durch. Wir könnten ebensogut zehn Meter tief begraben sein und es nicht wissen.«

Ich hatte dieses Gespräch schon einmal gehört. Lizard und ich hatten den ganzen letzten Abend darüber geredet, ehe wir schließlich jeder auf seiner improvisierten Pritsche in den Schlaf gesunken waren.

Ich arbeitete mich mühsam in die Höhe, bis ich saß. Ich war steif, und alles tat mir weh. Am schlimmsten schmerzten die Lungen. Jeder Atemzug kostete Mühe. Ich wollte husten, wußte aber, daß ich das nicht wagen durfte. Wenn ich anfing, würde ich nie wieder aufhören. Ich wußte, daß ich nur ganz schwach und oberflächlich atmen durfte und meine Bewegungen auf das Minimum beschränken mußte. Dabei war der Druck, der mich zum Husten reizte, unglaublich.

Ich mußte nach Duke sehen. Er schlief noch.

Er sah schlimm aus. Sein Haar war zum größten Teil weggebrannt. Teile seiner Kopfhaut hatten sich abgelöst oder zogen Blasen. Die Haut sah tot aus. Er sah so schlimm aus, daß ich ihn gar nicht ansehen wollte. Ich wollte nicht wissen, wie er unter der Medidecke aussah. Mir war speiübel.

Das war nicht mehr Duke. Das war verbranntes Fleisch. Es

sah auch nicht so aus, als würde es jemals wieder Duke sein. Ein Gedanke ging mir durch den Sinn: Vielleicht würde er besser dran sein, wenn er starb. Ich schob den Gedanken von mir. Und betete darum, daß Gott mich nicht gehört hatte. Ich habe es nicht so gemeint, Gott, sagte ich stumm, wirklich nicht.

Ich drückte ein paar Knöpfe an der Konsole, um eine Anzeige zu bekommen. Die Medibox überwachte beständig seine Körperfunktionen, und die Dosierung der Sedativa in seinem Blutstrom wurde automatisch auf gleichem Niveau gehalten. Wahrscheinlich war es gefährlich, ihn so lange bewußtlos zu halten; aber was hätten wir sonst tun sollen? In Oakland konnten sie dieselben Informationen aufnehmen. Sie kannten die Umstände, in denen wir uns befanden. Wenn irgend etwas anderes getan werden müßte, würden sie uns rufen – oder die Medibox direkt umprogrammieren. Aber für den Augenblick blieb uns nichts anderes als warten.

Und ich haßte es, warten zu müssen.

Es erzeugte in mir ein Gefühl der Nutzlosigkeit.

Duke fing an, schlecht zu riechen. Sehr schlecht. Der Bildschirm zeigte an, daß seine Beine infiziert waren. Viel länger konnte das nicht so weitergehen.

Der Chopper hatte ganz hinten an der Kabine einen winzigen Waschraum. Ich ging hinein und übergab mich. Und dann fing ich zu husten an. Es tat höllisch weh.

Als ich schließlich wieder nach vorn zu Lizard zurückkam, hatte sie den Funk ausgeschaltet. Sie hatte ihren Sessel herumgedreht, um nach hinten sehen zu können, und hatte gerade eine neue Rationsbox eröffnet.

»Morgen«, grinste sie. »Etwas Hummer gefällig?« Sie fuchtelte mir mit einem Riegel aus einer grauen Masse vor der Nase herum. Das Zeug sah ungesund aus.

»Nein, danke«, sagte ich und ließ mich in meinen Sessel fallen. Meine Brust schmerzte.

»Oder vielleicht etwas Steak?« Sie zeigte mir eine krankhaft grün aussehende Konzentratstange.

»Bitte – ich hab mich heute morgen schon einmal übergeben. Dieses Zeug taugt einfach nicht für menschliche Ernährung.«

»Es hängt ganz von dem Wein ab, den man dazu serviert«, sagte sie kauend. Sie hob eine Bierdose, um mir zu zeigen, was sie meinte.

Ich sah zu ihr hinüber. »Wenn wir hier rauskommen«, sagte ich, »kaufe ich Ihnen den größten Scheißhummer von ganz Arizona. Und die beste Flasche Wein, die ich mir leisten kann. Und bis dahin will ich kein Wort mehr über Essen hören.«

»Akzeptiert«, sagte sie. »Mit etwas Glück wird das heute abend sein.«

»Wirklich?«

Sie nickte. »Die Wettersatelliten zeigen an, daß die Wolke sich aufgelöst hat – oder sich so weit aufgelockert, um nicht mehr auf Bildschirm sichtbar zu sein. Letzte Nacht hat es kräftige Winde gegeben. Der Hauptteil der Wolke hat uns gegen drei Uhr früh passiert. Oakland sagt, die letzten Reste davon würden sich über Sacramento auflösen. Die haben ein paar Zoll Zuckerwatte bekommen, aber bei weitem nicht so viel wie wir. Möglicherweise wird es regnen; bei all diesen Staubpartikeln in der Luft ist das sogar recht wahrscheinlich. Der Wetterdienst ist jetzt dabei, sein Modell anzupassen. Aber ich wette, daß es regnet, ehe die eine Simulation fertig haben.«

»Mhm«, machte ich.

Wenn man einmal davon ausging, daß die ›Löwenzahn‹-Wolken nicht einen permanenten rosafarbenen Dunst in der Luft hinterlassen hatten, mußten wir uns immer noch um das eigentliche Problem kümmern. Der Chopper war in diesem Mistzeug vergraben. Wie sollten wir aus der Maschine kommen? Wenn wir mehr als zwei Meter Staub über uns hatten, konnten wir das ebensogut vergessen.

Und das führte bereits zum *nächsten* Problem. Wie ausgedehnt *waren* diese Wächten denn überhaupt? Ich wußte bereits aus Erfahrung, daß wir uns in ihnen nicht sehr weit würden bewegen können. Nein, es war unwahrscheinlich, daß wir freies Land erreichten – sie würden uns hier abholen müssen.

Und dann war da noch das Problem mit Duke.

Ich nuckelte an einem Wasserbehälter und sah Lizard an.

Sie schien ebenfalls in Gedanken versunken, bemerkte aber meinen Blick. »Ja?«

»Wie bringen wir Duke hier raus?«

»So weit sind Sie wohl inzwischen gekommen, hm?«

»Äh, ich bin gar nirgends. Ich denke mir nur, daß Duke der schwierigste Teil des Problems ist. Wenn wir damit klarkommen, erledigt sich der Rest von selbst.«

Sie nickte. »Ich glaube, wir werden auf Hilfe von draußen warten müssen. Im Augenblick ist die beste Lösung, die mir einfällt, ein Sikorsky-Himmelshaken. Er könnte uns einfach herausziehen – wenn wir es schaffen, die Greifer zu befestigen.«

Ich überlegte. »Wenn auch nur noch ein Stück von dem Fallschirm zugänglich ist, könnten die ja daran einhaken, oder? Das könnten sie als Tragegeschirr benutzen.«

»Hey! Das ist gar nicht übel ...«

»Danke.«

»... wird bloß nicht funktionieren.« Und dann erklärte sie es mir. »Das ist nicht Ihre Schuld. Das Problem ist der Sikorsky. Kein Chopper kann uns hier rausholen. Er würde zuviel Staub aufwirbeln und dabei seine eigenen Motoren ruinieren. Und dann plumpsen sie auf uns herab.«

»Ich frage mich, ob man dieses Zeug wegspülen könnte? Mein Urgroßvater hat einmal versucht, mir einen Regentanz beizubringen. Sie sagten, es sei Aussicht auf Regen. Ich werde ihn hierher dirigieren.«

Sie lächelte säuerlich. »Dann wird Schlamm aus diesem Zeug, der dann anschließend zu Beton aushärtet.«

»Aber das ist doch nur – Kuchenmehl!«

»Haben Sie je versucht, einen abgestandenen Krapfen zu essen?«

Ich hob verzweifelt die Hände. »Dann weiß ich auch nicht weiter.«

»Und andere Ideen?« fragte sie.

»Nun, wir wissen, daß wir das Zeug *wegbrennen* können.« Das sagte ich ohne besondere Begeisterung.

»Ja, das wäre eine Idee«, erwiderte Lizard munter. »Sie und Duke haben bereits bewiesen, daß der Staub brennbar ist, und dieser Chopper ist mit Hitzekacheln besetzt. Der würde einen wunderbaren Ofen abgeben.« Sie grinste mir zu. »Haben Sie das gern – ich meine, Essen aus der Bratröhre?«

»Nein, danke.« Ich griff mir die Taschenlampe, knipste sie an und drehte meinen Sessel nach vorne. Ich starrte auf die rosafarbene Barriere auf der gegenüberliegenden Seite der Windschutzscheibe. »Ich frage mich, was die auf dem Planeten Chtorr machen?«

»Die fliegen wahrscheinlich nicht, wenn Zuckerwattewetter ist.«

»Ja, wahrscheinlich bekommen sie Schokoladenwarnung.«

»Ich kann mir die Vorhersagen gut vorstellen«, sagte Lizard. »Morgen vorwiegend heiter mit vereinzelten Zuckerwatteschauern und einer zwanzigprozentigen Aussicht auf Zitronenlimonade.«

»Nicht Zitronenlimonade«, korrigierte ich. »Die Farbe ist falsch. Eher Erdbeer.«

»Und statt Schnee kriegen die Sirup? Klebrige Angelegenheit.«

»Eigentlich«, sinnierte ich, »ist das vielleicht gar nicht so weit von der Wahrheit entfernt. Alles ist für irgend jemand eßbar. Wir sind für die Würmer einfach nur eine Art Imbiß. Vielleicht ist ihr eigener Planet für die so etwas wie ein riesiges kaltes Buffet. Das kommt alles auf den Standpunkt an. Vielleicht ist im Augenblick Zuckersaison.«

»Nun, ein paar Würmer mit Lust auf Süßigkeiten wären jetzt auch nicht schlecht«, sagte Lizard.

»Äh – ich bin gar nicht so sicher, daß die nicht bereits hier sind«, erwiderte ich sehr langsam.

»Wie?«

»Drehen Sie Ihren Sitz herum und sehen Sie hinaus. Ich glaube, dort draußen bewegt sich etwas.«

ZWANZIG

»Wo?« sagte Lizard.

»Dort. Ziemlich weit oben.«

»Ich sehe nichts.«

»Sehen Sie genau hin. Es war nur ein Flackern – dort. Als ob sich etwas über dem Staub bewegen würde.«

Wir starrten nach oben und warteten. Nichts.

Nach einer Weile sagte Lizard: »Nun, ich sehe es nicht.«

»Ich bin aber ganz sicher.« In meiner Stimme schwang ein Unterton von Zorn mit.

»Gewiß sind Sie das«, antwortete sie ruhig. »Als Sie das letztemal so sicher waren, haben Sie eine Konferenz auffliegen lassen.«

Ich ignorierte das Messer zwischen meinen Rippen. »Und ich hatte recht, oder nicht?«

Lizard zuckte die Achseln. »Recht zu haben, ist selten ein Sieg.«

»Was?«

»Schon gut.« Sie stemmte sich mit einem Fuß an der Konsole ein, gab ein grunzendes Geräusch von sich und drehte ihren Sitz wieder herum. »Wenn dort draußen wirklich etwas ist, werden wir es bald genug zu sehen bekommen.«

Ich murmelte etwas nicht Druckfähiges und schnappte mir die Taschenlampe. Ich stieg an ihr vorbei, um wieder nach Duke zu sehen. Die Medikonsole sagte, daß er stabil war. Er sah etwas weniger grau aus. Ich wünschte jetzt, ich hätte noch mehr Medizinkurse belegt. Ich wußte nicht recht, wie ich die Anzeigen interpretieren sollte.

»Äh – Colonel?«

»Ja?«

»Verstehen Sie etwas von Erster Hilfe?«

»Ein wenig.«

»Dann kommen Sie her und hören sich das an. Dukes Atem klingt komisch.«

Sie kam nach hinten und kauerte neben Duke nieder. Jetzt lauschte sie. Dann lächelte sie. »Sein Atem ist in Ordnung.«

»Aber dieses Keuchen ...«

»Er schläft«, sagte sie. »Er schnarcht.«

»Sind Sie sicher?«

Lizard sah mir gerade in die Augen. »Ich weiß, wie es klingt, wenn ein Mann schnarcht.«

»Äh – in Ordnung.« Ich hob die Taschenlampe auf und ging ganz nach hinten, um nachzusehen, ob ich aus der hinteren Kuppel irgend etwas sehen konnte. Die Zuckerwatte schien dort ein wenig durchsichtiger. Ich fühlte, wie mein Gesicht brannte.

Wie lange würde es noch dauern, bis wir *wirklich* anfingen, einander auf die Nerven zu gehen? Ich fragte mich, ob ich wohl so zornig werden könnte, daß ich sie umbringen würde. Ich hatte Angst, ich könnte es herausfinden.

Ich kletterte auf den Sitz in der Kuppel, faltete die Arme über der Brust und sah nach hinten.

Wie ist das wohl mit Frauen? Warum scheinen sie alle zu glauben, daß es im Leben nur darum geht, die Männer herauszufordern? Und dann fragen sie sich, warum die Männer so empfindlich sind.

Ich starrte es ein paar Minuten lang an, bis mir klar wurde, was ich da sah. Und dann schoß ich so schnell aus dem Stuhl, daß ich mir den Kopf an dem Plexiglas anstieß. »Heilige Scheiße! – *Auu!*«

»Sind Sie in Ordnung?« rief Lizard.

»Nein ...«

»Was ist passiert?«

»Ich hab mir den Schädel angestoßen.« Ich konnte es immer noch klingeln hören. »Kommen Sie her!«

»Warum? Wollen Sie, daß ich Ihnen einen Kuß auf die Beule gebe?«

»Ich will, daß Sie etwas *sehen*. Kommen Sie her!« Dann fing ich zu husten an und konnte die nächste Minute an nichts anderes denken. Jeder einzelne Würgereiz war die schiere Agonie. Ich zwang mich aufzuhören, weiß aber nicht mehr, wie ich das angestellt habe.

Als ich die Augen wieder aufschlug, blickte Lizard besorgt

zu mir auf. Sie hielt mir eine Wasserkapsel hin. Ich nahm sie dankbar entgegen. »Danke.«

Seufzend kletterte sie an Duke vorbei. »Also gut. Was soll ich sehen?«

Ich deutete aufs Fenster. »Dort draußen *ist* etwas.«

Sie sah hin. Dann runzelte sie die Stirn. Sie schien verwirrt. Dann weiteten sich ihre Augen.

Die ganze Oberfläche der Kuppel lebte.

Es war immer noch eine solide rosa Masse – aber durch das Rosa konnten wir etwas sehen. Es war, wie wenn man durch Seifenschaum blickt. Dahinter flackerte etwas; die ganze Fläche flackerte.

Es war eine wogende, kreisende Bewegung, aber das Auge konnte keine Muster ausmachen. Und während wir noch hinsahen, wurde die Bewegung deutlicher als je zuvor. Aus dem Flackern wurde ein Kratzen.

»Was ist das?«

»Ich weiß nicht. Aber es wird größer.«

»Größer? Hätten Sie da nicht *ein anderes* Wort wählen können?«

»Wie wär's mit *näher?*«

»Auch nicht viel besser.« Sie preßte die Arme gegen die Seiten, als würde sie frieren. »Hier drinnen wird es heller, nicht wahr?« bot sie an. »Könnte es der Wind sein – der den Staub wegbläst?«

»Ich wünschte, es wäre so. Aber ich bezweifle es.«

Ich schob mich noch näher an das Fenster heran. Etwas erzeugte Bewegung in dem rosafarbenen Puder. So wie er da wirbelte, sah es aus, als würden Tausende winziger kleiner Gebilde sich gleichzeitig bewegen und herumhuschen.

Und dann löste die Masse sich auf, wurde erkennbar ...

»Puuhh«, machte ich.

»Was?« fragte sie.

»Sehen Sie ganz genau hin.«

Sie lehnte sich in die Kuppel hinein und blickte starr. Dann weiteten sich ihre Augen erschreckt. »Käfer?«

Die ganze Kuppeloberfläche flackerte, wirbelte und kochte. Wir blickten auf die Körper von Millionen und Abermillionen wildgewordener Insekten.

»Sie fressen den Puder«, sagte ich. Ich ließ mich in meinen Sitz zurückfallen. Plötzlich juckte es mich am ganzen Körper.

Lizard ließ sich aus der Kuppel fallen und hetzte nach vorne. Ich konnte hören, wie sie an den Luken innehielt. »Hier sind sie auch an den Fenstern!« Sie blickte zur Windschutzscheibe. »Überall sind sie.«

Ich stemmte mich aus dem Sitz und ging nach vorne, zu ihr. Sie starrte das Fenster an. Da dieser Teil des Choppers tiefer in der Wächte vergraben war, beschränkte sich die Siedebewegung auf die obere Hälfte der Windschutzscheibe. Sie war noch nicht so klar wie am Schwanz, aber schon klar genug.

Lizard schauderte. Sie konnte die Augen nicht von der flackernden, rosafarbenen Wand wenden. »Überall sind die!«

Ich versuchte, mir vorzustellen, wie der Chopper wohl von oben aussehen mochte. Ein großer, rosafarbener, zuckriger Klumpen, inmitten einer rosafarbenen Schneewächte – bedeckt von einer Milliarde kriechender Insekten, perfekten kleinen Maschinen der Natur, und alle am Fressen. Ich konnte mir vorstellen, wie sie an dem Puder arbeiteten, wie ihre winzigen Kiefer blitzten. Ich konnte mir vorstellen, wie sie zirpten und scharrten und sich drängten.

Ich packte sie an den Schultern. »Hören Sie mir zu! Ist diese Kiste luftdicht?«

»Eigentlich ja – o mein Gott! Das Abteil!« Sie sah zu Boden.

»Ist es selbstdichtend?«

»Äh – ja doch, das sollte es sein.«

»Gut. Und jetzt müssen wir jedes andere mögliche Leck finden, und wäre es noch so winzig. Und jedes einzelne zustopfen.«

»Zustopfen?«

»Was? Ist da ein Echo? Wenn diese Käfer sich weit genug heruntergefressen haben, dann werden einige von ihnen hereinkommen. Das ist doch die schiere Freßgier dort draußen! Und wenn sie hereinkommen, werden sie hungrig sein! Sie und ich und Duke sind das einzige Eßbare in der Speisekammer. Was gibt es hier herinnen, womit man die draußen halten kann?«

»Äh, ich weiß nicht. Warten Sie – lassen Sie mich nachdenken.«

»Kommen Sie! Ich dachte, diese Chopper wären auf jeden Notfall vorbereitet.«

Plötzlich erstarrte Lizard. Sie sah mich scharf an. »Ich vermute, daß *dieser* Notfall nicht im Buch steht. Die Army hatte keinen Anlaß, Choppers in Zuckerwatte zu vergraben; also wissen wir auch in Wirklichkeit nicht, was passiert, wenn Käfer sich zu hier durchfressen.« Sie blickte zornig. Das war ein gutes Zeichen. »Offensichtlich«, fuhr sie fort, »hat man Ihnen und mir Gelegenheit gegeben, zu diesem Thema Recherchen anzustellen.«

»Klasse!« sagte ich. »Wenn das keine Chance ist! Und was versuchen wir?«

Lizard blickte mit gerunzelter Stirn auf den Boden. Dann ließ sie ihren Blick langsam nach hinten wandern. Es sah so aus, als würde sie ihren Röntgenblick dazu benutzen, jedes einzelne Frachtabteil zu untersuchen.

Dann sagte sie abrupt: »Bunkerschaum!« Sie starrte ganz nach hinten. »Sie müssen Duke bewegen.«

»Was ist Bunkerschaum?«

»Das ist für den Fall, daß Sie irgendwo abstürzen und sich einen Unterstand bauen müssen – besonders in kalten Klimazonen. Zuerst bläst man einen großen Ballon auf und dann besprüht man ihn mit Bunkerschaum. Man wartet eine halbe Stunde, bis das Zeug hart wird, schneidet eine Türe hinein und zieht ein. Es ist, wie wenn man in einem Kürbis lebt. Wir haben das in Pakistan benutzt.« Sie deutete. »Schaffen Sie Duke ganz nach hinten. Er liegt über dem Abteil, an das ich muß.«

Duke stöhnte, als ich ihn bewegte, wachte aber nicht auf. Die Konsole schlug mir vor, ihm eine weitere Flasche Glukose zu verpassen, was ich tat.

Als ich ihn vorsichtig zu Boden legte, bemerkte ich, daß der rosa Schein im Heck der Maschine kräftiger wurde. Ich blickte zu der Kuppel auf. Das Licht der Morgensonne strömte jetzt direkt auf uns herab. Ich konnte hinter dem kochenden Rosa einen helleren Punkt sehen. Ich konnte sogar seine Wärme spüren.

Die Puderschicht auf der Plexiglashalbkugel wurde unter den hungrigen Insektenwesen merkbar dünner. Dieses Zukkerwattezeug war unglaublich transparent. Ich konnte die schwärmenden Käfer als dunklere Punkte sehen, die unablässig herumwirbelten. Ich fragte mich, was sie wohl sein mochten.

Aber ich wollte nicht, daß Duke sich über sie den Kopf zerbrach, falls er aufwachte und sie sehen wollte. Ich zog die Jalousie zu.

Lizard war mit dem Bunkerschaum beschäftigt. Sie achtete nicht auf mich. Also nahm ich mir einen Augenblick Zeit, mich bei Duke zu entschuldigen. Ich schälte ein Sanipack auf und fing an, sein Gesicht mit einem feuchten Tuch zu säubern. »Es tut mir leid, Duke«, flüsterte ich. »Ich hol dich hier raus, das versprech ich dir.« Ich wischte ihm den Schmutz von der Stirn.

»McCarthy ...«, murmelte er.

»Ja, Duke?«

»Halt's Maul.«

»Ja, Duke!«

Aber er war schon wieder eingeschlafen. Mir war das gleichgültig. Er würde leben – das wußte ich!

Ich hastete nach vorne, um es Lizard zu sagen. »Duke wird durchkommen!«

»Woher wissen Sie das?«

»Er hat mich angeknurrt. Er hat mir gesagt, ich solle das Maul halten.«

Lizard grinste. »Klingt wie ein guter Rat. Hier!« Sie schob mir einen Kanister hin. »Die schwachen Stellen werden hauptsächlich unter dem Boden sein. Dort, wo wir aufgeprallt sind. Besonders wo der Kiel gebrochen ist. Sie müssen jedes Abteil ausleeren und es dann ausschäumen. Drücken Sie einfach die Düse hinein und pressen Sie.«

»Entstehen von diesem Zeug Dämpfe?«

»Nein. Es ist gelierter Styroschaum. Völlig ungefährlich. Machen Sie die Kabine, und ich kümmere mich um die Kontrollen. Ich möchte die Bodenklappe öffnen und an das Bugrad-Abteil. Wenn die Käfer dort hineinkommen, könnten sie an die Leitungsrohre oder die Hydraulik oder unter die

Isolierung. Haben Sie jemals gegen Küchenschaben gekämpft?«

»Ja.«

»Dann wissen Sie Bescheid.« Sie blickte über meine Schulter und senkte die Stimme. »Kümmern Sie sich ganz besonders um das Heck. Vielleicht sollte man dort einen großen Kokon machen.«

Ich folgte ihrem Blick. Dann begriff ich, wie hilflos er war. »Ja, verstanden.«

»Irgendwelche Fragen?«

»Nein.«

»In Ordnung. Dann wollen wir anfangen.«

»Äh ...«

Sie hielt inne. »Ja?«

»Mir ist gerade etwas eingefallen, Colonel.«

Sie wartete geduldig.

»Was ist, wenn diese Käfer auch Styroschaum fressen?«

»Wollen Sie vielleicht aufhören, sich so etwas einfallen zu lassen«, sagte sie. »Da kann einem ja Angst werden.«

EINUNDZWANZIG

Wir brauchten fast den ganzen Vormittag dazu.

Lizard unterbrach die Arbeit nur einmal, um mit Oakland zu sprechen und Daten von der Medikonsole durchzugeben. Dann stürzte sie sich wieder in ihre Arbeit. Sie öffnete den ganzen Boden im Vorderteil der Maschine und füllte ihn mit Schaum, ehe sie die Deckpaneele wieder einsetzte.

Ich hatte mittlerweile die Frachtabteile ausgeschäumt und damit angefangen, jeden Saum der Innenvertäfelung abzudecken. Lizard kam nach hinten, um mir zu helfen. Wir stellten die Düsen auf dünnen Strahl und besprühten jede Ecke, jede Fuge, jeden Saum und jede versiegelte Stelle im Inneren der Banshee. Als wir fertig waren, sah der Chopper aus wie die Innenseite einer Hochzeitstorte.

Als wir uns schließlich im Vorderteil der Maschine hinsetzten, stand die Sonne hoch über uns. Und der Chopper fing an, warm zu werden. Wir konnten die Sonne durch die Wand aus rosa Puder kaum sehen, aber ihre Hitze konnten wir spüren. Ich kam mir *eingesperrt* vor.

Und mein Körper schmerzte mehr denn je. Meine Lungen fühlten sich an, als stünden sie in Flammen. Ich hatte jetzt die ganze Zeit eine O-Maske in der Nähe und nahm häufig einen Zug aus ihr. Das schien zu helfen. Etwas wenigstens.

Ich zwang mich, mich ganz auf die wissenschaftliche Chance zu konzentrieren, die sich hier bot.

Die vordere Windschutzscheibe war ein einziges hellrosa Flimmern. Eine Million winziger Insektenkörper flackerte auf ihr. Sie krochen von allen Seiten über sie, aber am dicksten waren sie ganz unten, wo der rosa Punkt immer noch in Wächten aufgehäuft war. Allein sie anzusehen, erzeugte schon Juckreiz bei mir. Ich dachte an ein heißes Bad, eines mit Hunderten kleiner pulsierender Wasserstrahlen, die einen massierten. Ich beschloß, dieses Bild nicht mit Colonel Tirelli zu teilen.

»Prrr!« machte sie. »Ich kann es nicht ertragen, sie anzusehen. Was, glauben Sie eigentlich, ist das?«

»Vielleicht das chtorranische Äquivalent zu Ameisen«, sagte ich. »Aber wetten würde ich darauf nicht. Ich glaube nicht, daß wir auch nur die Oberfläche dieser Ökologie angekratzt haben. Erinnern Sie sich an Dr. Zymph und ihre Analogie von dem Puzzlespiel?«

»Hm?«

»Nun, ich denke, wir stehen immer noch an dem Punkt, wo wir einfach bloß in die Schachtel sehen. Wir haben sie noch nicht einmal umgekippt. Wir wissen noch nicht einmal, wie groß das Puzzle ist oder wieviele Stücke es enthält. Wir wissen nur, daß es eine ganze Menge sind und daß das Ganze anscheinend keinen Sinn gibt.« Ich nippte an einer Wasserkapsel und beobachtete die brodelnde Masse von Insekten auf der Windschutzscheibe vor mir.

»Eine widerwärtige Analogie«, sagte Lizard. »Sie ist mir einfach zu negativ.«

»Ja«, pflichtete ich ihr bei.

Lizard schnappte sich ihre Kopfhörer und schaltete das Funkgerät ein. »Oakland?«

»Bitte sprechen«, sagte der Funk.

»Hier ist ELDAVO. Unsere Situation ist unverändert, nur daß die Käfer näherrücken.«

»Wir notieren, Colonel.«

»Gibt es schon eine Schätzung, wann jemand kommen und uns holen kann?«

»Nee. Tut mir leid. Nach der Satellitendarstellung ist die ganze Gegend immer noch dunstig. Das einzige, was im Augenblick ginge, wäre, einen Blimp aus Portland abzuziehen und ihn über Ihnen schweben zu lassen.«

»Klingt ein wenig verzweifelt, nicht wahr?«

»Wollen Sie noch eine Woche warten?«

Lizard rollte die Augen. »Dann setzen Sie den Blimp ein.«

»Oh, wir haben auch gute Nachrichten für Sie.«

»Ja?«

»Ihr Patient ist stabil.«

»Mhm. Und was sagen Sie mir jetzt *nicht?*«

»Wie bitte?«

»Stabil kann eine ganze Menge bedeuten. Wie schlimm sind denn seine Verletzungen?«

»Äh – ist diese Leitung sicher?«

Lizard sah mich an und blickte dann nach hinten zu Duke. »Schläft er noch?« flüsterte sie. Ich sah hin und nickte. Dann meinte Lizard zu dem Radio: »Weiter.«

»Äh – wir bekommen da einige ganz komische Signale von seinen Beinen. Wie Rauschen. Aber wir glauben nicht, daß es eine Infektion ist. Der Monitor zeigt, daß die Antibiotika wirken. Vielleicht ist es eine Auswirkung des Staubs. Wir werden das erst dann genau wissen, wenn wir ihn hier haben. Davon abgesehen ist er in Ordnung. Vermeiden Sie es, ihn zu bewegen. Wir werden versuchen, einen Sanitäter mitzuschicken.«

»O Scheiße«, sagte ich.

»Verstanden«, sagte Lizard. »Sonst noch gute Nachrichten?«

»Nun ... seit zehn Uhr ist es offiziell. Der Präsident will noch einmal kandidieren.«

»Danke. Bekommen wir auch die Sportresultate?«

»Die Dodgers führen gegen die Braves nach dem dritten Spielabschnitt Zwei zu Null.«

»Over und Out.« Sie zog sich die Kopfhörer herunter und sah mich an. »Was sind Sie denn so unzufrieden? Sind Sie ein Atlantafan?«

»Nein, ich mach mir um Duke Sorgen.« Ich fing an, nach hinten zu kriechen.

»Haben Sie nicht gehört? Oakland sagt doch, daß er in Ordnung ist.«

»Ja, hab ich gehört. Die haben auch gesagt, daß die Dodgers gewinnen.« Ich setzte mich neben Duke. Er war den ganzen Tag nicht zu Bewußtsein gekommen. Ich wußte nicht, ob das ein Vorteil war oder nicht. War es besser, bewußtlos zu sein – oder Schmerzen zu haben? Wenn sie uns nicht bald abholten, würden wir keine Wahl mehr haben; die Vorräte fingen an auszugehen.

Ich sah auf die Medikonsole. Es war fast Zeit, seine Infusion zu wechseln. Wir hatten noch genügend Antibiotika – das waren diese blauen Ampullen –, aber wir waren bereits bei der vorletzten Glukose angelangt. Ich fragte mich, was ich tun konnte, wenn die zu Ende war. Diese Chopper waren nur für grundlegende Erste Hilfe ausgerüstet. Man ging dabei davon aus, daß der Patient nur transportiert wurde und daher nicht lange an die Medikonsole angeschlossen sein würde.

Die eigentliche Frage war die rote Ampulle. Der Schmerztöter. Davon war nur noch eine vorhanden. Und ich hatte gehört, daß Brandwunden die schmerzhaftesten waren ...

Ich griff nach der Medidecke, zögerte, zog sie dann weg und sah mir Dukes Beine an.

Sie waren verbrannt, und die Haut schälte sich ab. Das Fleisch zog Blasen.

Und dann sah ich noch einmal hin.

Dukes Beine waren – staubig.

Nein. Sie waren mit einem hellrosa Flaum bedeckt. Was zum ...?

Ich streckte einen Finger aus, sehr vorsichtig, und berührte Dukes Knöchel. Der Flaum ließ sich nicht wegwischen. Er wuchs ihm aus der Haut.

Und prickelte bei der Berührung leicht. Wie Wurmpelz.

Ich setzte mich, den Rücken gegen die Kabinenwand gepreßt, die Knie vor mir hochgezogen. Ich preßte beide Fäuste an den Mund und blies nachdenklich hindurch, starrte dabei die ganze Zeit Dukes Beine an und versuchte, mir zusammenzureimen, was zum Teufel hier vor sich ging. Ich bemerkte es kaum, als Lizard nach hinten kam, um nach mir zu sehen. Sie sah Dukes Beine an, und ihr Gesicht wurde grau. Sie zog die Medidecke darüber zurück und sah mich an, mit einer Frage in den Augen.

Ich zuckte die Achseln. »Ich weiß nicht.«

Sie griff nach der Medikonsole und studierte sie. Dort war die Antwort auch nicht zu finden.

Ich sah zu ihr hinüber. »Wir lange dauert es, bis wir es wissen? Ich meine – ob der Schaum halten wird?«

Sie zuckte die Achseln. »Eine Stunde. Vielleicht auch kürzer.«

»Was ist, wenn er aufwacht? Meinen Sie, wir sollten es ihm sagen?«

Lizard klappte den Mund auf, um etwas zu sagen.

Aber Duke unterbrach sie. »Mir *was* sagen?« sagte er.

»Duke! Du bist ja wach.«

»Ich bin schon eine ganze Weile wach und habe euch zwei Witzbolden beim Plappern zugehört. Was habt ihr mir denn gespritzt? Meine Beine jucken.«

Lizard warf mir einen besorgten Blick zu. Duke sah ihn nicht. »Ich weiß nicht, wie das Zeug heißt«, sagte ich. »Es ist in der roten Patrone.«

»Oh«, sagte er. »Wo sind wir?«

»In der Nähe von Red Bluff. Sobald das Wetter aufklart, kommen die uns holen.«

»Das Wetter?«

»Der Staub.«

»Kommt der immer noch herunter?«

»Nein.« Und dann fügte ich hinzu: »Aber – wir sind darunter begraben. Und draußen ist Dunst.«

Dukes Gesicht war aufgedunsen, aber ich konnte sehen, wie seine Augen sich verengten, während sein Blick zwischen mir und der Tasche hin- und herwanderte. »Das Licht hier drinnen ist rosa«, sagte er. »Wie tief ist diese Scheiße?«

»Sie reicht bis an Ihre Ohren, Duke.« Das war Lizard.

»Hm«, machte er. »Dann sollten Sie keine Wellen machen.«

»Wie fühlen Sie sich?«

»Bewölkt.« Er griff nach oben und packte mich am Arm. »Jim?«

»Ja, Duke?«

»Tu mir einen Gefallen.«

»Was denn?«

»Nimm mir die rote Patrone ab. Ich mag das Schlafzeug nicht.«

»Tut mir leid, Boß. Geht nicht. Alles andere, bloß das nicht.«

»Ich kann die Schmerzen schon ertragen. Ich will wach sein.«

»Das kann ich nicht! Das ist Vorschrift! Es könnte dich umbringen!«

»Jim ...« Er hustete, und einen Augenblick lang hatte ich

schreckliche Angst. Es klang wie ein Klappern des Todes. »Jim – würdest du bitte diese Patrone wegnehmen?«

»Nein, Duke, das werde ich nicht.«

Er schloß die Augen eine Weile. Ich hatte schon fast geglaubt, daß er wieder eingeschlafen wäre, als er sie wieder aufschlug. Als er sprach, war seine Stimme ganz schwach.

»Jim?«

»Ja, Duke?« Er wurde immer leiser, und ich mußte mein Gesicht dicht an das seine halten.

Es kam nur im Flüsterton heraus. »Dann kannst du mich am Arsch lecken ...« Seine Augen fielen zu und er schlief wieder ein.

Lizard blickte von der Konsole auf. »Die Maschine hat ihn abgeschaltet. Es hat ihn zu sehr angestrengt.«

»Er mag Drogen nicht. Ich werde ziemliche Mühe haben, mich bei ihm zu entschuldigen.« Dann wurde mir klar, was ich gesagt hatte, und ich blickte zu ihr auf. »Tut mir leid. Macht der Gewohnheit.«

Sie lächelte nicht. »Da ist noch etwas, worauf Sie achten sollten.«

»Was?«

»Sie hätten ihm ja die Patrone abnehmen können, wissen Sie.«

Ich schüttelte den Kopf. »Nein, das sind diese Käfer. Wenn wir schon bei lebendigem Leib aufgefressen werden sollen, ist er besser dran, wenn er es nicht weiß.«

Lizard sah mich scharf an. »Das ist es ja, wovon ich spreche. Diese Art zu denken, ist der erste Schritt.«

»Welche Art von Denken?«

»Für andere Leute Entscheidungen treffen. Der nächste Schritt ist, daß man entscheidet, ob sie weiterleben sollten oder nicht. Und Sie wissen, wohin das führt. Ich glaube, ich erinnere mich, daß Sie sich damit schon einmal befaßt haben.«

»Ja, nun ...« Ich stand auf und kletterte in die Kuppel. »Es ist anders, wenn man selbst derjenige ist, der die Entscheidung treffen muß, oder?«

Sie sagte eine Weile gar nichts und studierte mich nur mit einem Blick, der irgendwie nach innen gerichtet schien.

Schließlich blickte ich zu ihr hinunter. »Nun, machen Sie schon. Sagen Sie es.«

Sie schüttelte langsam den Kopf. »Das brauche ich nicht. Sie wissen bereits, was ich sagen würde.«

»Nein, das weiß ich nicht.

»Doch, das wissen Sie schon.«

»Herrgott!« sagte ich. »Solche Gespräche sind mir widerwärtig.«

Sie seufzte. »Es ist nicht wichtig. Ich habe mich nur gefragt, ob *Sie* das als Rechtfertigung akzeptiert hätten?«

Ich gab keine Antwort, sondern wandte mich von ihr ab und zog die Jalousien auf. Ich starrte die unruhige Kuppelfläche an. Die Biester waren jetzt im Licht der Nachmittagssonne noch aktiver denn je. Ich konnte spüren, wie mir der Schweiß an den Seiten herunterrann. Ich hatte einfach keine Lust, dieses Gespräch weiter fortzusetzen. Ich wußte, daß sie recht hatte.

Und meine Brust schmerzte mehr denn je.

ZWEIUNDZWANZIG

Erst am späten Nachmittag hatten es die Käfer schließlich geschafft, die Sichtkuppel so sauber zu fressen, daß ich sie deutlich sehen konnte.

Das Licht fiel schräg in die hintere Hälfte des Choppers, und auf dem klaren Plexiglas der Kuppel konnte man nur noch rosa Streifen erkennen, die darauf hindeuteten, daß die Maschine einmal ganz mit Staub bedeckt gewesen war.

Die Insekten waren ganz winzig. Die meisten waren nicht viel mehr als ganz kleine weiße Flecken. Nur wenige waren so groß, daß man an ihnen irgendwelche Körperteile ausmachen konnte. Ich mußte ganz scharf hinsehen, um sie überhaupt zu erkennen.

Ich rief zu Lizard hinunter: »Haben Sie eine Überwachungskamera?«

»Ich hab da ein paar elektronische.«

»Das reicht schon. Geben Sie mir eine, bitte.«

Sie reichte sie mir hinauf.

»Ah, gut – eine Sony. Wenigstens einmal hat die Army nicht billig eingekauft. Jetzt zeige ich Ihnen einen Trick, den ich einmal gelernt habe. Wenn man die richtig einstellt, bekommt man unglaubliche Nahwirkung. Wir haben sie in der Schule immer als tragbare Mikroskope benutzt.« Ich stützte mich an der Wand ab und stellte die Kamera auf die Insekten auf der anderen Seite der Plastikscheibe scharf. Die Beleuchtung war perfekt. Die Nachmittagssonne kam seitlich herein. Die Einzelheiten im Bild waren perfekt. Die kleinen Käfer waren weiß und pudrig – und als mich dann der Augenblick des Erkennens traf, empfand ich meine Erleichterung wie einen tiefen Schluck Irischen Whiskey.

Ich fing zu kichern an.

»Was ist denn so komisch?«

Ich schaltete die Kamera ab und ließ mich aus der Kuppel herunterfallen. Ich mußte so lachen, daß ich einen Hustenanfall bekam. Dann mußte ich mich auf den Boden des Choppers setzen, um wieder Luft zu bekommen. Mir war gar nicht klar gewesen, wie angespannt und besorgt ich gewesen war, und jetzt floß alles auf einmal aus mir heraus.

»McCarthy!« Lizard fing an, ärgerlich zu werden. »Was ist denn?«

»Kommen Sie nach vorne, ich zeige es Ihnen.« Die Käfer waren auf der oberen Hälfte der Windschutzscheibe deutlich zu erkennen. Ich reichte ihr die Kamera. »Da – können Sie sie erkennen?«

Sie kniff die Augen zusammen und spähte durch das Okular auf die Windschutzscheibe. »Nein.«

»Sollten Sie aber. Sie haben doch Dr. Zymphs Dias auch gesehen.«

»Würden Sie mir bitte sagen, was das für Biester sind?«

»Das sind klitzekleine Pfeifenreinigerkäfer! Sie sind für menschliche Wesen völlig harmlos! Das hier und die Zukkerwatte sind die zwei einzigen chtorranischen Spezies, die uns nicht direkt gefährlich sind – und wir haben uns hier den ganzen Tag angsterfüllt im Chopper versteckt! Bis morgen früh werden die diese ganze Mühle sauber haben. Ich wette, dann finden wir nirgends mehr ein Fleckchen Rosa.« Ich setzte mich wieder auf den Sessel des Kopiloten und fühlte mich dabei großartig. Ich hatte ein großes, albernes Grinsen im Gesicht. »Jetzt wird alles gut.«

Lizard setzte sich mir gegenüber. Zum erstenmal heute sah sie erleichtert und entspannt aus. »Wir sind wirklich nicht in Gefahr?«

»Nicht im geringsten. Ich komme mir wie ein Idiot vor.«

Lizard lachte. »Das sollten wir feiern. Wollen Sie ein Bier?«

»Haben Sie noch welches?«

»In der Kühlbox bei Ihren Füßen.«

Ich klappte den Deckel auf. »Du liebe Güte – Sie reisen wirklich nicht mit leichtem Gepäck, wie?«

Sie spreizte Nachsicht heischend die Hände. »Man kann ja nie wissen, ob man nicht plötzlich in Zuckerwatte begraben wird. Reichen Sie mir auch eine. Danke.«

Wir lehnten uns in unsere Sessel zurück und sahen den Käfern dabei zu, wie sie die Windschutzscheibe sauber machten. Dabei schoben wir die Kamera ein paarmal hin und her.

Lizard sagte: »Sie sind Biologe, nicht wahr?«

»Meinen Schein habe ich nie bekommen.«

»Das war auch nicht die Frage.«

»Na schön, ja. Ich bin so viel ein Biologe, wie man es heutzutage eben sein kann.«

»Danke. Also, dann sagen Sie – was geht hier vor?«

»Ich kann das nur vermuten. Die Pfeifenreinigerkäfer schlüpfen am selben Tag aus, an dem der Löwenzahn explodiert. Dieser Löwenzahn ist also ihre Hauptnahrung.«

»Aber warum so viele? Das hat ja Ausmaße – ungeheuerlich.«

»Mhm«, pflichtete ich ihr bei. »Für Käfer ist das gar keine so schlechte Strategie. Billionen von Nachkommen. Das liefert die Garantie, daß genügend überleben, um die nächste Generation zu sichern.« Und in dem Augenblick kam mir noch eine Idee. »Aber ... das ist natürlich eine terranische Erklärung. Die chtorranische Erklärung könnte auf etwas völlig anderes hinauslaufen.«

»Was meinen Sie damit?«

»Reine Vermutung. Erinnern Sie sich? Dr. Zymph hat gesagt, was wir hier sähen, sei in Wirklichkeit nur die Vorhut; irgendeine extraterrestrische Macht würde offensichtlich versuchen, diesen Planeten zu *chtorra*-formen.«

»Ja, und?«

»Nun, darüber habe ich nachgedacht. Angenommen, wir Menschen wollten den Mars oder eine andere Welt in der Nähe terraformen. Würden wir da unsere *ganze* Ökologie nehmen? Wahrscheinlich nicht. Nein, wir würden nur jene Lebewesen nehmen, die für die Art von Klima und Terrain geeignet sind, für das wir uns interessierten. Tatsächlich würden wir nicht einmal das ganze Spektrum von Lebewesen nehmen. Wir würden nur die ökologischen Nischen füllen, die wir brauchen, um unser eigenes Überleben zu sichern.«

»Worauf wollen Sie hinaus?«

»Wir würden ein paar Sorten Gras und Getreide mitnehmen, Regenwürmer, Hasen, Füchse, um die Hasen unter Kontrolle zu halten, Kühe, Enten, Hühner und so weiter. Das heißt, wir würden nur jene Spezies nehmen, die uns unmittelbar nützlich sind. Mit Moskitos, Termiten, Rhinozerossen oder dreizehigen Faultieren würden wir uns nicht abmühen. Ich wette, die Chtorraner haben es ganz genauso gemacht. Deshalb haben ihr Löwenzahn und die Pfeifenreinigerkäfer Bevölkerungsexplosionen erlebt. Es gibt hier nicht die üblichen Räuber, die sich von ihnen ernähren. Zumindest jetzt noch nicht. Vielleicht werden sie später hier auftauchen.«

»Hm«, machte Lizard. Sie nahm einen Schluck aus ihrer Bierdose, lehnte sich dann vor und tippte ans Fenster. »Was ist das?« fragte sie.

Sie deutete auf einen größeren, dunkleren Flecken.

Ich sah hin. Der Fleck war rund und schwarz und sehr beschäftigt. »Das ist das Lebewesen, das sich von den Pfeifenreinigerbabies ernährt«, sagte ich.

»Nun, das hat nicht besonders lange gedauert«, sagte sie. »Da haben Sie Ihren ersten Räuber.« Sie spähte durch die Kamera. »Es sieht wie eine Spinne aus, nur daß es zu viele Beine hat.«

»Wenn es ein chtorranisches Lebewesen ist, dann ist es ein Maul auf Rädern. Da ist noch eines. Und noch eines. Es ist schon beinahe Abend; die nächtlichen Fresser kommen heraus. Ich wette, wir werden noch viel mehr von denen zu sehen bekommen.«

»Und das?« deutete Lizard. »Was ist das?« Sie reichte mir die Kamera.

Ich sah auf die Stelle, die sie mir zeigte. Die Lebewesen sahen wie rotgestreifte Silberfischchen aus. Sie erinnerten mich an Tausendfüßler – in Mikrogröße. Oder vielleicht die Larven; und ich sagte: »Offensichtlich sind das die Käfer, die sich von den Käfern ernähren, die sich von Pfeifenreinigerkäfern ernähren.« Ich wandte meine Aufmerksamkeit einem Ding zu, das wie eine fingernagelgroße Amöbe aussah. Unglaublich. Im Augenblick war es dabei, einen der Silberfische zu umhüllen. »Wissen Sie, was wir hier haben? Logenplätze! Wir sehen hier so etwas wie einen Querschnitt der chtorranischen Ökologie.«

»Ich bin gar nicht so sicher, daß das Logenplätze sind«, sagte Lizard. »Wir sehen das von unten.«

»Dort sind die besten Plätze. Da entgehen einem keine Einzelheiten.« Ich schob mich etwas weiter am Fenster nach oben. »Da, sehen Sie? Erinnern Sie sich an den? Das ist ein Nachtgänger.«

»Er sieht wie ein kleiner Vampir aus.«

»Daher hat er auch seinen Namen bekommen. Er lauert in Ecken. Dieser hier muß ein Baby sein.«

»Was frißt er denn?«

»Das kann ich nicht sagen, aber es ist rosa.«

»Oh, hier ist noch einer – du mein Gott.«

Ich sah hin. Das Lebewesen sah wie ein winziges kleines menschliches Wesen aus. Es hatte Augen wie ein Frosch, aber sein Körper war rosa und sah so feucht aus wie ein Baby, und seine Proportionen waren fast völlig menschlich, nur maßstäblich verkleinert auf die Größe eines Babyfingers. Es verspeiste Zuckerpuder und Pfeifenreinigerkäfer und alles andere, was ihm in den Weg kam. Es hatte eine winzige rote Zunge.

»Das ist unglaublich. Wo sind die Aufzeichnungschips für diese Kamera? Wir sehen heute wahrscheinlich hundert neue Lebensformen.«

»In diesem dunkelblauen Kasten.« Lizard deutete mit dem Daumen über die Schulter. »Und überprüfen Sie die Batterien. Vielleicht müssen Sie sie dort oben einstöpseln.«

Ich stemmte mich aus meinem Sessel. »Cola, Bier, Mediboxen, Bunkerschaum, Sauerstofftanks, Kameras – wie komt es, daß dieser Chopper so gut ausgerüstet ist?«

»Das sind heute alle Militärchopper. Das ist Standardausstattung. Die Roboter überprüfen unsere Vorräte automatisch und ersetzen, was verbraucht ist. Das geht alles automatisch vor sich. Offensichtlich ist das für Fälle wie diesen hier gerade richtig.«

»Hm«, machte ich. »Hey! Da ist ja eine Pentax-Pro! Mit achtzig Giga Memory!« Ich hielt die Kamera in die Höhe, um sie ihr zu zeigen. Die Batterien waren frisch. »Nagelneu. Wissen Sie, von solchen Geräten habe ich immer geträumt.«

»Dann bedienen Sie sich. Wo die herkommt, gibt es noch mehr.«

»Hah?«

»Die Army möchte, daß Sie solche Geräte haben, McCarthy. Vergessen Sie nicht, daß wir Krieg haben.«

Ich schnappte mir die Laterne und kam wieder nach vorne. »Hier, hängen Sie das hier irgendwo auf, daß das Licht seitlich einfällt. Dann bekomme ich besseren Kontrast.« Ich fing an, Mikronahaufnahmen zu schießen. Die Details, die auf dem kleinen Schirm der Kamera zu erkennen waren, waren verblüffend.

»Gibt es noch mehr von diesen kleinen, nackten Männern?«

»Hier sind zwei. Was die machen, dürfen Sie aber nicht sehen!«

»O doch! Nein.« Ich nahm sie jedenfalls auf.

»Voyeur«, sagte Lizard.

»Sie lecken sich nur gegenseitig den Puder ab«, sagte ich. »Außerdem könnten sie weiblich sein.« Ich fuhr fort, Bilder aufzunehmen. Es gab da ein Ding, das wie ein kleiner rosafarbener Blumenkohl aussah – oder ein Gehirn auf Beinen. Es war ein knorriger kleiner Klumpen, über und über mit roten Adern bedeckt. Schrecklich sah es aus. Ich hatte den Eindruck, daß selbst die anderen Lebewesen dieser Ansicht waren – sie gingen ihm jedenfalls aus dem Weg.

»Das ist unglaublich!« sagte ich. Wahrscheinlich wiederholte ich mich damit. Mir war das gleichgültig. Ich war zu aufgeregt. »Wir sehen hier Dinge, die vor uns noch kein anderes menschliches Wesen gesehen hat! Es ist außergewöhnlich! Dies muß der Tag sein, an dem alles gleichzeitig ausschlüpft und alles andere frißt. Das ist wunderbar. Ich glaube, wir haben noch nicht einmal die Hälfte dieser Lebensformen jemals gesehen!«

Lizard sagte: »Wenn das stimmt, dann sind Sie der Gelackte.«

»Wieso?«

»Sie haben gerade die Behauptung aufgestellt, daß die Chtorraner wahrscheinlich nur ihre wesentlichen Spezies bringen würden, die sie als Unterstützung brauchen. Sehen Sie sich diesen Zoo am Fenster an! Glauben Sie das immer noch?«

Ich ließ die Kamera eine Sekunde lang sinken und sah hin. Das Fenster war über und über mit Schwärmen von chtorranischen Käfern und anderen Biestern bedeckt. Lange, dünne, kurze, fette. Rosa und schwarz und purpurn – und rot, alle Schattierungen von Rot. Sie glitzerten im reflektierten Licht des Choppers. Dahinter war nur Dunkelheit. Draußen war es bereits Nacht. Was war geschehen? Ich war so verzückt gewesen, daß ich nicht einmal bemerkt hatte, wie die Sonne unterging. Dieses Schauspiel aus größter Nähe war einfach überwältigend. Die Käfer waren jetzt glitzernde kleine Körper. Das Fenster funkelte förmlich.

»Ja«, sagte ich. »Das glaube ich immer noch. Dies ist nur ein ganz schmales Segment einer Ökologie. Ein Planet könnte eine Milliarde unterschiedlicher Spezies beherbergen. Wir sehen hier nur ein paar hundert. Die Chtorraner haben wahrscheinlich nicht mehr als ein paar tausend mitgebracht. Nur das, was sie brauchen.« Ich setzte dazu an, die Kamera wieder ans Auge zu heben, sah sie dann an, hielt inne, senkte die Kamera wieder und sah noch einmal Lizard an. Und grinste.

»Was ist?« sagte sie.

»Ich nehme alles zurück«, sagte ich. »Nun, teilweise jedenfalls. Die Chtorraner sind auch nicht mit leichterem Gepäck gereist als wir. Wir haben auch nicht nur das absolut Notwendige für diesen Einsatz mitgebracht. Wir haben alles mitgenommen, das wir möglicherweise brauchen würden.« Ich hob die Kamera wieder. »Bis jetzt haben wir alles gebraucht, was wir mitgebracht haben. Die haben es genauso gemacht.«

Lizard lachte mit mir. Sie öffnete die letzten zwei Dosen Bier und reichte mir eine. Dann hob sie die ihre und trank mir zu. »Nun, auf die Käfer!«

Ich erwiderte den Trinkspruch. »Eine großartige Show ist das.«

Eine Weile sahen wir schweigend zu.

Ich versuchte, mir auszumalen, wie das Gelände draußen wohl aussehen mochte. Wenn der Mond hell genug war, würde der Boden von einem schimmernden Teppich von nächtlichen Lebewesen und Insekten bedeckt sein. Ich fragte mich, ob an diesem Festmahl dort draußen auch irgendwelche irdischen Lebensformen teilnahmen und ob sie Gäste oder Gastmahl waren.

Wahrscheinlich Gastmahl. Diese Lebewesen waren alle so

mit Fressen beschäftigt, daß sie es nicht einmal bemerkten, wenn etwas anderes auftauchte und anfing, sie zu fressen. Ich sah zu, wie immer wieder neue Lebewesen auf der Windschutzscheibe landeten und sich der Orgie anschlossen. Woher sie nur alle kommen mochten?

Lizard entschied sich dafür, die kleinen nackten Männer ›Fingerbabies‹ zu nennen. Sie erinnerten sie an ein paar winzige Puppen, die sie vor langer Zeit einmal besessen hatte. Die Geschöpfe hatten blasse, fast durchsichtige Haut und krochen langsam und irgendwie bewußt wirkend am Fenster entlang. Sie hatten große Käferaugen, was sie irgendwie ausdruckslos erscheinen ließ – oder vielleicht dauernd verängstigt. Es kam ganz darauf an, in welcher Stimmung man sich befand. Sie klappten ihre winzigen, weiten Münder auf und leckten mit ihren winzigen roten Zungen rosa Puder von den Pfeifenreinigerkäfern ab. Und dann hoben sie die Köpfe, während sie schluckten und blickten langsam nach links und rechts, ehe sie sich wieder ihrer Mahlzeit zuwandten.

Eine Weile war eine ganze Menge von ihnen zu sehen. Die meisten leckten sich gegenseitig den Puder ab. Das Fenster war mit nackten, sich windenden, rosafarbenen Körpern bedeckt. »Scheint, daß Sie jetzt doch noch Ihre Blaue Messe bekommen.«

»An dem Vergleich ist etwas Beunruhigendes«, antwortete sie. »Ob Menschen von oben so aussehen?«

Als es dunkler wurde, erschienen weitere Nachtgänger. Die kleinen Vampirgeschöpfe hatten bleiche Gesichter und große Kiefer. Sie packten sich mit ihren oberen Armpaaren die Fingerbabies und zogen sie in eine beunruhigend erotische Umarmung. Die Fingerbabies wehrten sich nicht – nicht einmal, wenn die Vampire zu fressen begannen. Die Vampire fraßen sie wie kleine, dicke Würstchen. Sie bissen und kauten, bissen und kauten, und die Fingerbabies starben. Sie fuchtelten mit ihren kleinen rosa Armen herum und schlugen mit ihren kleinen rosa Beinen, aber die Nachtgänger fraßen weiter. Die Fingerbabies hatten hellrotes Blut.

Eine Weile war das Fenster ein einziges Schlachtfest.

»Ich glaube, ich hasse sie«, sagte Lizard.

»Vorsichtig«, sagte ich.

»Wieso?«

»Sie legen menschliche Maßstäbe an. Sie treffen Urteile über diese Geschöpfe. Ihr Speziesvorurteil wird erkennbar. Was, wenn die Fingerbabies in Wirklichkeit embryonische Würmer sind?«

Sie sah mich an. »Das ist doch nicht etwa Ihr Ernst?«

»Nein, das nicht – ich wollte Sie nur davor warnen, zu schnell Schlüsse zu ziehen. Ich habe bereits einen Fehlschluß bezüglich der Bunnydogs gezogen. Ich möchte keine weiteren mehr machen. Diese Dinger sind wahrscheinlich irgendeine Art von molchähnlichem Organismus, und die Ähnlichkeit ist rein zufällig. Im ausgewachsenen Zustand könnten sie gemeine Schlangen sein. Oder vielleicht auch nicht. Jedenfalls warne ich vor vorschnellen Schlüssen.«

Lizard gab ein grunzendes Geräusch von sich. Das war die einzige Antwort, die ich bekam.

Und dann verstummten wir beide wieder.

Etwas Schlangenähnliches mit einem roten Leib glitt über das Fenster. Es hatte tausend blitzende Beine und pflügte sich wie ein Staubsauger durch die anderen Lebensformen. Oh, nein.

»Lizard«, sagte ich.

»Ja?«

»Sie sollten besser um Hilfe rufen.«

»Wieso?« Sie sah mich an. »Ich dachte, Sie hätten gesagt, wir seien in Sicherheit.«

»Vielleicht muß ich mein Urteil revidieren. Sie hatten sich gefragt, was als nächstes kommen würde?« Ich deutete. »Sehen Sie das? Das ist ein chtorranischer Tausendfüßler. Wenn das als nächstes kommt, sollten wir besser hier verschwinden. Ich glaube nicht, daß der Bunkerschaum sie abhält.«

DREIUNDZWANZIG

Der Anruf kam um zweiundzwanzig Uhr.

Das Funkgerät piepste. Lizard lehnte sich nach vorne und knipste es an. »Hier ELDAVO.«

»Allright, hier kommen die neuesten Nachrichten. Der Blimp ist unterwegs. Die haben Portland vor einer Stunde verlassen. Mit einem kompletten Rettungs- und Ärzteteam an Bord. Bis Mitternacht sollten sie über Ihnen stehen. Sie peilen Ihren Strahl an.«

»Und was ist mit dem Staub?«

»Sie sind über das Problem informiert. Das sind wir alle. Im ganzen Sacramentotal läuft heute keine Maschine – zumindest keine, die dem Staub ausgesetzt war. Aber Portland hat mit dieser Art von Problemen die meisten Erfahrungen; dafür können Sie dem Mount Saint Helens dankbar sein. Die haben die nötige Technik schon parat.«

»Ich werde dem Vulkan einen Dankesbrief schicken«, sagte Lizard.

»Die werden während des ganzen Fluges auf Monitor geschaltet haben. Sobald sie zehn Partikel pro Million erreicht haben, schalten sie die Düsen ab und lassen sich vom Wind treiben, bis sie über Ihnen stehen.«

»Treiben?« fragte Lizard skeptisch.

»Genau. Für die lokale Lenkung haben sie sich eine kalte Raketenstarthilfe zusammengebastelt. Damit können sie manövrieren, und Sie brauchen sich wegen der Feuergefahr keine Sorgen zu machen. Wenn nötig, können die auf kurze Distanz mit Dosenluft fliegen – zumindest weit genug, um aus dem rosa Zeug herauszukommen, wenn sie Kurs auf das Meer nehmen. Das ist alles überlegt.«

»Das höre ich nicht zum erstenmal«, meinte Lizard. »Wie wollen die denn ihre Position über uns halten?«

»Die schießen Klammern in den Boden und verankern sich daran. Dann lassen sie einen Korb herunter und ziehen Sie in die Höhe.«

»Hören Sie«, sagte Lizard. »Das wird Probleme geben.«

»Wieso?«

»Rings um uns spielt sich gerade eine Freßorgie ab. Sobald wir die Luken öffnen, haben wir vielleicht noch dreißig Sekunden Zeit. Wenn nicht weniger. Wir haben einen Millipedenschwarm.«

»Über die Millipeden wissen wir Bescheid. Sie sind nicht die einzigen, die im Staub festliegen. Wir haben Berichte hereinbekommen, bei denen sich Ihnen die Haare sträuben würden.«

Als ich das hörte, lehnte ich mich vor. »Wie schlimm ist es denn?« fragte ich.

»Das wollen Sie doch gar nicht wissen.«

»Doch«, beharrte ich.

»Wir glauben, daß wir Redding verloren haben. Sämtliche Verbindungen sind unterbrochen. Wir bekommen nichts herein. Glauben Sie, daß Sie übel dran sind? Die Skyballbilder von Nordkalifornien zeigen nichts als rosa Wüste. Und in Redding hat es ein paar hübsche *hohe* Gebäude gegeben.«

»Redding?« Das war doch achtzig Kilometer nördlich von hier. Ein schrecklicher Verdacht fing an, mir eisig über den Rücken heraufzukriechen. »Wie weit verbreitet ist denn der Staub?«

»Die ganze nördliche Hälfte des Staates ist weg. Alles. Jetzt ist es zum Stillstand gekommen. Sacramento hat heute nachmittag weitere fünf Zoll abbekommen.«

Lizard und ich wechselten einen Blick. Von Redding bis Sacramento?

»Sie werden es ja vom Blimp aus sehen. Wenn der Wind anhält, könnten Sie bis morgen Nachmittag in Oakland – oder in Sacramento sein.«

»Noch irgendwelche gute Nachrichten?« fragte Lizard.

»Die Dodgers haben in der achten schlapp gemacht.«

»Danke.« Sie schaltete ab, drehte sich um und sah mich an. »So, also heute abend auch kein Hummer.« Dann bemerkte sie meinen Gesichtsausdruck und fragte: »Was ist denn?«

»Nichts«, sagte ich. Ich stieg aus meinem Sitz und ging in der Maschine nach hinten, um mir Dukes Medikonsole anzusehen. Er war stabil, aber ...

Ich zog die Decke weg, um mir noch einmal den rosa Pelz auf seinen Beinen anzusehen. Er war inzwischen merklich gewachsen. Auch rote und purpurfarbene Strähnen waren zu erkennen.

Lizard kauerte sich mir gegenüber nieder und sah mich fragend an. »Nichts, hm?«

»Also schön«, gab ich zu. »Ich mach mir um Duke Sorgen. Er riecht ziemlich übel, und ich weiß nicht, was da mit seinen Beinen vorgeht. Dieser Pelz *wächst*. Selbst wenn wir ihn heute abend hier herausholen könnten, wären wir immer noch weit von der Art von Versorgung entfernt, die er braucht. Und wir haben ja gehört, was der Mann gesagt hat. Morgen nachmittag.«

Sie griff sich die Medikonsole und studierte die Anzeige. Duke hing an der letzten roten Ampulle. Mehr Glukose war nicht da. Ich hatte ihn in periodischen Abständen immer wieder geweckt, um ihm Zuckerwasser mit Antibiotika der blauen Serie zu geben. Mehr konnte ich nicht tun, und sonst fiel mir auch nichts ein.

Ich kniete nieder, um mir den rosa Pelz auf Dukes Beinen genauer anzusehen. Er wuchs aus seiner geschwärzten Haut wie Gras. Ich strich prüfend mit der Handfläche darüber. Das prickelte. Ich drückte den Pelz nieder – und das Prickeln wurde kräftiger.

»Jetzt wacht er auf«, sagte Lizard.

Ich richtete mich wieder auf und nahm Lizard die Konsole weg. Die Anzeige sagte, daß Duke noch tief schlief.

»Nein, das tut er nicht.« Ich sah mir wieder Dukes Bein an, streckte mich vor und berührte den Pelz erneut, strich darüber. Der Anzeigeschirm der Medikonsole spielte verrückt. Er sagte, daß Duke einen Berg hinaufrannte – nein, daß er einen Herzanfall hatte – nein, er wußte überhaupt nichts. BITTE WARTEN. Er konnte nicht interpretieren, was er aufnahm. GESTEIGERTE NERVENAKTIVITÄT. Und wieder BITTE WARTEN.

Ich klappte den Medizinkoffer auf und studierte die Karte mit den Farbcodes im Deckel. Da war es.

Terramycin.

Ich sah mir wieder Dukes Beine an.

Aber das Ganze war so riskant, einfach ein verrücktes Risiko.

»Was überlegen Sie?« fragte Lizard.

»Ich überlege, ob ich irgend etwas Dummes tun soll«, sagte ich.

»Wie dumm?«

»Das hat bisher noch nie einer getan.« Ich holte mir die Plastikampulle heraus. »Was da aus Dukes Beinen wächst, ist Wurmpelz. Dieses Zeug da sollte es totmachen. Das meiste davon jedenfalls. Erinnern Sie sich an den Wurm in Denver? Bei dem war es so.«

Sie runzelte unglücklich die Stirn. »Ich weiß nicht, was ich Ihnen sagen soll, McCarthy. Ich bin kein Arzt.«

»Ich frage Sie auch gar nicht um Erlaubnis. Ich verstehe davon mehr als Sie. Und das werde wohl oder übel ich entscheiden müssen.«

»Da haben Sie recht«, pflichtete sie mir bei.

»Ich weiß.« Ich schloß die Augen. *Bitte, lieber Gott, laß mich wirklich recht haben.*

Ich klippte die Ampulle in das Gerät.

Die Medikonsole piepste. TERRAMYCIN? wollte sie wissen. Ich drückte den BESTÄTIGEN-Knopf.

Und dann konnte ich nichts anderes tun als warten.

Wir deckten Duke wieder zu und kletterten in dem Chopper nach vorne. Der Sitz des Kopiloten fing an, unbequem zu werden. Er ächzte, als ich in ihn hineinsank. Ich nahm mir eine Taschenlampe und studierte aufs Neue die Käfer am Fenster. Ich konnte nicht einmal die Hälfte der Geschöpfe identifizieren, die ich sah. Aber diejenigen, die ich identifizieren konnte, reichten schon aus, um mir Angst und Schrecken einzujagen.

»Das *eigentliche* Problem«, sagte ich, »ist, daß ich nicht weiß, wie wir ihn hier herausholen sollen. Ich weiß nicht einmal, wie wir uns *selber* hier herausholen sollen. Ich glaube nicht, daß es ungefährlich ist, diese Luke zu öffnen.« Ich deutete mit der Taschenlampe auf die obere Hälfte der Windschutzscheibe. Der Strahl beleuchtete vier rotbäuchige Millipeden, die, während ich redete, über die gebogene Fläche herunterglitten. Einer davon ringelte sich zusammen und richtete seine Augen nach unten. Er musterte uns neugierig, öffnete die Iris seiner Augen und schloß sie wieder, ganz schnell hintereinander, eine Art verwirrtes Blinzeln.

Lizard folgte meinem Blick. »Können Sie sie einfrieren?« fragte sie.

Ich zuckte die Achseln. »Das habe ich vor – aber das ist eigentlich nicht das Problem. Ich mache mir Sorgen, daß uns Würmer finden. Die kommen in dieser Kantine als nächste.« Ich deutete auf die Millipeden. »Sehen Sie die? Diese Millipeden sind die widerlichsten kleinen Monster, die Sie sich vorstellen können. Die greifen alles an, das auch nur entfernt organischer Natur ist. Sie sind ebenso unersättlich wie ein Schriftsteller bei einem Mittagessen, das nichts kostet, und es ist fast unmöglich, sie zu töten. Sie beißen wie Journalisten und sind so tödlich wie Rechtsanwälte. Sie laufen in Schwärmen herum und können in einer Woche einen ganzen Wald entblättern. Ein Pferd nagen die in Minuten bis auf die Knochen ab. Wollen Sie noch mehr hören?«

»Und was ist dann das Problem?« drängte Lizard.

»Das«, sagte ich, »ist Wurmnahrung. Das sind chtorranische Delikatessen. Vielleicht ist es ihr Äquivalent von Hummer. Die Würmer stopfen sie sich einfach in die Münder und kauen. Haben Sie jetzt eine Ahnung von den persönlichen Gewohnheiten der Würmer? Das ist es, worüber ich mir Sorgen mache. Ein Wurm könnte diesen Chopper mit größter Leichtigkeit aufschälen.

Und«, fügte ich hinzu, »wenn das noch nicht genügt, dann will ich nur sagen, daß wir effektiv ohne Verteidigungsmöglichkeiten sind. Dukes Brenner liegt irgendwo draußen im Staub – und selbst wenn wir ihn hätten, wäre es höchst riskant, ihn einzusetzen. Ebensowenig können wir Granaten oder Bazookas einsetzen – nichts, was den Staub entzünden könnte. Das Einzige, was wir haben, ist der Freezer. Und der ist im Einsatz gegen einen Wurm nur von höchst beschränktem Nutzen. Glauben Sie mir. Ich habe es schließlich dreimal versucht. Nicht öfter. Für Leute, die beabsichtigen, im Bett zu sterben, empfiehlt sich das gar nicht. Das erstemal, als ich es versuchte, wußte ich es nicht besser. Das zweitemal dachte ich, es sei nur eine Frage der Technik. Das drittemal begann ich zu vermuten, daß es unmöglich war, und hörte auf, es zu versuchen.«

»Sind Sie jetzt fertig, Professor?« sagte sie.

»Mich würde interessieren, was Sie für Vorschläge haben«, sagte ich. »Ich wollte nur, daß Sie das Problem richtig sehen.«

»Zum ersten.« Lizard warf mir einen durchdringenden, blauäugigen Blick zu, bei dem einem die Knie weich werden konnten. »Ich glaube, daß Sie hier Probleme schaffen, die Sie noch gar nicht haben. Der letzte Wurm, den wir gesehen haben, war vierzig Kilometer auf der anderen Seite der Berge.« Sie deutete mit dem Daumen nach Westen.

»Richtig. Das war der letzte Wurm, den *wir gesehen haben*. Und was ist mit denen, die wir nicht gesehen haben? Sind Sie bereit, Ihr Leben dafür aufs Spiel zu setzen, daß es in *dieser* Nachbarschaft keine Würmer gibt? Ich nicht.« Ich deutete mit dem Daumen zum Fenster. »Keinen Meter von uns entfernt haben sie den saubersten Querschnitt durch die chtorranische Nahrungskette, die je einer gesehen hat. Das dort draußen ist ein chtorranisches Buffet. Da *sind* Würmer. Wir haben sie bloß noch nicht gesehen. Aber verlassen Sie sich darauf, das werden wir noch.«

Sie sah mich skeptisch an.

Und ich fuhr fort: »Ein Wurm hat einen besseren Geruchssinn als ein Hai. Wir wissen, daß sie sich zu menschlichen Wesen hingezogen fühlen. Wir wissen nicht, warum das so ist; aber wir wissen, daß ein chtorranischer Gastropede geradewegs auf die kräftigste Menschenwitterung zustrebt, die er entdecken kann. Wir haben das auf höchst unangenehme Art herausgefunden. Außerdem haben sie es gelernt, den Geruch unserer Maschinen zu erkennen. Lkws beispielweise und Choppers. Diese Witterung können sie ebenfalls anpeilen. Ich wollte vorher nichts darüber sagen, weil ich nicht der Ansicht war, daß wir uns in einer stark befallenen Gegend befanden; aber die Millipeden beweisen, daß das sehr wohl der Fall ist. Dieser Chopper ist genauso gut wie ein Neonzeichen. Er verkündet jedem Wurm in der Umgebung: GRATISESSEN.« Ich bemerkte, daß ich ein wenig zu heftig wurde und senkte die Stimme. »Tut mir leid. Ich bin in Fahrt gekommen.«

Lizard sagte nichts. Sie starrte zum Fenster hinaus.

Ich hatte das Gefühl, mich entschuldigen zu müssen, aber ich hatte versprochen, das nicht wieder zu tun, und so hielt ich den Mund.

Aber Schweigen funktionierte ebenfalls nicht, sondern betonte nur das Gefühl des Unbehagens. »Hören Sie«, sagte ich. »Einen Vorteil haben wir. Den Staub. Vielleicht ist er so dicht, daß er unsere Witterung verdeckt. Die Möglichkeit dafür ist recht gut. Wirklich. In dem Fall sind wir vielleicht gar nicht in so großer Gefahr. Wir brauchen uns dann nur darüber zu sorgen, daß ein Wurm uns zufällig findet ...«

»So wie der da?« fragte Lizard langsam und deutete nach vorne.

Ich folgte ihrem Blick und richtete die Taschenlampe nach vorne.

Etwas Großes, Dunkles, Rotes mit zwei riesigen schwarzen Augen wie Scheinwerfer an einem heranrasenden U-Bahn-Zug spähte durch die Windschutzscheibe zu uns herein. Seine Augen schrumpften in dem plötzlichen Licht zusammen.

»Ich wollte wirklich unrecht haben«, sagte ich.

Der Wurm sah uns von der Seite an, in der Pose eines Lauschers. Er öffnete langsam den Mund und berührte das Glas mit seinen Kiefern. Er testete die Oberfläche.

»O Gott – hoffentlich hält die Scheibe.«

Das Glas ächzte in seiner Fassung.

Aber es hielt.

Dann zog sich der Wurm vom Fenster zurück und fuhr mit den Fingern neugierig über die Oberfläche. Seine Klauen kritzelten höflich über das Glas, klopften, prüften. Ich hielt die Lampe fest. Ich hatte Angst, sie zu bewegen – oder sie abzuschalten. Der Wurm war riesig. Vier Meter lang. Die dunklen purpurfarbenen und roten Streifen an seinen Seiten waren ausgeprägt genug, um selbst unter der feinen, rosafarbenen Staubschicht sichtbar zu sein, die seinen Pelz bedeckte.

Jetzt legte das Monstrum sein Gesicht wieder an das Glas.

Wir starrten es an. Und der Wurm starrte uns an.

Ich betete zu Gott, daß er nicht hungrig war.

VIERUNDZWANZIG

Und dann zog sich der Wurm vom Fenster zurück und war verschwunden. Draußen herrschte Finsternis. Wo war er?

»Bewegen Sie sich nicht«, sagte ich.

»Das könnte ich nicht einmal, wenn ich es wollte.«

Einen Augenblick lang herrschte Stille. Ich fragte mich, ob das derselbe Wurm war, den Duke und ich vorher gesehen hatten, aber das konnte ich nicht sagen. Und eigentlich hatte es auch nicht sehr viel zu bedeuten, oder? Und dann war auf Lizards Seite des Choppers ein sanftes, pochendes, scharrendes Geräusch zu hören.

Der Wurm war immer noch damit beschäftigt, das Schiff zu untersuchen.

Lizards Augen weiteten sich. Das war noch schlimmer, als zu *sehen*, was das Monster tat.

Das Geräusch bewegte sich an dem Chopper entlang. Langsam, ganz langsam, tastete und scharrte sich der Wurm auf die Luke zu. Als die kratzenden Geräusche die Tür des Choppers erreichten, zögerten sie. Es war gerade, als hätte der Wurm feststellen können, daß an diesem Stück des Rumpfes irgend etwas anders war. Die Untersuchung setzte sich noch lange, lange Zeit fort. Ich mußte an ein Kaninchen in einem Käfig denken.

»Ich, äh – möchte, daß Sie etwas wissen«, sagte Lizard leise.

Unsere ganze Aufmerksamkeit war auf den Lärm an der Tür gerichtet.

»Und was ist das?« fragte ich.

Es klang fast wie ein Klopfen oder wie ein Hund, der kratzt, damit man ihn hereinläßt.

»Das, was ich vorher gesagt habe, war mir ernst. Daß Sie irgendwie nett sind.«

Jetzt rüttelte er an der Türklinke!

»Ich weiß«, sagte ich. »Danke.«

Geh doch weg, verdammt! Es ist niemand zu Hause!

»Nein – hören Sie, was ich Ihnen wirklich sagen wollte ...« Lizards Stimme klang angespannt. »Ich *kann* viel besser bumsen als fliegen. Das können Sie Duke sagen – wenn sich die Gelegenheit ergibt.«

Das Rütteln an der Tür hörte auf.

Ich sagte: »Das – äh – hatte mich auch interessiert ...«

Wieder herrschte Stille. Lizard und ich lauschten gequält. Hatte der Wurm aufgegeben und war abgezogen?

Nein. Das Scharren wanderte am Rumpf weiter nach hinten. Lizard atmete auf. Und dann stieß sie schnell hervor: »Ich auch.«

Der Wurm war jetzt am Heck der Maschine.

»Wenn wir nach Oakland zurückkommen ...«, sagte ich.

Und sie sagte: »Okay ...«

Irgend etwas krachte. Der Chopper schwankte und kippte nach vorne. Lizard stieß einen halb unterdrückten Schrei aus. Duke stöhnte.

Und dann herrschte Stille.

»Ist er weg ...?« flüsterte sie.

»Warten Sie«, warnte ich.

Die Stille wurde lauter.

»Schalten Sie die Außenbeleuchtung ein«, sagte ich. »Sämtliche Lampen.«

»Ist das nicht gefährlich?«

»Der Wurm weiß, daß wir hier sind. Wir haben jetzt keinen Anlaß mehr, uns zu verstecken. Da ist es besser, wenn wir wenigstens sehen, wo wir drinstecken.«

Sie lehnte sich langsam nach vorne und berührte einen Knopf an ihrer Konsole. Plötzlich flammte die Landschaft draußen hell auf. Der Boden leuchtete rosafarben. Die vorderen Scheinwerfer des Choppers waren immer noch unter dem Staub vergraben – das Licht wurde nach oben reflektiert, durch den Puder hindurch. Das erzeugte ein gespenstisches Leuchten, eine Art Märchenlandschaft. Eine tiefe Furche führte aus den Bäumen heraus, durch die rosafarbenen Dünen direkt auf den Chopper zu. Die Spur des neugierigen Wurms. Doch wo war er jetzt?

Die rosafarbenen Dünen waren dabei, ihren bisherigen Zustand zu verlieren und zu einem schlammig aussehenden Matsch zusammenzusinken, in dem es von Leben wimmelte. Die kleineren Geschöpfe konnten wir nicht identifizieren; sie verschwammen ineinander in eine Art glitzerndes Mosaik. Und überall dazwischen glitten Millipeden herum, fraßen wie Haie, und einige von ihnen waren so groß wie Pythonschlangen.

Aber wo war der Wurm?

Lizard schaltete die oberen Scheinwerfer ein – und stöhnte auf.

Die Luft draußen war erfüllt von flatternden Dingern. Sie sahen wie epileptische Motten aus. Sie schossen in dem Licht, das von dem Chopper ausging, hin und her. Sie stießen im Sturzflug herunter und schnappten sich die Käfer in dem Puder. Und jetzt waren auch noch größere Lebewesen zu erkennen, die mitten durch die flatterigen Dinger segelten. Wie silberne Bänder flogen sie herum. Sie waren bizarr und graziös und schön anzusehen; sie flatterten und bewegten sich in perfekten Sinuswellen. Etwas wie ein Papierdrachen schoß zwischen ihnen durch und schnappte sie aus der Luft. Was für Lebewesen sich wohl von den Drachen ernähren mochten?

Auch die Lebewesen im Puder waren jetzt deutlicher zu erkennen. Es gab Nachtgänger so groß wie Terrier. Und Lebewesen, die aussahen wie Spinnen auf Stelzen. Und Pfeifenreinigerkäfer so groß wie Ratten. Und rosafarbene Haarbälle mit Mündern, die durch den Staub krochen und sich dabei wie Regenwürmer bewegten.

Lizard starrte fasziniert hinaus. Und dann schaltete sie, fast ohne zu denken, die Außenmikrofone ein.

Kakophonie!

Zirpen und Pfiffe! Tausend schnatternde, krächzende, summende Stimmen brüllten auf uns ein. Ein schrecklicher Lärm.

Lizard drehte die Lautstärke herunter, aber das ließ die Geräusche eher noch drohender erscheinen.

Jetzt klang es wie Kauen.

Eine Million mahlender Kiefer, ein Lärm wie brutzelndes Fett.

Die Nacht hatte die Größten und die Schlimmsten herausgerufen. Die Lebewesen jenseits des Fensters funktionierten nach einem einzigen biologischen Imperativ, bis zu seinem schrecklichsten Extrem getrieben: Freßt, soviel ihr könnt, ehe ihr selbst gefressen werdet.

Es war scheußlich. Und faszinierend.

Ich sah zu Lizard hinüber. Sie war bleich und zitterte – hatte aber wieder die Kamera am Auge. Ich fing an, nach hinten zu steigen.

Sie schrie: »Hey, wo gehen Sie hin?«

»Ich muß diesen Wurm finden.« Ich stieg an Duke vorbei.

Sie folgte mir nach hinten. »Was, zum Teufel, denken Sie jetzt?«

»Das weiß ich noch nicht.« Ich war bereits damit beschäftigt, den Waffenschrank zu öffnen. »Gibt es hier irgendwelche Kaltexplosivstoffe?«

»Nein – Augenblick mal. Sehen Sie mal nach, was die für Raketen zu dem Werfer gepackt haben.« Sie deutete.

»Ja, hab schon.« Ich studierte die Etiketten mit den Warnungen.

»Sie gehen doch nicht etwa hinaus?« fragte sie.

»Wenn ich muß ...«

»Das ist doch verrückt! Sie wissen, was draußen ist.«

»Ja, und ich weiß auch, welche Freude es Würmern macht, Probleme zu knacken, in denen Köder stecken. Ja, das müßte reichen.« Ich holte mir die ›Friedenspfeife‹ und einen Pfeifsatz heraus, hielt sie ihr hin, damit sie sie halten konnte, und klappte dann den Behälter wieder zu.

»Nur einen?« fragte sie trocken.

»Ich werde nur einen Schuß schaffen.« Ich nahm die Bazooka und lud sie. »Sie werden mir mit dem Freezer Schutz geben müssen. Können Sie damit umgehen?«

»Finger auf den Abzug und drücken?«

»Ja, so ähnlich.« Ich sah mir die Sicherungen an der Waffe an. Alles grün. »Gut.«

»Einen Augenblick«, sagte sie. »Nur einen Augenblick.« Sie hob beide Hände. »Haben Sie alle Optionen durchgedacht?«

»Ja, und ich habe keine Lust, ein Gratismittagessen abzugeben. Bleibt also nur das hier.« Ich zog die Pfeife mit vielsagendem Blick zu mir heran, hielt dann inne und sah sie an. »Vielleicht habe ich Glück. Vielleicht ist der Wurm schon weg.« Und dann fügte ich hinzu: »Aber ich wette, daß er noch da ist. Da, halten Sie noch einmal.«

Sie nahm die Waffe und sagte: »Sie wissen ja, ich könnte Ihnen befehlen, das nicht zu tun ...«

Ich war bereits dabei, an ihr vorbeizuklettern und mich in den Turm mit der Sichtkuppel hinaufzuziehen. »Nur zu! Aber Kriegsgerichtsverfahren sind sehr zeitraubend.« Ich öffnete den Verschluß.

Sie rief zu mir hinauf: »Wir haben uns abgewöhnt, Lieutenants wegen Befehlsverweigerung vor das Kriegsgericht zu stellen.«

»So?«

»Wir schießen sie einfach an Ort und Stelle nieder. Das ist billiger.«

Ich sprang aus der Sichtkuppel herunter und deutete mit dem Daumen nach oben. »Nun, ehe Sie schießen, sollten Sie sich vielleicht besser selbst umsehen.«

Sie reichte mir den Raketenwerfer zurück und kletterte nach oben. Als sie sich an mir vorbeischob, konnte ich nicht umhin festzustellen, daß sie ... nun ... interessant roch. Hatte diese Frau mir wirklich ein Abendessen mit Hummer in Oakland versprochen?

»Oh!« sagte sie, und dann, nach einer schreckerfüllten Pause: »Aber was macht er denn?«

»Ich weiß nicht. Vielleicht überlegt er seine Möglichkeiten.«

»Er sitzt bloß da und starrt die Luke an ...«

»Mhm. Und wahrscheinlich kann er jedes Wort hören, das wir sagen.«

Lizard sprang aus dem Turm herunter und starrte mich an. »Kann man ihn damit töten?« flüsterte sie.

»Es gibt nur eine Möglichkeit, das herauszufinden, nicht wahr?«

»Warten Sie. Ich muß mir das überlegen. Nur einen Augenblick ...«

»Gern, er wird schon *nicht* ...«

Das Funkgerät piepte. Wir blickten beide nach vorne.

Lizard sah mich an. »Wenn er so lange gewartet hat, können Sie auch warten – und das ist ein *Befehl.*« Sie kletterte nach vorne, um den Anruf entgegenzunehmen. »Hier ELDAVO.« Ich atmete tief durch und folgte ihr mürrisch nach vorne.

»ELDAVO, hier ist die *Paul Bunyan*«, meldete sich eine männliche Stimme, »leihweise von der Oregon Air übernommen. Captain Peter Price zu Ihren Diensten. Sie wollten sich abschleppen lassen?«

Lizard lächelte grimmig. »Wir wären schon zufrieden, wenn man uns einfach mitnimmt. Je schneller, desto besser.«

»Nun, soll uns recht sein, Ma'am. Die *Paul Bunyan* hat achtzig Tonnen Auftrieb. Wieviel glauben Sie denn, daß sie brauchen werden?«

Lizard sah mich an, dann nach hinten zu Duke, stellte schnell eine kurze Berechnung an und sagte dann: »Oh, zweihundertfünfundzwanzig Kilo sollten reichen.« Ich schulterte die Bazooka und ließ mich in den Kopilotensitz fallen. Wie lange das wohl dauern würde?

»Ein wenig zugenommen, was, Mädchen?« meldete sich jetzt eine neue Stimme. Eine tiefe Männerstimme.

Lizard schrie beglückt auf: »Danny! Was machst du denn hier?«

»Ich bin eben mitgekommen. Wie geht's denn meinem Lieblingsrotschopf?«

»Das kann ich dir nicht über eine offene Leitung sagen«, sagte sie und lachte. Ich fragte mich, wer dieser Danny war und welche Beziehung zwischen ihm und Lizard bestand. Und dann fragte ich mich, ob ich eifersüchtig sein sollte. Seine Stimme dröhnte wie ein Nebelhorn. Er war zu freundlich.

Lizard blickte zu mir herüber, sah meine Augen und wandte sie wieder dem Radio zu. »Hör zu, Danny – was ist deine ETA*?«

Die Männerstimme wurde jetzt geschäftsmäßiger. »Nun ...

---

* ETA = Estimated Time Arrival = geschätzte Ankunftszeit – *Anm. d. Übers.*

euer Strahl ist deutlich und auch klar. Wir sollten innerhalb von zwei Stunden über euch sein. Wie geht es eurem Patienten?«

»Nicht gut.«

»Kann man ihm ein Geschirr anlegen?«

»Nein, wir werden einen Korb brauchen.«

Jetzt lehnte ich mich nach vorne. »Fragen Sie ihn, ob er eine Zipleine hat.«

»Wer ist das denn?« dröhnte Dannys Stimme. »Hey, Mädchen – hast du dir einen Freund zugelegt?«

»Sei nicht albern«, sagte Lizard. »Das ist nur ein Lieutenant.« Ich merkte, wie mein Gesicht sich rötete.

»Treibst es wohl wieder mit dem Kindergarten.« Danny lachte herzlich. Ich beschloß, daß ich weder ihn noch seine Redewendungen mochte.

Ich beugte mich vor und sprach ins Radio: »Können Sie eine Zipleine beschaffen?«

»Sicher haben wir eine, Lieutenant ... äh ...?«

»McCarthy, James Edward.«

»In Ordnung«, sagte Danny geschäftsmäßig. »McCarthy.«

»Und haben Sie eine Krabbe?«

»Entschuldigen Sie«, unterbrach Captain Price. »Sind Sie ein Blimper?«

»Nein ...«

»Warum überlassen Sie dann nicht uns den Einsatz?«

»... aber ich habe in Colorado mit Gassäcken gearbeitet, mußte die Arbeit also auf die harte Art lernen. Wir haben hier ein paar Probleme.«

»Und wir hier oben auch.«

»Sind Ihre Probleme etwa hellrot?« fauchte ich zurück. »Wiegen sie drei Tonnen? Und können sie einen Chopper mit den Zähnen aufreißen?«

Einen Herzschlag lang herrschte Schweigen; fast konnte man hören, wie die zwei Männer Blicke tauschten. Dann war wieder Captain Prices Stimme zu hören. »Haben Sie Würmer?«

»Einen, der hier vor unserer Haustür sitzt.«

Wieder Schweigen.

»Äh ...« Das war Danny. »Lieutenant ...« Er sprach jetzt

sehr vorsichtig. »Was auch immer Sie tun, ärgern Sie ihn *ja nicht.*«

»Colonel, ich habe nicht die geringste Absicht, ihn zu *ärgern*«, erwiderte ich ebenso vorsichtig. »Ich werde ihn *töten.*« Ehe er dagegen Einwände erheben konnte, fügte ich hinzu: »Dieser Wurm wird eines von zwei Dingen tun. Entweder wird er diese Maschine aufschälen oder er wird den Rest seiner Familie holen – und dann werden sie diese Maschine gemeinsam aufschälen.«

»Lieutenant«, unterbrach der Blimp-Captain. »Sind Sie ein Experte für Würmer?« Seine Stimme klang skeptisch.

»Sie werden in ganz Kalifornien keinen besseren finden«, erwiderte ich selbstbewußt.

Jetzt schaltete Lizard sich ein. »Captain Price, es stimmt. Ich habe ausdrücklich darum gebeten, daß mir Lieutenant McCarthy zugeteilt wird, und zwar wegen seiner Erfahrung mit der chtorranischen Ökologie. Wenn er sagt, daß die Würmer gleich Suppe scheißen, sollten Sie besser einen Teller und Brot mitbringen.«

»Wenn Sie das sagen, Colonel. Entschuldigen Sie, falls ich Ihnen zu nahe getreten sein sollte. War nicht meine Absicht. Aber wir haben heute ein paar schlechte Erfahrungen mit Greenhorns gemacht. Sie werden daher verstehen, daß wir ein wenig reizbar sind.«

»Kein Problem«, sagte Lizard. Dann sah sie mich an. »McCarthy.«

»Alles klar«, sagte ich in das Funkgerät. »Aber ich will einen Wurm töten, und Sie vergeuden meine Zeit. Falls Sie natürlich eine bessere Idee haben sollten, würde ich die gerne hören. Aber bis dahin bin ich derjenige, dessen Arsch auf dem Spiel steht.«

»Schon gut, Lieutenant«, kam Dannys Stimme sehr ruhig. »Niemand widerspricht Ihnen mehr. Sie haben gesagt, was Sie sagen wollten. Sie sind dran. Ich möchte nur, daß Sie sicher sind ...«

Etwas hinten am Schiff dröhnte.

Lizard und ich blickten beide nach hinten. »Ich bin sicher«, sagte ich.

Wieder das Dröhnen – nur diesmal lauter!

Lizard sagte zum Radio: »Danny, jetzt klopft er an die Tür.«

»Gehen Sie und tun Ihre Arbeit, Lieutenant. Wir halten diese Leitung offen, falls Sie reden müssen.«

Aber ich war bereits unterwegs.

»Und Lizard, behalten Sie Ihren Patienten im Auge.« Aber sie war bereits damit beschäftigt, mir nach hinten zu folgen.

»Schnappen Sie sich diesen Freezer!« Ich deutete darauf. »Und eine Maske!«

»Da!« Sie warf mir die Schutzbrille zu.

Etwas knallte laut gegen die Tür. Die Klinke klapperte. Duke schrie im Schlaf auf. Ich zog mir die Brille über die Augen, schob mir die Maske über Mund und Nase zurecht und drehte mich dann um, um Lizard mit dem Geschirr für die Kanister zu helfen. »Wer ist Danny?« fragte ich.

»Colonel Danny Anderson. Verbindungsgruppe Nordwest.« Sie zog sich das Geschirr zurecht und knurrte dabei: »Und wenn er das auch behauptet – er ist nicht einfach nur mitgekommen.«

»Anderson?« Ich sah nach hinten zu Duke. »Dukes Familienname ist Anderson.«

Lizard nickte. »Danny ist sein Sohn.« Sie trat einen Schritt zurück, um den Schlauch des Freezers anzuschließen.

Duke stöhnte jetzt. Er war zur Hälfte wach und zur Hälfte im Delirium. Sein Atem ging unregelmäßig, und er sah schlimmer denn je aus.

»O Gott – nein,«

Und dann fing das Kratzen an der Tür wieder an.

FÜNFUNDZWANZIG

»Was macht er denn?« fragte Lizard.

Das wußte ich auch nicht. »Es klingt, als ob er kauen würde.«

Es war ein leises, gleichmäßiges Geräusch, aber da war zuviel *Crunch* drin. Die Tür protestierte laut in ihrem Rahmen. Sie beulte sich aus und quietschte. Etwas Schwarzes brach durch – eine Kinnlade? Rosa Staub schwebte in der Luft.

Ich winkte Lizard beiseite. »Ich brauche freies Schußfeld.« Ich lehnte mich an die gegenüberliegende Wand. »Wenn ich es sage, öffnen Sie die Tür – und dann verpassen Sie ihr eine Ladung aus dem Freezer. Dem ganzen Türrahmen. Fertig?«

Sie nickte.

»Los!«

Sie drückte den Schalter. Die Tür knallte nach draußen –.

Ein sehr überrascht aussehender Wurm bäumte sich auf und nach hinten. *»Chtorrrr!«*

Und jetzt fing Lizard zu sprühen an – und der Wurm verschwand hinter einer Wolke aus kaltem Dampf. »Aus dem Weg, verdammt!« schrie ich. Sie trat zurück.

Der Dampf legte sich gerade genug, daß ich den Wurm sehen konnte, wie er zurückfiel, sich auf den nächsten Angriff vorbereitete.

Wie hieß das doch in den Comicbooks? *»Friß den kalten Tod, du purpurner Schleim!«* Ich drückte den Abzug.

Die Rakete schoß mit einem schrillen Schrei und kaltem, weißem Geruch nach vorne. Die Wand hinter mir *knisterte.* Ich konnte den eisigen Brand hinten am Hals spüren.

Ein halb ersticktes *FWUUMMP!* war zu hören.

Der Leib des Wurmes schien einen winzigen Augenblick lang anzuschwellen. Dann erstarrte er überrascht – und dann hielt er einfach inne und brach in sich zusammen. Binnen Sekunden bildeten sich winzige, weiße Eiskristalle an seinem Pelz. Überall.

Und dann herrschte Stille.

»Erwischt?« Lizard spähte vorsichtig hinaus.

Der Leib des Monsters zitterte und zuckte. Schwarzer Schleim floß aus seinem Maul, und jetzt konnte man ganz schwach ein seufzendes Geräusch hören, wie wenn irgendwo Luft entweicht.

»Die Tür zu!« Ich sprang vor und schnappte mir die Klinke. Doch die Tür hatte sich irgendwo in ihren Scharnieren verklemmt!

Lizard packte auch zu. »Der verdammte Wurm hat irgend etwas kaputtgemacht!«

»Ziehen Sie weiter!«

Die Tür löste sich mit einem *BÄNG*, bei dem mir sämtliche Knochen im Leibe klapperten. Sie knallte zu, und wir taumelten nach rückwärts auf den Boden.

»O Gott – wir haben es geschafft!« Lizard lachte. Sie setzte sich auf und sah mich an. »Wir haben es doch geschafft – oder nicht?«

Ich schluckte Luft und nickte. Dann hob ich die Hand.

»Es ist eine Sache, sie aus der Luft zu bombardieren«, staunte sie. Sie wirkte wie im Delirium. »Aber es ist eine ganz andere Sache, einem von Angesicht zu Angesicht gegenüberzustehen! O Gott!«

Mein Atem ging zu schwer, als daß ich hätte sprechen können. Ich deutete auf die Tür.

Sie folgte meinem Blick. »O nein!«

In der Luke war ein Loch, groß genug, daß man den Kopf durchstecken konnte – und dazu hätte man nicht einmal vorher den Helm abzunehmen brauchen.

»Bunkerschaum?«

Irgendwie schaffte sie es, den Kopf zu schütteln. »Geht nicht. Das Loch ist zu groß. Keine Unterlage. Wir brauchen ein Stück zum Einsetzen.« Sie sah sich in der Kabine um.

»Nein. Sie bleiben dort, wo Sie sind, und zwar mit dem Freezer! Halten Sie weiter auf dieses Loch und frieren Sie es ein!« Ich hastete nach hinten zu einer Stelle, wo sich der Rahmen des Rumpfes verzogen hatte. Ein paar von den Bodenplatten waren bei dem Aufprall abgesprungen. Ich hatte dort hinten den Rumpf mit Bunkerschaum abdichten müssen.

Ich schnappte mir die größte der Platten und den Kanister mit Bunkerschaum und eilte wieder nach vorne zu Lizard. Als ich an Duke vorbeikam, streckte der die Hand aus und hielt mich fest. »Was ... is ... los?«

»Alles in Ordnung, Duke.« Ich tätschelte ihm den Arm und versuchte, seine Finger zu lösen.

»Meine Beine tun weh. Meine Beine. Brenn'n. Ganz rot.«

Ich löste seine Hand von meinem Arm. »Ich bin gleich wieder da. Du schaffst es schon.« Er hörte mich nicht und jammerte weiter.

»So – und jetzt wieder eine Ladung!« schrie ich Lizard an. Sie gab einen feinen Strahl flüssiger Kälte auf das Loch in der Tür ab; sie richtete ihn auf die Ränder, ließ den Strahl kreisen.

»Schon gut, schon gut!« schrie ich, damit sie aufhörte. Ich besprühte die Ränder des Loches mit Bunkerschaum. Das Zeug knisterte an der eisigen Oberfläche. Ich wartete zehn Sekunden und sprühte dann wieder, zeichnete das Loch dreimal nacheinander nach. Dann klatschte ich die Bodenplatte darauf und hielt sie fest, stemmte mich mit meinem ganzen Gewicht dagegen. »Wie lang braucht dieses Zeug, bis es aushärtet?«

»Fünfzehn Minuten – halbe Stunde. Weiß nicht genau.«

»Klasse. Schnappen Sie sich diesen Kanister und besprühen Sie die Luke. Die Scharniere. Die Griffe. Alles.«

»Okay.«

Sie mußte an mir vorbei arbeiten, um mich herum. Aber sie war gründlich. Als sie schließlich fertig war, war der Schaum bereits im Begriff auszuhärten. Vorsichtig nahm ich die Hände von der Platte, die ich festhielt. Sie blieb, wo sie war. Ich nahm Lizard den Kanister weg und spritzte noch einmal um die Ränder. Gut.

Ich drehte mich um und sah sie an. Sie kicherte. Dabei wies sie auf die Tür. »Ich hab mir immer ein Fenster gewünscht.«

»Wie?« Ich drehte mich zu der Tür um. Die Platte, die ich eingesetzt hatte, hatte ein Glasfenster. Und darunter stand eine Warnung: ACHTUNG. DIESE PLATTE NICHT ÖFFNEN WÄHREND – der Rest war nicht zu sehen.

Ich war zu müde, um zu lachen. Ich wies nach vorne in die Maschine. »Rufen Sie den Typ an. Sagen Sie ihm, hier ist alles in Ordnung. Und«, ich senkte die Stimme, »sagen Sie ihm, daß es Duke ziemlich übel geht. Sie sollten besser anfangen, ihn darauf vorzubereiten.«

Ich zog meine Maske und die Schutzbrille herunter und kletterte nach hinten, um zu sehen, was ich für Duke tun konnte. Er klagte immer noch, daß seine Beine rot wären und brannten. Ich zog die Decke zurück und sah sie mir an. Das Terramycin hatte gewirkt. Die rosafarbenen Fäden waren von seinen Beinen verschwunden – aber die purpurnfarbenen und die roten waren länger geworden. Das *war* Wurmpelz! Aber – warum? Wie?

Dukes ganzer Körper war heiß. Die Konsole gab seine Temperatur mit 42 Grad an. Sein Gesicht war trocken, seine Haut rot aufgesprungen. Und seine Augen waren so angeschwollen, daß ich nicht sicher war, ob er überhaupt sehen konnte. Aber jetzt drehte er das Gesicht zu mir herüber und schaffte es irgendwie, etwas Unverständliches zu krächzen.

Ich verstand kein Wort. Ich mußte ganz dicht an ihn heran. »Was?«

»Na ... hau ... gehn ... blei ...«

»Nach Hause? Recht hast du, Duke. Wir sind schon unterwegs. Halt noch ein wenig aus, ja?« Ich drückte seinen Arm in einer Geste, die aufmunternd wirken sollte, aber er zuckte bei der Berührung zusammen. »Tut mir leid – halt durch, Duke. Nur noch ganz kurze Zeit. Danny kommt dich abholen, dein Sohn ...«

Er wandte den Kopf von mir ab.

Mehr konnte ich nicht für ihn tun. Ich kletterte wieder nach unten in den vorderen Teil der Kabine. Lizard war gerade dabei abzuschalten. Sie nickte mir zu. »Die sind dabei, eine Zipleine herzurichten.«

Ich brummte nur und ließ mich in meinen Sitz sinken.

»Dort hinten alles okay?« fragte sie.

»Ja«, antwortete ich. Sehr überzeugend wirkte ich dabei wohl nicht.

Sie griff zu mir herüber und tätschelte meine Hand. »Sie machen das gut, McCarthy. Sie müssen nur noch ein wenig durchhalten.«

Ich sah sie säuerlich an. »Das hab ich gerade Duke gesagt.«

»Tut mir leid«, sagte sie.

»Wir werden ihn verlieren. Das weiß ich.«

»Jim ...«

»Ich kann all dieses Sterben nicht mehr ertragen!« sagte ich. »Ich hasse es! Ich hasse es einfach!« Ich konnte hören, wie fransig meine Stimme war und wie laut sie in der engen Kabine des Choppers klang. Und in dem Augenblick wurde mir ganz plötzlich klar, wie nahe am Abgrund ich war.

Ich wandte mich von Lizard ab und vergrub mein Gesicht in meinem Arm, versuchte einen kleinen Raum für die Frustration zu schaffen, die ich empfand, und der nur mir gehörte. Ich deutete hinter mich, um ihr damit anzuzeigen, daß sie nicht näherkommen und nichts sagen sollte. »Nein – lassen Sie mich einfach eine Weile alleine. Okay?«

»Na klar. Okay.«

In dem Chopper war es kalt. An den Wänden, wo der Strahl des Freezers aufgetroffen war, waren winzige Frostflecken zu sehen – und Eiskristalle. Es roch nach Zuckerwatte und Bunkerschaum. Ein schwacher rosa Schimmer lag in der Luft, aber er reichte nicht aus, um den Geruch unseres Schweißes zu überdecken – und den anderen Geruch auch. Den Geruch, der von hinten in der Kabine kam.

Wir saßen schweigend da und lauschten dem ewigen Geräusch der chtorranischen Ökologie, die am Fressen war. Wir sahen zu, wie Myriaden von winzigen Lebewesen über die Windschutzscheibe des Choppers huschten. Jetzt waren es eine ganze Menge weniger. Wahrscheinlich mochten sie das Licht nicht und waren irgendwo anders hingegangen. Die einzigen, die noch dageblieben waren, waren die, denen es gleichgültig war.

Einer der rosafarbenen Pelzbälle schob sich gerade über mein Gesichtsfeld. Ich griff mir beinahe mechanisch meine Kamera und fing an, ihn zu fotografieren. Das Geschöpf hatte einen winzigen Mund, den es spitzte, und es arbeitete wie ein Staubsauger, der alles in sich hineinsog, was ihm im Wege war. Vielleicht war das ein Wurm im Larvenstadium. Ich fragte mich, ob ich es wirklich genau wissen wollte. Ich fragte mich, ob das vielleicht mein Vermächtnis sein würde – diese Bilder.

»Hey!« Ich ließ die Kamera sinken und sah Lizard an.

»Was ist denn?«

»Jetzt ist es mir gerade klargeworden. Duke ist nur Captain. Wie kommt es, daß Danny Colonel ist?«

»Wollen Sie die Wahrheit hören?«

»Ja!«

»Wissen Sie über das, was in Pakistan passiert ist, Bescheid?«

»Nein, eigentlich nicht. Das ist lange her.«

Lizard seufzte. »Fünfzehn Jahre sind keine lange Zeit.«

»Ich war damals erst neun Jahre alt«, protestierte ich.

»Und ich war auf der Oberschule«, antwortete Lizard. »Aber wie auch immer ... Haben Sie je etwas von dem Rawalpindi-Zwischenfall gehört?«

»Ja, davon schon.«

»Nun ... Ihr Captain Anderson dort hinten – nur daß er damals Lieutenant Anderson war –, der war ... äh, aktiv involviert.«

»Wie aktiv?«

»Die haben ihm Befehle gegeben. Und er hat sie befolgt.«

»Ich muß wohl blöd sein«, sagte ich. »Sie versuchen, mir da etwas nicht zu sagen, und ich kapier' es nicht.«

»Captain Anderson hat seinen Job erledigt. Leute sind dabei ums Leben gekommen. Eine ganze Menge Leute sogar. Vorwiegend auf der anderen Seite. Das kommt im Krieg häufig vor. Captain Anderson hätte einen Orden verdient. Statt dessen haben die ihn vor ein Kriegsgericht gestellt.«

»Duke?«

Lizard nickte. »Er wurde freigesprochen, aber Lizzie Borden haben sie auch freigesprochen. Und jetzt überlegen Sie mal, wieviele Leute sich an sie erinnern.«

»Mann, davon habe ich überhaupt nichts gewußt.«

»Das tun heute auch nicht mehr viele. Ich habe es selbst nachschlagen müssen. Es liest sich sehr interessant. Captain Anderson kann jederzeit befördert werden. Er braucht sich bloß pensionieren zu lassen.«

»Niemals. Nicht Duke.«

»Mhm. Ein Geringerer hätte vielleicht sein Offizierspatent zurückgegeben. Nicht Captain Anderson. Sie sollten sich einmal seine Aussage vor Gericht ansehen. Das ist das Interessanteste an dem Ganzen. Sie befaßt sich mit der wahren Bedeutung des Wortes Dienst. Er sagte: ›Seinem Land dienen, heißt, auch dann nicht aufgeben, wenn es unangenehm wird.‹«

»Aber seitdem ist er nie wieder befördert worden?«

»Richtig.«

Ich dachte eine Weile nach. Ihre Erklärung war vernünftig – nur daß sie es nicht wahr. Ich sah Lizard scharf an. »Da ist noch etwas, was Sie mir nicht sagen, stimmt's?«

Sie gab keine Antwort.

»Nun?« bohrte ich.

»Also gut«, seufzte sie. »Sie sollten es wohl besser von mir hören, denke ich.«

»Was hören?«

»Der *andere* Grund, weshalb man Sie aus Colorado weggeholt hat, ist, daß Danny mich gebeten hat – unter der Hand natürlich –, etwas für Captain Anderson zu finden, das nicht ganz so *gefährlich* war. Wissen Sie, daß er über fünfzig ist?«

»Duke?«

»Ja, Duke.«

Ich blickte nach hinten. Für richtig *alt* hatte ich Duke nie gehalten.

»Ich habe Ihnen doch gesagt, daß ich mir seine Dienstakte angesehen habe. Höchst eindrucksvoll. Also habe ich darum gebeten, daß er mir zugeteilt wird. Sie gehörten mit zu dem Paket, also hat man Sie auch versetzt. Aber es hätte auch so dazu kommen können. Wir holen im Augenblick eine Menge Leute aus dem Rocky Mountain District und verlegen sie nach Kalifornien.«

Ich brummte höfliche Zustimmung. Mir gefiel, was sie damit andeutete, ganz und gar nicht.

Lizard beugte sich zu mir herüber und legte ihre Hand auf die meine. Sie wartete, bis ich zu ihr aufblickte. Ihre Augen waren unglaublich blau. »Hören Sie zu, Dummkopf. Das was ich über Ihre Erfahrung gesagt habe, war durchaus mein Ernst. Ich hätte Sie und Duke irgendwohin stecken können, aber ich habe Sie für meinen Abschnitt angefordert, weil Sie beide genau das sind, was ich in diesem Augenblick brauche.

Ganz besonders bin ich für Ihre Kenntnisse über chtorranische Ökologie dankbar. Und in den letzten zwei Tagen habe ich die noch mehr schätzen gelernt.«

»Danke«, sagte ich brummig. Ich meinte es sogar so.

»Sind Sie darüber unglücklich?«

»Hören Sie«, sagte ich. »Wo wir schon dabei sind, die Wahrheit zu sagen ... Der einzige Grund dafür, daß ich der beste Wurmexperte in Kalifornien bin, ist, daß es keinen anderen gibt. Sie schätzen meine Fähigkeiten zu hoch ein.«

»Das hier haben Sie aber gar nicht übel gemacht.«

»Das ist gar nicht schwierig.«

»Oh? Wirklich nicht?«

»Sicher. Sie müssen sich nur selbst die Frage vorlegen, was diese Situation noch schlimmer machen könnte. Und dann richten Sie sich darauf ein. Und wenn es dazu kommt, wirken Sie so, als wüßten Sie, was Sie tun. Wenn es nicht dazu kommt, sind Sie immer noch besser auf das vorbereitet, was passiert.«

»Sie machen Witze.«

»Nee. Probieren Sie's doch.« Ich deutete auf die Windschutzscheibe. »Was könnte denn *diese* Situation noch verschlimmern?«

»Nun«, meinte sie, »zum Beispiel, zum Fenster hinaussehen und eine ganze Würmerfamilie sehen, die den Chopper umringt hat.«

Ich sah auf die Uhr. »Soweit ist es vermutlich in fünfzehn Minuten.«

»Sie brauchen das nicht so vergnügt sagen.«

Ich zuckte die Achseln. »Es ist anstrengend, recht zu haben. Man wird dann überheblich. Außerdem, was kann denn sonst schon schiefgehen?«

Sie sah mich scharf an. »Sie wollen diese Versetzung nicht, oder?«

»Allerdings«, sagte ich offen. »Mir paßt die Art und Weise nicht, wie man das angegangen ist. Es war zu abrupt. Und ich hinterlasse nicht gerne unerledigte Aufgaben. Wir waren in Colorado dabei, echte Fortschritte zu machen.«

»Mhm.« Sie nickte. »Soll ich Ihnen dazu etwas sagen?«

»Was?«

»Niemand wird Sie je von einem wichtigen Auftrag abziehen, wenn der, auf den man Sie ansetzt, nicht *noch* wichtiger ist. Daran sollten Sie sich vielleicht erinnern. Das stimmt immer, selbst wenn es andere Überlegungen dabei gibt.«

Damit meinte sie Duke.

Hinter uns war sein Atem schmerzhaft laut geworden. Jetzt kam er mir noch unregelmäßiger, zerrissener als vorher vor. Ich fragte mich, ob er wenigstens noch so lange durchhalten würde, bis der Blimp eintraf.

Eine Weile saßen wir schweigend da.

Plötzlich sagte Lizard: »Sie sind ein Schweinehund.«

»Was bin ich?«

»Jetzt haben Sie schon wieder recht!« Sie deutete, und ich sah in die Richtung, die sie mir wies.

Draußen bewegte sich etwas am Rand der Finsternis, etwas, das gerade außerhalb des warmen Kreises unserer Lichter war. Seine Augen schimmerten und blitzten, als es zu uns herübersah. Und dieser Reflex hatte es verraten.

»Funktioniert der Scheinwerfer?« fragte ich.

»Der Bugscheinwerfer ist hinüber, aber ich hab einen oben. Augenblick.« Sie berührte ihr Schaltbrett. Ein heller Strahl sprang über die Lichtung und überraschte die kleine, silbrig-rosafarbene Gestalt; sie fand sich plötzlich mitten in dem rosigen Lichtfleck. Das Geschöpf blinzelte und erstarrte in dem plötzlichen grellen Schein. Es war rund und pelzbedeckt und ebenso niedlich wie das Baby eines tibetanischen Schneeungeheuers. Rosafarbener Staub hing um es herum in der Luft.

»Oh!« stöhnte Lizard auf. »Ist das ein Bunnydog?« Ihre Augen weiteten sich voll Staunen.

»Ja«, sagte ich säuerlich. Ich hob die Kamera ans Auge. Das Lebewesen stand nur bis zu den Schenkeln im Puder. Das bedeutete, daß die Zuckerwatte langsam anfing zu erstarren.

»Er scheint vor dem Licht keine Angst zu haben, oder?«

»Nein. Nur neugierig ist er. Diese Geschöpfe zeigen vor nichts Angst. Sehen Sie die anderen?« In dem schwachen Licht dahinter waren weitere Bunnydogs zu sehen. Wir konnten sie im reflektierten Lichtschein erkennen. Auch sie waren in ihren Bewegungen erstarrt.

Lizard grinste. »Ihre letzte Prophezeiung ist nicht eingetroffen. Das sind keine Würmer.«

Darauf sagte ich nur: »Ich habe noch zehn Minuten.«

Der Bunnydog blinzelte und dann löste sich seine Starre. Er kratzte sich hinter dem einen Ohr, rieb sich mit den Pfoten über das Gesicht, schnitt uns eine Grimasse, drehte sich um und schlenderte davon, verließ den Lichtkegel.

»Nun, ich schätze, jetzt hat er es Ihnen gesagt«, meinte Lizard.

»Ja, aber was eigentlich?«

Jetzt fingen die anderen Bunnydogs an, neugierig zu werden. Einer nach dem anderen begannen sie, sich in seltsamen kleinen Hopsern auf den Chopper zuzubewegen. Sie huschten schnell durch den Puder und blieben immer wieder stehen, um, wie es schien, zu überlegen. Sie legten die Köpfe zur Seite, um zu lauschen, wobei ihre Ohren aufklappten. Ich hielt meine Kamera fest und zeichnete jeden Augenblick auf. Ich drückte den Knopf für Nahaufnahme und zoomte näher. Diese Bilder würden *wichtig* sein.

Ihre Münder waren irgendwie komisch geformt; es schien, als würden sie dauernd schmollen. Ihre Schnauzen waren seltsam stumpf. Jetzt richtete sich einer von ihnen auf, wandte sich seinem Begleiter zu und schürzte dabei die Lippen, als wollte er die Luft küssen. Der andere reagierte darauf seinerseits mit einem Kußhändchen. Sie sahen wie kleine Welpen aus, die man von Mamas Titten weggeholt hat. Natürlich! Ihre Münder waren eher für das Saugen als für das Kauen gemacht!

Wie höchst ... seltsam.

Ich sah zu und fotografierte, während die Bunnydogs sich immer näher an den Chopper heranschnüffelten. Dabei kam es immer wieder vor, daß der eine oder andere von ihnen die Schnauze in den Staub steckte und saugte und kaute. Galt das dem Puder – oder den Lebewesen, die sich von dem Puder ernährten? Das konnte ich nicht sagen. Aber ich wußte, daß es wichtig war; es war Teil der viel größeren Frage. Waren diese Lebewesen vernunftbegabt? Waren sie Allesfresser? Waren das die vernunftbegabten Wesen, die wir suchten?

Ihre Nasen und Augen waren Schlitze – wegen des Puders

– aber es kam immer wieder vor, daß eines der Lebewesen innehielt, sich aufrichtete und uns ansah und einen schnellen, neugierigen Augenblick lang die Augen weit öffnete; dann konnten wir erkennen, daß die Bunnydogs tatsächlich sehr große, runde Augen hatten. Hündchenaugen. Vermutlich war das ihre normale Gestalt – wenn sie nicht bis zum Bauch im Staub steckten.

»Das ist sehr schlimm«, sagte ich.

Lizard warf mir einen Blick zu. »Hm?«

»Wir haben den Leuten die ganze Zeit gesagt, daß die chtorranische Ökologie außergewöhnlich bösartig ist, stimmts?«

»Mhm.«

»Und wir haben auch Bilder, um das zu beweisen, stimmts?«

»Weiter ...«

»Also – wie lange glauben Sie wohl, daß wir diese Geschichte noch werden verkaufen können, nachdem die Öffentlichkeit *diese* Geschöpfe gesehen hat?«

»Sie haben recht«, sagte sie. »Das ist schlimm.«

Ich fuhr fort aufzuzeichnen, wie die Bunnydogs den Chopper vorsichtig inspizierten. »Wir werden das unter Verschluß halten müssen. Zumindest bis wir wissen, was wir da eigentlich sehen. Diese Geschöpfe hier könnten die gefährlichsten von allen sein. Und am Ende finden wir nicht einmal heraus, worin diese Gefährlichkeit besteht, ehe es zu spät ist, weil wir davon abgelenkt werden, daß sie so niedlich sind.«

Jetzt erreichte der erste der Bunnydogs die Windschutzscheibe. Er kletterte außen an dem Chopper herauf und spähte zu uns herein, wobei er eulenhaft blinzelte. Die Pfoten gegen das Glas gepreßt, sah er wie ein kleines Kind aus, das durch das Schaufenster eines Süßigkeitenladens hereinspäht. Er saugte an der Fläche der Windschutzscheibe – kostete sie ohne Zweifel.

»Ich möchte die ganze Zeit *›o wie nett‹* sagen«, flüsterte Lizard.

»Ein Scheiß-Teddybär ist das – ein gottverdammter Scheiß-Teddybär«, knurrte ich. »Was für ein schmutziger Trick.«

Der Bunnydog leckte sich höflich die Lippen. Ich fragte mich, was das wohl zu bedeuten hatte.

Jetzt kamen weitere Bunnydogs an dem Chopper heraufgeklettert. Binnen Minuten war das Fenster von winzig kleinen Gesichtern bedeckt, die zu uns hereinspähten.

»Ich, äh – sage das höchst ungern«, meinte Lizard. »Aber ich fange jetzt an, Angst zu bekommen.«

»Ich auch. Dabei hätte ich nie gedacht, daß ich einmal vor einer Herde Teddybären Angst haben würde.«

»Die starren uns bloß die ganze Zeit an. Was wollen die?«

»Ich weiß nicht.« Ich zeichnete immer noch alles auf. »Ich denke, daß sie vielleicht nur neugierig sind. »Ich senkte meine Kamera. »Ich will etwas ausprobieren. Würden Sie das bitte aufzeichnen?«

»Aber sicher.« Sie nahm mir die Kamera ab. »Okay, los.«

Ich lehnte mich in meinem Sitz nach vorne und drückte die Hände gegen das Glas, genau an der Stelle, wo auf der anderen Seite die Pfoten des ersten Bunny zu sehen waren. Sie waren nicht größer als die Händchen eines Babys.

Der Bunnydog blinzelte. Er versuchte, meine Hände durch die Windschutzscheibe zu beschnüffeln. Er saugte an dem Glas. Dann hörte er auf und runzelte die Stirn. Er wirkte verwirrt, blinzelte, versuchte es noch einmal. Diesmal leckte er über das Glas. Seine Zunge war weich und rosa. Die anderen Bunnydogs sahen neugierig zu.

»Das kommt mir nicht sehr intelligent vor«, sagte Lizard.

»Ist es aber, wenn man noch nie Glas gesehen hat. Er testet die Fläche.«

Wieder blinzelte mich der Bunnydog an.

Ich blinzelte zurück – eine große, etwas übertriebene Geste.

Der Bunnydog zeigte mir die Zähne.

Ich zeigte ihm die meinen. So weit ich konnte.

Der Bunnydog – es gab keinen anderen Ausdruck dafür – lächelte.

Ich lächelte auch – ein riesiges, lächerliches Grinsen.

»Ich glaube, Sie kommunizieren«, sagte Lizard.

»Ich frage mich nur, was wir einander sagen?«

»Es sieht aus wie ›in guten und in schlechten Zeiten, gesund oder krank ...‹«

»Beißen Sie sich die Zunge ab«, sagte ich. Aber mein Gesicht war wie eingefroren. Ich lächelte dem Bunnydog immer noch breit zu. »Vielleicht verhandeln wir gerade über einen Friedensvertrag ...«

Der Bunnydog schnitt ein Gesicht. Er blies die Backen zu einem grotesken Ausdruck auf. Und hielt ihn fest.

»Keine Müdigkeit vorschützen«, sagte Lizard.

Ich schluckte. »Was ich alles für meine Spezies tun muß.« Ich schnitt dem Bunnydog auch eine Grimasse. Ich steckte die Finger in die Mundwinkel und zog sie auseinander. Ich schielte, streckte die Zunge heraus und berührte die Nasenspitze damit.

Der Bunnydog fiel überrascht vom Fenster. Und die anderen ebenfalls.

»O Gott, ich glaube, jetzt habe ich sie beleidigt.«

Die Bunnydogs wälzten sich in dem Puder herum, stampften mit den Füßen und wirbelten mächtige, hellrosafarbene Staubwolken auf. Sie sahen aus, als hätte sie alle der Veitstanz erfaßt.

»Oder etwas anderes«, sagte Lizard. »Vielleicht lachen sie sich zu Tode.«

Ich sah Lizard an, die Kamera war immer noch auf Aufzeichnung geschaltet. Sie richtete sie auf mich. »Das«, sagte ich zornig zur Nachwelt, »ist *nicht* die Art, wie Captain Kirk es immer gemacht hat!«

SECHSUNDZWANZIG

Die Bunnydogs kletterten auf die Windschutzscheibe zurück und starrten uns noch eine Weile an. Ich schnitt ihnen noch ein paar Grimassen. Sie schnitten mir noch ein paar Grimassen. Dann verloren sie mit der Zeit das Interesse an dem Spiel und machten sich daran, andere Teile des Choppers zu erforschen. Wir hörten sie am Kabinendach scharrren und an den Beobachtungskuppeln kratzen.

»Ich sollte vielleicht nachsehen, was die vorhaben.« Ich schnappte mir die Kamera und ging nach hinten. Am Turm blieb ich stehen und sah hinauf. Da saß eine der kleinen Niedlichkeiten und erwiderte meinen Blick. Ich winkte ihm spaßhaft zu, der Bunnydog winkte zurück; dann schloß ich die Jalousie für den Fall, daß Duke wieder aufwachte. Einer plötzlichen Eingebung folgend, spähte ich durch das winzige Fenster, das beim Flicken der Tür entstanden war. »Heiliger Strohsack!« Ich drückte die Kamera gegen das Glas und fing an aufzuzeichnen. Der tote Wurm wimmelte von Bunnys. Das Eis auf seinem Pelz war verdunstet; jetzt war das bloß noch ein großer, in sich zusammengefallener Sack aus totem Pudding. Aber die Bunnies kletterten auf seinem Rücken herum, betätschelten ihn neugierig und schnatterten. Es sah aus, als versuchten sie, ihn aufzuwecken. Einer spähte sogar in sein Maul.

Jetzt rief Lizard: »Hey, McCarthy – irgend etwas passiert?«

»Augenblick!«

»Nein, wirklich! Schnell!«

Sie hatte recht. Es passierte tatsächlich etwas. Die Bunnies sprangen plötzlich alle von dem toten Wurm herunter und bewegten sich wieder nach vorne. Ich arbeitete mich in den vorderen Teil des Choppers und kletterte wieder auf meinen Sitz. Lizard deutete nach links. »Dort drüben. Schauen Sie: Die Bunnydogs scheinen zu lauschen.«

Sie hatte recht. Die kleinen rundlichen Geschöpfe waren

verstummt; sie *lauschten* auf irgend etwas. Sie hatten die Köpfe zur Seite gelegt und ihr Ausdruck wirkte erwartungsvoll. Dahinter, in der Finsternis, wirbelte irgend etwas den Staub auf, er stand in leuchtenden Kaskaden im grellen Schein unserer Scheinwerfer.

Die Bunnydogs erstarrten erwartungsvoll ...

Ich spürte, wie mein Herzschlag sich beschleunigte.

Und dann strömte der erste Wurm über die Dünen und herunter in die Staubwächten.

Und dann ein zweiter, und ein dritter ...

Und auf ihren Rücken ritten weitere Bunnydogs.

Lizard hob ihre Kamera und machte Aufnahmen. »Nun, Sie hatten recht mit den Würmern«, sagte sie. »Aber die Zeit hat nicht gestimmt.«

Ich hörte sie kaum. Die Würmer strömten immer noch über die Dünen. »Man kann nicht immer recht haben«, schluckte ich.

Lizard ließ ihre Kamera über die ganze Gruppe wandern. »Ich sehe sechs, sieben, acht ... neun, zehn, elf – puh, vierzehn Würmer.«

Sie waren alle von unterschiedlicher Größe. Der kleinste war nicht größer als ein Pony, der größte so groß wie ein Überlandbus. Sie drehten ihre großen, schwarzen Marionettenaugen zu uns herüber, ließen sie hin- und herwandern, auf und ab, verriegelten sie dann wieder und starrten den Chopper an. Wenn sie irgendeinen Ausdruck zeigten, so waren wir außerstande, ihn zu erkennen.

Die Farbe der Würmer konnten wir ganz deutlich erkennen. Sie waren hellrot und orange, mit purpurnen Streifen, und über und über mit rosa Puder verzuckert. Sie hinterließen glitzernde Staubspuren in der Luft. Sie funkelten, als wären sie aus Zauber gemacht.

»Ich sage das ungern«, flüsterte Lizard, »aber sie sind schön.«

Sie hatte recht. So schreckenerregend die Würmer waren, sie waren auch *faszinierend*. Jeder Wurm war eine Symphonie aus Farben. Ihre Streifen zeigten den verwirrenden Effekt, als bewegten sie sich. Falls die Markierungen irgendein Muster aufwiesen, so konnte ich das zumindest nicht erkennen.

Trotz des Staubs war dies der klarste Anblick von Würmern in freier Wildbahn, den wir je erlebt hatten.

Die Monster waren wie etwas kurz geratene Zigarren geformt, aber mit einer Ausbuchtung vorne – wie die Nase einer alten Boeing 747. Dort saß das Gehirn, wobei eine dicke Knochenplatte die grauen Zellen (oder welche Farbe sie auch haben mochte – vielleicht purpur) schützte. Hier waren die Arme des Monstrums verankert. Die meiste Zeit hielten die Würmer ihre mit seltsamen Doppelgelenken versehenen Arme gefaltet und griffen nur dann nach oben und über die Augen hinweg, um etwas zu packen oder zu halten. Oder um *jemanden* zu packen ...

Die Augen der Würmer befanden sich unmittelbar vor dem Gehirn. Die beiden Augen bewegten sich unabhängig voneinander, so als wären sie auf separaten Gelenken befestigt, aber beide Organe waren von demselben gummiartigen Hautsack umgeben.

Und ganz vorne war der Mund.

In geschlossenem Zustand sah er aus wie ein Schließmuskel, aber offen war er scheußlich – ein Schlund, ein Loch, ein Abgrund. Nichts Göttliches war für diese Bestie verantwortlich. Nein, Lizard hatte unrecht. Der Wurm war kein schönes Geschöpf. Das Maul verdarb alles.

Die Würmer bewegten sich jetzt rings um den Chopper, inspizierten ihn, sahen ihn von der Seite an, hielten aber die ganze Zeit vorsichtige Distanz – mindestens drei Längen. Einige von ihnen begannen, sich auf das Heck zuzubewegen.

»O mein Gott – der tote Wurm!«

Lizard folgte mir nach hinten. Ich sprang über Duke hinweg zum Waffenschrank, sie kletterte in den Turm. »Die haben ihn gefunden! McCarthy, sehen Sie sich das an!«

Ich schnappte mir die Schachtel mit den Raketen und hetzte nach hinten – drückte mein Gesicht gegen das ›Fenster‹ in der Tür. Drei große Würmer waren damit beschäftigt, den Kadaver des Toten zu inspizieren. Die Bunnydogs beeilten sich, ihnen aus dem Weg zu gehen. Einer der Würmer glitt um ihn herum, so daß er jetzt längsseits des Kadavers war. Er rollte sich an ihn heran, so als wollte er sich ... ankuscheln? Das gab keinen Sinn. Ein weiterer Wurm tat dasselbe auf der gegenüberliegenden Seite.

»Was machen die?« rief Lizard leise.

»Ich weiß nicht. Ich hab das noch nie gesehen. Haben Sie immer noch Ihre Kamera bei sich?«

»Ja. Ich nehme alles auf!«

In dem Augenblick hob einer der Würmer seine Augen und sah mich gerade an. Er studierte die Tür – dieselbe Tür, die sein Kollege zu öffnen versucht hatte, als wir ihn getötet hatten.

Der Wurm glitt nach vorne.

Ich stieß einen Schrei aus und machte einen Satz auf die Friedenspfeife zu. Ich würgte eine Rakete hinein und sah dann wieder zum Fenster hinaus.

Der Wurm spähte zu mir herein.

Ich machte einen Satz nach hinten, wäre dabei beinahe umgestürzt und prallte gegen die gegenüberliegende Wand. Ich stemmte mich dagegen und zielte mit dem Raketenwerfer gerade nach vorne.

Etwas klopfte an die Tür. Es klang *genau* wie ein Pochen.

»Antworten Sie nicht ...«, quietschte Lizard.

Das Pochen hielt eine lange, lange Weile an, und dann hörte es plötzlich auf.

Ich konnte spüren, daß mein Herz wie ein Preßlufthammer schlug. Die Stille war schrecklich!

Und dann fing die Tür abrupt zu ächzen und quietschen an.

Der Wurm versuchte, die Klinke zu betätigen!

Sie klapperte nicht. Der Bunkerschaum hielt.

Und dann Stille.

»Was macht er jetzt?« flüsterte ich.

»Er zieht sich von der Tür zurück.«

Ich sprang auf das Fenster zu. Sie hatte recht. Der Wurm zog sich Meter um Meter zurück. Dabei studierte er die Choppertür immer noch neugierig, und dann – kratzte er sich zwischen den Augen. Die Geste wirkte, als wäre er verwirrt!

»Zeichnen Sie das alles auf?«

»Ja – ich glaube es selbst auch nicht. McCarthy! Schauen Sie sich den anderen an!«

Der zweite Wurm, der sich an den Kadaver angekuschelt hatte, hatte jetzt die Augen gehoben, um die Tür zu studieren. Er ließ seinen Blick zu dem Wurm hinüberwandern, der sich zurückzog, so als überlegte er. Dann blickte er wieder zu der Tür und traf offenbar eine Entscheidung. Er glitt davon, auf die Nase des Choppers zu.

Jetzt näherten sich ein paar von den anderen Würmern dem Toten. Sie sahen so aus, als beschnüffelten und inspizierten sie ihn, aber keiner von ihnen ging längsseits. »Will sonst keiner kuscheln?« fragte ich.

»Würden Sie das wollen?« fragte Lizard. Sie ließ sich aus dem Turm fallen. »Kommen Sie! Vorne passiert etwas.«

Die Würmer formierten sich jetzt in Gruppen. Es waren zwei Vierergruppen und zwei Dreiergruppen. Die Bunnydogs sahen so aus, als würden sie sie dirigieren; aber sicher war ich nicht. Ich achtete auch nie auf Leute, die mich in einen Parkplatz bugsierten. Warum sollten Würmer also so etwas tun? Jetzt schienen sie ihre Positionen erreicht zu haben – was immer das für Positionen waren. Das Ganze ging recht schnell.

»Was machen sie jetzt?« wollte Lizard wissen.

»Keine Ahnung«, flüsterte ich zurück. »Bis jetzt haben wir Würmer höchstens in Dreier- oder Vierergruppen gesehen. Wir haben angenommen, daß das Familiengruppen waren. Die Gelegenheit, eine wirklich große Ansammlung zu beobachten, hatten wir noch nie.« Ich mußte schlucken.

Lizard sah zu mir herüber. »Wie geht's Ihnen denn?«

»Meinen Sie, ob ich Angst habe?«

»Ja.«

»Ich bin wie versteinert. Und Sie?«

Sie sagte ausdruckslos: »Ich denke, man könnte sagen, daß ich so gut damit fertig werde, wie zu erwarten war.«

Ich hörte das Zittern in ihrer Stimme und griff nach ihrer Hand. »Unter den gegebenen Umständen haben Sie wohl auch keine andere Wahl.«

Sie drückte meine Hand – fast ein wenig zu kräftig. Sie ließ sie schnell los, als wäre es ihr peinlich, ihre Gefühle preisgegeben zu haben.

Ich tarnte meine eigene Reaktion, indem ich wieder nach

der Pentax griff. Im Zweifelsfall sollte man immer das Notwendige tun. Ich ließ die Kassette herausschnappen und wechselte sie gegen eine neue aus.

Da hatte ich jetzt achtzig Gigabytes Speicher mit zwei Stunden Video in hoher Auflösung gefüllt. Ganz gleich, was auch sonst geschah, das, was wir hier heute nacht fotografiert hatten, würde für die weiteren Kriegsanstrengungen von unschätzbarer Bedeutung sein. Wir hatten Dinge gesehen, die bisher noch kein anderes menschliches Wesen beobachtet hatte – und wir hatten sie aufgezeichnet.

Ich erwartete, daß die nächste Stunde *noch* interessanter sein würde.

Falls wir überlebten.

Der Gedanke blieb irgendwie seltsam in der Luft hängen.

Ich wußte, daß wir hier dem Tode sehr nahe waren – und es hatte nichts zu bedeuten.

Mir wurde klar, daß ich nicht mehr imstande war, Angst zu empfinden. Ich war über die Furcht hinausgegangen.

Ich war in einen Zustand freischwebender Euphorie eingetreten. Ein höchst seltsames Gefühl – ich hatte meine ganze Furcht verbraucht. Alles, was übrig geblieben war, war *Interesse.*

Vermutlich war mir das Adrenalin ausgegangen – das war höchstwahrscheinlich die medizinische Erklärung; aber es *fühlte sich an* wie die Freiheit des Wahnsinns.

Und es machte mir nichts aus.

Verrückt zu sein, war ganz in Ordnung. Das Beste, was einem widerfahren konnte. Ich brauchte nicht mehr verantwortlich zu sein. Ich war es müde, *verantwortlich* zu sein.

Ich schwebte. Ich fotografierte die chtorranischen Würmer und schwebte über dem Land der Furcht.

Die Bunnydogs waren jetzt dabei, sich vor den Wurmgruppen zu sammeln. Sie hatten absolut keine Angst vor den Würmern. Die beiden Spezies lebten offenbar in einer Art Partnerschaft.

Die Frage war: *Welches* war der dominante Partner?

Die vier Gruppen von Würmern hatten sich in einem weiten Bogen vor dem Chopper angeordnet. Jetzt sprangen ein paar der Bunnydogs in den Mittelpunkt des Halbkreises und begannen, einen großen Kreis festzustampfen, eine Art Arena, die ein paar Meter durchmaß. Eine Wolke aus rosa Staub stieg um sie auf. Sie glitzerte und funkelte in der Luft, aber sie taten so, als bemerkten sie nichts. Sie stampften mit ihren großen Paddelfüßen und klopften den Puder hart. Sie bewegten sich dauernd im Kreise, erweiterten ihn dabei spiralenförmig.

Wenigstens ein Dutzend betätigten sich so. Und sie gingen ihrer Aufgabe mit so etwas wie grimmiger Entschlossenheit nach. Es waren kleine, runde, rosafarbene Krieger, die versuchten, einen Kriegstanz zu erfinden. Und während sie das taten, begaben sich immer mehr Bunnydogs in den Kreis und schlossen sich an, bis sie alle dabei waren und entschlossen eine Arena feststampften.

Ich sah zu den Würmern hinüber. Sie beobachteten das Geschehen scharf. Einer nach dem anderen veränderten sie ihre Position und blickten nach vorne. Sie bewegten sich ganz an den Rand des Kreises heran, betraten ihn aber nicht. Statt dessen ließen sie sich in einer Position stiller Bereitschaft nieder. Sie sahen wie große rote Fleischkäse aus; sie falteten die Arme nach hinten, schwenkten die Augen nach vorne und richteten ihre Aufmerksamkeit auf die pummeligen kleinen Bunnies in dem Kreise.

Sie *warteten* auf die Bunnydogs.

Sie bildeten ein monströses Tableau. Ihre großen schwarzen Augen blinzelten schnell, um sich vor dem Staub zu schützen, der die Luft erfüllte. Sie sahen leidenschaftslos zu. Wenn sie einen Ausdruck hatten, so war es unmöglich, ihn zu erkennen.

Die Bunnydogs waren sehr schnell damit fertig, ihre Arena vorzubereiten, und jetzt hielten sie inne. Jeder, der fertig war, bewegte sich ins Zentrum des Kreises und wartete. Schließlich waren sie alle stumm in der Mitte versammelt, in einer lockeren Ansammlung. Einen Augenblick lang geschah nichts. Die Bunnydogs waren still. Die Würmer hätten Statuen sein können. Der Staub hing in der Luft – ein lautloser, rosafarbener Schimmer. Alles war wie erstarrt.

»Und was jetzt?«

»Schsch.«

Wir warteten.

Die ersten Bewegungen waren kaum wahrnehmbar. Wir sahen den Staub, nicht die Bewegung. Er stieg rings um die Bunnydogs auf, in einer frischen, rosafarbenen Wolke. Sie stampften wieder mit den Füßen, aber diesesmal hatte es etwas Rituelles an sich. Sie zitterten. Sie schauderten, so als fröstelten sie. Und schließlich bewegten sie sich – alle jetzt wie einer –, sie drehten sich langsam herum, immer im Kreise.

Zuerst hatten sie einen ungeordneten Haufen gebildet, und jetzt begannen sie, sich auszudehnen. Immer noch stampfend und sich drehend, begannen sie, sich nach draußen zu bewegen, auf den Rand ihres Kreises zu; und gleichzeitig begannen ihre Bewegungen umfangreicher zu werden. Sie streckten die Arme aus, hoben die Hände über die Köpfe, öffneten ihre Münder weit, und aus ihren Kehlen drang ein schriller Ton.

Sie hatten die *süßesten* Stimmen, die man sich denken konnte. Und der Gesang hielt an. Plötzlich stieß einer der Bunnydogs eine schnelle Folge schriller, kläffender Laute aus. Die anderen Bunnies erstarrten nur einen Augenblick lang und –

– begannen zu *tanzen*.

Ein wilder, hektischer Tanz war das – eine Explosion greller rosafarbener Energie. Die Bunnydogs stampften mit den Füßen, so fest sie nur konnten. Der Staub hob sich in dicken, wallenden Explosionen, funkelte und blitzte um sie und hüllte sie ein. Und die Bunnies kreisten und stampften und sprangen. Sie schnatterten und kreischten und schrien. Sie warfen die Arme hoch und sprangen in die Luft und schrien wie Sirenen – wie Popcorn hüpften sie. Und wenn einer herunterkam, sprangen fünf weitere in die Höhe. Es war eine Kettenreaktion kichernder, vergnügter Energie. Wir konnten sie wie Teddybären knurren hören und kläffen und schreien wie Indianer.

Das Ganze hatte keinerlei Muster an sich, nichts, was wir erkennen konnten. Der Tanz war eine Feier, eine überschwengliche Demonstration von Enthusiasmus und Entzücken. Ich konnte einfach nicht anders – ich spürte, wie ein

Grinsen mein Gesicht überzog. Ich sah zu Lizard hinüber, und auch sie lächelte. Die Bunnies waren *komisch*.

Unterdessen mußten sie völlig außer Kontrolle geraten sein. Sie prallten voneinander ab wie Pingpongbälle in einem Windtunnel. Die Bunnies hüpften und sprangen und zitterten und wackelten mit ihren fetten, kleinen Hinterteilen, wie ekstatische junge Hündchen. Ich hatte gute Lust, hinauszurennen und mich ihnen anzuschließen. Ich fragte mich, ob Lizard wohl ebenso empfand. Ich sah zu ihr hinüber.

»Unglaublich!« sagte sie. »Aber was bedeutet das?«

»Das sieht wie ein *Wedeltanz* aus.«

»Ein – *was?*«

»Ein Tanz. Ein Verständigungstanz. So sagen die Bienen den anderen Bienen, wo die schmackhaftesten Blumen zu finden sind. Vielleicht ist es das, was wir hier sehen. Vielleicht lenkt man Würmer so oder kommuniziert mit ihnen – indem man tanzt. Dr. Fletcher wird das sehen wollen.«

Aber – nein, es gab keinen Sinn. Dieser Tanz konnte nicht einfach deshalb stattfinden, weil er den Bunnydogs Spaß machte, nicht hier. Nicht jetzt. Nicht vor den Augen all dieser *Würmer*.

Nein, hier ging etwas ganz anderes vor sich, etwas, das ich nicht einmal anfangen konnte zu begreifen – und dabei wußte ich, daß ich das sollte.

Es kam mir zu *vertraut* vor.

Aber die Verbindung wollte nicht zustandekommen – sie schwebte am Rande des Erkennens, ärgerte mich. Ich konnte spüren, wie die Enttäuschung darüber wie ein Knoten in meiner Brust heranwuchs.

Die Bunnydogs wirbelten jetzt durcheinander, hatten aufgehört zu springen. Wie fette kleine Derwische kreiselten sie – wie fette rosafarbene Schweinchen. Sie stießen zusammen, fielen in den Staub, ließen ihn in dichten Wolken aufsteigen, prallten wieder zurück mitten hinein in den Rauch, und wirbelten weiter. Wie Eichhörnchen sahen sie aus, die versuchten, einen Tornado zu beschreiben.

Ein Kommunikationstanz.

Und dann begriff ich es plötzlich.

»O mein Gott!«

»Was?«

»Ich hab das schon einmal gesehen«, sagte ich.

»Was?«

Und ich fügte schnell hinzu: »Nicht genau das hier, aber etwas, das ihm hinreichend ähnlich ist.« Ich schluckte. Hart. »In der Herde. In San Francisco. Dr. Fletcher hat mich hingebracht. Die Angehörigen der Herde veranstalten eine Art – eine Art Tanz. Es sieht so aus wie das hier.« Ich schüttelte den Kopf. »Ich weiß nicht, vielleicht ist es Zufall.«

»Warum tanzt die Herde?« fragte Lizard.

»Dr. Fletcher meint, es hätte etwas mit Kommunikation zu tun – nichtverbale Kommunikation.«

Lizard gab nicht gleich Antwort. Sie war wieder damit beschäftigt, die Bunnydogs zu studieren. Sie hüpften und tanzten immer noch. Ihre Energie schien unerschöpflich.

»Und wie entschlüsselt man das?« fragte sie.

»Das weiß ich nicht. Ich bin kein Wurm.«

»Sie meinen, der Tanz sei für die Würmer?«

»Für wen denn? Vielleicht erzählen sie den Würmern von uns, von dem, was sie gesehen haben, als sie durch die Fenster hereinlugten. Ich weiß es nicht. Vielleicht ...« Ich zögerte, und dann fügte ich hinzu: »Ich will Sie mit diesem Gedanken nicht beunruhigen, aber ...«

»Beunruhigen Sie mich«, sagte sie.

»Nun – offenbar liegt hier irgendeine Art von Partnerschaft vor. Und, äh, mir scheint es ziemlich klar – nach der Form ihrer Schnauzen zu schließen –, daß die Bunnydogs Fleischfresser sind, oder zumindest Allesfresser. Ihre Münder sehen so aus, als würden sie sich auch zum Saugen eignen. Vielleicht setzen sie die Würmer ein, damit sie für sie töten. Vielleicht sagen sie ihnen in diesem Augenblick, daß das hier ein Picknickkorb ist.«

»Richtig«, sagte Lizard. »Hören Sie, wenn Sie noch mehr solche Gedanken haben ... Sie brauchen mich nicht zu beunruhigen.«

Draußen schien sich die Erregung jetzt zu legen. Der Tanz wurde langsamer. – Die Bunnies kreiselten einer nach dem anderen in die Mitte und brachen erschöpft im Staub zusammen. Sie fielen übereinander, rollten und taumelten herum. Der Tanz verwandelte sich in einen großen Haufen aus rosafarbenem Pelz.

Stille herrschte. Der allgegenwärtige rosa Staub hing in der Luft.

»Was jetzt?« wollte Lizard wissen.

Ich gab keine Antwort.

Die Würmer hatten den ganzen Tanz ohne Reaktion beobachtet. Jetzt wandten sie ihre Augen langsam einander zu. Fast sahen sie ... unsicher ... aus, so als warteten sie auf die Reaktion des Kaisers, ehe sie eine eigene zeigten.

Nur, welcher war der Kaiser?

Einer nach dem anderen wandten die Würmer ihre Aufmerksamkeit dem größten – und am kräftigsten *gemusterten* Wurm in der Gruppe zu. Der hatte die Blenden seiner Augen verengt; er sah jetzt aus, als würde er nachdenklich brüten.

Cäsar Augustus? Oder Caligula?

Und jetzt sprangen abrupt seine Augen auf.

Und dann bewegte er sich.

Behäbig, majestätisch floß er nach vorne. Geradewegs auf uns zu.

Und dann flossen *alle* Würmer nach vorne.

Sie umringten den Chopper – und begannen, ihn zu untersuchen. Alle vierzehn. Sie kratzten und klopften und pochten an den Schiffsrumpf.

Der Chopper schwankte und ruckte unheilverheißend.

SIEBENUNDZWANZIG

Lizard war sofort am Funk. »*Houston! Wir haben ein Problem!*«

Colonel Danny Anderson antwortete sofort: »Sprechen Sie, ELDAVO.«

»Wir haben Würmer. Mehr als ein Dutzend davon« – Lizard schrie es hinaus – »und sie lesen das Etikett dieser Pakkung: Dosenmenschen!« Sie stieß einen schrillen Laut aus, als etwas den Chopper schwanken ließ.

Ich sprang aus meinem Sitz, kroch nach hinten und suchte nach dem Raketenwerfer oder dem Freezer. Vielleicht würde ich sie aufhalten können, bis der Blimp eintraf.

An der Tür waren scharrende Geräusche zu hören. Irgend etwas kratzte über das Dach. Der Chopper schwankte, so als würde ihn etwas von hinten anstoßen. Jetzt schwankte er so heftig, daß ich gegen die Wand stieß.

Duke stöhnte! Er bewegte die Arme, versuchte, sich aufzusetzen. Er murmelte etwas Unverständliches und tastete um sich. »Breh – wo is mei Breh?« Ein Paar riesiger schwarzer Augen fixierte ihn durch die linke Seitenkuppel.

Ich überlegte nicht, sondern packte einfach die Bunkerschaumspritze und besprühte das Fenster. Blickte der Wurm überrascht? Zog er sich zurück? Das sah ich nicht. Ich drehte mich um und besprühte die andere Sichtkuppel.

Dann kroch ich zu Duke hinüber und drückte ihn aufs Deck zurück. »Halt dich ruhig«, befahl ich.

»Häh? Wo ...?«

»Ruhig halten! Das ist ein Befehl, Captain!«

»Yessöhr«, und damit versank er wieder in Bewußtlosigkeit.

Als ich wieder bei Lizard angekommen war, warf sie mir von der Seite einen Blick zu. »Haben sich wohl eine kleine Beförderung verpaßt, wie?«

»Dann stellen Sie mich meinetwegen vors Kriegsgericht. Wo ist denn der verdammte Blimp?« Ich sah auf die Uhr. »Die sind überfällig.«

»Ich weiß nicht ...«

»Wir sind noch acht Minuten entfernt«, dröhnte Colonel Andersons Stimme aus dem Radio. »Behalten Sie ruhig die Hosen an.«

»Warum?« gab ich zurück. »Schmeckt das den Würmern dann besser?«

»Hören Sie zu, Lieutenant!« Colonel Anderson hatte die gleiche zornige Stimme wie sein Vater. »Einen Blimp zu verankern, ist nicht ganz einfach. Was Sie darüber denken, ist belanglos. Es dauert genauso lange, ob Sie nun ruhig und vernünftig sind, oder ob Sie in Panik geraten und herumschreien. Es liegt also bei Ihnen. Wie wollen Sie es spielen?«

Etwas hinten im Chopper ächzte unheilverheißend. Es klang so, wie wenn eine Kevlarstrebe unter Druck zu knistern anfängt. Etwas anderes machte *fwoomp* an der Tür. Die Tür *beulte* sich ein. Ein Stück Bunkerschaum platzte ab, prallte von der gegenüberliegenden Wand.

Ich wandte mich wieder dem Funkgerät zu. »Das ist wirklich vernünftig, Colonel, Sir, aber Ihnen wollen auch nicht ein paar Tonnen Würmer in die gute Stube klettern. Uns schon.«

»Ihr Problem ist mir bewußt, Lieutenant. Aber wir haben jetzt keine Zeit mehr, um darüber zu reden. Sie können Ihren kleinen Anfall haben, *nachdem* wir sie aufgepickt haben.«

Ein Wurm starrte uns durch die Windschutzscheibe an – aber er schob sich nicht durch. Er glotzte uns nur aus großen Augen an und blinzelte. *Spett-fwett.* Ein zweiter Wurm kroch neben ihm herauf.

Ich klappte den Mund auf, um Colonel Anderson Antwort zu geben – und dann klappte ich ihn wieder zu. Plötzlich war mir klargeworden, wie dumm ich gewesen wäre. Ich hatte dazu angesetzt, um mein Recht, erschreckt und aufgeregt zu sein, zu argumentieren. Dabei inspizierten uns die Würmer bis jetzt nur. Wenn sie hätten hereinkommen wollen, hätten sie das getan. Zeit genug, dann zu schreien. »Weiter«, stieß ich hervor.

»Wir haben Sie jetzt an unserem Horizont. Bereiten Sie sich darauf vor ...« Eine Pause. »Nein. Da ist noch zu viel Dreck in der Luft. Wir werden das mit Instrumenten machen müssen.« Wieder eine Pause. »Also gut, wir lassen jetzt die Krabbe herunter. Ich geb's Ihnen auf Video.«

Lizard schaltete den Hauptschirm ein. Sie tastete sich schnell durch die Kanäle durch. Ein klares, helles Bild erschien auf dem Schirm.

Wir blickten vom Blimp nach unten. Ein runder, spinnenhaft aussehender Roboter – er hatte eine Menge Arme und Beine und Ansätze – baumelte an vier Leinen, die zu dünn aussahen, um ihn tragen zu können. Der Scheinwerfer des Blimp war darauf gerichtet, und jetzt konnte man sehen, daß er selbst auch Scheinwerfer hatte. Das einzige, was darauf hindeutete, daß die ganze Anordnung sich bewegte, waren die fahlen und die leuchtenden Wolken, die darunter vorbeihuschten.

Lizard griff wieder nach ihren Kontrollen; jetzt leuchtete ein zweiter Bildschirm auf und zeigte das Bild aus der Kamera der Krabbe. Unter uns huschten rosafarbene Bäume wild vorbei.

Ich beugte mich nach vorne, um durch die vordere Windschutzscheibe zu sehen. »Sollten wir sie nicht bald sehen können?«

Lizard fragte den Funk. »Haben Sie schon Sichtkontakt?«

»Bis jetzt noch nicht. Warten Sie. Wir machen einen Computerscan. Kanal drei.«

Lizard tastete einen dritten Bildschirm ein. Das Bild sah plastisch aus, ohne Einzelheiten; der Computer des Blimp hatte alle Sensordaten zusammengetragen – sonisch, Infrarot, Radar, visuell und weiß Gott was sonst noch alles – und daraus ein einziges dreidimensionales Portrait aufgebaut. Die Landschaft wirkte wellig und ungleichmäßig; der Computer hatte sich für eine stumpforange Färbung entschieden. Eine weite Senke schnitt quer durch das Bild; wir glitten darauf zu.

Da – links von der Mitte – der helle, weiße Gegenstand! Das waren wir! Ein winziger Chopper, halb in einer roten Furche vergraben. Und dunkle Silhouetten krochen darüber. Ich wünschte, ich hätte das nicht gesehen.

Lizard studierte das Bild einen Augenblick lang und deutete dann nach hinten über meine Schulter. »Der Blimp kommt aus der Richtung. Sie können ihn durch den Turm sehen.«

Ich stieg nach hinten zum Turm und zog mich in ihm hoch. Ich öffnete die Jalousie ...

... und starrte plötzlich in die großen, runden Augen eines großen, runden Wurms. Er blinzelte. Ich blinzelte. Jetzt blinzelte er wieder. Ich schnitt ihm eine Grimasse. Er blinzelte ein drittes Mal. Ich richtete meine Taschenlampe auf ihn. Er blinzelte.

Aber er griff nicht an.

Warum nicht?

Was ging hier vor?!

»Fuuhh!« schrie ich. »Fuuh!«

Der Wurm blinzelte wieder.

»Verdammt! Geh mir aus dem Weg! Du fetter, haariger Sack aus rosa Pudding!«

Der Wurm zog sich von dem Turm zurück.

Ich blinzelte. Erstaunt. Ich hatte meine eigene Kraft nicht gekannt.

Ich drehte mich schnell im Kreis. Die Würmer waren überall – auf dem Chopper und unten auf dem Boden. Sie waren riesige dunkle Gebilde in der Nacht, die schnell und lautlos über das fahle Leuchten der Staubwächten glitten. Die Lichter unseres Choppers ließen einzelne Partikel in dem Puder aufblitzen, der sich in ihrem Pelz festgesetzt hatte.

Ein anderer Wurm bäumte sich auf, um mich anzustarren – einer der größten. Er stützte sich mit seinem Gewicht auf den Chopper, zog uns zur Seite! Lizard stieß einen Schrei aus. Duke stöhnte. Ich hörte ihn, obwohl ich selber auch schrie. Der Wurm ragte unheilverheißend und schwarz vor dem Turm auf. Er drehte das eine Auge nach oben und das andere nach unten, um mich ganz schräg anzusehen. Er wollte mich nur *studieren*. Er war *neugierig!* Das waren keine *gewöhnlichen* Würmer. Sie waren nicht hungrig.

Ich hatte bis jetzt noch nie einen Wurm erlebt, der nicht vor Hunger halb verrückt war – oder vor Wut. Dies hier war eine völlig neue Verhaltensweise. Wir würden das Buch neu schreiben müssen.

Wir hatten immer angenommen, die Würmer wären wie

die Millipeden – so sehr ein Opfer ihres eigenen Heißhungers, daß *alles* von ihnen als Nahrung wahrgenommen wurde. Aber diese Würmer waren – darüber hinaus.

Wie kam das? Wieviel mußte ein Wurm fressen, um *zufrieden* zu sein? Wieviel brauchte es, um einen Wurm zu *übersättigen?* Seattle? North Dakota?

Oder vielleicht lag die Antwort auch rings um mich. Zuerst vergräbt man Kalifornien unter zwei Meter Zuckerwattepuder, damit die Würmer von Nahrung umgeben sind. Dann läßt man sie heraus, einen kleinen Spaziergang machen, damit sie jedesmal, wenn sie einen Schritt tun, einen Mundvoll bekommen. Damit wäre das Thema Hunger abgehakt.

Vielleicht.

Vielleicht waren wir so lange in Sicherheit, als rosa Schnee auf dem Boden lag.

Oder vielleicht war das nur ein falscher Schluß. Vielleicht ging hier noch etwas anderes vor.

Wir wußten es nicht.

Ein rosafarbenes Licht am Himmel zog mich in die Gegenwart zurück. Es sah wie ein warmes Leuchten hinter dem Rauchschleier aus.

»Ich kann den Blimp sehen!« brüllte ich.

Und jetzt wurde das Glühen vor meinen Augen leuchtender, nahm Farbe an und sogar eine Andeutung von Größe und Form. Dann wurde eine Ansammlung von Lichtern daraus, Lichter, die heller wurden. Der Blimp bewegte sich aus der Finsternis heraus und wurde eine bunte, zigarrenförmige, rosa umhülle *Präsenz.* Die Luft glühte rosafarben rings um ihn. Seine hellsten Lichter waren am Bauch angeordnet; Reihen von Scheinwerfern, die dauernd kreisten und in alle Richtungen wiesen. Die Krabbe war eine kleinere Ansammlung aus Strahlen und Heiligenscheinen und hing unmittelbar darunter.

Das Schiff hing wie eine Vision am Himmel – wie ein Engel. Seine Strahlen tasteten durch den fahlen Schein wie Finger vom Himmel und ließen alles *leuchten.* Die Strahlen ergossen sich aus dem Himmel Sie waren wunderschön! Einer davon berührte mich im Vorüberziehen und war fast zu hell, als daß man in ihn hineinsehen konnte.

Die ganze Welt erstrahlte in dem Licht – das Land, die Wächten, die kahlen Bäume. Es sah gespenstisch und irisierend aus, selbst die dunklen Würmer und der noch dunklere Rumpf des Choppers. Etwas, das ich einmal gehört hatte, zog mir durch den Kopf. *Gott kam aus der Mitternacht. Ich konnte ihn am Himmel schweben sehen.*

Rings um uns hörten die Würmer mit dem auf, was sie gerade taten, drehten sich um und blickten nach oben. Einige von ihnen zogen sich sogar von dem Chopper zurück, um besser sehen zu können. Sie wunderten sich über das Licht am Himmel, versuchten herauszubekommen, was das Licht wohl sein mochte – aber das war nicht klar zu erkennen. Keine Ränder, keine Formen, keine Linien, nur das Licht. Das wunderschöne, strahlende, blendende *Licht.*

Ich verspürte eine Aufwallung von Freude in der Brust und in der Kehle. Meine Augen fingen zu tränen an. »Das ist wunderschön«, sagte ich.

»Was?« fragte Lizard.

»Wunderschön ist das!« rief ich. »Ich kann die Lichter des Blimp sehen! Das ist das herrlichste Bild, das ich je gesehen habe!«

»Wie weit sind sie noch weg?«

»Äh ...« Ich riß mich in die Wirklichkeit zurück. »Schwer zu sagen. Vielleicht einen Kilometer. Vielleicht zwei.«

»Sie sind jetzt an den Bäumen vorbei«, sagte Lizard. »Die können jetzt jederzeit die Harpune abschießen.«

Etwas zuckte aus dem unteren Teil der Krabbe hervor. Es traf mit einem halberstickten Knall den Boden, und von der Aufprallstelle stieg eine große Wolke aus fahlem, puderigem Rauch auf. Die Krabbe glitt an der Leine nach unten und verschwand in der Wolke, ließ vier dünne Leinen in der Luft hängen, die sich jetzt strafften.

»Die haben es!« rief ich. »Jetzt sind sie verankert.«

»Noch nicht!« rief Lizard zurück. »Noch zwei.«

Die Krabbe ließ die verankerte Leine los und huschte seitwärts davon, quer über die rosa Wächten. Fast im gleichen Augenblick verschwand sie in ihnen; nur die drei Leinen, die noch an ihr verankert waren, verrieten ihren Weg. Sie schnitten durch den Puder wie Fischleinen durch Wasser –

und zogen hinter sich eine Wolke hellglühenden Staubs her.

Und jetzt erschien die Krabbe plötzlich wieder, hastete plötzlich einen Abhang hinauf. Die Art und Weise, wie sie sich bewegte, war verrückt – ja sogar komisch –, aber sie war *schnell.* Sie huschte schnell über den Boden, veränderte ihr Tempo, um es dem Terrain anzupassen, hüpfte, kroch, rutschte seitwärts; hielt wieder inne, zog sich zurück, kippte zur Seite; ging gleichsam auf Zehenspitzen um einen rosafarbenen Klumpen herum, der einmal ein Busch gewesen war, und hastete dann auf der gegenüberliegenden Seite des Abhangs blitzschnell in die Tiefe.

Die Bunnydogs waren wie erstarrt. Die Würmer blickten wie *gebannt.*

Wie ein Balettänzer bewegte sich die Krabbe jetzt, wie ein Mondgänger. Und dann raste sie wie ein Vollblüter. Ich glaube, wenn sie hätte kochen können, hätte ich ihr jetzt einen Heiratsantrag gemacht.

Sie verhielt inmitten einer weiteren rosafarbenen Wächte. Die ganze pudrige Fläche *glühte* in ihrem Licht. Wieder so etwas wie Mündungsfeuer – eine weitere Harpune –, und schon war eine weitere Leine verankert. Als diesmal die Krabbe herausgehuscht kam, zog sie nur noch zwei Leinen hinter sich her, die zum Blimp hinaufführten.

Jetzt nahm sie direkten Kurs auf den Chopper, direkt auf zwei der größten Würmer zu. Deren Augen blinzelten, als sie sich ihnen näherte.

Sie zögerte nur einen Augenblick lang – und huschte dann direkt zwischen den beiden durch. Ihre Augen kreisten, um dieser kleinen, anmaßenden Maschine zu folgen. Sie passierte sie so schnell, daß sie sich fast die Augen abgedreht hätten. Erst nachdem die Krabbe bereits ihre Schwänze passiert hatte, erinnerten sie sich daran, überrascht zu sein und sprangen herum, um sie wieder anzustarren. Reagierte so ein verblüffter Chtorraner?

Einer der Würmer legte neugierig die Augen zur Seite – der ›Marionettenausdruck‹ fing an vertraut zu werden – und schickte sich an, der Krabbe zu folgen. Die Krabbe richtete einen ihrer Scheinwerfer auf den Wurm – und der zog sich schnell zurück. Ich fing zu kichern an. Das war komisch. Diese Ungeheuer waren bestimmt jedes ein paar Tonnen schwer – und eine hyperkinetische Maschine verblüffte sie?

Die Krabbe war bereits seitlich um den Chopper herumgehuscht. Ich drehte mich ebenfalls um und sah zu, wie sie über – nein durch – eine der höchsten Wächten von allen verschwand. Ihr pudriges Licht leuchtete in der Ferne. Sie entfernte sich so weit wie möglich von dem Chopper, um ein langes, drittes Bein für den Dreifuß aus Ankertauen zu liefern. Nach einer Weile sah ich die jetzt schon vertraute Aufwallung von Rauch, die mich an Mündungsfeuer erinnert hatte, und ein paar Augenblicke später kam die Krabbe zurückgehuscht, jetzt nur noch eine Leine hinter sich herziehend. Unsere Rettungsleine.

»Allright«, rief Lizard. »Die sind jetzt so weit.«

»Augenblick«, rief ich. »Jetzt passiert etwas.«

Die Würmer drehten ihre Augen jetzt wieder nach oben – um den Blimp anzustarren. Das Luftschiff war im Begriff, direkt über uns Station zu beziehen. Mutter Gottes! Das Ding war riesig! Und hell! Die Luft, die es umgab, glühte nicht nur – sie *schimmerte.*

Der Blimp war ein riesiges, rosafarbenes Ei, das den ganzen Himmel erfüllte. Wie ein grandioses UFO hing es da und überschüttete uns alle mit Licht – die fahlen, pudrigen Wächten, die stummeligen Bunnydogs, den abgedunkelten Chopper und die neugierigen Würmer.

Die Würmer ...

Ich konnte den Blick einfach nicht von ihnen wenden. Sie leuchteten in dem Schein von oben unglaublich; wie von Helligkeit erfüllt, wirkten sie. Sie sahen aus, als wären sie aus Elektrizität gemacht. Ihr Pelz wogte; die Streifen an ihren Seiten schienen im roten und purpurnen Licht zu irisieren. Sie sahen aus, als wären sie von innen heraus beleuchtet. Eine rosafarbene Aura hüllte sie ein.

Das Luftschiff zog sich jetzt in die gewünschte Position, indem es die Länge der Ankerleinen veränderte. Das war ein kompliziertes Manöver, weil der Pilot gleichzeitig darauf achten mußte, daß sein Schiff gegen den Wind gerichtet blieb. Die Leuchtflächen an den Rumpfseiten zeigten helle Streifen und Farbmuster und jetzt sogar eine Schrift, die langsam an dem Rumpf entlangkroch. FÜR SCHWERGEWICHTE SIND WIR ZUSTÄNDIG. OREGON AIR. Und dann im nächsten Moment: PAUL BUNYAN RETTET US-ARMY. BILDER UM ELF.

Die Würmer waren von dem Bild fasziniert. Sie drehten sich beständig unter dem Blimp hin und her, ihre Augen waren nach oben gerichtet, blinzelten wie wild. Sie kreisten auf der Lichtung, schienen für nichts anders Augen zu haben; stießen immer wieder zusammen, während sie versuchten, mit dem Luftschiff Schritt zu halten. Die Bunnydogs hatten alle Mühe, ihnen aus dem Wege zu gehen.

»Die werden verrückt«, rief ich. »Etwas an dem Blimp ...«

Und dann *richtete sich einer der Würmer auf.* Er erhob sich fast zu seiner ganzen Länge. Wenn ich es nicht mit meinen eigenen Augen gesehen hätte, hätte ich es nicht geglaubt. Hilflos, verzweifelt, griff er nach oben nach dem Blimp, streckte in einer bittenden Geste die Arme aus.

Ich dachte an die Bilder, die ich von Neuchristen gesehen hatte, die versuchten, die Gewänder ihres Apostels zu berühren.

Und dann öffnete der Wurm sein Maul und gab das unglaublichste Geräusch von sich, das ich je aus der Kehle irgendeines Lebewesens gehört hatte – ein langes, schrilles, auf- und abgehendes, endlos in die Länge gezogenes, klagendes Jammern, in dem sich Hoffnung, *Verzweiflung* und Gier mischten. Zum Wahnsinnigwerden war das Geräusch.

Und dann fiel der Wurm in den Staub zurück. Er taumelte nach hinten und wand sich; seine zwei Reihen jämmerlich winziger Füße fuchtelten einen Augenblick lang in der Luft, und dann drehte er sich um, versuchte sich aufzurichten, versuchte erneut, nach dem Blimp zu greifen.

Mir tat er leid.

Auch die anderen Würmer versuchten, sich hochzurecken, dem Blimp entgegen. Sie streckten die Arme aus und schrien. Sie jammerten. Sie *beteten ihn an.*

»Ich kapier' das nicht«, sagte Lizard.

»Ich schon. Der Blimp sieht wie ein Wurm aus. Ein großer, heller, freundlicher Wurm.« Und dann erfaßte mich der zweite, *tiefergehende* Teil jener Erkenntnis. »Wie eine riesige, schwebende *Vision* eines Wurms! Ein Engel, der in der Luft hängt! Von dem Licht ausgeht! In ihrem eigenen Ebenbild! Für sie sieht er wie ein *Gott* aus!«

»O mein Gott«, sagte Lizard leise. Jetzt sah sie es auch.

»Sagen Sie dem Blimp, die sollen ihre Lichter ausschalten!« rief ich nach vorne. »Das kommt von den Lichtern. Wir werden das in der Finsternis erledigen müssen.«

Ich blickte selbst wieder nach oben. Der Blimp war wunderschön. Ich konnte begreifen, warum die Würmer unter ihm so verrückt waren. Wie würde Ihnen denn zumute sein, wenn ein Engel den Himmel öffnete und sein Licht auf Sie herunterstrahlen ließe?

Und dann dämpfte der Blimp seine Lichter und verschwand. Er verschwand *völlig,* umhüllt von der Nacht und der dicken, pudrigen Düsternis in der Luft.

Die Würmer *kreischten.*

Sie schrien wie all die gequälten Seelen in der Hölle, ein widerwärtiges Geräusch.

»O nein!« Ich hatte einen Fehler gemacht.

Wie würde Ihnen zumute sein, wenn ein Engel den Himmel öffnete und sein Licht auf Sie herabscheinen ließe? Wie würde Ihnen zumute sein, wenn – sobald Sie nach jenem Engel riefen – er verschwand und Sie zurückließ? *Alleine.*

Verdammt würden Sie sich wohl vorkommen.

Draußen wüteten die Würmer.

ACHTUNDZWANZIG

Uns waren nur die Lichter des Choppers und der Krabbe geblieben.

Die Würmer waren wieder dunkle Silhouetten in der Nacht.

Der Blimp war eine noch dunklere Silhouette über uns, keine, die man sehen konnte, nur eine am Rande des Wahrnehmungsvermögens.

Die Würmer bewegten sich wieder.

Sie kreisten und schrien und wüteten in den Himmel. Sie wüteten gegeneinander. Sie wüteten gegen den Chopper. Etwas stieß uns an – *hart.* Duke begann wieder zu stöhnen. Ich fragte mich, ob die Würmer wohl ihre Wut an uns auslassen würden.

Ein langes, dunkles Etwas floß nur ein paar Meter von mir entfernt *über* den Chopper. Es erschreckte mich so sehr, daß ich versuchte, in den Turm zurückzuspringen, und mir dabei den Kopf am Plexiglas anstieß. Der Chopper ächzte unter dem Gewicht dieses Etwas. Der Rumpf knisterte und *beklagte* sich. O Gott!

Das Monster floß auf der gegenüberliegenden Seite herunter und griff den größten Wurm an, der ihm im Wege war. Ich wünschte mir einen Scheinwerfer. Er kreischte und sprang. Er griff den anderen Wurm an, wie eine Furie, wütend. Die zwei Bestien wanden sich ineinander wie schlangenhafte Ringer und rollten ineinander verstrickt über den pudrigen Staub. Rings um sie wallte Rauch auf.

Einmal brachen sie auseinander, umschlangen sich dann aber gleich wieder und entschwanden, miteinander ringend, in der Dunkelheit.

Das hatte ich bisher noch nie gesehen. Ich hatte nie gesehen, daß ein Wurm einen anderen Wurm angriff.

Rings um den Chopper griffen plötzlich *alle* Würmer einander an. Oder versuchten es zumindest.

Sie rasten aufeinander zu und sprangen dann wieder weg.

Vorsichtig umkreisten sie sich, dabei die ganze Zeit kreischend und stöhnend und tiefe, dröhnende Laute von sich gebend. Sie waren Bestien aus den Tiefen der Hölle. Sie verbreiteten Angst und Schrecken.

Zu zweien, in Paaren, entschwanden sie, wanden sich in die Düsternis. Es sah schon längst nicht mehr wie ein Angriff aus, eher wie irgendein Ritual. Es sah aus wie – Vereinigung. Die Würmer zogen sich in die gegenseitige Umarmung zurück; so als wäre keiner von ihnen alleine imstande, das zu begreifen, was um sie herum vorging. Als müßten sie ihre geistige Kraft zusammentun.

Und dann waren plötzlich alle Würmer verschwunden. Und Schweigen herrschte.

Stille.

Nichts bewegte sich. Selbst der Staub schien in der Luft gefroren.

Die Bunnydogs waren verschwunden. Die Millipeden waren verschwunden. Um uns war wieder nichts außer dem fahlen rosa Staub.

»Ist es vorbei?« fragte Lizard.

»Ich weiß nicht.« Ich zwang mich dazu, die Handgriffe im Turm loszulassen, an denen ich mich festgeklammert hatte. Meine Finger schmerzten unter dem plötzlichen Nachlassen der Spannung. Meine Brust tat wieder weh.

»Was haben die jetzt gemacht?«

»Ich weiß nicht – aber wir wollen zusehen, daß wir hier herauskommen. Schnell! Ehe sie zurückkehren!«

Während ich das sagte, kroch die Krabbe bereits an der Außenwand des Choppers empor. Sie verhielt in der Nähe des Turms und richtete zwei Scheinwerfer und eine doppeläugige Kamera auf mich. Eine mechanische Klaue zuckte in einem zackigen Gruß nach oben. Automatisch schickte ich mich an, den Gruß zu erwidern, zog dann aber verlegen die Hand zurück. Die Krabbe ließ ihre Lichter auf- und abtanzen, so als lachte und winkte sie. Ich funkelte sie an.

»Das ist niedlich, McCarthy, wirklich niedlich!« rief Lizard von vorne zu mir herauf. Sie konnte mich durch die Augen der Krabbe sehen; das Video wurde auf ihren Bildschirm überspielt.

»Genau das, was ich brauche«, sagte ich. »Eine Krabbe, die Spaß versteht. Ich werde den Operateur umbringen.« Ich ließ mich auf den Kabinenboden fallen.

»Allright«, sagte Lizard, »sehen Sie zu, daß Sie Ihren Arsch hier wegkriegen. Und den von Duke auch. Ich werd' jetzt den Turm hochjagen.«

Ich zog Duke so weit nach vorne, wie es ging. Dabei mußte ich sein Stöhnen ignorieren; es gab nichts, was ich für ihn tun konnte, und so streifte ich ihm eine saubere Sauerstoffmaske über das Gesicht. Dann kletterte ich wieder nach vorne zu Lizard. Sie war gerade dabei, den Sicherungshebel für den Sprengsatz zu lösen. Ich reichte ihr eine Maske und hängte ihr die meine um den Hals.

»Alles klar?« fragte sie den Funk.

»Sie können schießen, wenn Sie soweit sind, Grizzly.«

Es gab drei Schalter. Lizard legte den ersten um. Eine leise, mechanische Stimme sagte: »Die Explosivbolzen sind jetzt geladen. Sie haben drei Minuten.«

Ich sah nach vorne durch die Windschutzscheiben. Zwei von den Würmern kamen zurück. Sie bewegten sich würdevoll in unsere Lichtarena hinein. Sie sahen ... nachdenklich aus.

Ich deutete stumm.

Lizard folgte meiner Hand, sah mich von der Seite an. »Werden sie sich bewegen?«

»Das weiß ich nicht.«

»Nun, überlegen Sie doch: Was könnte schlimmer sein?«

Ich gab keine Antwort. Dann schüttelte ich den Kopf. Das Wort ›schlimmer‹ gab für mich keinen Sinn mehr ab. Wir waren bereits über meine Kapazität hinaus, mir Schlimmeres vorzustellen.

Lizard legte den zweiten Schalter um. Die mechanische Stimme sagte: »Die Explosivbolzen sind jetzt bereit. Sie haben drei Minuten, um zu feuern.«

Zwei weitere Würmer kehrten zurück. Ihre Augen blinzelten dauernd, ein sicheres Zeichen von Interesse. Ich deutete.

»Ich sehe sie«, sagte Lizard, ohne aufzublicken. »Setzen Sie sich die Maske auf. Wir verschwinden hier.« Der Bildschirm vor ihr mit dem Radarbild aus dem Blimp zeigte einen ausgefransten Kreis aus zigarrenförmigen Gebilden, die wieder auf den Chopper zurückten. *Alle* Würmer kehrten zurück.

Lizard fing an, sich die Maske über den Kopf zu ziehen. Sie hielt inne und grinste mir von der Seite zu. »Nicht vergessen. Sie sind mir ein Abendessen mit Hummer schuldig, Freundchen.«

Sie legte den dritten Schalter um.

Der Turm flog mit einem lauten *BÄNNGG* vom Rücken des Choppers!

Fast im gleichen Augenblick wehte ein Staubwirbel durch das Loch herein. Ich fing an, mich nach hinten zu arbeiten. Die Krabbe bezog über der Fluchtluke Position. Ihre unteren Augen spähten in den Chopper hinein, kreisten nach vorne. Dann ließen zwei ihrer Klauen die vierte und letzte Leine in die Kabine fallen. Jemand hatte auf den Haken am Ende der Leine BITTE VERANKERN gemalt. Ich packte die Leine und hängte sie unter einem der Sitze ein.

»Zipleine nach unten unterwegs«, sagte Lizard.

Ich blickte nach oben und sah, wie etwas aus dem Himmel heruntersank. Ein einzelnes rotes Signallicht beleuchtete es. Die Krabbe trat zurück, um ihm Platz zu machen. Der Gegenstand – ein Korb und ein paar Geschirre, die an einem Kabelreiter befestigt waren – knallte auf das Dach des Choppers. Die Krabbe schnappte sich den Korb und schob zuerst ihn und dann die Geschirre durch die Turmöffnung nach innen.

Ich zog den Korb nach vorne. »Kommen Sie, Lizard, Sie müssen mir helfen.« Dukes Stöhnen war jetzt lauter geworden. Wir hoben ihn, so vorsichtig das ging, in den Korb. Ich überprüfte die Siegel der Medidecke, während Lizard ihn festschnallte, und hängte dann die Konsole in den dafür vorgesehenen Schlitz.

Die Krabbe ließ drei Verbindungskabel in die Kabine fallen. Ich klippte das erste am Kopfende von Dukes Korb fest. Dann warf ich Lizard ein Geschirr hin und schnappte mir das andere. »Die Kameras«, sagte ich.

»Ich hab die Aufzeichnungen alle hier«, sagte Lizard und tippte an ihre Flugtasche. Sie zog das zweite Verbindungskabel durch die Griffe der Tasche, ehe sie es an ihrem Geschirr anklippte. »Die sind in Sicherheit.«

Ich war inzwischen in mein eigenes Geschirr geschlüpft und schloß das dritte Kabel an. »Allright«, sagte ich. »Zuerst Duke, dann Sie. Ich übernehme die Nachhut.«

»Tut mir leid«, sagte sie. »Der Kapitän verläßt sein Schiff als letzter. Sie gehen als zweiter.«

»Ich werde Ihnen den Rücken decken«, beharrte ich.

»Dafür ist Zeit bis nach dem Abendessen – und das ist ein Befehl. Allright«, sagte sie zu der Krabbe, »jetzt brauchen wir ein wenig Hilfe mit diesem Korb.«

Die Kabel begannen sich zu straffen. Der Korb ruckte nach hinten und dann nach oben, auf den Turm zu, während das Kabel ganz straff wurde. Wir bugsierten ihn vorsichtig durch die Öffnung nach oben. Ich kletterte dahinter her, drehte mich dann um und zog Lizard hinter mir nach oben. Dann fing ich zu frösteln an. Die Nachtluft war *kalt*.

Rings um den Chopper waren Würmer, die dasaßen und uns beobachteten. Ihre riesigen schwarzen Leiber waren in der Düsternis gigantisch. Ich konnte nicht sagen wieviele es waren, aber es waren ganz bestimmt jetzt mehr als vierzehn, das stand fest. Dreißig oder vierzig vielleicht, genau konnte man das nicht sehen. Aber ich konnte hören, wie ihre Augen blinzelten. *Spett-fwet, Spett-fwet.*

Lizard stützte sich auf meinen Arm, beugte sich dann zu mir herüber und gab mir einen schnellen Kuß auf den Mund. »Danke«, sagte sie. Sie drehte sich zu der Krabbe um und deutete mit dem Daumen nach oben. Die Krabbe erwiderte das Signal mit einer ihrer mechanischen Klauen.

Und dann schrien die Würmer wieder! *Chtorrrr! Chtorrrrrr!* – und strömten auf den Chopper zu. Einer von ihnen floß vorne an der Maschine nach oben – die Windschutzscheibe des Choppers zerbrach unter seinem Gewicht, aber er floß weiter. Jetzt war er auf dem Dach des Rumpfes angelangt, strömte auf uns zu.

Die Krabbe drehte ihre sämtlichen Scheinwerfer nach vorne und schaltete auf grellstes Licht. Der Wurm zuckte zurück, blinzelte. Die Krabbe huschte auf ihn zu, mit sämtlichen Armen und Beinen und allem anderen fuchtelnd – all ihren Kameras, Lichtern und Ansätzen –, so drohend das nur gerade ging. Der Wurm zog sich unsicher zurück.

Und in dem Augenblick pfiff der Kabelreiter plötzlich die Leine empor und riß uns mit! Duke schrie auf, als der Korb mit einem Satz in die Höhe schoß; das mußte unheimlich weh getan haben. Ich stöhnte überrascht auf, und Lizard schrie wie ein kleines Kind in einer Achterbahn. Der Chopper fiel unter uns zurück. Er war eine Oase rosafarbenen Lichts in einem Meer von Rosa.

Ich konnte sehen, daß jetzt weitere Würmer an ihm emporglitten. Die Krabbe zog sich vor ihrem Angriff zurück. Jetzt klammerte sie sich an der Leine fest und folgte uns nach oben. Ein Wurm schnappte nach ihr, verfehlte sie aber.

Und dann war der Chopper zu weit unten, als daß wir noch irgend etwas deutlich hätten erkennen können.

Ich blickte nach oben. Der Blimp war ein unheilverheißendes Loch in der Nacht. Seine Lichter waren immer noch abgeschaltet, und wir rasten auf eine gigantische Finsternis zu. Ein Rechteck aus gelber Wärme öffnete sich unmittelbar über uns. Die Farbe des Lichts war verblüffend. Nach zwei Tagen, in denen uns nichts als Rosa umgeben hatte, wirkte sie fremdartig.

Das Rechteck dehnte sich aus, wurde zu einer Luke; wir bewegten uns durch sie hindurch, und plötzlich befanden wir uns im *Inneren* des Blimp – zuerst der Korb, dann ich, dann Colonel Tirelli.

Rings um uns waren Männer und Frauen in Overalls, um uns an Bord zu holen, um uns von der Luke wegzuziehen, uns zu packen und die Kabel von unseren Geschirren zu lösen. Sie applaudierten und schrien. Alles war ein Durcheinander aus Gesichtern und Händen. Ich konnte nichts hören und war außerstande, klar zu sehen. Meine Augen waren zu feucht.

Jemand war mir dabei behilflich, mein Geschirr und meine Maske abzulegen. Ich blinzelte immer wieder verwirrt. All das Licht – all der Lärm – all die Leute! Es war zu viel!

Und der Raum – er war *riesig*. Wir hätten den Chopper in ihm unterbringen können und immer noch Platz für einen Tanzboden gehabt. Ich sah, wie die staubbedeckte Krabbe durch ein großes Loch im Boden heraufkam. Und hinter ihr kam der Rest der Leine.

Das Loch schloß sich, und ein Mann mit Kopfhörern sagte: »A 2 ist an Bord. Die Luke ist *geschlossen.* Aufnahme *abgeschlossen.*« Als er das gesagt hatte, brach wieder Beifall aus. Selbst ich schrie jetzt – soweit mich nicht der Husten daran hinderte. Das Atmen bereitete mir wieder Schwierigkeiten.

»Ankerharpunen lösen«, sagte der Mann mit den Kopfhörern. »Fliegen wir nach Oakland.« Er grinste mir zu. »Der Lieutenant möchte einen Hummer.«

Ich sah Lizard an und wurde rot.

Und sie *zwinkerte* mir zu.

NEUNUNDZWANZIG

Vier Männer packten den Korb mit Duke und verschwanden durch eine Tür. Zwei andere führten mich und Lizard durch eine zweite. Wir folgten ihnen durch einen langen Korridor in eine Art Sanitätsstation. Dann trennten sie uns und steckten Lizard in eine Zelle und mich in eine andere.

Gleich darauf kam ein Mädchen im Teenageralter, bekleidet mit einem weißen Jackett, mit einer Medibox herein und setzte sich vor mich hin. »Wie fühlen Sie sich?«

Ich machte Inventur und berichtete: »Heiser. Rauher Hals vom Staub. Druck in der Brust. Atemschwierigkeiten. Ich muß dauernd husten. Schmerzen. Die Augen tun weh. Die Ohren auch. Ich will ein Bad nehmen. Eiskalt ist mir auch. Großartig fühle ich mich!« Ich grinste ihr zu.

Sie lächelte süß, aber unpersönlich. »Okay, ziehen Sie Ihr Hemd aus.« Sie war bereits damit beschäftigt, ihren Kasten zu öffnen.

»Was? Wo ist der Arzt?«

»Ich bin der Arzt. Ziehen Sie Ihr Hemd aus.«

»Äh ...« Ich hielt den Mund und zog das Hemd aus. Sie klebte mir Pokerchips an die Brust, die Arme, den Hals und die Schläfen.

Sie studierte die Anzeigen auf ihrem Bildschirm, nickte und löschte den Schirm, ehe ich ihr über die Schulter sehen konnte. Dann sah sie mir in den Mund, die Nase, die Augen und die Ohren, nickte dann und meinte: »Mhm. Warten Sie einen Moment. Ich bin gleich wieder da.«

Sie kam mit einem Tablett zurück. Auf dem Tablett befanden sich ein Druckinjektor, ein Glas Orangensaft und ein kleiner Plastikbehälter mit einer Handvoll Kapseln. »Antibiotika und Vitamine«, erklärte sie. Sie hielt mir den Druckinjektor an den Arm. Es zischte. Ich fühlte etwas Kaltes, Feuchtes.

Sie reichte mir die Kapseln und den Orangensaft. Ich nahm sie, ohne zu klagen. Der Saft war süß und kalt.

»In Ordnung«, sagte sie. »Jetzt können Sie Ihr Hemd wieder anziehen.« Damit ging sie hinaus. Der ganze Vorgang hatte weniger als fünf Minuten gedauert.

Während ich mir das Hemd zuknöpfte, überlegte ich, ob ich hier warten sollte – oder was sonst?

Ich streckte den Kopf aus der Zelle. Ein Mann in einem Overall, auf dem in Brusthöhe ein Flecken mit der Aufschrift *Paul Bunyan* aufgenäht war, wartete auf mich. »Lieutenant McCarthy?«

Ich nickte.

»Colonel Anderson läßt Sie in den vorderen Aufenthaltsraum bitten. Wenn Sie mir bitte folgen würden?«

Ich folgte ihm.

Der Mann – nannte man so einen wie ihn Luftschiffer? – führte mich in den vorderen Aufenthaltsraum und sagte, ich solle es mir bequem machen. »Colonel Anderson kommt gleich. Die Bar ist offen, falls Sie etwas wollen.« Dann ging er hinaus.

Der Aufenthaltsraum schien fast so groß wie die Ladebucht, hatte hohe, geneigte Fenster, die in Hufeisenform angeordnet waren. Ich ging ganz nach vorne und sah hinaus.

Die Fahrtlichter des Luftschiffes waren wieder eingeschaltet. Unmittelbar über dem Aufenthaltsraum mußte eine ganze Reihe von Scheinwerfern angeordnet sein, weil der ganze Himmel vor uns im reflektierten Licht leuchtete. Es sah so aus, als würden wir uns durch rosafarbenen Nebel pflügen. Sonst war nichts zu sehen.

Ich konnte ein schwaches Vibrieren unter meinen Füßen fühlen. Wir machten Fahrt. Captain Price mußte die Kaltraketen einsetzen. Bei diesem Wetter würde kein anderer Motor funktionieren.

Im hinteren Teil des Aufenthaltsraums war eine reichlich ausgestattete Bar zu sehen. Ich schlenderte nach hinten und sagte dem Roboter, er solle mir einen Taumelnden Büffel machen, aber mit nicht so viel Soja. Ich fand einen Platz am Fenster und staunte immer noch über die Aura von Luxus, die von diesem Luftschiff ausging. Es stimmte schon; diese großen Biester hatten einfach Raum im *Überfluß*.

»Lieutenant McCarthy?«

Ich blickte auf. Und noch weiter.

Der Mann hatte Schultern von der Größe von Ohio. Und eine gebrochene Nase und ein breites Grinsen. Er streckte mir seine Pranke entgegen. Ich starrte sie ein paar Sekunden an, bis mir klar wurde, was er wollte. Dann sprang ich auf und salutierte. »Sir?«

Er erwiderte meinen Gruß mit etwas, das eher wie ein Winken als eine Ehrenbezeigung aussah, und streckte dann wieder die Hand aus. Ich bot ihm die meine und er schüttelte sie sachte. Als er losließ, verspürte ich den Wunsch, meine Finger anzustarren. Er hatte sie *nicht* zerquetscht.

»Ich bin Danny Anderson«, sagte er. Seine Stimme hallte wie die Innenseite eines Hangars. Er hatte ein Lächeln so breit wie die Tür. »Ich möchte Ihnen für das danken, was Sie für meinen Vater getan haben. Sie haben ihm das Leben gerettet.«

»Äh ... ich widerspreche ungern einem Offizier von höherem Rang – *besonders einem, der so groß ist wie Sie* –, aber ich hab nicht einmal die Hälfte von dem getan, was ich hätte tun sollen.«

»Oh? Hätten Sie es noch besser machen können?« Er hob eine seiner buschigen Brauen.

»Sir, ich habe das Beste getan, das ich konnte. Es war nur nicht so gut, wie ich es mit besseren Medikamenten hätte tun können. Uns ist alles ausgegangen.«

Er fing zu lachen an. Ich starrte ihn an. Er fing sich und hörte auf, aber das Grinsen blieb.

Er legte eine Hand auf meine Schultern. »Ich lach' Sie nicht aus, Junge. Colonel Tirelli hat mir gesagt, daß Sie das tun würden. Ich versuche, Ihnen zu danken, und Sie sind zu sehr damit beschäftigt, das, was Sie getan haben, zu bagatellisieren, um mir richtig zuzuhören. Das werden Sie sich abgewöhnen müssen, Lieutenant.«

»Äh ...« Ich war schon wieder im Begriff, damit anzufangen. »In Ordnung. Danke, Sir.«

»Gut. Und jetzt lassen Sie es mich noch einmal sagen. Sie haben Ihre Sache gut gemacht. Sie haben Captain Andersons Leben gerettet. Colonel Tirelli schlägt sie für einen Orden vor.«

Das letzte hörte ich kaum. »Äh – danke, Sir. Darf ich fragen, wie es Duke – wie es Captain Anderson geht?«

Danny Anderson zögerte. Er wirkte verlegen, und seine Stimme wurde seltsam ausdruckslos. »Es – es sieht so aus, als würde er es schaffen. Die Lebenszeichen haben sich verfestigt, sobald wir ihn auf Lebenserhaltung Code Blau gebracht haben. Aber, um zu sagen, wie er es überstehen wird, ist es noch zu früh.« Und dann fügte er leise hinzu: »Könnte sein, daß er seine Beine verliert.«

Der Ballon, den ich im Inneren meines Brustkastens festgehalten hatte, verlor plötzlich seine ganze Luft. Ich sank auf meinen Sitz zurück. »Das ist dieses rote, pelzige Zeug, nicht wahr? Das hatte ich befürchtet. Ich habe ihm Terramycin gegeben, aber ich wußte nicht, was ich sonst tun sollte.«

Danny Anderson setzte sich mir gegenüber. Er legte mir wieder die Hand auf die Schulter. »Hey!« unterbrach er mich. »Ich dachte, ich hätte Ihnen gesagt, Sie sollen das bleiben lassen.«

Ich schluckte. »Es tut mir leid, Sir. Es ist nur – so verdammt enttäuschend! Ich meine ..., er ist für mich wie ein Vater gewesen und ...« Ich blickte zu ihm auf. »Nun, Sie wissen ja, wie er ist ...«

»Nein«, sagte er kalt. »Das weiß ich nicht.«

»Wie?«

»Machen Sie sich darüber keine Sorgen, McCarthy.« In seiner Stimme klang jetzt etwas Hartes mit. »Das geht Sie nichts an.«

»Oh. Äh – ja, Sir. Ich ...« Ich hielt den Mund. Und dachte nach.

»Hören Sie mir zu«, sagte er. »Was geschehen ist, ist geschehen. Das ist es. So ist es ausgegangen. Ob es Ihnen nun gefällt oder nicht.

Also hören Sie endlich auf, gegen mich zu argumentieren und lassen Sie sich von mir gratulieren. Das Video, das Sie und Colonel Tirelli mitgebracht haben, ist vielleicht die wichtigste Aufnahme, die wir besitzen. Diese Bunnydogs sind unglaublich!«

Ich schluckte. Und dann schluckte ich noch einmal. Und dann sagte ich: »Ich denke, daß sie der nächste Schritt der Invasion sein könnten.«

»Ich werde Ihnen nicht widersprechen, Lieutenant. Sie hatten mehr Gelegenheit, diese Geschöpfe zu beobachten als sonst irgend jemand.«

»Ja, Sir.«

»So, und ich weiß, daß Sie müde sind und daß Ihnen alles weh tut. Ich weiß auch, daß Sie wahrscheinlich nach einer ordentlichen Mahlzeit, einem heißen Bad und einem Bett hungern. All das haben wir hier. Aber zuerst möchten wir sie befragen, so lange das alles noch frisch in Ihrer Erinnerung sitzt. Schaffen Sie das?«

Ich nickte. »Besorgen Sie mir eine Kanne Kaffee und einen Strohhalm, dann gehöre ich Ihnen. Nein, besser noch eine Infusionsflasche.«

»Tut mir leid, Kaffee gibt es nicht. Wir haben Tee und Kakao.«

»Kein Kaffee?«

Er schüttelte den Kopf. »Nicht, wenn ein halbes Kilo Bohnen dreißig Caseys kostet.«

»Bohnenfraß?«

Er nickte. »Der Kongreß hat die Grenze geschlossen. Der einzige Kaffee, den Sie von nun an bekommen werden, wird Treibhausware sein. Wenn Sie ihn sich leisten können.«

»Dann den Kakao. Danke.«

»Gut. Jetzt bringen wir Sie in eine der Kabinen mit einem ECO-6 Verhörprogramm und zwei Technikern. Ich werd' versuchen, auch eine Weile den Kopf hineinzustecken. Geht das?«

Ich nickte.

»Gut.« Er klopfte mir auf die Schulter. »Fertig?«

»Ich brauche etwas für meinen Husten. Sauerstoffmaske?«

»Ich veranlasse, daß die Ärztin Ihnen bringt, was Sie brauchen.«

»Danke, Sir.« Ich stand auf und folgte ihm nach Achtern.

Ich schaffte fast drei Viertel der Befragung, ehe ich zu husten anfing und schlapp machte.

DREISSIG

In der Ambulanz wachte ich wieder auf. Wir waren dabei, langsamer zu werden. Irgend etwas geschah draußen.

Ich hörte, wie jemand mit einem Megafon versuchte, einer Menschenmenge Anweisungen zu erteilen. Aber sie hörte nicht auf ihn. Einzelne Stimmen widersetzten sich ihm. Ich fragte mich, ob die Menschenmenge im Begriff war, sich in einen Mob zu verwandeln.

Ich fragte mich, wo ich mich befand.

Ich lag flach auf dem Rücken und starrte zu einer Plastikdecke empor. Ich drehte den Kopf. Ein mit einem Vorhang verhängtes Fenster. Ich hob eine Hand. Meine Brust schmerzte. Ich schob den Vorhang auf.

Der Tag war immer noch rosa, die Luft, der Himmel –

Überall verängstigte Menschen. Auf den Rasenflächen, den Zufahrten und ganz besonders in dichten Knäueln an der Zufahrt zur Notaufnahme. Einige von ihnen hatten die ganze Nacht darauf gewartet, behandelt zu werden. Sie sahen müde und abgespannt aus. Ihre Augen waren rot, ihre Gesichter aufgedunsen. Würde sich das zu einer weiteren Seuche entwickeln? Würde das schließlich die Seuche sein, die am Ende unsere letzte Fähigkeit zum Widerstand zerstörte?

Und dann hielt die Ambulanz an, und die Krankenwärter schoben mich wie eine Rinderseite hinaus auf einen Karren. Jemand in Weiß griff hinter mir zu, und dann bewegten wir uns – schnell – durch ein Meer schmerzerfüllter, besorgter Gesichter. Jemand anderer schob die Menschenmengen vor uns auseinander. Ich drehte den Kopf, um sie mir anzusehen. Die Leute standen dicht gedrängt in der Eingangshalle, fünf Reihen tief. In unregelmäßigen Reihen standen sie da und warteten. Ich bildete mir ein, Wächter in Uniform zu sehen. Standen wir unter Angriff? Nein, das waren Helme, wie man sie zum Schutz gegen Demonstranten trug.

Das Krankenhaus war ein Alptraum.

Es war eine Mauer aus Lärm; weinende Kinder, streitende Leute, irgend jemand schrie. Das Geräusch drang wie ein Angriff auf mich ein, und jede einzelne Stimme hatte den Unterton von Hysterie. Eine Frau kreischte vor Zorn.

Der Karren bekam einen Stoß und wäre beinahe umgestürzt. Die kreischende Frau hatte ihn gepackt. Sie schrie mir ins Gesicht. Sie riß mir die Decke weg. »Da, seht! Wieder so ein verdammter Soldat! Ich habe es gewußt! Die Militärs bekommen eine Vorzugsbehandlung! Und uns andere lassen sie verrecken.« Und dann zerrten sie sie von mir weg, und der Karren rollte wieder, schneller als vorher.

Ich sah nicht, was mit ihr passierte.

Ich hörte Stimmen. Es schien um mich zu gehen. Wir wurden wieder angehalten.

»Ich kann auch nicht mehr für ihn tun, als bereits geschehen ist. Verpassen Sie ihm eine Spritze und einen Inhalator und schicken Sie ihn nach Hause zum Ausruhen.«

»Mit rosa Lunge dritten Grades?«

»Wenn Staubvergiftung daraus wird, können Sie ihn ja zurückbringen.«

»Die bezahlen mich nicht dafür, daß ich sie nach Hause bringe. Ich liefere das Fleisch nur – und der hier ist bereits eingetragen. Er hat eine A-Plus-Priorität, Army, und Ihr Chirurgiechef hat die Lieferung bereits akzeptiert.«

»Haben die Ihnen auch gesagt, wo zum Teufel wir ihn hinstecken sollen? Die Gänge sind bereits voll Luftmatratzen.«

»Das ist nicht mein Problem. Da, lesen Sie seine Karte.«

»Das kann ich nicht machen! Ich müßte irgendeinem anderen den Stecker rausziehen.«

»Das ist nicht mein Problem.«

Plötzlich sah ich das Gesicht einer Frau ganz dicht über dem meinen. Sie sah müde und verärgert aus. »Machen Sie die Augen auf!« forderte sie. »Können Sie sich bewegen?«

Ich konnte nicht einmal sprechen. Ich machte ein Geräusch – nicht einmal kräftig genug für ein Stöhnen. Ein Husten wurde daraus. Ganz rosa kam es heraus.

Ich glaube, damit gewann ich die Auseinandersetzung.

Jetzt rollte der Karren wieder, diesmal schneller als zuvor.

Ich wachte wieder auf, als sie mich auf ein Bett schoben. Ich blinzelte durch Tränen des Schmerzes, drehte den Kopf und schielte aus zusammengekniffenen Augen zum Licht.

Ein Einzelzimmer!

Ich versuchte zu protestieren, hatte aber nicht einmal genügend Luft, um zu krächzen. Ich wies auf die Tür, die unsichtbaren Menschentrauben, fuchtelte verzweifelt mit der Hand – trotz der Schmerzen, die mich das kostete.

Der Pfleger drückte mich einfach wieder herunter und sagte: »Nein, das werden Sie nicht. Ihr Job ist es jetzt, hier zu sein.« Er war ein dicklicher, kleiner Mann mit einem sauber geschrubbten rosa Gesicht. Er hätte ebensogut dreißig wie fünfzig sein können. Er sah wie die Tante von irgend jemandem aus, hatte aber überraschend kräftige Arme. Er hielt mich fest und drückte mir eine Atemmaske über Mund und Nase. »So, und jetzt ganz ruhig«, sagte er. »Ich bleib' hier bei Ihnen.«

Unbestimmt wurde mir bewußt, daß irgend etwas geschah. Jetzt waren andere Leute im Raum.

Etwas biß mich in den Arm. Ich ließ los und schwebte.

Und wartete, ob ich sterben würde.

Ich sah von oben zu, während sie herumstocherten und stupften und mich abscannten. Sie richteten mich für die DX-Untersuchung und die Kelleyserie an Breitbandseren her und dann setzten sie den ›Staubsauger‹ an meine Lungen – was sich als bei weitem nicht so schmerzhaft erwies, wie es klang – und steckten mich in ein Sauerstoff-Helium-Zelt.

Und dann ließen sie mich alleine.

Ich schwebte und wartete.

Die Reaktion setzte am nächsten Morgen ein.

Ich wachte irgendwo auf der anderen Seite des Todes auf. Ich war bemüht, mir meinen Weg zurück zu erkämpfen, war aber kurz davor, in Sirup zu ersticken. Ich konnte nicht atmen.

Rings um mich schrillten Alarmglocken. Irgendwann im Laufe der Nacht hatten meine Lungen die Entscheidung getroffen, daß genug genug war, und hatten angefangen, sich zu entzünden.

Meine Brust war ein Ballon.

Ich versuchte zu atmen. Nichts passierte. Ich versuchte zu schreien, aber aus meiner Kehle kam auch kein Geräusch. Es gab keine Luft, mit der ich hätte schreien können. Und während ich noch auf dem Bett um mich schlug, wußte ich, daß ich das Falsche tat.

Und dann berührte etwas Kaltes meinen Arm – und etwas biß mich in die Brust – und etwas Feuchtes glitt durch meine Kehle.

Ich schwamm weg ... und war weg.

... und wieder da.

Ich konnte immer noch nicht atmen. Ich schwamm wieder weg –

Und war wieder da. Und wieder weg. Wie oft das passierte, weiß ich nicht, schließlich gab ich das Zählen auf.

Und dann erwachte ich eines Nachts keuchend. Meine Kehle brannte. Und war trocken. Ich wollte Wasser. Ich schaffte es, einen Schrei auszustoßen – und meine Lungen brüllten vor Schmerz auf! Das war ein Fehler. Ich wollte sterben, bloß um dem Schmerz ein Ende zu machen.

Jemand sagte etwas zu mir. »Es ist schon gut, Lieutenant. Ganz ruhig, entspannen Sie sich. Sehen Sie, ob Sie sich entspannen können.« Ich versuchte, mich auf die Stimme zu konzentrieren, zu sehen, wo sie herkam. Aber ich konnte nur irgend etwas Undeutliches sehen. Der Raum war zu düster.

»Nicht reden«, sagte er. Er stützte mich vorsichtig, hielt mich fest und fütterte mich mit Suppe, Löffelchen für Löffelchen. Es schmeckte herrlich. »Essen Sie nur. Ich werde reden.« Es war der Pfleger mit dem rosigen Gesicht.

»Mmmf«, sagte ich und verschüttete dabei Suppe.

Er wischte mir den Mund mit einer Serviette. »Sie sind im Allgemeinen Hospital von Oakland. Es ist Montagabend. Und Sie haben bereits den größten Teil der heutigen Episode von *Derby* verpaßt. Schade. War nicht schlecht. Grant sucht immer noch den verschwundenen Roboter, aber er weiß jetzt, daß er noch in der Fabrik ist. Carrie hat von dem Verkauf erfahren; T. J. hat es ihr natürlich gesagt. Und jetzt verlangt sie eine Aktionärsversammlung. Alles hängt von Stephanie ab, aber die weigert sich, Hongkong zu verlassen, und niemand weiß warum. Wollen Sie noch mehr haben?«

»Mfl.«

»Gut. Weit aufmachen. So, damit verglichen sind Ihre Probleme überhaupt nichts, stimmt's?«

Ich gab keine Antwort. Dazu taten meine Lungen zu sehr weh. Außerdem hätte Grant von Anfang an wissen müssen, daß T. J. es niemals riskiert hätte, den Gedächtnisspeicher dieses Roboters einfach löschen zu lassen.

»Also schön, noch einen Löffel, dann haben wir's geschafft. So. Dr. Fletcher wird später vorbeikommen, um Sie mal anzusehen.«

Dr. Fletcher trug Handschuhe und eine Maske. Das einzige, was ich von ihr sehen konnte, waren ihre Augen. Und die sahen müde aus.

Das erste, was sie zu mir sagte, war: »Nicht reden. Damit riskieren Sie bloß, daß Sie Ihre Stimmbänder zerstören.« Sie setzte sich auf den Bettrand und sah mir in die Augen, die Ohren und die Nase. Sie studierte die Medikonsole, die sie im Schoß hielt. Dann sah sie mich an und sagte: »Gratuliere.«

»Hm?«

»Sie werden überleben. Wir haben nicht damit gerechnet. Ihr Lungengewebe war so angeschwollen, daß für Luft kein Platz mehr war. Wir haben Sie drei Tage an die Lungenmaschine gehängt. Sie sind einer von denen, die Glück hatten. Mehr als zweitausend andere haben es nicht geschafft – weil wir keine Maschinen für sie hatten.«

Ich wollte fragen, aber sie legte mir einen Finger auf den Mund, ehe ich sprechen konnte.

»*Nicht reden,* habe ich gesagt.« Sie zögerte und fügte dann hinzu. »Sie hatten eine der schlimmsten Staubvergiftungen im ganzen Bundesstaat, Lieutenant. Wir hätten Ihnen eigentlich den Stecker herausziehen sollen – wir brauchten das Bett –, aber Ihr kommandierender Offizier wollte das nicht zulassen. Sie sagte, Sie seien ihr noch ein Abendessen mit Hummer schuldig. Und so leicht sollten Sie sich Ihren Verpflichtungen nicht entziehen.

Außerdem mußten wir etwas in Erfahrung bringen, und dabei haben Sie uns geholfen. Wir wissen jetzt, daß Staubvergiftung selbst in den *schlimmsten* Fällen reversibel ist.

Wenn wir Sie retten können, können wir jeden retten. Wir bereiten uns bereits auf das nächste Jahr vor.«

»Mmf«, sagte ich. Ich hob die Hand, um sie daran zu hindern weiterzureden.

»Sie kommen wieder ganz in Ordnung«, sagte sie. »Keine Sorge. Das Schlimmste haben Sie hinter sich.«

Ich packte sie am Arm. »Mmf?«

»Colonel Tirelli geht es auch gut.«

»Dmk!«

»*Und* Duke. Er ist in Intensivbehandlung und sein Zustand hat sich stabilisiert. Wir beobachten ihn die ganze Zeit. Sie haben ihm das Leben gerettet, Lieutenant. Darauf können Sie stolz sein.«

»Mp.«

»Ich werd' Sie jetzt wieder in den Schlaf versetzen«, sagte sie. »Und dann schalte ich Sie wieder auf Lebenserhaltung. Das ist so leichter für Sie.« Sie berührte einen Knopf an der Medikonsole.

Und ich war wieder weg.

EINUNDDREISSIG

Als Dr. Fletcher das nächstemal zu mir kam, konnte ich bereits zusammenhängend sprechen.

Sie griff sich die Konsole und studierte sie. Machten das eigentlich alle Leute im Krankenhaus automatisch?

»Wie geht es mir?« fragte ich.

»Gut«, sagte sie. »Und das kann ich durchaus verbindlich sagen, weil ich Ihre persönliche Ärztin bin. Nur der Präsident und Filmstars bekommen noch bessere Behandlung.«

Sie setzte sich auf meine Bettkante und legte ihre Hand auf die meine. »In Wirklichkeit hat man das gesamte medizinische Personal in der Wissenschaftssektion miteingeschaltet, um zu helfen. Aber selbst wenn das nicht der Fall wäre, würden Sie sich in meiner Obhut befinden. Sie sind nicht so sehr ein medizinischer als ein wissenschaftlicher Fall.«

»Weil ich dem Staub besonders stark ausgesetzt war?«

»Sie waren einer der ersten«, sagte sie. »Falls daher irgendwelche seltsamen Effekte aufgetreten wären, hätten wir die bei Ihnen zuerst bemerkt.«

»Und ...?«

»Und ich muß Ihnen zu meiner Enttäuschung sagen, daß der Staub etwa so gutartig ist, wie eine chtorranische Lebensform das überhaupt sein kann. Man rechnet damit, daß es unter dreitausend Tote werden.«

»Enttäuscht?«

»Mmhm. Ich hatte gehofft, daß Sie ein interessanter Fall sein würden. Jammerschade. Ich fürchte, ich werde zu meinen Würmern zurückmüssen.«

»Würmer? Plural?«

»Mhm. Wir haben zwei weitere lebende.«

»Dr. Fletcher?«

»Ja?«

»Haben Sie je zwei davon zusammengebracht ...?«

»Sie sind im selben Tank. Warum?«

»Rollen die – ich weiß nicht, wie ich das formulieren soll – rollen die miteinander herum, als würden sie Liebe machen?«

Sie sah mich überrascht an. »Woher wissen Sie das? Wir haben sie nur ein paar Tage zusammen gehabt. Die ganze Geschichte ist noch streng geheim.«

»Sie haben also die Videos nicht gesehen, die wir mitgebracht haben?«

Sie sah mich mit hochgezogenen Brauen an. »In meiner Freizeit? Falls Sie es nicht bemerkt haben sollten ...«

»Schon gut. Tut mir leid. Nun, wir haben dieses Ringerverhalten gesehen, als der Blimp ankam. Die Würmer sind ganz wild geworden. Zuerst dachte ich, sie würden einander angreifen, aber das war es nicht. Sie kamen zurück. Sie sahen ... verwirrt aus. Aber ich habe nicht die leiseste Ahnung, was da wirklich passiert ist.«

»Hm«, machte sie. Sie sah aus, als würde sie über irgend etwas nachdenken.

»Ich möchte Ihre Würmer sehen«, sagte ich.

Sie nickte. »Ich möchte Ihre Videos sehen. Sobald Sie wieder gehen können, okay? Ich lasse das vorbereiten.« Sie erhob sich, um zu gehen. »Im Schrank ist ein Rollstuhl, falls Sie aufstehen möchten. Bitte, lassen Sie sich von einem Pfleger helfen. Daß Sie mir dafür nur ja nicht zu stolz sind.«

»Danke. In welchem Zimmer ist Colonel Tirelli?«

»Die ist vor drei Tagen entlassen worden. Aber Captain Anderson ist im oberen Stockwerk, und Sie können ihn jederzeit besuchen.« Dann fiel ihr etwas ein. »Oh – für Sie sind eine ganze Menge Mitteilungen da. Bitte lesen Sie die mit Priorität zuerst. Und ich glaube, Ihre Mutter möchte Sie besuchen. Kümmern Sie sich darum. In Ordnung?« Und dann war sie zur Tür draußen.

Nach einer Weile klingelte ich und ließ mich baden, rasieren und auf einen Rollstuhl setzen. Es war nicht besonders schwierig, in den zwölften Stock zu kommen.

Duke lag immer noch unter einem Sauerstoffzelt.

Er sah schrecklich aus. Wie der Ehrengast bei einem texanischen Barbecue. Ich konnte nicht hinsehen, aber ich konnte auch nicht wegsehen. Sein Gesicht war geschwollen. Die Augenpartie war von lauter Blasen umgeben und völlig zu.

Seine Haut war geschwärzt und schälte sich. Seine Arme sahen feucht und vereitert aus. Und wie er stank!

Fast wäre ich vor Schrecken geflohen. Menschliche Wesen sollten nicht so aussehen. Menschliche Wesen sollten nicht so *riechen.* Aber ich wußte nicht, wie man den Rückwärtsgang an dem Rollstuhl einschaltete, und die kleine Stimme in meinem Kopf schalt mich bereits, daß ich ein Feigling sei. Also riß ich mich zusammen und blieb.

Ich rollte an das Fußende seines Bettes und nahm mir die Medikonsole.

Duke war auf Lebenserhaltung. Nicht bei Bewußtsein.

Dafür war ich dankbar. Es gab gar nicht so viel zu sagen. Und ich war auch nicht sicher, ob ich schon imstande gewesen wäre, mit ihm zu reden. Nicht so lange er aussah wie etwas aus einer Horrorshow. Das war nicht Duke. Ich konnte dieses monströse Stück Fleisch einfach nicht mit dem Mann in Verbindung bringen, mit dem ich so viel Zeit verbracht hatte.

Ich begriff auch nicht, wie er je wieder menschlich werden konnte. Überleben würde er vielleicht. Aber sein Leben war vorbei. Woher ich das wußte, weiß ich nicht. Ich wußte es einfach.

Mein Verstand lieferte mir Erinnerungen. Fast alles, was ich davon verstand, ein Mann des Militärs zu sein, hatte Duke mir beigebracht. Er hatte es ganz einfach gemacht, er hatte es auf zwei Worte zusammengekocht.

Sei sicher.

»Und so weißt du, ob du sicher bist«, hatte er gesagt. »Kann ich dir den Arm abreißen, wenn du unrecht hast? Wenn du mir kein uneingeschränktes Ja liefern kannst, bist du immer noch nicht sicher.

Das, was du ignorierst, das, von dem du zuläßt, daß es dir nicht bewußt ist, das, dessen du unsicher bist – das ist das Ding, das dich umbringen wird. Dein Job, wie auch immer er aussehen mag, ist in Wirklichkeit also folgender: Du mußt alles über *alles* wissen, womit du zu tun hast.

Ein Versehen gibt es nicht, Jim. Wenn du tot bist, ist das Spiel vorüber. Und du hast verloren.«

Einfach.

Nur ... wie würden Sie es nennen, in einem Krankenhausbett zu liegen und auszusehen wie der erste Braten einer jungen Braut?

Duke hatte irgendwo Mist gebaut. Er hatte *mir* vertraut. Was Colonel Tirelli und Colonel Anderson sagten, hatte nichts zu bedeuten. Das war meine Schuld.

Ich wünschte, ich könnte ihn lange genug aufwecken, um ihn zu bitten, mir zu verzeihen.

Nur wußte ich, daß er das nicht tun würde.

ZWEIUNDDREISSIG

Zwei Tage später bekam ich ein sauberes Scannerergebnis, und sie entließen mich aus dem Krankenhaus. Sie brauchten das Bett. »Gehen Sie und besuchen Sie Ihre Mutter«, sagte man mir. »Die ist uns dreimal pro Tag auf den Wecker gefallen.«

Meine Mutter lebte in Santa Cruz und machte dort irgend etwas mit Landkarten – genau was, wußte ich nicht. Sie sagte, das würde sie mir erklären, wenn ich hinkäme. Ich ließ mir von der Fahrbereitschaft einen Jeep geben und fuhr auf der I-117 nach Süden.

Es war mehr als eine Stunde Fahrt, aber das bemerkte ich kaum. Den ganzen Weg dorthin war das einzige, was ich hören konnte, die Auseinandersetzung in meinem Kopf.

Ich zog in Betracht, mein Offizierspatent zurückzugeben.

Es kam von etwas, was Dr. Fletcher gesagt hatte; das tat immer noch weh. »Sie und ich, wir haben unterschiedliche Aufgaben. Ihre Aufgabe ist es, Würmer zu töten, meine, sie zu studieren.« Ich sah mich im Spiegel an und fragte mich, wie zum Teufel ich dahin gekommen war, wo ich war. Ich *wollte* dort nicht sein.

Was ich wirklich wollte, war das tun, was Dr. Fletcher tat – die Würmer studieren. Aber wie konnte ich das tun mit Streifen an den Ärmeln? Sie drückten mir die ganze Zeit Waffen in die Hand, und das garantierte, daß ich nur dazu nütze war, Würmer zu töten. Das hatte es an sich, wenn man in der Army war – viele Möglichkeiten gab es da nicht.

Aber die Würmer zu töten – zumindest so, wie wir das jetzt anstellten –, funktionierte nicht.

Die chtorranische Ökologie fraß uns bei lebendigem Leibe.

Allein ihre Mikroorganismen hatten schon Milliarden von Menschen getötet. Diejenigen von uns, die die Seuchen überlebt hatten, mußten sich immer noch mit dem Meerschlamm, den Stechfliegen, den Blasenkäfern, den Kudzu, den Ölwürmern, dem ›Schnappgras‹, den Binnies, den Libbits und den

Meeps auseinandersetzen – und natürlich stets und unvermeidbar mit den Würmern.

Unsere Vorfahren hatten die Dinosaurier getötet. Wir hatten ihre Eier ausgetrunken und ihre Kinder gegessen. Auch heute aßen wir noch ihre Nachkommen: Hühner, Enten und Truthähne. Und wenn der Tyrannosaurus und der Hadrosaurus und der Deionichus immer noch auf der Erde wandelten, hätten wir Mittel und Wege gefunden, auch sie zu essen. Die Chtorraner würden es mit uns genauso machen. Sie würden in uns nichts anderes als Nahrung sehen. Reden Sie etwa mit Ihrem Sandwich?

Und wenn dies nur die erste Welle der Invasion war – wie Dr. Zymph immer wieder behauptete –, welche Schrecken warteten dann noch darauf, sich zu manifestieren?

Wie lange dauerte es, einen Planeten zu chtorraformieren? Wieviele Wellen der Invasion würde es noch erfordern?

Es *mußte* eine Intelligenz hinter diesem Wahnsinn stehen; aber diese Intelligenz würde vielleicht noch jahrhundertelang nicht auftauchen, vielleicht erst lange nachdem die letzten Menschen ... ja, was eigentlich? In einem Zoo? In einem Museum steckten? Hatten wir in der Gleichung überhaupt einen Platz?

Meiner Meinung nach nicht.

Aber ...

... wenn das wirklich meine Meinung war, warum machte ich mir dann die Mühe weiterzukämpfen? Wenn die Lage wirklich so hoffnungslos war, warum dann nicht einfach sich hinlegen und sterben?

Weil – ich mußte über mich selbst lächeln – ich es in Wirklichkeit nicht glaubte. Ich *wußte* es, aber ich glaubte es nicht.

Aber nichts von all dem hatte irgend etwas mit der Army zu tun. Die Army war ohne Belang. Wir hielten die Würmer durch schiere brutale Kraft einigermaßen im Zaum, weil uns einfach nichts anderes einfiel.

Nein, was mich auf diese Gedanken brachte, war nicht die Aussichtslosigkeit unserer Lage. Ich würde ewig gegen die Würmer kämpfen, ganz gleich, wie häßlich die Chancen auch waren.

Nein. In Wirklichkeit ging es um Duke.

Ich fühlte mich verantwortlich.

Verdammt noch mal!

Es war wieder wie mit Shorty, nur diesmal noch schlimmer. Shorty hatte ich niedergebrannt – und den Wurm auch, der es auf ihn abgesehen hatte. Shorty hatte Glück gehabt; er war schnell gestorben; aber bei Duke würde es vielleicht Jahre dauern.

Wenn ich den Dienst quittierte, würde ich wahrscheinlich sofort für Dr. Fletcher arbeiten können. Die Sicherheitsfreigabe besaß ich bereits. Die Versuchung war sehr groß. Ich ging sogar soweit, daß ich mein Telefon vom Gürtel nahm.

Aber ich rief nicht an. Nein. Den Dienst bei der Army würde ich vielleicht auch quittieren können; meinen Grunddienst hatte ich schon vor mehr als einem Jahr abgeleistet, aber das würde mich noch lange nicht von dem Schmerz befreien.

Und der war es, worauf es wirklich ankam.

Ich bog in Santa Cruz vom Freeway ab, aber tief in meinem Inneren war ich immer noch an derselben Stelle. Ich steckte fest.

Und ich freute mich auch nicht darauf, meine Mutter zu sehen. Ich wußte, wie es sein würde.

Sie hatte ein Büro-Apartment in einer privaten (sprich: befestigten) Gemeinschaft, die sich Fantasy Valley Towers nannte, einem weit ausgedehnten Komplex von Kuppeln und Türmen, wie aus einem Hollywoodmärchen. Die Stilrichtung nannte sich Apokalyptischer Barock. Hinter den Mauern war das Ganze ein Labyrinth von Bögen, Terrassen und Balkons. Vor den Seuchen mußte es sehr teuer gewesen sein. Jetzt sah es heruntergekommen aus – und sogar ein wenig *verrückt*.

Die Eingangstür zu Mutters Apartment war doppelt so hoch wie ich und sah aus, als bestünde sie aus Kristall. Aber die nicht weggefegten Blätter, die sich davor auftürmten, störten die Wirkung.

Mutter öffnete mit großer Geste und einem schrillen Lachen. Sie trug ein buntes Gemisch aus greller Seide und Federn; sie sah aus wie eine Kaskade aus Rosa und Scharlach – und um den Hals trug sie eine Navajokette aus Silber und

Türkis. Sie sah sehr schwer aus. So wie die Ringe, die sie an den Fingern trug.

»Ah – da ist ja mein Kleiner!« Sie hielt mir die Wange zum Kuß hin. Sie schmeckte nach Puder. Sie hatte ein Glas in der Hand. »Es tut mir leid, daß wir dich nicht im Krankenhaus besuchen konnten, aber die wollten uns nicht hineinlassen.«

»Das ist schon in Ordnung. Ich wäre ohnehin nicht sehr unterhaltend gewesen.«

Sie nahm mich am Handgelenk und führte mich auf die Terrasse, wobei sie mit lauter Stimme rief: »Alan! Alan! Jim ist da! Jim, du erinnerst dich doch an Alan, oder?«

»Der Surfer?«

»Nein, Dummchen. Das war Bobbie.« Bobbie war nur zwei Jahre älter gewesen als ich; als ich ihn kennengelernt hatte, hatte er sich immer noch nicht dafür entschieden, was er einmal werden wollte, wenn er erwachsen war. »Das ist Alan Wise. Du erinnerst dich doch sicher, ich hab dir von ihm erzählt.«

»Nein, du hast mir von Alan Plaskow erzählt.«

»So, hab ich das?«

»Mhm. Ich glaube, diesen Alan kenne ich nicht.«

»Oh, nun ...«

Dieser Alan war groß und blond und fing an, an den Schläfen zu ergrauen. Beim Lächeln hatte er kleine Fältchen um die Augen. Sein Händedruck war gerade eine Spur zu herzhaft, und seine Brust war im Begriff, sich nach unten in einen Bauch fortzusetzen.

Dann war noch ein Mann auf der Terrasse. Er war klein und dunkel und japanischer Herkunft. Er trug eine dicke Brille und einen dunkelgrauen Straßenanzug. Er sah aus wie ein Anwalt. Alan stellte ihn als Shibumi Takahara vor. Mr. Takahara verbeugte sich höflich. Ich erwiderte die Verbeugung.

Alan schlug mir auf die Schulter und sagte: »Nun, mein Sohn – muß herrlich sein, wieder nach Hause zu kommen auf ein altmodisches Dinner, wie?«

»Äh – ja, Sir. Allerdings.« Nur daß dies nicht *zu Hause* war und meine Mutter keine Mahlzeit mehr zubereitet hatte, seit die *Hindenburg* explodiert war.

»Was trinkst du?« fragte er. Er stand bereits an der Bar und ließ Eiswürfel in ein Glas fallen. »Nita? Soll ich dir nachschenken?«

»Wissen Sie, wie man einen Sylvia Plath macht?« fragte ich.

»Einen was –?«

»Schon gut. Wahrscheinlich haben Sie die Zutaten ohehin nicht.«

Mom sah mich komisch an. »Was ist ein Sylvia Plath, Jim?«

Ich zuckte die Achseln. »Nicht wichtig. Es war nur ein Witz.«

»Nein, sag es uns«, insistierte sie.

Mr. Takahara gab ihr die Antwort.

»Es ist eine Schicht Quecksilber, eine Schicht Öl und eine Schicht Crème de Menthe. Man trinkt nur die oberste Schicht.« Ich sah ihn scharf an. Hinter seiner Brille funkelten seine Augen.

Mom runzelte die Stirn. »Ich fürchte, den Witz verstehe ich nicht. Verstehst du ihn, Alan?«

»Nee, ich fürchte, der ist mir zu hoch, Süße. Wie wärs mit einem Karminroten Tod?«

»Äh, nein. Vielen Dank. Ich hatte diesen Monat schon genug Karminroten Tod. Bier vielleicht, wenn es nichts ausmacht.«

»Macht gar nichts aus«, sagte er. Er verschwand hinter der Bar und murmelte vor sich hin. »Bier, Bier ... wo ist das Bier? Ah!« Er brachte eine schlanke, grüne Flasche zum Vorschein. »Da wären wir – speziell für dich aus dem exotischen, erotischen, aufregenden ... Topeka importiert!« Er schenkte mit großer Geste ein.

»An der Seite bitte«, deutete ich.

»Wie?«

»Man schenkt Bier an der Seite ein, nicht in der Mitte.«

»Oh, nun – jetzt ist es zu spät. Tut mir leid.« Er reichte mir das Glas mit Bierschaum und die noch halb gefüllte Flasche. »Nächstesmal weiß ich es, okay?«

»Ja, okay.« Ein *nächstes* Mal würde es nicht geben.

»Ich schätze, ich bin es einfach nicht gewohnt, mir selbst einzuschenken«, sagte er und setzte sich wieder. Er klopfte neben sich auf die Couch und sah zu meiner Mutter hin. Sie kam herüber und setzte sich – etwas zu nahe. »Ich bin es zu sehr gewohnt, daß man sich um mich kümmert.« Er grinste und legte meiner Mutter den Arm um die Schultern.

Mutter sagte: »Alan, Jim hat gegen diese schrecklichen Chtorraner gekämpft.«

»Oh? Wirklich?« Er sah mich interessiert an. »Haben Sie wirklich welche gesehen?«

»Äh – zunächst einmal spricht man es ›Ktorraner‹ aus. Das ›Ch‹ ist stumm. Es ist eine Art Klicken vor dem ›T‹. So wie wenn man ›Viktor‹ sagen und das ›Vi‹ weglassen würde.«

»Oh, nun«, sagte meine Mutter und entschuldigte sich mit einer vagen Handbewegung. »Ich seh' mir nie die Nachrichten an. Ich lese das nur in der Morgenzeitung.«

»Und, ja«, sagte ich zu Alan, der einem die Hand so kräftig drückte; ganz kühl sagte ich es. »Ich *habe* ein paar gesehen. Eine ganze Menge sogar, um es genau zu sagen.«

»Wirklich?« fragte er. »Es gibt sie also wirklich?«

Ich nickte. Dann nahm ich einen Schluck von meinem Bier und wischte mir den Mund mit dem Handrücken. Ich überlegte noch, ob ich höflich sein oder die Wahrheit sagen sollte. Meine Mutter hatte den ›Du-mußt-für-Oma-tanzen‹-Ausdruck im Gesicht, Alan Wise trug ein großes Plastiklächeln. Aber Mr. Takahara beobachtete mich ruhig. Die Wahrheit behielt die Oberhand. Ich sah zu Alan Wise hinüber und fragte: »Wo sind Sie denn gewesen, daß Sie nicht wissen, was passiert?«

Er zuckte die Achseln. »Hier. In den guten, alten U.S. of A. Wo sind *Sie* denn gewesen?«

»Colorado. Wyoming. Nordkalifornien.«

»Sie müssen Witze machen! Wir haben – wie sprechen Sie das aus? – Torraner hier in Kalifornien?«

»Eine der schlimmsten Ansammlungen, die ich je gesehen habe. Ein kleines Stück nördlich von Clear Lake.«

»Nun ... da soll mich doch der Teufel holen.« Er sah meine Mutter an und drückte sie ein wenig. »Das hab ich nicht gewußt. Vielleicht sollten wir sonntags einmal hinfahren und sie uns ansehen. Was meinst du, Nita?«

Ich riß die Augen auf. Er konnte das nicht wirklich so gemeint haben! Ich stellte mein Glas auf den Tisch und sagte leise: »Der Bereich ist abgesperrt. Und selbst wenn er das nicht wäre, wäre das keine besonders gute Idee.«

»Ach hör mal!« Er tat das ebenso beiläufig ab, als wenn ich ihm gerade gesagt hätte, daß der Himmel rosa sei. So weit im Süden und so nahe an der Küste war er das nämlich nicht. »Ich glaube, da übertreibst du, mein Sohn. Das ist dasselbe militärische Denken, das uns vor dreizehn, vierzehn Jahren die Geschichte mit Pakistan eingebrockt hat. Aber daran erinnerst du dich wahrscheinlich nicht. Damals warst du noch ein kleiner Knirps.«

»Ich weiß über Pakistan Bescheid«, sagte ich. Ich hatte im Krankenhaus viel Zeit zum Lesen gehabt.

»Nun, dann will ich dir etwas sagen, Sohn. Du siehst den Wald vor lauter Bäumen nicht. Du hast nicht die richtige Perspektive. Keine Objektivität. Verstehst du, diese Sache mit den Ch'torranern, K'torraner oder wie auch immer – das wird mächtig übertrieben. O ...«, er hob die Hand, um mich davon abzuhalten, ihn zu unterbrechen, »... ich gebe ja zu, daß dort draußen wirklich etwas ist. Ich bin sicher, daß irgendwo eine alte Dame von einer großen rosafarbenen Raupe erschreckt worden ist; aber wenn man sich das *ganze* Bild betrachtet – so wie ich das getan habe –, wirst du begreifen, daß ein junger Mann wie du in die Zukunft sehen muß.«

»Wenn es eine gibt«, sagte ich. Mr. Takaharas Augen verengten sich nachdenklich.

»Oh, komm schon. Jetzt komm mir bloß nicht mit diesem liberalen, defätistischen Mist. Der Quatsch funktioniert vielleicht bei einem Kongreßabgeordneten. Aber du sprichst hier mit Alan Wise, und du weißt, daß sich deine Mutter nicht mit Dummköpfen abgibt.«

»Hm, wenn Sie es sagen.«

»Hör zu, ich weiß, wie das Spiel gespielt wird. Das Militär muß dafür sorgen, daß der Krieg ernst aussieht, um all diese Ausgaben zu rechtfertigen. Lies deine Geschichte, Sohn! Je mehr Geld die wollen, desto schlimmer wird der Krieg. Das ganze geht um Mister Steuerzahler und seine hart verdienten Kilokalorienscheine. Tatsächlich ist das eine herrliche Zeit für einen klugen Mann, der sich darauf versteht, eine Zeitung zu lesen.«

»Wie bitte?«

»Ich rede vom großen Geld, Sohn. Firmen. Lizenzen. Bundeszuwendungen. Du sollst wissen, daß es unglaubliche Chancen gibt!«

»Wie ...?«

»Es regnet Suppe!« sagte er. »Es ist Zeit, daß du dir deinen Eimer schnappst! Ich bin in der Wiederaufbereitungsindustrie, und die Leute verdienen sich jeden Tag Vermögen! Und das Ganze wartet nur darauf, daß man es sich nimmt. Es gibt riesige Flächen, die darauf warten, wieder eröffnet zu werden – ganze Städte. Jemand muß hinein und das Notwendige tun; und wer auch immer es tut, wird reich dabei werden. *Sehr* reich. Das weiß die Regierung. Die *Army* weiß es auch. Aber dieses ganze Gerede von wegen Krieg hindert die Leute daran, das wirkliche Problem zu sehen – daß die Regierung nämlich wieder die Hände in unseren Taschen hat. Und das ist eine hervorragende Ausrede für die Army, sich einzuschalten und den von niemandem beanspruchten Besitz zu nationalisieren. Paß auf Sohn – lies die Zeitungen! Nicht nur dieses k'torranische Zeug. Dann siehst du, was läuft.«

Meine Mutter drückte seinen Arm und sagte: »Alan arbeitet so hart.« Sie sah mich mit einem Ausdruck an, der besagte: ›Jetzt widersprich bloß nicht.‹

»Mr. Wise –«

»Alan«, korrigierte er.

Das ignorierte ich. »Mr. Wise, ich bin Lieutenant in der United States Army, Special Forces. Wir kümmern uns um diese *speziellen* Herausforderungen, die außerhalb der Zuständigkeit der regulären Armee liegen. Als solche stehen wir unter dem direkten Kommando des Präsidenten der Vereinigten Staaten. Den Special Forces ist im Augenblick eine und nur eine Aufgabe zugewiesen: nämlich die, alle chtorranischen Gastropeden – wir nennen sie Würmer – aus dem kontinentalen Bereich der Vereinigten Staaten und Alaska zu beseitigen. Hawaii ist augenblicklich nicht infiziert.

In der Ausübung meiner Pflichten bin ich mit hundert dieser Monstren in Verbindung gekommen. Ich war persönlich für den Tod von fünfzehn Exemplaren verantwortlich. Ich habe eine der höchsten Tötungszahlen in den Special Forces.

Wenn es bei uns solche Klassifizierungen gäbe, würde man mich als ein As betrachten. Und deshalb will ich Ihnen eines bezüglich der Würmer sagen ...«

»Jim«, unterbrach meine Mutter. »Ich glaube, dies ist jetzt nicht die Zeit und nicht der Ort für Kriegsgeschichten.«

Ich fing mich. Ich sah meine Mutter an und Alan Wise. Und dann begriff ich etwas. Sie hatten beide etwas rote Gesichter und sahen vergnügt aus. Sie waren beide betrunken. Was Mr. Takahara anging, konnte ich nichts erkennen; er war ein stummes Rätsel.

Was war es, das Duke mir einmal gesagt hatte? Wenn ein Betrunkener und ein Narr sich auf ein Wortgefecht einlassen, kann man nie sagen, welcher von beiden welcher ist. Man muß warten, bis der Betrunkene wieder nüchtern ist. Der andere ist der Narr. Woher weiß man, wann ein Betrunkener und ein Narr in ein Wortgefecht geraten sind? Das ist einfach. Jeder, der sich mit einem Betrunkenen in ein Wortgefecht einläßt, ist automatisch ein Narr.

Stimmt.

»Nein, nein, Süße. Laß ihn nur reden. Ich will hören.«

Alan Wise drehte sich herum und knabberte an der Wange meiner Mutter, an ihrem Hals und dann an ihrem Ohr. Sie quietschte und protestierte, schob ihn aber nicht weg.

Ich sagte: »Tatsächlich glaube ich nicht, daß wir dieses Gespräch führen können ...«

»Wieso?« Er blickte zu mir auf.

»... weil Sie in Wirklichkeit nämlich gar nicht wissen, wovon Sie reden, Mr. Wise. Wenn Sie richtig recherchiert haben, können wir reden.« Ich stand auf. Ihre Gesichter wirkten verstört. »Wenn ihr mich jetzt bitte entschuldigen wollt, ich muß auf die Toilette.«

DREIUNDDREISSIG

Meine Mutter erwartete mich, als ich aus der Toilette kam. Wenn sie das nicht getan hätte, wäre ich über sie enttäuscht gewesen.

»Was ist denn mit dir los!« flüsterte sie ärgerlich. »Ich wollte doch nichts anders, als einen ruhigen Abend mit den beiden Männern, die für mich wichtig sind! Ist das denn zuviel verlangt? Mußt du alles ruinieren? Und jetzt gehst du hinein und entschuldigst dich!«

Statt dessen ging ich auf die Haustür zu.

Ihre Stimme hob sich um eine Oktave. »Wo gehst du hin?«

»Zurück in den militärisch-industriellen Komplex für ein bißchen zusätzliche Gehirnwäsche«, knurrte ich.

Alan Wise mit dem kräftigen Händedruck lehnte an der Haustür. Wahrscheinlich dachte er, daß er mich damit würde aufhalten können. »Sohn«, sagte er.

»Ich bin nicht Ihr Sohn«, warnte ich ihn.

»Ob du dich bei mir entschuldigst oder nicht, ist unwichtig. Aber ich bin ganz sicher der Ansicht, daß du dich bei deiner Mutter entschuldigen solltest. Das ist ihr Haus, und du hast dich schlecht benommen.«

Ein halbes Dutzend mögliche Antworten huschten mir durch den Kopf, von denen die meisten mit den Bewohnern des Schlafzimmers meiner Mutter zu tun hatten. Aber ich tat sie ab als seiner unwürdig. Ich machte den Mund auf. Und dann schloß ich ihn wieder. Plötzlich war mir klar geworden, daß, was immer ich auch sagte, es nur noch schlimmer machen würde. Die Situation war ein Null-Summen-Spiel. Ich konnte mich entschuldigen und unrecht haben, oder ich konnte Mr. Wise von der Tür entfernen und gehen – und unrecht haben. Die Frage war nur, wie sehr ich unrecht haben wollte. Eines stand fest: Entschuldigen würde ich mich nicht. Ich entschuldigte mich nur bei Leuten, die ich *mochte.*

Ich fing an, mich abzuwenden. Zum Teufel damit! Ich

drehte mich wieder herum und sagte: »Hören Sie zu. Ich wollte nicht andeuten, daß Sie nichts wissen. Über den Bereich, in dem Sie tätig sind, wissen Sie vielleicht eine ganze Menge – aber über *meinen* Bereich wissen Sie überhaupt nichts. Ich kenne die chtorranische Ökologie. Ich habe grade drei Tage bis zum Arsch in ihr vergraben verbracht, und dann drei Wochen in einem Krankenhaus, um mich davon zu erholen. Ich weiß, womit wir es hier zu tun haben. Über alles andere können Sie mir sagen, was Sie wollen, aber die Würmer habe ich gesehen. Und ich habe gesehen, wozu sie imstande sind. Ich habe gesehen ...«

Und dann hielt ich mitten in meiner Tirade inne.

Und begriff etwas.

Drei Tage im rosa Staub begraben – und das, was am offensichtlichsten gewesen war, hatte ich nicht gesehen!

Die Würmer – jeder einzelne von ihnen, vom ersten Wurm, dem Duke und ich begegnet waren, bis zu der Kongregation, die sich um den Chopper versammelt hatten, um den Blimp anzubeten – diese Würmer waren die ersten, die ich je gesehen hatte, die nicht *sofort* einen Menschen angegriffen hatten, als sie ihn zu Gesicht bekommen hatten.

Ich wandte mich von Alan Wise und meiner Mutter und meinem Zorn ab und ging wieder auf die Terrasse hinaus. Ich hob meine Hand als ein Signal für sie, mich alleine zu lassen.

Was, wenn er recht hatte?

Nicht in bezug auf all den politischen Scheiß – aber was, wenn er bezüglich der Würmer recht hatte? Was, wenn es stimmte, daß sie *nicht* feindlich waren?

Ich nahm mein Bier und trug es ans Balkongeländer. Ich blickte zu den Bergen von Santa Cruz hinüber. Ob dort oben wohl Würmer waren?

Schau, sagte ich mir, bei jedem Wurm, dem ich je begegnet bin, hatte ich einen Brenner in der Hand und habe ihn verbrannt. Und das, weil alle Würmer, die ich je gesehen hatte – bis zu der Episode im Staub –, feindselig gewesen waren.

Aber dann hatte ich auch – hatte ich jedesmal einen Brenner in der Hand gehalten. Die Episode im Staub war die erste gewesen, bei der ich keinen gehabt hatte. Und das war das erstemal, daß ich nicht-feindselige Würmer sah.

Könnte es sein, daß die Würmer irgendwie meine eigene Feindseligkeit fühlten und auf sie reagierten?

Das war eine faszinierende Idee.

Wenn ich einem Wurm in einer Situation begegnen könnte, die keine Feindseligkeit in sich hatte – ob er dann dennoch angreifen würde?

Es gab keine Möglichkeit, das zu prüfen. Nein, Augenblick – es gab keine *sichere* Möglichkeit, das zu überprüfen.

Wir hatten für uns entschieden, daß die Würmer eine Gefahr, eine Drohung darstellten – also verbrannten wir sie. Was, wenn die Würmer nur deshalb eine Bedrohung für uns waren, weil wir eine Bedrohung für sie darstellten?

Der andere Faktor in dieser Gleichung waren natürlich die Bunnydogs.

Wenn man von den Beweisen ausging, die ich bislang gesehen hatte, konnte man sich sehr gut eine logische Beweiskette aufbauen, daß die Bunnydogs die Würmer kontrollierten. Und wenn das so war, dann wußten wir, daß die Würmer kontrolliert werden *konnten*. Und wenn wir jetzt noch herausfinden konnten, *wie* ...

Ich mußte mit Dr. Fletcher darüber sprechen.

»Jim ...« Das war meine Mutter. »Bist du in Ordnung?«

Ich drehte mich um. Alan Wise stand hinter ihr. Sie blickten beide besorgt. Mr. Takahara hatte sich diskret verflüchtigt.

Ich nickte. »Alles klar. Wirklich. Es ist nur – mir ist gerade etwas sehr Wichtiges klargeworden.« Ich sah an ihr vorbei Alan Wise an. »Sie waren der Katalysator. Etwas, was Sie gesagt haben. Das hat eine Idee in mir ausgelöst. Danke. Und ...« Was, zum Teufel, Lizard hatte gesagt, wäre das einzige, worauf ich mich wirklich gut verstand? »... tut mir leid, daß ich durchgedreht habe, wirklich.«

»Schon gut.« Er machte eine großspurige Handbewegung. Er war immer noch ein Knilch, aber wenigstens brauchte ich ihn deswegen nicht mehr zu hassen.

Ich wandte mich wieder Mom zu. »Ich muß nach Oakland zurück.«

»Ohne zu essen? Du bist ja gerade erst hergekommen!«

»Hat das nicht Zeit?« fragte Alan.

»Äh – das ist wirklich wichtig.«

»Nun, das ist das Dinner auch. Da ist etwas, worüber Alan mit dir reden möchte. Ich habe ihn ausdrücklich eingeladen, damit er …«

Wir begannen mit frischem Tomatensaft, Pâté und Spinatsalat. – Wo hatten sie den Spinat gefunden? Offensichtlich hatte jemand Geld für diese Mahlzeit ausgegeben. Das war *wichtig*.

Also lobte ich jeden Gang und wartete auf das, was kommen mußte. Ob er ihr wohl endlich einen Antrag gemacht hatte? Ging es darum? Und wer war Mr. Takahara?

Alan achtete darauf, daß seine Konversation höflich blieb. Offenbar hatte ihm mein jüngster Ausbruch eine gesunde Furcht vor der United States Army eingeflößt – oder zumindest für meine Loyalität zu ihr.

Auch seine Formulierungen waren jetzt sehr viel vorsichtiger als vorher. »Hör zu, was ich da von wegen Geld verdienen gesagt habe, war kein Witz. Weißt du zum Beispiel, was Julidollars jetzt kosten? Wenn du letzten Dezember Julidollars gekauft hättest, könntest du sie jetzt mit dreißig Prozent Profit eintauschen. Der Markt galoppiert förmlich. Ein völlig neues Spiel ist das – und das beste, das es bis jetzt gibt. Jetzt, wo die Banken neu organisiert sind, zeigt dieses Land Gewinn an der Inflation seiner Währung. Und dreißig Prozent ist sehr gesund. Das ist gut für uns. Das garantiert uns kräftiges Wirtschaftswachstum.«

Ich zuckte die Achseln. »Ich schätze, Sie haben recht, Alan. Ich verstehe wirklich nicht so viel von Wirtschaft.«

Er nickte mir enthusiastisch zu. »Das ist es ja. Wenn du anfangen würdest, deine Caseys in Zukunftsdollars umzutauschen, könntest du dein Geld alle achtzehn Monate verdoppeln.«

»Und?«

Er sah zu meiner Mutter hinüber. Sie sah mich an. »Junge«, sagte sie, »zahlen die euch nicht so etwas wie eine Prämie für jeden Chtorraner, den ihr tötet?«

Das war es.

Die Regierung der Vereinigten Staaten zahlte eine Million Caseys für jeden getöteten Wurm und zehn Millionen für jeden lebend gefangenen. Ich hatte als einzelner zwei Prämien kassiert, und man schuldete mir eine dritte. Als Mitglied eines Teams hatte ich Teil an einhundertsechs weiteren. Als ich das letztemal nachgesehen hatte, war ich 92 Millionen Kilokalorien wert gewesen. Und? Was sollte ich schon damit anfangen?

Meine Mutter hatte da anscheinend eine Idee.

Ich sah sie an. Dann sah ich Alan an. Ich konnte das nicht glauben. »Das glaube ich einfach nicht. Darum ging es also die ganze Zeit?«

Alan hob die Hand. Ich hielt mich zurück. »Jim – eine Minute. Hör dir zu Ende an, was ich zu sagen habe.«

»Nein«, sagte ich. »Absolut nicht. Noch nicht einmal vor einer halben Stunde sagten Sie mir, Sie würden nicht einmal glauben, daß die Würmer eine Gefahr wären. Und jetzt wollen Sie das Geld haben, das die Regierung dafür bezahlt, daß ich sie töte. Entschuldigen Sie, aber das kommt mir doch sehr wie Heuchelei vor.« Ich spürte, wie mein Zorn in den nächsten Gang schaltete.

Alan sagte: »*Jim!* Ich habe nicht gewußt, daß dein Geld daher kam. Ich bitte um Entschuldigung.«

Ich sah ihn an. »Wirklich?«

»Wirklich. Ich bitte um Entschuldigung. Was ich da gesagt habe, war unpassend. Ich wußte nicht ...« Er sah ein wenig verzweifelt aus. »Du hattest durchaus recht, auf mich zornig zu werden. Wenn du neun Millionen Caseys an Prämiengeldern hast, dann ist das Beweis genug dafür, daß du weißt, wovon du redest.«

»Woher wußten Sie denn, daß es neun Millionen sind? Ich habe nie gesagt, wieviel ich habe.«

»Deine Mutter hat mir gesagt, daß du ein Konto hättest. Woher das Geld kam, hat sie mir nicht gesagt. Es tut mir leid, Jim. Wirklich.«

Zwei Entschuldigungen. Der Mann war ganz verzweifelt. Ich setzte mich wieder. Jetzt war ich neugierig.

Alan sah meine Mutter an. »Nita, Honey – würdest du jetzt den Kaffee bringen?«

Meine Mutter nickte und ging hinaus.

»Kaffee? *Echten* Kaffee?«

»Sie hat für ihren Sohn Nummer eins keine Kosten gescheut.« Er grinste nervös und lockerte sich dann ein wenig. »Ich möchte dir eine Gelegenheit anbieten, Jim. Ich würde mich freuen, wenn du mir zuhören würdest, wenn du magst.«

Ich zuckte die Achseln. »Ich bin bereit zuzuhören, aber ich verleihe kein Geld.«

Mr. Takahara räusperte sich höflich.

Wir drehten uns beide herum und sahen ihn an.

»Wenn ich darf«, sagte er. »Tatsächlich bin ich derjenige, der die Chance anbietet. Mr. Wise ...«, er verbeugte sich bescheiden, »... hat mich ausdrücklich heute abend hierher eingeladen, damit ich Sie kennenlerne.«

»Sir?«

»Ich werde Sie nicht auffordern, mir Geld zu leihen, junger Mann. Ich habe bereits alles Geld, das ich brauche. Darf ich Ihnen erklären, wie das funktioniert?«

»Ich hatte bereits gesagt, daß ich zuhören würde.«

Das nahm er als Zustimmung. »Meine Gesellschaft gibt ein Gebot auf ein größeres Rückgewinnungsprojekt ab. Worum es geht, kann ich Ihnen nicht sagen, aber es ist eines der größten Projekte, die man je eingeleitet hat. Nun ist mir nicht bekannt, ob Sie etwas über die Rückgewinnungsgesetze wissen, aber sie sind sehr streng. Man kann nicht einfach eine Gesellschaft gründen und zu bieten anfangen.«

»Jede Bande von Aasgeiern kann das«, unterbrach Alan.

Mr. Takahara blickte höflich zu Alan Wise auf.

Alan Wise hielt den Mund.

Mr. Takahara lächelte und wandte sich wieder mir zu. »Das funktioniert so. Man leistet eine Anzahlung, die einem Prozent der gewünschten Zuteilung entspricht, auf ein Sperrkonto. Der Geldbetrag, den Sie einbringen, bestimmt also den Betrag, den Sie herausholen können.«

Meine Mutter kam mit dem Kaffee zurück. Alan und ich warteten, während sie die Tassen füllte. Das Aroma war berauschend. Ich hatte vergessen, wie sehr Kaffee mir fehlte.

»Also«, sagte Alan, in dem Versuch, ein Resümee zu ziehen, und riß mich damit aus meinen Kaffeeträumen. »Begreifst du jetzt, was für eine großartige Gelegenheit das für uns ist? Du kannst dein Geld auf ein geschütztes Sperrkonto einzahlen – und dann kann unsere Gesellschaft Anspruch auf ein sehr großes, wichtiges Stück Land erheben. Deshalb hatte ich vorgeschlagen, daß du in Termindollars investierst. Die Bundesregierung akzeptiert das als beständig wachsende Sicherheit. Du zahlst dein Geld auf ein rotierendes Konto ein.«

»Mhm. Und was passiert, wenn ich mein Geld wieder herausnehmen möchte?«

Alan nickte. »Das wirst du nicht wollen ...«

Ich sagte: »Das klingt so, als würde ich das Risiko und Sie den Profit bekommen.«

Jetzt sprach Mr. Takahara wieder. Er sagte: »Ihr Kaffee ist ausgezeichnet. Mein Kompliment.«

Meine Mutter lächelte, nickte und wirkte irgendwie unsicher. »Oh – vielen Dank.«

Jetzt sah Mr. Takahara mich an. »Sie tragen kein Risiko. Sie werden Besitzer eines entsprechend großen Gesellschafteranteils. Das ist besser als alles, was sie von jeder anderen Rückgewinnungsfirma bekommen können.«

Und Alan Wise fügte hinzu: »Auf die Weise kannst du deine neun Millionen Caseys in neunzig Millionen verwandeln.« Er sah mich erwartungsvoll an. »Nicht übel, wie?«

Ich zögerte. »Wenn Sie es sagen. – Was bekommen Sie dabei ab?«

Alan Wise spreizte bescheiden die Hände. »Ich bin das, was man einen ... einen partizipierenden Agenten nennt. Ich trage das Paket zusammen und bekomme Punkte.«

»Punkte?«

»Einen Teil des Pakets.«

»Oh?«

»Jim«, fügte er hinzu. »Es geht nicht darum, daß wir dein Geld wollen. Wir wollen auch deine Erfahrung. *Dich* wollen wir. Und – da ist noch etwas. Ich wollte das nicht ansprechen, aber es wäre nicht fair, das nicht zu tun.« Er sah zu Mom hinüber und sah dann wieder mich an. »Deine Mutter hat mich gefragt, ob ich dich aus der Army herausholen und an einen etwas – nun – sichereren Ort bringen könnte. Als du im Krankenhaus warst und alles das – nun, du weißt ja, wie

Mütter sind. Sie macht sich Sorgen. Ich weiß nicht, wie deine augenblickliche Verpflichtung aussieht, aber ich weiß, daß du deinen Grunddienst abgeleistet hast, und weiß daher, daß man *irgend etwas* arrangieren kann. Ich kenne ein paar Leute in Denver und – nun, du weißt schon; vielleicht läßt es sich arrangieren. Und wenn diese Würmer, wie du sie nennst, wirklich so gefährlich sind, wie du sagst, solltest du das *ernsthaft* in Betracht ziehen. Das ist eine sicherere, viel lukrativere Alternative. Du hast das deine für dein Land getan. Jetzt ist die Zeit gekommen, etwas für dich und auch deine Mutter zu tun.«

Ich sah zu ihr hinüber. Zu viel Make-up, zu viel Schmuck, zu viel Parfüm – und zu viel Hoffnung in ihren Augen. In diesem Raum herrschte zu viel Verzweiflung. Mir wurde dabei sehr unbehaglich.

»Dieser Kaffee ist wirklich ausgezeichnet«, sagte ich. Dann stellte ich nachdenklich meine Tasse ab. Alle musterten mich interessiert. Ich nahm meine Serviette und betupfte mir den Mund. »Ich – äh – ich werde darüber nachdenken müssen.« Das hatte mich mein Vater gelehrt; das war die *höfliche* Art, nein zu sagen: »Ich muß darüber nachdenken.« Du brauchst es nur zu wiederholen, bis sie müde werden, das funktioniert bei allen, nur nicht bei Gebrauchtwagenhändlern und Lexikonvertretern.

»Unbedingt«, pflichtete Alan Wise mir, vielleicht eine Spur zu enthusiastisch, bei. »Du mußt ganz sicher sein, daß es für dich funktioniert. Ich würde ganz bestimmt nicht wollen, daß du etwas tust, wobei du dich nicht absolut sicher fühlst. Aber ich will dir nur noch eines sagen. Und das ist ganz unter uns, und du hast es auch hier nicht gehört – aber vielleicht ist es genau die Information, die du hören mußt.« Er sah mich an, dann Mr. Takahara und meine Mutter und dann wieder mich. »Bist du so weit?« fragte er dramatisch.

»Ich glaube, ich kann es ertragen«, sagte ich.

»Ein Wort ...« Und dann flüsterte er. *»Manhattan.«*

»Unmöglich!« protestierte ich. »Denver hat den Zugang seit drei Jahren versperrt. Sie sagen, sie würden weitere drei Jahre eine Rückgewinnung nicht einmal in Betracht ziehen. Selbst das Mottenkugelkorps muß Kaution stellen, ehe es hineindarf. Nein, dieses Stück Felsen kriegen Sie unmöglich!«

Alan spreizte die Hände vor sich. »Wie dem auch sei. Das ist jedenfalls das Wort, das du dir merken mußt.«

Ich bemerkte, daß meine Skepsis sichtbar war. Ich griff nach meiner Kaffeetasse, aber sie war leer, und so stellte ich sie schnell wieder weg. »Nun – wie gesagt, ich brauche Zeit, um darüber nachzudenken.«

Mr. Takahara betupfte sich mit der Serviette den Mund und sagte: »Ich kann Ihre Position durchaus verstehen.«

Zu Alan Wise hatte ich kein Vertrauen; Mr. Takahara war eine völlig andere Geschichte. »Stimmt das mit Manhattan?« fragte ich ihn.

»Ich würde Vertrauen brechen, das man in mich gesetzt hat, wenn ich Ihnen alles sagte, was ich weiß«, erwiderte er.

»Ja, selbstverständlich. Aber das beantwortet meine Frage nicht.«

Er lächelte und sah wie Buddha aus. »Was ich Ihnen sagen kann, ist, daß in den nächsten achtzehn Monaten ganz außergewöhnliche Entwicklungen zum Tragen kommen.«

»Mm«, sagte ich. Er hatte mir gar nichts gesagt. »Danke.«

»Ich bin sicher, du verstehst, was er *wirklich* meint«, sagte Alan eine Spur zu schnell.

»Ja, aber wie schon gesagt, ich muß darüber nachdenken.«

»Ja, natürlich. Ich will dich nicht bedrängen.« Er wischte sich die Nase mit der Serviette. »Da, ich geb dir meine Karte. Wenn du irgendeine Frage hast, ruf mich an – jederzeit, Tag oder Nacht.«

Ich steckte mir die Karte ein, ohne sie anzusehen, und wandte mich statt dessen meiner Mutter zu. »Du hast gesagt, daß du an irgendeinem Projekt mit Landkarten tätig bist?«

Sie schüttelte den Kopf. »Ich habe mit dem Flüchtlingsbüro zusammengearbeitet. Wir suchen Orte, um Kolonien zu errichten, das ist alles. Als Modell benutzen wir Family. Das sind die, die sich um die Kinder kümmern, erinnerst du dich?«

»Mhm. Das liegt vor der neuen Halbinsel, stimmt das? Wie läuft's denn dort?«

»Sehr ordentlich«, sagte sie. Aber ich konnte deutlich erkennen, daß sie nicht darüber reden wollte. Das Licht in ihren Augen war erloschen. Sie entschuldigte sich abrupt und ging in die Küche und klapperte dort mit dem Geschirr.

Alan und ich und Mr. Takahara sahen einander verlegen an.

»Wann wirst du uns also Bescheid sagen?» fragte Alan.

»Oh, in ein oder zwei Tagen. Ich brauche nur ein wenig Zeit, um mir das alles zu überlegen, sonst gar nichts.«

»Aber sicher. Nimm dir so viel Zeit, wie du brauchst. Aber vergiß nicht, das ist eine Gelegenheit, die sich nicht alle Tage bietet.«

»Ja, vielen Dank. Das werde ich mir merken.« Ich lächelte ihnen beiden höflich zu. Das Thema war abgehakt. Tatsächlich war es tot.

Dann vertagten wir uns auf die Terrasse, Alan und ich und der rätselhafte Mr. Takahara. Eine Weile redeten wir über *Derby*. Das Gespräch war bewußt beiläufig. Mr. Takahara entwickelte die Theorie, daß der verschwundene Roboter sich auf dem Fließband versteckt hielt. Schließlich, wer würde schon dort nachsehen? Ich räumte ein, daß dies eine interessante Idee war. Einen besseren Ort konnte ich mir nicht vorstellen.

Als meine Mutter schließlich wieder herauskam, verabschiedete ich mich und ging schnell weg.

Dann wurde mir bewußt, daß ich den ganzen Weg zum Jeep vor mich hinsummte. Ich empfand ein seltsames Gefühl der Befriedigung. Ich hatte einen völlig neuen Gedanken bezüglich der Würmer. Und meine Mutter und ihr Freund hatten auch mein anderes Problem für mich gelöst.

Den Dienst quittierren?

Zum Teufel, nein!

VIERUNDDREISSIG

Ich hörte wieder Stimmen im Schlaf.

Sie fielen aus einem über mir schwebenden rosa Himmel, einer hellen Wand – wie Gott – und umtanzten mich im Kreise. Wenn ich hinsah, waren es Bunnydogs. Wenn ich mich mit ihnen drehte, waren sie wieder Menschen. Wir zogen unsere Bunnydoganzüge aus und tanzten nackt. Wir waren glücklich. Wenn ich den singenden Himmel ansah, war er ein Wurm.

Da gab es etwas, das ich wissen wollte. Ich schwebte nach oben, auf den Wurm zu. Aber der segelte davon und ich konnte ihn nicht fangen – und jetzt war der Tanz vorüber. Ich hatte ihn verfehlt. Die Herde löste sich auf ...

Ich erwachte zitternd.

Ich wußte etwas.

Es gab keine Worte dafür; ich hatte das überwältigende Gefühl, daß es Verbindungen unter der Welt gab, als hätte ich die himmlische Musik gehört, die mächtigen Akkorde der Wirklichkeit, und als klänge der Ton immer noch in meiner Seele nach.

Das unheimliche Gefühl verließ mich den ganzen Morgen nicht. Es hatte etwas zu bedeuten. Ich wußte es. Es gab da etwas, das ich tun mußte – etwas, das mit dem Traum in Verbindung stand.

Vielleicht war es auch nur ein weiterer Anfall in meinem Delirium. Aber als sie mich im Krankenhaus überprüften, zeigten alle Skalen grün. »Vergessen Sie es, Lieutenant«, sagte die Ärztin. »Sie hatten einen schlimmen Traum. Wenn man bedenkt, was Sie durchgemacht haben, haben Sie auch ein Recht auf ein paar Alpträume.«

Nur daß es kein *schlimmer* Traum gewesen war. Es war ein außergewöhnlich *guter* gewesen. Das war es, was mich so beunruhigte. Ich wollte dorthin zurück.

Ich seufzte, zuckte die Achseln, dankte der Ärztin und ging nach oben zur Intensivstation.

Diesmal war Duke bei Bewußtsein.

Sie hielten ihn in einer sterilen Umgebung, und so lag er immer noch unter einem großen Plastikzelt mit seltsamen kleinen Ventilationsröhren und ultravioletten Lampen, die an dem Zelt befestigt waren.

Er drehte den Kopf, um mich anzusehen, als ich hereinkam. Sein Gesicht fing wieder an, wie ein Gesicht auszusehen. Aber ich fragte mich, ob man mit plastischer Chirurgie imstande sein würde, es wieder wie ein *menschliches* Gesicht aussehen zu lassen. Ich senkte verlegen den Blick, sah mich nach einem Stuhl um, griff mir einen und zog ihn ans Bett. »Hi, Duke.«

Er reagierte nicht und drehte den Kopf zurück, um wieder zur Decke zu blicken. Sein Atem klang gequält. Das, was man durch die Decke sehen konnte, war beunruhigend kurz.

Nur um etwas zu tun zu haben, griff ich mir die Medikonsole vom Fußende des Bettes und studierte sie.

Und wünschte mir, ich hätte das nicht getan.

Sie hatten ihm beide Beine und den linken Arm abgenommen. Dr. Fletchers Aufzeichnungen sagten, daß für Prothesen zu viel Nervenschäden vorlagen.

Verlegen hängte ich die Konsole zurück und sah wieder Duke an. »Äh, die haben mir gesagt, du hättest immer noch Schwierigkeiten mit dem Reden. Wenn du – äh – also nicht reden willst, dann brauchst du das nicht. Dann übernehme ich das – wenn du willst ...«

Ich wartete einen Augenblick, um zu sehen, was er tun würde. Ich konnte seinen Gesichtsausdruck nicht deuten, also fuhr ich fort: »Ich weiß wirklich nicht, wo ich anfangen soll. Hm, ich schätze, ich sollte dir sagen, daß wir ein paar wirklich verblüffende Videos mitgebracht haben. Sie werden jetzt Bild für Bild untersucht. Man hat mich praktisch jeden Tag verhört, seit ich aus dem Krankenhaus entlassen bin. Wir haben wirklich etwas entdeckt. Ich meine – niemand weiß, was er von diesen Bunnydogs halten soll.

Eine Theorie besagt, daß sie für die Würmer sorgen, so wie Zeckenvögel und Krokodile. Oder Lieutenants und Captains. Die Bunnydogs erledigen den Papierkrieg.«

Er drehte den Kopf etwas, um mich durch das Plastikzelt

anzusehen. Ich wünschte, ich hätte gewußt, was in diesem Schädel vor sich ging. Was empfand er?

»Hm – die andere Theorie, Duke, ist, daß die Bunnydogs die Würmer kontrollieren. Wir glauben nicht, daß die Bunnies die intelligente Gattung sind, die hinter der Invasion steht – obwohl sie das sein könnten –, aber wir fragen uns, ob sie nicht vielleicht die Manager dieser Phase sind. Vielleicht sind sie irgendeine sub-chtorranische Intelligenz.

Und – hm, das ist eine weitere Theorie – eigentlich nur ein Gedanke; niemand steht so richtig dahinter, es ist einfach nur etwas, worüber man nachdenken muß. Die Theorie besagt, daß wir es mit einigen verschiedenen Intelligenzen oder einer zusammengesetzten Intelligenz zu tun haben. Die Würmer sind ein Teil, die Bunnies ein anderer, und noch etwas anderes ist ein dritter Teil. Und jetzt versuchen wir, uns zusammenzureimen wie die Bunnies und die Würmer miteinander kommunizieren. Wenn wir das schaffen, dann finden wir vielleicht eine Möglichkeit, um ... um mit ihnen zu reden und zu verhandeln, sie um Frieden zu bitten oder so etwas.«

Duke erzeugte ein polterndes Geräusch in seiner Kehle.

»Tut mir leid«, sagte ich, »das habe ich nicht verstanden, Duke.«

Er drehte den Kopf zu mir und sagte es noch einmal. Ich mußte mich anstrengen, um die einzelnen Laute zu verstehen. »Bfllschmt«, sagte er. Was das bedeutete, war natürlich völlig klar.

»Äh, ja, natürlich. Das finde ich auch. Hör zu, eine Menge Leute haben sich nach dir erkundigt. Ich hab von den Burschen in Colorado gehört. Sie schicken dir ihre besten Wünsche. Dr. Fletcher läßt auch grüßen. Und – äh – ich habe deinen Sohn gesehen.«

Bildete ich mir das nur ein oder verhärtete sich sein Ausdruck? Er wandte sein Gesicht wieder der Decke zu.

»Ich schätze, mich geht das nichts an, aber ich glaube, er möchte dich besuchen kommen, Duke. Ich meine, er hat nichts gesagt, ich habe nur irgendwie das Gefühl bekommen, daß er das wollte. Er hat mich angerufen und sich erkundigt, wie es dir geht. Aber er hat mir keine Grüße aufgetragen, also weiß ich nicht, ob ich mich da vielleicht in etwas einmische, das mich nichts angeht. Ich habe nur ... nur ...«

»Hlt Ma«

»Wie?«

Er wiederholte es nicht.

»Es tut mir leid«, sagte ich. »Ich denke, ich sollte jetzt wieder gehen.«

»Wfft.«

»Was?«

Er plagte sich ab, um sich verständlich zu machen. »*Warte*«, krächzte er. »Ich möchte ... da du ewas tu ...«

»Alles, was du willst, Duke!«

»Schrei' ei' Co'nummer.«

»Eine Codenummer soll ich aufschreiben?« Ich fummelte bereits in meiner Tasche nach einem Bleistift herum. »In Ordnung. Nur zu. Ich bin soweit.«

Er räusperte sich, hustete und begann dann heiser, Ziffern zu rezitieren. Er gab mir seinen persönlichen Militärcode – und seine *Losung!*

»Duke – ich glaube nicht, daß du ...«

»Hlt Md, McCarfy ...«

»Ja, Sir.«

»Ich wi – daß du mi ... ei grana.«

»Eine ... Granate?«

Er nickte; das fiel ihm schwer. »Selbstmord Grana. Stimm-gesteuer.«

»Duke, ich glaube nicht ...«

»Scheiß drauf!« sagte er. Er funkelte mich an. Diesmal war es unmöglich, seinen Ausdruck fehlzudeuten, selbst durch die Plastikwand. »Ich will nicht – hilflos ...« Ein würgender Hustenreiz brachte ihn zum Verstummen. Es dauerte ziemlich lange, und ich fragte mich, ob ich einer Schwester läuten sollte. Wenn er wirklich Schwierigkeiten hatte, würde die Medikonsole automatisch das Pflegepersonal alarmieren. Duke konnte jetzt wieder atmen und fuhr fort: »... gegen Wür ...«

»Würmer? Duke, in Oakland gibt es keine Würmer.«

Irgendwie schaffte er es, sich halb zu mir herumzudrehen. Er versuchte, durch die Plastikhaut des Sterilzelts nach mir zu greifen. Seine Hand sah aus wie eine Wurmklaue. »Bring mir Grana, Jm!« rasselte er. »Ich will nicht – hilflos ster ...!« In Dukes Augen stand der blanke Schrecken.

Ich studierte die Codenummer, die ich mir aufgeschrieben hatte. Eigentlich hätte ich das Papier zerreißen und die Nummer vergessen sollen. Es war verrückt. Duke verhielt sich nicht rational. Eine Selbstmordgranate in einem Krankenhaus? Verteidigung gegen die Würmer *hier?*

»McCarfy – versproch?«

»Duke, ich *kann* das nicht tun –«

»Versprich ... s ... mir!« Seine Augen blickten wild. Eine Weigerung hätte ihn vielleicht umgebracht.

Ich nickte. Dann schluckte ich. »Ich werd mir ... irgend etwas einfallen lassen, das versprech ich.«

Das schien ihn zu beruhigen. Er seufzte und sank in sein Kissen zurück.

»Duke? Sir?«

»M?«

»Erinnerst du dich? Ich hab dich einmal gefragt, mit wem du klarmachst – und du hast gesagt, du würdest dich beim Boß oben melden. Erinnerst du dich daran? Hm – hast du dich in letzter Zeit gemeldet ...?«

»Lkm'asch.«

»Das hab ich nicht verstanden, Duke. Könntest du das noch einmal sagen?«

Er drehte den Kopf zu mir herum und krächzte: »Gott is eine Lü – hol Grana.«

Ich saß stumm da und überlegte, was ich tun sollte. Sollte ich es seinen Ärzten sagen – oder was? Ich war im Begriff, innerlich zu verbrennen. Verdammt! Das war Duke.

Ich stand in seiner Schuld!

Aber – das war verrückt! Wo zieht man die Grenze?

Du Schweinehund, dachte ich. Habe ich nicht schon genug Schuld auf mich geladen?

FÜNFUNDDREISSIG

Wahrscheinlich hätte ich mit meiner Vorgesetzten darüber sprechen sollen.

Nur daß ich sie schon seit drei Wochen nicht mehr zu Gesicht bekommen hatte.

Aber sie hatte mir einen Terminal in der Wissenschaftssektion zugeteilt, und daher wußte ich, daß sie mich nicht vergessen hatte. Ich vermutete, daß sie mir eine Chance geben wollte, meinen Papierkram zu erledigen.

Ein Zettel von Danny Anderson erwartete mich, in dem er sich dafür bedankte, daß ich ihn über Duke informiert hielt. Ich fragte mich, ob ich ihm von der Bitte seines Vaters erzählen sollte, und entschied mich dagegen. Damit würde ich irgendwie selbst fertig werden müssen.

Und dann gab es einen Brief von Dinnie, der Krankenschwester in Denver, in dem sie sich erkundigte, wie es mir ginge und ob ich in letzter Zeit von Ted gehört hatte. Nein, das hatte ich nicht.

General Poole hatte mir einen Gratulationsbrief geschickt. Man hatte mir den Silver Star verliehen. Ich überlegte, ob ich ihm einen Dankesbrief schicken sollte. Ich beschloß, auf Nummer Sicher zu gehen, und tat es.

Dr. Fletcher hatte mir eine Kopie des Terminplans ihrer Sektion zukommen lassen. Die Sitzung über ›Gastropedenkommunikation‹ hatte sie angestrichen. In einer knappen Stunde würde die stattfinden. Offenbar sollte das eine Einladung sein.

Und – *neue Anweisungen von meinem Colonel!* Vertilgungseinsatz. Zwei Hummer! Neunzehn Uhr. Jack London Square. Ich bestätigte grinsend. Sie hatte es also nicht vergessen.

Und eines noch. Der Zahlmeister hatte den Prämienscheck für den Wurm freigegeben, den ich vom Chopper aus blitzgefroren hatte. Eine Million Caseys. Ich starrte den Bildschirm ein paar lange Augenblicke an. Ich würde jetzt wirklich etwas bezüglich all dieser Credits tun müssen. Niemand hatte mir je gesagt, daß ich in der United States Army reich werden würde. Vielleicht sollte Alan Wise den Special Forces beitreten.

Nee. Die einzige Position, für die er qualifiziert war, war die eines Köders.

Aber das Geld beunruhigte mich. Es war einfach zu viel.

Wenn man die Zeitungen las, war die Wirtschaft in schrecklichem Zustand. Alle sagten es – und hatten auch die notwendigen Zahlen, um das zu beweisen. Ich wußte nur, daß der Präsident sich verpflichtet hatte, so viel wie möglich totes Geld wieder in Umlauf zu setzen – und das bedeutete eine Menge Prämien und Rückgewinnungsprogramme. Aber es gab auch eine Menge Zivilisten, die sich darüber ereiferten. Sie sagten, das sei wieder ein Beispiel dafür, wie die Regierung sich in den Privatsektor dränge und ihn ausbeute. Im Klartext: Sie bekamen ihren Anteil nicht ab. Aber zum Teufel – die Wurmprämien beschränkten sich ja nicht auf Millitärpersonen. Jeder, der eine Million Caseys haben wollte, konnte ausziehen und so viele Würmer töten, wie er nur finden konnte. Die Regierung würde mit Freuden bezahlen. Das Büro in Montana zahlte sogar bar – man brauchte bloß die Kiefer abzuliefern.

Nein, es war etwas, was Dr. Fromkin vor einem Jahr gesagt hatte. Er hatte gesagt, daß der Casey angesichts des beständig kleiner werdenden Arbeitskräfteangebotes zur Inflation verdammt war. Ich fragte mich, ob diese riesigen Prämien ein Beweis dafür waren. Ich hatte damals nicht sonderlich gut aufgepaßt, weil ich nicht genügend Caseys gehabt hatte, um mir darüber Sorgen zu machen. Jetzt allerdings ... Ich sollte wahrscheinlich etwas mit diesem Bargeld anfangen, so lange es noch etwas wert war – aber ich wollte mit dem Geld etwas tun, das einen Sinn abgab. Etwas, das der Menschheit helfen würde, den Krieg zu gewinnen.

Nur – ich wußte bereits, und zwar besser als die meisten Leute, daß die Menschen diesen Krieg unmöglich würden gewinnen können. Wir hatten ihn bereits verloren; die meisten von uns wußten es nur noch nicht.

Nein, das Beste, was die Menschheit für sich erhoffen konnte, war nicht Sieg, sondern Überleben.

Ich drückte AUSKUNFT. Ja, es gab ein örtliches Büro von Lunar Five Enterprises in Berkeley. Eine weißhaarige Frau meldete sich am Telefon. Ja, sagte sie, die Mondkolonie war offiziell wieder eröffnet – und auch der Bau der beiden L-5-Stationen war wieder aufgenommen worden. Tatsächlich wurde das Projekt jetzt unter der Federführung des Nordamerikanischen Vereinigungsvertrages betrieben und konnte demgemäß Mittel von börsenzugelassenen Firmen in Kanada, den Vereinigten Staaten, der Nation Quebec, den beiden Mexicos und dem Isthmus-Protektorat entgegennehmen.

Ob ich etwas investieren wollte? erkundigte sie sich. Sie ließ eine Liste der augenblicklich eingeschalteten Firmen auf meinem Bildschirm erscheinen.

Ich hätte durch den Schirm steigen und sie küssen können.

Ich studierte die Liste eine halbe Stunde lang, beschaffte mir über das Netz auch zusätzliche Hintergrundinformation und entschied mich schließlich dafür, ein hübsches, großes Stück einer Boeing Hochorbit Shuttle der Olympusklasse zu kaufen. Je mehr Raumschiffe wir hatten, desto besser. Aktien für die *Apollo,* die *Herkules* und die *Vulcan* waren erhältlich. Nein, hier war bereits genügend für den Bau gezeichnet. Ich wollte, daß meine Investition wirklich etwas bedeutete. Es kostete knapp unter drei Millionen, um ein neues Shuttle zu beginnen. Ich entschied mich dafür, mein Bargeld dreizuteilen und die Konstruktion der *Pegasus,* der *Athena* und der *Ganymede* anzufangen. Die Hälfte des restlichen Geldes setzte ich auf das Kilimandscharo-Katapult, die andere Hälfte auf das Bohnenstangenprojekt. Letzteres wirkte zwar ziemlich weit hergeholt, aber die Gewinnchancen waren höchst attraktiv. Wenn der Orbitallift funktionierte, würde der Preis, um ein Kilo Masse in den Orbit zu bringen, von fünftausend Caseys auf fünf sinken. Man würde dann nur noch für die Elektrizität bezahlen und die meiste davon auf dem Weg nach unten wieder zurückbekommen.

Das Büro des Zahlmeisters konnte den notwendigen Papierkrieg erledigen. Wenn man das Maklerbüro der US Army benutzt, hat das den Vorteil, daß die Provision vernünftig bleibt und die Steuern automatisch abgezogen werden. Die Investitionen, die ich mir ausgesucht hatte, fielen unter das

Förderungsprogramm, und selbst wiederangelegte Gewinne bleiben steuerfrei. Das bedeutete, daß fast mein ganzes Bargeld arbeiten konnte und Onkel Sams Anteil sich auf die Bearbeitungsgebühr beschränkte. Ich errichtete einen revolvierenden Fonds mit der Anweisung, daß jegliche künftigen Prämienzahlungen automatisch in denselben Bereich investiert werden sollten, bestätigte und autorisierte, schaltete ab und verdrängte das Ganze aus meinen Gedanken. Sollte Alan Wise doch der Teufel holen.

Schließlich schickte ich eine schnelle Notiz an die Mailbox meiner Mutter, in der ich sie wissen ließ, daß ich sie als Begünstigte eingesetzt hatte. Ich schaltete ab, bemerkte plötzlich, daß ich für Dr. Fletchers Sitzung bereits zu spät kommen würde, und eilte in die Laborsektion. Ich zwängte mich ganz ruhig hinten in den Hörsaal; sämtliche Stühle waren besetzt, und ich suchte mir daher einen unauffälligen Stehplatz an der Seite. Diesmal gab es wesentlich mehr Uniformen unter den Zuhörern als beim letztenmal. Das mußte wichtig sein. Eine Menge hoher Offiziere waren zugegen.

Unten war Tiny bereits bei der Arbeit. Die Klauen des Wurms bewegten sich *nachdenklich* über die Kontrollen des Problems. Bei diesem ganz speziellen Puzzle gab es eine große Zahl ineinander verschlungener Stäbe und verschiebbarer Blöcke. Es war beinahe zu kompliziert, um es sich überhaupt bildhaft vorzustellen.

Nach der kurzen Darstellung, die Fletcher mir geschickt hatte, wurden diese Probleme von einem Computerprogramm entwickelt und konnten mit fast jedem Schwierigkeitsgrad hergestellt werden. Bis jetzt hatten sie noch kein Problem entwickelt, das Tiny nicht lösen konnte. Die längste Zeit, die der Wurm je gebraucht hatte, waren sechs Stunden gewesen.

Im Augenblick verkündete eine Uhr an der Decke, daß siebzehn Minuten verstrichen waren. Nach der Tagesordnung handelte es sich hier um ein ›einfaches‹ Problem.

Die Glocke tönte, der Käfig sprang auf – Tiny schnappte sich den Hasen. Einen weißen Hasen. Siebzehn Minuten, siebenunddreißig Sekunden. Der Hase hatte nicht einmal Zeit zu quietschen.

Dr. Fletcher betätigte ihre Kontrollen, und das Paneel mit dem Puzzle schob sich zu. Sie sagte: »Ich weiß, daß viele von Ihnen unsere früheren Demonstrationen gesehen haben. Sie alle wissen, wozu Tiny imstande ist. Wenn wir ihm dieses Puzzle ein zweites Mal vorlegen würden, würde ich Tiny genau an die Folge von Bewegungen erinnern, die zum Öffnen nötig sind, und würde wahrscheinlich nicht mehr als dreißig Sekunden brauchen. Jetzt ...« Sie tippte etwas in ihre Tastatur, wartete, runzelte die Stirn, tippte noch einmal und blickte auf.

»Unser zweites Exemplar«, fuhr sie fort, »ist letzten Monat in der Nähe von Superstition Mountain im südlichen Arizona eingefangen worden. Es war aus Hunger und Wassermangel dem Tode nahe. Diese Gegend ist für Gastropeden nicht gerade besonders gastfreundlich. Wir haben dort eine ganze Anzahl Kadaver von ihnen gefunden. Wir glauben, daß sie aus dem nördlichen Teil des Staates nach Süden wandern; im Hochland hat es einige Sichtungen gegeben. Wenn diese hier nicht so schwach gewesen wären, wäre ein Einfangen nicht in Frage gekommen, da es bereits eine Masse von über neunhundert Kilo hatte. So sind zwei Männer getötet und drei weitere verletzt worden – und der Wurm ist beinahe vernichtet worden. Wir nennen dieses zweite Exemplar ›Lucky‹.«

Sie nahm einen Schluck Wasser und fügte dann hinzu: »Wir glauben, daß es sich bei Lucky um ein weibliches Geschöpf handelt – aber sicher sind wir nicht.« Sie berührte einen Knopf, und ein weiteres Paneel in der Kammer unter ihr schob sich auf. »Ich werde jetzt Lucky in die Kammer lassen.«

Als Lucky auftauchte, stöhnten einige Zuhörer auf. Nach den Unterlagen, die wir bekommen hatten, war dies der größte Wurm in Gefangenschaft. Die Bestie glitt in die Kammer wie ein Bus, der eine Reihe Parkplätze füllt.

Die beiden Würmer glotzten sich an, zirpten und trillerten. Sie umkreisten einander wie Boxer.

»Wir glauben, daß es sich hierbei um rituelles Verhalten handelt«, sagte Fletcher. »Vielleicht eine Art Begrüßungstanz.«

Die zwei Würmer sprangen plötzlich aufeinander los und

wanden sich wie Schlangen, wälzten sich auf dem Boden. Zuerst war der eine, dann der andere oben. Es sah fast wie Zweikampf bis zum Tode aus.

»Als wir sie zum erstenmal zusammenbrachten«, stellte Fletcher fest, »dachten wir, sie würden einander umbringen.«

Plötzlich erstarrten die beiden Würmer. Sie waren starr umeinander geschlungen und hielten einander fest wie Liebende beim Höhepunkt; ihre Körper waren angespannt wie Stahl.

»Wir nennen diesen Zustand *Kommunion.* Das kommt dem sexuellen Verhalten so nahe wie nichts anderes, was wir bisher bei den Gastropeden beobachtet haben.« Sie sah so aus, als hätte sie gerne noch etwas hinzugefügt, behielt es aber für sich. »Die Dauer der Kommunion ist höchst unterschiedlich. Bis jetzt war es unsere Erfahrung, daß die einzelnen Kommunionsepisoden um so kürzer sind, je häufiger zwei Würmer einander ausgesetzt sind. Wir haben hier vier Würmer, mit denen wir arbeiten. Wir haben herausgefunden, daß es beim erstenmal gewöhnlich am längsten dauert. Wir haben dazu einige Theorien aufgestellt, sind aber noch nicht bereit, sie im Augenblick zu diskutieren, geschweige denn zu bewerten.« Sie blickte in die Kammer hinunter. »Ah, ich sehe, jetzt sind sie fertig.«

Lucky und Tiny lösten sich voneinander. Sie ringelten sich, zirpten, rollten sich zur Seite, trillerten und ließen einander los.

Jetzt öffnete Fletcher den Zugang zu Tinys Zelle, und der kleinere Wurm schob sich gehorsam hinein. Sie bemerkte: »Wie ich schon sagte, haben wir die Würmer *nicht* gezähmt. Es ist richtig, sie scheinen zu kooperieren, aber wir möchten eher annehmen, daß sie die Routine unserer Operationen lernen. Selbst ein junges Kätzchen kann lernen, einen Kühlschrank als Herkunftsort von Milch zu identifizieren.«

Fletcher vergewisserte sich, daß die Passage frei war, und schloß das Paneel hinter Tiny. Lucky war jetzt alleine in der Kammer. Er bewegte ungeduldig die Hände. *Dieselbe* Geste, die Tiny gezeigt hatte, als ich das erstemal hier gewesen war. Der große Wurm glitt auf das Paneel zu, hinter dem sich das Hasenpuzzle verbarg, und wartete.

»Achten Sie bitte auf das, was Lucky jetzt tut«, sagte Fletcher. »Jedesmal, wenn wir das Puzzle wechseln, bringen wir es hinter ein anderes Paneel. Lucky weiß bereits genau, wo das hier auftauchen wird.«

In dem Augenblick sah Lucky das Glas an und gab ein hohes Trillern von sich. Unter den Zuhörern lachten einige. »Das heißt ›Beeilung‹. Deutlicher habe ich das noch nie gehört«, bemerkte jemand. Lucky wiederholte den Schrei und wandte seine Aufmerksamkeit dann wieder dem Paneel zu.

»Was Sie jetzt sehen«, sagte Fletcher, »ist ein ganz klarer Hinweis darauf, daß der Wurm nicht nur gelernt hat, diese Tests zu erwarten, sondern sogar, an ihnen *Spaß zu haben.*«

Jetzt öffnete sie das Paneel für Lucky. Das Puzzle war diesmal mit einem schwarz-weiß gefleckten Hasen besetzt worden. Der Hase zitterte im Käfig.

Lucky schnurrte förmlich vor Vergnügen und schob sich sofort auf das Paneel zu. Er entfaltete seine Arme an der oberen Rückenpartie, griff über die Augen nach vorne und begann, schnell und überlegt die Knöpfe und Schalter des Puzzles zu manipulieren. An seinen Bewegungen war nichts Unsicheres.

Fast im gleichen Augenblick ertönte die Glocke des Puzzles, und der Glaskäfig sprang auf. Einige der Anwesenden stöhnten auf. Fletcher blickte zufrieden. Lucky auch. Der Wurm packte sich den Hasen und stopfte ihn sich ins Maul. Wieder das weiche, schlabbernde Knirschen.

Fletcher öffnete den Zugangstunnel zu Luckys Zelle, wartete, um sich zu vergewissern, daß Lucky in seinen Käfig zurückkehrte, schloß das Paneel und schloß dann die Vorhänge des Theaters. Sie hielt nur einen winzigen Augenblick inne, als müßte sie ihre Aufzeichnungen überprüfen, und blickte dann in den Zuschauersaal. Die Wissenschaftler blickten erregt, die Soldaten grimmig. Ich konnte beide Reaktionen verstehen.

»Da haben Sie es«, sagte Fletcher. »Eine ganz klare Demonstration dafür, daß die Würmer tatsächlich kommunizieren.« Und dann fügte sie nach einer kurzen Pause hinzu: »Ich möchte hervorheben, wie wichtig das ist, was Sie hier gesehen haben. Ohne diese Demonstration könnte man sehr gut dahingehend argumentieren, daß das Verhalten dieser Lebewesen zum größten Teil instinktiver und ritueller Natur ist. Wir haben jetzt den Beweis, daß sie zu wesentlich mehr imstande sind. Wir sind noch damit beschäftigt herauszufinden, zu wieviel mehr.

Bekannt ist uns, daß die Kommunikation zwischen den beiden Exemplaren – die Übermittlung von Informationen über das Puzzle – in dem Zustand erfolgte, den wir als den der *Kommunion* bezeichnen. Wenn die Würmer visuellen und auditorischen Zugang zueinander haben, aber durch physische Sperren daran gehindert werden, die *Kommunion* zu vollziehen, findet diese Informationsübertragung *nicht* statt. Es gibt sie nur im Zusammenhang mit *Kommunion.*

Aber ...«, und jetzt hielt sie inne, um ihre nächsten Worte sorgfältig zu überlegen, »wir wissen immer noch nicht, worin der Mechanismus dieser Übertragung besteht. Wir haben die Zirp- und Trillerlaute dieser Geschöpfe gründlich analysiert. Aber in diesen Schreien gibt es nicht genügend Muster oder Modulation, um auch nur auf eine Rudimentärsprache hinzudeuten. Im äußersten Falle sind diese zirpenden Rufe Emotionalindikatoren. Wir haben einige Rufe identifiziert und ihnen Werte zugeteilt, die Neugierde, Interesse, Vergnügen, Ungeduld, Zorn, Wut, Angst, Verzweiflung entsprechen; aber wir haben keinerlei Rufe oder Muster von Rufen, Phoneme oder Muster von Phonemen gefunden, die jemals mit irgendeiner Beziehung zu Vorgängen im physischen Universum wiederholt werden.

Wir haben untersucht, ob es eine chemische Kommunikation gibt. Die Gastropeden verfügen über hochentwickelte Pheromone, die je nach Stimmung unterschiedlich sind. Aber auch hier liegt kein Muster vor, und die Bandbreite des Kanals ist zu gering, um die notwendige Übermittlung zu bewerkstelligen. Man kann schließlich im Morsecode auch keine Stereobilder übertragen.

Wir haben die Radioemissionen der Würmer gemessen, und die Gastropeden *sind* Sender auf niedrigem Niveau. Und obwohl die Bandbreite dieses ganz speziellen Kanals groß genug *ist,* haben wir doch bis jetzt nur Störgeräusche und Rauschen entdecken können. Es mag sein, daß die Würmer auf freier Wildbahn zu Radioübertragungen fähig sind, aber diese Exemplare hier nehmen sie nicht wahr. Wir haben versucht, Signale an sie auszusenden, aber die einzige Wirkung, die wir dabei produzieren konnten, war eine Art nervöser Starre. Sie sieht aus wie – aber wir sind nicht bereit zu behaupten, daß es das auch ist – wie eine Art wahnsinniger Schrecken.«

Sie sah jemanden hinten im Saal an. »Nein – bitte noch eine Minute lang keine Fragen. Vielleicht beantwortet das, was jetzt kommt, einige davon. Wir haben uns selbst gefragt, warum die Würmer dieses Potential besitzen, aber es nicht benutzen. Unsere Vermutung ist, daß es sich um ein Nebenprodukt handelt, das sich einfach aus der Struktur des Nervensystems der Geschöpfe und das erst in jüngster Zeit – in Kategorien der Evolution gesprochen – entwickelt hat; zu wenig Zeit, als daß die Gattung dieses Potential bisher als Vorteil oder Nachteil hätte ausnutzen können. Nur weil die Chtorraner uns eine halbe Milliarde Jahre in ihrer Entwicklung voraus sind, bedeutet das noch lange nicht, daß ihre Entwicklung bereits zum Stillstand gekommen ist. Tatsächlich sehen wir ihre Ökologie im Augenblick vermutlich in einem Zustand des größten Chaos, während sie sich bemüht, sich dieser Welt anzupassen.

Aber ich schweife ab – der Mechanismus für die Kommunikation. Wir haben festgestellt, daß die Würmer jede Kommunikation damit beginnen, daß sie ihre Antennen an irgendeinem Punkt berühren. Wir wissen auch nicht genau, was das bedeutet, aber wir haben die elektrischen Impulse an den Antennen gemessen und gewisse Muster feststellen können. Aber auch dabei handelt es sich wieder nicht um ein Kommunikationsmuster. Es ist zu rhythmisch und enthält zu wenig Variation. Es erinnert sehr an eine Alphawelle.

Dennoch wissen wir, daß es während der Kommunion eine Kommunikation gibt. Wir haben an beiden Tieren Sensoren befestigt und feststellen können, daß sich während dieses Aktes all ihre Körperzyklen synchronisieren. Wenn dieser Augenblick der Synchronizität erreicht ist, zeigen die Geschöpfe eine starre, irgendwie eingefroren wirkende Haltung. Im Augenblick ist unsere beste Hypothese dafür, daß der Mechanismus der Gastropedenkommunikation vielkanalig ist. Die trillernden Schreie könnten möglicherweise das Umfeld der zu übermittelnden Information angeben. Die Radiogeräusche könnten irgendeine Modulation enthalten, die uns noch entgangen ist. Die physischen Gesten bedeuten vielleicht etwas, und ebenso auch die Pheromone der Geschöpfe. Wir wissen es einfach nicht.«

Die Hand eines der Wissenschaftler hob sich. »Wenn Sie den Kommunikationskanal identifizieren könnten, wäre es dann vielleicht auch möglich, ihn irgendwie zu stören?«

Fletcher zuckte die Achseln. »Vielleicht. Das hängt vom Kanal ab. Wir haben das Problem hier identifiziert, sind aber noch weit von der Antwort entfernt.«

»Können Sie uns irgendeine Schätzung geben?« fragte einer der Adjutanten des Generals.

»Nein, das kann ich nicht«, erwiderte Dr. Fletcher.

Jetzt ergriff der General selbst das Wort. Er kam offenbar aus den Südstaaten, und seine Stimme war kaum zu verstehen, so undeutlich sprach er. »Man hat uns gesagt, Dr. Fletcher, daß Sie uns heute Informationen von erheblicher militärischer Bedeutung liefern würden. War das Ihre Information? Die Würmer sprechen miteinander?«

»Ja, General, das war das Thema meiner Demonstration.« Sie erwiderte seinen Blick gleichmütig. »Noch etwas?«

»Es tut mir leid, Ma'am. Ich denke, ich hätte etwas von *wirklicher* militärischer Bedeutung vorgezogen. Zum Beispiel eine Waffe.«

Das war ein Fehler. Fletchers Augen blitzten zornig. »General«, sagte sie und sah ihn dabei gerade an, »ich weiß, daß Sie hier sind, um Antworten zu bekommen. Ich wünschte, ich hätte sie; dann würde ich sie Ihnen geben. Aber im Augenblick ist diese Sektion im besten Fall imstande, Ihnen Informationen über den Feind zu liefern; wir wissen immer noch viel zu wenig über die Würmer und müssen noch einen weiten Weg gehen, ehe wir anfangen können, ökologische Gegenmaßnahmen zu empfehlen.«

Jetzt hob sie die Stimme und wandte sich an den ganzen Saal. »Hören Sie, Sinn und Zweck dieser Demonstration ist es, Ihnen eine bessere Vorstellung von dem zu geben, womit

Sie es zu tun haben.« Und dann wandte sie sich wieder dem General zu. »Ich behaupte nicht, etwas von militärischen Dingen zu verstehen. Ich bin Wissenschaftlerin. Aber ich habe Sie hierhergebeten, weil ich der Meinung bin, es könnte für Sie wichtig sein zu wissen, daß unser Feind imstande ist, auf sehr hohem Niveau Informationen zu übermitteln. Möglicherweise sind die Würmer imstande, das, was sie über uns wissen, fast ebenso schnell zu verbreiten, wie wir unsere Informationen über sie verteilen.«

Der General lächelte breit und ein wenig zu schnell. Er stand auf und verbeugte sich, ganz der Gentleman aus den Südstaaten. »Ma'am«, sagte er, eine Spur zu höflich, »man hat mich dazu erzogen, einer Lady nicht zu widersprechen. Ich will also alles das, was Sie gesagt haben, so akzeptieren, wie ich es gehört habe. Ich bin sicher, daß die Arbeit, die Sie hier alle leisten, für unsere Verteidigung sehr wichtig ist. Wahrscheinlich habe ich mir nur etwas Unmittelbareres erhofft, etwas, das mir selbst mehr nützt. Wenn Sie uns also sonst nichts mehr zeigen wollen, dann danken wir Ihnen für Ihre Zeit, müssen aber jetzt an unsere Arbeit zurück.« Der Mann war *widerwärtig*. Er hatte mit diesen Worten ihre ganze Demonstration einfach vom Tisch gefegt. Jetzt nickte er höflich und ging auf den Ausgang zu, seine Adjutanten folgten ihm schnell, ebenso wie die meisten anderen Männer und Frauen in Uniform. Und aus diesem Grunde nahmen einige der Teilnehmer in Labormänteln an, die Sitzung sei vorbei, und gingen ebenfalls hinaus.

Dr. Fletcher blickte enttäuscht und verärgert. »Wenn keine weiteren Fragen mehr sind ...«, begann sie, aber da hörte bereits niemand mehr zu. Der größte Teil ihrer Zuhörer hatte den Saal bereits verlassen.

Sie schaltete ihre Konsole ab, atmete tief und sagte: »Scheiße!«

SECHSUNDDREISSIG

Duke hatte mir einmal ein sehr interessantes Kompliment gemacht.

Es war nach einem Brennereinsatz gewesen, nach der Lagebesprechung und nach der üblichen Nachsitzung mit Bier und Whisky; er und ich waren ins Büro zurückgekehrt, um zusammen noch einen zu heben.

Duke war nach den Einsätzen gewöhnlich nicht besonders gesprächig; er saß dann immer bloß da und nippte an seinem Glas. Diesmal aber sah er so aus, als ob er etwas im Sinn hätte; also ließ ich mir mit dem Trinken Zeit und wartete.

Er hatte seinen Stuhl herumgedreht, so daß er zum Fenster hinaussah, und hatte die Füße auf den kleinen Aktenschrank gelegt. Er hielt sich das Glas gegen die Stirn gedrückt, als ob er Kopfschmerzen hätte und als würde die Kühle des Eises ihm Erleichterung bringen.

»Weißt du«, sagte er, »heute nachmittag hast du mich beeindruckt.«

»Äh – danke. Was habe ich denn gemacht?«

»Amy Burrell.«

»Oh«, sagte ich. »Ja.« Ich hatte schon überlegt, ob er etwas darüber sagen würde.

»Du hast richtig gehandelt«, sagte Duke. Er nahm das Glas von der Stirn und sah zu mir herüber.

Ich zuckte die Achseln. »Wenn du meinst.«

»Ja, ich meine«, sagte er. »Du hattest keine Wahl. Du wußtest seit Monaten, daß sie deine schwache Stelle ist. Ich habe das in deinen Plänen gesehen. Und heute nachmittag hast du es gewußt. Du hast getan, was du tun mußtest.«

»Trotzdem habe ich immer noch ein schlechtes Gefühl, daß ich sie niedergeschlagen habe.«

»Wenn du es nicht getan hättest, wäre es das nächstemal noch schlimmer. Oder es wäre jemand anderer. Meinst du, du könntest José Moreno k.o. schlagen?«

»Niemals.«

»Nun, wahrscheinlich wirst du das auch nie müssen«, sagte Duke. »Jetzt nicht mehr. Nicht nach dem, was heute war.«

»Hoffentlich«, sagte ich. Ich schüttelte den Kopf. »Aber ich sehe immer noch ihren Blick ...«

»Du meinst, die Tränen? Das ist bloß ihre Masche, mit der sie Männer beeindruckt. Bei Offizieren verfängt der Scheiß nicht.«

»Nein, ich meine, als ich sie wieder hochriß und auf die Kuppel zuschob. Wenn sie anstelle einer Kamera eine Waffe getragen hätte, wäre ich jetzt tot.«

»Genau das ist der Grund, weshalb sie eine Kamera anstelle einer Kanone trägt. Weil man ihr mit einer Kanone nicht vertrauen könnte.« Er nippte nachdenklich an seinem Glas und fügte dann hinzu: »Ich will dir etwas von wegen Integrität sagen, Jim. Integrität ist wie ein Ballon. Es hat gar nichts zu sagen, wie gut der Gummi ist; die Luft entweicht durch das Loch.«

»Äh ... sicher«, sagte ich. Ich begriff immer noch nicht ganz, worauf er hinauswollte.

»Integrität bedeutet: luftdicht. Keine Löcher im Ballon. Hundert Prozent.«

»Du willst also sagen?«

»Daß das, was du getan hast, richtig war. Du hast ein Loch dicht gemacht. Das war eine gute Lektion für die alle. Du hast denen gezeigt, daß der Job erledigt werden muß und daß es da keine Alternative gibt. Dein Team wird beim nächstenmal viel dichter sein. Du wirst den Unterschied sehen.«

»Danke«, sagte ich und meinte es auch so. »In Wirklichkeit habe ich es ohne nachzudenken getan. Ihr dauerndes Gejammere hat mir einfach den Nerv getötet.«

Duke hob sein Glas zu mir herüber. »Genau. Und du hast ihr die passende Reaktion gezeigt. Ich gratuliere dir. Ich grüße dich.« Und er trank auf meine Gesundheit.

Daran erinnerte ich mich jetzt. Ich fragte mich, wie Duke mich wohl grüßen würde, wenn ich einen General niederschlug.

Nun ... ich konnte zumindest darüber nachdenken.

Ich ging an die Vorderseite des Raums und sagte: »Hallo!«

Fletcher blickte müde lächelnd zu mir auf. »Selber hallo!«

Ich kam gleich zur Sache. »Ich hätte da eine Frage.«

»Die Antwort lautet wahrscheinlich: ›Ich weiß nicht.‹ Wie heißt die Frage?«

»Nun, Ihre Demonstration hier war sehr beeindruckend, trotz der Reaktion von General Wie-heißt-er-doch-gleich.«

»General Poole.«

»Das war General Poole? Ich wußte gar nicht, daß Generale so knapp sind.«

Fletcher gestattete sich die Andeutung eines Lächelns. »Wie lautet die Frage?«

»Nun, ich habe mich an etwas erinnert, was Sie vorher sagten, etwas über den Pelz der Gastropeden. Sie sagten, das sei nicht Pelz.«

»Stimmt. Das sind Nervenenden.«

»Nun, das ist meine Frage. Bei der Kommunion von zwei Würmern – ist es da nicht möglich, daß sie direkten Nerv-an-Nerv-Kontakt erleben?«

»Das tun die ganz entschieden«, meinte sie und nickte.

»Nun, könnte das nicht der Mechanismus sein? Vielleicht geben sie Nervenimpulse unmittelbar aneinander weiter.«

Sie hob eine Augenbraue und sah mich an. »Meinen Sie?«

»Sie halten nicht sehr viel von der Idee, wie?«

»Tatsächlich gefällt mir die Idee sogar sehr gut«, räumte Fletcher ein. »Damit könnte man eine ganze Menge erklären.«

»Aber?«

»Aber«, pflichtete sie mir bei, »das war einer der ersten Versuche, als wir anfingen, Lucky und Tiny zusammenzubringen. Und es war eine der ersten Hypothesen, die wir aufgeben mußten. Wir fanden eine Unmenge Argumente, die dagegen sprachen. Zu viele.«

»Wirklich?«

»Wirklich.« Sie sah auf die Uhr. »Also schön, ich werde Ihnen die Kurzversion bieten. Folgendes wissen wir: Die meisten Nervenfäden der Chtorraner sind sensorische Rezeptoren der einen oder anderen Art. Wir haben wenigstens siebzehn unterschiedliche Typen von Nervensträngen identifiziert – unterschiedliche Funktionen, unterschiedlicher Querschnitt, unterschiedliche Farben und so weiter. Alle Typen kann man weiter in Kategorien der Schattierung, der Länge und der Spezialisierung der Funktion aufteilen. Bis jetzt haben wir über fünfhundert unterschiedliche Subkategorien von Nervenfasern identifiziert. Wir nehmen an, daß es unter diesen einzelnen Typen eine beträchtliche Funktionsüberlappung gibt, haben aber bei weitem nicht genügend Leute, um die notwendigen Untersuchungen durchzuführen.

Was wir wissen, ist, daß die meisten Fasern sensorische Rezeptoren der einen oder anderen Art sind – aber vielleicht eine Faser unter tausend ist ein ›Kitzlernerv‹. Das ist wie ein kleiner Sender, der jeden Nerv auslösen kann, den er berührt. Das erklärt, weshalb der Pelz sich so prickelig anfühlt. Also, der Pelz sieht tatsächlich wie ein guter Kommunikationsmechanismus aus. Sie können sich selbst auf die Schulter klopfen, daß Sie diese Möglichkeit erkannt haben. Jetzt aber zu den schlechten Nachrichten. Funktionieren kann das unmöglich. Wollen Sie sich eine Minute Zeit nehmen, sich es selbst auszurechnen?«

Ich überlegte. »Ein Verbindungsproblem?«

»Nicht ganz. Den Würmern fällt es nicht schwer, miteinander Kontakt zu finden. Im Zustand der Kommunion berühren sich wenigstens zwanzig Prozent ihrer Oberfläche. Aber Sie sind auf der richtigen Spur. Ein Netzproblem.«

»Was?«

»Wenn Sie einen Computer an einen anderen anstöpseln, wieviele Leitungen verbinden Sie dann?«

»Nur eine. – Oh, jetzt verstehe ich, worauf Sie hinauswollen. In einem Standard-Lux-Kabel gibt es eintausendundvierundzwanzig individuelle Kanäle.«

»Richtig. Und jetzt nehmen Sie einmal an, Sie hätten es mit Drähten zu tun, statt mit Licht, und müßten jeden Draht von Hand verbinden. Und nehmen Sie ferner an, Sie wüßten nicht, welcher wohin führt. Wie groß ist die Chance, daß Sie jede Leitung in die richtige Dose bringen?«

»Null, das heißt, noch schlimmer als das«, sagte ich. »Es gibt Milliarden falscher Kombinationen und nur eine einzige richtige.«

»Die Lösung dieses Problems würde mehr Zeit beanspruchen, als dieses Universum erleben wird«, sagte sie. »So, und das erheben Sie jetzt ins Quadrat, dann haben Sie die Chance, die dagegen spricht, daß zwei Würmer zum Zwecke der Kommunikation einen direkten Nerv-zu-Nerv-Kontakt herstellen. Sie brauchen es mir nicht zu glauben«, fügte sie hinzu. »Gehen Sie zum nächsten Terminal und machen Sie eine Computersimulation.«

»Nein, es ist schon gut. Ich glaube es Ihnen. Aber könnten die Würmer nicht irgendein internes Decodiersystem haben?«

»Daran hatten wir auch schon gedacht«, sagte Fletcher. »Zwei Leute von der Minsky Foundation haben sich damit befaßt. Sie sagten, es sei nur dann möglich, wenn das betreffende Lebewesen fast ausschließlich Gehirn und sehr wenig sonst wäre. Bis jetzt haben wir dafür keine Beweise gefunden. Hatten Sie Gelegenheit, sich Fotoisotomografien anzusehen?«

»Die Demonstrationen habe ich gesehen, aber ich hatte keine Gelegenheit, selbst herumzustochern.« Eine Fotoisotomografie war eine dreidimensionale Landkarte. Leicht herzustellen. Man schneidet einen gefrorenen Wurm in dünne Scheiben und nimmt nach jedem Schnitt ein Bild des Querschnitts auf. Sämtliche Bilder speichert man in einem Computer – der Computer bewahrt die Daten als dreidimensionale Anordnung auf, die man dann als visuelle Darstellung untersuchen kann. Man kann jeden Teil des Wurmkörpers untersuchen, drinnen oder draußen, aus jedem Winkel. Mit einem Joystick kann man sich durch den ganzen Körper bewegen, die Blutbahn, Nerven und andere Strukturen nachziehen. Bis jetzt fiel das meiste von dem, was wir gesehen hatten, immer noch in die Kategorie ›andere Strukturen‹. Es gab Organe in den Würmern, die ohne sichtliche Funktion waren. Handelte es sich um Überbleibsel einer Entwicklung, also so etwas wie den menschlichen Blinddarm, oder waren sie etwas völlig anderes, eine Art biologische Reserveschaltung, die nur darauf wartete, aktiviert zu werden?

»Wenn Sie wollen, sorge ich dafür, daß Sie Laborzeit bekommen«, sagte Fletcher. »Wenn Sie beweisen können, daß die über die Rechenkapazität für die Art von Codierung verfügen, dann tanze ich nackt mit einem großen rosa Wurm.«

»So sicher sind Sie, hm?«

»So sicher bin ich, ja.«

»Hm«, machte ich. »Aber das führt zu einer weiteren Frage.«

Sie sah wieder auf die Uhr. »Hoffentlich nur zu einer kurzen.«

»Wenn die Kitzlernerven nicht für Kommunikation bestimmt sind, wozu dann?« fragte ich.

Fletcher lächelte. »Stimulation. Sehr *intensive* Stimulation. Wahrscheinlich sehr sexuell. Kommunikation ist eine Art Umarmung. Die Dichte der Fasern in Verbindung mit den Kitzlernerven muß dafür sorgen, daß das ein sehr intensives Erleben ist. Sie haben ja gesehen, wie sie bei ihrem ›Höhepunkt‹ starr wurden, oder?«

Ich nickte, fragte aber: »Ist das jetzt Theorie oder Tatsache?«

Einen Augenblick huschte so etwas wie Verstimmung über ihr Gesicht. Es tat mir sofort leid, daß ich die Frage gestellt hatte. Jemand wie General Poole würde so etwas sagen. Aber Dr. Fletcher ließ es dabei bewenden. »Eine *Extrapolation*«, verbesserte sie. »In unserer eigenen Ökologie wissen wir, daß die sexuellen Empfindungen in dem Maße intensiver werden, wie die Lebensformen sich höher entwickeln. Ebenso auch die Rituale und die Kommunikationsmechanismen. Menschen sind das beste Beispiel dafür. Die Würmer mögen auf der Straße der Entwicklung eine gute halbe Milliarde Jahre weiter sein als irgend etwas, das sich auf der Erde entwickelt hat, aber das bedeutet nicht, daß sie notwendigerweise intelligenter sind; es impliziert lediglich einige Größenordnungen der Anpassung. Wer weiß? Die Würmer könnten das sein, zu dem sich terranische Regenwürmer einmal entwikkeln. Sie sollten wissen, daß durch sexuelle Reproduktion nicht nur die Entwicklung gefördert wird, sondern daß darin auch ein Selektionsmechanismus für mehr Sexualität in der Gattung liegt.«

Ich grinste. »Okay, kein Widerspruch.«

Sie sah wieder auf die Uhr, blickte verstimmt, ging aber

nicht – noch nicht. »Hören Sie, James«, sagte sie zu mir. »Sie stellen lauter richtige Fragen. Wenn Sie genügend richtige Fragen stellen, werden Sie wahrscheinlich die meisten Schritte nachvollziehen, die wir in den letzten achtzehn Monaten zurückgelegt haben. Im Augenblick hängen wir an dieser Kommunikationsgeschichte fest, und ich habe schrecklich Angst, daß wir irgend etwas so Offensichtliches übersehen, daß selbst ein Lieutenant es erkennen könnte.« Sie lächelte mir zu, eine Art fragendes Lächeln. »Ist Ihnen irgend etwas aufgefallen?«

»Nun«, begann ich vorsichtig, »da ist etwas. Sie haben doch unsere Videos gesehen, oder nicht? Die aus dem Chopper?«

»Doch, das habe ich.«

»Ist Ihnen an den Bunnydogs und dem kleinen Tanz, den sie aufgeführt haben, etwas aufgefallen?«

»Sie meinen, ob es mich an die Herde erinnert hat?«

»Dann haben Sie es auch erkannt.«

»Der Vergleich liegt nahe«, sagte sie.

»Ich glaube, es ist mehr als das. Sie waren es, die mir den Hinweis darauf gegeben hat. Erinnern Sie sich, wie Sie das Phänomen des Zusammendrängens in der Herde genannt haben? Einen ›Anwendungsprozeß‹ nannten Sie es.«

»Es ist wesentlich mehr als nur das«, sagte Fletcher. »Für die Herde ist es etwas sehr Wesentliches, um ihre Identität zu mörteln. Es ist der Klebestoff, der die Mitglieder zusammenhält.«

»Ja natürlich – aber für jemand, der der Herde nicht angehört, ist es etwas anderes. Für ihn ist es eine ... Einladung.«

»Nun gut. Und?« Und dann ging ihr ein Licht auf. Sie blickte überrascht zu mir auf. »Die Bunnydogs?«

»Mhm. Genau. Ich denke, ihr Tanz war eine Einladung an Colonel Tirelli und mich. Wir sollten herauskommen und uns ihnen anschließen.«

Ihr Gesichtsausdruck wurde nachdenklich. »Warten Sie mal.« Sie nahm ihr Telefon vom Gürtel und drückte eine Nummer. »Jerry? Fletch. Ich werde mich verspäten. Kannst du ...?« Sie lauschte einen Augenblick lang. »Oh, gut. In Ordnung. Danke.« Sie klappte das Telefon wieder zusammen und steckte es in den Gürtel zurück. »Also gut – Sie haben offensichtlich darüber nachgedacht. Ich will den Rest hören.«

»Nun, als ich im Krankenhaus war, habe ich viel gelesen. Ich habe mir Dr. Fromkins Aufsätze über Kommunikation angesehen.« Sie runzelte die Stirn, als ich den Namen erwähnte. »Stimmt etwas nicht?« fragte ich. »Ich dachte, Sie hätten bei ihm studiert. Sie sagten mir doch einmal, daß sie eine *Mode*-Ausbildung mitgemacht haben.«

»Ja, das habe ich, und das hat mir auch sehr viel gegeben. Aber ... mir gefällt nicht, was daraus geworden ist. Ich mag die – aber lassen wir das. Fahren Sie mit dem fort, was Sie sagen wollten.«

»Nun – seine Studien schienen darauf hinauszulaufen, daß menschliche Wesen nicht sehr oft echte Kommunikation erleben. Tatsächlich wissen die meisten von uns nicht einmal, was echte Kommunikation wirklich ist. Wenn Sie in einem Lexikon nachsehen, dann wird Kommunikation dort als Austausch vereinbarter Symbole bezeichnet. Fromkin sagt, das sei eine mangelhafte Beschreibung der Kommunikation. Er befaßt sich sehr ausführlich damit und demonstriert ...«

»Ich kenne die Aufsätze«, unterbrach mich Fletcher. »Sie brauchen sie mir nicht zu wiederholen.«

»Nun gut. Fromkin formulierte es so, daß wahre Kommunikation tatsächlich die Übermittlung von Erleben ist. Wenn ich ein Gefühl aus meinem Kopf herausnehmen und es direkt in den Ihren hineingießen könnte, so wäre das wahre Kommunikation. Er sagt, wenn wir mit der Art von Kommunikation funktionieren könnten, würde unsere Wahrnehmung von uns selbst, dem Universum allem, völlig verwandelt werden. Eine solche Rasse würde wie Götter sein. Das ist es, was ich über die Würmer gedacht habe.«

Fletcher nickte. »In dem Tunnel waren wir auch. Nur daß wir bis jetzt keinen Käse gefunden haben. Aber fahren Sie fort.«

»Nun, das war nur mein erster Gedanke. Was mich wirklich umgehauen hat, war, was Fromkin über Sprache sagte. Er sagte, die Sprache sei unzureichend, um Erleben zu vermitteln. Eine Sprache ist in Wirklichkeit nur eine Anordnung von Konzepten, und daher eignet sie sich großartig dazu, das *physische* Universum zu beschreiben, ist aber absolut ungeeignet, um das *persönliche* Universum zu beschreiben; das heißt das Universum des individuellen Erlebens. Ich meine, versuchen Sie doch einmal, Liebe zu beschreiben, ja? Das Beste, wozu Sprache imstande ist, ist das Erleben *hervorzurufen*. Daß es den menschlichen Wesen so gut geht, ist nur Zeugnis dafür, daß wir der Kommunikation ergeben sind, und nicht, daß wir sie beherrschen.

Er sagte, bevor eine Übermittlung von Erleben stattfinden kann, muß unbedingt eine *Beziehung* der Kommunikation zustande kommen. Kommunion. Stimmt's? Nun – das ist das Zusammendrängen der Herde, nicht wahr? Eine Bereitschaft, zusammen zu sein, ist es jedenfalls. Und das ist das Zusammendrängen der Bunnydogs auch, das wette ich.« Ich studierte ihr Gesicht aufmerksam. »Was denken Sie?«

Sie antwortete langsam: »Ich denke, daß Sie das sehr gut gemacht haben.« Sie griff nach meinem Arm. »Kommen Sie, machen wir einen kleinen Spaziergang. Ich lade Sie zu einer Tasse Kaffee ein. *Echten* Kaffee. In meinem Büro.«

»Wie? Ja, sicher.« Ich war etwas verwirrt. Gewöhnlich pflegte sie wissenschaftliche Fragen unverzüglich zu beantworten.

Während sie den Kaffee braute, machte sie mit mir Konversation. »Erinnern Sie sich an die Eier, die Sie nach Denver gebracht haben, die, aus denen Millipeden geworden sind?«

»Ja?«

»Wir hielten sie am Leben, weil sie die einzigen rotbauchigen Millipeden waren, die wir je gesehen hatten – zumindest bis vor kurzem. Die im Norden hatten alle rote Bäuche. Nehmen Sie Milch? Tut mir leid, Zucker habe ich keinen. Jedenfalls interessiert es Sie vielleicht, daß die Rotbäuche nicht so gefräßig sind wie ihre schwarzbäuchigen Vettern. Sie wachsen auch wesentlich langsamer. Und – wenn Sie eine noch nicht dokumentierte Meinung hören wollen – ich vermute auch, daß sie klüger sind. Wir hatten uns ein paar Labyrinthtests vorgenommen, hatten aber bisher noch keine Gelegenheit, weil uns der Umzug hierher so beschäftigt hat. Ich glaube, wir haben Ihre drei Käfer mitgebracht; ich müßte nachsehen, falls Sie sehen wollen, wie es ihnen geht.« Sie reichte mir eine schwere weiße Tasse.

»Später«, sagte ich. »Was ist mit meiner Idee wegen der Bunnydogs?«

Sie setzte sich mir gegenüber. »Ist der Kaffee in Ordnung?«

Ich kostete höflich und schickte mich schon an, die Frage noch einmal zu stellen, hielt dann aber inne und sah noch einmal in die Tasse. Das Aroma war *himmlisch*. Ich atmete tief ein. »Mmmm – großartig. Vielen Dank.« Ich beschloß, den Mund zu halten und mich ganz dem Genuß dieses wunderbaren Duftes hinzugeben.

Dr. Fletcher hingen ein paar lose Haarsträhnen in die Stirn. Sie wischte sie nach hinten, und erst jetzt bemerkte ich, wie müde sie aussah. Sie hatte winzige Fältchen um die Augen. Sie mußte in diesen letzten paar Wochen unter ungeheurer Spannung gestanden haben.

Sie nippte an ihrem Kaffee und sagte: »Wir haben die Pläne für einen weiteren Einsatz ausgearbeitet, James – im Norden, derselbe Bereich –, mit dem speziellen Ziel, Kontakt zu den Bunnydogs herzustellen. Wir glauben, daß die Möglichkeit besteht, daß wir es hier mit der nächsten Stufe zu tun haben, aber sicher sind wir nicht. Über diesen Tanz und was er bedeuten könnte, hat es eine Menge Diskussion gegeben. Wir haben viel Zeit damit verbracht, uns diese Videos anzusehen.« Sie machte eine Pause, drehte ihre Kaffeetasse, nahm einen kleinen Schluck und sagte dann: »Und wir haben uns mit vielen der Dinge befaßt, mit denen Sie sich auch befaßt haben.«

Ich spürte, wie die Luft aus meinem Ballon entwich. »Dann ... ist das für Sie nicht neu, wie?«

Sie schüttelte den Kopf. »Nein. Aber daß der Tanz eine Einladung sein könnte – das ist sehr interessant. Das hatten wir nicht erkannt.« Sie studierte mein Gesicht.

Ich seufzte und blickte in meinen Schoß. Jetzt drehte ich meine Kaffeetasse zwischen beiden Händen. »Sie versuchen, mich weich aufsetzen zu lassen, wie?«

»Keineswegs. Tatsache ist, daß Sie nicht nur die Ähnlichkeit gesehen haben, sondern auch die entsprechenden Untersuchungen durchgeführt haben und eine verdammt gute

Hypothese geliefert haben. Sie gibt viel mehr Sinn ab, als Sie vielleicht erkennen.« Sie kratzte sich nachdenklich am Kopf. »Ich glaube, ich sollte Ihnen wohl besser einen Job anbieten, James.«

»Einen Job?«

»Mhm«, nickte sie. »Wir werden einen Einsatzspezialisten brauchen. Ich denke, Sie könnten sich für diese Position eignen.«

SIEBENUNDDREISSIG

In dem Raum saßen acht Menschen rings um einen riesigen Konferenztisch mit glänzender Platte. Colonel Tirelli, Colonel Anderson, Jerry Larsson, Dr. Zymph und Dr. Fletcher kannte ich; General Poole wurde von zwei Adjutanten flankiert. Die drei sahen etwa so angenehm wie ein Teller mit Kantinenchili aus.

»Von Ihren Videos ausgehend«, sagte Dr. Zymph gerade, »müssen wir annehmen, daß es tatsächlich möglich sein kann, mit den Bunnydogs *oder* den Würmern Kommunikation aufzunehmen.« Sie sah immer noch wie eine Lastwagenfahrerin aus; sie war eine untersetzte, faßförmige Frau mit dem Gesichtsausdruck einer Bulldogge und den entsprechenden Backen. Ihr Haar war noch grauer geworden, als ich es in Denver in Erinnerung hatte, aber ihre Stimme war immer noch dieselbe – so als hätte sie Kieselsteine im Mund. »Wir konnten unter den Geschöpfen, die wir jetzt ›Bunnydogs‹ nennen, über hundertdreiundvierzig spezifische Interaktionen identifizieren und weitere siebenundachtzig Interaktionen zwischen den Bunnydogs und den Würmern.«

»Und ausgehend von dieser Erkenntnis wollen Sie einen Menschen unter ihnen absetzen. Stimmt das?« fragte ich.

»Dem Einsatzspezialisten wird jeder nur mögliche Schutz zur Verfügung gestellt werden«, knurrte General Poole. »Sie werden zwei volle Züge hinter sich haben.«

»Aber im wesentlichen verlangen Sie doch von mir, daß ich aus einem Chopper steige, auf den ersten Bunnydog zugehe, den ich sehe, und versuche, ihm die Hand zu schütteln. Das stimmt doch?«

Das gab Dr. Zymph zu. »Wir möchten einen Menschen und einen Bunnydog einander von Angesicht zu Angesicht gegenüberstellen und sehen, was passiert.«

»Und wenn ich dabei nicht aufgefressen werde, dann wissen Sie, daß es für die echten Wissenschaftler ungefährlich ist, rauszukommen und zu reden«, fuhr ich fort.

»Nicht gerade das, aber ...«

»Doch genau das!« unterbrach ich. »Sie wollen mich als Köder anbieten, so wie eine Ziege, mit der man einen Tiger fängt. Genau das haben Sie hier dargelegt.«

»Lieutenant«, sagte der General warnend.

»Entschuldigen Sie, Sir, aber ich glaube, jetzt ist Zeit, daß ich etwas über diese Idee sage. Das wird nicht funktionieren. Zumindest nicht so, wie man es hier erklärt hat. Ich weiß, daß ich nur ein Lieutenant bin, aber ich habe mit den Würmern und den Bunnydogs mehr Erfahrung – und zwar von Angesicht zu Angesicht – als irgend jemand sonst in diesem Raum. Und deshalb bin ich der Experte.«

»Das ist richtig«, sagte General Poole. »Das macht Sie ja für den Erfolg der Mission so wichtig. Wir wollen Ihre Erfahrung nutzen.« Er trug wieder sein Plastiklächeln.

»Wenn Sie das wirklich so meinen, General, dann werden Sie sich auch anhören, was ich Ihnen zu sagen habe. Ich habe schon eine ganze Menge komische Ideen erlebt, die aus Denver heruntergekommen sind – und auch von sonstwo –, alle darüber, wie wir mit den Würmern umgehen sollten. Einige davon sind – interessant. Die meisten sind gefährlich. Ein paar sind verdammt albern. Aber fast jede davon läuft darauf hinaus, daß irgendein Knilch wie ich hingeht und seinen Hals riskiert, um die Idee von einem anderen zu testen. Wenn der Einsatz scheitert, verlieren Sie außer Ihrem Gesicht gar nichts. Aber das Arschloch, das Ihnen vertraut hat, findet sich im Inneren eines riesigen rosafarbenen Appetits mit Haaren.«

»Sie sagen also ...?«

»... daß, wenn schon jemand seinen Kopf in den Rachen des Löwen stecken muß, er wenigstens das Recht haben sollte, sich seinen eigenen Löwen auszusuchen.«

Dr. Zymph räusperte sich. Wir sahen alle zu ihr hinüber. »Ich glaube, Sie übertreiben jetzt ein wenig, Lieutenant.«

»Nein, das tue ich nicht! Ich bin derjenige, der drei Würmer eingefroren hat, ehe wir festgestellt haben, daß das unmöglich ist. Das hier ist noch unvernünftiger. Ich gebe ja zu, daß ich mich damit unbeliebt mache, aber könnten Sie nicht etwas finden, was wenigstens etwas weniger durchsichtig ist?«

»Sind Sie fertig?« fragte sie.

»Für den Augenblick schon. Wenn mir noch etwas einfällt«, knurrte ich dann, »werde ich Sie wieder unterbrechen.«

General Poole wartete einen Augenblick lang und sagte dann leise: »Lieutenant! Ich will ja die Leistungen der Onkel-Ira-Gruppe in keiner Weise bagatellisieren. Aber ich darf Sie daran erinnern, daß Sie immer noch Onkel Sams Armee angehören. Als Sie Ihren Eid ablegten, haben Sie damit auch Ihre Bereitschaft erklärt, wenn nötig, Ihr Leben einzusetzen.« Er sah mich mit seinem berühmten einschüchternden Lächeln an.

Und ich ihn mit meinem widerspenstigen Blick. »Ich habe einen Eid abgelegt, keinen Selbstmordvertrag abgeschlossen, Sir.«

»Ich spreche hier vom Dienst für Ihr Land und von Pflicht, Lieutenant.«

»Und wenn es mein Wunsch gewesen wäre, über Dienst und Pflicht zu reden, dann hätte ich mich einem Stamm angeschlossen und dort Kriegstänze aufgeführt.«

»Das ist wohl Ihre Antwort, nehme ich an? Sie wollen also diese Gelegenheit nicht wahrnehmen.«

»Ganz im Gegenteil, Sir. Ich lege sogar großen Wert darauf. Aber, wenn ich der Typ sein soll, der aus dem Chopper steigt und zu den Bunnies und den Würmern ›schönen guten Morgen‹ sagen soll, und zwar nur mit meinem eigenen guten Aussehen bewaffnet und meiner schillernden Persönlichkeit, dann ist es meine Verantwortung, dafür zu sorgen, daß das, was ich tun soll, auch wirklich machbar ist.«

General Poole blickte etwas angewidert in die Runde. »So kommen wir nicht weiter. Wen haben wir denn sonst noch? Vorzugsweise jemand mit ein bißchen Mumm.«

»Keinen, der qualifiziert ist«, sagte Dr. Fletcher. »Wenn wir nicht McCarthy einsetzen, dann muß ich es machen oder Jerry.«

»Kommt nicht in Frage«, sagte Zymph.

Lizard sagte: »Entschuldigen Sie, aber ich habe McCarthy im Einsatz gesehen. Er ist weder ein Feigling noch ein Narr. Ich würde gerne hören, was er zu sagen hat.«

Poole funkelte sie an.

»General«, sagte Colonel Danny Anderson, »ich auch.«

Jetzt heftete sich der böse Blick des Generals wieder auf mich. »Allright, wenn Sie noch etwas zu sagen haben, Lieutenant, dann raus damit.«

»Sir, da bin ich jetzt Ihnen gegenüber im Nachteil. Ich habe nur eine halbe Stunde Zeit gehabt, mir diesen Vorschlag anzusehen, gerade genug Zeit, um zu erkennen, daß er ernsthafte Fehler enthält. Ich muß mich also wirklich bei denen entschuldigen, die ihn verfaßt haben.« Jerry Larson blickte finster. Ich ließ mich nicht aus dem Konzept bringen. »Aber ich glaube nicht, daß dieser Vorschlag genügend berücksichtigt, womit wir es hier wirklich zu tun haben.«

Larson hob die Hand. »Darf ich?« General Poole nickte. Larson fuhr fort: »Da bin ich ganz anderer Ansicht! Dieser Vorschlag berücksichtigt sehr wohl, womit wir es zu tun haben.« Er klappte seine Kopie auf und drehte das Buch so herum, daß ich es sehen konnte. »Wir wissen, wie gefährlich die Würmer sein können. Wie schicken genügend Feuerkraft ...«

»Das ist der *erste* Fehler«, sagte ich. »Sie haben das als *militärische* Operation konzipiert. Sie wollen Männer und Maschinen in der am stärksten infizierten Region absetzen, um zu sehen, wer kommt, um ›guten Tag‹ zu sagen. Ich bin sicher, daß die Würmer inzwischen von Choppers nicht gerade begeistert sind. Wir lassen daraus den Tod vom Himmel regnen. Wenn Sie den Einsatz nicht entmilitarisieren, werden Sie damit nicht einmal nahe genug an die Würmer oder die Bunnies herankommen. Sie werden das Team absetzen und die Choppers schleunigst wieder abziehen müssen – oder sie verstecken. Und auch alles verstecken, das auch nur entfernt wie eine Waffe aussieht. Vielleicht überhaupt keine Waffen mitnehmen.

Was ist denn, wenn die Bunnies oder die Würmer telepathisch sind oder sonstwie über die Fähigkeit verfügen, feindselige Gefühle wahrzunehmen? Dann sind wir erledigt, ehe wir richtig angefangen haben.«

General Poole sah zu Dr. Zymph hinüber. »Ist das möglich?«

Dr. Zymph verzog die Lippen zu einer nachdenklichen Grimasse. »Ja, das könnte schon sein.«

Aus General Pooles Reaktion war klar zu erkennen, daß ihm die Antwort nicht paßte. »Würden Sie bitte deutlicher werden?«

»Ja natürlich. Diese Information ist noch nicht allgemein verbreitet worden, weil wir nicht sicher sind, wie wir sie interpretieren sollen. Aber es gibt irgendeine Kommunikation zwischen den Würmern, die wir nicht erklären können. Ich nehme an, Sie haben Dr. Fletchers Demonstration gesehen.«

General Poole gab einen Laut von sich, den man als Zustimmung deuten konnte.

»Nun«, sagte Dr. Zymph, »das wird Sie wahrscheinlich interessieren. Im Januar dieses Jahres haben wir auf dem Cumberland Plateau in Tennessee drei neue Waffen gegen die Würmer eingesetzt. Es handelt sich dabei um ein weitgehend isoliertes Areal, das sich deshalb recht gut für Testzwecke eignete. Wir haben drei Arten von Biocidkapseln getestet, zwei Arten von Gasminen und vier verschiedene Wurmsperren. Binnen zwei Monaten hatten die Würmer in der Region gelernt, die Minen zu erkennen und ihnen aus dem Wege zu gehen – selbst wenn wir sie in der Erde vergruben. Sie lernten auch, die Pferde zu ignorieren, die die Biocidkrägen trugen, und lernten es, zwei der Zäune zu neutralisieren.

Wir verlegten dann die Testregion in das westliche Kanada. Binnen einer *Woche* mußten wir erkennen, daß die Würmer in den kanadischen Rockies bereits wußten, wie unsere Gasminen zu erkennen und wie zwei der Testbarrieren zu neutralisieren waren. Und von den Pferden, die wir aussetzten, haben sie kein einziges genommen. Lediglich zwei Ponys mit Biocidkrägen und nachher auch keine mehr. Als wir nach Tennessee zurückgingen, nahmen die dortigen Würmer keine Ponys an. Sie lernten die Biocidkrägen erkennen und lernten, die Information weiterzugeben. Würden Sie das als einigermaßen intelligent bezeichnen, General?«

General Poole runzelte die Stirn. Ich hätte Dr. Zymph küssen können.

So sagte ich schnell. »Worauf ich also hinauswill, ist folgendes: Wir dürfen es einfach nicht riskieren, irgend etwas mitzubringen, das als militärische Hardware identifiziert werden kann. Das wäre das eine. Das zweite ...«

»Augenblick. Ich habe Ihren ersten Punkt noch nicht verdaut«, sagte General Poole. Er sah mich mit gerunzelter Stirn an. »Zuerst sagen Sie mir, daß Sie Ihren Kopf riskieren, und dann sagen Sie, daß Sie keinen Schutz *haben wollen.*«

»Ich will nicht, daß er *sichtbar* ist«, sagte ich. »Das ist das zweite, was ich sagen wollte. Dieser Vorschlag baut auf zu vielen Unterstellungen bezüglich des Verhaltens der Würmer und der Bunnies auf. Und ich glaube nicht, daß wir auch nur den Versuch machen sollten, einen Kontakt so zu strukturieren, wie das hier vorgeschlagen ist. Das würde nur dann Sinn abgeben, wenn wir versuchten, mit einer anderen *menschlichen* Spezies Kontakt herzustellen. Hier gibt es keinen Sinn.«

»Tut mir schrecklich leid, Lieutenant.« General Poole schien verstimmt. »Jetzt verstehe ich Sie überhaupt nicht mehr. Mir ist dieser Vorschlag ganz klar: Absetzen und Reden.«

Meine Verärgerung mußte wohl unübersehbar gewesen sein, denn Dr. Fletcher beugte sich zu mir herüber und legte mir die Hand auf den Arm. »Ich glaube, Lieutenant McCarthy will sagen, daß wir die Beziehung zwischen den Bunnydogs und den Würmern noch nicht genau kennen. Daß hier eine Art von Partnerschaft vorliegt, wie es sie auf diesem Planeten nicht gibt, ist ganz offensichtlich; schließlich ist auf unserer Entwicklungsuhr noch nicht genügend Zeit abgelaufen, als daß so etwas hätte geschehen können.

In unseren Experimenten konnten wir die Würmer *trainieren* – mit ihnen sprechen konnten wir nicht. Das läßt vermuten, daß wir es mit einer im Wesen *un*intelligenten Lebensform zu tun haben. Aber andererseits ist es durchaus möglich, daß wir es mit unreifen oder wilden Individuen zu tun gehabt haben, so daß eine geringe Chance für Kommunikation bestand, so wie mit einem dreijährigen Baby oder einem Wolfsjungen. Also ist der Bereich für unsere Ermittlungen noch nicht genau definiert.

Was nun die Bunnydogs angeht – nun, aus Lieutenant McCarthys sehr ausführlichen Videoaufzeichnungen geht hervor, daß die Bunnydogs beträchtlichen Einfluß auf die

Würmer ausüben, sie vielleicht sogar *kontrollieren*. Wir müssen unbedingt wissen, worauf diese Beziehung basiert und ob es für menschliche Wesen möglich ist, eine ähnliche Beziehung zu den Würmern herzustellen. Das ist *unser* Ziel für Kommunikation. Lieutenant McCarthy deutet nun an, daß die Bunnies und die Würmer möglicherweise eigene Ziele und Methoden besitzen, die weit über das hinausgehen, was wir uns durch Extrapolation vorstellen können, und das müssen wir in unserer Planung berücksichtigen. Wir müssen flexibel sein.«

General Poole sah sich am Tisch um. Er rieb sich nachdenklich das Kinn. Die anderen warteten. Schließlich wandte er seine Aufmerksamkeit wieder Dr. Fletcher zu. »Diesmal gibt das, was Sie sagen, Sinn«, sagte er.

Dr. Fletcher schaffte es besser, ihre Verstimmung zu verbergen, als mir das gelungen wäre. Sie sagte nämlich lediglich: »General, das sage ich ja schon die ganze Zeit.«

Dr. Zymph wirkte so, als würde sie unterbrechen wollen, aber General Poole hob die Hand, um sie daran zu hindern. »Nein, ich bin jetzt dran! *Einige* Privilegien bringt der Rang immer noch mit sich. Dieser Verein hier ist die konfuseste Operation bei dem ganzen Einsatz. Meine Anweisungen lauten, der Wissenschaftssektion volle Unterstützung zu liefern. Ich muß Ihnen also das geben, was Sie brauchen, aber *so* kann ich nicht arbeiten. Ihr wißt ja gar nicht, was ihr wollt. Zuerst wollt ihr militärische Unterstützung und dann wieder nicht. Fehlt nur noch, daß Sie mir sagen, daß der Lieutenant nackt mit diesen Pelzkugeln tanzen ...«

»Das ist gar keine so schlechte Idee«, sagte ich leise.

Der General hatte gehört, was ich gesagt hatte, und warf mir einen vernichtenden Blick zu. »Ehe wir hier weitermachen, möchte ich, daß wir uns wenigstens in etwa darüber einigen, was Sie jetzt tun wollen und *wie* Sie es tun wollen. Und ich bin es jetzt leid, diesem Gequatsche hier zuzuhören. Ich habe *echte* Arbeit. Kommen Sie mir bloß nicht wieder, ehe Sie nicht ganz genau wissen, was Sie tun wollen. Verstanden? Die Sitzung ist beendet.« Der General stand auf und ging, gefolgt von seinen Adjutanten, hinaus. Lizard wechselte einen Blick mit Danny Anderson, und dann eilten die beiden hinterher. »General Poole ...« Mich hatte sie überhaupt nicht angesehen.

Dr. Zymph sah mich über den Tisch hinweg an. »Wissen Sie, Lieutenant, wenn Sie *keine* Kanone in der Hand haben, sind Sie ja noch gefährlicher.« Dann stand sie auf und ging hinaus. Jerry Larson murmelte irgend etwas Unverständliches und folgte ihr.

Ich sah Dr. Fletcher an. »Ich bekomme den Job also nicht, hm?«

Sie legte mir wieder die Hand auf den Arm. »James, Sie haben gesagt, was gesagt werden mußte. Danke, daß Sie es gesagt haben.«

»Aber ...?«

»Aber ich glaube, Sie sollten sich besser etwas rar machen. Es wird eine Weile dauern.«

ACHTUNDDREISSIG

Der Jack London Square in Oakland sah ganz anders aus, als man sich einen Platz vorstellte.

Früher mochte er das einmal gewesen sein, aber jetzt war er ein großer, weitgeschwungener Bogen, der eine geschützte Lagune umfing. Das Ufer säumten mit glitzernden Lichtern behängte hohe Bäume, die weite, von rosafarbenen Ziegelpfaden durchzogene Rasenflächen überblickten. Hinter der Rasenfläche stand eine lange Reihe eleganter, dreistöckiger neoviktorianischer Gebäude. Dazwischen wechselten sich winzige Geschäfte mit kleinen Straßencafés ab, die alle in weiches Gaslicht gebadet waren.

Mir war, als wäre ich in eine andere Welt getreten, eine altmodische Phantasievorstellung von einem anderen Zeitalter. Es sah aus wie ein Märchen. Alles war zu schön. Es gab breite Avenuen für Spaziergänger, schattige Arkaden und dazwischen vereinzelte Lauben. Die einzigen Fahrzeuge, die zu sehen waren, waren hier und da ein Peditaxi. Silberhelle Musik – wie Märchenglocken – schwebte über dem Wasser.

Ich stand vor einer mächtigen Bronzeplatte, die in einem Betonpfeiler eingelassen war. Die Platte trug einen riesigen Pfeil, der direkt auf den Boden deutete und die Schrift darüber sagte: »SIE STEHEN DA!«

Darunter stand in kleineren Lettern: FÜR GERTRUDE STEIN.

Ich würde wohl jemanden brauchen, der mir das erklärte.

Ich schulterte meinen Karabiner und setzte mich in Bewegung.

Das Restaurant lag am Ende der kleinen Promenade. Es nannte sich *Crystal Castle* und wirkte wie eine bunte Collage aus Barockfenstern, Verzierungen im Zuckerbäckerstil und Mosaikscheiben. Das Licht im Inneren des Lokals war ein Gemisch aus Opal, Gold und Rosarot. Es sah aus, als hätte es jemand geträumt. Als ich näherkam, konnte ich die sanften

Klänge eines Streichquartetts hören. Mozart? Ich war nicht sicher.

Im Vestibül mischten sich die Farben Smaragd und Gold. Das Ganze war bewußt übertrieben, um einen wissen zu lassen, daß es elegant war. Aber ich wußte bereits, daß es teuer war: es hatte menschliche Kellner. Der Empfangschef trug einen grünen Anzug, den er vielleicht aus den Requisiten des Zauberers von Oz entliehen hatte. Er bat mich, meinen Karabiner abzugeben, aber ich funkelte ihn an und sagte ihm, daß ich im Vierundzwanzig-Stunden-Einsatz wäre; darauf verbeugte er sich unterwürfig und ging mir aus dem Weg. Lizard war noch nicht da, und so ging ich zunächst in die Bar. Es war interessant, wie Leute auf das rote Barett der Special Forces reagierten.

Der Eindruck, den die Bar vermittelte, war gedämpft und entspannend. Die Wände waren mit poliertem Eichenholz getäfelt, soweit sie nicht mit purpurnem Samt bespannt waren. Die Kronleuchter erstrahlten im weichen Gold von Kerzenlicht. Die Spiegel hinter der Bar waren rauchig, so daß man sich selbst nicht beim Trinken sehen konnte.

Während ich wartete, studierte ich die Getränkeliste. Es gab hier Drinks, von denen ich noch nie gehört hatte. Was, zum Beispiel, war ein Gummiwurm? Oder ein Lederhelfer? Oder Klempners Rache?

Mein Telefon piepte.

Ich zog es vom Gürtel und klappte es auf. »McCarthy«, sagte ich.

»Jim?« Die Stimme Lizards.

»Hallo. Wo sind Sie?«

»Ich stecke in einer Besprechung fest, danke der Nachfrage.« Ihre Stimme klang verärgert. »Das wird heute abend noch entschieden werden.«

»Wann sind Sie fertig? Ich warte.«

»Geht nicht. Die lassen jetzt Sandwiches kommen. Wir sitzen hier noch Stunden. Unglücklicherweise haben Sie da eine richtige – entschuldigen Sie den Ausdruck – Dose mit Würmern aufgemacht. Wir werden unsere Verabredung streichen müssen.«

Darauf fiel mir keine höfliche Antwort ein.

»Jim? Sind Sie noch da?«

»Äh – ja. Sie haben sich gerade die unsterbliche Dankbarkeit von zwei sehr großen Hummern erworben.«

»Tut mir leid, Jim. Wirklich.« Es klang freilich gar nicht so.

»Wie wär's mit morgen abend?«

»Äh – nein, das geht nicht. Hören Sie, ich ruf Sie an. Einverstanden?«

»Ja. Bleibt mir ja nichts anderes übrig.«

»Es ist Ihnen wohl nicht recht, wie?« sagte sie. »Das höre ich an Ihrer Stimme.«

Also gab ich es zu. »Ja, ich bin enttäuscht. Ich hab mich wirklich sehr darauf gefreut.«

»Jim, ich muß jetzt weg«, sagte sie schnell. »Das verspreche ich Ihnen. Wir kriegen das schon hin. Ich freu mich drauf.« Sie schaltete ab.

Ich stand da und wunderte mich über die seltsame Mischung von Gefühlen, die mich bewegten. Ich fühlte mich gleichzeitig enttäuscht und herrlich. Ich klappte mein Telefon wieder zu und steckte es mir in den Gürtel. ›Ich verspreche es Ihnen. Wir kriegen das hin‹, hatte sie gesagt. ›Ich freu mich drauf.‹

An diesen vier Worten konnte ich mich eine ganze Weile erfreuen.

Nur – was würde ich *heute* abend tun?

Ich und mein großes Maul.

Ich winkte den Barkeeper her und bestellte einen ›Grünen Schleim‹. Er war groß. Und grün. Und hart. Mir wurden die Knie davon weich. Ich mußte mich hinsetzen. Ich fragte mich, wieviele davon ich wohl brauchen würde, um auch den Rest meiner Person in eine schleimige, grüne Pfütze zu verwandeln. Ich bestellte einen zweiten. Während ich darauf wartete, sah ich mich an der Bar um.

Das Chinesenmädchen hatte glänzende Augen.

Das war es, was mich auf sie aufmerksam machte – die Art und Weise, wie sie mich ansah. Dann sah ich, wie schlank sie war. Entzückend. Und ihre Hände, so zart wie Orchideenblüten. Und dann wanderte mein Blick wieder zu ihren Augen zurück. Sie sah aus, als wüßte sie etwas, was ich nicht wußte.

Sie schwebte auf mich zu. Mein Herz setzte einen Schlag aus. Jedes Männerauge in der Bar – und dazu ein paar Frauenaugen – folgten ihr. Sie trug ein Seidenkleid, das so rot war, daß man es hätte beschlagnahmen müssen. Und die Art, wie sie ging, war in mindestens siebenunddreißig Staaten verboten. Ein Gast an der Bar beugte sich so weit vor, daß er fast vom Hocker gefallen wäre.

Sie blieb unmittelbar vor mir stehen. Ich fragte mich, welcher Gott mir jetzt lächelte. »Kann ich etwas für Sie tun?« fragte ich.

Ihr Lächeln wurde noch süßer. Sie feuchtete sich die Lippen an und sagte: »Mich würde interessieren, was für ein Kaliber Ihre Waffe hat?« Damit tippte sie vieldeutig mit einem ihrer Elfenbeinfinger an den Lauf.

Mein Mund wurde trocken. Meine Kehle versagte mir den Dienst. Meine Zunge war wie gelähmt. »Äh«, brachte ich schließlich hervor. »Nun, äh – genau genommen überhaupt keines. Man schießt damit Elf-Gran-Nadeln, viertausend pro Minute. Man kann sie nicht so präzise fokussieren wie die Zwo-achtziger ...« Mein Mund fuhr fort, Worte hervorzubringen – automatisch. Ihr Lächeln hatte mich aufgespießt. Sie wandte keine Sekunde die Augen von mir. Sie war *fasziniert.* »Äh – das Ziel wird davon zwar zerfetzt, aber das ist wirksamer. Gegen Würmer, meine ich.«

»Ich habe noch nie so *grüne* Augen gesehen«, sagte sie.

»Wirklich?« Ich schluckte.

»Hm-mm.« Sie glitt auf den Hocker neben mir. Jemand am Ende der Bar stöhnte. Ich fragte mich, ob ich jetzt gleich bewußtlos werden würde, aus Blutmangel im Gehirn.

Der Barkeeper kam sofort herangerollt und piepte: »Ihre Bestellung, Ma'am?«

Sie hatte keinen Blick für den Roboter, als sie sagte: »Ich nehme einen ... *rosa Schmetterling.*« Dabei wandte sie keinen Blick von mir; ich war von ihrem Zauber paralysiert. Ich fragte mich, ob ich wohl schon zu sabbern angefangen hatte.

Der Roboter kam zurück und stellte etwas Rosafarbenes vor sie hin. Ich wußte nicht, was ich tun sollte und so grinste ich nur verlegen und sagte: »Sie werden mir verzeihen, wenn ich das sage, aber alle Chinesenmädchen, die ich in der Vergangenheit kennengelernt habe, waren außerordentlich ... äh – scheu. Ich meine – sehr ... zurückhaltend. Sind Sie wirklich Chinesin?«

»Chinesin?« Sie blinzelte verwirrt, was äußerst süß aussah. Dann klappte sie ihre Handtasche auf und sah in den Spiegel. Ihre Augen wurden rund. »Mein Gott – Sie haben recht! Ich *bin* Chinesin!« Sie klappte die Handtasche wieder zu. »Wow!« sagte sie immer noch staunend. »Chinesin! Das muß ich meiner Mama sagen!«

»Ihrer Mama? Richtig. Sie weiß es nicht?«

Das Mädchen lachte. »Nun, wie sollte sie denn? Ich meine – ich hab's doch selbst gerade erst herausgefunden.«

Ich starrte sie an. Das war einfach zu verwirrend. Mir war, als würde mein Sinn für Realität anfangen, in Stücke zu gehen. Ich sagte: »Ich – äh – glaube ... ich verstehe nicht ganz ... was hier vorgeht, Miß ...? Ich meine – vielleicht – ich wollte ...«

»Nein, warten Sie.« Sie legte mir die Hand auf den Arm. »Es tut mir leid, Jim.«

»Wie?« Ich hielt inne. Dann sah ich sie an. »Kenne ich Sie?«

Sie erwiderte meinen verwirrten Blick so direkt, daß ich wieder verlegen wurde. »Wir sind uns begegnet.«

Ich studierte ihr Gesicht. Es war ein fast perfektes Oval. Sie hatte hohe Backenknochen und helle, mandelfarbene Augen. Ihr Mund war weit, aber nicht zu weit. Das Haar fiel ihr wie eine Woge aus schierer schwarzer Seide bis zu den Schultern. Ich hatte sie noch niemals gesehen. Dieses Gesicht hätte ich mir gemerkt. Und doch ...

Ich konnte das Gefühl einfach nicht loswerden, daß hier etwas ganz anderes vor sich ging. »Wer sind Sie?«

Sie lächelte. »Wenn ich Chinesin bin, dann muß ich ja wohl geheimnisvoll sein. Sie wissen schon, unergründlich. Denken Sie darüber nach.« Sie lächelte wie ein kleiner Kobold.

Jetzt klingelten meine sämtlichen Alarmglocken, und ich wußte immer noch nicht warum. »Wie heißen Sie?« sagte ich.

»Sie können mich Tanjy nennen.«

»Tanjy. Ist das chinesisch?«

»Nein«, sagte sie. »Ich bin keine Chinesin.«

»Nicht? Ich glaube, Sie müssen noch einmal in den Spiegel sehen.«

»Sie haben es immer noch nicht begriffen, wie? Ich will Ihnen einen Tip geben.«

Einen ganz kurzen Augenblick lang wurde ihr Gesicht ausdruckslos, und dann war sie wieder da. »Verstehen Sie jetzt?« sagte sie.

Ich deutete auf sie. »Was war *das?*«

»Ich habe mit meinem Terminal kommuniziert.«

Ich runzelte die Stirn. »Sie sind ...?«

»Telepath, ja. Stimmt was nicht?«

»Äh, nein. Sie haben mich nur überrascht.« Und dann begriff ich.

»Sie sollten sich Ihr Gesicht einmal ansehen«, sagte sie. »Es macht die seltsamsten Dinge, wenn man Sie überrascht.«

Ich war immer noch damit beschäftigt zu begreifen. Ich packte sie bei den Schultern. »Du *Hundesohn!*«

»Hi, Jimbo!« sagte sie breit.

»Das hätte ich wissen müssen!« Mein Mund arbeitete wie ein Fisch, den man aus dem Wasser gezogen hat. Schließlich schaffte ich es, damit ein paar Worte rauszubringen. »*Ted!* Tanjy! Theodore Andrew Nathaniel Jackson! Du Scheusal!« Die Leute starrten uns jetzt an. Mir war das egal.

Sie – er? – grinste mir zu. »Bekommt ein alter Freund keinen Kuß?«

»Du einen Kuß? Ich sollte ...« Dann löste ich die Faust wieder, die ich schon geballt hatte und stammelte hilflos. Ich wußte nicht, was ich sagen sollte.

»Aber Jim!« Er – sie? – grinste. »Wenn du zornig bist, bist du wirklich *süß!*«

NEUNUNDDREISSIG

Ich bin alles andere als ein religiöser Fanatiker. Zumindest glaube ich nicht, einer zu sein.

Aber man hat mich altmodisch erzogen, und ich habe daher nie viel von Leuten gehalten, die ihr Geschlecht änderten. Andererseits war ich immer schon der Ansicht gewesen, daß es niemanden etwas anging, was Leute freiwillig allein, zu zweit oder auch zu mehreren mit ihrem Körper anfingen. Mich ging es jedenfalls nichts an.

Zu dieser Überzeugung konnte ich dank einer Jugend gelangen, die durch keine andere Erfahrungen als solche theoretischer Natur getrübt war. Das heißt, ich kannte niemanden, der jemals sein Geschlecht verändert hatte – oder auch nur seine Geschlechtsidentität.

Es ist eine Sache, eine solche Einstellung im Vakuum zu hegen und zu pflegen. Es ist eine völlig andere, seinem ehemals besten Freund gegenüber zu stehen, wenn dieser einen Körper trägt, bei dem so manchem Mann gewisse Körperteile zu Stein werden.

Daß das Telepathiecorps so funktionierte, hatte ich nicht gewußt.

»Äh ...« Ich fand keine Worte. »Das – das wird einige Erklärung erfordern, Ted, und zwar viel mehr als sonst.«

So wie ich Telepathie immer verstanden hatte, war das so, als würde man einen Computerterminal im Kopf herumtragen; dieselbe Mikrotechnologie, die es möglich machte, künstliche Nerven an eine Prothese anzuschließen, machte es auch möglich, einen prothetischen Lappen in das menschliche Gehirn zu pfropfen – einen Lappen, den man für eine Vielzahl datenverarbeitender und kommunikativer Funktionen programmieren konnte. Ich hatte gehört, daß die neue Generation von Implantaten vollsensorische Übertragungen ermöglichte, hatte aber geglaubt, es würde wie ein mentaler Bildschirm funktionieren, wie wenn man am Sichtschirm einer Spinne arbeitet.

Ted – Tanjy? – korrigierte diesen Irrtum schnell. »Die Übermittlung des Erlebten ist *total* – zumindest *erlebt es sich* so. Ich glaube, die schneiden unten eine ganze Menge weg, weil sich die Wahrnehmung irgendwie sauberer, *reiner* anfühlt. Wenn man Operator wird – so wie ich einer bin – wird einem auch Kontrolle zugeteilt. Das ist dann, wenn die Seele sich aus deinem Körper entfernt. Es fühlt sich an, als wäre man dort. Es ist so, als ob man die Körper ebenso oft wechseln könnte wie man seine Unterwäsche wechselt. Oder in deinem Fall sogar noch öfter.«

Er – sie? – das würde ich wirklich klarstellen müssen – war eine Art Kurier. Eine Art. Es gab dafür noch kein richtiges Wort in der Sprache. Seine (ihre?) Aufgabe war es, Wahrnehmungen zu sammeln und sie in das Telepathienetz einzuspeisen, wo sie aufgezeichnet wurden und den – wieder gab es dafür kein Wort – *Synthesisten* zugänglich gemacht wurde, den Leuten, die die Daten wahrnahmen, sie in sich aufnahmen und nach Mustern suchten. Das Ganze war so hochgestochen, daß selbst Ted/Tanjy es nicht begriff. Noch nicht. Später vielleicht, sagte sie.

Beim Abendessen – nun, es wäre dumm gewesen, die Reservierung sausen zu lassen – fragte ich sie: »Wo ist dein eigener Körper jetzt?«

»Du meinst, den, der für dich Ted ist?«

»Ja.«

»In Amsterdam. Glaube ich. Ich müßte nachsehen.«

»Du weißt es nicht sicher?«

»Jimmy«, erklärte sie, »wenn die dich bestätigen, spendest du deinen Körper dem Netz. Dafür bekommst du Zugang zu jedem anderen Körper im Netz. Und dann gibst du ziemlich bald die *Bindung* an den Körper auf, in dem du aufgewachsen bist. Tatsächlich gilt eine solche Bindung als ... unloyal. So kann man es wohl am besten ausdrücken. Äh – Individualismus ist insofern gegenüber dem Massenbewußtsein unloyal, indem er Fragmente erzeugt. Verborgene Interessen verschieben die Masse aus dem Mittelpunkt. Laß nur – das sind Wahrnehmungen, zu denen du keinen Bezug hast. Es tut mir leid. Ich bin es nicht gewöhnt, auf so enger Bandbreite zu kommunizieren.«

»Äh – schon gut.«

»Nun«, sagte sie, »die harte Arbeit muß dir gut tun, Jimmy. Du siehst großartig aus.«

»Ich – äh – wollte, ich könnte das von dir auch sagen, Ted.«

»Tanjy«, korrigierte sie mich.

»Äh, natürlich, Tanjy. Tatsächlich kann ich das sogar. Ich glaube, du hast noch nie besser ausgesehen. Äh, hatten die keinen Männerkörper für dich?«

»Sicher. Aber dann hättest du mich nicht zum Abendessen eingeladen.« Und dann fügte sie hinzu: »Davon abgesehen, ist das Geschlecht wirklich eine sehr willkürliche Definition.«

»Nicht, wenn es einen selbst betrifft.«

»Nicht Sex«, sagte sie. »Geschlecht. Normale haben damit Schwierigkeiten, das weiß ich. Aber glaube mir. Geschlecht ist nur eine Rolle, die man spielt, so wie all die anderen Rollen. Ein großer Teil der Telepathieausbildung befaßt sich mit der Überwindung der Geschlechtsidentifikation, der Altersidentifikation, der Rassenidentifikation – und all den anderen *willkürlichen* Identifikationen, die man sich zugelegt hat, während man sich in einem einzigen Körper eingesperrt fand. Übrigens, der Abschnitt, der sich mit Hygiene befaßt, würde dir gefallen. Ich habe da Dinge über den weiblichen Körper erfahren, die ich nie wußte. Und über den männlichen auch.«

»Das muß ja eine ziemliche Offenbarung für dich gewesen sein.«

Darauf ging sie nicht ein. »Das ist Teil der Grundvereinbarung, die man schließt. Man muß den Körper in ebenso gutem Zustand hinterlassen, in dem man ihn vorgefunden hat. Passende Nahrung, genug Ruhe, angemessene Bewegung und so weiter.« Das Chinesenmädchen grinste, aber jetzt erkannte ich Teds Grinsen in ihrem Gesicht. »Dazu gehört auch, daß ich nicht schwanger werden oder mit Sadisten ausgehen darf.« Sie musterte mich abschätzend. »Willst du dir das bitte merken?«

Ich spürte, wie sich mein Gesicht rötete. »Ich – äh – glaube, daß du mir vertrauen kannst«, sagte ich.

Und so kam es natürlich – selbstverständlich – dazu, daß wir am Ende zu ihr gingen. Zu ihrem Körper. Die Wohnung war überraschend luxuriös eingerichtet. Ein Garten im Haus. Rasen. Ein Swimming-pool. Darüber ein Schlafzimmer. Und ein Bett so groß wie Rhode Island.

»Nun, und warum auch nicht?« fragte Ted/Tanjy. »Denk doch mal nach. Geld ist für einen Telepathen belanglos. Es ist schwierig – nicht unmöglich, aber schwierig – es mitzunehmen. Aber man wird ohnehin nicht des Geldes wegen Telepath. Bleiben also nur Privilegien. Ein Seidenkleid ist leichter zu erleben als tausend Caseys.« Er ließ ihre Hände an ihrem Körper entlangstreichen. Ich starrte hin. Ich hatte noch nie gesehen, wie jemand eine Frau von innen heraus liebkoste.

Ted/Tanjy schien die ganze Zeit zwischen männlich und weiblich hin- und herzupendeln. Der Körper blieb derselbe, aber die Persönlichkeit, die ihn bewohnte, war ein Chamäleon, manchmal männlich, manchmal weiblich, und manchmal keines von beiden. In mir erzeugte das ein seltsames Gefühl. Es gab Augenblicke, in denen mir nur die Person, nicht der Körper bewußt war – und Augenblicke, wo ich *nur* den Körper wahrnahm. Er war herrlich. Tagelang hätte ich ihn mir ansehen können. Meine Erektion brachte mich fast um. Ich würde nie wieder enge Unterwäsche tragen.

Ted/Tanjy setzte den Körper auf die Couch. Sie ließ mir Platz.

Ich setzte mich auf den Stuhl, der der Couch gegenüberstand. »Ich muß zugeben: Das ist immer noch sehr beunruhigend.«

»Das verstehe ich wirklich«, sagte sie. »Als ich mich das erstemal in einem Mädchenkörper fand, war ich so überrascht, daß ich zu weinen anfing.«

»Du? Wirklich?«

»Das war während meiner Ausbildung«, erklärte sie. »Man verbringt ja den größten Teil der Ausbildung in der Einsatzreserve für Körper, mußt du wissen. Man muß stets bereit sein. Sie leihen deinem Körper jedem, der gerade einen braucht. Manchmal kann man selbst mitkommen, die meiste Zeit aber nicht. Wenn nicht, lassen sie dich in der Bibliothek. Dort kannst du dir dann aufgezeichnete Erlebnisse vorspielen. Und dann bekommst du ziemlich bald ein Gefühl für den weiten Bereich menschlichen Erlebens, der dir zur Verfügung steht. Das weitet das Bewußtsein. Wirklich. Nachher bist du nicht mehr derselbe Mensch.«

»Ich erinnere mich noch an dich, damals an der Bushaltestelle in Denver«, sagte ich. »Du warst ein wenig benommen.«

»Das ist stark untertrieben, Jim. Hirngefickt war ich. Das macht jeder durch. Das muß man einfach. Das gehört mit dazu. Man findet plötzlich alle möglichen erstaunlichen Dinge heraus. Man sieht denselben Vorgang von hundert verschiedenen Gesichtspunkten aus, und nicht lange darauf fängt man an, holografische Perspektiven zu bekommen. Die ganze geistige Einstellung, die man mitgebracht hat, wird zerstört, neu aufgebaut und wieder zerstört. Und das scheint endlos so weiterzugehen; und jedesmal macht es einem mehr Spaß. Es ist wie das erstemal, wenn man zu masturbieren gelernt hat. Es ist ein so herrliches Gefühl, daß man einfach glaubt, irgend etwas müßte damit nicht stimmen, aber trotzdem hört man nicht auf. Und nachher ist man ganz sicher nicht mehr derselbe Mensch.«

»Du warst das ganz bestimmt nicht«, sagte ich. »Jedenfalls nicht damals.«

Sie nickte. »Das ist einer der allerersten Tests. Wenn man ein Telepath wird, so ist das, wie wenn man eine Hindernisstrecke läuft. Man muß alle Hürden schaffen. Beim ersten Test muß man einfach herausfinden, ob man es schafft. Ich hätte es beinahe verpatzt. Ich wäre fast im Netz verschwunden. Das passiert. Leute verlaufen sich und lassen ihre Körper zurück. Ich hatte Glück. Ich kam zurück.

Irgendwie kam ich über die erste Freude hinweg. Das muß man ganz alleine schaffen. Dabei hilft einem keiner. Und wenn du es schaffst, fängt die *eigentliche* Ausbildung an.«

»Die *eigentliche* Ausbildung?«

»Mhm. Die stecken dich mit dreißig anderen Männern in eine Klasse. Und dann fängst du an, mit jedem auf kurze Zeit den Körper zu tauschen. Das geht drei oder vier Wochen so, und am Ende jeder Ausbildungssitzung kehrst du in deinen eigenen Körper zurück. Das wird so gemacht, damit du begreifst, was mit einem Körper passiert, wenn er von jemandem getragen wird, der nicht mit ihm vertraut ist. Das bringt dir schnell Respekt für die Ausrüstung bei.

Dann fangen die an, einen länger und länger in dem getauschten Körper zu lassen. Dabei lernt man dann, wie man sich in einem neuen Körper gut zurechtfindet, wie man mit ihm arbeitet und nicht gegen ihn. In der Phase lernt man auch, die Bindungen an seinen eigenen Körper aufgeben. Schließlich kann es durchaus sein, daß man ihn nie wieder zu sehen bekommt. Am Ende ist man dann *jeder* in der Klasse. Einmal – nachdem wir Gelegenheit bekommen hatten, einander kennenzulernen – mischten sie uns durch, und wir mußten herausfinden, wer wessen Körper trug. Das hat uns wirklich die Augen geöffnet. Wir entdecken eine ganze Menge über die Signale, die wir unbewußt ausstrahlen. Einer von uns hat sich verraten, weil ihm gar nicht klar war, wie oft er sich die Nase putzte – selbst wenn sie nicht lief. Wir wußten immer, in welchem Körper er sich befand.

Jedenfalls, ich nehme an, ich wurde da ein wenig übermütig. Ich bildete mir ein, ich würde mit allem fertig werden, was die mir hinwarfen. Schließlich hatte ich in der Bibliothek schon so viel erlebt, daß ich mich für einen Experten hielt. Herrgott, war ich ein Knilch.«

»Nein!« sagte ich und grinste.

»O doch!« lachte sie. »Ein noch größerer Knilch als du war ich.« Sie packte mich an den Schultern und starrte mir in die Augen. »Hör zu, Jim – es ist ein unglaublich großer Unterschied, ob man eine Warnehmung empfängt oder ihr Urheber ist. Die haben mich richtig aufgebaut, damit ich das entdecken mußte.

Das war mein erstes längeres Solo, obwohl ich das damals nicht wußte. Sie sagten mir einfach, ich sollte einen Spaziergang im Wald machen und Blumen riechen. Ich dachte mir nichts dabei – die hatten nämlich inzwischen angefangen, uns alle möglichen kleinen Aufträge zu geben. Was diese Einsätze zu bedeuten hatten, sagten die uns nie, erst nachher. Manchmal war es ein Test, manchmal wollten sie ein bestimmtes Erlebnis aufzeichnen und manchmal wollten sie sehen, was wir auf eigene Faust entdeckten.

Jedenfalls wirst du lachen, wenn du das hörst. Ich fand mich plötzlich auf einem Hügel. Ich war ganz alleine. Ich trug ein Sweatshirt und Jeans und Tennisschuhe. Das Hintergrundgefühl des Körpers war natürlich anders, das ist es immer, aber das fühlte sich komischer an als sonst. Der Körper hatte einen niedriger liegenden Schwerpunkt, und ich kam mir irgendwie weich vor. Ich hatte unterdessen schon Gelegenheit gehabt, eine ganze Menge unterschiedlicher Körper zu tragen, also wußte ich, daß es eine kleine Weile dauerte, mich anzupassen, und dachte mir nicht viel dabei. Ich nahm es einfach hin. Ich nahm an, daß die mir einen von diesen schlaffen, weibischen kleinen Jungenkörpern gegeben hatten, die wir gewöhnlich Kapaune nannten. Ich stellte mir vor, sie wollten, daß dieser Körper einmal durch die Mühle gedreht wurde, und daß das der Sinn dieses Auftrags wäre. Ich war so *naiv*.

Also fing ich an zu gehen. Es war ein wunderschöner Tag. Überall roch es nach Blumen. Ich denke, ich muß wohl in Hawaii gewesen sein oder auf den Bahamas oder sonst irgendwo in den Tropen. Je näher man an den Äquator kommt, desto intensiver ist das Licht – nun, die Farben hier waren einfach unglaublich hell und schön.

Es war ein heißer Tag, ein wenig schwül, und ich dachte, ich könnte das Meer riechen. Und meine Haut war dunkler als ich es gewöhnt war – und glatter –, also dachte ich, die hätten mir einen Eingeborenenkörper gegeben. Einmal griff ich unter mein Hemd, um mich an der Brustwarze zu kratzen, und war erstaunt, wie weich und sensitiv ich war. Aber ich reimte es mir immer noch nicht zusammen. Immer noch nicht. Um fair zu sein, der Körper war jung – vielleicht dreizehn oder vierzehn – und nicht besonders gut entwickelt. Tatsächlich war er ziemlich knabenhaft. Aber trotzdem – du würdest wahrscheinlich glauben, daß ich, einer der großen Busengrabscher unserer Zeit, es mir zusammengereimt hätte, nicht wahr? Nun, das tat ich nicht. Nicht von innen heraus.

Der Körper trug einen Rucksack. In dem Rucksack war Essen und eine Flasche, aber kein Spiegel und keine ID-Karte. Nichts, woraus ich hätte entnehmen können, wer oder was ich war. Das ist auch Teil der Ausbildung. Man kann die Identität des Wirtskörpers nicht übernehmen. Man muß eine neue schaffen, seine eigene.

Nach einer Weile wurde mir klar, daß ich pinkeln mußte.

Weil ich ganz alleine war, zog ich einfach den Reißverschluß meiner Jeans und griff hinein – und griff hinein – und tastete herum und tastete herum – es war komisch, ich hatte es mir immer noch nicht zusammengereimt und dachte, es hätte sich irgendwo in der Unterhose verklemmt. Du weißt ja, wie man manchmal alles Mögliche denkt, um nur der Wahrheit auszuweichen? Schließlich wurde ich ärgerlich und dachte mir, irgend etwas stimmte nicht mit diesem Körper, riß mir die Jeans und die Unterhosen herunter und – starrte mich an. Ich kann mich immer noch an das Gefühl – es gibt kein anderes Wort dafür – Gefühl des Schreckens erinnern. Alles zog sich in mir zusammen. Es war, als würde mich etwas in die Eier kneifen – nur daß ich keine Eier hatte! Kein Penis, kein gar nichts! Nur Haare! Ich vergaß, wer ich war, wo ich war, alles! Ich kam mir verraten vor! Für die Überwacher muß es schrecklich komisch gewesen sein. Ich fing an, zwischen meinen Beinen herumzusuchen und konnte die Wahrheit immer noch nicht akzeptieren. Da war all diese lockere Haut, und alles feucht und verklebt und so empfindlich. Und dann berührte ich meine eigene Klitoris – und da *wußte* ich ...

Ich glaube, ich habe vor Überraschung laut aufgeschrien. Ich kann dir gar nicht sagen, was für eine *Identitätsverschiebung* ich erlebte, Jim. Es war nicht nur der Körper, der weiblich war – ich war es! Als mir das klar wurde, wäre ich beinahe *gekommen!* Meine Brustwarzen stellten sich sofort auf, ich konnte spüren, wie sie sich unter dem Sweatshirt verhärteten. Meine Haut rötete sich. Mein Gesicht wurde heiß. Eine unglaubliche Welle von Gefühlen durchfloß mich. Benommenheit überkam mich. Fast wäre ich gestürzt. Es war wie ein Blitz der Erregung und Entdeckung und zugleich des Schocks. Du kannst es dir nicht vorstellen.

Die hatten es mir absichtlich nicht gesagt. Das war alles so gewollt. Sinn der Übung war es, daß ich entdecken sollte, daß meine Unterstellungen alle falsch waren. O Mann, bin ich mir dumm vorgekommen – und peinlich war mir das. Die physischen Wellen des Schocks – und des Vergnügens – durchpulsten mich immer noch. Und dann fing ich zu weinen an. Das Ganze war ein so *grundlegender* Fehler! Mir war das schrecklich *peinlich.* Ich hatte der perfekte Schüler sein wollen, und statt dessen hatte ich gerade demonstriert, wie aufgeblasen und naiv ich in Wirklichkeit war. Wahrscheinlich lachten sich meine Ausbilder krumm und dämlich.

Nachdem ich zu weinen aufgehört hatte, fing ich an, mir albern vorzukommen. Und dann wurde mir klar, daß die mir das ganz bestimmt nicht angetan hätten, wenn sie damit nicht auch eine Absicht verfolgt hätten. Also versuchte ich, mir zusammenzureimen, was das für eine Absicht war. Ich entschied mich dafür, daß sie mir ein wenig Demut hatten beibringen wollen. Nun, das hatten die ganz sicherlich geschafft. Im Hocken pinkeln zu lernen, klingt nicht schwierig, aber wenn man nicht weiß, wie die Anlage funktioniert – nun, lassen wir das.«

»Was passierte dann?«

Sie zuckte die Achseln. »Ich machte mich sauber und wartete auf meinen Rückruf. Ich dachte, jetzt, wo ich mir alles zusammengereimt hatte, würde die Übung vorbei sein. Nur daß sie das nicht war. Gar nichts passierte. Sie ließen mich warten. Nach einer Weile reimte ich mir auch das zusammen. Sie würden mich *nicht* zurückrufen. Da gab es noch etwas für mich zu entdecken. Bist du sicher, daß du auch den Rest noch hören willst?«

»Wenn du diese Geschichte nicht bis zum Ende erzählst, bringe ich dich um«, sagte ich.

»Na schön«, meinte sie. »Also zog ich meine sämtlichen Kleider aus und fing an, den Körper so gründlich zu untersuchen, wie ich das nur konnte.«

»Was?«

»Nun, hättest du das nicht getan?«

»Äh ...« Ich dachte nach. »Doch, ich denke schon.«

»Natürlich«, sagte sie. »Sobald du sicher bist, daß dir dabei nichts passieren kann, geht man doch als allererstes daran, das Unbekannteste zu untersuchen, was es in deiner Umgebung gibt.« Und dann fügte sie hinzu: »Aber da war noch etwas. Ich wollte keine weiteren Überraschungen erleben. Ich hatte schon Geschichten gehört von Leuten, die während der Ausbildung durchfielen.«

»Ich wußte gar nicht, daß man beim Corps durchfallen kann«, unterbrach ich sie.

»Kann man auch nicht. Aber es passiert trotzdem. In dem Fall stecken die dich einfach in ›Wartestellung‹. Das bedeutet, die versetzen dich in irgendeinen alten Körper, den sie im Augenblick nicht benutzen und auch nicht vorhaben zu benutzen oder den sie nicht brauchen, und lassen dich dort stehen. Deine Aufgabe ist es, ihn in Gang zu halten. Klar? Damit bist du ihnen aus dem Weg.

Jedenfalls, wir befanden uns in dem Abschnitt der Ausbildung, in dem wir anfingen, einige unserer Kollegen zu verlieren, und die sagten uns nie, warum das geschah. Also machte ich mir natürlich darüber Gedanken. Ich hatte während der Ausbildung eine kleine Auseinandersetzung mit einem Captain gehabt, und die hatte gedroht, mich in eine Leprakolonie zu schicken – oder etwas ähnlich Unangenehmes. Vielleicht hatte sie ihre Drohung wahrgemacht, das konnte ich ja nicht wissen. Ebensogut konnte dies mein Körper für die nächsten -zig Jahre sein. Ich hatte bereits einen Fehler mit ihm gemacht. Weitere Fehler wollte ich nicht machen. Ich nahm mir also vor, genau herauszufinden, *wer* ich war – oder wen ich trug, sozusagen. Weißt du, Jim, für diese Art von Diskussion eignet sich unsere Sprache eigentlich gar nicht.«

»Du machst das ganz gut«, sagte ich. »Sprich weiter.«

»Nun – es war wie wenn man wieder ein Kind ist. Du weißt schon, wenn man ein bestimmtes Alter erreicht hat, einen bestimmten Punkt im Leben, fängt man an, bezüglich des eigenen Körpers neugierig zu werden. Ein Teil davon ist sexueller Natur, ein Teil nicht. Man erforscht alle Ecken und Winkel und findet heraus, wie man sich anfühlt. Man sieht, welche Körperteile glatt sind und welche haarig. Man berührt die Stellen, die empfindlich sind, um herauszufinden, wie empfindlich. Eine Weile masturbiert man ziemlich häufig. Das muß man. Das gehört mit zum Einziehen und sich behaglich Fühlen und zum Herausfinden, wie der Körper funktioniert.

Wir hatten das in der Ausbildung; wir mußten Körper tauschen und uns selbst von innen heraus erforschen. Du kannst dir gar nicht vorstellen, wie albern es aussieht, wenn man da einen Saal voll nackter Männer sieht, die auf dem Boden sitzen und mit sich spielen und ihre Hände und Finger und ihre Zehen und ihre et ceteras untersuchen. Aber das ist ein Teil der Entwicklung von Sensitivität.

Dies war das erstemal, daß ich wirklich eine Frau gewesen war, also durchlief ich die einzelnen Stufen so vollständig und so gründlich, als wenn ich ein Handbuch vor mir gehabt hätte. Ich wußte, daß ich jetzt *wirklich* auf die Probe gestellt wurde; also erforschte ich diesen Körper so, als würde ich den Rest meines Lebens in ihm verbringen. Ich fand alles, was ich konnte, darüber heraus – was es bedeutete, eine Frau zu sein. Ich kann mir vorstellen, daß jemand, der in einem weiblichen Körper aufgewachsen ist, das meiste von dem, was ich entdeckte, für schrecklich naiv halten würde, aber ich war erregt. Mir war, als würde ich einen neuen Kontinent entdecken. In gewisser Weise denke ich, tat ich das sogar.

Natürlich tat ich all das, was man in den Filmen sieht. Ich kniff mich in die Brustwarzen, ich strich mir über den Busen, rieb die Innenseiten meiner Schenkel – weißt du, daß die Innenseite der Schenkel einer Frau außergewöhnlich empfindlich ist? Die meisten Männer wissen das nicht. Deshalb sind sie so langweilige Liebhaber. Man kann eine ganze Menge lernen, wenn man nur auf den Körper hört.

Für mich war das ein bemerkenswerter Nachmittag, Jim. Meine ganze sexuelle Identität wurde zerstört – und neu aufgebaut. Siehst du, vorher war ich bei Frauenkörpern immer nur ein Gast gewesen, ein Besucher. Jetzt war ich der – Wirt. Wirtin! Ich erteilte mir Erlaubnis, alles das zu tun, was meine Neugierde erweckt hatte, wozu ich aber zu höflich gewesen war. Es war, als hätte man mir ein wunderbares, delikates Spielzeug gegeben, mit dem ich spielen durfte.

Ich verbrachte den ganzen Nachmittag damit, mit mir zu spielen, Jim. Es war herrlich. Großartig. Später fand ich heraus, daß fast alle Männer das tun, wenn man sie das erstemal in einen Frauenkörper läßt. Sie können ihrer eigenen Neugierde einfach nicht widerstehen. Die Frauen neigen dazu, in männlichem Gerät ein wenig scheuer zu sein. Überleg dir das einmal. Aber es war ein unglaubliches Erlebnis. Weißt du, daß Frauenkörper den Orgasmus nicht wie ein Männerkörper wahrnehmen? Ein weiblicher Orgasmus kommt in Wellen – eine Welle nach der anderen, eine schöner als die andere, die in einem aufwallt. Es war unglaublich. Ich hatte mich fünfmal nacheinander in mich verliebt.« Ihr Gesicht strahlte, ihre Augen leuchteten. Mir dieses Erlebnis zu erzählen, hatte sie erregt.

Ihre – seine? – Enthüllungen waren mir einen Augenblick lang peinlich. Es war nicht nur die Information – nein, die Offenheit, mit der er sie mit mir teilte. Es war *zu* intim. Mir war das peinlich, weil ich Erregung empfand – und Faszination. Ich wollte jede Einzelheit seiner Geschichte hören. Ihrer Geschichte.

»Weißt du, was sie mit mir gemacht haben?« fragte sie.

»Was?«

»Sie haben mich drei Wochen lang in diesem Körper gelassen.«

»Im Wald?«

»Im Wald«, sagte sie.

VIERZIG

»Dort in der Nähe gab es eine alte Wetterstation der Marine«, fuhr Tanjy fort. »Das Telepathiecorps hat sie als eine Art Unterstand benutzt; alles wurde von Robotern betrieben, so daß die Quartiere für Menschen in vollem Umfang zur Verfügung standen. Für diese Art von Übung der perfekte Ort. Wir waren auf irgendeiner Insel isoliert. Insgesamt waren da drei Männerkörper und vier Frauenkörper, neben dem, den ich trug. Sie begrüßten mich, als ich den Weg heraufkam.

Ich nehme an, sie haben irgendwie erkannt, daß ich neu war. Ehe ich auch nur ›hallo‹ sagen konnte, führten sie mich in den Aufenthaltsraum. Eine Wand war weiß getüncht und trug eine Aufschrift in großen, schwarzen Lettern – die Verhaltensregeln für den Unterstand. Sie waren sehr einfach. Zu allererst durfte man nicht sagen, wer man war. Man durfte weder seinen Namen sagen, noch irgend etwas aus seiner Vergangenheit erzählen. Man mußte einen neuen Namen erfinden, aus dem man das Geschlecht nicht erkennen konnte – ich benutzte meine Initialen.

Man durfte nichts sagen, das irgendwelche Hinweise auf seine vergangene Identität gab. Ebenso war es verboten, Spekulationen über den Zweck dieses Einsatzes anzustellen, und man durfte auch die anderen nicht fragen, wie lange sie schon hier waren, oder irgendeine andere Frage stellen, die auf einen Bruch irgendeiner der Vorschriften hinauslief.

Das Ganze sollte bezwecken, daß man nicht herumlief und dauernd erklärte: ›Wissen Sie, das ist nicht mein *echter* Körper. In Wirklichkeit bin ich nicht so.‹ Das hieße, sich verstekken, so zu tun, als würde einem das alles in Wirklichkeit gar nicht widerfahren. Man mußte eine Person in dem Körper sein, den man gerade trug – sonst nichts. Die einzige Identität, die man besitzen konnte, war die, die man in dieser Situation schuf – was auch immer man eben erfand. Ich sage dir, das war eine verrückte Zeit. Ich wußte, daß ich in Wirklichkeit kein Mädchen war, wenigstens innerlich nicht; aber ich konnte auch nicht mit Sicherheit wissen, daß ich ein Junge war, nur weil ich das so behauptete. Eine Weile wußte ich nicht, was ich war. Und die anderen wußten es ebenfalls nicht, denke ich. Ich habe wohl eine ganze Menge miteinander in Widerspruch stehender Signale ausgesandt; komm her, gemischt mit hau ab, hilf mir bitte und schon in Ordnung, Kumpel. Aber sie waren wirklich geduldig – oder wußten vielleicht, was ich durchmachte.

Am Ende fand ich heraus, daß ich in meine sexuelle Identität unglaublich viel investiert hatte – und daß ich das alles aufgeben mußte. Nicht die Identität, nur die Investition. Ich mußte aufhören, ein Besucher in dem Körper zu sein, und anfangen, sein Besitzer zu sein. Ich mußte ein Mädchen *sein,* und zwar so vollkommen, als wäre das das einzige auf der ganzen Welt, was ich wirklich wußte.«

Plötzlich fröstelte sie. »Wenn ich darüber nachdenke, läuft mir immer noch der kalte Schauer über den Rücken. Es war ein Abenteuer. Und die anderen – sie ... haben mich so unterstützt. Weil sie Bescheid wußten. Sie machten das ja auch durch. Ich glaube, daß wenigstens eine von den anderen Frauen vorher auch ein Mann gewesen war. Ich bin sogar ziemlich sicher; ich schließe das aus der Art, wie sie sprach, wie sie mich lehrte, eine Frau zu sein. Das war fast klinisch. Und auch aus der Art, wie sie Liebe machte. O ja, davon gab es eine ganze Menge, Liebe machen, meine ich. Eine *Menge.*« Sie lachte und fügte hinzu: »Sonst gab es auf der Insel nicht viel zu tun. Also spielten wir Kombinationen. Als das erstemal ein Mann in mich eindrang, weinte ich. Ich weiß immer noch nicht, warum. Es war sehr intensiv. Er war außergewöhnlich sanft.«

Sie verstummte, gab sich ganz der Erinnerung hin.

Ich wußte nicht, was ich sagen sollte. Ich nahm mein Glas und hielt es in der Hand. Ich sah Tanjy an, dann sah ich wieder mein Glas an. Mir war das alles sehr peinlich, und gleichzeitig kam ich mir privilegiert vor. Ich hatte noch nie einen Telepathen so offen über seine oder ihre Erlebnisse sprechen hören. Und ich empfand sogar etwas Neid.

Sie sah mich mit ihren großen Chinesenaugen an und lächelte. Ihr Gesichtsausdruck war geheimnisvoll, so als würde sie mich aus weiter, weiter Ferne ansehen. Das vermittelte mir ein eigenartiges Gefühl der Durchsichtigkeit, so als würde sie meine Gedanken lesen. Als würde es keine Geheimnisse geben, die ich vor ihr bewahren konnte. Ich konnte spüren, wie sich in mir alles versteifte. Ich wollte gekannt werden – und hatte gleichzeitig Angst davor.

Und dann grinste sie plötzlich mit Teds altem Grinsen, und ich wußte, daß alles in Ordnung war.

»Hey – mach uns zwei Crazy Marys«, sagte sie. »Ich will dieses Kleid ausziehen.« Dann kam sie in einer roten Seidenrobe zurück, die wahrscheinlich in manchen Teilen der Welt verboten war, und setzte sich mit überkreuzten Beinen auf die Couch.

Ich reichte ihr einen Drink und setzte mich ans andere Ende der Couch. Ich wollte den Rest ihrer Geschichte hören.

»Was die suchten, war die *Bereitschaft zu erleben*«, fuhr sie fort. »Das war der ganze Zweck der Sache. Sie zapften mich an und wußten, wann ich soweit war, wann ich durchgebrochen war. Als sie mich wieder abholten, sagten sie mir, ich hätte die Prüfung für die nächste Ausbildungsstufe bestanden. Ich hatte demonstriert, daß ich assimilieren konnte. Jetzt war ich bereit, in der Assimilation *ausgebildet* zu werden.

Du kannst dir diese Klassen nicht vorstellen. Wir trugen die unglaublichsten Körper, jeden Tag einen anderen, Körper, die wir noch nie zuvor gesehen hatten. Das Paradoxe war, daß das deshalb geschah, damit man uns als *Wesen,* nicht als Identität ausbilden konnte. Siehst du, Identitäten und Körper sind völlig miteinander vermengt. Du kannst dich von dem einen nicht lösen, wenn du dich nicht auch von dem anderen lösen kannst.

Weißt du – natürlich, das kannst du ja gar nicht –, aber nach einer Weile, wenn du weißt, daß dein Körper nur ein flüchtiges Phänomen ist, dann begreifst du, daß Körper *belanglos* sind. Auf die Weise löst du dich sehr schnell vom physischen Universum; du verlierst alle Identifikationen und beginnst, in einem reinen Erlebensuniversum zu existieren – einem Universum des reinen Wesenseins. Ich meine, natürlich ist auch das physische Zeug noch da, aber es hat überhaupt keine Bedeutung mehr. Das ist einfach nur ein weiteres Stück in dem Spiel.

Und dann, etwas später, fingen sie an, uns länger und länger in den zugewiesenen Körpern agieren zu lassen, damit wir nicht *zu* losgelöst wurden. Manchmal hatten wir Körper, die bloß sechs Jahre alt waren, manchmal solche von siebzig. Einmal trug ich einen Körper mit einem Down's Syndrom. Ein andermal den eines kleinen Mädchens, das noch das Bett näßte. Einmal war ich ein Footballspieler. Ich fühlte mich, als würde ich aus Ziegelsteinen bestehen. Sie wollten, daß wir das Gerät kennen – und schätzen – lernen, in dem der Rest der menschlichen Rasse ... gefangen ist. Damit wir ... Mitgefühl mit diesem Zustand empfinden konnten.

Dann – erst dann – fingen die Kurse an, die uns beibringen sollten, wie wir in verschiedenen Kulturen als Männer oder Frauen handeln sollten. Ich war erstaunt, wieviel ich noch darüber zu lernen hatte, wie man ein Mann ist. Ich wußte, daß ich nicht wußte, wie man eine Frau ist, aber auch am Mannsein gibt es Vieles, was die meisten Männer nicht wissen. Und wir nehmen uns nicht die Zeit, um es zu lernen, weil wir uns einbilden, wir wüßten es allein schon deshalb, weil wir ja als Männer geboren sind. Die Rollen, die wir spielen – und dazu gehört auch das *Geschlecht* –, sind fast alle angelerntes Verhalten. Wirklich! Das ganze ist ein Akt, eine Vorstellung, und diese Vorstellungen mußten wir lernen. Wir mußten lernen, Schauspieler zu sein, indem wir so tief in unsere Rollen hineinschlüpften, daß wir sie selbst wurden. So wie ihr Weltlichen es auch tut – nur daß ihr Weltlichen nicht wißt, daß ihr es tut. Das ist die Falle, und der sind wir entkommen. Wir lernten, wieder loszulassen, um uns zur nächsten Identität weiterbewegen zu können.

Die haben uns gesagt, daß wir das Geschlecht wahrscheinlich so oft wechseln würden, daß wir am Ende jegliche ursprüngliche Identifikation verlieren würden, die wir mit dem einen oder anderen Geschlecht vielleicht hatten. Und damit würden wir auch jegliche Investition verlieren, die wir vielleicht für eine spezifische sexuelle Identität hatten. Sie sagten, daß wir am Ende *omnisexuell* werden würden. Ich glaube, ich fange jetzt an, das zu begreifen. Sex ist für mich ein völlig anderes Erlebnis geworden.«

»Ich kann mir vorstellen ...«, setzte ich an.

»Nein. Leider kannst du das *nicht.* Es tut mir leid, Jim – ich habe das Gefühl, dich auszuschließen. Aber das übersteigt einfach die Vorstellung.«

»Probier's doch«, sagte ich.

Sie seufzte und machte eine resignierende Handbewegung. »Was ich erlebt habe, Jim, ist so ... unglaublich, daß ich es nicht in Worte fassen kann. Es ist so ... *anders,* wenn man keine Identität hat, an der man hängt. Sieh mal Jim – das ist es, was ich wirklich gelernt habe: daß ich gar keine Identität *brauche!*«

»Wie bitte?«

»Normale Leute brauchen Identitäten. Telepathen nicht. Wir sind losgelöst!«

»Äh ...«, machte ich. »Tut mir leid, Ted. Das verstehe ich nicht.«

»Oh.« Ihre Stimmung brach in sich zusammen. Ihr überschäumendes Temperament schien einen Gang zurückzuschalten. »Du hast irgendeinen Schritt nicht mitgekriegt, wie?«

»Ja wahrscheinlich.«

»Tut mir leid.« Sie kratzte sich am Kopf – eine sehr unfeminine Geste. »Äh ... laß mal sehen. Ich denke, ich muß meine Begriffe definieren. Schau mal, Jim«, sagte sie geduldig, »das Problem liegt in dem Wort ›Identität‹.

Versuch mal, ob du es so begreifst. Deine Identität ist in Wirklichkeit ein Konzept, das du mit dir herumträgst. Lauter Bindungen. Du bindest dich an deinen Namen, an die Kreditkarten in deiner Brieftasche, deinen Beruf, eben an alles in deinem Leben – den Wagen, den du fährst, die Person, mit der du zusammenlebst, die Menschen, die deine Eltern waren, deinen Rang, woher du kommst, die Schule, die du besucht hast, deine Ambitionen, dein Tierkreiszeichen, die Kirche, die du besuchst, die Therapie, die du gerade mitmachst – habe ich etwas weggelassen?«

»Klingt nicht so.«

»Aber das ist doch nicht das, was du wirklich bist, oder? Du könntest irgendwelche Dinge davon verändern – alle –, und trotzdem wärst du noch dasselbe Ich, dieselbe Person, die ihre Umwelt wahrnimmt – stimmt's?«

»Na schön, ja. Kapiert.«

»Das Ich ist es, das die Identität *erlebt,* Jim. Identität ist nur Erinnerung, sozusagen die Anhäufung von all dem Zeug in deinen Datenbänken. Wenn ich dir deine Erinnerungen wegnehmen würde, würde ich dich deiner Identität berauben, aber du wärest immer noch dieselbe Person, die ihre Umwelt erlebt.«

»Aber – ich weiß doch, daß ich *jetzt* ich bin«, sagte ich und tippte mir an die Brust. »Ich weiß, wer ich bin.«

»Du kennst deine Bindungen. Wenn ich dich frage, wer du bist, wohin gehst du dann, um nachzusehen? Wenn ich dich frage, wo du zur Schule gegangen bist, wer deine Eltern waren, an was für einem Terminal du arbeitest, wo siehst du da nach?«

»Oh, jetzt begreife ich. In meiner Erinnerung.«

»Richtig«, grinste sie. »Wenn ich dir also deine Erinnerung wegnehmen würde, würdest du nicht wissen, wer du bist, oder?«

»Ich würde schrecklich verwirrt sein.«

»Sicher. In deinem Fall wäre das ganz normal. Aber du siehst, worauf ich hinauswill. Wenn du keine Erinnerung hättest, würdest du keine Identität haben. Du würdest dir eine ganz neu aufbauen müssen, oder nicht?«

Ich zuckte die Achseln. »Ja, sicher.«

»Wenn ich dir jetzt alle meine Erinnerungen geben würde, wenn ich sie einfach in deinen Kopf hineinschütten könnte, dann würdest du glauben, du wärest ich, nicht wahr?«

»Ja. Das leuchtet mir ein.«

»Aber du wärest immer noch du, wärest dieselbe Person, die das alles erlebt. Du würdest jetzt nur eine andere Identität erleben, stimmt's?«

»Okay, jetzt hab ichs kapiert.«

»Gut.« Sie lehnte sich auf dem Sofa zurück und schien sich zu entspannen. »Nun, und darum geht diese ganze Geschichte. Das Ich – dieses Wesen in dir –, das bist du wirklich. Das muß ein Telepath wissen, sonst wird er verrückt. Darum geht es bei der Ausbildung die ganze Zeit. Ich mußte meine Identität als etwas erleben, das losgelöst von meinem *Ich* war, um mein *Ich* zu erkennen. Jim«, sagte sie mit einer Offenheit, die mich erschreckte, »ich kann nie wieder meine alte Identität sein – weil ich jetzt weiß, wie künstlich die war. In meiner Ausbildung lernte ich, wie ich sie aufgebaut habe. Ich sah mir alle meine alten Erinnerungen an; ich sah, wie das alles geschah, und das hat mich befreit!

Die sagen dir, wenn du mit deiner Ausbildung anfängst, daß du etwas aufgeben mußt, das dir wichtiger als dein Leben ist. Ich wußte damals nicht, was sie meinten. Aber das ist die Bindung an die eigene Identität. Ich mußte aufgeben, Ted zu sein. Ich bin nicht mehr Ted. Ich werde nie wieder Ted sein.« Sie hielt plötzlich inne und sah mich an – so als wartete sie auf eine Reaktion.

Ich starrte sie an. Einen Augenblick lang hatte ich die bizarre Empfindung, ich säße einer völlig Fremden gegenüber. »Ist das wirklich so? Ist von Ted irgend etwas übrig?« fragte ich.

»Alles von mir ist übrig«, lachte sie. »Nur die Identifikationen sind weg. Die willkürlichen Bindungen daran, eine *spezifische* Person zu sein.«

»Das ist sehr verwirrend«, räumte ich ein. »Ich denke immer noch, daß die mit dir etwas *Unheimliches* gemacht haben. Ich meine, sogar noch unheimlicher als das, was du mir sagst.«

»Natürlich ist es unheimlich!« lachte sie. »Das ist auch der einzige Grund, warum sie es tun.« Und dann wurde sie wieder ernst. Sie griff nach meiner Hand. Jetzt war in ihrer Stimme so etwas wie – ja, war das Trauer?

»Der Unterschied zwischen uns ist der, daß ich *weiß,* daß *alle* Identitäten künstlich sind. Es ist etwas Schreckliches, das zu wissen. Durch diese Tatsache wird eine Identität nicht nur bedroht – sie wird *zerstört.* Natürlich wirst du dich dieser Erkenntnis widersetzen. Denn dann mußt du anfangen, für die Identität verantwortlich zu sein, die du geschaffen hast, und die du dauernd schaffst!«

»Puuh«, machte ich.

»Genau das habe ich auch gesagt, als ich das herausfand –

aber da ist noch etwas ganz anderes auf der Kehrseite: eine ganz neue Art, Menschen wahrzunehmen. Es war, als würde ich eine neue Spezies entdecken! Ich hörte auf zu sehen – das heißt, ich hörte auf, mich auf all die seichten, physischen zeitlichen Bindungen zu konzentrieren, mit denen die Menschen sich umgeben, und fing an, über die Identität des *Wesens* hinauszusehen, das diese Fassade geschaffen hatte! Das ist eine unheimliche – und wunderbare – Erfahrung.«

»Das hast du vorher mit mir gemacht, nicht wahr?«

Sie nickte.

»Ja, ich hatte das ganz seltsame Gefühl, du würdest meine Gedanken lesen. Oder so etwas ...«

»Das habe ich. So etwas Ähnliches. Nur nicht ganz so, wie du denkst. Ich habe den physischen Ausdruck deines Bewußtseins gelesen.«

»Was?«

»Jim.« Sie legte die Hand auf meinen Arm. Ihr Tonfall war jetzt ernst und eindringlich. Sie zog mich mit ihren Augen in ihren Bann. »Die Leute bauen aus Furcht Identitäten auf. Man baut eine Identität, weil man glaubt, sie zum Überleben zu brauchen. Man benutzt sie als Mauer. Telepathen wissen, wie man diese Mauern liest. Glaubst du, dein Leiden sei ein Geheimnis? Das ist es nie gewesen. Wir können es an deinem Gesicht ablesen, wie es sich entwickelt hat.«

Ich wußte nicht, was ich sagen sollte. Ich fühlte mich, als hätte man mich gegen die Wand geschmettert – meine Wand. Warum sagte sie mir alles das? Was wollte sie von mir?

Sie mußte es mir vom Gesicht abgelesen haben und streichelte meinen Arm. »Ein Telepath muß das alles wissen, Jim, weil die Arbeit eines Telepathen zum Teil darin besteht, neue Identitäten aufzubauen. Jedesmal, wenn ich mich in einen neuen Körper versetze, muß ich eine entsprechende Persona schaffen. Dabei geht es nicht um das Handeln – es geht um das *Sein*. Ich weiß, daß es für dich schwer ist, das zu verstehen, Jim. Ich versuche, eine monatelange Ausbildung in ein einziges Gespräch zu konzentrieren.«

»Ich will das wirklich verstehen«, sagte ich.

»Ich weiß. Ich kann das sehen. Das macht es mir ja so schwer. Das Einzige, was ich dir sagen kann, ist, daß du eine unglaubliche *Freiheit* gewinnst, wenn du deinen Körper und deine Identität verlierst. Das kannst du dir nicht vorstellen. Wirklich. Da ist ... da geschieht etwas. Man erreicht einen Punkt, wie ein Flugzeug, das eine Startbahn hinunterrast und sich plötzlich in die Lüfte erhebt, und dann fliegst du. Du weißt es, wenn du diesen Punkt erreichst, niemand braucht dir das zu sagen. Das ist das Erlebnis, Jim. Ich wollte, ich könnte dich mit mir nehmen. Ich wollte, ich könnte das mit dir teilen.«

»Ich auch«, sagte ich.

Sie gab keine Antwort. Keiner von uns beiden sagte eine Weile etwas. Der Augenblick zog sich in die Länge – und dann wurde ein unbehagliches Schweigen daraus. Ich sah wieder in ihre Augen. Ich fühlte mich angezogen – und empfand gleichzeitig Unbehagen. Sie war mein Freund, der zur Göttin geworden war, und ich wußte nicht, was das aus mir machte.

»Was ist denn?« fragte sie. Sie berührte sanft meine Hand.

»Ich ...« Ich zuckte die Achseln und zog meine Hand weg. »Ich bin wohl ein wenig überwältigt.« Ich atmete tief, und dann atmete ich laut aus, und dann stellte ich meinen Drink weg. Ich überlegte, ob ich jetzt gute Nacht sagen und gehen sollte.

Und jetzt richtete sie sich auf, wurde zielbewußter und sagte leise: »Ich will dir die Wahrheit sagen, Jim. Ich hatte für heute abend ein ganz einfaches Ziel. Ich wollte dich herholen und bumsen, bis zum Zusammenbruch. Sonst nichts. Ich hatte wirklich nicht vor, dieses Gespräch zu führen. Ich wollte nur etwas für mich zum Abschluß bringen und mit einem alten Kumpel ein wenig Spaß haben und dich für all den Ärger entschädigen, den ich dir früher einmal bereitet habe. Dumm von mir; ich schätze, ich liebe dich einfach zu sehr, um dich so auszunützen.«

»Wie?« Ich hob meine Kinnlade auf und schob sie mir wieder zurecht.

»Nun ja«, gab sie zu. »Verdammt. Das eine Mal, als wir es gemacht haben, warst du so intensiv, daß ich das Gefühl hatte, eine Hochspannungsleitung zu berühren. Hast du dich nie gefragt, warum ich die ganze Zeit versuchte, dich wieder unter die Decke zu bekommen – oder in die Dusche? Das war es, was ich mir für heute abend vorgenommen hatte. Aber dann fingen wir zu reden an, und es gab einfach zuviel zu bereden. Und dann wurde mir klar, wieviel *Fehl*information es zwischen uns gab. Und ich wollte, daß du mich so kennen solltest, wie ich jetzt bin.«

Ihr Gesicht hatte wieder zu leuchten angefangen. Ich dachte an Ted. Und dann erinnerte ich mich daran, wie er immer ein alberner großer Junge gewesen war; die ganze Welt war für ihn angefüllt mit faszinierenden Spielsachen. Er hatte immer so gegrinst – so wie jetzt. Dabei hatte ich nie begriffen, wie *unschuldig* sein Grinsen gewesen war.

Dieses Lächeln war so süß, so ansteckend ... Tanjys Augen waren unglaublich faszinierend. Ich konnte stundenlang in sie hineinsehen, jahrelang, den Rest meines Lebens. Dann vergaß ich Ted ganz. Das lag ein paar Leben zurück. Dies war eine wunderschöne Frau; dies war jetzt.

Und dann – geschah etwas. Ein kurzer Augenblick des Schwindels und ...

Die Art und Weise, wie ich sie sah, *verschob* sich. Die leichte, lockere Persönlichkeit, die Tanjy war, war nicht mehr – aber nur die *Darstellung* Tanjys, nicht das *Ich*. Es war, als würde ein Schleier weggezogen, so daß man das Licht dahinter so deutlich wie eine rosige Vision sehen konnte, die am Himmel schwebte. Das Lächeln war ein Fenster – und ihre Augen, in denen man ertrinken konnte, waren grundlos. Und ich fiel in sie hinein. Sie leuchtete wie ein Gott; ein Strahlen ging von ihr aus. Und ich fühlte mich schön, sonnte mich in ihrem Widerschein. Und das Entzücken stieg auf wie eine Luftblase, mit der ich nach oben getragen wurde.

Und plötzlich wußte ich, was sie meinte.

Ich mußte blinzeln und mich aus ihren Augen zurückziehen. Ich wollte nicht, mußte aber fragen: »Tanjy, es gibt eine Art von Telepathie, die kein Implantat braucht, nicht wahr?«

Ohne die Augen von mir zu wenden, nickte sie langsam. »Das meint das Corps. Wir wissen, daß es etwas gibt, das zwischen zwei Leuten geschieht und das man nicht erklären kann.« Sie nahm meine Hände in die ihren und hielt sie warm. Ihr Gesicht war engelhaft. Ich wollte wieder in ihren Augen versinken. »Es ist eine Art Kommunikation ohne Worte«, flüsterte sie.

»Ich habe von so etwas gehört, aber erlebt habe ich es nicht ... bis jetzt.«

Einen Augenblick lang saßen wir da und sahen einander an. Sie war nicht Ted – sie war nicht Tanjy. Sie war einfach – schön.

Das Zimmer, die Welt um uns hörten auf zu existieren. Wir waren alleine, in einem Inseluniversum, nur wir beide. Ihre hellen Augen hatten mich verschluckt. Ich hatte das unheimliche Gefühl, daß die Person mir gegenüber ein Spiegel meiner eigenen Seele war.

In diesem Augenblick liebte ich sie. Ihn.

Ich schüttelte langsam den Kopf. »Nichts von all dem gibt für mich einen Sinn«, sagte ich. »Ich verstehe gar nichts – und gleichzeitig glaube ich, genau zu wissen, was du meinst. Es gibt eine Art Spannung zwischen uns, eine Elektrizität, die in der Luft liegt. Und ich glaube nicht, daß es nur meine Hormone sind.«

Ihre Augen waren immens groß. »Versuch nicht, es zu erklären«, sagte sie. »Du sollst es einfach ... genießen.«

»Ich muß wissen ...«

Sie legte einen Finger auf meine Lippen. »Schsch, laß es mystisch sein.« Und dann fügte sie hinzu: »Nichttelepathen könnten das vielleicht Liebe nennen. Das ist es natürlich – aber nicht die Art von Liebe, an die du denkst, wenn du jenes Konzept-Symbol gebrauchst. Es ist das Erlebnis von Liebe ohne die Bindungen.«

»Ich ... liebe dich ...« Aber tat ich das? Wen liebte ich denn?

»Hör mir zu«, sagte sie abrupt, »du wirst sehr bald mit einer ganz großen Sache zu tun bekommen. Ich will dir etwas über Kommunikation sagen. *Echte* Kommunikation. Du wirst das wissen müssen. Es handelt sich nicht um das Reden – es geht um das *Lauschen.* Mit deiner *ganzen* Seele lauschen. Es geht darum, so intensiv zu lauschen, daß du *die Person wirst, auf die du lauschst.* So wie du es jetzt tust. Kannst du dir das merken?«

»Ja, das werde ich. Das verspreche ich.«

Jetzt blickte sie nachdenklich. Sogar ein wenig traurig. Sie war wieder Ted – oder Tanjy. Es machte keinen Unterschied. Sie gestattete sich ein kleines Lächeln und berührte meine Hand. »Gut. Dein Leben könnte davon abhängen. Und – ich liebe dich zu sehr, als daß du umkommen sollst.«

Und dann gab es nichts mehr zu sagen. Wir saßen einfach da und sahen einander an, bis die Uhr piepte. Drei Uhr früh.

»Es ist spät«, sagte ich.

»Willst du hierbleiben?« fragte sie.

»Sicher.«

Dann stand sie auf und reichte mir die Hand. Ich erhob mich von der Couch und sie führte mich ins Schlafzimmer. Ich war überrascht, wie einfach und wie natürlich es doch war.

EINUNDVIERZIG

Das erste, was an mir aufwachte, war mein Lächeln.

Ich machte: »Mmmm«, und kuschelte mich liebevoll an den warmen Frauenkörper neben mir. Ich schob meine Hände um ihre Taille und in die Höhe, um ihre Brüste zu umfassen.

Sie sagte: »Entschuldigung«, und glitt aus dem Bett. Ich hörte sie barfuß ins Bad patschen. Ich hörte, wie die Toilette gespült wurde. Ich waretete darauf, daß sie zurückkam.

Statt dessen hörte ich das Geräusch laufenden Wassers. Eine Badewanne?

Ich schlug die Augen auf. Ich setzte mich auf. Kam sie nicht zurück?

Sie kam ins Zimmer zurück und trug einen langen, dunklen Morgenrock, der in ein Kloster gepaßt hätte. Sie sah sich um und verzog angewidert das Gesicht. »Was ist hier letzte Nacht passiert? Was ist denn das? Marshmallows?« Sie sah mich eigenartig an. Fast feindselig.

Sie war nicht mehr schön. Sie war klein und sah irgendwie bösartig aus. Häßlich.

Sie war nicht Tanjy.

»Wir hatten – eine Marshmallow-Schlacht«, erklärte ich. »Wir wollten sie aufheben ...«

Sie sah mich an, als wäre ich eine Küchenschabe, die sich in ihrem Bett breitgemacht hatte.

»Äh – es tut mir leid ... *meine* Idee war es nicht.«

»Mhm«, sagte sie und hob Marshmallows vom Boden auf. »Das ist es nie.«

»Sind Sie die – äh – die Besitzerin hier?«

»Der Wirt? Ja.« Sie machte kein Geheimnis aus ihrer Verstimmung.

»Oh«, sagte ich und kam mir plötzlich sehr seltsam vor, wie ein Eindringling. Ich hatte das Gefühl, ich müßte die Decke über mich ziehen. Wie einen Schild. »Ich – äh – denke, dann sollte ich wohl gehen.«

»Ja, das sollten Sie.«

Ich bewegte mich immer noch nicht. »Die Unordnung tut mir leid«, sagte ich. »Kann ich Ihnen beim Saubermachen helfen?«

Jetzt richtete sie sich auf und sah mich an. »Nein. Mir wäre lieber, wenn Sie das nicht tun würden. Mir wäre viel lieber, wenn Sie jetzt gehen würden. Gleich, bitte.«

Ich glitt aus dem Bett. Ich trat auf Marshmallows. Ich fing an, meine Kleider vom Boden aufzuheben und mich, so schnell ich konnte, anzuziehen.

Während ich mir das Hemd zuknöpfte, sah ich zu ihr hinüber. »Darf ich Sie etwas fragen?«

Sie warf die Marshmallows in einen Abfallkorb und richtete sich auf, wischte sich den Puderzucker von den Händen. Sie wartete darauf, daß ich fortfuhr.

»Was ist aus Tanjy geworden?« fragte ich.

Sie zuckte die Achseln. »Sie ist zum Nächsten weitergezogen.«

Und ich sagte: »Schauen Sie – ich weiß, das ist schwierig für Sie, aber ich habe das Gefühl, daß etwas hier überhaupt nicht stimmt, und das verstehe ich nicht.«

»Warten Sie einen Augenblick«, sagte das Chinesenmädchen. Sie ging ins Badezimmer und drehte das Wasser ab. Als sie zurückkam, war ich gerade dabei, meine Krawatte zu binden. »Wissen Sie, wie wir Telepathen wie Tanjy nennen?« fragte sie.

Ich schüttelte den Kopf.

»Schmarotzer.«

»*Schmarotzer?*«

»Mhm. Sie übernehmen deinen Körper, dein Haus, dein Leben – und das für einen Abend. Sie machen deinen Körper betrunken, schaffen deinen Körper mit Fremden ins Bett, machen dir Flecken in die besten Seidenkleider, die du hast, werfen dir klebrige Marshmallows auf die Bettlaken und Teppiche, und dann verschwinden sie mitten in der Nacht und hinterlassen dich mit einem Kater, wunden Beinen, einem Rücken, der weh tut, und drei Tage Arbeit mit Saubermachen. Ganz zu schweigen von der Mühe, es dem Freier zu erklären.«

»Kann ich für den Schaden aufkommen?« fragte ich und griff nach meiner Brieftasche.

Sie wurde steif. »Ich bin keine Hure, vielen Dank. Nein, das können Sie nicht. Die Behörde übernimmt die Kosten. Außerdem ist es nicht Ihre Schuld. Sie sind ebenso ein Opfer des Schmarotzers wie ich.«

Ich steckte meine Brieftasche wieder ein. »Darf ich Sie noch etwas fragen?«

»Nur zu.«

»Nun, das klingt vielleicht dumm, aber ich dachte ... nun, Tanjy sagte, Telepathen haben nicht viel Identität. Das heißt, keine große Bindung an Körper, Haus, Kleider und so weiter. Aber Sie ...?« Ich sah mich in dem Zimmer um, zuckte die Achseln und sah sie an.

Das Chinesenmädchen blickte wieder verstimmt. »Stimmt. Wieder die Rechtfertigung der Schmarotzer. In Wahrheit haben manche Telepathen solche Bindungen und manche nicht. Meine Aufgabe zwingt mich, hier am Ort zu bleiben. Zweimal im Monat schließe ich mich dem Netz an und bin dann weltweit im Einsatz. Ich habe Aufgaben, die vor Ort erledigt werden müssen. Das ist die Grenze meiner telepathischen Teilnahme. Ich hasse es, meinen Körper in der Einsatzreserve zu hinterlassen, weil ich nie weiß, wer in ihm sein wird, so lange ich unterwegs bin, oder welchen Schaden man an ihm anrichten wird.«

Ich stand da und fühlte mich sehr schuldig. Ich wollte mich entschuldigen und gleichzeitig wollte ich das nicht. Ich wollte nicht zugeben, daß Tanjy – Ted – und ich wie zwei kleine Jungs gewesen waren, die mit einem Mädchenkörper gespielt hatten, während sie nicht zu Hause war. Mir war wie damals, als man meinen Cousin und mich dabei erwischt hatte, wie wir uns die Unterwäscheschublade meiner Schwester angesehen hatten, nur daß dies schlimmer war. Viel schlimmer. Diesmal hatte ich keinen Cousin hier, mit dem ich die Schuld teilte. Und wir hatten mit viel mehr als nur ihrer Unterwäsche gespielt.

Ich sagte: »Äh ... ich war der Ansicht ... ich meine, man hat mir gesagt, es gäbe gewisse ... Übereinkünfte zwischen Telepathen.«

Ihre Augen verengten sich. »Sie verstehen gar nichts, Soldat.«

»Wahrscheinlich nicht«, sagte ich. Ich nahm meine Mütze. Dieses Chinesenmädchen war *ekelhaft.* »Nun, es tut mir leid«, sagte ich. »Das tut es mir wirklich.«

»Ja, das sagten Sie schon. Ihr Boys sagt das *immer.* Und jetzt, wenn es Ihnen nichts ausmacht, würde ich gerne mein Bad nehmen. Ich möchte mich wieder *sauber* fühlen.«

Draußen auf der Straße konnte ich spüren, wie sich auch mein Zorn langsam erwärmte. Verdammt! Jetzt fühlte ich mich auch schmutzig.

Ich hätte ihm eine runterhauen sollen, als ich Gelegenheit dazu hatte – nur daß das Chinesenmädchen mit dem blauen Auge aufgewacht wäre.

Es war einfach nicht fair!

Verdammt! Er hatte mich wieder hereingelegt!

ZWEIUNDVIERZIG

Auf meinem Schreibtisch erwartete mich eine große Sicherheitskassette. Sie öffnete sich auf meinen Daumendruck. Sie enthielt drei dicke Einsatzbücher.

Jemand hatte in der vergangenen Nacht schwer gearbeitet.

Ich verbrachte den größten Teil des Vormittags damit, die Bücher durchzuarbeiten, und dabei wuchs mein Erstaunen. Sie hatten auf das gehört, was ich gesagt hatte. Das erste Buch führte aus, wie das Militär das Präsentationsteam an den Einsatzort bringen und ihm dort Schutz bieten würde, ohne sichtbar zu sein. Die Choppers würden gründlich getarnt werden.

Das zweite Buch beschrieb die Pflichten des Beobachtungsteams und wie es die Überwachungsgeräte auf ein absolutes Minimum reduzieren sollte.

Das dritte Buch befaßte sich damit, was über die Würmer und die Bunnies bekannt und was da nicht bekannt war.

Aber wie man den Kontakt mit ihnen aufnehmen sollte, darüber stand nicht viel darin.

Ich hatte dazu eine Idee. Es war etwas, das Ted/Tanjy vorgeschlagen hatte. Mit ganzer Seele lauschen.

Ich versuchte mir vorzustellen, wie ich mich hinsetzte und mit einem Bunnydog sprach. Ich konnte es nicht. Das Beste, was ich mir noch vorstellen konnte, war, mich in ihre Schar einzureihen.

Schließlich suchte ich Dr. Fletcher auf.

Ich streckte den Kopf durch ihre Bürotür und klopfte. »Haben Sie einen Augenblick Zeit?«

Sie blickte von dem Bericht auf, den sie gerade studierte. Sie hatte ein Sandwich in der Hand. »Oh, James, kommen Sie rein. Haben Sie die Bücher gelesen?«

»Ja, deshalb bin ich hier.« Ich schnappte mir einen Stuhl und nahm ihr gegenüber Platz. »Ich nehme an, ich habe den Job bekommen.«

»Das stand nie in Zweifel«, sagte sie. »Wollen Sie Tee?«

»Oh, heute gibt's nur Tee?«

»Kaffee ist für besondere Anlässe. Sie gehören jetzt zum Team. Ich brauch' nicht mehr nett zu Ihnen zu sein.« Und dann sagte sie: »Was haben Sie denn für ein Problem?«

Ich erklärte ihr, daß ich in den Einsatzbüchern nichts für mich gefunden hatte. Sie schob sich den letzten Bissen Sandwich in den Mund, nickte nachdenklich, wartete bis sie zu Ende gekaut hatte und wischte sich dann die Finger an einer Papierserviette ab. »Und wie würden Sie den Kontakt mit den Bunnydogs herstellen?« fragte sie schließlich.

»Wahrscheinlich klingt das völlig verrückt, aber ich glaube, General Poole hat recht gehabt: nackt mit den Bunnydogs tanzen.«

»Eine interessante Idee«, sagte sie. Sie betupfte sich den Mund und warf die Serviette dann weg.

»Ich kann es nicht begründen.«

»Das brauchen Sie nicht. Ich kenne die Überlegung.«

»Was?«

»Wir haben gestern nacht lang darüber geredet. Wir haben das Thema recht gründlich erforscht.«

»Wirklich?«

»Die Militärs sind bis zur letzten Sekunde geblieben. Wir haben eine Menge geschafft. Ich habe das nicht in Ihr Buch gepackt, weil ich wissen wollte, wieviel Sie sich selbst zusammenreimen würden. Sie haben es gut gemacht, und jetzt wollen wir sehen, ob Sie die andere Hälfte auch mitkriegen. Wie würden Sie sich auf einen solchen Tanz vorbereiten?«

»Das ist ja wohl klar. In die Herde gehen.«

»Genau.«

»Sie werden nicht dagegen sein? Ich habe gründlich darüber nachgedacht.«

Sie schüttelte den Kopf. Dann beugte sie sich zu ihrem Schreibtisch hinüber und nahm sich ihr Schreibbrett. Sie legte es sich in den Schoß und schaltete es ein. »Wann wollen Sie denn?«

»Je eher, desto besser, denke ich.«

»Mhm. Morgen früh?«

»Sicher. Das ginge.«

»Und wie lange wollen Sie bleiben?«

»Zwei Tage, drei. So lange, bis ich spüre, wie das läuft.«

»Mhm.« Sie schrieb alles auf.

»Ich hab mir überlegt, daß ich einen Piepserkragen tragen könnte, damit Sie mich anpeilen können.«

»Und«, sie blickte auf, »wie haben Sie sich gedacht, daß wir Sie zurückholen werden?«

»Nun, sie können mir ja immer ein Bein brechen?«

Fletcher lächelte. »Tatsächlich ist es durchaus möglich, daß wir genau das tun müssen. Lassen Sie mich Ihnen ein paar unangenehme Dinge über die Herde sagen, James. Einige von den Dingen, die wir in letzter Zeit in Erfahrung gebracht haben. Wir haben Enzymanalysen an verschiedenen Herdenmitgliedern gemacht und festgestellt, daß die Gehirnchemie sich verschiebt. Die Fähigkeit des Körpers, gewisse memorezeptorische Aktivatoren zu produzieren, verändert sich. Mit anderen Worten, es gibt eine chemische Grundlage für das Aussetzen der Zeitbindung. In gewissem Maße ist das ein selbstinduziertes Drogenerlebnis. Aber ...« Sie zögerte. »Die Permanenz dieses Effekts verstehen wir nicht ganz. Wir haben ... eine Theorie, aber ...«

»Nur weiter«, sagte ich.

»Nun, das wird Ihnen nicht gefallen. Wir glauben, daß es sich um eine weitere Seuche handelt, nur – nicht ganz. Sie ist nicht tödlich. Wir glauben, daß es gewisse niedrige chtorranische Viren gibt, die sich in der Biosphäre ausbreiten. Wir vermuten, daß diese Viren nicht so sehr Krankheiten erzeugen, sondern unsere Körperchemie verändern – und als solche unseren Bewußtseinszustand verschieben.«

»Wie ein Drogenerlebnis?«

»Vielleicht. Vielleicht auch nicht. Wir glauben, daß die Gattung Mensch immer das Potential der Herdenbildung hatte, daß wir aber stets so kulturgebunden waren, daß wir den Herdeninstinkt in den Dienst der Kultur stellen konnten; aber dieser Viruseffekt beschädigt unsere Chemorezeptoren so, daß wir – wir alle – jetzt die ganze Zeit genau am Rande funktionieren. Der schwächste Stimulus kann uns auf die andere Seite stoßen. Mit anderen Worten«, sagte sie ernst, »es bedarf jetzt eines bewußten Willensaktes, ein intelligentes, vernünftiges Wesen zu sein.«

»War das nicht *immer* so?« fragte ich.

Sie lächelte. »Ich weiß Ihren Zynismus zu würdigen. Aber, James, Sie müssen die Gefahr begreifen, die das darstellt. Der Prozeß könnte irreversibel sein.«

»Gibt es kein Gegenenzym oder eine Impfung oder ...?«

»Das wissen wir nicht. Wir haben nicht genügend Leute, um die notwendigen Forschungsarbeiten durchzuführen. Hören Sie, ich habe Ihnen die schlechten Nachrichten gegeben. Jetzt kommen noch schlechtere. Wir vermuten, daß der Virus, der den Herdentrieb aufschließt, bereits so weit in der menschlichen Spezies verbreitet ist, daß wir, praktisch betrachtet, alle infiziert sind. Haben Sie heute morgen die Nachrichten gesehen?«

»Sie meinen die Krawalle in Kapstadt?«

»Mhm. Für diesen Wahnsinn gab es keinen vernünftigen Grund – all die Wut. Es war, als wären diese Leute alle im gleichen Augenblick zu Berserkern geworden. Könnte das vielleicht eine andere Wirkung desselben Virus gewesen sein? Wir wissen es nicht. Ich würde liebend gerne ein Dutzend Autopsien durchführen, aber so wie die politische Situation ist – jedenfalls, Sie begreifen, worauf ich hinauswill, oder?«

»Wir könnten schon morgen alle zu Herdenmitgliedern werden, nicht wahr?«

Sie nickte. »Alleine schon als Mensch aufzuwachen, ist ein Sieg.«

»Sie ... wollen also sagen, Sie wissen nicht, ob Sie mich wieder zurückholen können, wenn ich in die Herde gehe. Stimmt das?«

»Das ist das Risiko«, gab sie zu. »Wollen Sie trotzdem ...?«

»Augenblick. Ich dachte, dies sei alles theoretisch?«

»Dann wollen Sie also *nicht?*«

»Das habe ich auch nicht gesagt. Das ist doch alles schon genehmigt, oder?«

Sie nickte. »Wir haben eine bedingte Genehmigung, falls wir einen geeigneten Freiwilligen finden.« Sie sah mich mit weit geöffneten Augen an. »Jemanden, der wirklich begreift, worin das Problem besteht.

Ich will Ihnen sagen, was wir gestern nacht erkannt haben. Die ganze Frage der Vernunftbegabtheit ist verfrüht gestellt.

Wir können noch nicht einmal darüber nachdenken, so lange wir nicht wissen, ob unsere zwei Spezies miteinander vereinbar sind. Können Menschen und Bunnydogs überhaupt gemeinsam Herden bilden? Vergessen Sie die Kommunikation, bis diese Frage beantwortet ist.«

»Sie haben also bereits einen Tanz geplant?« fragte ich.

»Davon stand nichts in Ihrem Einsatzbuch, weil ich unter vier Augen mit Ihnen darüber sprechen wollte. Ich weiß, daß Sie der Herde gegenüber sehr sensitiv sind. Diese ganze Geschichte könnte für Sie persönlich sehr gefährlich sein.«

»Ich bin schließlich zu Ihnen gekommen und nicht umgekehrt, vergessen Sie das nicht.«

»Hm – ich versuche ja nicht, es Ihnen auszureden. Ich *möchte,* daß Sie gehen. Ich habe die ganze Nacht dafür gesprochen. Aber *Sie* müssen die Entscheidung treffen. Ehe ich Ihren Einsatz genehmigen kann, müssen Sie wissen, worin die Risiken bestehen, damit Sie eine verantwortliche Wahl treffen können.«

»Ich weiß, was schlimmstenfalls geschehen könnte«, sagte ich. »Die Bunnydogs könnten die die Würmer dominierenden Räuber sein. Ich könnte aufgegessen werden. Aber mit dieser Möglichkeit muß ich mich jeden Tag auseinandersetzen, wenn ich mein Bett verlasse.«

»Das *Schlimmste,* was passieren könnte«, sagte Fletcher, »ist, daß wir Sie an die Herde verlieren.«

Ich stoppte meine Antwort, ehe sie mir aus dem Munde fiel, und überlegte das noch einmal, was sie gerade gesagt hatte. Dann sah ich sie nachdenklich an. »Sie haben schon früher Leute in die Herden gesteckt, nicht wahr?«

Fletcher nickte. »Und von denen haben wir auch welche verloren.«

»Wie lange kann man in der Herde bleiben, ehe man verloren ist?«

»Das ist unterschiedlich. Es geht sehr schnell. Vier oder fünf Tage ist das Maximum. Selbst das ist schon gefährlich. Das Erlebnis ist zu intensiv. Das löscht einem das Gehirn.«

»In Ordnung; ich will höchstens zwei Tage. Eineinhalb Tage. Ich gehe morgen früh hinein, verbringe den Tag damit, mich zu akklimatisieren, verbringe die Nacht und nehme an der Versammlung des nächsten Tages teil. Sie können mich gegen Abend herausholen. Das läßt mir einen Tag für die Berichterstattung und das Wochenende, um das Erlebte zu assimilieren. Montag kann ich mich dann auf den Einsatz vorbereiten.«

Sie knipste ihr Schreibbrett aus und legte es auf den Schreibtisch. »Und Sie sind ganz sicher, daß Sie das auch tun wollen?

»Ich bin ganz sicher, daß ich das tun *muß*.«

»Also gut«, sagte sie und griff nach ihrem Telefon. »Jerry? Wir machen es morgen. Richtig! Nein, ganz und gar nicht. Danke.« Sie legte auf und wandte sich wieder mir zu. »Okay. Wir haben heute nachmittag eine Menge Arbeit.«

»Hm?«

»Ich werde Sie trainieren.«

»Mich trainieren? Wie trainiert man denn für eine Herde?«

»Es gibt Übungen, die Ihren *Ich*-Sinn stärken. Die könnten hilfreich sein.«

»Meditation?«

»Hm, eigentlich nicht. Nennen Sie es *Seelenzentrierung*. Es stammt aus dem *Mode*-Training.«

»Ich dachte, Sie halten nichts von *Mode*-Training.«

Sie schüttelte den Kopf. »Stimmt nicht. Nur einige der Leute mag ich nicht. Das, was sie damit anfangen, gefällt mir nicht. Aber das Training gehört zu den wertvollsten Dingen, die ich je getan habe. Das hat mich während der schlimmsten Seuchenzeit ... bei Vernunft gehalten. Ich glaube, das ist es auch, was heute dafür sorgt, daß ich meinen Verstand behalte. In Wahrheit weiß ich nicht, ob es hilft oder nicht. Ich möchte nur, daß Sie jeden Vorteil haben, den ich Ihnen verschaffen kann.«

»Ich schaffe das schon«, sagte ich. »Wirklich.«

Sie gab keine Antwort.

»Was ist denn?«

»Ich weiß, daß Sie zuversichtlich sind. Ich weiß, daß Sie sich das gründlich überlegt haben. Das haben wir auch. Aber ich habe trotzdem Angst. Ich weiß, wie leicht es ist, etwas zu übersehen, und es wäre wirklich schlimm für mich, sie *auch* zu verlieren ...«

DREIUNDVIERZIG

»Also, jetzt aktiviere ich den Kragen«, sagte Fletcher. Sie wandte sich dem Monitor hinten im Jeep zu und tippte etwas in die Tastatur.

Der Kragen, den ich um den Hals trug, piepte. Laut.

»Wie ist das Signal?« fragte ich.

»Gut«, sagte sie. »Ihr Herzschlag und Ihre Atemtätigkeit sind in Ordnung. Also, ich fixiere ihn jetzt.« Sie trat neben mich und tat irgend etwas unter meinem Kinn. Was sie tat, konnte ich nicht sehen.

Als sie zurücktrat, zupfte ich prüfend am Kragen. Er war abgeschlossen und funktionierte. Für mich gab es keine Möglichkeit, ihn herunterzubekommen oder abzuschalten. Nicht, solange man mich nicht zurückgeholt hatte.

Ich hatte das Gefühl, daß da irgend etwas war, was sie mir sagen wollte. Aber als ich sie anblickte, sah sie schnell auf die Uhr. »Sie gehen jetzt besser.«

»Ja«, sagte ich. Ich atmete tief durch und fing dann an, mir Schuhe und Socken auszuziehen. Die Herde begann bereits, sich auf dem Platz zu formieren. Es würde ein warmer Tag werden.

Ich trug Shorts und ein T-Shirt. War das zuviel? Ob ich wohl das T-Shirt ausziehen sollte? Ich sah wieder zu der Herde hinüber. Da gab es viel mehr nackte Körper als ich in Erinnerung hatte. Ich beschloß, mich der Gruppe anzupassen und zog mein Hemd herunter und fragte mich, ob ich auch gleich noch die Hosen ausziehen sollte.

Ich sah Fletcher an. Sie wirkte nachdenklich. »Alles in Ordnung?« fragte ich.

»Mhm«, machte sie.

»Sie sehen aber nicht so aus.«

Sie zuckte die Achseln. »Ich hab bloß nachgedacht.«

»Worüber?«

»Ich wünschte, wir hätten mehr Zeit.«

Ich nahm ihre Hände in meine. »Ich schaffe das schon«, sagte ich.

»Ich weiß. Das garantiere ich sogar.«

»Nein, ich meine, hier drinnen.« Ich tippte mir mit dem Zeigefinger an die Stirn. »Ich werd' schon nicht verlorengehen. Das verspreche ich.«

Sie drückte mir beide Hände und sah mir prüfend ins Gesicht. »Ich hoffe nur, daß Sie recht haben, denn sonst breche ich Ihnen ein Bein.«

»Das werde ich mir merken.« Ich sah zu der Herde hinüber: zu viel Nacktheit. Mein Schamgefühl behielt die Oberhand. Ich würde die Hosen anlassen. Für den Augenblick jedenfalls. »Nun ...« sagte ich, »ich denke, ich sollte jetzt ...«

»Ja«, stimmte sie zu. Plötzlich legte sie mir die Arme um den Hals und zog mein Gesicht zu sich herunter. Ihr Lippenstift schmeckte nach Rosen, Aprikosen und Sonnenschein.

Ich löste mich verlegen von ihr. Ihr Kuß war etwas zu intensiv gewesen. Ich wandte mich schnell ab und sah wieder zu der Herde hinüber. Wenn ich es jetzt nicht tat, würde ich es nie tun.

Die Herde war eine einzige große wogende Masse Menschheit. Sie war so schmutzig, daß ich sie von hier aus riechen konnte.

Ich setzte mich in Bewegung. Das trockene Gras juckte an meinen Fußsohlen. Die Sonne brannte mir heiß auf den Rükken. Mein Mund war trocken.

Kurz vor dem Rand der Herde blieb ich stehen.

Und studierte.

Ich wußte noch nicht, was ich eigentlich suchte. Irgendeinen Hinweis. Irgendeinen. Etwas, das mir verriet, was ich tun sollte.

Eine Gruppe junger Bullen betätigte sich auf der Rasenfläche. Zwei von ihnen rangen miteinander. Ein paar sahen zu mir herüber. Mir war, als säße mir ein Kloß im Magen.

Ich kannte dieses Gefühl.

Das war wieder wie mein erster Tag im Kindergarten. Wie das erstemal, als ich nackt mit den anderen Jungs unter die Dusche ging. Das erstemal, daß ich mit einem Mädchen zusammen war. Das erstemal, daß ich einen Wurm zu sehen bekam.

Es war das Gefühl, in ein Zimmer voll Fremder hineinzugehen und zu wissen, daß sie einen alle anstarrten. Nur daß es viel schlimmer war. Ich wußte nicht, ob das hier Tiere oder Menschen waren.

Sie sahen wie Menschen aus. Und sie verhielten sich wie Tiere. Wie Affen.

Wenn ich mich wie ein Affe verhalten konnte, wie ein richtiger Affe, würden sie mich akzeptieren.

Also ... mußte ich mir jetzt zurechtreimen, wie man sich als Affe verhielt.

»Das Problem ist«, sagte ich leise, »daß mir niemand hier Affenlektionen erteilen wird.«

Mir hatte auch niemand beigebracht, ein Mensch zu sein.

Man ist das einfach.

Ich umkreiste die jungen Bullen, die miteinander rangen, und ging auf die freie Fläche mitten auf dem Platz zu. Dort gab es einen langen, breiten Tümpel, in dem man baden konnte. Das war das Wasserloch. Einige der Kinder spielten an einem Ende des Tümpels und bespritzten sich. Ich entfernte mich von ihnen. Ich fand eine Stelle etwas abseits von allen anderen und ging auf Hände und Knie nieder. Ich sah mich um, um zu sehen, wie die anderen Affen tranken. Schöpften sie mit den Händen oder tauchten sie einfach den Mund ins Wasser?

Nein. Ich mußte es für mich selbst herausfinden.

Ich senkte mein Gesicht ins Wasser und trank. Das Wasser schmeckte scheußlich. Chlor? Und was sonst noch? Das war nicht festzustellen. Ich war froh, daß ich mich hatte impfen lassen.

Aber wie verhält man sich als Affe?

Es war dasselbe Problem, das ich *immer* mit meiner eigenen Gattung gehabt hatte. Ich wußte nie, wie ich mich verhalten sollte.

Andere Leute schienen immer genau zu wissen, wer sie waren. Ich wußte immer, daß ich vorgab, der zu sein, der ich war. Ich wollte aufhören, etwas zu spielen. Ich wollte einfach nur ein menschliches Wesen *sein* – oder ein Affe. Oder was sonst ich sein mußte.

Was empfanden denn diese Affen in bezug auf menschliche Wesen? Paßte es ihnen nicht, daß wir sie studierten? Sie beobachteten? Oder tolerierten sie uns? War es ihnen recht, daß wir sie fütterten? Oder konnten sie diese Verbindung gar nicht herstellen?

Wollten sie, daß wir uns ihnen anschlossen? Oder ließen sie bloß zu, daß wir uns ihnen anschlossen, weil sie uns nicht daran hindern konnten? Oder gab es da gar nichts, dem man sich anschließen konnte?

Ich fing zu kichern an. Wäre es nicht komisch, wenn alle hier versuchten, sich wie Affen zu verhalten, so wie ich? Wäre es nicht komisch, wenn wir alle nur etwas vorgäben?

Ich wünschte, ich könnte zu denken aufhören. Mein Bewußtsein schnatterte wie eine Maschine. »Schnatter, schnatter, schnatter ...«, sagte ich. »Mein Bewußtsein schnattert. Schnattert. Schnattert. Schnuffi, schnuffi, schnuff.«

Niemand sah mich an. Keiner der Affen bemerkte mich, es war ihnen egal. Die Worte waren alle ohne Bedeutung. Alle Worte waren bedeutungslos.

Und wer hatte denn zuerst die Bedeutungen der Worte erfunden? Ich hatte sie erfunden. Wer denn sonst? All die Worte und die Bedeutungen in meinem Kopf besaßen Verbindungen, die ich hergestellt hatte. Sie konnten alle falsch sein. Oder schlimmer noch: Einige von ihnen könnten vielleicht falsche Verbindungen sein. Aber wie konnte ich denn feststellen, was nun was war?

Wo fing es denn an? »Ma, ma, ma, ma, ma ...«, sagte ich. Ein Baby erzeugt Geräusche, und dann schiebt man ihm eine warme Titte ins Gesicht. Das ist eine so mächtige Lektion, daß wir den Rest unseres Lebens damit verbringen zu versuchen, die richtigen Geräusche zu finden, damit wir weiterhin warme Titten bekommen, an denen wir saugen können. Wir verbringen Jahre damit, einander anzukreischen und anzuschnattern und suchen nur nach den richtigen Kontrollsätzen. Menschen haben mehr Kontrollsätze als Roboter. Sage: ›Ich liebe dich‹, und du kannst es treiben. Sage: ›Du Schwein!‹, und du kannst eine Prügelei kriegen. Es ist genauso einfach wie bei jeder anderen Maschine.

Etwas klickte.

Wir behandeln einander wie Maschinen.

Wir manipulieren.

Als die Affen die Sprache aufgaben, funktionierten die Kontrollsätze nicht mehr. Man konnte so viele Knöpfe drükken, wie man wollte, aber der Mechanismus war zerbrochen. ›Plapper ... plapper ... plapper.‹ Ich spürte, wie sich ein Grinsen über mein Gesicht ausbreitete. Das war *sehr* interessant.

Wenn man ein Wort immer wieder sagt, und das lange genug tat, verlor es jegliche Bedeutung. Aber wie verliert man eine ganze Sprache? Wie löst man alle Bedeutungen von allen Worten und Geräuschen, wo man doch ein ganzes Leben damit verbracht hat, sie zusammenzufügen? Wie schafft man es, sogar die Fähigkeit zur Sprache zu verlieren?

»Plapper ... plapper ... plapper ...«

Ich hatte das Gefühl, daß ich es falsch machte.

Ich saß da und versuchte, es mir zusammenzureimen.

Vielleicht war das etwas, das man sich überhaupt nicht zusammenreimte. Man ... tat es einfach. Das gab zwar keinen Sinn, aber – es sich zusammenzureimen, gab auch keinen Sinn. Ich *wußte* einfach nicht genug. Vielleicht wenn ich ...

Nein. Hör auf, es dir zusammenzureimen.

Ich war jetzt Teil der Herde.

Weil ich es sagte.

Ich war der Teil, der in roten Unterhosen hier saß und versuchte, mir zusammenzureimen, wie man Teil der Herde ist. Ich war der dumme Teil. Ich versuchte, mir zusammenzureimen, wie ich das sein sollte, was ich bereits war.

Ich konnte jetzt loslassen. Ich war hier.

Ein halbwüchsiger Junge kauerte sich vor mir nieder. Unangenehm nahe. Er war schmutzig und nackt. Er hatte strähniges schwarzes Haar und eine lange, schmale Nase. Seine Augen waren außergewöhnlich groß; Augen von ungewöhnlich hellem Blau. Er starrte mich neugierig an.

»Hallo«, sagte ich und lächelte. Und fast im gleichen Augenblick wußte ich, daß das das Falsche war. In den Worten war zu viel Bedeutung und nicht genug jener *anderen* Eigenschaft.

Der Junge blinzelte und fuhr fort, mich anzustarren.

Ich fühlte mich, als würde ich untersucht. So als wäre die

Herde eine Art Makroorganismus, der feststellen wollte, ob ich bereits *assimiliert* worden war.

Der Junge kratzte sich geistesabwesend. Seine Nägel waren lang und schmutzig. Affenhände. Das war es, woran mich seine Hände erinnerten. Er war hager, ebenfalls wie ein Affe. Er kauerte auf seinen Hinterbacken und studierte mich. Ich studierte zurück. Ich gab den Versuch auf, ihn zu begreifen, und richtete mein Bewußtsein einfach wie eine Kamera auf ihn, beobachtete ihn. Seine Augen waren bemerkenswert. Zu blau, um echt zu sein. Er hatte dicke, dunkle Wimpern, die seinen Ausdruck geheimnisvoll machten.

Aber warum war er an mir so interessiert? Ich konnte, indem ich mir sein Gesicht betrachtete, nicht feststellen, was er dachte. Er war da – und war unlesbar. Seine Seele war zu Hause, das konnte ich irgendwie fühlen; aber sonst spielte sich da nichts ab. Keine ... Gedanken. Keine ... Identität. Irgendwie war es unwiderstehlich, einfach dazusitzen und ihn anzusehen, wie er mich ansah. Es war kein Wettkampf der Augen. Es war ein ... Zusammensein.

Fletcher hatte mich das üben lassen. Zusammensein. Intensiv. Ich konnte nicht wegsehen. Ich wollte nicht wegsehen. Es war eine eigenartig beruhigende Begegnung.

Ich erkannte, was da an seinen Augen war, das mich so verstört machte – sie waren zu *feminin.* Wenn eine Frau solche Augen hätte, wäre sie ein Modell und ein Filmstar. An einem jungen Mann ... waren sie einfach überwältigend.

Eine seltsame Art von Frieden war hier.

Ich konnte in ihm ertrinken.

Der Junge griff herunter und berührte mein Gesicht. Wie ein Affe, der einen fremden Gegenstand erforscht. Er berührte mein Haar, betätschelte es. Seine Hand bewegte sich vorsichtig, zog sich dann schnell zurück. Er roch nach Staub.

Und dann ließ er die Hand wieder sinken und wartete.

Ich weiß nicht, woher ich wußte, worauf er wartete, aber ich wußte, daß es eine Einladung war.

Ich berührte sein Gesicht, so wie er das meine berührt hatte. Ich berührte sein Haar, ließ meine Finger über seine Wange streichen. Ein Lächeln breitete sich über sein Gesicht aus. Er griff nach oben, nahm meine Finger in die Hand und sah sie an. Ich konnte sehen, wie sauber meine Hand in der seinen war. Er schnüffelte an meinen Fingern. Seine rosafarbene Zunge zuckte in einer tastenden Bewegung heraus und kostete meine Fingerspitzen. Dann lächelte er mir wieder zu. Es gefiel ihm, wie ich schmeckte. Er ließ meine Hand los. Und wartete wieder.

Erwartete er jetzt von mir, daß ich seine Finger kostete?

Ich nahm seine Hand in die meine. Und schnüffelte daran. Kostete. Schmutz. Ich lächelte ihm zu.

Er lächelte zurück. Es war gut.

Vollkommen.

Dann stand der Junge auf und ging weg. Sah sich nicht um, um zu sehen, ob ich ihm folgte. Ich wußte nicht, warum ich das tat; ich folgte ihm. Und merkte, daß ich es nicht gewöhnt war, barfuß zu gehen. Das trockene Gras tat meinen Füßen weh.

Mein Körper fühlte sich ... zurückgehalten. Nicht frei. Ich wußte, was es war. Ich blieb stehen und ließ meine Shorts fallen, trat aus ihnen heraus. Fühlte, wie ich anfing zu verschwinden. In die Menge. Die Herde. Alle Körper. Mußte zuerst die Körper loslassen. Nackt sein. Frei. Verletzbar.

Zugänglich.

Eingehüllt fühlen. Wie Sonnenschein. Baden. Nichts zurückhalten. Alles loslassen. Kichern. Fühlen. Albern.

Verrückt. Geistiges Geräusch. Nach Mustern suchend. Bedeutung. Anwendung. Hier. Verwirrt. Konzepte. Albern. Fühlen ...

Schüttelte den Kopf. Verwirrt.

Schreckte mich in die Realität zurück ...

... drehte mich verwirrt langsam um meine Achse.

Suchte?

Wie benommen wanderte ich dahin, ich weiß nicht, wie lange. Ich erinnere mich, daß ich stehenblieb, um noch einmal aus dem Tümpel zu trinken, und erinnere mich, wie ich meine Blase am Ostende des Parks in einen feuchten Graben entleerte.

Ich erinnere mich daran, wie ich hungrig wurde und meinen Weg zu den Trucks hinüberfand, als die in den Park rollten. Ich riß mir ein Stück von dem Laib ab und fand eine Stelle zum Hinsetzen und Essen.

Blinzeln. Was war – geschehen?

Augenblick nach Augenblick nach Augenblick, aber nicht miteinander verbunden – so daß man sich an keinen erinnerte. Verloren, sobald sie entstehen. Wie eine Achterbahn.

Keine Kontrolle.

Ich hatte gedacht, ich hätte begriffen. Ich hatte gedacht, ich könnte ein Gefühl dafür bekommen. Ich hatte unrecht.

Ich mußte hinaus.

Ich stand auf und ging auf den Jeep zu. Auf die Stelle zu, wo der Jeep gestanden hatte. Und Fletcher. »Ich komme heraus«, sagte ich. Ich berührte den Kragen. »Das wird nicht klappen. Hören Sie zu? Ich komme jetzt. Das ist Jim.« Ich berührte den Kragen, als wäre er ein Götterbild. Mein Leben hing von ihm ab. »Fletcher?«

Keine Antwort.

Funktionierte der Kragen noch?

Das war unwichtig. Ich würde einfach geradewegs zum Jeep gehen.

Ich erkannte, daß ich nackt war. Wo hatte ich meine Shorts fallen lassen? Ich sollte sie suchen. Ich bewegte mich zwischen den durcheinanderquirlenden Körpern mit einer Zielbewußtheit, die ihnen fehlte. Einige von ihnen wandten sich um, um mich anzusehen. Dann wandten sie sich wieder ihren Angelegenheiten zu. Ihrer Nahrung. Ihren Gefährten. Ihren Spielen. Die meisten von ihnen waren nackt. Ich sah meine Shorts nicht. Ich gab das Suchen auf. Im Jeep würde schon eine Decke sein oder ein Mantel. Ich blieb stehen und drehte mich langsam um, suchte die Ränder des Platzes ab. Nun wo ...?

... bin ... bin ich?

Nein, du darfst nicht in Panik geraten. Es ist schon in Ordnung. Sie beobachtet dich wahrscheinlich aus der Ferne. Das ist alles. Sie hat es selbst gesagt; es wäre nicht gut, wenn sie zu nahe bei der Herde bleibt.

Ein Ton in der Luft. Ich drehte mich um, um hinzusehen.

Kindersummen. Ein Summen ohne Melodie, aber ...

... und die Frauen summen auch. Im Chor. Seltsames atonales Klagen. Nur Vokale.

O nein. Nein. Das sollte doch erst morgen geschehen. O Gott. Die Versammlung. Das Tönen. Jetzt ist es schneller geworden. Zwei Tage hintereinander!

Jetzt andere, die das Summen aufnehmen. Dissonanz. Der Versuch, die Note zu finden ...

Ich muß hier raus. Jetzt. In Panik geraten, drehte ich mich um. Es nahm schnell zu. Viel zu schnell. Denkt daran, was mir letztesmal widerfahren ist. Ich muß hier raus, so lange ich mich noch erinnern kann.

Und jetzt die Männer – die tiefen Stimmen brummen ganz am unteren Ende der Skala. Und die Frauen, ein unirdischer, ein fast himmlischer Chor. Und die Stimmen der Jungen, hoch und süß ... und seltsam musikalisch.

Und ... ich konnte hören, was sie zu tun versuchten. Sie alle. Da war eine Resonanz in der Luft, und jeder von uns versuchte, seine oder ihre ganz eigene Not in jene Resonanz einzubringen.

Ich drehte mich im Kreis, suchte nach einem Weg, der nach draußen führte, hatte das Gefühl, daß ich im Begriff wäre, mich aufzulösen, drehte mich ...

Ich konnte spüren, wie mein eigener Körper reagierte, vibrierte. Ich wollte meine eigene Note beitragen. Sie war in meiner Kehle. Sie wallte in mir hoch, dröhnte wie zwei Maschinen, deren Schwingungen sich überlagern. »Mmmmmhhhmmmmhhmmm ...«

Und dann fand ich es. Es fügte sich in den Chor ein und ich verschwand in dem Geräusch. Das Geräusch war größer als das ganze Universum. Es gab kein Ich mehr. Nur das Geräusch. Das unglaubliche Geräusch. All die Stimmen. Alle zusammen. Und. Wir alle. Mein Echo. Ich tönte meine Note hinaus, sie hallte in all den anderen Kehlen mit, in all den anderen Körpern.

All den Körpern, all den Händen, all den Körpern, die sich drehten, nicht

nicht verloren,
überhaupt nicht
und

drehend
heim
gefunden
hier
ruf
gesch
ehend.

VIERUNDVIERZIG

Die fette, schwarze Frau war nackt.

Sie saß auf einer alten Toilette und lachte und schwankte vergnügt hin und her. Sie sah mich und begann noch heftiger zu lachen. Ihre Augen funkelten.

Ich konnte nicht anders. Ich trat näher.

Ihre Brüste waren groß und voluminös. Bei jeder Bewegung wippten sie wie Pudding; wenn sie lachte, zogen Wellen der Heiterkeit über sie. Ihre Brustwarzen waren groß und vor ihrer schokoladenfarbenen Haut schwarz.

Ihre Arme immens, von größerem Umfang als meine Beine. Die riesigen Fleischmassen an ihnen wogten. Ich ertappte mich dabei, wie ich grinste. Ihre Schenkel waren mächtig. Ihre Hände waren Ballons. Ich liebte sie. Wer hätte sie nicht geliebt?

Ich konnte ihre Freude fühlen. Sie ergoß sich aus ihr heraus wie Licht – ich wollte in dem Licht baden.

Sie wußte, daß ich vor ihr stand und sie betrachtete. Sie wußte, daß ich mit ihr lächelte, aber sie tat nichts, als mich anzusehen und zu lachen.

Ich wollte sie fragen, wer sie sei – nur daß ich das bereits wußte. Sie konnte es nicht verbergen.

Sie sah es in meinen Augen, daß ich es wußte – und sie lachte noch heftiger. Sie lachte und lachte über den Witz. Ihren Witz. *Unseren* Witz.

Ich lachte auch. Es war ein großartiger Witz.

Wir sahen einander an und lachten wie die Irren. Es war der verrückteste Witz im Universum. Da waren wir, wir zwei, und wußten über einander das, was wir wußten, und jeder wußte, wie albern der andere aussah, und jeder wußte, wie albern wir mit dem anderen aussahen, jeder wußte, wie albern alles war – und wir lachten und lachten – bis wir einander in die Arme fielen.

Wenn einen die fette schwarze Dame umarmte, dann blieb man umarmt.

Ich war in ihren Armen glücklich. Sie liebte mich. Sie würde mich immer festhalten. Hier war ich glücklich. Sie lachte und hielt mich fest und wiegte mich und sang mir ins Ohr.

Ich flüsterte: »Ich weiß, wer du bist ...«

Und sie flüsterte zurück: »Und ich weiß, wer *du* bist ...«

Ich sah mich um nach den anderen und kicherte. Und dann sah ich wieder sie an und flüsterte wieder: »Wir sollten hier nicht reden, nicht wahr?«

Sie lachte dröhnend und preßte mich an ihre massiven Brüste. »Schon gut, Süßer, von denen kann uns keiner hören. Nicht wenn wir nicht wollen.« Sie strich über mein Haar.

Ihre Brustwarze war dicht bei meinem Mund. Ich küßte sie und sie lachte. Ich blickte zu ihr auf wie ein Schaf. Sie beugte sich zu mir herunter und flüsterte: »Hör damit bloß nicht auf, Süßer. Du weißt, daß deine Mama das mag.« Ich hob ihre Brust zu meinem Mund und ...

... einen Augenblick lang war ich wieder ein Baby, sicher und warm und von den Armen meiner Mutter gewiegt, vergnügt und verzückt.

Mama liebte mich. Mama war alles. Mama sagt ja. Komm her und laß dich von deiner Mama drücken, Süßer.

Die Tränen rannen mir über die Wangen.

Ich blickte zu Mama auf und fragte sie: »Warum?«

Ihr Gesicht war freundlich, ihre Augen tief. Sie führte ihre Hand an meine Wange und wischte mir sachte mit ihren riesigen Daumen die Tränen weg.

»Mama«, wiederholte ich. »Warum – Warum hast du erlaubt, daß das *hier* passiert?«

Mamas Gesicht war traurig. Sie flüsterte mir zu – irgend etwas, aber ich konnte die Worte nicht verstehen.

»Was sagst du, Mama? Ich hab nicht verstanden ...«

Ihr Mund bewegte sich, aber ich konnte nicht ... Die Laute verwandelten sich nicht in Worte.

»Mama, Bitte ...! Warum?«

»Baba-baba-baba ...«, plapperte die schwarze Frau. Das gab keinen Sinn.

»Mama-Mama ...«, bettelte ich.

Aber sie war nicht mehr Mama. Sie war wieder bloß eine

fette schwarze Frau, schmutzig und verschwitzt. Sie lachte auch nicht und war auch nicht Mama, nicht sonst jemand, den ich kannte oder kennen wollte oder ...

Ich weinte wieder. Weinte immer wieder für alles, was ich verloren hatte, aber ganz besonders darüber, daß ich meine Mama wieder verloren hatte.

Mama, bitte verlaß mich nicht – Mama –

FÜNFUNDVIERZIG

Als ich fünfzehn war, entdeckte ich das Schachspielen.

Wir hatten wenigstens dreißig verschiedene Schachprogramme im Haus, darunter auch eine Kopie von *Grandmaster Plus,* das schließlich den Titel gewann und ihn behielt, bis man die Regeln änderte und künstliche Intelligenz ausschloß. Die meisten Programme waren nicht geschützt oder Besprechungskopien, die sie Dad geschickt hatten.

Eines der Programme, Harlie, erlaubte es einem, die Figuren und das Brett neu zu definieren, so daß man ›Feen‹-Schach oder Nonstandard-Schach spielen konnte. Ich erinnere mich gut, vorher hatte ich nie etwas mit Schach zu tun haben wollen, weil es mir so starr vorkam, aber mit Harlie konnte ich das Spiel so definieren, wie ich dachte, daß es gespielt werden *sollte.* Nach meinem Gutdünken.

Ich verbrachte meinen fünfzehnten Sommer damit, neue Schachfiguren und neue Spielfelder zu erfinden.

Eine Figur war der Zeitreisende. Er sprang in der Zeit nach vorne – beliebig viele Züge, aber sie mußten am Anfang festgelegt werden. Wenn es auf dem Feld, auf dem der Zeitreisende materialisierte, eine Figur gab, waren beide zerstört. So konnte man einen Zeitreisenden zerstören. Man stellte einfach einen Bauern an seinem Ankunftspunkt ab.

Eine weitere Figur war der Gulliver. Gulliver war ein Riese. Er stand gleichzeitig auf zwei Feldern – aber sie mußten dieselbe Farbe haben; also gab es immer ein weiteres Feld dazwischen. Weil der Gulliver so breitbeinig dastand, konnte er jeweils nur ein Bein bewegen. Man konnte ihn nur dadurch töten, indem man eine feindliche Figur zwischen seine Beine stellte. Vorzugsweise die Zeitbombe.

Zwei weitere Figuren waren der Zauberer und der Troll. Der Zauberer bewegte sich wie ein Springer, konnte aber nicht schlagen. Er bezog in der Weise Position, daß eine andere Figur ihn angriff. Wenn eine Figur den Zauberer angriff, auch unabsichtlich, dann starb sie. Der Troll war die einzige Figur, die vor dem Zauberer sicher war, weil sie nicht angreifen konnte. Sie war einfach ein großer, träger Block, der sich jeweils nur ein Feld weit bewegen konnte. Er konnte nicht angreifen und konnte nicht angegriffen werden. Er eignete sich nur dazu, anderen den Weg zu versperren.

Ich erfand auch Ghuule, Vampire und Zombies. Ghuule bewegten sich in Tunnels unter dem Brett. Vampire griffen gegnerische Figuren an und verwandelten sie ebenfalls in Vampire. Und wenn man einmal einen Zombie in Bewegung setzte, konnte man ihn nicht mehr aufhalten.

Um mit all diesen neuen Figuren ein Spiel zu spielen, mußte ich das Schachbrett umkonstruieren. Ich erfand ein gigantisches kugelförmiges Spielfeld, auf dem die gegnerischen Parteien das Spiel an den einander gegenüberliegenden Polen begannen. Dann fand ich heraus, daß ich Ozeane einsetzen mußte, leere Flächen, auf denen keine Figur sich bewegen konnte. Das war nötig, um Randstrategien zu ermöglichen. Ich erreichte sehr schnell den Punkt, wo man das Spiel nur noch auf multiplen, hochauflösenden Terminals spielen konnte. Nur so konnte man alles, was auf allen Seiten der Kugel geschah, gleichzeitig im Auge behalten. Dann fügte ich Zivilisten hinzu, Figuren, deren Loyalität unbekannt war, bis sie der einen oder anderen Seite beitraten – oder eingezogen wurden. Zivilisten begannen immer als Bauern.

Dann verteilte ich die Anfangsanordnungen und die Anlage des Bretts zufällig, um die Eröffnungszüge zu verwirren. Das führte dazu, daß die ersten hundert Züge viel vorsichtiger wurden.

Als der Sommer zu Ende ging, war das Spiel so groß und kompliziert, daß der Strategieteil des Programms beinahe fünf Minuten brauchte, um seine Möglichkeiten zu berechnen und dann den Zug zu melden. Und dabei ließ ich das Programm auf Dads Schreibtisch-Cray 900 laufen mit dem 2-Gigaherz Multiple-Gate, 256-Kanal in Optikchips mit pseudounendlicher Parallelbearbeitung. Ich war mehr stolz als verärgert. Ich war die einzige Person, von der ich je gehört hatte, die auf einem Cray Logikprozessor nennenswerte Verzögerung erzeugt hatte. Aber als ich es dann Dad zeigte, wies er mich darauf hin, daß der größte Teil der Verzögerung auf unnötige Verästelungen zurückzuführen war. Ich ließ jeden möglichen Zug durch das Programm testen, manchmal bis zu zehn Züge im voraus, um festzustellen, ob es einen Vorteil gab, ehe das Programm dann seine Wahl traf. Damals brachte Dad mir bei, wie das mit Obstgärten ist. Mit anderen Worten: Wie erzeugt man eine sich selbst beschneidende Matrix aus Logikbäumen? Er zeigte mir, wie man die Suche nach lebenden und toten Zweigen durchführte.

Die umgeschriebene Version meines Feen-Schachprogramms meldete ihre Züge zurück, ehe ich die Finger von der Tastatur hob. Das nahm ich meinem Dad sehr übel. Sicher, er wollte mir ja nur helfen, und ich war ja auch für die größere Geschwindigkeit dankbar, aber am Ende war die völlige Absolutheit der Maschinenreaktion doch zu beängstigend. Sie erzeugte in mir ein Gefühl der Dummheit. Als wäre die Antwort so offensichtlich, daß die Maschine nicht einmal darüber nachzudenken brauchte. Schließlich mußte ich eine Verzögerung einfügen – aber das war nicht dasselbe. Ich wußte es trotzdem.

Als ich mich schließlich hinsetzte, um tatsächlich das Spiel zu *spielen,* wurde mir klar, daß etwas sehr Interessantes geschehen war. Die Art und Weise, wie ich Schach wahrnahm, hatte sich verändert.

Ich sah das Spiel nicht länger als ein Spielbrett mit einer Anzahl Figuren, die sich auf ihm bewegten. Tatsächlich sah ich es als eine Anordnung von Werten und sich überlappenden Matrizen sich verändernder Dimensionen – und die Figuren stellten nur die Zonen von Einfluß und Kontrolle dar. Das Spiel ging nicht mehr um Taktik und Strategien – es ging um Wahlmöglichkeiten und Beziehungen.

Ich hatte die bizarre Wahrnehmung, ein Schachbrett anzusehen und zu erkennen, daß es und die Figuren tatsächlich unnötig waren. Sie brauchten überhaupt nicht zu existieren. Sie waren nur Platzhalter im physikalischen Universum – etwas, womit man die Beziehungen bezeichnete, um die es in dem Spiel wirklich ging.

Die Figuren waren nicht mehr die Figuren – sie waren ihre Bewegungsmuster. Ein König war ein rechteckiger Block, drei Felder mal drei Felder. Eine Dame war ein sternförmiger Machtradius. Ein Turm war ein gleitendes Kreuz. Ein Springer war eine X-Form. Und ich spielte nicht mehr Schach, indem ich nur die Figuren studierte. Statt dessen betrachtete ich die sich überlappenden Beziehungen.

Ich schrieb mein Programm noch einmal um.

Ich fügte eine Funktion hinzu, die die relative Stärke der gegenüberliegenden Seiten darstellte. Die Figuren waren schwarz und weiß, die von ihnen kontrollierten Bereiche rot und grün. Je mehr ein Feld unter schwarzer Kontrolle war, desto dunkler rot wurde es gezeigt. Je mehr ein Feld unter dem Einfluß von Weiß war, desto intensiver grün wurde es angezeigt. Felder, die in gleicher Weise umkämpft waren, erhielten Gelb. Es wurde möglich, die Kugel zu betrachten, und all die starken und schwachen Punkte gleichzeitig zu erkennen.

Das Spiel war jetzt nicht länger Schach. Es war zu etwas anderem geworden. Man bewegte seine Figuren nicht mehr, um Figuren zu bewegen, sondern um die Einfärbung des Brettes zu ändern – um Raum zu kontrollieren. Raum zu kontrollieren war wichtiger, als ihn einzunehmen. Wenn man eine Figur schlug, *verringerte* das gewöhnlich die kontrollierte Fläche. Das Spiel wurde gewonnen, indem man mit Drohungen spielte, nicht mit Aktionen.

Und diese Erkenntnis formte das Konzept des Schachspiels für mich um. Das Spiel nahm eine völlig neue Dimension an.

Es wurde mehr ein Spiel des Gleichgewichts als eines der Aktion. In diesem Spiel gab es nur sehr wenige tatsächliche Kämpfe, größtenteils waren es nur geringfügige Scharmützel. Und wenn das Ende kam, dann häufig als eine Kapitulation vor dem Unvermeidbaren. Oder manchmal nicht. Manchmal gab es Schlachten, die *beide* Seiten dezimierten. Das ging gewöhnlich schnell und heftig.

Ich erinnere mich, mein Dad war beeindruckt. Er verbrachte mehr Zeit damit, das Spiel zu testen, als ich. Dann schickte er es einer Firma, damit die es erprobten. Ich hatte es schon fast vergessen, als er ihren Bericht bekam. Ich war bereits wieder zur Schule zurückgekehrt, also nahm Dad nach Playcos Empfehlung einige Modifikationen vor, gab dem Spiel den Namen ›Globall‹ und speiste es ins Netz ein. Ich verdiente damit im ersten Jahr achtzehntausend Caseys. Gar nicht übel. Später ging es dann auf ein paar hundert Caseys pro Monat zurück. Dad bestand darauf, daß ich das Geld in einen Schulfonds steckte.

Was ich damit sagen möchte ist, daß es einen Augenblick gab, in dem Schach aufhörte für mich Schach zu sein und sich in etwas anderes verwandelte – eine Wahrnehmung der Beziehungen, um die es beim Schach tatsächlich geht. Die Figuren verschwanden, und zurück blieben nur die Muster.

Und das war es auch, was mir in der Herde widerfuhr.

Ich lernte, Muster zu sehen.

SECHSUNDVIERZIG

Es drang in mein Bewußtsein ein, verblaßte wieder und kam dann erneut, um wieder zu verblassen.

Mein Geist war wie ein Fremdkörper in meinem Kopf. Eine Stimme, die nicht ich war. Ich hatte das unheimliche Gefühl, als wäre das überhaupt nicht mehr mein Geist. Tatsächlich war ich nur noch ein körperloser Lauscher. All das Geplapper hatte nichts mehr mit mir zu tun.

Es war ein Netz von Verbindungen. Ein aus Fleisch gemachter Computer. Eine Reaktionsmaschine. Etwas, an dem hundert Millionen Jahre Geschichte hingen. Ein Reptilienkortex. Reaktionen eines Affen.

Ich erinnere mich, daß ich zu lachen anfing. »Helft mir! Ich bin in einem menschlichen Wesen gefangen.« Und dann weinte ich, weil es so traurig war. Warum ein menschliches Wesen? Warum hat Gott uns so gemacht? Warum haarlose Affen?

Ich konnte sehen, wie schrecklich das war. Ich hatte einen Computer in meinem Kopf, einen Computer, den ich nicht abschalten konnte. Ein riesiges, unkontrollierbares Gerät, um Erinnerungen zu speichern und wieder abzurufen. Und in diesem Gerät kochten dauernd Gedanken und Bilder und Emotionen und sprudelten in die Höhe. All die Emotionen – wie Blasen in einer Teergrube. Mir war, als würde ich ertrinken. Ich konnte dem nicht entkommen. Ich wollte aufhören, darauf zu hören.

Und dann tat ich es.

All der Lärm – der nicht ich war.

Es war, als könnte ich meine eigenen Gedanken sehen – so klar – und könnte sehen, wie mein Körper automatisch jedem Gedanken folgte, ohne Frage. Der Geist und der Körper waren eins. Der Körper war ein Roboter – und ich war nur die Seele, die in ihm gefangen war; ich beobachtete und lauschte. Ich hatte überhaupt keine Kontrolle über ihn; die hatte ich nie gehabt. Er war nur ein Mechanismus, der lief – selbst der Mechansismus des freien Willens war automatisch.

Zuerst dachte ich ...

Dachte. Hm. Komisch. Dachte. Wie kann man über das Denken nachdenken ohne zu denken? Das Denken ist deine eigene Falle. Aber ich dachte gar nicht mehr. Ich ... sah nur. Sah, um zu sehen, was geschah.

Es war sehr friedlich ...

Es war ...

Wie ...

Als ich sechzehn war, nahm mein Dad mich auf einen Programmiererkongreß in Hawaii mit. Globall bezahlte es. Das war Dads Regel. Man konnte alles tun, wozu man Lust hatte, wenn man es sich leisten konnte.

An dem ersten Abend in Hawaii führten uns drei Mitglieder des Kongreßausschusses zum Abendessen aus. Wir gingen in eins dieser kreisenden Restaurants, die es immer ganz oben auf den höchsten Hotels gibt. Ich erinnere mich, wie mich eine der Damen fragte, was ich von Honolulu hielte. Und ich sagte ihr, ich wüßte nicht warum, aber ... irgendwie sei es anders. Aber worin der Unterschied bestand, wurde mir nicht klar.

Sie lächelte und sagte, ich solle zum Fenster hinaussehen. Das tat ich. Ich sah lange auf die im Zwielicht daliegenden Straßen Honolulus hinunter. Die Autos waren dieselben. Die Busse auch. Die Straßentafeln, die Straßenbeleuchtung alles sah ganz genauso aus, wie ich es von Kalifornien her kannte. Selbst der Architekturstil war mir vertraut. Es hätte genausogut eine Vorstadt von Oakland sein können oder das San Fernando Tal.

»Tut mir leid«, sagte ich ihr, »ich kann wirklich nicht sagen, was es ist.«

»Keine Plakattafeln«, sagte sie.

Ich ging zum Fenster zurück und sah noch einmal hinunter. Sie hatte recht. Es gab keinerlei Plakate.

Sie erklärte mir, daß der Bundesstaat Hawaii ein Gesetz erlassen hatte, das Plakattafeln, die eine gewisse Größe überschritten, verbot. Sie sagte, das sei einer der Gründe, weshalb Hawaii Touristen immer so ruhig erschiene. Wenn man irgendwo sonst auf der Welt in einer Stadt eine Straße entlanggeht, wird man mit Werbung bombardiert, lernt also ›abzuschalten‹. All die Werbung ist wie ein dauerndes Schnattern im Ohr. Um zu funktionieren, müssen wir uns gegenüber jenem Teil unserer Umgebung bewußt blind und taub machen. Die Werbungtreibenden wissen, daß wir das tun, also machen sie ihre Plakate größer, bunter, eindringlicher und wiederholen sie noch öfter. Sie liefern uns mehr, bessere und andere Plakate. Und wir geben uns noch größere Mühe, sie abzuschalten.

Aber ... wenn wir an einen Ort kommen, wo dieser Kanal geistigen Lärms fehlt, ist das Schweigen plötzlich betäubend. Sie sagte mir, die meisten Leute würden nicht einmal bemerken, daß es keine Plakate gibt, sie bemerken nur, daß etwas nicht stimmt. So wie du das bemerkt hast, sagte sie, sie nehmen es als Stille wahr.

»Mir gefällt es«, sagte ich.

Die Herde ist still.

So lange man keine Stille erlebt hat, kann man nicht wissen, wie laut der Lärm ist. Dieser Bewußtseinslärm in der Welt ist es, der uns dauernd in einem Zustand der Verrücktheit hält. All das ewige Knattern lenkt einen so ab, daß wir den Himmel, die Sterne und die Seelen derer, die uns lieben, nicht sehen. Er hält uns davon ab, das Angesicht Gottes zu berühren.

In der Herde löst man sich von all dem Lärm – er schwebt neben einem her, losgelöst –, und alles was übrig bleibt, ist ein vergnügtes Gefühl der Leere und des Lichts. Es ist so *friedlich*.

Ich glaube, das ist der Grund, weshalb die Menschen zur Herde gehen. Zum Frieden. Das ist es, was ich getan habe. Und deshalb will ich dorthin zurück.

SIEBENUNDVIERZIG

Ich erinnere mich an das Schreien.

All das Schreien. Jeder. Und das Rennen auch. An das Rennen erinnere ich mich. Wir alle. Warum? Geschmolzene Canyons. Zerbrochenes Pflaster. Schüsse. Sirenen. Brüllende Geräusche. Purpurne Geräusche.

Ich erinnere mich an das Verstecken.

An einen schmutzigen Ort erinnere ich mich, der schlecht roch. Fauliges Wasser, das sich in Tümpeln gesammelt hatte. An Hunger erinnere ich mich. An Wandern. An Suchen. Und daran, wieder nach der Herde zu suchen.

Ich erinnere mich daran, daß jemand mich anschrie, ein lautes Geräusch in meinem Ohr erzeugte. Mir ins Gesicht schlug. Schmerzen! Schlagt mich nicht!

Ich erinnere mich an Weinen ...

Und Schläge – wieder Schläge.

Bis ich schließlich schrie: »Verdammt. Hört auf damit!«

»Oh, dem Himmel sei Dank! Er kommt zurück!«

Ich erinnere mich ...

»Jim! Schau mich an!« Jemand packte mich am Kinn, drehte mein Gesicht nach oben. Eine Frau. Dunkles Haar. Grimmiges Gesicht.

»Jim! Sag meinen Namen!«

»Wa ...? Wa ...?« Geräusche machen. Bedeutung verdrängen. »Wa ...?«

Klatsch! Tränen in meinen Augen.

»Wa ...?« Ich versuchte es noch einmal. »Wa ...?«

Wieder ein Schlag!

Ich erinnere mich, daß ich schrie.

Sie hält mein Gesicht und schreit zurück.

Wenn ich nur den *richtigen* Schrei finden kann! Einmal hatte ich ihn: »Verdammt, Fletcher! Hören Sie auf! Sie tun mir weh!«

»Wer bin ich?«

»Sie sind – Fletcher! Und jetzt lassen Sie mich in Ruhe!« Ich will wieder Ruhe haben, will mir die Decke wieder über den Kopf ziehen.

»Und wer sind Sie?«

»Äh ...«

»Kommen Sie, James! Wer sind Sie?«

»Ich – ich ... Name?«

»Kommen Sie schon, Sie schaffen es! Sie machen das gut! Wer sind Sie?«

»Ich war ... Jame ...«

»Wer?«

»Jame – nein James. Edward.«

»James Edward wer?«

»Wer?«

»Richtig. Wer?«

»Wer? Wer?« Hier unten ist es weich und warm. »Wer? Wer. Wer?«

Klatsch! Mein Gesicht brennt.

»Wer sind Sie?«

»James Edward McCarthy. Lieutenant United States Army. Special Forces. Auf Sondereinsatz! Sir!« Vielleicht befriedigt sie das. Vielleicht läßt sie mich jetzt in Ruhe.

»Gut! Kommen Sie zurück, Jim. Weiter!«

»Nein, verdammt! Ich will nicht zurück! Ich will meinen Traum zu Ende träumen!«

»Das ist vorbei, Jim! Sie sind wach! Sie dürfen nicht wieder schlafen!«

»Warum?«

»Weil Samstag ist.«

»Samstag?!!! Sie sollten mich doch am Donnerstag rausholen.«

»Wir konnten Sie nicht finden.«

»Aber der Kragen?« Ich sah sie an. War verwirrt.

»Ja, der Kragen. Wo ist er, Jim? Erinnern Sie sich?«

Ich greife mir an den Hals. Der Kragen ist verschwunden. Ich bin nackt. Fröstle. Kalt ist mir. »Äh ...« Und jetzt bin ich noch verwirrter.

Fletcher wickelt mich in eine Decke. Ich fange wieder an, wegzuschwimmen. Ich muß etwas sagen, ganz schnell. »Ich – äh – wie haben ... Sie mich gefunden?«

»Wir haben die Herde beobachtet. Wir hofften, Sie würden den Weg zurück zu uns finden. Zum Glück haben Sie das.«

»Finden ... meinen Weg *zurück?*«

»Irgendwelche Typen von der Küste sind gekommen, die wollten billig schmutzigen Sex. Am Ende haben sie die ganze Herde aufgescheucht. Es hat Tote und Verletzte gegeben. Das Schlimmste, was man sich denken kann. Können Sie mir folgen?«

»Ja!« sage ich schnell.

Sie senkt die Hand. Senkte die Hand. Mein Zeitgefühl – es kam zurück!

Jemand drückt mir eine Tasse in die Hand. Sie war heiß. Ich trank automatisch. Bitter. Kaffee? Nein. Ich schnitt eine Grimasse. »Was für Scheiße ist das?«

»Ersatz.«

»Was für Ersatz?«

»Ersatzscheiße. Echte konnten wir uns nicht leisten.«

»Dann ist das Kacke«, sagte ich. Und grinste plötzlich. »Hey – ich lebe wieder. Ich hab einen Witz gemacht. Das ist Kacke. Kapiert? K-A-C-K-E?«

Jemand hinter mir stöhnte. Fletcher grinste. Dann sagte sie: »Ich hätte nie gedacht, daß ich mich einmal *freuen* würde, wenn jemand einen so blöden Witz macht. Das ist ein gutes Zeichen. Sie kommen wieder zurück, finden Ihre Sprache wieder.«

Ich sah Fletcher in die Augen. Als ob ich sie nie zuvor gesehen hätte. Sie waren hell und tief. Ich sprach sie direkt an. »Fletch«, sagte ich, »ich *verstehe,* was hier vorgeht. Ich weiß nicht, ob Sie es verstehen, ohne es zu erleben, aber ich weiß jetzt, was es ist, weil ich es durchgemacht habe. Es ist erschreckend – und wunderbar ist es – und ich will zurück – und ich will, daß Sie mich davon abhalten zurückzugehen. Es ...« Ich deutete auf die durcheinander kreiselnden Körper hinter uns. »Das – könnte das Ende der Menschheit sein. Das könnte außer Kontrolle geraten. Ganz leicht. Man muß das auseinanderbrechen, Fletcher. Ich weiß nicht wie, aber man muß es tun.«

»Was ist es? Können Sie es erklären?«

Ich atmete tief, sah die Herde an und dann wieder Fletcher.

»Nein, das kann ich nicht. Vermutungen kann ich anstellen. Ich kann beschreiben, was mir widerfahren ist. Aber jede Erklärung würde nur ein winziges Stück der Wahrheit sein, nicht einmal ein Querschnitt davon. Wenn man in der Herde ist, weiß man irgendwie, daß Worte keine Bedeutung mehr haben. Sie sind nur Laute. Und die Bedeutung fällt von ihnen ab. Sie löst sich. Man kann die Bedeutungen finden, wenn man muß, aber – nein ...« Ich schüttelte den Kopf und machte eine Handbewegung, als wollte ich alles löschen, was ich gesagt hatte. Dann nahm ich noch einen Schluck von dem scheußlichen Ersatzgesöff. »Das stimmt auch nicht.«

Ich blickte wieder in ihre Augen. Sie war schön. Ich könnte mich mit ihr paaren. Aber warum kam mir dieser Gedanke jetzt? »Es ist – es ist eine Art urtümlicher Menschheit dort draußen. Hören Sie – dort drüben ist ein ... ein Raum, der geschaffen und definiert worden ist. Und in diesem Raum hört man auf, ein menschliches Wesen zu sein, wie wir menschliche Wesen kennen, und fängt an, ein menschliches Wesen zu sein, so wie *sie* menschliche Wesen kennen. Dort drüben haben die Affen das Sagen.

Es ist – es ist, als hätte die Menschheit entschieden, daß Denken *nicht funktioniert,* und es deshalb aufgegeben. Um statt dessen etwas anders auszuprobieren. Es ist wie eine Art von Telepathie, Fletcher – es hüllt einen ein. Je näher man kommt, desto leichter ist es, der Sprache zu entfliehen. Es ist, als würde man sich von einer ganz bestimmten Verrücktheit trennen. So als wäre Sprache eine Geisteskrankheit, eine Krankheit, die wir alle übereingekommen sind zu teilen. Dort drüben haben die eine neue Übereinkunft geschaffen. Daß sie nämlich eine Gattung ohne Denken, ohne Sprache, ohne Konzept sein können. Sie existieren total, in einem Zustand, der von Augenblick zu Augenblick besteht. Es ist – jetzt erkläre ich es schon wieder, nicht wahr? Wir fangen uns immer wieder in unseren eigenen Erklärungen. Das ist unser Verstand.«

Sie legte mir den Finger auf die Lippen und brachte mich zum Schweigen. »Schsch«, sagte sie. »Sie müssen verschnaufen. Lassen Sie sich Zeit.«

Ich fuhr mit der Hand durchs Haar. Es war verklebt. Der Himmel wußte, wie ich aussah.

»Wie *fühlte* es sich denn an, Jim?«

»Es fühlte sich wie ... das ist unheimlich ...« Ich sah sie an und konnte spüren, wie mir die Tränen in die Augen traten. »Es fühlte sich an wie ... Freiheit. So als ob mein Geist irgendwie ein Parasit in meinem Körper wäre. Und eine Weile war ich davon freigekommen. Und jetzt, wo er mich wieder eingefangen hat, habe ich dieses ... schreckliche Leid, diese ... tiefe Traurigkeit.« Ich blickte zur Erde zurück. »Die sind ... dort drüben ... so glücklich.« Jetzt quollen mir die Tränen aus den Augen.

Sie drückte mich an sich; ich nahm nur ihre Wärme und ihren Geruch wahr, alles andere vergaß ich. Sie roch wie Blumen. Um uns standen Männer. Das machte mir nichts aus. Ich ließ die Tränen fließen. Ich vergrub meinen Kopf zwischen ihren Brüsten und schluchzte. Warum? Warum die Tränen?

Sie strich mir übers Haar. Ich konnte spüren, wie verschmiert ich war. Aber ihr schien das nichts auszumachen. »Wollen Sie die offizielle Erklärung hören?« sagte sie.

»Was ist die offizielle Erklärung?« fragte ich.

Sie schlang die Arme um mich und sagte: »Die offizielle Erklärung ist, daß wir noch nicht aufgehört haben, um die Welt zu trauern, die wir verloren haben. Die Jahre vor den Seuchen. Wie findet man sich mit dem Tod eines ganzen Planeten ab?« Sie ließ die Frage in Schweigen verhallen.

Ich griff wieder nach der Tasse. Das Gesöff war jetzt kalt genug, damit ich es trinken konnte, kalt genug, um nach etwas zu schmecken. Fast konnte ich mich an den Geschmack gewöhnen. Wenn man mir dazu noch hundert Jahre Zeit ließ. Ich zog die Decke um mich.

»Wie fühlen Sie sich jetzt?« fragte Fletcher.

»Fein«, sagte ich. »Wirklich.« Ich blickte zum Himmel und dann sah ich zur Herde hinüber. Sie schickten sich an, das was von Brooks Hall übriggeblieben war, aufzusuchen. Das würde ihr Stall für die Nacht sein. »Ich sollte auch zu Bett gehen ...« Ich sah Fletcher hoffnungsvoll an.

»Ja«, pflichtete sie mir bei. »Aber nicht mit denen. Nicht mehr.« Sie nickte jemandem zu, und dann halfen sie mir in die Ambulanz und wir fuhren nach Oakland zurück.

ACHTUNDVIERZIG

Sie sorgten dafür, daß ich die ganze Nacht wachblieb und redete.

Und sie pumpten mich voll Kaffee – jemand fand echten; ich drohte ihnen, dicht zu machen, wenn sie mir auch nur noch eine Tasse Ersatzzeug verpaßten – und hielten mich am Reden.

Ich bettelte Fletcher immer wieder, mich schlafen zu lassen, aber sie sagte immer wieder: »Jetzt noch nicht. Nur noch ein bißchen.«

»Warum – worauf warten Sie denn?« Ich konnte den klagenden Ton in meiner Stimme hören. Das hatte ich nicht mehr getan, seit ich fünf war.

Schließlich gab sie es zu. »Wir wollen sicherstellen, daß Sie als Mensch wieder aufwachen. Wir müssen sehen, daß Ihr Gehirn auf Sprache reagiert. Beim Schlafen läßt man die Sprache los. Wir wollen sicher sein, daß Sie sie am Morgen wieder aufpicken können.«

»Ich – ich werds schon schaffen«, sagte ich. »Ich glaube, Sie können mir jetzt vertrauen.«

»Würden Sie darauf Ihr Leben verwetten?«

»Wie?«

»Wenn Sie morgen nicht als Mensch aufwachen, dürfen wir Sie dann töten?«

»Sagen Sie das noch mal.«

»Ich sagte: ›Wenn Sie morgen nicht als Mensch aufwachen, dürfen wir Sie dann töten?‹ Sind Sie so sicher?«

»Äh ...« Ich streckte meine Tasse hin. »Kann ich noch mal Kaffee kriegen?«

Fletcher grinste und nahm mir die Tasse weg. »Geht schon klar.« Aber sie füllte mir die Tasse trotzdem. »Wir hatten daran gedacht, ein Radio neben Ihnen eingestellt zu lassen, ganz leise, aber dazu gibt es auch unterschiedliche Meinungen. Die einen sagen, es würde helfen, Sie auf Sprache eingestimmt zu lassen. Die anderen sagen, das sei nur eine weitere Plapperstimme im Hintergrund und würde Sie dazu ermutigen, sich wieder auszuschalten.« Sie seufzte. »Am Ende läuft es darauf hinaus: Es liegt ganz bei Ihnen. Irgendwo wird es Ihre Wahl sein, James. Aber ich will Sie nicht verlieren. Verstehen Sie?«

Ich nickte.

»Wollen Sie meine Hilfe akzeptieren?« fragte sie.

»Welche Hilfe?«

»Nur ein Trick. Benützen Sie Ihren Namen als Mantra. Sagen Sie ihn immer und immer wieder vor sich hin, wenn Sie spüren, daß Sie wegtauchen: Ich bin James Edward McCarthy. Ich bin James Edward McCarthy. Und so weiter. Das wird Ihnen helfen, Ihr Bewußtsein bis zum nächsten Tag über die Runden zu retten. Und jeden Tag wird es ein wenig leichter werden. Werden Sie das tun?«

»Ja«, sagte ich. »Ich werd' mir albern dabei vorkommen, aber ich werde es tun.«

»Gut.« Sie beugte sich über mich und küßte mich auf die Stirn. »Ich lasse Sie jetzt schlafen.«

Während ich entschwebte, fühlte ich, wie mein Körper sich vertraut an ein Kissen ankuschelte. Ich fragte mich, wen ich vermißte. Wer hatte sich mit mir in der Herde zusammengekuschelt? Ich erinnerte mich an die Kurve eines Rückgrats. An das Gefühl von Haut. Feuchte Augen. Ich vermißte ...

Ich schwebte wieder ins Wachsein zurück und vermißte meinen Partner. Fand mich an einem fremdartigen, weißen Ort. Trug ein steifes, weißes Tuch und –

»James Edward McCarthy!« sagte ich. »Mein Name ist James Edward McCarthy!« und fing zu lachen an. Es funktionierte.

Im Schrank fand ich einen Overall. Den allgegenwärtigen Army Overall. Und ein Paar Slipper. Gut genug für das, was ich zu tun hatte.

Zu allererst mußte ich Fletcher wissen lassen, daß ich wieder da war.

Zum zweiten mußte ich einen Tanz planen.

NEUNUNDVIERZIG

Aber ehe ich irgend etwas unternehmen konnte, ließ mich General Poole in sein Büro rufen. Mir war es peinlich, weil ich bloß den Overall trug.

General Poole erhob sich gar nicht erst hinter seinem Schreibtisch, sondern deutete bloß auf einen Stuhl und fragte: »Wessen Idee war es, in die Herde zu gehen?«

»Die meine«, sagte ich.

Er schüttelte den Kopf. »Zu meiner Zeit, Lieutenant, hätte Ihnen dieser kleine Ausflug eine Entlassung nach Abschnitt Acht eingebracht. Von meinen Offizieren erwarte ich besseres Verhalten.«

»Ja, Sir«, sagte ich. Der Versuchung, ihm zu sagen, daß seine Zeit vorüber war, widerstand ich.

»Andererseits ...«, fuhr er fort, »kommt diese Operation von der Wissenschaftssektion. Sie sind also vielleicht der Meinung, daß die Ansichten Ihrer vorgesetzten Offiziere beim Militär keine Gültigkeit haben. Ist das richtig?«

»Nein, Sir.« Ich fragte mich, worauf er wohl hinauswollte. »Ich war der Ansicht, die Genehmigung von der Einsatzleitung, Colonel Tirelli, zu haben.«

Darauf ging der General nicht ein. Er schob sich die Brille auf der Nase zurecht und blickte auf die Akte, die vor ihm lag. »Sie sind Wissenschaftsoffizier, stimmt das?«

»Ja, Sir.«

»Graduiert?«

»Nein, Sir. Noch nicht.«

»Haben Sie sich dafür ein zeitliches Ziel gesetzt?«

»Drei Jahre, Sir. Ich habe alle sechs bis acht Wochen im Durchschnitt einen Kurs geschafft. Drei Stunden am Tag am Terminal, sechs Tage die Woche. Ich denke, daß ich recht gute Fortschritte mache. Im Augenblick bin ich ein wenig hinten nach, habe aber vor, nach diesem Einsatz aufzuholen.«

»Mhm. Der Einsatz.« General Poole klappte die Akte zu und blickte wieder auf, um mich anzusehen. Seine Brille ließ seine Augen klein und bösartig erscheinen. »Lassen Sie mich offen sein, Lieutenant. Wenn ich Sie wäre, würde ich keine Trilogie mehr anfangen.«

»Sir?«

»Dieser Einsatz morgen – für mich sieht das wie ein Selbstmordkommando aus.«

»Bei allem Respekt, Sir, da bin ich anderer Ansicht.«

»Selbstverständlich sind Sie das. Aber die Tatsache bleibt, daß dieser Einsatz ... von zweifelhaftem militärischen Wert ist. Verstehen Sie, was das bedeutet? Deshalb lasse ich Sie auch als Freiwilliger antreten.«

»Was?«

Er tippte mit dem Zeigefinger auf die Akte. »Sie haben ein Sternchen.«

»So? Was heißt das?«

General Poole schien verstimmt, daß ich das nicht wußte. »Ein Sternchen hinter Ihrem Namen bedeutet, daß man Sie nicht in Situationen einsetzen darf, wo Ihr Leben auf dem Spiel steht.«

»Großartig«, sagte ich. »Wie habe ich mir das verdient?«

»Da gibt es einige Möglichkeiten.« Er zählte sie an den Fingern ab. »Erstens: Sie könnten Telepath sein. Sind Sie das?«

»Nicht daß ich wüßte. Es sei denn, jemand hat sich von hinten an mich herangeschlichen und mir ein Implantat verpaßt, ohne daß ich es bemerkt habe.«

»Unwahrscheinlich. Zweitens: Sie haben es fertig gebracht, daß jemand auf Sie sauer ist. Haben Sie das?«

»Ja, das habe ich«, gab ich zu.

»Oder ... drittens: Sie haben unter Beweis gestellt, daß Sie ein Überlebenstyp sind. Und daß man sich darauf verlassen kann, daß Sie Resultate produzieren. Unglücklicherweise sind nicht sämtliche Sternchen erklärt. Wir müssen herausfinden, welcher Art der Ihre ist, indem wir Sie nach Norden schicken.«

»Ja, Sir. Danke, Sir.«

»Nicht so schnell, Lieutenant. Der Sinn dieses Gesprächs ist ein wenig altmodische Feinabstimmung. Nennen Sie es ...

Haltungsanpassung.« Der General griff sich einen Bleistift und hielt ihn mit den beiden Zeigefingern.

»Eine ... Haltungsanpassung?«

»Richtig. Wie gut glauben Sie, Ihren Auftrag erledigen zu können, wenn Ihre Loyalität geteilt ist?«

»Sir? Ich fürchte, ich verstehe nicht.«

General Poole sah mich über seinen Schreibtisch hinweg an. »Ich will es mit ganz einfachen Worten sagen, mein Junge. Ich weiß Ihre wissenschaftlichen Beiträge zu schätzen, aber ich möchte, daß Sie auch nicht vergessen, daß Sie *immer noch* ein Soldat in der Armee der Vereinigten Staaten von Amerika sind.«

»Ich sehe da keinen Konflikt«, sagte ich zögernd. »Mir scheint, daß sowohl die Wissenschaftssektion als auch das Militär demselben Zweck dienen.«

Der General musterte mich skeptisch.

»Oder nicht?«

»Das müssen Sie mir sagen, Lieutenant. Der Zweck dieses Einsatzes?«

Ich zitierte aus dem Buch: »›... eine Kontaktbeziehung mit den Bunnydogs und/oder den Gastropeden herzustellen mit dem Endziel, einen Kommunikationskanal zu öffnen.‹ Sir«, fügte ich dann hinzu.

»Mhm«, machte er nachdenklich. »Und was ist üblicherweise das Ziel eines militärischen Einsatzes?«

»Äh ...« Plötzlich begriff ich, worauf er hinauswollte. »Die Zerstörung der chtorranischen Ökologie.«

»Das ist richtig.« Er sah mich ruhig an. »Manche Leute wollen mit diesen Geschöpfen reden – und manche wollen sie töten. Ich würde gerne wissen, Lieutenant, wie Ihre Gefühle in dieser Angelegenheit sind.«

Ich starrte in den Lauf einer mit Kaliber 45 geladenen Frage. »Ich – ich bin auf der Seite der Menschheit, Sir.«

»Und was bedeutet das? Fühlen Sie sich verpflichtet, Würmer zu töten oder nicht?«

»Das bedeutet, daß ich das tun möchte, was die meisten Leben rettet.«

»Und Sie meinen, daß man das bewirken könnte, indem man zu den Würmern oder den Bunnies spricht?«

»Ich weiß nicht. Das wollen wir herausfinden.«

»Aber Sie glauben, daß es eine Alternative zum Töten geben könnte? Ist das nicht so?«

Ich schluckte kräftig und erwiderte seinen Blick. »Ja, Sir – ich bin bereit, es herauszufinden.«

»Verstehe. Nun, lassen Sie sich von mir etwas sagen, Lieutenant. Das Unangenehme an dieser Art zu denken ist, daß es zuviel Zeit und Material vergeudet. ›Wenn wir nur zu den Kräften sprechen könnten, die hinter der chtorranischen Invasion stehen, dann könnten wir vielleicht irgendwelche *Verhandlungen* herbeiführen.‹ Ich habe sogar manche Leute davon reden hören, den Planeten mit ihnen zu *teilen.*«

»Sir ...?« setzte ich an.

»Teilen!« übertönte er mich. »Warum zum Teufel sollten die das tun? Die sind doch schon dabei, das ganze Spiel zu gewinnen. Warum sollten sie also anhalten und verhandeln?«

»Vielleicht wissen sie nicht, daß wir hier sind!« erregte ich mich. »Vielleicht haben sie einen Fehler gemacht. Vielleicht ...«

»Man bringt nicht irrtümlich vier Milliarden menschliche Wesen um.«

»Das wissen wir nicht.«

Der General sah mich erstaunt an. »Sie glauben nicht, daß wir uns im Krieg befinden?«

»Ich weiß, daß wir uns im Krieg befinden, Sir! Ich will bloß ...«

»Und Sie wollen mit dem Feind *reden?*« Forderte er mich etwa absichtlich heraus?

»Ja! Das will ich! Ich will herausfinden, wer der Feind ist! Vielleicht sind sie in bezug auf uns genauso neugierig ...«

»Wissen Sie, das ist das Unangenehme an Ihnen – und auch an den anderen sogenannten Experten. Sie wollen alles studieren. Sie wollen es befragen. Und sie wollen unsere Zeit vergeuden! Manchmal frage ich mich, auf wessen Seite Sie wirklich stehen.«

Ich stand auf. »Verdammt noch mal! Vielleicht kostet mich das meinen Einsatz – aber wenn Sie auf jemanden sauer sind, dann sagen Sie es denen! Nicht mir! Ich will bloß das tun, wozu man mich ausgebildet hat! Die United States Army will, daß ich die Würmer und die Millipeden und die Bunnydogs und all die anderen chtorranischen Geschöpfe studiere. Ja, ich gebe es zu: Ich bin von denen fasziniert. Das sind die ersten extraterrestrischen Lebensformen, denen die Menschheit je begegnet ist. Aber fangen Sie jetzt bloß nicht an, meine Loyalität in Zweifel zu ziehen! Damit beleidigen Sie mich. Ich will die Chtorraner genauso wie Sie von diesem Planeten herunterhaben. Aber ich bin auch Realist genug, um zu erkennen, daß das vielleicht nicht möglich ist. Und wenn es nicht möglich ist, dann will ich wissen, wie man unter ihnen überleben kann. Und wenn es möglich *ist*, die chtorranische Invasion zu neutralisieren, dann werden Sie niemanden finden, der dieser Aufgabe ergebener ist als ich. Ich werde Würmer verbrennen, bis Sie mir den Brenner aus der Hand schlagen! Sie haben meine Akte dort auf Ihrem Schreibtisch. Sehen Sie sie sich an! Aber ich kann es nicht ertragen, wenn Leute sich zu einem Thema äußern, ehe alle Fakten auf dem Tisch liegen!« Und dann fügte ich höflich hinzu: »Sir!«

Und setzte mich.

Der General klatschte Beifall. Dann grinste er. »Nicht schlecht. Sie können sich fast genausogut erregen wie ich. Ein wenig Politur könnten Sie noch gebrauchen – aber dafür sorgt schon die Erfahrung.«

Blinzeln. »Wie bitte, Sir?«

»Sohn, setzen Sie sich hin und hören Sie mir dreißig Sekunden lang zu. Was ich von diesem Ausflug halte, tut nichts zur Sache. Niemand hört auf meine Meinung. Ich glaube, daß Sie ein verdammter Narr sind, und ich glaube auch, daß das eine Vergeudung von wertvoller Zeit ist. Aber die Wissenschaftssektion hat diesem Einsatz dreifache A-Priorität gegeben, also tut es, wie ich schon sagte, nichts zur Sache, was ich denke.

Aber«, fuhr er fort, »Sie stehen immer noch unter meinem Befehl. Und ich bin für Ihr Leben verantwortlich. Also will ich, wenn schon sonst nichts, wenigstens wissen, daß Sie genau wissen, was Sie da tun. Ich brauche das nicht, aber Sie müssen es wissen. Ich habe herausgefunden, daß ein wenig Sicherheit einen ganz großen Unterschied in den Resultaten macht, die man produziert.«

»Ja, Sir.«

»Für mich hat es den Anschein, als wären Sie wirklich bereit, Ihr Leben *und* ihre Laufbahn aufs Spiel zu setzen. Ich bin beeindruckt, Lieutenant. Mit so viel Entschlossenheit könnten Sie eine Chance haben zurückzukommen. Aber«, fügte er hinzu, »Trilogien würde ich an Ihrer Stelle trotzdem keine anfangen.«

»Ja, Sir. Danke, Sir.« Ich hatte das Gefühl, daß ich jetzt besser gehen sollte. »Äh ... Würden Sie gerne hören, was ich vorhabe? Ich bin sehr gut vorbereitet.«

Er schüttelte den Kopf. »Nein. Ich werde Ihnen vertrauen.«

»Aber ich glaube wirklich, daß Sie das hören sollten.«

»Lieutenant, Sie sollten nicht zuviel riskieren. Es könnte ein sehr dummer Plan sein. Und dann würde ich mir meine Entscheidung noch einmal überlegen. Nein. Ich glaube, ich verlasse mich mehr auf Ihre Entschlossenheit als auf Ihre Intelligenz. Und außerdem werde ich auf das Vertrauen setzen, das Colonel Tirelli zu Ihnen hat. Gute Reise.«

Er stand auf und griff über den Schreibtisch, um mir die Hand zu schütteln. Ich mußte wieder aufstehen. »Danke, Sir.«

»Oh, eines noch. Vielleicht ist es ein Trost für Sie, wenn Sie das wissen. Wenn Sie getötet werden, werden Sie automatisch eine Stufe befördert. Das wird dann ein Trost für Ihre Familie sein.«

»Äh, danke. Und wenn ich überlebe?«

»Darüber sprechen wir, wenn Sie zurückkommen. Und jetzt verschwinden Sie hier. Ich habe zu tun.« Er setzte sich wieder, und ich ging und schüttelte dabei den Kopf und wunderte mich.

FÜNFZIG

Fletcher verbrachte den größten Teil der Woche damit, mich zu trainieren.

Am Morgen des ersten Tages zeigte sie mir, wie man zuhört.

»Es geht um das Zuhören mit Ihrer ganzen Seele«, begann sie.

»Man muß so vollkommen zuhören«, sagte ich, »daß man die Person wird, der man zuhört.«

Sie sah mich überrascht an. »Wer hat Ihnen das gesagt?«

»Ein Telepath.«

»Nun, er/sie hatte recht.«

Am Nachmittag des ersten Tages definierte sie *›Bullshit‹*:

»Das ist ein Wort, das sehr viel gebraucht wird, James, aber Sie haben keine Ahnung, was es bedeutet. *›Bullshit‹* ist ein Slangausdruck. Wir verwenden ihn dazu, um auszudrücken, daß etwas ungenau ist; eine Lüge ist *›Bullshit‹*, also Bullenscheiße. Ein Vorwand, eine Rechtfertigung, eine Begründung, eine Erklärung. Alles Bullshit. Alles, das Sie dazu benutzen, um sich irgendeiner Verantwortung zu entziehen.

Von diesem Augenblick an werde ich Ihnen jedesmal, wenn Sie ungenau sind, jedesmal, wenn aus Ihrem Mund Bullshit kommt, einen Tritt in den Hintern verpassen. Ist das klar?«

Am Morgen des zweiten Tages zeigte sie mir, wie man noch tiefer zuhört.

»Schließen Sie die Augen und *betrachten* Sie das, was Sie fühlen. Sehen Sie Ihre Empfindungen an. Sehen Sie an, was Ihr Körper tut. Sehen Sie sich die Erinnerungen an, die nach oben getrieben werden. Holen Sie sich irgend etwas aus Ihrer Erinnerung heraus, finden Sie etwas. Sehen Sie sich diesen Vorfall an – und nehmen Sie zur Kenntnis, was Ihr Mechanismus tut. Nehmen Sie zur Kenntnis, was Sie empfinden. Nehmen Sie zur Kenntnis, was Ihr Körper tut. Nehmen Sie zur Kenntnis, welche Erinnerungen miteinander verbunden sind.«

Das taten wir den ganzen Morgen lang.

Am Nachmittag des zweiten Tages redeten wir über Selbstgerechtigkeit.

»Wissen Sie eigentlich, daß die meisten Leute, wenn sie Ihnen etwas erzählen, in Wirklichkeit nachträgliche Vermutungen abgeben? Sie versuchen, es sich nachher zurechtzulegen, es zu erklären oder zu rechtfertigen – und am Ende zu beweisen, daß sie *recht* hatten. Hören Sie zu: Diese Art von *recht* ist der Feind. Wenn Sie versuchen, so recht zu haben, fügen Sie Ungenauigkeit hinzu. Das richtige Wort dafür ist Selbstgerechtigkeit. Sie können es nicht so einrichten, daß Sie recht haben, ohne daß die andere Person unrecht hat, und das macht ihn automatisch zu Ihrem Feind. Es läßt ihm keinen Raum, irgend etwas anderes zu tun. Sie dürfen nicht in diesen Kreis hinaustreten, indem Sie sich einreden, es sei recht und richtig, Mensch zu sein. Sie dürfen Ihren Schmerz und Ihr Leid und Ihren Zorn nicht in diesen Kreis hineintragen. Die Bunnies wollen *kommunizieren* und keinen Wettkampf mit den Affen am Wasserloch darüber, wer lauter schreien kann.

Sie dürfen in diesem Kreis keine Feinde haben, James – nur Partner.«

Am Morgen des dritten Tages zeigte sie mir, wie ich meinen Sinn für mich selbst in das richtige Maß bringen konnte.

»Hat Ihr telepathischer Freund etwas über Identität gesagt?«

Ich nickte.

»Dann wissen Sie, daß Sie nicht das sind, was Sie *denken*. Sie sind die Person, die die Gedanken hört. Die Frage ist, ob Sie wirklich hinhören oder nicht.

Wissen Sie, daß es drei Ebenen des Hörens gibt? Zuerst hören Sie das Geräusch. Als zweites hören Sie die Bedeutung und als drittes hören Sie die Bedeutung, die hinter der Bedeutung steckt. Wenn Sie nicht auf allen drei Ebenen hören, können sie nicht ›zentrieren‹.«

»Das fängt an, verwirrend zu werden …«

»Ich weiß. Eine ganze Menge davon kommt aus der Telepathieausbildung und noch mehr aus dem *Mode*-Training. Ich weiß, daß es ein Bruch in Ihrer Realität ist, der Realität, die Sie sich für sich selbst geschaffen haben. Sie können nicht aus dieser Realität heraus. Sie können lediglich lernen, wie sie funktioniert. Das ist es, worauf es hier ankommt. All diese Information kommt daher, daß man Leute dabei beobachtet, wie sie Dinge wahrnehmen, wie sie reagieren. Nennen Sie es die Technik des Lebens. Sie haben Ihre Maschine ohne Gebrauchsanweisung betrieben …«

Am Nachmittag des dritten Tages redeten wir über Konzepte:

»Ihr *Name* für diesen Gegenstand ist ›Stuhl‹. Dies ist eine Sammlung von Molekülen, etwas, worauf Sie Ihre Aufmerksamkeit richten können. Dies ist ein *Ding,* das Sie für den Zweck eines *Stuhls* benutzen. Aber seine Stuhl*heit* existiert nur in Ihrem Bewußtsein. Es ist ein Konzept. Dieser Gegenstand ist nur in dem Maße ein Stuhl, wie er in jenes Konzept paßt. Wenn Ihnen kalt genug wäre, wäre das kein Stuhl mehr. Es wäre Feuerholz … nun, nicht *dieser* Stuhl, aber Sie wissen, was ich meine. Können Sie folgen? Sehen Sie, Sie denken, die Verbindungen, die Sie zwischen Ihrem Konzept und dem physischen Universum hergestellt haben, hätten Bedeutung. Die haben sie nur in Ihrem Kopf. Wenn Sie glauben, daß die Welt eine Scheibe ist, macht sie das zu einer Scheibe? Nein, natürlich nicht.

Und jetzt werde ich Ihnen eine schwierige Frage stellen. Wenn Sie glauben, daß die Welt rund ist, macht sie das rund? Lassen Sie sich Zeit. Richtig: Was Sie glauben, ist ohne Belang. Die Erde ist ein Rotationsellipsoid, und was Sie glauben, ist ihr gleichgültig. Das physische Universum hängt nicht von Ihrer Meinung ab. Es ist, was es ist, ganz unabhängig von Ihrer Meinung, wie es sein und nicht sein sollte. Das einzige, worüber Sie irgendwelche Kontrolle haben, ist, was *Sie* in bezug auf dieses Universum tun werden …«

Am Morgen des vierten Tages redeten wir über die *Schöpfung*.

»Schöpfung ist *nicht* die Erschaffung von Etwas aus Nichts. Im physischen Universum können Sie nichts schaffen; das Beste, was Sie tun können, ist, seine Moleküle neu anordnen. Nein, die wirkliche Schöpfung geschieht da drinnen.« Sie tippte mir an den Kopf.

»Schöpfung ist der Akt der Unterscheidung. Sie trennen dies von jenem und haben damit einen Zwischenraum zwischen beiden geschaffen. Schöpfung ist auch der Akt der Verbindung. Sie verbinden dies *mit* jenem, und Sie haben eine neue Wesenheit oder eine neue Beziehung hergestellt. Schöpfung ist der Akt, einen Strich zu ziehen. Sie benützen den Strich dazu, um zu verbinden oder zu trennen oder einzuschließen; aber Sie sind derjenige, der den Strich gezogen hat.

Die Frage ist, was wollen Sie schaffen? Welche Art von Strich wollen Sie ziehen? Wollen Sie einen Kreis um Menschen und Bunnydogs ziehen? Wollen Sie einen Strich zwischen Menschen und Würmer ziehen? Wie werden Sie es tun? Sie müssen sich über den Kreis klar sein, den Sie schaffen, ehe Sie in ihn hineintreten.«

Und am Nachmittag des vierten Tages *schufen* wir.

»Sind Sie bereit für die letzte Lektion, James?«

»Ja.«

»Sie ist schlimm.«

»Ich werde schon damit fertig werden.«

»Also gut. Das ist sie. Sie sind ein Affe.«

»Wie?«

»Ich bringe Ihnen einen Spiegel. Ihre Ururgroßoma und ihr Ururgroßopa schwangen sich nackt von Baum zu Baum und lebten von Bananen und Kokosnuß. Sie sind Ururenkel. Sie leben in einem Haus, mögen aber immer noch Bananen und Kokosnüsse. Und wenn wir Ihnen die Kleider wegnehmen würden, könnten Sie wieder auf die Bäume klettern und niemand würde auch nur einen Unterschied merken. Kapieren Sie das?«

»Ich weiß nicht. Worauf wollen Sie hinaus?«

»Ich will darauf hinaus, daß Sie ein Affe sind. Sie sind – oder halten sich zumindest für die dominante Spezies auf diesem Planeten. Das kann eine sehr überspannte Vorstellung sein. Am Ende ist es ohne Belang. Sie dürfen einfach nicht dort hinausgehen und das denken. Sie dürfen nicht dort hinausgehen und irgend etwas anderes als ein Affe sein, denn das ist es, was Sie sind. Sie sind kein Vertreter der ganzen Menschheit. Der größte Teil der Menschheit weiß nicht einmal, daß Sie existieren; und wenn er es wüßte, würde er wahrscheinlich nicht gerade Sie als Vertreter haben wollen.«

»Sie verstehen sich herrlich darauf, mich aufzubauen.«

»Hören Sie, Sie müssen in der wirklichen Welt operieren. Dort draußen wird es ein Feind sein und ein paar Bunnydogs. Und Sie sind ein Affe. Ein nackter Affe. Sie müssen dort hinausgehen und ein Affe sein, der einem Bunnydog begegnet. Das ist alles, was Sie sein können. Sie können für keinen anderen Affen auf diesem Planeten sprechen. Kapieren Sie das?«

»Ja, ich denke schon.«

»Gut.« Sie sah mich an. »Also was sind Sie?«

»Ein Affe.« Ich kratzte mich auf Affenart und gab dabei ein ›ee ee‹ Geräusch von mir.

Sie grinste. »Andere Affen und Bananen, James. Das ist es, was unten herauskommt. Merken Sie sich das. Viel mehr gibt es für Affen nicht.«

»Also, soll ich die Bunnydogs essen oder sie bumsen?«

»Das liegt bei Ihnen«, sagte sie. »Und jetzt – schauen Sie, Sie müssen sich darüber im klaren sein, was Sie tun. Was passiert denn, wenn ein Affe auf etwas Neues stößt, etwas, das außerhalb seiner Erfahrung liegt. Was passiert da als allererstes?«

»Äh – er kreischt. Ich kreische.«

»Ja – Verblüffung. Das ist es, was die Menschheit bisher mit der Invasion gemacht hat. Wir rennen immer noch verstört herum. Was kommt nach der Verwirrtheit?«

»Furcht. Ganz offensichtlich.«

»Mh-hm. Gut – Sie haben Ihre Lektion gelernt. Ein Affe hat nur zwei Reaktionen. Hui und Pfui. Andere gibt es nicht. Alles andere sind nur Variationen davon. Es gibt kein Lebewesen auf diesem Planeten, das diesen Grundmechanismus nicht in seinem Kortex verdrahtet hat. Das ist Ihr Mechanismus. Es ist Ihnen unmöglich, *nicht* mit Hui oder Pfui zu reagieren. Und die meiste Zeit reagieren Sie, um auf der sicheren Seite zu bleiben, mit Hui. Also verbringen Sie neunundneunzig Prozent Ihres Lebens damit, Ihre Hui-Maschine laufen zu lassen. Und es hat gar nichts zu bedeuten, wieviel Intelligenz Sie draufgepackt haben, James. Die Intelligenz kontrolliert die Maschine nicht; sie dient ihr. Die Intelligenz kann dieses Hui nur auf einem höheren Niveau ausdrücken. Diese Geschöpfe dort draußen, diese Bunnydogs – ganz gleich, was für Lebewesen sie sind, ganz gleich, in welcher Kultur sie funktionieren und ganz gleich, wer sie zu sein vorgeben. Sie haben denselben Mechanismus. Oder einen äquivalenten Mechanismus. Sonst würden sie nicht hier sein. Ich spreche von grundlegenden Überlebensmechanismen. Wenn Sie keine Hui-Maschine haben, überleben Sie nicht. Die Evolution produziert automatisch eine Hui-Maschine. Also, was Sie wissen müssen, ist, daß diese Lebewesen dort draußen ebenso Angst vor Ihnen haben wie Sie vor denen.«

Ich nickte.

Sie fuhr fort: »Und was kommt nach der Angst?«

Ich dachte nach. »Weglaufen?«

»Wollen wir sagen, Sie können nicht vor dem Ding wegrennen, vor dem Sie Angst haben. Was tun Sie als nächstes?«

»Äh – ich werde ärgerlich?«

»Fragen Sie jetzt oder sagen Sie es mir? Was passiert, wenn jemand Sie bedroht und Sie bedroht und Sie bedroht ...?«

»Ich werde ärgerlich.«

»Richtig. Ärgerlich. Nach der Furcht kommt Zorn. Und was machen Sie, wenn Sie zornig sind?«

Ich fletschte die Zähne. Ich knurrte.

Sie grinste. »Richtig. Sie machen einen Gegenangriff. Sie fangen an, indem Sie die Zähne freilegen und knurren und schreckliche Gesichter schneiden. Wenn das nicht funktioniert, fangen Sie zu schreien an. Wenn das nicht funktioniert, fangen Sie an, Kokosnüsse zu werfen. Mit anderen Worten, Sie liefern eine Vorstellung von Wut. Alle Affen tun das. Und

Sie tun es, wenn Ihr Überleben bedroht ist. Oder das Überleben von irgend etwas, mit dem Sie sich identizifieren, irgend etwas, das Sie als Teil Ihrer Identität betrachten.

Das alles ist Teil des automatischen Mechanismus. Wenn Sie das Ding verscheuchen, auf das Sie zornig sind, dann hat der Mechanismus funktioniert. Sie haben überlebt. Schlimmstenfalls müssen Sie kämpfen. Aber meistens kann eine gute Vorstellung von Zorn einen Kampf vermeiden. Ich habe Ihnen gerade alles gesagt, was Sie wissen müssen, um internationale Politik zu verstehen.«

Sie ließ mir einen Augenblick lang Zeit zu begreifen, wie wahr dieser Witz war, und fuhr dann fort: »Das mag für Affen richtig sein, James. Selbst für menschliche Wesen mag es richtig sein, obwohl ich es bezweifle. Es ist ganz entschieden *nicht* richtig, um mit Würmern umzugehen. Das müssen Sie wissen.

Einige von uns durchlaufen gerade die Phase der Furcht und fangen an, in die Phase des Zorns auf die Chtorraner zu geraten. Das könnte ein tödlicher Fehler sein. Unser Affenmechanismus hat sich verklemmt. Es gibt keinen Ausweg. Wegrennen hilft nichts. Also ist die nächste Stufe Zorn.«

»Ich weiß – ich habe das gesehen.«

»Weiter. Sagen Sie mir, was Zorn ist.«

»Zorn ist, wenn die Kampfmaschine in den nächsten Gang schaltet.«

»Richtig«, sagte sie. »Und wir wissen, daß wir die Würmer nicht bekämpfen können, oder? Die haben uns bereits demonstriert, daß sie uns überlegen sind. Was kommt also als nächstes, James?«

»Äh ...«

»Was kommt nach der Wut, James?«

»Ich weiß nicht ...«

»Kommen Sie, was passiert, wenn Sie eine Woche lang denselben Streit geführt haben?«

»Ich weiß nicht, wie das bei Ihnen ist, aber ich fange an, mich zu langweilen.«

»Richtig, Langeweile.« Sie nickte befriedigt. »Nachdem Sie gewütet und gewütet und gewütet haben und Ihre ganze Energie und Frustration aufgebraucht haben – angenommen, das Ding, vor dem Sie Angst haben, auf das Sie zornig sind, gegen das Sie wüten, ist immer noch da, stochert in seinen Zähnen herum und grinst Sie an. Dann werden Sie es müde, zornig zu sein. Wir nennen das Langeweile. Oder Verstimmung. Aber jetzt, wo Sie aufgegeben haben, zornig zu sein, ist für Sie Platz, sich tatsächlich für dieses Ding zu interessieren – was auch immer es ist, das Ihnen anfänglich solche Angst gemacht hat. So funktioniert der Mechanismus, stimmts?«

»Stimmt.«

»Das ist der Mechanismus. Und damit müssen Sie operieren. Sie können den Mechanismus nicht aufhalten. Das konnte man noch nie. Und warum glauben Sie jetzt wohl, daß ich Ihnen all das sage?«

»Damit ich – äh ... nun, das Ziel dieser Aktion ist, Kommunikation herzustellen. Also geht es hier darum, daß der Affenmechanismus der Kommunikation nicht in den Weg geraten darf. Stimmts?« Ich grinste. Ich wußte, daß es so war.

»Stimmt.« Sie grinste zurück. »Ich möchte, daß Sie hier drinnen mit Verängstigtsein und Zornigsein und Gelangweiltsein zu Ende kommen. Tragen Sie das nicht in den Kreis hinaus, sonst geht es dort *darum*. Wenn Sie all das aufgeben – was können Sie dann tun?«

Ich zuckte die Achseln. »Nichts, denke ich.«

»Werden Sie nicht flapsig. Was können Sie tun, wenn Sie all diese Affenmaschinen-Reaktionen aufgegeben haben?«

»Eine Party feiern?« meinte ich und zuckte wieder die Achseln.

»Genau richtig. Nachdem all das andere vorbei ist, bleibt wirklich nichts anderes übrig, als miteinander zu spielen. Sie erfinden ein Spiel – nennen Sie es Geschäft oder Ehe oder Kongreß der Vereinigten Staaten –, aber es ist immer noch nur ein spaßiges Spiel, das von sehr spaßigen Affen gespielt wird. Also ... wissen Sie, was Sie in diesem Kreis zu tun haben?«

»Ich muß ein Spiel für Affen und Bunnies erfinden.«

»Sie haben's erfaßt. Das ist alles, was Sie zu tun haben. Wenn es Spaß macht zu spielen, ergibt sich die Kommunikation von selbst.«

»Ja, ich verstehe – wirklich.« Ich staunte, wie simpel das doch war. »Ich muß meinen Karabiner zurücklassen. Ich muß meine militärische Einstellung zurücklassen. Selbst meine Wissenschaftlerrolle muß ich zurücklassen. Ich muß einfach – ich verstehe! – ich muß einfach als ein Affe dort hineingehen, der spielen will, oder nicht?«

»Gratuliere.« Sie strahlte mich an und schüttelte mir die Hand. »Als leitender medizinischer Offizier dieser Operation erkläre ich Sie hiermit einsatzbereit. Sie sind der *beste* Schimpanse in der United States Army.« Sie reichte mir eine Banane.

»Nur eine Banane?« fragte ich. »Bekomme ich kein Affenmädchen?«

»Das kommt im Fortgeschrittenenkurs, James.«

EINUNDFÜNFZIG

Die abschließende Präsentation fand um achtzehn Uhr statt.

Colonel Tirelli, Dr. Fletcher, Dr. Larson, drei Mitglieder des Stabes, die ich nicht kannte, die zwei Frauen des Audio-Video-Teams, fünf Beobachter, drei Einsatzspezialisten, sechs Piloten, zwei Programmierer, zwei Spinnenoperateure und das Waffenteam. Ich fühlte mich beinahe beengt.

Es gab nicht sehr viel zu besprechen, selbst Dr. Fletcher räumte das ein. Wir überprüften die Wettervorhersagen, engten unsere Wahl der Zielorte ein – die abschließende Auswahl würde am nächsten Morgen erfolgen – und eröffneten dann die Fragestunde. Viel gab es nicht zu fragen.

An diesem Punkt übernahm Colonel Tirelli die Leitung und fragte, ob jemand sich seine Teilnahme noch einmal überlegen wollte. Es handelte sich um eine rein freiwillige Operation, und wenn einer der Anwesenden zurücktreten wolle, solle er oder sie das jetzt tun – oder sie unter vier Augen aufsuchen.

»Sie haben Zeit bis ...«, sie sah auf die Uhr, überlegte und fuhr dann fort, »einundzwanzig Uhr. Ersatzleute stehen zur Verfügung, kann ich Ihnen versichern; meinen Sie also bitte nicht, Sie *müßten* das tun. Die Operation ist gefährlich, überlegen Sie sich also gründlich, ob Sie teilnehmen möchten. Wenn ich bis einundzwanzig Uhr nichts von Ihnen höre, werde ich davon ausgehen, daß Sie sich total und unwiderruflich entschieden haben. Hat das bitte jeder verstanden?«

Zustimmendes Nicken.

»Nun – das wäre es wohl. Möchte sonst noch jemand irgend etwas hinzufügen?«

Nein. Niemand.

»Gut. Danke – und gute Nacht! Sehen Sie zu, daß Sie ein gutes Abendessen bekommen, gehen Sie früh zu Bett und schlafen Sie sich aus.«

Die meisten Angehörigen des Teams gingen zu den Türen; ich ging auf die Vorderseite des Raums zu. Colonel Tirelli unterhielt sich dort mit leiser Stimme mit zwei Piloten, also wartete ich höflich etwas abseits. Als sie fertig war, blickte sie auf und sah mich. »Ja, McCarthy?«

»Kann ich Sie unter vier Augen sprechen?«

Ihre Augen trübten sich. »Wollen Sie aussteigen?«

»Nein! Es ist nur ...«

»Wenn es nicht um den morgigen Einsatz geht ...«

»Es ist etwas, das *Einfluß* auf den morgigen Einsatz haben könnte«, sagte ich so betont wie möglich.

»Warten Sie einen Augenblick.« Sie reichte ihr Schreibbrett einem ihrer Helfer und ging dann mit mir in die Halle hinaus, um die Ecke und in ein leerstehendes Büro. Sie schloß die Tür hinter uns und lehnte sich gegen einen Schreibtisch, wobei sie einen unbehaglich großen Abstand zwischen sich und mir ließ. »Was ist?« fragte sie. Ihr Ausdruck war höflich, neugierig – und sehr kalt.

Ich ertappte mich dabei, wie ich rot wurde. »Ich – ich nehme an, daß es an mir liegt«, fing ich an. »Aber mich beschäftigt das sehr. Was ist los?«

Sie blinzelte, als würde sie nicht verstehen, wovon ich redete. »Ich verstehe nicht.«

»Wir waren doch verabredet, erinnern Sie sich? Sie und ich und der größte Hummer, den es an der Westküste gibt. Erinnern Sie sich? Ich meine, Sie haben da in dem Chopper einige Dinge gesagt – und ich weiß nicht, ob das ernst gemeint war. Oder ob es nur ... nun, Sie wissen schon, einfach so hingesagt war, oder so?«

Lizard bemerkte einen Tintenklecks auf ihrer Handfläche. Sie rieb mit dem Daumen daran. So brauchte sie mich nicht anzusehen, als sie bemerkte: »Das mag ich: eine Frage, die so richtig sicher klingt.« Sie steckte die Hände in die Taschen und blickte zu mir auf. »Hören Sie, McCarthy. Alles, was ich im Chopper zu Ihnen gesagt habe, war die Wahrheit. Sie sind nett. Im Bett macht es mit Ihnen sicher Spaß. Und außerdem sind Sie Lieutenant. Das eine, was ich von Lieutenants weiß, ist, daß sie permanent Erektionen haben. Das ist manchmal recht bequem. Meistens ist es das nicht. Ihr Problem ist, daß Sie jetzt versuchen, mit Ihrer Erektion zu denken. Bitte, tun Sie das nicht. Dafür war sie nicht gedacht.«

Ich starrte sie an. Ich wollte fragen: »Wer sind Sie wirklich? Was haben Sie mit Lizard Tirelli gemacht?« Statt dessen klappte ich bloß den Mund auf und sagte: »Das ist es dann wohl?«

»Für den Augenblick ja.« Sie sah auf die Uhr. »Haben Sie heute abend nicht noch eine Besprechung?«

»Ja, eine Art Einstimmungssitzung.«

»Nun, dann schlage ich vor, daß Sie jetzt hingehen.« Ihr Gesichtsausdruck war kühl.

Ich konnte erkennen, daß es Zeitvergeudung sein würde, hier auch nur verwirrt zu sein. Ich schüttelte den Kopf und ging an ihr vorbei zur Tür. Als ich schon halb draußen war, drehte ich mich zu ihr um: »Für mich gibt das, was Sie gesagt haben, keinen Sinn. Und für morgen macht es mich nicht gerade zuversichtlich.«

»Das tut mir leid, McCarthy – aber so muß es eben sein.«

»Ja, sicher.« Ich schloß die Tür hinter mir. Colonels! Ich würde die nie verstehen.

Ich fand Fletcher im Besprechungszimmer. »Hören Sie, was diese Einstimmungssitzung angeht ...«

Sie schüttelte den Kopf. »Ich bin nicht Ihr Berater, James. Damit habe ich nichts zu tun.«

»Nun – hören Sie, ich will sie ausfallen lassen. Mir ist nicht ...«

Fletchers Gesicht verhärtete sich. »Wenn Sie das tun, gehen Sie morgen nicht. Sehen Sie zu, daß Sie Ihren Hintern jetzt sofort dorthin bewegen!« Sie wandte sich einem ihrer Assistenten zu. »Jerry – würden Sie Lieutenant McCarthy in den Keller begleiten? Und sorgen Sie dafür, daß er dort hinkommt.«

Ich erinnerte mich aus Denver an Jerry Larson. Er hatte etwas abgenommen und sich die Haare schneiden lassen; auf die Weise wirkte er intelligenter als ich ihn in Erinnerung hatte.

Er führte mich drei Treppen hinunter (das war schneller als der Aufzug), an den Tanks vorbei (vier Würmer) und durch das Gewächshaus in die Probensektion.

Die Luft roch erdrückend süß. Zu beiden Seiten konnte ich hinter dicken Glaswänden Reihen von purpurfarbenen und roten Pflanzen sehen.

»Sehen Sie den da?« Larson deutete auf einen formlosen schwarzen Busch, der etwa mannsgroß war. Seine Blätter waren ausgefranst und zottig. Es war unmöglich zu erkennen, welche Form oder Struktur die Pflanze hatte; sie sah einfach aus wie ein großer Haufen schmutzige Wäsche. »Der kann gehen. Ganz langsam. Wir nennen ihn einen Schlurfer. Er ernährt sich von Aas. Wahrscheinlich erfüllt er die Funktion eines Straßenfegers. Ich glaube nicht, daß er tötet – aber wir haben ihn jedenfalls isoliert.«

»Was ist das denn?« Ich deutete auf die gegenüberliegende Seite. Die Pflanzen dort waren farbiger. Eine ganze Flut roter und gelber Blüten fiel in Kaskaden über die Tische.

»Oh«, sagte Larson. »Die nennen wir Mandala-Lianen. Sie müssen Sie sich aus der Nähe ansehen. Sehen Sie diese Blüten? Jede einzelne besteht aus Hunderten, vielleicht Tausenden von Miniaturblüten, die dicht aneinander wachsen.«

»Wunderschön.« Selbst durch die Glasscheiben war ich wie benommen. Die Blüten waren rosa und scharlachrot und purpur, aber sie waren gelb und orange und weiß gepunktet.

»Da – die können Sie etwas besser sehen.« Larson deutete auf eine der kleineren Lianen, die gegen das Glas hing.

Er hatte recht. Die Miniaturblüten waren hier leichter zu erkennen. Jede kleine Traube hatte ihr eigenes, leuchtendes Farbmuster, in der Mitte am hellsten und am Rand am leuchtendsten.

Weiter unten an der Liane konnte ich sehen, wie sich die Trauben ausdehnten und um eine in der Mitte drängten. »Jetzt begreife ich, woher der Name kommt«, sagte ich. Die Lianen waren wunderschön; die Trauben aus Trauben bildeten ein atemberaubendes Mandala. Es gab sogar so etwas wie ein Muster. »Wie groß werden die?« Larson zuckte die Achseln. »Das wissen wir nicht. Wir haben nicht genügend Platz, um sie wachsen zu lassen. Aber eines kann ich Ihnen sagen – die Bienen macht es verrückt.«

»Liegt darin die Gefahr?«

»Das wissen wir nicht. Jetzt ist sie hier. Wir beobachten sie. Hübsch, nicht wahr?«

»Ja, kann man wirklich sagen.«

»Sie sollten ihr Parfüm riechen; es riecht wie alle guten

Dinge auf der Welt zusammengenommen. Schafgarbe, frisches Brot, die Polster eines neuen Wagens, wie immer Sie wollen. Es riecht für jeden anders.«

Ich folgte Larson durch zwei Doppeltüren von der Botanik in die Biologie. Wir gingen durch ein riesiges, weites Lagerhaus voll von Käfigen und Terrarien. Die Luft war dick, mit finsteren animalischen Gerüchen geschwängert. Ich konnte keinen davon identifizieren.

»Wir haben an den Meeps etwas sehr Interessantes entdeckt«, sagte er.

»Meeps – das sind die kleinen rotbraunen Dinger, die wie Wiesel aussehen, nicht wahr?«

»Nein, Sie meinen die Libbits. Ein Meep ist ein mausiger, rosafarbener Pelzball. Hier – das sind Libbits.«

Ich blickte in einen großen Glasbehälter. Der Libbit sah wie ein kleiner, höflicher Wurm aus, nur daß er keine Augen, keine Arme und nur einen feinen, daunenartigen braunen Pelz hatte. Er war etwa so groß wie ein Maulwurf oder ein Dachs. In dem Terrarium waren vier.

»Sie graben«, sagte Larson. »Sie fressen kleine Nager: Ratten, Mäuse, Eichhörnchen, Kaninchen und Meeps. Hier – dort oben. Das sind Meeps.« Er deutete auf eine Reihe von Käfigen.

»Oh, richtig, von denen haben wir welche auf der Windschutzscheibe gesehen; irgendwie nett. Was ist mit ihnen? Ich wette, die vermehren sich wie wild, stimmts?«

Larson zuckte die Achseln. »Das wissen wir noch nicht. Das wollte ich Ihnen zeigen. Wir haben drei von denen mit einer Häsin und ihrem Wurf in einen Käfig getan. Mama Hase hat ihre eigenen Babys abgelehnt und statt dessen die Meeps gesäugt.«

»Sie machen Witze!«

»Nee. Dasselbe Verhalten hat sich dann bei einem Dutzend anderer Hasen wiederholt. Wenn die Babys klein genug sind, fressen die Meeps sie auf, aber sie ziehen es vor, sich von Mama säugen zu lassen.«

»Puuh! Ich wollte, das hätten Sie mir jetzt nicht gesagt.«

»Oh, das Schlimmste haben Sie noch gar nicht gehört. Die Meeps saugen eine Hasenmama zu Tode.« Und dann fügte er ernst hinzu: »Und ihr scheint das gar nichts auszumachen. Sie stirbt glücklich.«

Jetzt verließen wir die Sektion mit den Musterexemplaren und kamen an endlosen Reihen von Säcken mit verschiedenem Tierfutter vorbei. Hier war die Luft besser.

»Hören Sie«, ich brachte ihn dazu still zu bleiben. »Ich möchte mich entschuldigen, daß ich Ihren Plan abgeschossen habe. Ich denke, ich hab ein wenig dick aufgetragen.«

»Wollen Sie meine Theorie über die Bunnydogs hören?« fragte Larson. Er sah mir gerade in die Augen. »Ich glaube, die sind wie die Meeps – nur für Menschen. Die Bunnydogs sind so nett, daß sie unwiderstehlich sind. Das erstemal, wenn Leute diese Videos sehen, machen alle ›Aahhh‹. Ganz besonders Frauen. Alle wollen sie die Bunnies aufheben und sie an sich drücken. Ich wette, eine Frau würde ihr eigenes Baby weglegen, um sich mit einem Bunnydog abzugeben. Ich wette, Sie werden morgen herausfinden, wie freundlich die Bunnydogs *wirklich* sind.«

»Danke. Ich glaube, jetzt finde ich mich alleine zurecht«, unterbrach ich ihn absichtlich.

»Es ist gleich dort vorne«, murmelte Larson. »An den Stahltüren vorbei. Folgen Sie dem roten Strich bis zur Sicherheitssektion.«

»Sicherheits?«

»Das ist ein Isolierblock. Auf Federn gelagert. Erdbebensicher und völlig autark. Dort liegt die Kontrolle über die ganze Operation. Unsere sämtlichen Zeichnungen sind dort gelagert. Die Anlage hat eine unabhängige Luftversorgung, Energieversorgung und Lebensmittel für sechs Monate. Sie ist gegen das ganze elektromagnetische Spektrum gesichert, inklusive Laser, Maser, Xaser, alle Arten von Strahlung, Magnetismus und Fernsehwiederholungen. Und mit Zerhackerfeldern ist es auch geschützt. Ohne Erlaubnis darf dort *nichts* hinein oder heraus. Oh – und desinfizieren müssen Sie sich auch.«

Ich sah Larson an. »Ist das für eine Einstimmungssitzung nicht ein wenig extrem?«

Er zuckte die Achseln. »Dafür sind Sie nirgends auf der Welt so ungestört.« Er drehte sich um und ging den Weg zurück, den wir gekommen waren.

Ich folgte Larsons Anweisungen: durch die Stahltüren, an einem Sicherheitsscanner vorbei, Detoxifzierung, durch eine Sicherheitsröhre – eine dreifache Luftschleuse –, dann durch eine weitere Sicherheitsröhre und schließlich an einem letzten Scanner vorbei.

Der Roboter am Schreibtisch wies mich durch eine Halle in einen Korridor mit persönlichen Apartments. Zimmer vierzehn, bitte.

Ich klopfte höflich an die Tür.

Eine Frauenstimme sagte: »Die Tür ist offen. Kommen Sie rein.«

Ich stieß sie auf. Das erste, was mir auffiel, war der Duft von Fliederparfüm.

Und dann kam Colonel Lizard Tirelli aus der Küche. Sie trug eine Schürze und ein verlegenes Lächeln. »Kommen Sie rein, Jim.«

ZWEIUNDFÜNFZIG

»Ich glaube, ich bin Ihnen eine Erklärung schuldig – und eine Entschuldigung auch«, fing sie an.

»Das denke ich auch.« Ich stand immer noch unter der Tür.

»Kommen Sie rein, Jim, und machen Sie die Tür hinter sich zu.« Als ich mich nicht bewegte, ging sie an mir vorbei und drückte die Tür selbst zu und nahm mich dann an der Hand und führte mich ins Zimmer. »Lieutenants«, murmelte sie. Sie wies auf die Couch. »Setzen Sie sich hin und hören Sie mir zu.«

Ich setzte mich. Sie zog sich einen Stuhl her und nahm mir gegenüber Platz.

»Wollen Sie etwas trinken?« fragte sie.

Ich schüttelte den Kopf. Das Apartment war sehr behaglich eingerichtet. Nichts deutete darauf hin, daß es achtzig Fuß unter der Erde lag.

Lizard begann leise: »Ich hab Sie scheußlich behandelt, das weiß ich. Glauben Sie mir, mir ist das schrecklich ..., aber es gibt einen sehr guten Grund, warum es so sein mußte.«

»Einen sehr guten Grund? Ja?« Ich wartete.

»Das Problem ist ...« Sie stockte. Dann fuhr sie fort. »Ich kann Ihnen den Grund nicht nennen. Ich kann Sie nur bitten, mir zu verzeihen.« Sie sah mich erwartungsvoll an.

»Jim?«

Das gab alles einfach keinen Sinn.

Ich schüttelte den Kopf. »Ich weiß nicht. Jetzt bin ich völlig durcheinander.« Ich rieb mir die Stirn und dann das Gesicht. Dann sah ich sie wieder an. Ich wußte nicht, was ich sagen sollte. »Ich – ich habe nur – Sie sind verrückt! Wissen Sie das?«

Sie seufzte und nickte zustimmend. »Wahrscheinlich bin ich das. Aber ich konnte es nur so halten.«

»*Was* halten?«

Sie blickte unglücklich. »Mein Versprechen – das Versprechen, das ich Ihnen gegeben habe.«

»Ihr Versprechen?« Ich stand auf, ging zu ihr hinüber und zog sie in die Höhe. Ich hielt sie an beiden Armen und fragte: »Was, zum Teufel, geht hier vor?«

Sie erstarrte in meinem Griff, aber ihr Ausdruck war nicht zornig – eher *verängstigt.* Angst vor mir? Und dann platzte es plötzlich aus ihr heraus: »Ich werde überwacht! Sie werden überwacht! Vom Militär! Dies ist der einzige Ort, wo wir garantiert ungestört sind, und uns nicht irgendeine Fernsehkamera beobachtet. Glaube ich.«

Ich ließ sie überrascht los. Ihr Parfum konnte ich immer noch riechen. Flieder. »Überwacht? Warum?«

Sie zuckte hilflos die Achseln. »Warum nicht?«

Ich starrte sie an. Mein Kopf kreiste wie wild. »Diese kleine Vorstellung dort oben – die war dann gar nicht für mich? Oder?«

»Das tut mir so leid ...«, sagte sie.

»Sie haben mir das angetan, ohne ...?« Ich spürte, wie mir der Zorn ins Gesicht stieg. »Ich verstehe das nicht. Ich bin schon früher überwacht worden. Jeder in dem verdammten Stützpunkt wußte damals Bescheid, als Ted mich betrunken machte. Und über Sie und mich haben die auch schon geklatscht. Was macht es also aus, wenn uns jemand sieht oder sich ein Band ansieht oder so etwas?«

»Das verstehen Sie nicht. Mir macht es etwas aus!« sagte sie.

»Warum haben Sie es mir nicht gesagt?«

»Ich *konnte* nicht!«

»Warum? Was bin ich? Irgendein Kretin oder ein Ding, daß Sie nur dann nett zu mir sein können, wenn Sie es geheimhalten können?«

»Wissen Sie, es ist gar nicht leicht, nett zu Ihnen zu sein!« fuhr sie mich an. »Manchmal sind Sie widerlich.«

»Und Sie sind eine aufgeblasene, fettarschige, drachengesichtige, rotköpfige Meduse, die nicht einmal einen Plastikschaumschläger halten kann! Aber Sie sind es doch, die mit mir ins Bett will!«

»Ich bin nicht fett! Und ich dachte, wir beide wollten das ...«

»Wollte ich auch!« schrie ich zurück.

»Nun ...« Und plötzlich war sie den Tränen nahe. Lizard? Tränen? »Kannst du das nicht einfach so akzeptieren? Jim, bitte.«

»Dann soll ich wohl morgen aufwachen und feststellen, daß Sie wieder zur Medusa geworden sind? Verdammt! Das hat *weh getan!*«

»Jim!« Sie nahm meine beiden Hände. Ihre Augen waren unglaublich blau. »Es tut mir so schrecklich leid und ich bin so furchtbar unglücklich, daß ich dir weh getan habe. Du bist ein ungewöhnlich wertvoller Mensch. Bitte, glaube mir, wenn es eine andere Möglichkeit gegeben hätte – aber anders habe ich es nicht geschafft.«

»Ich will dir ja glauben«, sagte ich. »Wirklich ...« Dabei hielt ich die ganze Zeit ihre Hände. Sie waren sehr warm. »Aber ich – ich weiß bloß nicht ...«

»Ich wollte heute nacht mit dir zusammensein«, sagte sie. »Das war der einzige Zweck, warum ...«

»Ich will auch mit dir zusammensein!« Ich spürte, wie meine Kehle sich verengte. »Ich will bloß wissen, daß es dir etwas *bedeutet.*«

»Das tut es doch.« Ihre Stimme war jetzt sehr weich. »Bitte glaube mir. Wirklich.«

Ich konnte es nicht leugnen. Sie sprach die Wahrheit.

Und ich wünschte sie mir so.

Ich beugte mich vor und berührte ihre Lippen mit den meinen. Sie schmeckten süß.

Nach einigen Ewigkeiten lösten wir uns voneinander und sahen uns an. Wir waren beide erleichtert – und verlegen.

»Du bleibst also zum Abendessen?« fragte sie.

»Nun ... vielleicht. Was machst du?«

»C-Rationen und Flaschenwasser.«

»Du hast mir einen Hummer versprochen.«

»Hör zu, es war schon schwierig genug, das Apartment zu reservieren.«

»Tut mir leid, ich bestehe auf Hummer.«

»Nun ... gut.« Sie führte mich ins Eßzimmer.

Der Hummer auf dem Tisch war groß genug, um zu Lebzeiten eine Gefahr für Hunde, Katzen und kleine Kinder gewesen zu sein. Im Eiskübel stand eine Flasche Wein.

»Du bist dir wohl ziemlich sicher, was?«

Sie zuckte die Achseln. »Wenn es mal soweit kommt, daß ich einem Lieutenant nichts mehr vormachen kann ...«

Ich löste mich von ihr. »Augenblick! Ehe das hier weitergeht: Schluß mit dem militärischen Quatsch, okay?«

Colonel Lizard Tirelli, United States Army, Special Forces, nickte zustimmend. Sie löste ihr langes rotes Haar und ließ es in Kaskaden auf ihre Schultern fallen. »Einverstanden«, sagte sie.

Das Abendessen war wie ein Traum.

Sie war so schön, daß ich nicht aufhören konnte, sie anzusehen. Unter verlegenem Lächeln blieb unser Gespräch bewußt beiläufig und locker.

»Ich muß dir etwas gestehen«, sagte ich.

»Was denn?«

»Ich – war eifersüchtig. Ich dachte, du und Danny Anderson – ich meine, du weißt schon – ihr wäret – ein Liebespaar.«

»Wirklich?« Sie lachte. »Sei nicht albern. Danny ist schwul.«

»Was? Du machst Witze! Ich will verdammt sein. Hat Duke deshalb ...?« Ich machte den Mund zu.

»Wahrscheinlich.«

»Nein. Unglaublich.« Ich schüttelte den Kopf.

»Ich muß dir auch etwas gestehen.«

»Was?«

»Ich war eifersüchtig, weil du so viel Zeit mit Lois Fletcher verbringst.«

»Nein!«

»Ja.«

»Aber sie ist ...« Ich zuckte die Achseln. »So habe ich sie nie gesehen.«

»Da bin ich froh.«

Schließlich gingen wir ins Schlafzimmer, und ich fing wieder an, unsicher zu werden. Warum weiß ich nicht.

Während ich auf sie wartete, spielte ich den Bräutigam. Ich schaltete das Licht ein und drehte die Musik leiser. Ich deckte das Bett auf. Schließlich zog ich mich aus und schlüpfte unter die Decke, um zu warten.

Nach all der Zeit ...

Als sie aus dem Badezimmer kam, trug sie ein Negligé, das so durchsichtig war, daß zwei Seidenraupen nicht mehr als einen Nachmittag damit verbracht haben konnten. Sie stieg neben mir ins Bett, und ich überlegte, ob ich nach ihr greifen sollte. Das wollte ich.

Ich sah zu ihr hinüber.

Sie sah mich erwartungsvoll an. »Fängst du an?« fragte sie. »Oder soll ich?«

»Äh ...« machte ich. Das würde nicht so einfach sein, wie ich es mir vorgestellt hatte. »Du bist so schön ...«

Sie strich mir über die Wange. »Du brauchst mir jetzt keine Komplimente mehr zu machen, Jim. Darüber sind wir hinaus.« Dann fügte sie sanft hinzu: »Wir sind jetzt beim Vorspiel.«

Ich sagte: »Ich – ich weiß, das wird jetzt dumm klingen, aber du bist *zu* schön. Ich weiß nicht, ob ich mit einer Frau, die so schön ist wie du, Liebe machen kann.«

Sie sah aus, als würde sie gleich zu lachen anfangen, unterdrückte die Regung dann aber mitfühlend. »Ich will dir ein Geheimnis verraten«, sagte sie. »In Wirklichkeit bin ich ganz langweilig. Als ich ins Badezimmer ging, habe ich mich im Spiegel angesehen und mir gesagt ›Puuh, scheußlich‹. Wirklich. Aber dann sagte ich: ›Aber für Jim ist das Beste gerade gut genug, also werde ich für ihn so tun, als wäre ich wunderschön.‹ Und siehe da, du hast es geglaubt.«

»Ich glaube, du hast es *übertrieben*«, sagte ich. »Ich gebe das ja ungern zu, aber ich hab eine Höllenangst!«

»Du machst Witze.« Das sagte sie gerade heraus.

»Ich bin vierundzwanzig Jahre alt«, sagte ich. »Meine Unschuld habe ich mit neunzehn verloren. Mein ganzes Leben war ich mit drei Mädchen zusammen – vier, wenn du Ted mitzählst ... Das ist alles, meine ganze Erfahrung. Ich bin noch nie mit einer Frau zusammen gewesen, die so durch und durch *schön* ist wie du. Und«, fügte ich hinzu, »noch *nie* mit einer, die mir so viel bedeutet hat.«

Sie musterte mich nachdenklich. »Du hast wirklich Angst, wie?«

»Schreckliche Angst ... daß ich nicht gut genug sein werde.«

»Danke«, sagte sie. »Dafür, daß du so *ehrlich* bist.« Sie hob den Arm und legte die Hand auf meine Brust. Sie fühlte sich an wie Feuer – wie Elektrizität. Einen Augenblick lang konnte ich nur diese Hand fühlen, diese zarten Finger, den Fingernagel, der einen Kreis in dem Haarbüschel über meinem Brustknochen zog. Nach einer Weile sagte sie leise: »Hör zu, Liebster. Das ist jetzt keine Prüfung. Du bekommst keine Noten. Laß mich jetzt einmal zwei Sekunden lang Mammy spielen und etwas sagen. Das Einzige, was du brauchst, um es gut zu machen, ist *Begeisterung*. Hast du die?«

»Und wie«, sagte ich. »So viel, daß ich Angst habe, daß mir gleich eine Ader platzt.«

»Gut«, sagte sie. Sie veränderte ihre Stellung, so daß wir jetzt Seite an Seite lagen. »Dafür gibt es keine Vorschriften, Jim. Du kannst es also gar nicht falsch machen. Und wenn du es doch tust, dann vergebe ich dir im vorhinein.«

Ich legte die Hand auf ihre Brust. Sie war warm. Meine Hand war kalt. Ich hatte Angst, sie zu bewegen. Ich sagte: »Ich – äh – ich kann nicht anders. Ich habe das Gefühl, ich müßte um Erlaubnis fragen.«

Sie lachte nicht. Sie nahm meine Hand in die ihre und hielt sie fest. Sie küßte meine Finger. Dann atmete sie tief und flüsterte: »Liebling, du bist so besorgt – aber du mußt jetzt aufhören, in Sex etwas zu sehen, was man jemand anderem antut, und mußt anfangen, darin etwas zu sehen, das zwei Menschen miteinander teilen.«

»Das würde mir wirklich gefallen«, sagte ich. »Aber so habe ich es noch nie erlebt.«

Lizards Ausdruck blieb offen. Sie fällte kein Urteil über das, was ich sagte oder tat. Sie hörte sich nur an, was ich zu sagen hatte. Wieder drückte sie meine Hand. »Hör zu, Dummer ...« Wie sie das sagte, war es eine Liebkosung. »Ich werde dir jetzt alles sagen, was du über Sex wissen mußt.«

»Ich glaube nicht, daß wir so viel Zeit haben«, meinte ich.

»Ist schon gut. So viel *brauchst* du nicht zu wissen. Es dauert nur eine Minute.«

Sie stützte sich auf einen Ellbogen und legte den Finger auf meine Lippen. Ihre Finger waren unglaublich zart. Ich küßte sie.

»Das Einzige auf der Welt, was dir *wirklich* gehört«, begann sie, »ist der Körper, in dem du lebst. Also ist das auch das Einzige, was du wirklich mit jemandem teilen kannst.«

»So habe ich das noch nie empfunden«, sagte ich.

»Pscht, Kind – ich bin noch nicht fertig. Hast du je bemerkt, daß du nie mit jemandem ins Bett gehst, wenn du nicht an seinem Körper interessiert bist?«

Ich nickte.

»Nun, mit dir geht auch niemand ins Bett, der sich nicht für *deinen* Körper interessiert. Bei Sex geht es um den Körper. Entweder magst du Körper, mein Lieber, oder mit Sex ist nichts.«

»Ich mag Körper«, sagte ich. »Ich mag deinen.« Ich streckte vorsichtig die Hand aus und ließ meine Finger ihren Arm berühren.

»Und ich den deinen«, lächelte sie zurück.

»Siehst du«, sagte ich, »das ist es, womit ich Probleme habe. Das habe ich nie gewußt.«

»Ich weiß«, sagte sie. »Deshalb bist du ja ein solches Arschloch. Nett, aber trotzdem ein Arschloch. Warum hast du eine so geringe Meinung von dir? Weißt du, daß das für die Leute, mit denen du ins Bett gehst, eine Beleidigung ist? Das bedeutet nämlich, daß du nämlich auch nicht viel von ihrem Geschmack hältst. Es bedeutet auch, daß du die Leute hintricksen mußt, damit du sie in dein Bett bekommst. Und wenn du sie dort hast, benutzt du sie nur. Und das ist es, was ich dir klarmachen möchte, mein lieber Süßer. Du wirst nie mit jemand Freude am Sex haben, wenn du dir nicht selbst gestattest, deine eigene Wunderbarkeit zu erleben.«

»Meine eigene Wunderbarkeit?« quiekte ich. Ich räusperte mich. »Ich, äh – habe immer gedacht, daß man ... bescheiden sein müßte.«

»Puuh«, machte sie. »Bescheidenheit ist die arroganteste Form der Überspanntheit. Bescheidenheit ist ein Vorwand, um sich zu verstecken und damit die Leute zu täuschen. Wenn du wunderbar bist – und das bist du –, dann solltest du das teilen. Glaubst du nicht, daß die Leute es mögen, wenn wunderbare Leute um sie herum sind? Magst du das nicht?«

»Sicher. Aber ich bin nicht – das was du gesagt hast – wunderbar.«

Sie setzte sich auf und starrte mich an. »Woher hast du den Scheiß?«

»Wie?«

»Ich habe gesagt: ›Woher hast du den Scheiß?‹ Daß du nicht wunderbar bist. Vertrau mir, Liebster – du bist einfach große Klasse.«

»Nein, bin ich nicht.«

»Doch, bist du schon.«

»Mir wird das jetzt richtig unangenehm«, sagte ich. »Könnten wir nicht mit dem weitermachen, was wir uns vorgenommen haben . . .?«

»Nein, das können wir nicht. Nicht bis du nicht nachgibst. Ich finde, du bist wunderbar.«

Ich sah weg. Sie war zu schön.

Ihre Hand griff an mein Kinn, und sie drehte mein Gesicht zu sich zurück. »Du darfst also schon denken, daß ich schön bin? Aber ich darf nicht denken, daß du Klasse bist.«

»Aber ich bin nicht . . .«

»Ich. Sage. Daß. Du. Es. Bist.« Ihr Tonfall erlaubte keinen Widerspruch.

»Ich höre . . .«, brachte ich hervor.

»So? Wirklich? Du mußt das in dich hineinlassen, du Dummer. Ich gehe nicht mit Verlierern ins Bett. Ich habe dich *gewählt.* Hast du dir je die Zeit genommen, darüber nachzudenken, *warum?*«

»Kurzsichtig?« witzelte ich.

Sie schlug mir ins Gesicht. Kräftig.

Als ich wieder sehen konnte, lag ich auf dem Rücken und sie war über mir und funkelte mich an. »Jetzt, wo du mir zuhörst«, sagte sie. »Tu das nie wieder!«

»Was?«

»Meinen Geschmack an Liebhabern beleidigen. Du bist so damit beschäftigt abzuleugnen, daß du sexy bist, daß du nicht einmal kapierst, wie scharf ich auf dich bin. Willst du das jetzt endlich in dich hineinlassen?« Ihr Gesicht war ganz dicht an dem meinen. Ihre Augen waren mir fast zu nahe, als daß ich sie sehen konnte. Ich hatte das Gefühl, ich würde in einen Abgrund starren, in den ich hineinspringen wollte.

Ich wollte ihr etwas sagen, hatte aber nicht die Worte dafür. Ich wollte sie um Hilfe bitten, glaubte aber nicht, daß sie mir würde helfen können. Ich fühlte ihre Finger an meinen Schultern, ich fühlte ihr Gewicht auf meiner Brust, ihre Beine, die sich um die meinen geschlungen hatten. Ich fühlte, wie ich mich vor Sehnsucht versteifte – und hatte schreckliche Angst.

Sie mußte es in meinen Augen erkannt haben. Sie richtete sich auf und sah auf mich herunter. »Irgend etwas ist doch, nicht wahr? Etwas Tieferes, nicht wahr?«

»Ich verdiene dich nicht«, sagte ich.

»Natürlich nicht«, gab sie mir recht. »Ich bin ein Geschenk, keine Zahlung.« Und dann hielt sie mitten im Gedanken inne und studierte mich. »Aber du weißt nicht, wie man am Sex *Spaß hat,* wie?«

Ich gab keine Antwort. Sie hatte recht. Ich hatte andere Paare gesehen, wie sie lachten und miteinander spielten. Ich hatte mich immer gefragt, wie sie das zuwege brachten. Ich kam mir immer ... ausgestoßen vor.

»Also gut – ich gebe auf«, sagte sie. »Wir machen es auf deine Art.« Und damit wälzte sie sich von mir und aus dem Bett heraus.

»Wo gehst du hin?«

»Bin gleich wieder da.«

Als sie zurückkam, trug sie eine amerikanische Flagge. Zweiundfünfzig Sterne, dreizehn Streifen. Ich erinnerte mich, daß nebenan ein kleiner Konferenzraum gewesen war.

Sie stieg ins Bett zurück und begann, sich mit übertriebener Sorgfalt zurechtzulegen. »Ich will dir was sagen«, sagte sie ernst. »Ich werde diese Fahne über mein Gesicht legen«, sie zog sie sich wie ein Laken über den Kopf, »und dann kannst du es aus Vaterlandsliebe tun.« Und dann lag sie einfach da und war sehr, sehr ruhig.

»Was ...?«

Sie antwortete nicht.

Ich zog die Fahne von ihrem Gesicht. Sie grinste mich an. »Ich weiß nicht, was ich sonst tun soll«, sagte sie und zog die Flagge wieder hoch.

»Du kommst jetzt da heraus!«

»Was ist denn?« Ihre Stimme drang durch die Sterne und

Streifen. »Bist du kein Patriot?« Sie umfaßte ihre Brüste. »Hier – du mußt so tun, als wären das die Titten der Freiheit!« Und ließ sie hüpfen.

»Lizard!«

Wieder wackelte sie mit den Titten, nur diesmal kräftiger.

»Das ist nicht komisch!« sagte ich.

Die Fahne fing zu zittern an. »Warum muß ich dann so lachen?« fragte sie. Sie gab jetzt kleine ächzende Geräusche von sich. Ihre Brust bebte.

Ich griff zu, um ihr die Fahne wegzuziehen. Sie packte sie und hielt sie fest. Ich stieß sie in die Rippen. Sie quietschte und fuhr sich mit der Hand an den Leib. Ich griff nach der Flagge, sie packte wieder zu, ich stieß sie wieder in die Rippen – und noch einmal! »Da! Patriotismus willst du? Heute ist Pearl Harbor Tag!« Ich gab Explosionsgeräusche von mir, jedesmal, wenn ich sie in die Rippen stieß. Sie japste jedesmal, hörte aber nicht zu kichern auf; und jetzt zog sie die Knie bis an die Brust. Ich brüllte *»Banzaiii!«* und schlug ihr klatschend auf den Hintern!

»Oh, jetzt kriegst du es aber«, fing sie an.

»So? Du und welche Armee?« Ich zog ihr die Fahne weg und stieß sie wieder in die Rippen. Sie wälzte sich zur Seite und mußte so kichern, daß sie sich nicht mehr wehren konnte. Ich packte sie und rollte sie wieder auf den Rücken. »Titten der Freiheit, hm? Auf mich wirkt das eher wie das Zwei-Parteien-System, die Opposition und ...«

»Jim!« kreischte sie überrascht.

»Was ist das? Eine Spaltung des Parlaments?« Ich schob das Gesicht zwischen ihre Brüste und machte ein feuchtes, unanständiges Geräusch. Sie lachte jetzt wie eine Verrückte. Sie zog die Beine hoch, um mich wegzutreten, aber ich drückte ihre Knie mit der Brust herunter und hielt ihre Schultern mit den Händen fest. Ich lachte genauso laut wie sie. »Und was ist das dort unten? Der Abgrund?« Ihre Augen begegneten den meinen.

Und in dem Augenblick wußte ich es. Und grinste. Ich konnte fühlen, wie mein Gesicht vor Freude fast platzte. Ich konnte sehen, wie sich mein Lachen in ihren Augen spiegelte.

Ich konnte nicht atmen, so sehr mußte ich kichern. Und sie auch.

Wir kicherten und lachten zusammen und mittendrin beugte ich mein Gesicht über das ihre. Ihre Knie öffneten sich, ihre Beine öffneten sich unter mir, und ich senkte mich auf sie und in sie. Sie schlang die Arme und Beine um mich und hielt mich fest. Beide taten wir es. Ich gab mich ihr und sie sich mir – und wir waren vergnügt.

Sie hatte recht. Ich war wunderbar.

DREIUNDFÜNFZIG

Die Satellitenaufklärung lieferte uns die Morgenbilder: drei Hauptziele und sieben in Reserve.

Ich sprach mich für das Zielgebiet aus, das unserer ursprünglichen Absturzstelle am nächsten lag. Colonel Tirelli und Dr. Fletcher stimmten zu, und damit war das erledigt.

Wir bestätigten unsere Wahl noch einmal eine halbe Stunde vor dem Start. Und dann ging es los. Drei riesige Chopper erhoben sich klappernd wie bösartige Insekten in die Luft und bogen nach Norden, quer über die Bucht. Ich konnte mich vom letzten Mal noch an die Aussicht erinnern.

Ich sah mich im Chopper um. Dr. Fletcher unterhielt sich mit Jerry Larson über die Anordnung der Monitorsonden und der Probenfallen. Die Crew hinten schlief. Das war eine gute Idee. Wir waren seit der Morgendämmerung wach. Ich machte es mir bequem ...

... und wurde vom Piepen des Autopiloten geweckt. Der Chopper war bereits dabei abzusinken. »Wir sind da«, rief Lizard. Ich richtete mich auf und sah zum Fenster hinaus.

Wir fielen auf eine weite mit hohem, blaugrünem Gras überwucherte Weidefläche zu. Ich konnte das Gras im Wind wogen sehen. Ich sah nach hinten. Die anderen Chopper flogen immer noch in Formation und kamen mit uns herunter.

Die drei Maschinen setzten auf dem weichen Boden auf. Nach allen Seiten war wenigstens ein Kilometer freier Raum. Gut. Nichts würde sich uns unentdeckt nähern können.

»Allright«, knurrte Lizard, »alle bleiben auf ihren Plätzen, bis die Bodenmannschaft durchgibt, daß alles klar ist.«

Ich spähte zum Fenster hinaus. Ein Sicherheitsteam, bewaffnet mit Brennern, ätzenden Sprays und Bazookas schwärmte aus. Ich beneidete sie. Die wußten wenigstens, was sie machten. Sobald die Sicherheit das Terrain als Gelb erklärt hatte, rannten die Leute vom Wissenschaftsteam hinaus. Ihre Aufgabe war es, Sonden und Sensoren aufzubauen.

Ich sah, wie ein paar kleine Mobileinheiten durch das Gras davonrollten, darunter auch zwei Walker und eine Spinne.

Meine Anweisung lautete, drinnen zu bleiben, bis Zustand Grün erklärt wurde. Ich kletterte nach vorne und nahm wieder auf dem Sitz des Kopiloten Platz. Direkt vor uns waren die Walker dabei, eine weite, kreisförmige Fläche freizumachen. Ein Versammlungskreis. Ein freundliches Zeichen für die Bunnydogs. Eine Einladung.

Der Gedanke an ein Bier kam mir. Statt dessen machte ich eine Cola auf.

Dann wurde es plötzlich dunkel, obwohl es Nachmittag war. Die Tarnkuppel wurde über dem Chopper festgezurrt. Bald würde sie aufgeblasen und besprüht werden. Der ganze Vorgang würde weniger als eine Stunde beanspruchen. Unserer Theorie nach erzeugten die Chopper bei den Würmern und den Bunnies negative Assoziationen. Also würden wir sie verstecken. Falls es sich als notwendig erweisen sollte, schnell abzuhauen, konnte man die Tarnkuppel binnen Sekunden wegblasen.

Jemand schaltete die Kabinenbeleuchtung ein. Ich sah nach hinten. Colonel Tirelli kam gerade nach vorne geklettert. Sie ließ sich in den Pilotensitz fallen.

Wir waren in dem Chopper alleine.

Ich drehte mich um, um zum gegenüberliegenden Fenster hinauszusehen. Ich vergewisserte mich, daß sie auch bemerkte, daß meine einstudierte Gleichgültigkeit bewußt war.

Sie ignorierte mich. Sie schob ihre Schalter hin und her und wirkte sehr beschäftigt. Ich fragte mich, ob sie mir etwas zu sagen hatte. Entweder war das nicht der Fall – oder sie war noch nicht soweit, daß sie es sagen wollte. Das Schweigen dehnte sich.

Vielleicht sollte ich etwas sagen. Ich drehte mich zu ihr herüber ...

... und bemerkte eine winzige amerikanische Flaggennadel, die sie sich ins Revers gesteckt hatte. Beinahe wäre ich vor Lachen explodiert. Und mußte mir auf die Zunge beißen, um nicht die Kontrolle über mich zu verlieren.

Lizard sah mich fragend an. »Alles in Ordnung, Lieutenant?«

»Ja, prima«, grinste ich. »Ganz prima!«

VIERUNDFÜNFZIG

Die zwei Roboter hatten eine weite, mathematisch exakte Arena festgestampft und gesäubert. Ein perfekter Kreis.

Ich zog mich bis auf die Unterhosen aus und setzte mich in die Mitte und ... imaginierte. Ich schloß die Augen und stellte mir vor, wie es sein würde, von Bunnydogs umgeben zu sein. Und von Würmern.

Ich versuchte, mir vorzustellen, wie ich nackt vor einem neugierigen Wurm saß.

Ich fröstelte. Aber nicht, weil es kalt war.

Ich versuchte, mir den Geruch des Tieres vorzustellen. Wie es aussah. Wie sein Fell sich anfühlte. Einmal hatte ich den Pelz eines lebenden Wurmes berührt; es hatte *geprickelt.*

Ich versuchte, mir vorzustellen, was es wohl für ein Gefühl sein würde, nackt vor einem Wurm zu stehen. Ich konnte mir nicht vorstellen, daß ich irgend etwas anderes als Angst und Schrecken empfinden würde.

Am ersten Tag ließen sich keine Bunnydogs sehen.

Am zweiten auch nicht.

Wir blieben dicht bei den Chopperkuppeln und machten uns Sorgen.

Fletcher und ich übten. Wir machten Kommunikationsübungen, Klärungsübungen, Konfrontationsübungen – Dinge, die, wie es schien, überhaupt keinen Sinn gaben, und doch ... begann ich das Gefühl zu bekommen, als wäre ich hier der Mittelpunkt der Welt. Ich begann das Gefühl zu haben, als wäre ich ... im *Brennpunkt.* Eine Klarheit der Zielsetzung war im Begriffe, sich hier zu entwickeln.

Jeder Augenblick war Vorbereitung. Jeder Augenblick war Drill.

Dann fragte Fletcher: »Was machen Sie jetzt?«

Und ich gab dann Antwort: »Ich esse.«

»Und *warum* essen Sie?« fragte sie.

»Weil ich hungrig bin.«

»Welches Ziel verfolgen Sie beim Essen?«

»Ich versorge meinen Körper, damit ich den Auftrag erledigen kann.« Es kam mir wie ein Katechismus vor, aber – ich konnte die Bedeutungen spüren, die unter den Worten lagen. Es war wahr.

»Und was für ein Auftrag ist das?«

»Die Herstellung einer Beziehung zu den Bunnydogs, eines Raumes, in dem eine Kommunikation stattfinden kann.«

»Gut. Haben Sie noch andere Ziele?«

»Ich wollte ... eine Beziehung mit Lizard haben – aber das habe ich jetzt fallenlassen.«

»Gut, James. Noch etwas?«

»Nein.«

Ich fühlte, wie ich in einen *anderen* Zustand des Bewußtseins eintrat. Der Unterschied war *erheblich*.

Ich hatte das Gefühl, die Dinge unter Kontrolle zu haben. So als würde ich das alles erschaffen. Alles. Den Wald. Die Wiese. Die Kuppeln. Die stillen, entfernten Gesichter.

Ganz besonders die Gesichter – sie waren alle so *losgelöst* von mir. Sie waren meine Herde. Und ich war – der Führer? Nicht ... ganz. Ich war der ... Zauberer.

Es war ein sehr eigenartiges Gefühl.

Ich sagte Fletcher, daß ich in den Wald gehen wolle.

Sie schüttelte den Kopf. Nein.

Ich bestand darauf. Ich sagte, es sei notwendig – damit ich klar sei.

Sie sagte, gut, aber nur, wenn sie ein Sicherheitsteam mitschicken durfte.

Ich sagte ihr, ich müsse alleine sein. Ich müsse das Gefühl haben, daß das Land *mir gehöre,* ganz besonders, wenn ich eine Bunnydogfamilie einladen sollte, es mit mir zu *teilen.*

Ich bestand darauf.

Sie gab nach. Sie ließ mich gehen.

Ich wußte, daß das Team mir auf diskrete Distanz folgte. Das machte mir nichts aus. So lange ich nur nicht über sie stolperte.

Der Wald war eine Kathedrale, grün und gold.

Die Decke der Kathedrale war so hoch, daß sie unsichtbar war – ein Baldachin aus Ästen und dunklen, breiten Blättern. Das Licht Gottes fiel schräg zwischen den Fichten und Redwoods ein und tauchte die Baumstämme in rötliches Licht. Die Strahlen waren so massiv, daß man sie mit den Fingern spüren konnte. Sie ließen in der Luft Funken aus goldenem Staub aufsprühen.

Hoch über uns strich ein kalter Wind über das Dach und ließ den hellen blauen Himmel in winzigen Flecken hier und dort durchlugen. Die Brise ließ die Blätter rascheln wie eine Orgel und sprenkelte das Licht, das auf die weiche braune Erde darunter fiel. Meine Schritte fielen leicht auf einen Teppich aus frischen grünen Fichtennadeln.

Ich atmete tief, und die Luft roch wie der Himmel: Fichten und Schafgarbe und Kaskaden schöner, wachsender, *grüner* Dinge. Da war nirgends Rosa.

Ich hätte ewig hier bleiben können.

Irgendwo vor mir hörte ich Wasser – einen Strom. Ich folgte dem Geräusch.

Der Wald öffnete sich auf eine Wiese.

Ein Gewirr von Farben, strahlend hellen Farben, die das Auge betäubten. Aber eine solche Wiese! So etwas hatte noch keines Menschen Auge auf der Erde gesehen!

Ich trat zögernd vor.

Purpurfarbener Efeu, durchzogen von Lavendel und Weiß, ringelte sich von mir weg. Schwarze Schlurferbüsche ließen silberne Funken in die Luft springen. Schlanke, rote Gewächse stiegen auf wie Springbrunnen und explodierten in federartige schwarze und rosafarbene Zweige. Und über allem – Mandala-Lianen.

Sie fingen das Auge ein, überwältigend, überwältigten die Sinne. Sie waren ein Teppich und wälzten sich in endlosen Wogen davon. Die Mandalablumen türmten sich hoch auf; sie hingen aus verfaulenden Baumstümpfen, tropften in einer schrillen Farbsymphonie von den Zweigen. Ein königliches Bild.

Ich stand da und riß staunend und ehrfürchtig Mund und Augen auf. Silber und Karmin, Orange und Indigo, so dunkel, daß es schwarz war, Violett, Gelb und Blau, Kaskaden von Tönungen und Schattierungen, so fein, daß das Auge sie nicht unterscheiden konnte.

Und, oh – die Gerüche!

Duftwellen schlugen über mir zusammen – frisch gebackenes Brot, Erdbeermarmelade, dicke, frische Sahne, Bratäpfel, Pfirsiche – und Düfte, für die ich überhaupt keinen Namen hatte. Dunkelpurpurne Düfte, in die sich scharlachfarbene mischten: süße Akkorde aus Gold und Opiumparfüm. Zu Kopf steigendes Aroma aus Zauberei, funkelnde Zaubersprüche; Portale im Kristallhimmel und wunderschöne Reisen durch die Hölle.

Der Wald hinter mir war vergessen.

Verdammt! Warum mußte die Invasion auch noch *schön* sein?

Am Morgen des dritten Tages nahmen die Sensoren einen Wurm am Ostrand der Wiese auf.

Eine leise Stimme im Funkgerät sagte: »Ich glaube, ich habe etwas.«

Wir drängten uns um die Monitore. Der große Bildschirm zeigte einen ziemlich klein aussehenden Wurm am hohen Ende des Abhangs. Er schien *verwirrt.* Seine Augen wanderten vor und zurück, während er die drei gesprenkelten Kuppeln in der Mitte der Wiese unter sich studierte. Er floß ein paar Meter nach vorne ...

... und hielt inne. Zögerte. Ließ die Augen kreisen. Nach hinten. Nach vorne.

Wir gingen auf volle Vergrößerung. Die Augeniris schloß sich und öffnete sich wieder. *Spet-fwet.*

Der Wurm drehte sich halb herum und blickte hinter sich. Dann drehten sich seine Augen wieder nach vorne, auf uns zu.

Ich hatte das Gefühl, ich könnte seine Gedanken lesen.

Er war ein fünfjähriges Kind, ein Kind, das etwas sehr Interessantes sah, aber nicht wußte, ob es dieses Interessante selbst erforschen sollte – oder erst Mama Bescheid sagen.

Er traf seine Entscheidung. Es handelte sich um einen gut

erzogenen Fünfjährigen. Der Wurm schlug einen Bogen und zog nach Osten ab, so schnell er konnte.

Den Rest des Tages geschah nichts.

Während der Nacht nahmen die Sensoren Bewegungen auf der Hügelkuppe auf, aber es hätten auch Hirsche oder Kojoten sein können.

FÜNFUNDFÜNFZIG

Lizard weckte mich. »Jim!«

»Was?« Alles war dunkel. »Wie spät ist es?«

»Sch. Sei still. Fast morgen. Ich möchte, daß du nach vorne kommst.«

Ich rieb mir die Augen und fiel aus meiner Koje.

»Ich hab gesagt: ›Sei still!‹« flüsterte sie noch einmal.

Ich folgte ihr nach vorne. »Was ist denn?«

»Schau!« Sie deutete.

Ich sah auf den Monitor auf der Konsole. Ich sah zum Fenster hinaus. Durch das Netzwerk konnte ich sehen ...

Auf der gegenüberliegenden Seite des Kreises saßen drei Bunnydogs. »Das ist es«, sagte ich. Ich sah sie an. »Oder?«

Sie nickte.

Ich fing an, mein Hemd aufzuknöpfen. »Wir sollten anfangen.«

Sie legte mir die Hand auf die Schulter. »Es ist noch Zeit. Wir machen es ganz nach dem Einsatzbuch.«

»Aber die könnten wieder weggehen.«

»Das bezweifle ich«, sagte sie. In ihrer Stimme war Sicherheit.

Ich drehte mich zu ihr herum. »Seit wann sind die schon da?«

»Seit einer Stunde.«

»Und du hast mich nicht geweckt?«

»Als Einsatzkommandant war ich der Ansicht, du würdest deinen Schlaf brauchen. Wenn sie hier sind, um zu kommunizieren, dann werden sie warten. Und wenn nicht, dann wäre es ein Fehler, irgend etwas zu überhasten. Wir werden nach der Checkliste vorgehen. Ich verkünde jetzt Zustand Gelb. Ich muß zwei separate Kanäle nach Oakland haben, über Satellit und direkt. Ich muß das Beobachtungsteam und das Verteidigungsteam wecken; ich muß die Hochauflösungsmonitoren aktivieren. Du kannst ruhig frühstücken und mit Fletcher noch einmal deine Übungen machen. Es dauert wenigstens neunzig Minuten, bis ich auf Zustand Grün gehe. Wahrscheinlich länger. Bis dann, mein *Freund,* stehst du immer noch unter meinem Kommando. Ist das klar?«

»Ja, Ma'am.«

»Als allererstes möchte ich, daß du ein Medizingeschirr anlegst. Ich möchte, daß du deinen Herzschlag und deine Atmung stabilisierst, ehe du da hinausgehst.«

»Merkt man es, wie aufgeregt ich bin?«

»Tu es einfach«, sagte sie und deute mit dem Daumen nach hinten. »Ich habe jetzt zu tun.«

Ich setzte mich in Bewegung. Ich ging zu Fletcher, zeigte ihr unsere Gäste, und dann begann für uns beide die vertraute Routine der Vorbereitung und des Klärens. Die Erregung wuchs in mir wie eine Bombe. Das war noch schlimmer als Weihnachten. Fletcher ging mit mir im Chopper nach hinten und begann, ruhig und leise auf mich einzureden. Zuerst konnte ich kein Wort von dem hören, was sie sagte. Ich hatte nur die Bunnydogs im Sinn.

»Jim!« Ihre Stimme klang eindringlich. »Passen Sie auf.«

»Ja, Ma'am.«

»Weshalb sind Sie hier?«

»Die Bunnydogs. Äh, um eine Beziehung zu den Bunnydogs herzustellen, damit es zur Kommunikation kommen kann.« Die Worte kamen wie von einer Schallplatte.

»Tut mir leid. Ich nehme nichts auf. Wo sind Sie, James – denn hier bei mir sind Sie ganz sicher nicht.«

»Es – tut mir leid. Ich – wahrscheinlich bin ich so aufgeregt.«

»Ich weiß. Also gut. Ziehen Sie sich aus und legen Sie das Geschirr an. Wir wollen sehen, was hier passiert.«

Die Entscheidung war getroffen worden, daß die Kontaktperson – ich – nackt sein sollte. Oder dem Zustand des Nacktseins so nahe wie möglich. Um den Bunnydogs die Möglichkeit zu geben, zuerst die *Tierhaftigkeit* des Individuums wahrzunehmen, seine physische Wesenheit. Ich hatte mich für Shorts ausgesprochen. Wir hatten uns dann auf ein Lendentuch geeinigt.

Als ich mich ausgezogen hatte, ließ Fletcher mich in das Medizingeschirr schlüpfen. Sie studierte ihre Konsole und runzelte die Stirn. »Ist an Ihnen irgend etwas nicht erregt?« fragte sie.

»Nun, da wäre ein Körperteil«, sagte ich und blickte nach unten. »Aber wenn Sie wollen ...«

»Lassen Sie das.« Sie war jetzt ganz Geschäft. »Schließen Sie die Augen, James. Gut. In Ordnung. Und jetzt die Übung. Dreißig tiefe Atemzüge. Wie ich es Ihnen beigebracht habe. Sehen Sie zu, wie lang Sie sie hinausziehen können.«

Ich schloß die Augen und konzentrierte mich auf meinen Atem. Atemzug Nummer Eins. Atme für deine Zehen. Dieser Sauerstoff ist für deine Zehen. Nimm so viel davon in dich auf, wie du kannst. Sorge für deine Zehen. Halte ihn so lange fest wie du kannst. Und jetzt laß ihn heraus. Atemzug Nummer Zwei. Atme für deinen linken Fuß. Dieser Sauerstoff ist für deinen linken Fuß. Nimm so viel auf, wie du kannst.

Ich konnte hören, wie Fletcher und Colonel Tirelli sich leise vorne im Chopper unterhielten. Was sie sagten, konnte ich nicht hören, wußte aber, daß es um mich ging. Ich konnte die Sorge in ihrer Stimme spüren.

Dieser Atemzug ist für dein rechtes Knie. Nimm soviel in dich auf, wie du kannst. Auf die Weise nahm ich mir meinen ganzen Körper vor. Ich würde gründlich mit Sauerstoff versorgt sein. Ich wußte, daß ich mich damit ablenken konnte.

Die Geräusche, die von vorne aus dem Chopper zu mir drangen, waren so negativ. Wenn ich nicht bereit war, würden die mich nicht gehen lassen. Das war es, worüber sie redeten. Wenn ich zu *aufgeregt* war, würde ich meinen Fokus nicht halten können.

Atme für deinen Magen. Dieser Sauerstoff ist für deinen Magen. Atme für deine Brust.

Jetzt hörten sie zu reden auf, und das einzige Geräusch in dem Chopper war das Geräusch meines eigenen Atems.

Atme für dein Gehirn. Nimm soviel in dich auf wie du kannst. Halte den Atem fest, so lange du kannst.

Als ich die Augen wieder aufschlug, saß Fletcher mir gegenüber.

»Wie fühlen Sie sich jetzt, James?«

»Besser.« Und dann fügte ich hinzu: »Aber bereit bin ich noch nicht. Ich kann es spüren. Ich bin zu wirr.«

»Sie machen das schon gut«, sagte sie. »Es ist nur, weil Sie denken, das sei wichtig. Das ist es nicht. Es ist nur ein verrücktes kleines Experiment, das keiner ernst nimmt. Es steht also gar nichts auf dem Spiel Haben Sie das verstanden?«

»Ja.«

»Gut. Das bedeutet also, daß es nicht darauf ankommt, Jim. Ganz gleich, was dort draußen passiert, Sie können nichts kaputtmachen. Was auch immer passiert, wir werden jedenfalls etwas lernen. Das Experiment ist bereits ein Erfolg. Jetzt müssen wir nur noch die Resultate finden.«

»Ich wünschte, ich könnte das glauben.«

Sie zuckte die Achseln. »Ob Sie es glauben oder nicht, ist unwichtig. Es stimmt jedenfalls. Hören Sie«, fügte sie dann hinzu, »dieser Kreis, den wir dort draußen freigelegt haben, ist eine Einladung für eine Party. Es ist dieselbe Einladung, die die an Sie und Duke und Colonel Tirelli ausgesprochen haben, vor drei Wochen, nur daß Sie das damals nicht so erkennen konnten. Jetzt, wo wir wissen, was es ist, wollen wir die Einladung erwidern. Und die wollen sie annehmen. Die warten auf uns. Das Schwerste haben wir hinter uns. »Sie musterte mich intensiv. »Also, und was ist jetzt der nächste Schritt?«

»Ich gehe dort hinaus.«

»Und ...?«

»Und ...« Ich hielt inne. »Äh – ich kenne die Antwort, Fletch; aber daß ich sie kenne, ändert nichts. In mir läuft immer noch das Affenprogramm. Ich bin aufgeregt – und ich habe *Angst.*« Ich sah sie enttäuscht an. »Wie lasse ich denn los?«

»Richtig. Deshalb dürfen Sie nicht dort hinausgehen, James. Noch nicht. Sie sind noch nicht soweit, um einfach mit denen zusammen zu *sein* und mit ihnen zu spielen. Sie sind immer noch zu sehr mit ihren eigenen Gefühlen beschäftigt.« Und dann sagte sie, ohne die geringste Pause: »Erzählen Sie mir einen schmutzigen Witz.«

»Was?«

»Einen Witz. Irgendeinen. Erfinden Sie meinetwegen einen.«

»Warum?«

»Einfach so. Erzählen Sie mir einen!«

»Äh – okay. Wie nennt man einen Chtorraner, der in der Badewanne furzt und dann in die Luftblasen beißt?«

»Gut angepaßt. Erzählen Sie mir einen, den ich noch nicht gehört habe.«

»Was sagt man zu einem Chtorraner, der einen Zeugen Jehova frißt?«

»Ich gebe auf – was?«

»Guten Appetit!«

Sie lächelte. »Okay, jetzt bin ich dran. Was heißt auf chtorranisch Zwerg?«

»Was?«

»Hors d'œuvre. Wie nennt ein Chtorraner einen Jogger?«

»Fast food. Den kenn ich schon.«

Sie sah auf ihre Konsole. »Wie steht's denn?« fragte ich.

»Besser.« Sie grinste mir zu. »Vielleicht schaffen wir es doch noch.«

Ich fühlte, wie die Erregung in mir aufstieg. Und versuchte sofort wieder, sie zu unterdrücken.

»Nein, es ist schon gut«, sagte sie. »Sie sind aufgeregt. Lassen Sie sich ruhig aufgeregt sein. Wenn Sie versuchen, etwas dagegen zu tun, steigt die Aufregung bloß noch. Lassen Sie es einfach auslaufen.« Sie schob die Konsole beiseite und wandte sich mir zu. »Okay, und jetzt sag ich Ihnen, was Sie tun sollen:

Ich möchte, daß Sie nach vorne gehen, sich auf den Sitz des Kopiloten setzen und die Bunnies studieren. Sie sollen Sie einfach nur beobachten. Beobachten Sie sie, bis Sie es müde sind, sie zu beobachten. Bis es sie langweilt. Beobachten Sie, bis es nichts mehr anderes zu tun gibt, als sie zu beobachten. Erinnern Sie sich an Ihre Herden-Erfahrung. Es gibt da einen Punkt, an dem Sie feststellen werden, daß sich Ihre Wahrnehmung der Bunnydogs verändert. Ich kann Ihnen nicht erklären, was Sie dabei fühlen werden; aber wenn es soweit ist, werden Sie es wissen.

Ich möchte, daß Sie sich nicht bewegen, bis Sie wissen, daß

Sie absolut bereit sind. Und wenn es dann soweit ist, dann stehen Sie ganz ruhig auf, nehmen das Medizingeschirr ab, gehen hinaus und tun, was eben zu tun ist. Sie werden das dann wissen. Haben Sie das alles?«

Ich nickte.

»Gut.« Sie deutete nach vorne.

Ich ließ mich auf den Sessel des Kopiloten sinken und starrte zu den Bunnydogs hinaus. Es waren immer noch nur drei. Papa, Mama und Baby? Vielleicht.

Ich erinnerte mich an das, was Tanjy gesagt hatte. Du mußt mit deiner ganzen Seele lauschen.

Die Bunnydogs saßen ganz geduldig auf der anderen Seite des Kreises. Gelegentlich kratzte sich einer von ihnen hinter dem Ohr. Der kleinste hatte sich zusammengerollt und war eingeschlafen. Er sah aus wie ein winziges rosafarbenes Kissen. Es war interessant. Die Bunnydogs waren von Natur aus rosa, selbst ohne Staub.

Ich erinnerte mich an das, was Fletcher mir beigebracht hatte. Sie müssen hinter das sehen, was Sie sehen. Schauen Sie auf die Oberfläche. Und schauen Sie hinter die Oberfläche. Und schauen Sie in sich hinein, um zu sehen, wie *Sie* sehen.

Langsam entwickelte sich in mir ein Gefühl für die Geduld der Bunnydogs. Es war nicht ihr Kreis. Es war *unserer.* Sie warteten, um zu sehen, zu was für einem Spiel wir sie einladen würden.

Und ... wir waren zu verängstigt, um zu spielen.

Wir konnten nicht einmal eine Einladung aussprechen, ohne dahinter Kanonen zu verbergen.

Die Einladung lag leer dar.

Das Spiel war noch nicht geschaffen worden.

Sobald man in den Kreis tritt, beginnt das Spiel. Die Frage ist also – was für eine Art von Spiel wollte ich mit den Bunnies erschaffen?

Nein.

Die Frage war, was für eine Art von Spiel konnten wir alle zusammen erschaffen?

Ich sah zu den häschenhaften kleinen Dingern hinüber und fragte mich: Konnten diese Lebewesen das Spiel der *Vernunft* spielen?

Es war Zeit, das herauszufinden.

Ich stemmte mich aus meinem Sitz.

Außer mir war niemand in dem Chopper. Sie hatten mich alleine gelassen. Wahrscheinlich saßen sie alle in Colonel Andersons Kommandoschiff und betrachteten die Monitorschirme.

Die Tür stand offen. Ich blieb stehen und nahm das Medizingeschirr ab. Ich trug jetzt nur noch ein Lendentuch und eine Kette um den Hals mit einem kleinen Empfänger, der daran hing.

Ich stieg aus dem Chopper.

Ich ging an die Wand der Tarnkuppel und trat durch das Netzwerk.

SECHSUNDFÜNFZIG

Als ich auf sie zuging, richteten die Bunnydogs sich auf.

Ich trat an den Rand des Kreises, der den Bunnies gegenüberlag, und setzte mich mit übereinandergeschlagenen Beinen hin. Sie mußten eine Chance bekommen, einen Menschen zu studieren.

Die zwei größeren Bunnies begannen, aufeinander einzuzirpen und zu schnattern. Der kleinste Bunny setzte sich auf, gähnte und kratzte sich dann. Er sah sich um und entdeckte mich – und sprang vor Verblüffung fast einen Meter in die Luft. Seine Augen wurden unglaublich rund. Wahrscheinlich war er noch ein Kind. Er schob sich seitwärts weg, bis er von dem größten Bunnydog verdeckt wurde. Dann spähte er neugierig um ihn herum und blinzelte mir zu.

Ich winkte ihm.

Er zog schnell den Kopf zurück und verschwand wieder hinter seinem – was, seinem Papa? Nein, das war eine menschliche Unterstellung. Vielleicht waren in dieser Gattung die Frauen die größeren.

Die zwei erwachsenen Bunnies hörten zu schnattern auf und reduzierten ihre Konversation auf eine Folge von Zirp- und Quietschlauten.

Sie erinnerten mich an etwas, das ich in der Herde gesehen hatte. Dort hatte es zwei junge Frauen gegeben, die gerne einander gegenübersaßen und unsinnige Silben austauschten. Wenn man die Sprache nicht kannte – und nicht wußte, daß es keine war –, hätte man fast meinen können, sie unterhielten sich wirklich. Es sah aus, als wären sie völlig in ein vergnügtes, belangloses Gespräch vertieft – und in einem Sinne waren sie das auch. Aber es gab keine vereinbarten Symbole, und es wurde überhaupt keine Wahrnehmung ausgetauscht, darüber hinaus, daß sie die des Sitzens und Schnatterns miteinander teilten.

Wenn ein fremdes Wesen die menschliche Sprache nicht

kannte, würde es dann annehmen, daß sie kommunizierten?

Und dann, nachdem es diese Annahme gemacht hatte, wenn es sich dann umgedreht und die Beobachter der Herde angesehen hätte, Dr. Fletcher und mich, und unser leises Gespräch studiert hätte, hätte eben dieses fremde Wesen dann einen Unterschied wahrnehmen können? Eher hätte es dann doch so ausgesehen, als würden die zwei schnatternden Frauen miteinander kommunizieren und nicht Dr. Fletcher und ich. Zumindest war offensichtlich, daß sie in einer Beziehung handelten.

Das war die wirkliche Frage.

Wenn zwei Lebewesen dasitzen und aufeinander einschnattern, wie erkennt man dann, ob sie sprechen – oder nur schnattern? Gebrauchten diese Bunnydogs wirklich eine Sprache? Oder erzeugten sie nur Geräusche?

Es klang wie eine Sprache. Aber das taten die Herdengeräusche auch.

Jetzt kamen zwei weitere Bunnydogs den Hügel heruntergehopst, um sich den Dreien anzuschließen, die mir gegenübersaßen. Sie stießen Ihre Nasen gegen die von Mama, Papa und Baby Bunnydog. Sie betätschelten einander das Fell. Ein Begrüßungsritual?

Die zwei Neuankömmlinge sahen älter und vorsichtiger als Mama, Papa und Baby aus. Sie nahmen ebenfalls am Rande des Kreises Platz und warteten auch.

Ich kam mir ein wenig wie ein Guru vor. Nackt. Geduldig. Geheimnisvoll.

Ein sechster Bunnydog schloß sich an.

Und jetzt kamen weitere Bunnydogs auf den Kreis zugehopst und gewatschelt.

Auf dem Hügel waren noch mehr. Einige saßen einfach da und sahen zu. Einige wenige kamen näher.

Ich wartete, bis die Versammlung vollzählig war – sie schnatterten und begrüßten jeden Neuankömmling; häufig kam es zu dem – Begrüßungsritual? – des Nase-Aneinanderstoßens und ein paarmal zu Umarmungen, ehe sie Platz nahmen. – Und dann stand ich auf. Die Bunnydogs richteten sich erwartungsvoll auf.

Ich trat in die exakte Mitte des Kreises.

Ich konnte ihre Augen fühlen. Dies war der Mittelpunkt der Welt.

Jeder Bunnydog beobachtete mich; ebenso jeder Mensch. Alles, was ich tat, wurde von den Choppers aus, die in den Kuppeln standen, aufgezeichnet, fotografiert und analysiert.

Ich hielt inne und wartete. Ich ließ mich den Wind an meinem Körper spüren. Ich ließ mich das Gras riechen und den Duft der Fichten in der kühlen Nachmittagsluft. Und dann war da noch ein anderer Geruch, der den Fichtenduft überlagerte. Ein süßer, pfefferminzartiger Duft. Der Geruch der Bunnies? Das würde passen.

Die Bunnies beobachteten mich aufmerksam, aber bis jetzt war noch keiner von ihnen in den Kreis getreten.

Sie warteten darauf, daß ich etwas tat.

Ich erinnerte mich an das, was die Bunnies das letztemal getan hatten.

Sie hatten getanzt.

Ich berührte den Sender/Empfänger, der mir um den Hals hing und sagte sehr leise: »Ich hab ein Problem. Ich weiß nicht, wie man tanzt.«

Fletchers Stimme antwortete ebenso leise: »Das wissen die nicht. Die haben noch nie zuvor einen Affen tanzen sehen. Was auch immer Sie tun, ist richtig.«

»O ja. Vielen Dank, daß Sie mich daran erinnert haben.«

Ich atmete tief durch.

Ich fing zu tanzen an.

Ich hüpfte, ich sprang, ich schrie, ich gab Indianergeräusche von mir, indem ich mir mit der Hand auf den Mund schlug. Dann tanzte ich einen Jitterbug, einen Charleston und einen Break. Ich sprang und schrie und schüttelte mich.

Die Bunnydogs sahen einander neugierig an.

»Nun kommt schon!« schrie ich. »Wollt ihr nicht tanzen?«

Einige der Bunnies hopsten zurück. O Scheiße. Jetzt würde ich sie verlieren.

Ich ließ mich in einer Art Salto nach vorne fallen, kam auf den Knien auf, steckte mir die Finger in den Mund, fing zu schielen an, streckte die Zunge heraus und sagte: »Buula-buula-buula! Labber-labber-labber ...«

Zwei der Bunnies fingen zu kichern an. Und in dem Augenblick kam der kleinste Bunny in den Kreis gerannt. Vor mir kam er zum Stillstand und schüttelte den Kopf. Vor und zurück. Er ließ seine flapsigen Lippen und seine Zunge zittern wie ein Affe. »Lubber-lubber-lubber ...«, sagte er in einer hohen, piepsigen Stimme.

Und Sekunden später war ich von Bunnies umgeben, und alle gaben unverständliche schnatternde und quiekende Geräusche von sich. Sie hüpften und hopsten rings um mich herum, schlugen Saltos, kreischten und schrien. Sie tanzten und hüpften wie kleine spastische Puppen. Ich blickte den Hügel hinauf, und der war mit flauschigen, rosafarbenen Körpern bedeckt, die jetzt alle nach unten gehüpft kamen, auf den Kreis zu. Sie kamen, um sich der Party anzuschließen. Wir hatten gewonnen!

Ein hellroter Wurm kam über den Hügelkamm. Zwei weitere folgten ihm. Und dann noch zwei. Und noch einer – mir war das egal. Die Bunnies sahen es und fingen zu schreien und zu toben an. Es klang immer mehr wie eine Sprache.

»Ich glaube, wir haben es geschafft!« lachte ich. »Wir haben es geschafft! Ich weiß nicht, was wir geschafft haben, aber wir haben es jedenfalls geschafft!«

Die Bunnies waren jetzt rings um mich, betätschelten mich und streichelten mich liebevoll. Ihre Finger waren weich und pelzig. Und sie prickelten.

Ich ließ mich auf die Knie nieder. Die Bunnies kamen näher, um mein Gesicht zu inspizieren. Ihre winzigen Hände berührten meine Wangen, meine Nase, mein Haar. Die Haarlosigkeit meines Körpers schien sie zu faszinieren. Sie streichelten mich neugierig. Ihre Augen waren riesengroß und rund. Sie sahen wie kleine Spielzeugtiere aus, rosa und kuschelig. Aber wenn sie quiekten, konnte ich sehen, daß sie scharfe weiße Zähne hatten. Aber – das hatten junge Hunde auch.

Einer der Bunnies nahm meine Hand und begann, meine Finger zu lecken. Er nahm meinen Mittelfinger in den Mund und saugte nachdenklich daran. Dann ließ er mich los und sah mich an und ... kicherte. Ich griff nach ihm und zupfte ihn sachte am Ohr, und wir beide wußten, daß alles in Ordnung war.

Die Neuankömmlinge stürzten sich in den Kreis und schlossen sich der neugierigen Menge an. Alle wollten so nahe wie möglich an mich heran. Ich berührte so viele von ihnen, wie ich erreichen konnte. Ich begann sie zu kitzeln und liebevoll anzustupsen. Ich tätschelte ihnen die Köpfe und kratzte sie hinter den Ohren – das gefiel ihnen. Dann nahm ich sogar die kleinen Bunnydogs und hob sie hoch und drückte sie an mich und küßte sie. Sie kreischten und kicherten vor Freude.

Mein Empfänger fing zu piepen an. Die Bunnydogs legten neugierig die Köpfe zur Seite. Ich hob ihn hoch, damit sie ihn sehen konnten – ein winziger kleiner Kopf, der mir an einer Kette um den Hals hing. Ich sagte: »Seht, das ist nichts. Das macht nur Geräusch. Mach ein Geräusch, Knopf.«

Der Knopf sagte: »O großer mächtiger Gott der kleinen rosafarbenen Dinger, sieh dich jetzt um.«

Die Bunnies waren fasziniert. Eines der Baby schnüffelte am Knopf. Ein anderes versuchte, ihn in den Mund zu stekken. Ich mußte ihn ihm wegnehmen.

Ich blickte auf, über die kleinen rosafarbenen Körper hinweg.

Jetzt waren Würmer hier.

Ich war von Würmern umgeben.

Neunzehn. Zwanzig. Dreiundzwanzig Würmer.

Alle Größen. Vom kleinsten, den ich je gesehen hatte, etwa so groß wie ein Bernhardiner, bis zu drei mächtigen Ungeheuern so groß wie ein Greyhoundbus.

»Nun, hallo Leute ...«, sagte ich. Ich stand auf und sah die Würmer an. Der letzte Wurm wurde gerade von drei energischen Bunnies in den Kreis bugsiert. Wieder mußte ich an einen Jumbojet denken, der von der Bodenmannschaft an den Terminal heranbugsiert wird.

Also gut – nehmen wir an, die Bunnies kontrollieren die Würmer. Die Frage war nur: warum? Wozu benutzten die Bunnies die Würmer?

Wir waren im Begriff, das zu erfahren.

SIEBENUNDFÜNFZIG

Einige der Würmer drehten ihre Augenstiele herum, um mich zu studieren. Andere schlossen die Augen und sahen so aus, als würden sie dösen.

Und das war es.

Sie blieben außerhalb des Kreises. Warum? Hatte das etwas zu bedeuten? Oder nicht?

Die meisten Bunnydogs ignorierten die Würmer. Sie waren hier, um eine Party zu feiern. Die Würmer waren nur ... Tapete. Oder Schutz. Oder ... was? Ich hatte keine Ahnung.

Einige der Bunnies zupften an mir. Ich ließ mich von ihnen herumdrehen, von den Würmern weg. Sie wollten weiterspielen. Ich ließ mich in eine Traube von Bunnies hineinziehen. Ich grinste. Ich kicherte. Ich lachte laut.

Die Bunnies lachten nicht mehr. Sie hüpften, drückten sich an mich, taumelten über mich, schrien und kicherten wie Kinder. Sie schienen irgend etwas zu wollen. Sie zupften an mir und machten kleine, bettelnde Geräusche. Ich hatte das unheimliche Gefühl, daß sie sich fragten, wo der Rest meiner ... meiner Familie war.

Ich berührte den Knopf, der mir um den Hals hing und lachte. »Ich glaube, in diesem Kreis ist Platz für ein paar weitere Affen.«

Der Knopf antwortete nicht.

Ich wiederholte meine Bitte. »Ich glaube, wir brauchen hier draußen noch ein paar Affen.«

»Das ist nicht Teil des Einsatzes.«

»Aber es ist *passend*«, sagte ich. »Das ist es, was als nächstes passieren muß. Wir müssen beweisen, daß wir ungefährlich sind – als Spezies.«

Der Knopf war stumm.

Ich kraulte einen Bunny unter dem Kinn. Wir kicherten zusammen und gaben komische knurrende Geräusche von uns. Ich gab ihm einen leichten Klaps und er schlug einen Salto rückwärts und kullerte davon, ein glücklicher kleiner Krokketball. Dann kam er wieder damit ich das Spiel fortsetze.

Ich sagte zu dem Knopf: »Kommt Leute. Ich glaube, wenn jetzt nicht ein paar Affen dazukommen, könnte das eine Beleidigung für unsere Gäste sein.«

Der Knopf sagte: »Laß die Hosen an, Jasper. Wir suchen Freiwillige.«

Ich blieb bei den Bunnies. Ich fing an, zu ihnen zu sprechen. Ob ich den Anfang einer gemeinsamen Sprache schaffen konnte?

»Jim«, sagte ich und deutete auf mich. »Jim.«

»Ch'ch'ch ...«, zirpte einer der Bunnies. Weiter kamen wir nicht. Es bestand hier einfach kein Interesse für den Austausch von Konzept-Symbolen.

Die Bunnies setzten sich jetzt auf und drehten sich um und sahen zu den Kuppeln hinüber. Ich drehte mich auch um.

Sechs weitere Affen kamen heraus, um sich uns anzuschließen. Ich erkannte Jerry Larson und Roy Barnes, und zwei vom Beobachtungsteam, deren Namen ich nicht kannte. Und Fletcher. Alle hatten sich bis auf die Unterwäsche ausgezogen.

Die Bunnydogs begrüßten sie im Kreis und betasteten die Neuankömmlinge ebenso neugierig, wie sie mich betastet hatten. Einer von ihnen zupfte an Larsons Shorts, schnüffelte und biß sogar. Ein anderer griff in die Höhe und berührte Fletchers Brust. Sie lachte und kauerte sich nieder, so daß der Kleine sie aus der Nähe untersuchen konnte. Und sie untersuchte ihn. Es gab hier kein Schamgefühl.

Ich rief ihr zu: »Es müssen Säuger sein.«

Sie grinste und rief zurück: »Darauf würde ich noch keine Wetten abschließen.«

Die Bunnies umkreisten uns, bildeten Trauben um uns, schnatterten, tätschelten und tasteten. Ich sah zu den Würmern hinüber: Die sahen gelangweilt aus. Ich empfand ein seltsames Gefühl der Begeisterung. Das war es! Der Durchbruch! Wir brauchten nicht Krieg zu führen!

Ich bemerkte, daß die Bunnies jetzt anfingen, sich zu beruhigen, sich umdrehten und ebenfalls die Würmer bemerkten.

Und dann fingen sie an zu – *singen.*

Es war ein unheimliches Geräusch, hoch und süß. Keine zwei der kleinen Geschöpfe sangen im Gleichklang, und doch war die Wirkung der ganzen Schar die eines Chors, obwohl sie alle gleichzeitig und durcheinander sangen. Ihre Stimmen vermischten sich auf eine Art und Weise, die nicht von dieser Welt war, und doch seltsam angenehm.

Ich sah zu Larson, zu Fletcher und den anderen hinüber. Ihre Augen strahlten vor Staunen. Sie waren von diesem kleinen Wunder ebenso verzaubert wie ich.

»Es ist ganz wie die Herde«, rief ich.

Und Fletcher lachte zurück: »Ich weiß, ich kann es spüren!«

Und jetzt begannen die Bunnies, sich in kleinen Hopsern vor- und zurückzudrehen. Sie blökten dabei. Sie zirpten einander zu und schnatterten. Es klang wie ein Lied, wie ein Gespräch, wie entzücktes Gelächter.

Und ich stand in der Mitte und drehte mich, um die ganze Gruppe sehen zu können. Und als ich das tat, bemerkte ich, wie die Bunnies meine Bewegung nachahmten. Sie drehten sich ebenfalls. Die Versammlung war eine Spiegelung meiner selbst.

Ich bemerkte, wie sich auch die anderen Affen, die Menschen, drehten – und alle lächelten und waren vergnügt. Ein paar von ihnen summten leicht. Wir drehten uns gemeinsam. Jetzt kamen einzelne Bunnydogs auf mich zu und wirbelten wieder davon. In ihren Bewegungen schien keinerlei Muster zu sein, und doch war in dieser Versammlung ein Sinn für Harmonie und Ganzheit. Ich konnte spüren, wie das Ganze mich einhüllte wie ein großes, warmes Schaumbad.

Ich kam mir vor wie – *zu Hause.*

Die Bunnies lösten sich jetzt aus dem Kreis – bewegten sich auf die Würmer zu.

Sie begannen auf die Würmer zu klettern und sie zu tätscheln, sie zu liebkosen. Selbst der größte der Würmer war mit kleinen rosafarbenen Gestalten bedeckt, die seinen dunkel purpurfarbenen Pelz streichelten. Der Pelz schien jetzt zu schimmern; seine Streifen bewegten sich, flossen nach hinten, an den Seiten entlang. Die Bewegung war klar und ausgeprägt.

Ich bemerkte jetzt, daß die Menschen im Kreis allein gelassen wurden. Ließen die Bunnies uns zurück …?

Nein. Einer der Bunnies hatte mich an der Hand gepackt und stampfte ungeduldig mit den Füßen. Er zupfte an meinem Arm und sah mich mit seinen großen, runden Augen an. Sein Ausdruck war *erwartungsvoll.*

Ich sagte zu den anderen Menschen: »Ich glaube, die wollen uns den Würmern vorstellen.«

»Sie gehen als erster!« rief Barnes. Er grinste, aber wirkte auch verängstigt. Fletcher brachte ihn zum Schweigen.

Ich ließ mich an den Rand des Kreises zerren.

Ich sah zu den Würmern hinüber. Die meisten waren mit ihren kleinen Helfern beschäftigt. Pflegten die Bunnydogs die Würmer? Oder *bemutterten* die Würmer die Bunnydogs?

Was ging hier vor? Waren die Bunnydogs auf ihren Würmern hergeritten wie Cowboys, die zu einem Square Dance reiten? Oder hatten die Würmer ihre Bunnies zum Spielen gebracht so wie Kindermädchen ihre Zöglinge in den Central Park?

Ich sah mich im Kreis um. Einige der Bunnies starrten in die großen Augen der Würmer. Einer von ihnen tippte einen Wurm an, der senkte eine Hand und hob den Bunny vor sein Gesicht.

War es so einfach? Augenkontakt?

Einer der Würmer studierte jetzt mich. Es handelte sich um ein mittelgroßes Exemplar, nur drei Meter lang. Sein Fell war hellrot, mit rosa und purpurfarbenen Streifen. Seine riesigen schwarzen Augen – waren gerade auf mich gerichtet.

Der Wurm drehte die Augen zur Seite, der unvermeidliche Ausdruck von Neugierde. Diese Augen hatten wenigstens dreißig Zentimeter Durchmesser. Sie waren hypnotisch.

Ich ging einen Schritt auf den Wurm zu und noch einen.

Der Blick des Wurms wanderte. Jetzt studierte er mich von vorne. Seine Arme bewegten sich. Ich trat einen weiteren Schritt auf ihn zu und noch einen. Jetzt betrug der Abstand zwischen uns weniger als drei Meter.

Ich stand vor dem Wurm und sah ihm tief in die Augen.

Ein phantastisches Geschöpf.

Einen Augenblick lang hatte ich das Gefühl, seine Gedanken hören zu können.

Er blinzelte. *Spett-fwet.*

Wie seltsam. Ich hatte ein Gefühl der völligen Sicherheit, während ich seinem Blick begegnete.

Ich hob die Arme und breitete die Hände vor mir aus.

Der Wurm entfaltete seine Arme. Sie hatten Glieder wie Schwingen und waren an der knochigen Gehirnkammer hinter den Augen befestigt. Die Arme kamen über die Augen des Geschöpfs und dann nach unten. Mich erinnerte das an den Schwanz eines Skorpions.

Der Wurm öffnete seine Hände vor mir. Das war ein Echo meiner Geste.

»Er ist intelligent«, sagte ich. »Ich weiß nicht, wie ich das weiß, aber ich weiß es. Er ist intelligent. Zu intelligent, um nur ein Haustier zu sein.«

Ich trat einen Schritt nach vorne, die Hände immer noch ausgestreckt.

Der Wurm richtete sich vor mir auf.

Unsere Finger berührten sich. Der Wurm nahm meine Hand in seine Klaue und drehte meine Hand in diese Richtung und in jene, studierte sie. Jetzt senkte er sein Auge herab, fokussierte es neu. Er sah, wie ich die Bewegung seiner Augenstiele studierte, und spähte in mein Gesicht. Dann wandte er seine Aufmerksamkeit wieder meiner Hand zu.

Als er fertig war, ließ er meine Hand los, ließ aber seine Klaue vor mir. Er bot sie mir an, damit ich sie meinerseits inspizieren konnte. Ich nahm die Klaue in beide Hände und hob sie vor mein Gesicht. Ich drehte sie herum, hin und her, und studierte sie, so wie der Wurm meine Hand studiert hatte. Sie hatte drei Finger, die einander alle gegenübergestellt waren. Jeder Finger hatte drei Gelenke. Ich bewegte die Finger herum. Der Wurm konnte jeden Finger wie einen Daumen gegenüber den zwei anderen benutzen. Praktisch.

Ich ließ die Hand des Wurms los. Jetzt sah ich ihm wieder ins Auge und sagte: »Danke.«

Der Wurm senkte die Augen – diese Geste mußte irgendeine Art Bestätigung sein – und gab ein Geräusch von sich, das wie ein Rülpsen klang. »Strlp?«

»Keine Ursache.«

Jetzt streckte der Wurm beide Hände aus und berührte meine Schultern. Ich zuckte bei dem Kontakt zurück – sah der Kreatur aber wieder in die Augen. »Es ist schon gut. Nur zu.«

Der Wurm begann mich zu betasten, zu bestreichen und mich zu berühren, so wie die Bunnydogs mich berührt hatten. Mein Körper faszinierte ihn – so wie er die Bunnydogs fasziniert hatte.

Die Finger des Wurms betasteten neugierig meinen Sender. Er hob die Kette an und ließ sie dann fallen. Dann sah er mich an, als fragte er sich, warum ich ein so offensichtliches Stück *Technik* trug. Jetzt wanderten seine Finger zu meinem Lendentuch und zupften daran. Ich fragte mich, ob ich es abnehmen sollte – aber der Wurm war da schneller als ich. Er schnippte die Schnur mit der Klaue auf und ließ das Lendentuch gleichgültig zu Boden fallen. Dann blinzelte er neugierig meine Genitalien an, machte aber keine Anstalten, mich dort zu berühren. Jetzt drehte er mich herum, um mich von hinten zu untersuchen.

Ich sah, daß die Würmer rings um mich uns beobachteten. Ebenso die anderen Menschen; sie standen in dem sonst leeren Kreis verstreut.

Aber die Bunnydogs hatten uns völlig vergessen, sie waren völlig damit beschäftigt, die Würmer zu pflegen. Eine Aktivität, die fast *sexuell* wirkte. Viele Bunnies waren auf die großen roten Monstren geklettert. Zwei der Bunnies schienen sogar zu – kopulieren? Nein, ich mußte ihr Verhalten falsch gedeutet haben.

Die Luft fühlte sich kalt an meinem Körper an. Ich konnte spüren, wie der Wurm meine Gesäßbacken betastete. »Das fühlt sich wie eine ärztliche Untersuchung an«, sagte ich.

Barnes kicherte nervös. »Wie eine Fleischbeschau. Mein Onkel war Viehhändler und ...«

Fletcher stieß ihn in die Rippen. »Bringen Sie das nicht in diesem Kreis.«

Jetzt packte der Wurm abrupt einen meiner Füße und zerrte daran, so daß ich plötzlich mit dem Kopf nach unten dahing. Ich schrie: »Hey!« Und der Wurm drehte seine Augen seitwärts zu mir herum, als wollte er fragen »Ja?« und dann fuhr er fort, mit seinen riesigen Augen meinen Fuß zu studieren. Er stocherte und strich und zog einmal sogar seinen dunklen Finger über das weiche Fleisch meiner Fußsohlen. Ich konnte nicht anders, ich mußte zu kichern anfangen.

Der Wurm packte eine meiner Hände und hob sie neben den Fuß. Er verglich.

»Er ist intelligent! Das muß er sein!« Ich hing immer noch kopfüber da. »Sehen Sie, was er macht?«

Plötzlich ließ mich der Wurm los. Ich purzelte ins Gras. Ich rappelte mich auf und grinste: »Du hättest zuerst fragen sollen«, sagte ich zu dem Wurm.

Er blinzelte.

Ich sagte: »Ich weiß, daß das keinen Sinn gibt, aber ich fange tatsächlich an ... gegenüber diesen Geschöpfen ... freundliche Gefühle zu empfinden.«

Jetzt hob der Wurm beide Arme in die Höhe. Streckte er sich? Sein Mund öffnete sich vor mir. Ich kniete nieder und spähte hinein. Riesig. Finster. Und er roch schrecklich.

Aber ich grinste. Ich war das erste menschliche Wesen auf dem Planeten, das freiwillig einem Wurm in den Mund sah. Tatsächlich begann ich, übermütig zu werden ...

... und das rettete mir das Leben.

Ich drehte mich gerade um, um nach den Kuppeln zu sehen, und wollte etwas Dummes sagen, als einer der Bunnydogs einen kleinen Schrei ausstieß, einen Schrei, der plötzlich verstummte.

Ich drehte mich um und sah, wie einer der Würmer sich gerade einen Bunny in den Mund stopfte.

Ich drehte mich wieder zu dem Wurm um, mit dem ich zusammen gewesen war, der gerade im Begriff war, sich zur Angriffsposition aufzubäumen.

Ich stieß mit dem Finger nach ihm und befahl: »Nein!« Ich wußte nicht, was ich tat. Ich herrschte ihn einfach an: »Das sind sehr schlechte Manieren!«

Der Wurm zögerte.

»Runter!« schrie ich. Und deutete. »Runter!«

Der Wurm kam herunter.

Er wirkte verwirrt.

Ich fing an mich zurückzuziehen. »Macht euch fertig abzuhauen«, sagte ich leise. Ich blickte nach hinten. Barnes hatte Karatehaltung angenommen – Kämpferhaltung. Die anderen zogen sich langsam zurück. Fletchers Augen waren geweitet. Sie sah so aus, als wäre sie bereit wegzurennen. »Langsam ...!« befahl ich. »Nicht weglaufen ...!«

Der Wurm schickte sich an, mir zu folgen. Er schickte sich an hinter mir herzufließen.

Ich deutete auf ihn und sagte: »Nicht! Dableiben!«

Es funktionierte.

Und dann ...

... schrie ein anderer Bunnydog. Ein weiterer Wurm hatte zugeschnappt.

Und dann noch einer und noch einer. Plötzlich war die Luft von Schreien der Bunnydogs erfüllt!

Der Wurm bewegte sich.

Ich brach zur Seite aus, rannte auf Fletcher zu, sprang hoch und stieß sie an, daß sie ins Gras fiel ...

Etwas Purpurnes zirpte hinter uns. Etwas brüllte über unseren Köpfen dahin und explodierte! Die Explosion warf uns zur Seite. Wir prallten gegen eine Wand aus Pelz. Fletcher stöhnte und fing zu schreien an! Ich wälzte sie herum, wälzte mich über sie.

Weitere Explosionen. Eine Mauer aus Hitze ...

Larson schrie – Barnes kreischte – Flammen.

Ich zerrte Fletcher in die Höhe und rannte, hetzte auf den Chopper zu. Ein Wurm brannte. Etwas Kleines, Rosafarbenes, Brennendes schoß an uns vorbei. Ein weiterer Wurm glitt zur Seite, drehte sich auf uns zu.

Die Kuppel über dem Chopper explodierte bereits, die Tür war offen. Ein Mann stand auf dem Boden, feuerte an uns vorbei! Ich sah die Flammenstreifen von Leuchtspurmunition.

Die Tür war offen. Wir hetzten hinauf, an dem Mann mit dem Karabiner vorbei. Er stöhnte, als ihn etwas packte, und dann waren wir in der Luft. Die offene Tür blickte auf die Hölle hinab – unter uns.

ACHTUNDFÜNFZIG

Ich ging Duke besuchen.

Er sah besser aus. Und schlechter. Die Bitterkeit war jetzt nicht zu übersehen. Als ich mich neben sein Bett setzte, wandte er den Kopf von mir ab.

»Ich werd' nicht lang bleiben«, sagte ich. »Ich hab dir etwas gebracht.«

Er sah mich immer noch nicht an.

Ich wartete, bis die Schwester aus dem Zimmer war. Dann sagte ich: »Ich weiß nicht, wie du das verstecken wirst oder wo – aber ... nun, *hier.*« Ich schob ihm die Handgranate in die Hand, die eine Hand, die ihm geblieben war. Die Granate war klein, aber tödlich. Sie würde genügen.

Duke bewegte sich nicht. Die Granate lag wie ein Stein in seiner Hand.

Hatte ich einen Fehler gemacht? Hatte ich ihn wieder an seine eigene Angst erinnert?

Vielleicht sollte ich einfach gehen.

Duke wandte den Kopf.

Die Hand mit der Granate hob sich, als wäre sie selbst ein lebendes Wesen. Sie trug die Granate schmerzhaft zu der Stelle, wo Dukes Augen sie erkennen konnten. Sie blinzelten klar und sahen die Granate leidenschaftslos an. Die Hand drehte die Granate herum. Der Daumen fand den Sicherungshebel.

Dukes Mund öffnete sich. Die Hand brachte die Granate nach vorne, so daß er den Ring mit den Zähnen erreichen konnte. Würde er sie jetzt explodieren lassen?!

Nein, das würde er nicht. Er ließ den Ring los. Er prüfte nur, wie er sich anfühlte. Jetzt sah er die Granate wieder an, und auf seinem Gesicht war die winzige Andeutung eines Lächelns zu erkennen.

Und dann verschwand die Hand mit der Granate unter der Decke.

Duke hatte mich immer noch nicht angesehen. War meinem Blick immer noch nicht begegnet.

Ich wartete, aber er wandte den Kopf wieder ab, zur Wand hin. Nicht einmal ein Dankeschön.

Es war schon gut. Das wußte er. *Besser ging es nicht.*

Nach einer Weile stand ich auf und ging.

Das war das letztemal, daß ich Duke sah.